懒散王妃

LAN
SAN
WANG
FEI

小十 著

天津出版传媒集团
百花文艺出版社

图书在版编目（CIP）数据

懒散王妃 / 小十著 .— 天津 : 百花文艺出版社 ,
2022.4
ISBN 978-7-5306-8210-4

Ⅰ . ①懒… Ⅱ . ①小… Ⅲ . ①长篇小说—中国—当代
Ⅳ . ① I247.5

中国版本图书馆 CIP 数据核字 (2021) 第 248009 号

懒散王妃
LANSANWANGFEI
小十　著

出 版 人：薛印胜
责任编辑：安子宁
封面设计：三公主
出版发行：百花文艺出版社
地址：天津市和平区西康路 35 号　　邮编：300051
电话传真：+86-22-23332651（发行部）
+86-22-23332656（总编室）
+86-22-23332478（邮购部）
网址：http://www.baihuawenyi.com
印刷：河北盛世彩捷印刷有限公司
开本：710 × 1000 毫米　1/16
字数：400 千字
印张：26
版次：2022 年 4 月第 1 版
印次：2022 年 4 月第 1 次印刷
定价：58.00 元

如有印装质量问题，请与河北盛世彩捷印刷有限公司联系调换
地址：河北省衡水市故城县高新技术产业开发区金宝大道东侧
电话：（0318）6658666 邮编：253800

献 给 最 亲 爱 的 墨 墨

目录 CONTENTS

第1章　姐妹

伊人懒洋洋地抬起眼，一边用衣袖擦掉嘴角边的糕点残屑，一边漫不经心地问："你说谁啊？"

"贺兰雪，当今圣上的弟弟，被世人称为逍遥王的那位。"伊琳摇着妹妹的肩膀，兴奋道："风朝第一美男。"

伊人歪头想了想，圆溜溜的眼睛又眨了眨，问："那他有钱吗？"

"废话，当然有钱。"伊琳用看白痴一样的眼神望了一眼伊人，噘嘴道，"不过，也许没有我们伊家有钱。"

"哎。"伊人深有同感，从躺椅上站了起来，拍了拍衣襟上的残屑，又环视了一圈伊家花园的奇石异树，点头道，"我们家确实穷得只剩下钱了啊。"

伊家是风朝最大的商家。茶、盐、丝绸，什么赚钱便垄断什么，说它富可敌国，绝对绝对不过分。

伊琳闻言，翻了个白眼，毫不掩饰自己的无语。

伊人又往嘴里塞了一块糕点，然后眨眼看着面前的姐姐——风朝大美女，伊家的心肝宝贝，伊琳。

伊琳是美女，这点伊人也承认。她皮肤柔滑，五官精致，娇媚入骨，而且家世显赫。

据说，她们姐妹俩的那个大奸商老爹，成天指望着能将这位国色天香的大女儿送入皇宫，以后母仪天下，让伊家的生意进一步发扬光大，同时光耀伊家的门楣。

所以，虽然从伊琳及笄起，来自各地的王孙贵族就将伊家的门槛踏碎了一条又一条，但伊琳依旧不为所动，一心一意等着三年一次的选妃之日。

如今，伊琳十八岁了，再过几月，就是皇帝选妃之日了。

可就在这时，皇帝的弟弟，风朝第一没出息、没能耐、没事做的闲散王爷贺兰雪，竟然纡尊降贵，来向伊家求亲。

伊家虽是大族，是富人，可再怎么说，也不过是一介商人。

商人到底不如贵族，何况是皇亲国戚。

伊老太爷自然不敢像拒绝其他人一样拒绝贺兰雪的求亲。可是自己的宝贝女儿，好不容易等了三年，就是为了等这个入宫的机会，又岂能白白地给了皇帝的弟弟呢？

如果是其他王爷，那也是一件美事，只是这贺兰雪？

伊老太爷摸着将军肚郁闷地想这贺兰雪就是一个绣花枕头，大草包嘛。

以后，指望他为自己办点事，那是根本指望不上的。

贺兰雪是先皇的第三个儿子。第一个儿子贺兰淳当了皇帝，就是当今的风朝淳帝。

第二个儿子贺兰钦，当了大将军，手握天下兵权，常年驻守在边疆，也是一跺脚天地摇的人物。

可是这贺兰雪嘛……

除了平日里找些怀才不遇的秀才们吟吟诗、喝喝酒、狎狎妓，实在没有什么可称道的地方。

不！唯一值得称道的地方，便是他的容貌。

据说容若光月，光风霁月。

只是，一个男人长得漂亮又有何用？难道不吃不喝成天对着他花痴不成？

伊老太爷很郁闷。

可是拒绝又不行。

于是，伊老太爷在郁闷到极致的时候，灵机一动，想起了自己的另一个女儿。

贺兰雪只是向伊家求亲，并没有指定说要哪个女儿啊。

除了伊琳，自己不是还有一个女儿吗？

那个女儿，便是从小生下时就傻头傻脑，成天除了吃就是睡的伊家二小姐——伊人了。

他将劝说的任务交给了伊琳，伊琳也终于第一次好声好气地跟自己的白痴妹妹说话。

伊人今年十六岁，比伊琳小两岁。

十六岁的伊人，一直生长在这美轮美奂的宅院里，从来没有出去过。

原因很简单，她是傻子，真正的傻子。

打出生起，就很少开口说话，或者动手做事——她是千金小姐，自然也不用做事。

她每天唯一的事情，便是搬个椅子在长廊上看树上的毛毛虫爬过，树叶落了，毛毛虫慢慢长大，变成了蛹，又变成了蝴蝶，蝴蝶飞走了，伊家二小姐睡着了。

她是一个被遗忘的人，除了偶尔躲在房里翻阅一本陈腐不堪的书，便是连声息都极少发出。

可是平静就此被打破，她倾国倾城的姐姐，开始游说自己替她嫁人了。

伊人倒也不觉得什么，如果一直养在娘家，一定会被人指责的，嫁人可以一劳永逸。

何况，姐姐说的那个人，条件似乎也不差。

有钱，闲散，不在权力中心，几乎是完美选择。

伊人一边思忖，一边继续懒洋洋地笑。

“小妹，怎样?”伊琳瞪着那双异常美丽的眼睛，巴巴地望着她。

伊人很白痴地点点头，又继续塞了一块绿豆糕进口，点头道：“好啊。”

伊琳眉开眼笑，伸手揉了揉伊人圆乎乎的脸，道：“以后当了王妃，可要记得姐姐哦。”

于是，婚事就这样定了。

伊家仿佛第一次发现自己还有一个养在深闺的二小姐，那个华贵却冷清的院落顿时被打扮起来，红红的灯笼挂了起来，伊人被几个命妇翻来覆去地折腾，凤冠霞帔地打扮起来。

婚事敲定，三日后过门。

逍遥府下了聘书，媒婆做足了礼仪。

一时间，逍遥王迎娶一商家女的消息传得满城皆知，只是所有人都知道，这不过是心血来潮的逍遥王的另一个玩笑而已。

谁让那个伊琳这么难娶?再说了，逍遥王府上，早已有一个正妃、三个侧妃，爱妾更是无数了。这样大张旗鼓地娶伊家女子，无非就是摆摆排场吧。

喜宴上，大家笑得心照不宣。

伊人出嫁那会儿，天气很好，阳光灿烂。

伊人掀起轿帘，望着天上那轮红艳艳的太阳，眨了眨眼，然后打了个哈欠。

帘子被放了下来，清风吹来，拂起一角，隐约看到里面的新娘子一前一后地摇晃着，不知道是不是轿子太颠的缘故。

就这样大张旗鼓、招摇过市地来到了逍遥王府。

喜轿停下，一旁的喜娘上前向守在府前的贺兰雪恭恭敬敬地鞠了一躬。

贺兰雪挑挑眉，算作回礼。

喜娘于是退了下去，只是头迟迟不肯低下，依旧痴痴愣愣地望着贺兰雪。

站在贺兰雪身后的侍卫早就发现了喜娘的异样，却也没有加以阻止。

哎，能怎么阻止呢?

满街人都是这样。

侍卫叹口气，也歪着头打量起自家的王爷来。

一身喜服的贺兰雪明艳得如三月正午的阳光。唇红齿白，气宇轩昂，临风而立，这满城的男人女人，只有掩面羞愧的份儿。若是女子，则少了英气，若是男子，便失了妩媚。

那种绝艳，男男女女皆是不及。

按伊人以后的说法，他就是一不男不女的主。

现在，他走下台阶来，穿过扎着大红绸缎的石狮子，径直走向他的新娘——当然，已经不知道是第几个新娘了。

唇角只是一勾，倾城倾国的笑容让漫天的阳光暗了暗。

看热闹的人群里，簌簌地倒了一片，又被后面拥上来的人踩到了脚底下。

贺兰雪终于停在了轿子前。

高大修长的身躯在烈日下投下一个长长的影子，随着轿帘的摇曳而晃动不已。

帘子后，新娘隐约的身形含羞带怯，犹抱琵琶半遮面。

“世人皆知伊家小姐绝色，万金难求一见，今日大喜，不如让世人都来瞻仰一下王妃的美色?”贺兰雪声音清润悦耳，如山涧清泉，更如过林之风。

轿子里的人，却是静静的，一派大家闺秀的风范。

贺兰雪蹙眉。

他微欠下身，伸手去掀轿帘，手还未探到帘子，便顿到了半空中。

似乎，似乎……

眉头愈加紧缩，不知道锁碎了多少少女的心。

贺兰雪顿着的手，迟迟不肯往下。

大家只道他怜香惜玉，温文从容，也不催促，都屏息相待，等着看伊家小姐的绝世容貌。

贺兰雪的手指动了动，决定摆脱方才的错觉。

方才他似乎听到了轻微的鼾声——绝对是错觉!

试问，天下有哪个女人会在大婚时睡觉，更何况，还是跟他贺兰雪成亲!

消除疑虑后，贺兰雪当机立断，姿势利落优雅地掀开了轿帘——

在贺兰雪目瞪口呆的时候，伊人正梦到了烤鸡翅。

那香喷喷的鸡翅啊，蜂蜜味儿的、孜然味儿的、酱香味儿的……

伊人口水流了一地。

很多年后，当贺兰雪搂着伊人，站在京城最高的地方时，他笑言:“第一次见你的时候，你睡得那么沉，那么安详，让我……”

“怎样?”伊人回搂着他的腰，迷迷糊糊地问。

“想揍人。”贺兰雪失笑道，“从一开始，你就是一个能让人失控的人啊。”

伊人不好意思地摸了摸鼻子道:“没办法，轿子这样晃啊晃的，不睡觉实在对不起四个轿夫啊。”更何况，梦里还有烤鸡翅呢。

贺兰雪宠溺地笑笑，不再言说。

不过大婚之时，确实……想揍人呢。

贺兰雪憋足了全力，才没有当场发飙。

他还不想自毁形象。

可面前的这个小女子，一张圆嘟嘟的小脸耷拉下来，眼睫轻颤，呼噜打得不亦乐乎，更可恶的是，她的睡像还极其不雅，那口水，几乎滴到了红艳艳的新娘袍上。

贺兰雪一阵寒，心想难道这就是传说中的倾城大美女？

京都的人都怎么了？这审美观真令人费解。

他忍了很久，终于在所有人被惊得鸦雀无声的情况下，轻柔地将手放在了伊人肩膀上，浅言道："伊小姐，已经到了。"

伊人被惊醒，迷蒙的双眼，还没有从烤鸡翅那里回神，便撞到了一幅更精彩绝伦的画面。

应该说，精彩绝伦的脸。

她怔了很久，方问："你是贺兰雪？"

贺兰雪望着她，星眸微敛，面上却云淡风轻。

伊人心花怒放。原以为只是随便找个靠山，没想到靠山还挺帅，算是附加的奖品吧。

"不好意思。"她快手抹掉嘴角的口水，又整了整衣角，肃颜道，"我准备好了，可以拜堂了。"

那种轻忽的语气，让贺兰雪又是一怔，然后，终于有了怒气。

伊家不过是一介商贾，轿子里的女子，分明不是传言中那个倾国倾城的伊家小姐，而且，她竟然如此儿戏地对待与王爷的姻亲。

贺兰雪很不爽。

"你真的是伊小姐，伊琳？"忍住性子，贺兰雪低声问。

那双慵懒魅人的凤眸，也在问话的时候，蓦地犀利起来。

只是这种犀利，只有伊人一人看到。

伊人不由自主地打了个寒噤，初见时被美色迷惑出来的好感消失无踪。

这个男人很危险，她心里警醒了一下。

"我是伊家小姐，可是不是伊琳。我是伊琳的妹妹，伊人。"调整好心态，她朗声回答。

这种情况，伊人不是没有想到过，自从知道自己替姐姐出嫁，她就知道有这一关要过。

所以，在贺兰雪利剑般的注视下，伊人堪称冷静。

何况，这才是她所求的。

最好这个王爷因此不待见她，将她打入朝思暮想的冷宫，放任她偷懒睡大觉，皆大欢喜。

"伊人？"贺兰雪蹙眉思索，记忆里似乎没有这个名字。

难道区区一个商贾，也敢诓骗皇亲不成？

伊人也不催他，好整以暇地等他反应过来。

站在贺兰雪身后的一个机灵点的侍卫，早已经悄悄退出，跑去查户籍了。

跑去查询的侍卫，在贺兰雪扶着伊人走下喜轿时，赶了回来。

他附耳向贺兰雪汇报了情况，贺兰雪脸上隐藏的愠色更重，却碍于场面，迟迟没有发出来。

于是，进府。

于是，关门。

是的，关门。新人一走进王爷府，管家便将那两扇朱红色的大门合上，将那些看热闹的路人全部拦在了外面。

大门吱呀合上的时候，贺兰雪甩开了扶住伊人的手。

伊人被他的力道一带，一下子没站稳，跌在了地上，结结实实地摔了一个狗啃泥。

头上的珠翠哗啦啦地摔在了地上，衣上沾满灰尘，极其狼狈。

伊人吭也没吭一声，自己扎手扎脚地爬起来。

贺兰雪有点吃惊地望了她一眼，可是瞥到她笨手笨脚的样子，又是一阵嫌恶。

他并没有道歉。

两人正沉默着，从屋里早已传来了一阵喧哗嬉闹声，路人虽然被关在了外面，府里却还有其他嘉宾。

只是这些宾客，并不是朝廷命官，而多是京城里的纨绔子弟，贵族混混以及所谓的风雅名士而已。

见到这一幕，那群幸灾乐祸等着看戏的嘉宾自然不肯放过，一个个地围了上来，端着酒壶，打趣贺兰雪道："王爷，虽然娶错了妹妹，可也是一个小美人，王爷还是怜香惜玉得好。"

又有人说："赶明儿再向伊家下聘书，姐妹俩都娶了，不是甚好?"

还有人道："看到伊琳是铁了心要入宫，王爷也别抢了，就留给皇帝陛下吧。"

…………

贺兰雪在这堆风言风语里，脸色愈沉，也不管伊人了，径直走到大厅："算了，反正也是一场玩闹，我们继续喝酒，来人，把王妃们都叫出来，陪本王的客人喝酒。大家要不醉不归，不要为此事扫兴。"

"王爷不扫兴就行。"大家一哄而散，都往大厅拥去。

一路上，贺兰雪已经扯掉了身上的红色喜服，里面只穿了一件银灰色的紧身素服，更显得明媚耀眼，长身玉立。

大家的注意力很快转移到已经开始豪饮痛喝的贺兰雪身上，伊人被孤零零地留在原处，旁边只留了一位从伊府陪嫁过来的小丫鬟十一。就这小丫鬟，目光也在远处贺兰雪的身上，根本顾不上自家小姐。

伊人也不想阻止别人犯花痴，自己拍了拍衣襟，然后很有主人翁精神地、自发地寻找新房的所在了。这一看不打紧，直看得她目瞪口呆、咋舌不已。

怎么一个小小的王爷府，也修造得如皇宫一样，比起美轮美奂的伊家，实则有过之而无不及。

亭台楼阁，曲径通幽，文竹簇簇，奇石嶙峋。

纵然景致繁多，却不显得琐碎，反而秀气贵雅，柔和了苏杭那一带的水汽氤氲，又不乏北方建筑的大气实用。

在这样一个地方寻找一个小小的新房？伊人觉得让自己一个人找到新房无异于做梦。

伊人观察了一番，终于决定亲自探索。远处一个小角门里冲出一群红衣绿裳的美妇人来，还未等伊人反应过来，她们已经风驰电掣地越过她，冲到了大厅里，全部莺莺燕燕地围着贺兰雪，殷殷劝酒，勤勤布菜，个个都顶得上花楼最专业的姑娘。

而周围等着伺候的丫鬟们，则口口声声，景王妃、丽王妃地叫着。

那就是逍遥府的诸位王妃？

伊人无语了一会儿，更加坚定自己要去冷宫的志向。

转过身，她正准备从那角门走出去，刚迈步，不知怎么，又扑通一声摔在了地上。

原来是系着的腰带方才松了，缠成双层的裙摆落了下来，伊人一个不小心，踩到了裙摆上。

这个突变，终于将身边那个犯花痴的小丫头的魂儿给唤了回来，小丫头连忙弯下腰，想将自家二小姐扶起来，伊人已经试着自己爬起身了。

她还没习惯被别人伺候着。

爬到中途，一只修长好看的手伸到了伊人面前，然后，便是一个温润若水的声音，在伊人耳边，蜻蜓点水一般响起。

“你还好吧？”

伊人抬起头，这一次，她没有被惊艳到。

映入眼帘的容颜并没有贺兰雪那般的美，可是极清秀，看着……很舒服，非常舒服。

伊人的心动了动，有种被什么东西熨帖的感觉，那种暖暖的、冬日喝热茶般的感觉，丝丝潜来。

她的脸色有点发红，也顾不上手心上的污泥，毫不客气地搭上那只漂亮的手。

那人微微一笑，握紧她，将她拉了起来。

站起来后，伊人仍然没有松手，只是望着来人。

面前的男人，五官无可挑剔——即使称不上多么英俊，总而言之就是无可挑剔。

那人又是笑笑，笑若春风，也不急着抽回自己的手。

“裴若尘！”里面却传来了贺兰雪已然有了醉意的呼声，男子的视线跃过伊人，朝里面望去。

“本王的大喜之日，你怎么才来？”贺兰雪在里面拍着桌子叫嚷道，“怎么，不急着看美人吗？”

裴若尘回以一笑，终于不着痕迹地抽回手，问：“这位可是新娘子？”

“错了！”贺兰雪无不郁闷地说，“是新娘子的妹妹，哎，我说，还不找人将新王妃带进去，站在那里吓到我的贵客了。”

“王爷也别这么说，这位王妃虽然没有诸位王妃那样沉鱼落雁的容貌，但是圆润可爱，也是一种风格啊。”有人安慰道。

贺兰雪撇撇嘴，一副混账纨绔样：“本王最不会欣赏这种风格，刘兄若是有意，借去便是。”

“这哪行，上次向王爷借的吴王妃，刘某还没归还呢。”

“这有何妨，不还也可。”贺兰雪弯唇笑笑，欺霜赛雪的容颜倒让在座的诸位王妃，全部黯然失色了。

旁人痴痴愣愣地看着他，不由得想：也难怪，自己都长得这般妖孽了，又有什么美人能入得了你的眼？

那边很不堪地打趣着，裴若尘倒是不为所动，很礼貌地行了一礼，轻声道：“裴若尘见过王妃。”

伊人受宠若惊地点点头。

裴若尘也不再说什么，又欠了欠身，方朝喜宴的方向走去。

在他离开的时候，伊人闻到一股沁人的墨香，真所谓，心旷神怡啊。

直至裴若尘走出老远，伊人还停在原地发呆。

贺兰雪远远地看见了，虽然猜不出什么情况，却没来由的一阵心烦，挥挥手道：“怎么还不来人，送新王妃回房！”

王爷有催，自然走出两名侍女，客客气气地请伊人从角门出了前厅，往后院新收拾出来的新房走去。

虽然没有敲锣打鼓拜天地，伊人也不觉得怎么样，乐得清闲。

等不知道转了多少弯，穿过多少亭子，终于来到后院最深处的、所谓的新房前，伊人早已累得够呛。

也顾不上考究那房间装修得是否高档了，她大剌剌地推门走了进去，取了头饰，脱了烦琐的外套，便要往婚床上爬。

将伊人引进来的那两名侍女慌忙拉住她，道：“王妃，还是等王爷回来了再……”

“他也没让我等他啊。”伊人眨眼，挺无辜地说。

侍女语塞，一时答不上话来。

“安啦。”伊人见她们为难，也很贴心地安慰道，“你们就说不知道，在外面等着就是，我要睡了。”说完，她无辜地笑了笑，然后踢掉靴子，呼啦啦地爬上床，继续方才未尽的梦。

伊人很快地沉入了梦乡，可是梦里的，却并不是好吃的。而是一张，看着极舒服极舒服的脸，浅笑嫣然，温润如玉。

这一场梦不知持续了多久，直到迷迷糊糊地听到外面的跪地声，似乎有人在请安，说什么“王爷吉祥”。

王爷？她迷糊了半刻，终于意识到今天已经嫁为他人妇的事实。

今晚，正是洞房之夜。桌上红烛垂泪，已将燃尽。

伊人睁开眼，透过微开的窗户，望着外面清冷的夜色，无星无月，夜黑风高，正是……

王爷来干什么？难道不是直接打入冷宫？在打入冷宫之前，还要将她蹂躏一番不成？

仔细想想，作为以后富贵闲散生活的代价，她还是能忍的。

不过，能免还是免吧。

伊人正一心打着自己的小算盘，那稳稳当当的脚步声，已经停在了房门口。

不容她多想了，先熄灯再说。

她一骨碌爬了起来，摸索着想去熄灯，桌离床铺尚远，她伸手够啊够，还未够到桌脚，房门吱呀一声被推开了。

伊人被惊了一跳，重心不稳，半边身子跌了下来，倒挂在了床上。

这是她，一天中，第三次摔跤了。

伊人很郁闷。

大门前，冷眼看着房内景象的贺兰雪，同样郁闷。

方才探子说，伊家的二小姐是一个天生的傻子，原先还不信，可是看见眼前狼狈的景象。

他已信了九成。

又傻又胖。

贺兰雪上当受骗的感觉越发浓重，只想转身就走。

也许过来看一眼她，这个决定本身就是错误的！

两人一上一下，面面相觑，再次陷入僵持。

沉寂了半天，还是伊人率先开口。

只见她眯眯一笑，特无辜地说：“嗨，我正打算熄灯睡觉呢。”

贺兰雪的嘴角抽了抽，无语。

伊人连忙吃力地爬起来，无奈这一跤摔得有点重，她又一向懒于运动，腰部用不上力，手在空中胡乱挥着，寻找着力点。

贺兰雪先是冷眼望着，看到她手乱挥的时候，没来由地想起下午裴若尘扶她起来的景象，也不知出于什么心理，于是走了过去，一把稳住她的肩膀，将她从半悬空状态给拉了起来。

端端正正坐在婚床上。

伊人喘息着坐稳，然后，便对上了贺兰雪放大的脸。

离得这么近，再次面面相觑。

她闻到了他呼吸间淡淡的酒气，并不浓烈，是恰恰好的浓度。

被淡淡酒气笼罩的贺兰雪，更是艳丽不可方物，让人既挪不开眼神，又不敢直视。选美冠军都要自惭形秽了。

伊人吞了吞口水，好半天才说："那个，熄灯睡觉吧。"说完，她煞有介事地看了看外面的天色，又补了一句："好晚了。"

贺兰雪的眸光闪了闪。

虽然面前这个蠢女人确实激不起他的兴趣，可毕竟，是新鲜的……

哪知，正在他琢磨的时候，伊人已经扎手扎脚地爬下床，快步地跑到桌边，"噗"的一声很利落地吹熄红烛，然后又风风火火地跑了回来，途中因为光线陡黑，免不了踩上贺兰雪的脚背什么的。她很真诚很快速地道了声"抱歉"，这才迅疾地重新爬回床铺，那速度，直媲美战场冲锋。

伊人是真的想睡觉了，正是春寒料峭，从被窝里爬出来，多冷啊。

她重新钻回被窝，裹紧。也不管贺兰雪怎样。

反正，他想怎样，就怎样吧。反正她不动，也累不着。

就当被鬼压。

伊人豁出去了，也就不怎么担心了，心一宽，自然睡意浓浓。

等了一会儿，床侧的人也没有多大动静，伊人更是放下心来，安心睡觉。

只要过了这一夜，幸福的生活，就指日可待了。

她嘴角露出一丝微笑来。

重入梦乡。

而从来没有被冷落的贺兰雪，则独自站在黑灯瞎火的洞房里，忍受着初春沁人的寒气。自己的新娘，则裹着被子呼噜呼噜地睡着大觉，摆明了无视他的存在。

也不知站了多久，听着伊人的呼噜声越来越均匀，越来越肆无忌惮，贺兰雪终于怒了，也脱掉鞋子，跨上床去，一把扯过伊人裹着的被子，被子上绣着的鸳鸯戏水图，在拉扯中晃晃荡荡，如同活的一般。

"干什么啊。"伊人迷迷糊糊觉得有人抢她被子，冷风一股脑灌了进来，她当然死拽着被角不肯松手。

贺兰雪也不知哪里来的气，根本不顾对方是女子，也发狠地扯着被子，道："我是你夫君，你应该衣不解带地伺候我!"

“不伺候又怎样?”伊人扒拉着被子，口齿不清地问。

“不伺候，你就休怪本王……”贺兰雪的话还没说完，却不料刚刚还睡意蒙眬的伊人猛地睁眼，亮晶晶地望着他，一脸期盼，“你就怎样?”

贺兰雪的“冷落”两字硬是吞了下去。怎么那种受骗上当的感觉，越来越浓烈了?

贺兰雪停住了话头，忍了一忍，终于没撂下什么狠话，只是松开手，就着那一半被子，侧身躺下。

他突然意识到自己的行为很无趣，本来只是打算过来看一看就走，怎么还留了下来?

还是自己死乞白赖，巴巴地赖下来的。

贺兰雪觉得很窝火。

正准备再掀战火，另一边的伊人不知何时也停止了拉扯，而是躺在另一侧，背紧紧靠着他，重新裹好被子。

被子的体温在安静的那一刻，交融了两人。

伊人的呼吸也浅浅地浮起。

贺兰雪有种特别柔软的错觉，抬起的手又轻轻地放了下去。

算了，一进门就给了她一个下马威，这一晚，权当可怜她吧。

这样想着，贺兰雪老老实实合眼，在微醺的酒气以及浓浓的夜色下，他也很快睡着了。

寒气让两人越挨越近。

贺兰雪一夜无梦，醒来的时候，天色已是大亮，阳光渗过窗户，铺洒在地板上，点点滴滴，璀璨如珠。

他有一瞬的恍惚，想伸出手去，接住倾洒进来的阳光。

可是晨光若水，于指缝间滑落。

贺兰雪依稀有点感伤，手停在半空，忘了收回。

突然，旁边有什么东西动了动。他悚然一惊，黑眸顿敛，空中的手立刻翻成劈斩，迅疾地驰向身侧。

伊人掀开蒙住头的被子，双手揉眼，还没揉几下，便听到了呼呼的风声。

电光石火间，贺兰雪突然记起了昨晚的事情，手硬生生地顿住了，掌心几乎挨到了伊人的鼻尖。

伊人则莫名其妙地望着近在咫尺的手。

“请问，这是哪一出?晨练?”

贺兰雪则如被踩到尾巴的猫儿一样，一骨碌爬了起来，也顾不上披一件衣服，也不看伊人，就这样头也不回地往外走去。

外面早已等候的侍女又是跪了一地，“王爷”“王爷”的请安声不绝于耳。

拉开的房门晃晃悠悠，伊人还没回过味来，那人已经走出了老远。

伊人眨了眨眼，看着同样一头雾水的侍女捧着盥洗水走了进来。

“他怎么了？”伊人没头没脑地问了一句。

侍女惶恐地摇摇头道：“不知道。”顿了顿，侍女又说：“大概是王爷不太喜欢在别的房间留宿吧。”

“嗯？”伊人听不太懂，本还想多问，一抬头看见侍女欲言又止，想八卦又没胆子的样子，她决定不管这档闲事了。

不错，是闲事，伊人可没把贺兰雪当自己人。

于她而言，只是养她的人而已。

“不用洗脸了。”见侍女挽起袖子就要拧毛巾，伊人好心地挥手道，“我再睡一个回笼觉。”

然后，她无视侍女吃惊的目光，继续倒头大睡。

话说，昨天可没睡好。没想到贺兰雪那么一个大男人，竟然也有踢被子的习惯，冷得她……

只希望以后再也不要跟他同床了！

伊人觉得自己马上要苦尽甘来了。

第2章　阴谋

伊人得偿所愿，那天早晨贺兰雪狂奔而去后，便再也没有回来。

她彻底地被冷落了，蜗居在后院深处的一个小房间，配上一个老仆，还有陪嫁过来的丫鬟，伊人重新恢复幸福的宅居生活。

这天，她一觉醒来，已经日上三竿，艳阳普照。

随侍的小丫鬟十一走了进来，端着盆子，拧干毛巾，往睡意蒙眬的伊人脸上胡乱地抹了抹。终于迫使伊人将眼睛睁开了。

“二小姐。”十一是陪嫁过来的，称呼总是改不过来，至今都称呼她为小姐，“你好歹也要争取争取，我和忠伯都要被她们欺负死了。”

伊人眨了眨眼，迷糊地问：“她们是谁?”

“还不是府里的那些王妃娘娘，还有她们的丫鬟。二小姐难道没有发现，最近连送过来的饭食都少了。”

伊人点头认同道：“是啊，我还想，最近是不是食材涨价了。”

十一白了自家小姐一眼，嗔道：“就算涨价了，也不关王府的事啊。”

“那到底是怎么回事呢？我又没碍着她们，为什么要欺负你们?”伊人不耻下问。

“这个世上本来就是跟红踩白，小姐自大婚后，已经足足一个月没有被王爷临幸了，可以这么说，小姐不是失宠，而是压根就没有受宠，这府里的人，都把小姐当笑话看，哪里还会给小姐应有的尊敬。”十一越说越气愤，端着脸盆的手上下舞动，泼了伊人一身的水，“特别是丽王妃，占着自己是太师的女儿，俨然是王府的当家一样，没有她的授意，那掌厨的老郑哪里敢随便克扣堂堂王妃的膳食!”

伊人一边跳下床躲开十一泼水的侵害，一边关切地问：“那他们克扣你和忠伯的伙食没?”

“那倒没有。”十一道，“我们下人是在一起吃的，想克扣，也麻烦。”

“那没事了。”伊人拍了拍衣襟上的水珠，咪咪一笑道，“反正我天天睡觉，也消耗不了什么，少吃点就少吃点吧，没什么。”

伊人不觉得委屈。

“可是小姐!”十一怒目而视，恨铁不成钢道，“就算我们伊家只是一个小小商贾，却也是风朝首富，小姐在家里只有别人羡慕的份，从来没有受过委屈，干吗要受这些女人的气！小姐，你要振作!”

“怎么振作呢？”伊人继续不耻下问，剪水双瞳，清透无影，像一个不谙世事的孩子。

十一在心里深深地叹了口气。在伊府就听说二小姐是个傻子，陪嫁过来的时候，已经信了几成，现在看来，果然是傻子。看来，一切都得靠她十一了！

“小姐，你觉得我漂亮吗？”端端正正将脸盆放好后，十一一手叉腰，一手捋发，摆了一个搔首弄姿的姿态，嗲声问。

“呃……”伊人斜倚着床架，歪头打量着这个不足十四岁的小屁孩儿。

老实说，十一长得堪称漂亮，骨骼清瘦，苗条清秀，五官都是细细小小的，很干净，如果用时间来雕琢一下，绝对是一美人抷子。

半天，伊人方首肯道：“漂亮啊。”

十一这才将姿势松懈下来，巴巴地凑过来，盯着伊人问：“小姐，你认为自己漂亮吗？”

伊人语塞：“这个，这个……”

在伊人难以回答的时候，十一已经端着面铜镜，放在伊人面前，重新问了一遍：“小姐，你觉得自己漂亮吗？”

伊人仔细地打量着镜子里的自己：也没有哪里长得不妥啊，眼睛是眼睛，鼻子是鼻子，虽然下巴不怎么尖，咳咳，圆了那么一点，但是眼睛挺大的，鼻子和嘴巴也小小的，还算……还算过得去吧。

自我肯定后，她放下心来，坦然地对十一道：“我觉得自己长得还行。”

伊人得过且过的心理格外严重。

十一做呕吐状。

做作了半天，她才端了一个凳子坐到伊人面前，将镜子挪近，然后指着伊人的眼睛道：“小姐，你千万别心存幻想，你看你那眼睛，这么大，跟牛眼一样，美人的眼睛都是细细长长的。你再看你的鼻子，挺挺翘翘的，多凶啊，一点柔润美都没有。你再看你的嘴巴，下嘴唇这么厚，我说小姐，你嘴巴上怎么也长肉啊。再看这张脸，这张脸……”十一说着说着，几乎是痛心疾首了，“这还算是脸吗，根本就是一张饼，大饼！”

伊人的心都被她说得流血了。

有这么打击人的吗？

“那……皮肤还成吧？”想了半天，伊人终于想起自己的另一个优势。

因为长久宅居，而且营养一样不差，伊人的肌肤形同婴儿，标准的吹弹可破。

“皮肤没用的，风朝尚武，麦芽色的皮肤才最好看，小姐这皮肤，只会被人笑话。”说完，十一怜悯地看了一眼伊人，极其悲悯地叹息道，“小姐，你太丑了。”

伊人就这样被她下了结论。

她本还想辩解一句，后来想想，又觉大可不必，所以听之由之，只是小小地郁闷了会儿。

“呃……”

“所以，小姐。”十一做“慷慨就义”状，特豪气地说，“我们要提高自己在王府的地位，就得获得王爷的宠爱，而要获得王爷的宠爱，以小姐的姿容是绝对没有希望的。十一决定，为了小姐，为了伊家的尊严，自我牺牲！用色相留住王爷的心，翻身得解放！小姐，成败在此一举，请小姐早做决定！”

伊人挺迷惘地望着她，问：“你直说吧，到底想让我干吗？”

“我想让小姐将王爷引到这里来，然后我故意打翻茶盏，小姐趁机责罚我，越凶残越好，然后……”十一嘿嘿一笑，满眼桃花，不再多言。

伊人眨眨眼。

原来是要她当黑脸，顺便做个红娘啊。

小丫头的心思，真是……

这样想着，伊人面上却是云淡风轻地一笑，无知无觉的样子：“好啊，我帮你。”

“不是帮我，是帮大家！”十一正儿八经地纠正道。

伊人还是笑笑，事不关己的淡漠。淡漠而无害。

终于收拾停当了，伊人走出房门，忠伯正在小院外劈柴。

“忠伯。”伊人笑眯眯地打招呼。

“娘娘早……”忠伯望了望正午的太阳，连忙改口道，“娘娘中午好。”

伊人点头，又问：“小忠好些没？”

听到这里，忠伯连忙放下手中的斧子，双手搓了搓，感激地笑笑：“多谢娘娘给的偏方，那小子好多了，都不知道怎么谢娘娘。”

伊人摆摆手，又是一笑，表示不用客气。

不过是疟疾打摆子而已，那人留下的册子里，倒是有写过。

跟忠伯寒暄了一番，伊人再次信步往前，这个院子其实并不大，可她每次都没有走出去过。

实在是，走几步便能看到一架秋千，只要看到坐的地方，伊人就不想继续走了。

现在，她又坐到了秋千上，双手抓着绳子，晃晃悠悠地摇着，仰面晒太阳。

仲春的太阳真是温暖啊。

耳边又响起十一的声音：小姐，你务必要将王爷引过来，哪怕只是坐着喝杯茶，也不会被哪些狗眼看人低的人小瞧了。

她倒真的不在意，心想小瞧就小瞧吧，又不会少块肉，而且还能远离是非，多好啊。

她能这样心安理得地过一生，可是，十一呢？

十一正是豆蔻年华，青春美貌，凭什么要随她一块儿蹉跎？

伊人几不可闻地叹声气，心想罢了，人各有志，还是帮十一这一回吧。

打定主意，伊人磨磨蹭蹭地从秋千上爬下来。

“娘娘要出门吗？”不远处劈柴的忠伯关切地问。

“是啊。”伊人甜甜地回答，“我去找王爷。”

忠伯大喜，想着这王妃终于开窍了，不再整天懒懒散散，不谙世事了。

“我刚才听茶房的小赵说，王府今儿个来贵宾，王爷可能在花厅里待客呢，王妃不妨过去碰碰运气。”

“谢谢忠伯。”伊人谢过后，便施施然走了出去。

十一没有随行，她正躲在屋子里收拾打扮，等下演出一场凄惨绝伦的苦情戏。

伊人走出了院子的大门，才意识到一个极其严重的问题。

花厅怎么走？

可是开弓没有回头箭，何况时间尚早，伊人又不赶时间，不如慢慢寻吧。

打着晃悠悠的念头，伊人索性游山玩水起来，顺着漆红的长廊款步向前，长廊两侧，清水悠悠，鲤鱼相戏，阳光清照，和风缓缓，好一幅和美如斯的春景图，让人……

让人春懒浓浓啊。

伊人很不雅观地打了个哈欠，决定还是速战速决，赶紧把贺兰雪拉去，撮合他和十一再说。

哈欠刚打完，一个衣饰鲜亮的小丫鬟捧着一碗莲子快步从她身边跑过。

在她消失之前，伊人终于反应过来，喊了声：“哎……”

小丫头停下脚步，狐疑地转过头，望着她。

伊人友好地笑笑，问：“请问花厅怎么走啊？”

“花厅？”小丫头上下打量了她一番，问，“你是谁啊？我之前在王府怎么没见过你？”

“我上个月过门的。”伊人耐心地解释道，“你不用见过我，只要告诉我路怎么走就行了。”

“你就是第十五王妃啊。”小丫头恍然大悟，圆溜溜的眼珠不怀好意地转了转，然后指了指右侧一个有点偏僻的小道说，“往那边，直走。很快就到了。”

说完，她又加了一句：“王爷今儿个在花厅宴客，王妃知道吗？”

“我就是要去见王爷的。”伊人直言不讳。

“那就往那边去吧。”小丫头丢下一句话，不再管她，依旧端着那碗莲子，屁颠屁颠地跑了。

伊人则转过身，往她指着的方向走去。

那小道崎岖偏僻，伊人越往前走，路就越偏，行到尽头，却是一个荒芜的花园。

虽是春天，这里却仍然一副寒冬的模样，万木凋零，残垣断壁，那花园中间的亭子也似常年没有整修了，油漆都落了，斑驳萧索。

伊人情知走错了路，却并没有急着离开，而是信步走到了那座废弃的亭子里，取出手帕，简单地擦了擦里面的石凳。就这样坐了下来。

这里可真安静，仿佛远离了尘嚣一般。

伊人从前最喜欢的事情，就是坐在院子里画天空。她会在那里拿着画板，一张接一张地画废园上的天空。

永恒不变的天空，因为在废园上，所以更显得空旷辽远，让人觉得自身的渺小。无论做什么说什么，比起这亿年不变的天空，只是尘埃而已。

后来，那个人出现，安静地看她画了一会儿，随口指点了几句，还给她留下一本册子，册子里写着很多艰涩而奇怪的东西，还有一些从未见过的文字，换作其他人，也许早就丢到了一旁，可是伊人却是个真正随遇而安的人，她不仅耐心地将册子看完了，还觉得颇有意思。

想着想着，她突然来了兴致，跑下亭子，掰下一根粗细均匀的树枝，蹲在泥地上，将树枝搁在眼前，眯起一只眼睛。

“你在看什么?”身后有人问。

“观察。”伊人信口回答。

话音刚落，她惊了一惊，慌慌张张地转过身来。

很快地，她撞见了一张温润含笑的脸。

伊人手中的树枝“啪”的一声掉在了地上。

“裴若尘!”很少去记人姓名的伊人，准确无误地叫出了他的名字。

“王妃。”裴若尘浅声回了一句。弯腰从地上捡起伊人掉落的树枝，也学着她的样子，只睁一只眼将树枝放在眼前比画。

本来是很拙劣的动作，不知为何，由着裴若尘做出来，竟然说不出的优雅动人。

伊人痴痴地蹲在原处，动也不动。

“果然可以看到不同的景色。”裴若尘比画完毕后，将树枝交由她，礼貌问：“王妃一个人在这里玩吗？怎么没有侍女跟着?”

“我本来打算去花厅的……”伊人实话道。

“可是花厅在王府的另一边，王妃走错路了。”裴若尘温和地纠正她的错误，温润若水的眸光柔和地荡漾着。

伊人觉得自己要沉进去了。

“我知道这条路是错的。”她突然不愿意让裴若尘看出自己的狼狈，也不想让他觉得自己很傻，不假思索地说，“我一开始，就知道这条路不对。”

裴若尘饶有兴致地望着她，问：“既如此，王妃为什么还要往这边走呢？”

“只是突然觉得不用去花厅了。”伊人终于站起身，拍拍手，将手上沾的泥土拍尽，“原先去花厅，是想将王爷带到我那里去，可是看到那丫鬟，我就知道一定有好多王妃在花厅了，我带不走王爷，其他人大概也不愿看见我，不如不去。”

“所以，你就误打误撞，来这里自己玩儿？”裴若尘饶有兴味地瞧着她，问。

“是啊。”伊人说着，仰起脸来，笑眯眯地望着他，“若是不来，怎么会看到你呢？”

裴若尘闻言愣了愣，随即笑道：“我也是觉得花厅那边过于喧闹，所以躲到了此处，没想到遇到了王妃。”

伊人笑笑，然后挥舞着树枝，道：“你知道观察这个有什么用吗？”

“什么用处？”裴若尘饶有兴致地问。

“画画。”伊人眨眨眼，盯着他问：“我能为你做幅画吗？”

裴若尘似乎有点吃惊，修长的眼睛轻盈地往上一弯：“好啊。”

伊人于是跃了起来，一改懒散的样子，装模作样地开始脱衣服。

裴若尘猝不及防，连忙伸手阻止她，好笑地问：“这是干什么？”

“当画布。”伊人说着，已经将外面套着的粉色长衫褪了下来，只留下一套贴身的小短襦。裴若尘脸色微变，伊人却全然不觉，捋起袖子，也不知从哪里找了一块黑炭，便打算开始画了。

“站在那里，千万不要动。”伊人将衣服铺开，放在石桌上，开始用黑炭勾形。

裴若尘进退不得，只能倚着亭子边的石柱，有点不明所以地望着她。

“作画不用毛笔的吗？”

他苦笑了一下，也就随她了。

也不知过了多久，太阳慢慢地西斜下去，明烈的阳光渐渐暗淡，伊人也进入了状态，脸上的表情竟是出奇的专注。以至于裴若尘好几次想出言询问，都被她的神色所慑，又将问话生生地咽了下去。

等画作基本完成的时候，伊人一边修饰细节，一边抬头赞道：“裴若尘，你的脸真的很完美。”

特别是现在的样子，斜靠在光影交错的石柱边，脸上斑驳的光线让他的脸显得更加立体，像雕像。

裴若尘极少听到女子这样直白地说出自己的感觉，倒不知怎么反应，半天才回了一句：“王爷是风朝第一美男……”

“贺兰雪啊？”伊人闻言，顿下笔，歪着头想了想道，“还成吧。不过，我都快忘记他长什么样子了。”

她的话音一落，裴若尘立刻一副哭笑不得的模样，指了指伊人的后面。

伊人深知不妙，还未来得及回头，贺兰雪郁闷阴沉的声音已经响了起来：

“爱……妃，你已经忘记本王的长相了？”

说出“爱妃”两字，几乎有点咬牙切齿了。

伊人赶紧将面前的“画布”一收，转过身挺无辜地望着突如其来的贺兰雪，傻愣愣地打了声招呼：“王爷，你怎么来了？”

看了一眼后，伊人又改了改问话：“你们怎么来了？”

来的人，不仅贺兰雪一人，还有他现在正宠幸的三个妃子，只是伊人一向不问世事，那三个妃子的名字，她是一个也不晓得了。

场面顿时尴尬了起来，裴若尘干咳了几声，饶是翩翩公子，此时也圆不了场了。

倒是贺兰雪率先笑了，举起手里的酒杯，遥遥地敬了裴若尘一下：“若尘，本王跟她们打赌，你一定跑来这里寻清静了，果然没有猜错。来，临阵脱逃，当罚一杯。”

他的话音刚落，后面的三位姬妾已经殷勤地将酒壶递了过去。

裴若尘也没有推辞，一次一杯，倒也爽利。

伊人观察了一番，发现贺兰雪并没有因此找她麻烦。事实上，好像也不关她什么事情，她连忙蹑起脚，打算开溜了。

至于十一的请求，还是改天吧。

哪知她的如意算盘刚刚打好，贺兰雪就想起了她的存在，款步走到她的面前，望着她，极轻柔地问：“爱妃，现在想起本王的长相没？”

伊人眨巴着眼睛，很无辜地望着他。贺兰雪刚刚饮了酒，白皙若玉的脸庞嵌着红晕，丰薄相宜的唇，更是鲜艳欲滴，眼角微挑，似盛桃花，桃花一直开进了眸子里，更是桃李缤纷落，艳容四射了。其实伊人方才的评价并不公平，贺兰雪与裴若尘，只是风格不一样而已。在视觉上，贺兰雪甚至是更胜一筹才对。

可惜，他不是伊人的那盘菜。

所以，伊人眼睛眨巴眨巴地看了半天，怎么也没有出现贺兰雪以为的、被迷倒的现象，伊人清透干净的眼睛里，只是单纯地倒映着他的样子，没有丝毫情感因素。

然后，她老老实实地回答：“想起来了。”

说完，她毫无留恋地将视线转开。

贺兰雪生平第一次被人这般忽视，禁不住气恼，又不好当场发作，只是不阴不阳地问：“王妃，天气很热吗？”

伊人抬头看了看西斜的夕阳，摇了摇头。

“那还不把衣服穿上！穿这么少，成何体统！”贺兰雪沉声吩咐。

伊人莫名其妙地望了他一眼，然后指着贺兰雪身后的三个美人道：“她们都穿得比我少……”她摆出了一脸的困惑。

贺兰雪侧头，很郁闷地意识到身边侍酒的女子全部只穿了一件普通的纱衣，里面的玉肌，隐隐若现，确实比伊人的穿着“凉快”多了。

其实，他倒真的不在乎自己的妻子怎么穿着，甚至可以将她们随便送人，只要你情我愿，贺兰雪也不觉得什么。

可是看到伊人和裴若尘在一起，还笑得那么天真无邪的样子，他就生气，莫名其妙的生气！

她当裴若尘是个宝，当自己是根草，能不气吗？

“那什么，我先走了，你们慢聊……”见贺兰雪半天没有应声，脸色涨得殷红，连握酒壶的手都捏紧了，伊人情知不好，赶紧知难而退。

“王妃不是找王爷有事吗？”裴若尘见他们关系僵持，也情知里面有自己的原因，连忙做和事佬，“现在，不用另找花厅了。”

“是吗？你找我？”贺兰雪终于有了一丝安慰，沉成锅底的脸色终于有了一点笑意。

她终于还是和其他人一样，想得到他的宠爱吧。

伊人本来准备下次再提这件事，不过裴若尘既然已经说出来了，她也就打蛇顺棒上，信口说了：“我想请王爷去我那儿……呃，喝茶！”

“喝茶？”贺兰雪转着酒杯，盯着她，玩味般重复着问。

伊人猛地点了点头：“希望你能去。”

贺兰雪装模作样地沉吟了好一阵，才说：“好吧，既然爱妃盛情邀请，本王去一趟又何妨？”贺兰雪认命一般说完，又抬手止住身后的莺莺燕燕，抬眼望着裴若尘道：“若尘陪本王一道去……品茶。”

裴若尘正打断推辞，伊人早已雀跃起来，圆圆的小脸堆上了春日桃花般的笑容，欢欣道：“好啊，这就走吧，十一肯定等急了。”

说完，她便晃晃悠悠地往来路走去。出来了一个下午，她开始怀念起自己清静的小院了。

裴若尘无法，只得随着贺兰雪一道去了，那三名姬妾已被贺兰雪打发走，临行前还恨恨地望了伊人一眼，只是伊人并未察觉而已。

还未到院门口，伊人已经扯着嗓子喊“十一”“十一”了。

忠伯和十一匆匆忙忙地从内室跑了出来。眼见着自己的王妃出去了一下午，十一本来不抱希望了，没想到她竟然真的把王爷给接了过来，见状不由得大喜，十一更是重新折返回屋去，赶紧又在鬓前插了一朵大红花。

“十一，快奉茶！”等客人坐定，伊人又马不停蹄地喊了起来。

贺兰雪和裴若尘分坐两端，看着伊人小小的身体小大人一样端坐在首席上，装模作样地吆喝着，竟不约而同地一笑。

只是裴若尘的笑容很快敛起，自知不妥，拿余光扫了一眼贺兰雪，贺兰雪也刚刚收起笑容，脸上的懊恼愈加严重。

在伊人的几番吆喝后，十一终于捧着茶，施施然走了过来。

贺兰雪一看：坐在首席上的伊人鬓发散乱，颜面不修，身上仍然只穿了一套红色的小短褥，而端茶走进来的十一，却光鲜靓丽，装扮妥帖，头上的发髻珠钗名贵悦目。

若不是他之前已经见过伊人的长相，连他都分不清到底哪位是主人。

可这样显著的差别，伊人却似毫无察觉，仍然安之若素，在座位上没心没肺地笑着。

十一娉娉婷婷地走向了裴若尘，弯腰，斟茶，浅笑，退走。

十一袅袅娜娜地走向了贺兰雪，弯腰，浅笑，斟茶……

伊人瞪大眼睛，已经准备好了说辞。

果然，只听见“啪”的一声，茶杯落地，裂成碎片，热水溅在了贺兰雪的身上，也溅落在十一的手上。

十一一脸痛苦，怯生生地望着贺兰雪。

伊人则拍案而起，公然咆哮道：“十一！你过来！”

这样有爆发力的一叫，几乎连贺兰雪都吓了一跳，十一更是吓得玉容惨白，哆哆嗦嗦地挪到伊人脚下，匍匐在地，单薄的身躯不停地颤抖着。

伊人本来想用脚踹她一下，腿抬了抬，终于没敢真的踹下去，只是转身拿了插在花瓶上的鸡毛毯子，雷声大雨点小地打在十一身上，嘴上则直嚷嚷着：“你唐突王爷，我，咳咳，本宫打死你，打死你……”

十一则一阵鬼哭狼嚎，先是左突右闪，然后一个劲往贺兰雪怀里钻，哭得如带雨梨花：“王爷。救命啊，王妃会打死奴婢的，王爷，王爷，行行好……”

伊人本想追上去再打几下，又懒得追来赶去，索性把那一幕省了，只是将鸡毛毯子往地上一掷，恶狠狠地放下一句话：“你等着，本宫这就出去找铁棍子来打死你这个……呃，小贱人！”

说着，伊人双眼挤出一束凶光来，哧溜一下射向十一。

十一哆嗦了一下，更是死命地抱住贺兰雪的双腿，一声一个“王爷”，叫得好不凄惨。

果真是……我听犹怜啊。

伊人看火候差不多了，也不多加滞留，转身便往外走，似乎真的去找大铁棍去了。

裴若尘忍着笑，一本正经地说：“王爷，我去劝劝王妃。”说完，也不紧不慢地跟了出来。

只留十一与贺兰雪两人，在房子里，慢慢“发展”了。

裴若尘出了大门，往院子里偏僻的地方一拐，果然见到了伊人。

伊人当然没有真的去找铁棍，而是坐在秋千上，有一下没一下地摇晃着。

“不去找铁棍子打人吗？”裴若尘走到她旁边，憋着笑问。

伊人立刻做痛心疾首样：“十一不听话，我要吓吓她。”

裴若尘转了一个圈，绕到伊人前面，双手捏住秋千两端的绳子，稳住晃动的她，问：“别人都希望得到王爷的宠爱，为什么你要巴巴地将王爷推向自己的侍女，还装出一副恶人的模样？”

伊人愣了愣，随即吐了吐舌头：“被你看出来了？”

裴若尘笑而不答，问：“你这样做，会彻彻底底地失宠的。”

“可我本来就不希望得宠啊。”伊人一本正经道，“我最大的希望，就是王府的人都遗忘我的存在，放我自生自灭。”

“可你是王爷明媒正娶的妃子，即使所有人都将你遗忘，你也不可能出得了这个逍遥王府，除非得到王爷的休书。”裴若尘好心地提醒道。

他以为伊人是对自己的婚事不满意，故而消极抵抗的大家小姐。

“谁说我想出去了，好不容易嫁进来，为什么要出去？”伊人奇怪地反问道。

裴若尘语塞，一双好看的眼睛困惑地瞧着她。

伊人于是好心地解释道：“在这里有吃有住，又不用担心恶贼恶官，又不用担心苛捐杂税，每天睡到自然醒，无衣食之忧，无性命之忧，逍遥快活，这样的好地方上哪儿找去？我是绝对不会离开的。”

裴若尘目瞪口呆，一时答不上话来。

还从来没有人，可以将自己的胸无大志、得过且过，说得如此理直气壮、得意扬扬的。

怔了一会儿，裴若尘又提醒道：“可这样，你不会觉得无聊吗？”

“不会啊。”伊人摇头，顺便环顾了一下周围，“有很多好玩的事情的，为什么会觉得无聊？”

“可一辈子总待在一个地方，便形同软禁。”

“我从前也一直待在小屋里，从来不觉得无聊。”

裴若尘立刻联想起世人关于伊家二小姐深居简出的传说。

“你可知道云有多少形状吗？多得你数不清，云的形状，是世上最富有想象力的画家都难以摹画出来的。你知不知道，花开的时候，花瓣的姿态，也是笔墨难以形容的，如果每朵花里住着一个人，那一定是世上最柔弱、最透明、最腼腆的小人儿了。即便是这样荡秋千，为什么一定要想什么呢？你也可以什么都不想，就这样一直荡啊荡的，慢慢地你就能变成一只鸟了，飞上去，可以看到大海……”伊人顿了顿，终于有点惋惜地补充了一句：“我还没有见过真的大海。”

裴若尘没有留意她最后的一句话，只是沉溺在她勾画出来的梦幻世界里，有点失神。

伊人瞧着他的表情，突然呵呵地笑了起来，伸手拍在裴若尘的肩上，很豪气地说：“简而言之吧，我这人没理想没抱负，就想找个小地方过我的小日子……嗯，不知道十一现在怎么样了？”

裴若尘见她自动地转开话题，禁不住一笑，松开握住秋千的手，淡淡道：

“你很奇怪。”

秋千再次摇了起来，伊人足尖点地，微微用力，于是荡得更高了。

风吹起鬓角，拂着她红润的脸庞。

裴若尘在旁边看着，唇角噙笑。

然后，伊人荡到最高点的时候，忽而转头一笑，轻声说：“裴若尘，你真好看。”

裴若尘笑意更浓，柔和的五官水般荡漾，潋滟温柔。这不是她第一次说这样的话，他似乎已经习惯了她的直接与直白。

秋千渐渐往下，带着风的呼声，从裴若尘身侧滑了过去。

伊人目视前方，很坦然地说：“我喜欢你。”

声音很轻，如被风吹散，也如空气、水一般，自然得让人心底平和，竟无涟漪。

女孩如鱼一般从身侧滑过。

裴若尘抬眸，伊人再次荡到了最高点，笑得懒懒散散，仿佛什么都没说过。

她只是说出自己的感觉，单纯的感觉而已。

不要求回应。

裴若尘也想说点什么，譬如“你很特别”“你很可爱”“我也喜欢你”这样的话，好像平时很难诉诸口的话语，在伊人面前，便能说得理所当然而且不会有任何困难。

可是他还没来得及开口，急促的脚步声打碎了这一秋千的和美与安静。

他们同时望向来处，只见贺兰雪黑沉着脸，正快步走了过来。

贺兰雪一走来，便一把握住伊人的秋千，另一只手将她从秋千上踉踉跄跄地扯了下来。

“伊人！你，你这个白痴！”

所有的愤怒，都化成了这一句。

伊人挺无辜地看着他，淡淡说：“从小到大，很多人都骂我白痴。我本来就是白痴。”

伊家二小姐，确实是白痴，她倒没有说谎。

贺兰雪没料到她会这样回答，一时也接不上其他的话，只是气呼呼地待在原地，又拿眼睛扫了一下站在一旁的裴若尘，本就怒火熊熊的凤眸更是烈焰滚滚了。

“你这是，陷害亲夫！”他咬牙切齿道。

伊人依然无辜地望着他，仿佛什么都不知情一样。

连裴若尘看见她这般童叟无欺的表情，都几乎以为，十一的事情与她是无关了。

裴若尘暗暗一笑，轻轻地摇了摇头：这个伊人，真的是别人以为的白痴吗？

也许只是不屑去争吧。

裴若尘的小动作，纯粹是自己的感悟，可是看在贺兰雪的眼里，那简直如点燃炸药的导火线了。

她作为王妃，将他这个堂堂王爷塞给自己的侍女，自个儿跑出来与别人眉来眼去。贺兰雪自认为自己不是那种遵循传统道德规范的人，可即便如此，他也没办法忍受！

这是侮辱！绝对绝对的侮辱！

贺兰雪怒火中烧，瞧着伊人仍然自自然然的笑靥，突然伸手，扯住秋千……

只听见一阵地动山摇，被镶嵌在假山石上的秋千竟然被一手扯了下来，散落的岩石哗哗地往下落，原先坐在秋千上的伊人，则被摔了一个狗啃泥。

这雷霆一击，让贺兰雪觉得心里好过多了，裴若尘又颇觉吃惊。他从来不知道，整天斗鸡走狗的逍遥王贺兰雪，竟有如此功力。

裴若尘的目光闪了闪，又很快恢复如常，若有所思。

伊人则在地上趴了几秒钟，然后扎手扎脚地爬起来，莫名其妙地望着瘫倒在地上的秋千。

“咳咳，被克扣材料钱了吧，质量怎么这么差？”她郁闷地感叹了一句，然后极快地扫了贺兰雪一眼，脚底抹油，“我让十一端几把椅子来让各位坐……”

“伊人！”她还没来得及走几步，贺兰雪的怒吼已经从身后传了过来，伊人急刹车一般顿住脚步，等着后话。

“你不待见本王，本王还不待见你呢！你只是代替你姐姐嫁来的一个玩意儿，又胖又蠢，王府里随便一个丫头，都比你强百倍。从今往后，本王不会再来你这里了，你就和你那个侍女，在这里冷清地待一辈子吧。哼，想玩欲擒故纵的把戏，你还嫩了点！”

这句话堪称伤人了，哪知猛地转身过来的伊人，脸上的表情，却并不是贺兰雪以为的失望、落魄，或者泪流满面。

实际上，伊人正喜不自胜地望着贺兰雪，确认道：“真的可以在这里清清静静地待一辈子吗？王爷真的不再来了吗？”

言外之意，就是巴不得贺兰雪从此不再来了一般。

贺兰雪重重地“哼”了声，他想抓狂。

伊人得到他的肯定回答，于是更高兴了，圆圆的脸笑成了一朵花，仿佛清晨随着太阳一起绽放的太阳花一样，那么朝气蓬勃，欣喜若狂。

“谢谢你了。”伊人匆忙地行了一礼，然后甩手欢欣地往内室跑去。

贺兰雪就这样被甩在了那里，便如那句“威胁”一样，成了黄昏里最后一个笑话。

第3章　进宫

伊人回到房间的时候，十一正衣裳不整地倒在地板上，捂着脸呜呜咽咽地哭泣着。

伊人看到此景，已经猜到了七八成，却并不点破，只是上前扶起十一，安慰道："十一辛苦了。"

"为小姐做事，不辛苦。"十一泪眼蒙眬地回答道。

伊人笑眯眯地看着她，又说："嗯嗯，十一这次忍辱负重，真的好厉害。我说，十一啊，差不多快到吃饭的时候了吧。忙了一天，还没吃晚饭呢。"

无论如何，生活还得继续，不是吗？

十一于是一哧溜爬起来，很大义凛然的样子，抬头挺胸地走了出去，真好似一个为国建功的女英雄一般，虽败犹荣。

伊人也没有其他的情感流露，仍然笑嘻嘻，没心没肺的模样。

日子，恢复了往昔的平静。

一天又一天。

一月又一月。

春去，夏散，秋尽，冬来。

在这样一成不变的生活里，时间只是一个符号，十一也渐渐忘记了上次受到的侮辱，重新变得叽叽喳喳，在伊人耳边散布着谁谁受宠，谁谁陪王爷出游的小道八卦，忠伯则砍着自己似乎永远也砍不完的柴，每天中午时分，立正，对一脸惺忪的伊人道一声："王妃……早！"而伊人呢，自从那架秋千被贺兰雪蛮力毁了后，她便嘱咐忠伯做了一个摇椅，成天往太阳底下一搬，然后追着太阳影子晒太阳。

不过，这晒太阳的日子似乎越来越难熬了，因为冬天到了，日头短了，天气刀一样刺骨了起来。

在这期间，贺兰雪果然没有再来过，相反，裴若尘倒是来了几回。

裴若尘来的时候，并不会停留很久，有时候只是闲坐一会儿，和伊人一道儿晒晒太阳，听她说一些没头没脑的话。有时候便是被伊人强迫着做模特。尽管作出的画作，伊人从来没有让他看。

还有一次，裴若尘抱着一张瑶琴来，只说小院子太寂寞了，伊人如果学点琴，也好打发无聊的时光。

伊人笑眯眯地点头称是，然后支着颐，看着调琴试音的裴若尘：修长的手指在琴弦上轻叩着，乐曲水一般滑出，裴若尘抚琴的时候，神情尤其好看，有种优雅的专注，仿佛整张脸都蒙上了光晕一般。

她对他的教诲似听未听，只是微笑着看着他。

再后来，伊人也发狠练琴，小院子响了三天叮叮咚咚的噪声后，便再也没有了声息，伊人重新跑出去晒太阳，而裴若尘，再也没有来过。

那是秋天的事情了。

现在，已经是冬天。

伊人晒到午后，一团乌云滚滚而来，她裹紧身上的小棉袄，回头喊了声："忠伯。"

忠伯于是跑了过来，抬头望了望天空，担忧道："怕是有大风雪了。"

"大风雪"三个字，让伊人着着实实地瑟缩了一下。

因为伊人空前绝后的失宠状态，理应分给她的煤炭啊，棉被啊，都被无良的管家克扣了。

当天气越来越冷的时候，即使强悍如伊人，也不得不忍受失眠了。

薄薄的丝绸被真的抵御不了寒冬，伊人每次刚刚睡着，便被刺骨的寒冷冻醒，如此反反复复，根本提供不了伊人需要的睡眠时间，几乎全天都是昏昏沉沉的状态。

不过，像这几日阳光明媚，伊人还可以在太阳底下补补眠，可如果遇到暴风雪……

伊人怕寒。

忠伯的预测一向很准，当晚，外面大风呼啸，大雪轰然而至，温度又降了将近摄氏十度，屋檐上开始结冰，伊人很冷。

她将自己缩成一个虾米，然后紧紧地裹在棉被里。外面风呼呼地吹，摇曳的树枝敲着窗纸，伊人勉力让自己想象一些阳光明媚的事情，譬如春游，譬如炙肉，譬如……

也不知折腾了多久，她终于睡着了，只不过睡得很浅，几乎很快就被冻醒了。

伊人很是郁闷。

在这样的风雪天气里，四年一度的选秀，终于紧锣密鼓地开始了。

伊人的姐姐伊琳一大早就打扮停当，由一顶青布轿子抬着，从皇宫的偏门，进入佳丽云集的储秀宫，接受风朝皇帝贺兰淳的御笔挑选。

贺兰雪则煮了一壶清茗，在融雪斑驳的花园里，静静地斟饮。

他的神色很淡，没有了往日那种玩世不恭的嬉乐，也没有伊人偶尔瞥见的犀利，那是一种全然事不关己的态度，好像与这个世界隔离一般。

只是眉眼间有一丝抑郁，一种近乎忧伤的抑郁，低低吟唱着，让那张欺霜赛雪的脸，分外动人，如蒙上了一层回忆的光晕。

一直到了下午近黄昏的时候，宫里终于传来消息，被钦点为贵妃的有三个：当朝丞相裴临浦的二女儿裴若兰；禁军统领方锐的妹妹、方家小姐方柔；还有一个，则是伊家名扬京城的大美人，伊人的姐姐，伊琳。

贺兰雪的手指，轻轻地停在“伊琳”的名字上，顿住，然后浅声问：“主持选秀大会的，是皇后，还是……”

“是正当宠的陈贵妃，听说皇后抱恙，不方便出席。”来人回答。

贺兰雪的手指于是滑了下来，写着名字的纸笺也落到了雪地上。

琉璃般的眼睛里，氤氲着忧伤。

“她还是，不甘心吗？”

第二天醒来的时候，伊人破天荒地顶上了两只熊猫眼，昨晚她几乎没有睡到一炷香的时间，指望着白天来补眠吧，哪知从早晨开始，大雪便纷纷扬扬的，总是不停，伊人只得缩在屋里，将被子裹在身上，百无聊赖地看着窗外的雪景。

到了中午，十一递饭菜来，看到自家小姐这等光景，也猜了个大概，十一当即撇了撇嘴，喟叹道：“早知如今，何不当初多笼络一下王爷的心？”

伊人抬了抬眼，只当没听见，只是望着十一手里的食盒，兴冲冲地问：“今天的饭菜是热的还是冷的？”

“冷的。”十一白了她一眼道，“这些啊，都是别的王妃们选的不要的凉菜。”见伊人脸上难得浮过沮丧的神情，十一装模作样地叹了口气，又从怀里取出两个热气腾腾的馒头来：“这是我从丫头们的餐桌上拿的，趁热吃吧。”

伊人于是笑笑，伸手捏住那两个还带着十一体温的馒头，大大地咬了两口，然后伊人抬起头道：“十一，其实你是一个挺好的人。”

“废话！”十一狠狠地瞪了她一眼。

伊人遂不再说，温暖地笑笑，然后继续啃馒头。

说起来，十一到底还是口硬心软啊。自伊人被其他人克扣得越来越厉害起，十一便隔三岔五地从自己的口粮里匀出一点给伊人，前几个晚上，她还从自己的丫鬟房里，偷来了炭火，让伊人着着实实地睡了一个好觉。

虽然第二天，伊人看见十一胳膊上有瘀青，只是十一没说什么，伊人也没问。

“哎，这冬天真长啊，小姐，我们的春天什么时候才到啊？”等伊人吃完后，十一也靠着窗户，无望地感叹着。

伊人望着她，眨眨眼，然后，又将视线挪开去，说：“我总归会想办法放你出去的。”

她说这句话的时候，竟出奇的认真。

伊人自认是一个胸无大志的人，也安于懒懒散散地过此一生，可是这一生，她不想连累任何人，不想让任何人觉得为难，譬如十一。

可惜她这句发自肺腑的真心话，又换来了十一鄙夷的白眼。

“小姐，只要你能自己照顾好自己，我就阿弥陀佛了。比起来，我已经比小姐幸运多了。小姐虽然生在大富人家，却又丑又傻还不受人待见，我虽然出身不好，可是漂亮、聪明、伶俐、机灵，所以啊，你还是为自己多想想吧。”

十一的嘴，依旧不肯饶人。

伊人还是极好脾气地笑笑，信手从桌上拿起之前的画，洁白的宣纸上，都画上了同样一个风华出众的剪影，极好看的五官，极温润的气质，正是裴若尘。

“他也有很久没来了。”伊人惋惜地叹了叹，明亮而清润的眼睛，也破天荒地暗淡了一瞬。

十一看在眼里，本来想反唇相讥，可是见到自家小姐这等情形，也不知是不是动了恻隐之心，顿了顿方说：“小姐，我问过这位裴公子的身世了。”

“哦。”伊人只是淡淡地应了声，并没有十一以为的欣喜若狂。

十一略微有点吃惊，一腔热情被当头冷水浇下。

她不知道，对于伊人来说，喜欢裴若尘，只是单纯地喜欢他的容貌，他的声音，他的温润与雅致，而他的出身到底如何，伊人是不在意的，也并不迫切地想去知道。

可是话说了一半，总得继续说下去，十一噘起嘴，愤愤地继续道：“奴婢可是千辛万苦才打探到的，这位裴若尘裴公子，是当今丞相裴临浦的独子，也是御前行走，银光禄大夫，皇帝身边的亲信。当朝大红人!”

“哦。”伊人仍然只是一应，注意力早已被画作中的美少年所吸引。

十一气得恨不得掐她的脖子。手作势就要抬起来。

贺兰雪来到伊人的房屋前，正好透过窗户，看见一副诡异的画面。

十一掐着伊人的脖子，使劲地摇晃着，面容狰狞，直比野兽。

正站在贺兰雪身后撑伞的侍卫也是一惊，正准备破窗而入营救王妃，却被贺兰雪伸手拦住了，只听贺兰雪淡淡地说了一声：“不要用常理去推断她们主仆俩。”

话音一落，十一果然气喘吁吁地松开了伊人，伊人也大口地喘了口气，然后气定神闲地整理整理衣领，慢条斯理地说：“年轻人，说话不要着急。”

然后，也顾不上十一气急败坏的表情，又悠悠然地捡起被十一推到地上的宣纸，重新打量起自己的作品起来。

贺兰雪走近一步，也在屋外，看清了宣纸上的内容。

细长的眼睛微微一敛，随即充满了说不清道不明的怒火。

虽然长久的冷落，让贺兰雪几乎忘记了伊人的存在，也渐渐不再为她生气，可是看到了伊琳的名字，他还是在第一时间想起她。

他想知道，她是不是真的如她所说，享受被冷落的境遇。

好奇心起，于是冒着如此的大雪天气，从前厅一直走到这块被遗忘的角落。

而她，竟然还在想别的男人！

贺兰雪越想越生气，一伸臂，将后面侍卫撑伞的手拨开，然后怒气冲冲，大力推开房门，带着一阵风雪的味道，走了进去。

而屋里面的伊人，恰恰在此刻打了一个哈欠。

等哈欠打完，再睁眼时，便看到了贺兰雪惊为天人的一张脸，近在咫尺。

“咦?”她眨眨眼，显然对这个刚出现的人有点不习惯。

十一也是吃了一惊，随即欣喜起来，只是还未来得及说话，贺兰雪已经做了一个手势，让她出去了。

“你怎么来了?”伊人可一点也没有久旱逢甘露的觉悟，只是略略的，有点吃惊而已。

就好像掀开床铺，发现床板上有一只跳蚤。

贺兰雪意识到自己食言了，上次放狠话说再也不来了，没想到她在这里过得挺好，反而是自己巴巴地跑了来。

“本王来，只是想通知你一件事。”贺兰雪迅速地转开话题，来掩饰自己的懊恼，“你姐姐入宫了。”

“伊琳啊。”伊人并不吃惊，她一直觉得，伊琳是一定会入宫的。

“本王念在你们姐妹情深，已经向皇上奏请，许你明日入宫觐见琳贵妃。”贺兰雪见她没有丝毫被触动的表情，不禁升起了和十一一样的郁闷，咳了咳，又加了一句。

“啊，要进宫啊……”伊人非但没有欣喜，反而为难起来；“那岂不是很麻烦?”

冷落她可以，放她在冰天雪地里受冻也可以，可是麻烦……

她痛恨麻烦，恨不得每天要做的事情，都是可以坐在床上解决的。

贺兰雪望着一脸为难的伊人，叹为观止。

难道，人能懒得连姐妹情都顾不上了吗?

他不知道，在娘家被爹妈各种嫌弃、从小被当成白痴养活的伊人，跟伊家的明珠、大小姐伊琳之间，从来就没有丝毫姐妹情可言的。

“那……还是去吧。”伊人犹豫了半天，抬头看着贺兰雪晦涩难辨的眼神，瑟缩了一下，还是答应了。

那种语气，仿佛还是看在贺兰雪的面子上的。贺兰雪因此欠了她一个天大的人情。

他忍住脾气，手压在那沓草稿上，缓缓地坐到了她对面。

“你还有事吗?”见他说完话后并没有要走的意思，伊人又问。

“你在催本王走吗?”他沉声反问。

放在案上的手轻轻地抓拢，不等伊人回答，他已经举起草稿纸，云淡风轻地问道："不知王妃能不能告诉本王，这纸上，画的是谁？"

伊人望着他，有点受伤地问："我画得有那么差吗？"

她还一直对自己的画技很有信心呢，竟然连贺兰雪都认不出画里面的人是谁。

贺兰雪有种鸡同鸭讲的无力感。

"你画得很像……"顿了一会儿，贺兰雪实话实说。其实在第一眼看到伊人的画作时，贺兰雪还是吃了一惊的，伊人的绘画与现在时下的风格很不一样，她画得相当细腻而且写实，连面部的表情都刻画得栩栩如生。可是那种惊奇，马上就被翻涌上来的妒火所侵袭，贺兰雪根本不想追究她为什么会画这样的画作，只是生气"不过，为什么你要画其他男人！"

王爷很生气，后果很严重。

伊人却浑然不觉，同样老实地回答道："因为裴若尘五官很清晰，真的很适合画啊。画出来的效果也很好。"

"……怎么王妃就没想过，要画画本王呢？"贺兰雪顶了一句。

"王爷的长相……"伊人托腮看了一会儿，然后极中肯地回答道，"其实王爷也不错，就是，神大于态，而且稍有不慎，会流于柔弱妖媚，很难下笔。"

言外之意，就是说他长得女气了。

贺兰雪倏得合拢手指，手中的那张手稿，竟然瞬间变成齑粉，看得伊人那个肉疼啊。这个世上她唯一在意的东西，便是自己的作品了。

"说本王女气……"贺兰雪漂亮的唇角翘了翘，露出一个不明意味的微笑来，"那就让爱妃见识一下，什么叫柔弱……"

说完，他不等伊人反应过来，已经伸臂将她打横抱了起来，然后大步往床榻走去。

伊人的大脑空白了数秒，然后在被扔到床上时，试探地说："这里睡觉很冷的，被子又薄，又没有炭火，王爷还是回去睡吧，呃……"

贺兰雪敛眸，看着还在试图打发他离开的伊人，更是不忿。

老实说，他现在的举动，绝对与欲望无关，只是心里很不平衡，相当不平衡。

从他府上出去的女人并不是没有，可却没有一个是心甘情愿出去的，即使她们躺在别人身边，心里装的人也是他。唯有她，从大婚之日起，便从未将他放在眼里。

他不能容忍忽视。

身体压了下来，伊人本来徒劳地将手臂撑在他的胸前，继续抗拒着，可是当贺兰雪彻底压下来的时候，她却放弃了反抗。

贺兰雪愣了愣，随即轻蔑一笑：这么快就妥协了？难道之前玩的是欲擒故纵的游戏吗？

——高明的手段。

伊人确实放弃了反抗，可并不是贺兰雪以为的、身子骨都酥软了，欲迎还拒的状况。而是……

伊人的手从贺兰雪的胸口上挪到他的腰际，然后扎手扎脚地抱住，像抱从前那只大大的绒毛狗一样，紧紧地将他搂在身上。

因为贺兰雪身上真的好暖和，伊人冷得太久了，现在，就算是飞蛾扑火，她也不能放过这个人体暖炉。

贺兰雪细长的眼睛轻轻地眯了起来，仿佛午夜绽放的昙花一般，散着神秘而矜傲的光，他的手也顺势搂到了伊人的腰上。只是神态、动作，比起方才，已经从容了许多。

就好像，从前很在乎一样东西，因而紧张失措，但现在，突然不在乎了。

从容，往往因为不够在乎。

少女身上，有种淡淡的奶香味，姑且称之为体香。

虽然没有多大兴致，可是吃掉她，也算平息了贺兰雪的怒气。

修长的手指缓缓向下，拉开了腰际的丝带，然后顺着衣服的纹理，向里探索。

速战速决吧，他连前戏都懒得进行了。

可是——

他的举动才进行了一半，突然又发现不对劲，伊人太安静了……

安静得，安静得让贺兰雪觉得诡异。

虽然环在他腰际的两只手，依然像八爪鱼一般，将他搂得紧紧的。

贺兰雪的手指，已经触到伊人胸前细腻而青涩的肌肤了，可是她依然安静，甚至连起码的反应都没有。

好歹，好歹“嗯”一声吧。

贺兰雪本来就不浓厚的兴致如同寒冬里被浇上冷水一样，迅速凝结成冰。

他越发觉得有问题。

耳边，忽而有了响动，那种熟悉的响动，让贺兰雪顿时又有了抓狂的冲动。

轻微的，轻微的，鼾声！

他停下一切动作，“温柔”地扳过伊人侧在一边的脸，然后将散在脸上的头发“轻轻”地拂开。

首先映入眼帘的，是微微嘟起、正散发着有节奏的“噗噗”声的小嘴，然后是一翕一合的鼻子，然后是轻轻颤动的睫毛，以及阴影下紧闭的双眼！

贺兰雪被一种深深的挫败感侵袭，刚才那种似喜悦似失望的感觉，转眼间消失无踪。

伊人，果然是伊人！

贺兰雪的第一反应，便是想将她踹下床去，少女体香诱发的欲望，也消散得彻彻底底。

他将双手放在伊人的两侧，奋力往上，就要爬起来脱离她，哪知，他的身体向上，伊人竟然跟着向上。

那两只看似柔弱的双手藤蔓般缠着他，伊人贪婪地吸收着贺兰雪胸膛上散发的热量，她抱得是那么紧，以至于即使睡着了，仍然没有丝毫松懈的样子。

她就这样挂在他身上，一起半支在床上。

贺兰雪低头看着依旧熟睡的她，直恨得牙痒痒，根本不想怜香惜玉，重新侧过身躺下，然后腾出两只手去扳伊人的手。

他的力气很大，伊人发出几声不适的“哼哼”声，还是被掰开了。

她依旧未醒。

连日来睡眠不足，现在好不容易温度适宜，让她醒来，那基本上是不可能的。

总而言之，就在贺兰雪摆脱伊人的钳制，就要落荒而逃的时候，他挪下一只腿，再挪另一只腿时。抽了抽，没动。

极度郁闷地回头一看，他看到了某人已经自发地滑了下去，重新抱住了他的大腿。

那张红润润的小脸紧紧地贴在他的腿上，随后整个身子缠了上去。

伊人是一只树袋熊，而贺兰雪的腿，是树干。

对，就是那样。

贺兰雪只得重新转过身，回到床上，然后拍拍伊人的脸，沉声道：“我不管你是真睡还是假睡，马上放开本王，不然……”

回应他的，只是某人将嘴角边流下的涎液，擦在了他白色的裤腿上。

贺兰雪厌恶地望着那一副极其不雅的睡相，本想重新将她踹开，可是腿抬了抬，又轻轻地放了下去，过了不久，伊人又自发地爬了上来，一点一点，蹭到他怀里，寻了一个舒服的姿势，继续自己的千秋大梦。

那是伊人入冬以来，睡得最甜的一觉。

以至于那一觉，她睡了很久很久。

而她不知道，这也是贺兰雪最近睡得最踏实的一觉。

那种种莫名其妙、或激越或惆怅的梦，并没有来侵扰他。

他们醒来的时候，已经是第二天下午时分，贺兰雪刚醒来不久，还没有来得及逃离现场，伊人便醒了。

她抬手揉了揉眼睛，还没有意识到身边到底躺着谁，贺兰雪略有点不自然的声音低沉地响起：“今天本王带你入宫，起来收拾一下吧。”

说完，贺兰雪若无其事起身，试图转移伊人的注意力。

伊人果然没有追问昨晚的事情，而是百般不愿地撑起上半身，眼睛无比惺忪地凝视了贺兰雪半晌，眼眸空蒙，然后，她又重新躺了下去。

“嗯，再睡一个回笼觉吧。”

贺兰雪望着她，他有一种感觉：刚才伊人望着他，只怕并没有认出他，而是在回味梦境而已。

“起床。”他整理好自己的衣衫，然后扶起伊人的肩膀，沉下脸道，“今天你要随本王进宫，选一件得体的衣服。”

伊人无法，被他摇晃着重新睁开眼，这才彻底地从睡梦里回过神来，仿佛刚刚才看到贺兰雪一般，怔怔地望着他：“王爷，你怎么在这里？”

贺兰雪满头黑线。

果然，她方才的安静并不是乖巧，而是压根没睡醒！

“十一！进来给王妃收拾一下！”贺兰雪猛地松开手，转头向门外喊了声。

伊人本来被贺兰雪扶着，他突然松手，她也“砰”的一声重新撞回床铺上，后脑勺被撞痛了，伊人抬起手摸了摸自己的后脑勺，无辜地望着贺兰雪。

贺兰雪却别开眼神，不去看她，他还不想让自己抓狂。

早已在房外守了半天的十一如聆圣旨，应声推门走了进来。贺兰雪肃了肃容颜，负起手酷酷地立在床边，等着十一将迷迷糊糊，摩挲着后脑勺的伊人从床上拉下来。

然后，便是一阵手忙脚乱的忙碌。

烦琐的服饰，复杂的发髻，一套套的首饰……伊人只能像一个木偶一样，由着十一折腾。

可十一也不过是一个十四岁的小女孩，审美观本来有待提高，贺兰雪在旁边看着看着，突然原谅伊人每次出场时不伦不类的装扮了。

一主一仆，都是极品啊。

“行了。”待十一将一件相当俗气的大红罩衫套到伊人身上后，贺兰雪终于看不过去了。

负在身后的手挪到了身前，挑起衣箱顶面一件素净的藕色纱裙和貂毛坎肩说：“穿这一套吧。”

然后，他又走过去，将伊人乱七八糟的发髻散开，只是松松地绾了绾，然后信手从目瞪口呆的十一手中取下发簪，别住，说“这样就可以了。”

然后贺兰雪发现，其实伊人并非真的那么难看，那张圆润俏丽的小脸，有种春日般的慵懒。勉勉强强，还是能带出门的吧。

伊人进宫了。

在此之前，伊人的活动范围很小，无非是从伊家大院，转移到了逍遥王府。

而现在，此时此刻，她站在恢宏的城楼前面，突然觉得自己出来一趟还是合算的。

皇宫很漂亮，真的很漂亮。

天气很好，天高，云涌，云悬在红墙绿瓦之上，那是种庄严的广阔，几人高的宫门吱吱呀呀地推开来，贺兰雪与伊人并肩走了进去，面前延伸着一条铺着大理石的大路，两旁宫殿林立，巍峨高大，像天街两侧持枪矗立的天兵天将。

伊人张开嘴，“哇”地感叹了一声。

贺兰雪暗暗一哂，正想着“小家碧玉没什么见识”，然后，伊人的表情变成了一个大大的哈欠。

她只不过打了个哈欠，并非贺兰雪以为的“大开眼界”。

诚然，伊人是喜欢这群建筑的，它们那么巧夺天工，那么庄严肃穆。

可是，那不过是建筑而已。这世上能触动伊人的东西，极少极少。

贺兰雪蹙了蹙眉，用余光警告了她一下：身为逍遥王妃，请注重仪容！

伊人很快收起了哈欠，强打着精神，装模作样地肃了肃面容，正在此时，一个穿着酱灰色宫服的老太监小步跑了来，到了贺兰雪面前，便恭恭敬敬地行了一礼，恭声道：“逍遥王爷，陛下正在宏光殿等着见王爷、王妃，请王爷、王妃往这边走。”

说完，便走到前面带路。

一行三人就这样顺着平整洁净的宫道往右边的一个大殿走了去，到了殿门口，老太监进里面去通报，伊人依稀听到里面传出一个低沉绵软的声音，“宣——”，老太监于是又走了出来，领着伊人与贺兰雪跨过高高的门槛，走进庄严阔气的大殿里。

大殿的地板是花岗石所铺，打磨得光可鉴人，伊人望着地板上自己的倒影，突然有种渺小的感觉。

恢宏的大殿上，只有她与贺兰雪两人站在镜子般的大殿中央，廊柱森森，高檐巍峨，他们显得那么微不足道，在大都至高的权力面前，渺小如两只蚂蚁。

而殿上，层层竹帘后面的，一个模糊的、高大的身影，正从上而下，冷冷地俯视着他们。

伊人极敏感地察觉到贺兰雪的异样，那双桃李缤纷落的眼眸，突然变得幽深，幽深如这座阎罗殿般的大殿。

然后，贺兰雪拂袍跪下，高呼万岁。

伊人懵懵懂懂，也跟着跪了下来，含糊不清地跟着贺兰雪和了一声。

上面的人仍然极具优越感地俯视着他们。

伊人觉得浑身不自在——那是她第一次见识到权力。

“平身吧。”那低沉、威严而略显绵软的声音，再次响起。

贺兰雪应声而起，好像他跪下的时候便打算起身，伊人则迟了一步，颇为狼狈地爬了起来。

这还是她第一次对另一个人下跪，心里觉得别扭得紧。

“这位便是琳妃的妹妹？”等他们全部站直后，上面的皇帝又发话了。

贺兰雪应声道：“是，她是臣弟新纳的王妃。”

“听说逍遥王本意是想娶琳妃的……”上面的声音云淡风轻，听不出什么情绪，就像寻常拉家常的兄弟一般，“我们本是兄弟，又成了连襟，可谓亲上加亲。太后知道了，也很欣慰。”

“是。”贺兰雪脸上看不出悲喜，只是敛眸垂睫，淡淡地应着。

伊人则看戏一般听着天家的两兄弟在那儿一问一答，全然一副事不关己的模样。

“你叫伊人?”哪知，帘子后的皇帝话音一转，指向了她。

伊人忙忙抬头，望向声音的来处，不假思索地回答道：“对啊，我叫伊人。”

帘子重重，密密，她看不清皇帝的长相，只觉得那团黑乎乎的影子，有种说不出的压抑。

“很活泼。”皇帝贺兰淳似乎没打算追究她的言语不敬，反而轻笑道，“逍遥王有这样一位可人的妻子，也是福气。”

“是。”贺兰雪仍然淡淡地应着，神色平静到木讷，像戴着一副面具般。

“难得进一次宫，向太后请个安去吧。”帘后的人同样戴着面具般吩咐了一句，然后起身离去，伊人只听到一阵窸窸窣窣的声响，再抬头，堂上已空。

冷寂的大殿上，贺兰雪依然矗立在原处，他没有动，伊人自然也没有动，只是好奇而困惑地望着不言不语的贺兰雪，腿略略屈了屈——方才站得太笔直了，她全身不舒服。

“你去找你姐姐吧，本王要去向太后请安。”也不知站了多久，贺兰雪突然转身，冷淡地丢下一句话，然后快步向外走去。

伊人本想追上去，可是站得太久了，突然移动，脚踝一崴，便落到了贺兰雪的后面。

等她慢腾腾地走出大殿时，贺兰雪已经不知所终，只留下她一个人，站在高大的台阶前，茫茫然不知何处去。

“真是不负责任的男人啊。”伊人装模作样地感叹了一番，决定自食其力，好好地将这座神仙殿堂般的皇宫看一看。

至于伊琳，如果碰到了最好，如果碰不到，她也不觉得遗憾。她哪里知道伊琳在什么地方。

这样想着，伊人的步伐从容许多，不疾不徐地顺着林荫小道往宫宇深处漫步而去，现在阳光艳好，不冷不热，金黄的日光透过两侧树叶的缝隙，温柔地洒下来，伊人越走越慵懒，越走越觉得还不如在家睡大觉。主意打定，她遂不再往前走，停在了一棵繁茂的榕树前，蹲在了树前面，先是百无聊赖地看着在树根处爬来爬去的蚂蚁，然后，蚂蚁的形状慢慢模糊起来，太阳的光点，慢慢斜移，在伊人的身上光华流转。

她开始打盹，小脑袋像只啄米的小鸡，一上，一下，一上，一下……

这时，一阵清晰的打斗声突然传了过来，搅乱了伊人的睡眠。

她迷迷糊糊地睁开眼，还没弄清楚发生了什么事情，几个穿着劲装的蒙面男子已经冲到了她的面前，半围着她，其中一个似乎为首的汉子哑声道：“这里有一个宫女，先挟持她做人质！”

伊人怔了怔，随即意识到，他们口中的人质，正是她自己。

念头闪人，伊人自然打算逃跑，她可不想当一场莫名其妙的打斗中的牺牲品。

虽然，对生活，她似乎也无所追求，可是，还不想死啊。

这样的暖日和风，这样的生命，即使无为，却依旧值得眷恋，不是吗？

伊人可不是那种懒得连求生意识都忘记的人，所以，她在跑。

后面的人呼啦地追了上去，她跑得太慢，没几步便被别人追上了。锋利的剑刃几乎划过她的耳后，伊人吓得一哆嗦，惊叫了一声，然后抱头蹲了下来。

只是，她意料中的、冰冷的剑刃并没有劈下，传入耳中的，是两剑相击“铮”的一声。

伊人松开捂住双眼的手，抬头怔怔地看着凭空出现的持剑男子，阳光烈烈的，将那人笼罩在光晕之中。入眼处，只是亮晃晃的一片，看不清面容，亦看不清装束。

“你没事吧？”爽朗如烈阳般的声音。

伊人摇摇头，缓缓地站了起来。

来人在光耀中展颜一笑，冲着伊人问：“你信不信我？”

伊人倒是想说“不信”，可是又懒得自己去解决眼前的状况，只得挺纯洁地望着他，重重地点头道：“信。”说这个字的时候，两只眼睛用力地眨了眨，以示自己的真诚和决心。

那人又是一笑，牵着她的手，轻声道：“那就闭上眼睛。”

这个要求不算过分，伊人赶紧闭上了眼睛，突来的黑暗，让她紧张地握紧对方的手。

然后，那个人动了，像飞一样，带着伊人脚不沾尘地旋转起来，忽而向前，忽而向后，忽而向左，忽而向右，伊人只听到周围一阵噼里啪啦的兵刃相击声，耳边，更是利器飞来飞去的呼呼声，她紧紧地闭着眼睛，连偷看都不敢，而牵着她的那个男人，则像蝴蝶飞舞一样，带着她躲过一次又一次危险，偶尔也会搂着她的腰，将她压低，或者举高——简直像在跳舞。

没多时，耳边的喧嚣声停止了，取而代之的，是微风吹过花丛的喃喃细语。

“可以睁眼了。”耳畔，他带笑地说。

伊人这才小心地将眼睛睁开一条缝，打量了一下周围，似乎没有什么拿刀拿枪的人了，这才放心大胆地将眼睛全部睁开：之前围攻他们的人，正全部躺在地上哼哼唧唧，痛苦呻吟呢。

“呃……”伊人想感慨一下，想了想，然后由衷地说，“英雄啊。”

在看清来人的那一刻，伊人几乎要将“贺兰雪”三字冲口而出，可是阳光一晃，她又将那三字收了回去。

那人与贺兰雪确实长得极像，可细看之下，却又一点都不像。

虽然是差不多的眉眼，可是装在贺兰雪的脸上，便如三月桃花。明媚得让人睁不开眼。而面前这个人，却如一把出鞘的宝剑，同样耀得人睁不开眼，但并不是因为明媚，而是因为他身上浓重的杀伐之气和坚硬清晰的轮廓勾勒出来的英气。

“你是哪个宫的？”见伊人呆呆地望着自己，那人将长剑收回剑鞘，好笑地问。

伊人还未来得及回答，又是一阵迅疾的脚步声，两队宫内侍卫匆忙而至，一见到那人，便拜倒在地，诚惶诚恐道：“奴才们办事不力，让大将军费心了。”

“确实该罚！”方才还言笑晏晏的人突然一沉脸，连站在身边的伊人都察觉到从他身上散发出来的、深沉的压力，“皇宫内苑。都可以让这些跳梁小丑横冲直撞，传出去，外邦岂不是要笑我们风朝没人了吗！”

众人更是惶恐，头垂得低低的，根本不敢看他。

“算了，念你们也是初次，这次本将军不追究了，带他们下去好好盘问。”那人也见好便收，并没有过多为难，那种泰山压顶的气势，也在话音甫落之际，消失得干干净净。

伊人终于呼出了一口气。

其他人也如蒙大赦，带着被打得七倒八歪的贼人，井然有序地退了下去。

“你怎么还在这里，不用回宫里当值吗？”等侍卫全部退尽后，那人转头，见伊人还留在原处，眯了眯眼，好奇地问，“刚才是不是躲在这里偷懒？”

他此刻的模样，与方才那威慑众人的大将军比起来，真可谓判若两人。

伊人很认真地想了想，方回答道：“准确地说，如果本来就没有需要完成的任务，便不算偷懒吧。充其量是闲着懒，而不是偷着懒。”

那人闻言愣了愣，随即大笑起来，边笑边问：“你肯定不是宫里的人，你是谁？”

“我是伊人，你是谁？”伊人很自然地反问道。

“我是贺兰钦。”那人一本正经地回答。

第4章　生变

“贺兰钦……”伊人讷讷地重复了一遍，然后伸出手去，对着他宛然一笑，“很高兴认识你。你很能打。”

贺兰钦也坦然地伸出手来，却并没有与她握手，而是一掌击在了伊人的掌心，笑道：“好，伊人，本王认识你了。”

见伊人一副龇牙咧嘴的模样，贺兰钦又是一阵爽朗的笑声。

伊人扯了扯嘴角，不禁怀疑他是故意这样用力的。

“刚才谢谢你了，那么，我走了。”已经欠下了人情，为了防止那人说出一些自己做不到的报恩之法，伊人决定先溜为上。

有时候，恩情是最大的负担，连拒绝都没有余地。她哧溜一下转身便走。

贺兰钦没料到她会说到做到，虽然突兀，倒也新鲜可爱，像一条狡黠脱网的鱼一般。

他眼角一跳，向她的背影露出一个会心的笑容。

伊人溜出现场后，又不知自己要往何处了，想了想，她决定随便拉一个人，问一问伊琳现在的位置。

无论如何，好歹也是自己的姐姐，见一见也算尽人事。

打定主意后，伊人强打精神，东瞄瞄西瞅瞅，准备找一个能够带路的宫女太监什么的。

可是，奇怪的是，她所在的地方，竟出奇的静谧，别说人了，连一只鸟都没看见。

伊人正疑惑着，却听到前方草丛间传来了一阵细密的私语声，语调很低，却极迅速，更重要的，其中有一个声音，伊人似乎熟悉。

她略做思考，随即靠了过去，透过扶疏的花木，看向那边。

映入眼帘的，是一个绝美的背影，穿着一袭水红色的丝绸长裙，肩上嵌着貂毛，齐腰的头发瀑布般垂了下来，头顶则随便插了一支古朴而精致的钗，只是背影，便有种说不出的窈窕华贵。

而站在这女子对面的锦衣男子，眉眼如画，轻蹙的眉头如九曲十八弯的溪水，风情乍现——正是贺兰雪！

难怪伊人觉得声音耳熟。

她微微一哂，便待走出去，向贺兰雪问好。

恰在此时，贺兰雪开口了，低沉悦耳的声音，带着淡淡的惆怅与傲气：“小容，我知道你过得并不如意。难道你真的打算，这样青灯古佛，度此一生？难道，你是想借此惩罚我，惩罚我当日的懦弱？”

“逍遥王谬言了，本宫不是小容，而是皇后，希望王爷以后不要唤错了称呼。另外，本宫绝对没有怪王爷的意思，更加没有过得不如意。何况后宫之事，王爷最好不要越矩。”女子冷冷淡淡地回了一句，然后向前，“这是本宫最后一次单独见王爷，往日种种，如大梦一场，本宫已经醒来，望王爷不要沉迷。告辞。”说完，那个绝美的背影就这样毫无留恋地离去。只留下贺兰雪一人，呆呆地站在花木丛丛间，眼眸轻垂，满园花落叶飞，拂得他白衣翩跹，倒有种萧条的意味。

伊人犹豫了一下，终于走了出来，贺兰雪听见响动，抬眸略有点惊奇地望着她，只是眼神冰冷，倒似要将她结成冰。像传说中的寒冰掌——不，寒冰眼。

伊人干咳数声，清了清嗓子，然后仰头若无其事道：“今天天气真好啊，咦，贺兰雪，你怎么也在这里？”

虽然有点不懂，可连傻子都看得出来：贺兰雪与当今皇后有一段旧情，而今天，他彻彻底底被皇后甩了。

伊人觉得，此时贺兰雪大概需要安慰吧。

而且，刚才的糗事，他大概也是不愿意让旁人看到的。

“你不用装了。”贺兰雪的目光依旧冰冷得可怕，拢在两侧的手微微合起，全身气机微胀，衣角无风自扬，竟有股杀气丝丝浅浅地漫了出来。

伊人全然未觉，只是吐了吐舌头，摸着脑袋道：“我不是故意看见的，不过你放心，我不会说出去的。”话说完，她已经走到了贺兰雪的身前，很义气地拍了拍他的肩膀道：“你供我吃喝，我也无以为报，如果你有什么话想发泄，可以全部向我说，我嘴巴很牢的。”

事实上，平日里连话都懒得说。今日若不是看在贺兰雪是自己衣食父母的分上，她也难得这般好心。

贺兰雪一愣，只感到一只软绵绵的小手在自己的肩膀上拍了两拍，那满心的杀意，竟这样消失无踪。

“我只问你，刚才你看到了什么，听到了什么？”贺兰雪察觉到自己的心软，神色一凛，目光越发冰寒，凝视着她，问。

伊人抬头，望向他的，是一双清澈无垢的剪水双瞳。在那样的眸光下，贺兰雪心中安宁，那最末微的杀气，也随之消失无踪。

“也没什么，只是你的样子……好哀伤。”伊人顿了顿，突然抬起手，抚上贺兰雪的眉眼，轻声道，“像丢了什么似的。”

方才，在落叶残花中静立的贺兰雪，是如此的失魂落魄。

以至于伊人忍不住，想伸手去抹平那份失落。她的动作全然没有征兆，却偏偏自然得如空气、水一般。贺兰雪忘记了躲避，就这样被伊人摸了摸脸，温润的手指，拂过他微长的睫毛。

可是在挨上的那一瞬间，他又如触电般弹开了，有点恼怒地望着对面一脸无辜的伊人，气道：“像你这样天天吃了睡，睡了吃的人，又懂得什么！”

伊人眨眨眼，依旧无辜，无辜且关切。

“你怎么知道失去的痛苦！”贺兰雪更是恼怒，却并不是恼怒伊人，而是恼怒自己，恼怒自己为什么要向一个不相干的傻子诉说自己的感受。

伊人这回似听明白了，轻轻垂眸，那长而翘的睫毛，便如帘子一般遮映在双眸上，仿佛受到委屈一般楚楚可怜，倒让贺兰雪有一瞬的错觉：难道自己在欺负弱女子吗？

“给你讲个故事吧。”哪知伊人很快又抬起头来，方才楚楚动人的幻象转眼寂灭，她扬起一个灿烂无比的笑容，似乎对贺兰雪的诋毁丝毫不在意。

“什么？”贺兰雪下意识地说了一句。

“有一个人在树下做了一个梦，梦见自己成了一只蚂蚁，他在蚂蚁国里呼风唤雨，风风光光地度过了一生，当他醒来的时候，却发现自己仍然只是蹲在树下的一个人而已。他不知自己是蚂蚁的梦，或者蚂蚁是他的梦，只是王朝霸业，转眼变成秋日夕阳。”伊人自顾自说了一通贺兰雪完全不能理解的话，然后歪着头，很老气横秋地总结道，“所以，你不用太在意自己的得失。也许得到的是幻境，失去的也并不是你真的想要的。更何况，反正得到的东西，到头来都要统统失去，不是吗？”

贺兰雪怔怔地望着她，半晌，才冷笑道：“蹩脚的借口，简直不知所谓。”说完，他似乎不满自己现在的处境，挥了挥衣袖，傲然道：“如果你已经见过琳妃，便随本王回府，别在宫里给本王丢人现眼。”

“哦。”伊人赶紧应了声，方才讲故事时认真凝重的表情马上被平日里白痴的样子所取代，脸上清浅的笑容，是那么没心没肺，无所牵挂。

可是看在贺兰雪眼里，却有一种说不出的感觉。

那笑容，白痴得像一个幻象，而自己，从来也没有看透过她。

两人就这样一前一后，各自沉默，走了一会儿。

等转到宽阔洁净的官道上时，右方突然传来一阵喧哗，刀剑相击的脆响，夹杂着宫女的惊呼以及侍卫们凌乱的脚步声。

贺兰雪脸色一变，盯着那个方向，口中念了两字“小容”，便如大鹏展翅般，向声音的来处飞跃而去。

伊人被甩在了后面，刚准备迈开小腿追上去，想了想，又停了下来。

她对看热闹，委实没有兴趣。她应该是这个世界上少有的、缺乏好奇心的女人。

她绕到了离人声鼎沸远远的花园里，找了个假山，坐在山脚的岩石上，挨着山体晒太阳，顺便等着贺兰雪将自己认领回去。

太阳已经西斜，暖暖和和的，透过树影，筛在她身上。

远处吵闹依旧，有时候很远，有时，又很近。

然后，她隐约听到一个人的说话声，越来越近……越来越近！

伊人悚然一惊，说话声似已响在耳畔，正是假山对面的位置。也就是说，她与说话的那人，只隔着一座假山的距离。

只听那人说："贺兰将军，只要你放了方才抓捕的人，我自然不会伤害这位娘娘。"

"你放开她，我还能给你留条全尸。"说话的却是贺兰雪，只是那么低沉威慑的声音，伊人从未听过。

只是听着，便有一种想屈膝求饶的冲动。

"原来逍遥王爷也在。"假山后的人嘿嘿一笑，丝毫没有被威胁，"能惊动王爷这般失态的，看来我运气不错，逮了一个贵人。"

"你——"

"三弟！"贺兰钦的断喝打断了贺兰雪的怒斥。

贺兰雪果然收声。

"你们闯入风朝禁宫，到底为何？"贺兰钦显然比贺兰雪老到多了，即使同样义愤填膺，可是语气却不露痕迹，稳妥大方。

"我们只是想借一样东西，料到贵国不会相借，被逼无奈，只得硬闯，本无伤人之意。望贺兰将军原谅。"那人见贺兰钦一副打算谈判的样子，语气也放客气了一分。

"却不知你们要借的是什么？为什么料定我们不肯出借？"贺兰钦问。

那人却咬紧牙关不肯松口，只是重复道："我们技不如人，本不该多说，只是这些兄弟都是跟我出生入死的义士，我不能让他们死于非命，还望大将军仁慈，将他们尽数释放，等我们退出禁宫后，自然会放了这位娘娘。"

"私放钦犯需要得到陛下的首肯，本将军不能做主。"贺兰钦沉吟道，"如果你成心讲和，不如先放了她。"

"你以为我是傻子吗？"那人冷笑一声，显然不肯讲和。

"那你杀了她吧。"一直沉默着的贺兰雪也是一声冷笑，道，"她只是凤临宫的一个宫女，叫小容，并没有什么显赫的身份，她死了，风朝也没有什么损失。"

"你骗人！"

"你自己看看她，若真的是贵妃娘娘，怎么会只穿了一件单衣，素面朝天，全身上下连一样值钱的首饰都没有？"贺兰雪慢条斯理道，"我们之前紧张她，只是担心这件事会丢了我们风朝的脸面，可如果知道这件事的人都变成死人，也就没什么可怕的了。"

他的话音一落，不仅闯入者怔了怔，连后来追上来的侍从、太监、妃嫔们，也不约而同地吸了一口凉气。

难道要为了保存面子，将在场的人全部杀了吗？

劫持者显然被触动了，场面一时陷入僵持。

躲在假山后面的伊人本打算悄悄地转移位置，可是蹑手蹑脚地走了几步，还是忍不住转过身，偷偷地趴到假山边上，看向对面。

首先看到的，便是劫持者的背影：黑色的夜行服裹在身上，显得彪悍壮实，而他用长剑挟持的女子，伊人仅看到她的侧面，可只是侧影，都让伊人倒吸了一口气。

她从未见过这样清丽的女子，虽然伊琳已经是难得的美人，可是比起她，却失之俗艳。

她是那么干净、纤弱、高不可攀。而且，在这样的情形下，脸上亦没有恐惧，只是淡淡然，如空谷幽兰。

伊人已经通过她的服饰认出了她是谁，之前跟贺兰雪私谈的女子，风朝的皇后。

伊人心念一动，目光随之转向对面的贺兰雪。对面站了许多人，为首的自然是贺兰雪与贺兰钦，后面则是一大堆宫女侍卫，还有拿着手绢、吓得花容失色的妃嫔——只是那些妃嫔眼中，或多或少都有点幸灾乐祸的神色。在她们其中，还有伊琳。

可惜伊人并没有看到她，她的注意力全然被前面的贺兰雪吸引。贺兰雪站得很稳，一脸的满不在乎、淡然自若，可她分明看见，他拢在袖子里的手，轻藏在背后，捏得那么紧，甚至颤抖不已。

“好，既然如此，我们就挣个鱼死网破吧！”正在这时，僵持被劫持者的大笑声打破，伊人看到那人扬起长剑，看见许许多多或惊或喜的表情，看见贺兰钦的愤怒，以及，贺兰雪的恐惧。

贺兰雪眸中再也掩饰不住的恐惧，在长剑映亮黄昏时，摇碎了那一树桃花缤纷。

“等一下。”伊人鬼使神差地从后面蹦了出来，冒冒失失地去抓那柄即将挥下来的长剑。

挟持者显然没有料到会突然冒个人出来，动作一顿，那剑刃竟然真的被伊人抓到了手里。

淋漓的鲜血，从她的掌心滴滴落下，只是痛感还未袭来，伊人恍若未觉。

那人一愣，剑顺势一转，向中间劈去，也不知是砍向伊人，还是砍向小容皇后。

电光石火间，一直紧绷着的贺兰雪也凌空跃起，在近前伸手一捞，将他心心念念的小容搂进怀里，然后极快地跳出险境。只是在跃开前，他歉疚地看了伊人一眼，奇怪的是，他在伊人眼中看不到埋怨，反而是松了一口气的坦然。

伊人被独自留在劫持者旁边，双手流血，傻傻愣愣。

恼羞成怒下，那劫持者的剑似要挥下。

“妹妹！”躲在后面的伊琳忍不住惊呼了一声。

剑刃堪堪停在了离伊人不足一毫米的地方，那人回头朝伊琳看了一眼，于是看到了一位异样艳丽，身穿七彩罗衫，满头珠光宝气的女子，女子眼中的惊诧，也不像伪装。

在宫里打扮得如此华贵的人，应该是贵妃娘娘吧，能被贵妃娘娘称为妹妹的人，估计也是皇帝的一个妃子。

心思电转之际，那个人将杀之泄愤，重新改成了挟持。

伊人只觉得颈脖间一阵冰凉，对面的贺兰雪依旧将小容皇后搂在自己怀里，波光盈盈地看着她——眼神复杂得让伊人看不出所以然。

相反，贺兰钦的神色却爽快得很：“你若是伤害这位姑娘，我反而不会杀了你们，而是让你们个个生不如死，不知你听过剐刑没有？活剥皮？油锅？”贺兰钦说着，突然露出一个极阴险的笑：“从军中回来后，我可好久没有这么玩过了，手正发痒。”

伊人察觉到挟持自己的人，轻微地打了个寒战。

“我说过，我不想伤害任何人，只要求你们放出我的兄弟。”那人依旧咬紧牙关。

贺兰钦冷哼一声，并不回答。

“我给你们时间考虑，三天后，北川桥头，我们再行交易。”那人深知此地不宜多留，决定先走再论，丢下一句话后，便迅疾地往后退去。

伊人被他拉得踉踉跄跄，只觉那横在自己脖子上的长剑，随时都要割进来。

形势再变、人群四散。

“逍遥王妃为救国母舍身求仁！”旁侧一个太监突然喊了一句。

伊人微微一哂：自己还没成仁呢。

而且，她只是觉得，自己得做一件让贺兰雪感动的事情。这样，他才会死心塌地地养自个儿一辈子，不然，他若是哪天心血来潮，把自己赶出去了，那自己岂非还得为三餐温饱去打拼？

这就是她挺身而出的全部原因——远没有众人所想的那么伟大。

当然，她还没有来得及将自己的真实动机说出来，只觉衣领一紧，人已腾云驾雾，不知所踪了。

落地时，伊人发现身前还是高高的宫墙，只是从墙里面，变成了墙外面而已。

这是背向大街的一面，宫墙外荒郊野岭，适合逃生。

就在那人准备夹着伊人继续窜逃之时，从墙角拐弯处突然跑出一个人来，劫持者大惊，抬剑欲刺时，却又硬生生地停下了动作。

来人扯下脸上的黑巾，露出一张还算清秀却陌生的脸。

伊人则听到夹着自己的人一声惊喜的“方泽”，然后舍下她，张臂迎向来人。

“你怎么没被抓？不是所有人都被贺兰钦抓去了吗？”劫持者问。

“我当时躲在了假山的山洞里，没被发现，这才幸免。”那个被称为方泽的年轻人激动地回答。

伊人本是事不关己地站在一边，看着他们兄弟劫后相逢，可是在听到那个方泽开口说话时，不知为何，眼睛眨了眨。

那声音也是陌生的，如同那张脸一样，可是很奇怪，伊人却有种莫名的亲切——就是那种，让人很安心、很温暖的亲切。

“无论如何，你没事就好，大哥还以为你们都……”劫持者说着说着，竟有点语噎了。

伊人偏头打量了一下那个对自己要砍要杀的劫持者，终于看清了他的容貌：平平常常的一个中年人，五官周正得近乎忠厚，没有想象中的穷凶极恶，相反，此时他悲戚的神情，倒让人觉得同情。

见此，伊人心中本来就不浓烈的敌意，顿时消失了一大半。

“大哥，我方才从宫里出来的时候，听说你抓了一位人质，可是这位姑娘？”方泽紧了紧搭在那人身上的手，一面将注意力转移到伊人身上来。

“是，估计是个王妃。这次能不能将其他兄弟救出来，全靠她了。”那人终于恢复常态，松开方泽，重新走到伊人的旁边。

他这次没有用剑胁迫她——大概刚才伊人的异常合作，让他放松了警惕。

“她的手正在流血，会留下踪迹的，小弟来处理一下。”方泽观察入微，已经瞥到了伊人掌心几乎快凝固的血迹，“嘶啦”一声扯下衫子下摆，然后大步向她走了过来。

他的动作很是自然，让人生不出丝毫怀疑。

可是在他抬起伊人的手，给她进行包扎的时候，伊人的鼻子里闻到一股淡淡的熏香。

就是介于墨香与兰香之间的一种，在一个人俯身教她弹琴时闻到的香味——裴若尘的香味！

伊人吃了一惊，猛地抬头，定定地看向方泽。

这才发现，那张并不太出众的脸上，竟有一双温润如宝石般的眼睛。

她看到他唇角的浅笑，以及放在胸前的手，弯成的一个轻微的“噤声”手势。

伊人顿时觉得方才热辣辣的手心也不再疼了，有种安全的感觉，像冬日钻到被窝里，等着入睡的那一刻。

三人顺着后山偏僻的小道一路潜逃，方泽来到后，自然改成他押送伊人，而那个中年人，则一马当先，走在前面。

方泽——裴若尘的动作显然没有中年人那般粗鲁，事实上，他抓着伊人手臂的手，看似很用力，其实极轻柔，便如同秋日郊游时牵手约会的情侣一般。

伊人便这样被他牵着，从后面望着他虽然伪装过、却依旧好看的背影，脚似踩在棉花上一样，恍恍惚惚。

她从前只觉得他长得好，琴也弹得好，却不知他也这般会演戏，而且机警妥帖，一点也不像只花瓶。

这样想着想着，竟觉得裴若尘真的是无处不好，那眉眼，那优雅，侵入鼻端的那如兰似墨的香味，以及他熨帖在她手腕上的温暖，都让她晕晕乎乎的。

正在此时，裴若尘又回过头来，冲她安心地笑了笑，笑容很浅，一闪而过，可就像拔河绳那端最后一只蚂蚁，让伊人的脑子轰然炸开。

漫天星光飘散，这长长的逃亡之旅，竟破天荒地不觉疲倦，反如腾云驾雾一般。

她也说不上是什么原因。也许在贺兰雪放弃她，任由她形单影只、被别人掳去的时候，虽然觉得理所当然，可是心底，也是有畏惧的吧。

她并不是不怕死的英雄。事实上，她怕死、怕累、怕疼、怕吃苦，就是一个什么都怕的小女子。

而裴若尘就在这时候来了，改头换面，温润可靠。

也正因为他的伪装，她可以不再被他的外形所惑。

“就这里。”也不知走了多久，中年人突然停住脚步，停在了闹市中间一座大房子前。

伊人抬头看了看，见上面一块大大的匾额，写着“南天茶庄”四个大字。墨迹淋漓得有点嚣张，也不知出于何人之手。

她突然想起大隐隐于市的古话。

说话间，中年人已经抬手敲了敲茶庄古朴的木门，三长两短，“咚——咚——咚——咚，咚”。

木门“咿呀”一声被拉开，从里面钻出一个戴着小毡帽的人头来，见到中年人，那毡帽小子面上一喜，道：“尤主管，你回来了，得手没？”

“进去再说。”被称为尤主管的中年人警惕地看了看大街左右，然后做了一个“当心”的手势，快速地闪进了门里。

裴若尘与伊人自然紧随入内。

门板在身后重新被合上了，伊人只觉得眼前一暗，半天才适应里面的光线，这才发现自己已置身在一间装修雅致的厅堂里，厅内桌椅齐全，家具、书架皆为浓厚的红褐色，右侧长案上的笔架、笔筒、宣纸摆放得整整齐齐，墙上挂着颜色素淡的字画，首座的茶几上还有一壶新泡好的茶，让整间内室都充斥着淡淡的茶香味。

“尤主管，东西呢？少主……”见到进来的三个人后，那毡帽小子显然有点担忧了，圆而灵活的眼睛在他那张小小尖尖的脸上，滴溜溜地转。

“哎！”尤主管连忙伸手止住他的话头，然后扫了伊人一眼，“先将她带下去。”鉴于伊人一路上异常配合的表现，尤主管倒没想着怎么难为她，也没有五花大绑的打算。

听到尤主管吩咐，裴若尘正准备将伊人带下去，却听到厅堂后厢一阵极轻微的脚步声，然后，隔着厅堂与后厢的帘子略略动了动，一个素白的人影影影绰绰地出现在帘子后。

尤主管和毡帽小子同时转了过去，冲着那个白影，毕恭毕敬地行了一礼，道了声“少主”。

裴若尘反应迅速，也紧接着弯腰行礼。

唯有伊人，依旧傻愣愣地站在原地，目光好奇地看着影子，透过那摇晃不定的珠帘，执着地，看到帘子深处去。

帘子密密重重，隐约可见一个瘦削孤寂的身影。

“我要回去了。”那人清清淡淡地丢出一句话来。声音很低，却有种长久以来颐指气使积累的余威。不容人反驳。

“少主?”尤主管迟疑地觐见道，“可是，那东西还没到手……”

“不要了。”那人说，声音利落、轻飘，如落叶坠地。

尤主管没有再说什么，唯有遵循道：“那让小柱子陪着少主先行，待三日后，属下将各位兄弟换回来，再追上少主。”

“嗯。”帘子里的人冷冷淡淡地应了下，随即转身，便离去。

可是走了一步，他又停了下来，缓缓地侧身，向伊人所在的方向望过来。

说是望过来，伊人却没有察觉到目光胶着在自己身上的痕迹，只是通过那人的形态，猜想，他大概是看得见她的吧。

当然，也没有理由看不到她，她的目标那么大。

“有陌生人。”他说，“那种熏香，是风朝贵族独有的。房里还有谁?”

伊人愣了愣，眨了眨眼，心有所悟。

正在这时，一只洁白秀挺的手从帘子后穿了出来，闲闲地挑起一角，透过洁白透亮的珠帘，伊人终于得窥那人全貌。

她最先看到的，是他的眼睛，一双大而空茫的眼睛，没有聚焦。果然……

而后，她才发现他的苍白，尖尖的下巴，瘦削却优美的轮廓。那是一位极清淡的少年，拥有露珠一般清新隽美的面容，可是丝毫没有露珠的脆弱，他的嘴唇微抿着，唇角的弧度刚好噙成一道冰冷，神色倔强得有点刻薄了。

伊人张了张嘴，莫名其妙地蹦出了一句：“其实抓我回来是没用的。”她实事求是道，“我就是一个吃闲饭的，风朝的人没有谁会来赎我。”

“你说谁是吃闲饭的!”那少年脸色一沉，不分青红皂白地喝问了一声。

“我是。”伊人莫名其妙地看了他一眼，然后脸不红气不喘地重复道，“风朝没有人会待见我的，贺兰雪府上有好多老婆，也少不了我一个。我爹爹……如果你要的赎金少的话，我爹爹也许会给你们，可如果代价太高了，估计他也会当没生我这个女儿了。至于其他人，不沾亲不沾故的，更是不会管我。”说到这里，伊人叹了口气道，“我活着便是浪费粮食，死了于国于民也无害。真正是风朝最没价值的人质了。”

顿了顿后，她用极同情的目光看向尤主管他们，特真诚地道歉：“真是不好意思，让你们白忙活了。要不你们联系我爹爹，好歹把工钱捞回来吧?”

尤主管用看怪物的眼神看着伊人，然后又用余光扫了一眼那少年。

那少年的脸色果然越来越沉，也越来越苍白，那薄入冰山的唇，抿成一道刺人的冰刀。

这一次，尤主管望向伊人的目光，便如同看一个死人了。

“杀了她。”果然，少年优美的唇轻合，冷漠地吐出三个字。

“少主……”尤主管徒劳地叫了声。

“杀了她！”少年加重语气，重新说了一遍，那冰冷冷的调子，几乎要将人凝结成冰。

尤主管无法，只能应承。

伊人自然知道少年口中的“她”指的是自己，本想试着为自己求点情，可是张了张口，却说不出一句话来。

她不知道自己有什么筹码跟这个盲眼少年谈判。

正如她方才所说，自己的消失，不会给任何人带来麻烦，也不会有任何人伤心。也许爹爹会唏嘘一两句，也许十一会哇啦啦地叫上一通，也许贺兰雪会有那么一点点，转瞬即逝的愧疚，可是，然后呢?

然后，所有人都会将她遗忘，正如她从来没有存在过，世界一切如常。

伊人第一次，有种凄惶的感觉。

“……可是，为什么要杀了我呢?”思前想后，她只能讷讷地问了一句。

“你既然知道自己没用，还这么不知耻，活着还不如死了。”少年恨恨地回答。

伊人本想驳一句“就算我没用，也不过是消耗贺兰雪的一点民脂民膏，好像和你没什么相干吧，你何必那么生气”，可是瞥到那少年的神色，只觉他脸上的决裂里似乎有种自怜自厌的凄婉，心中一软，什么都没说出来，只是将头垂了垂，就势看向裴若尘。

裴若尘双眸低垂，平静得让伊人也安心起来。

“没话说了？该死的废物！”少年冷笑一声，俊美的脸上神色极为古怪，愤懑、讥嘲、怅然，让人看着心底生寒。然后，他猛地拂了拂衣袖，大步流星地朝内室走了进去，满帘的明珠叮叮咚咚，与他迅疾的脚步声，融为一体。

等脚步声渐远，裴若尘方起身，躬身问：“尤大哥，此女到底如何处置?”

“少主从来说一不二，看来，那些兄弟只能另找机会救出来了，她……”

“方泽知道，这就将她带出去解决掉。”裴若尘冷静地拱了拱手，然后走过去，握住了伊人的手臂，粗鲁地往门外拉去。

可是还没有走到门外，屋里的尤主管突然说了句：“不用出去了，就在这里处决吧。少主不喜欢办事太拖拉。”

伊人只觉裴若尘的手突然一紧，她侧望过去，却看到裴若尘眼中的坚定，以及……为难。

她不懂武艺，可是见此情形，也知此处凶险，硬闯大概很难。

可是，时势迫人，他不得不出手。

伊人对人情世故一向懵懵懂懂，也向来能随遇而安，可是此时此刻，她突然有一种很强烈的愿望：无论如何，不能让裴若尘受到伤害。

想到这里，一直配合着的脚步，马上顿了下来。

裴若尘察觉到这细微的差别，也侧过头看着她。

却看到一双清澈无垢的眼睛里，满是惊怕与担心，还有一丝连她自己都未曾察觉的坚决。

裴若尘福至心灵，似乎了解了她的顾虑，手又是一紧，唇微微一弯，又勾出一轮温暖的笑靥来。

“不要担心。”他轻声说罢，突然伸臂一搂，结结实实地环住了伊人的腰，然后足尖换力，整个人突然拔起，向院外冲去。

屋里的尤主管初遇此事，愣了一愣，随即站起发号施令：“留下他们!”

他的话音一落，也不知从哪里钻出了一堆人，个个弯弓引箭，只见那划亮视线的箭镞，蝗虫一般密密实实地射了过来，伊人吓得忙闭起眼睛。从前做手工，哪怕是针扎到了手指，都是生疼的，如果这利箭在身上戳一个窟窿出来，那一定痛得要死要活了。

伊人很怕痛，像任何一个普通人一样怕痛。

可是箭并没有落在她身上，环在她腰上的手臂略略往前带了带，又将她换到了胸前。

耳畔，有箭镞插入身体的“扑哧”声，可是伊人没感到疼。

等再睁开眼的时候，她已经安全落到了南天茶庄外，而院子外，不知何时已经围满了官兵，强弩在手，将南天茶庄围得水泄不通。

大门打开，本来持剑追出来的人又连忙退了回去。

里面传来尤主管的怒吼：“方泽，你这个叛徒!”

伊人连忙转身面向着裴若尘，裴若尘已经伸手抹掉了脸上的伪装，依旧俊朗清伦，只是面色稍见惨白，深青色的衣裳不知是不是沾了什么东西的缘故，上面有一簇一簇的黑团。

她的鼻端闻到一丝丝血的腥味，她看到了插在裴若尘身后的箭，一半已经没入了体内，鲜血淋漓，伊人只是看着，就已经痛楚难当，更何况是中箭之人?

“你……”她握着裴若尘的手，怔怔然，却又说不出话来。

“裴大人!”裴若尘还没来得及安慰她，一个头领模样的官兵已经走了过来，满脸恭敬地拱手道，“裴大人只身犯险，终于将这群反贼一网打尽……”还未说完，他也看到了裴若尘的伤情，脸色一变，失声道：“这，裴大人，请速速包扎疗伤!”

裴若尘松开伊人，含笑摇了摇手道：“不要紧。”只是声音虚弱，脸色越显苍白。

“若尘，这个时候还逞什么强。”人群中，一个洪亮爽朗的声音响起，贺兰钦身披戎装，大步流星地走到裴若尘身边，“这么严重的伤，一定要早点治，你该不会忘记了半月后是什么日子吧？哪有行走不便的新郎官？来人，送裴大人回府!”顿了顿，他又敛起双眸，扫了一眼南天茶庄，语气蓦地阴冷起来：“至于这里，就交给我吧。”

裴若尘苍白的脸上泛起一丝淡淡的红晕，点了点头，没有反驳。

伊人则细细琢磨着“新郎官”三个字，不知为何，觉得全身上下都涩得不自在。

“哎，伊人。”贺兰钦正准备大步走上前，瞥眼又看到了她，不由露出一丝笑来，“你在这里等一等，待本王将这群盗贼收拾了，再亲自送你回逍遥府。”

伊人似听未听，只是揪着手掌上包扎伤口的布条，愣愣地望着裴若尘的背影。

贺兰钦已经对她的漫不经心有点习惯了，但事态紧急，他还要收拾茶庄里的逆贼，顾不上伊人，大步走到队伍前，指挥着如何将茶庄众人一网打尽了。

伊人就这样被丢在兵荒马乱中，望着裴若尘越来越小的背影，突然抿了抿嘴，一言不发地跟了上去。

亦步亦趋，不远不近。

裴若尘上了轿子，因为伤势，轿子并没有行走得太快。跟在后面的伊人不疾不徐，竟然赶了上来，低着头，默不作声地跟在左右。

抬轿子的人好奇地看着她，因为记着方才自家少爷是与她一起跳出来的，所以并没有出言驱赶，而是任由伊人低着头、默默无语地跟进了当今宰相的宅院——裴家。

等到了内堂，裴家家人将裴若尘扶了下来，早已有宫里来的御医守在了一侧，见宰相公子一下轿，立刻围了上去，将裴若尘围得水泄不通。

伊人没能看到他。

“若尘!”但听到一个清丽的女声，那团团围住的御医顿时分出一条路来，从府外径直跑来一位年轻秀美的小姐，身穿锦缎，气质雅致，秀气的眉眼中透着一股大气的华贵。

“悠公主。”御医们一边让路，一边打千儿行礼。

裴若尘正被这八个十个御医折磨得哭笑不得，见到她，转而一笑，柔声问：

"悠，你怎么来了？"

"我听若兰姐姐说，你为了探知贼巢，竟然深入险境，还受了伤……你，你怎么这么不知爱惜自己！"悠公主——贺兰悠挤出两串眼泪来，牵着裴若尘的手，说着说着，便哽咽起来。

一哭之下，便如梨花带雨，楚楚动人。

若兰姐姐，便是与伊琳一起入宫的裴若兰，也是新晋的贵妃娘娘。

伊人不得不感叹贺兰家的好遗传，男男女女，都漂亮得不像话——即使身为武夫的贺兰钦，样貌也是出众的。

果然，裴若尘也顾不上自己的伤，反而要伸出手，怜惜地擦去贺兰悠脸上噙着的眼泪，好言宽慰。

被众人挤到老后面的伊人只能远远地看着，看着方才还环在自己腰际的手，蜻蜓点水般地点上贺兰悠玉白的肌肤上。

白得有点刺眼了。

就这样耽误了一会儿时间，旁边的御医终于小心翼翼地劝告道："公主殿下，还是早点将小裴大人送进屋里止血疗伤吧。"

贺兰悠这才依依不舍地松开裴若尘，却并不跟着进去，只是留在门厅处，绞着手帕，焦急地等在外面。

伊人则随着拥进去的御医们往房内钻去，到了门口，刚好有一个药童似乎尿急，转头看到了她，便随手将药箱塞到了她的手中，伊人懵懵懂懂地接了过来，然后继续随着众人挤了进去。

房间里，御医们为裴若尘剪开衣服，让他翻身躺在床上，然后叫了一声"拿布团来"，看样子是要裴若尘咬着布团拔箭。

伊人先是事不关己地站在一边，等了一会儿，却见所有人的目光都集中在她身上了。她莫名其妙看了看众人，然后一低头，发现只有自己拿着药箱。

"还不快过来！裴家怎么会有你这么笨的丫头！"坐在床侧的御医低声喝了一声。

伊人连忙捧着箱子，屁颠屁颠地跑了过去。

她终于能看到裴若尘了。

可惜他背对着她，头侧向另一边。

伊人哆哆嗦嗦地将药箱里的布团凑到裴若尘的唇边，从上而下，看着他的侧脸。

裴若尘双眸轻合，优美的唇已经没有了一丝血色，拔箭的时候，他虽然没有吭一下，可是额头的汗珠，濡湿了缎枕，紧促的呼吸转而平静、悠长。

裴若尘疼得晕了过去，却自始至终没有表现出丝毫的难受。

方才他在门口，被贺兰悠拉拉扯扯，还要分心安慰她，不知他到底在忍受怎样的剧痛。

她突然讨厌起贺兰悠。虽然只见了第一面，不符合她一向的处事风格，可是，就是不喜欢。

“好了。”御医给裴若尘包扎完毕后，擦了擦汗，然后直起身道，“都出去吧，让小裴大人好好休息。悠公主和裴丞相那儿，还等着我们回话呢。”

众人诺诺，带着各自的东西，一哄而散。

至于伊人，因为谁也不认识她，便以为她是府里的丫鬟，也没有人催促她出去。

伊人于是留了下来，呆呆地蹲在床侧，看着半晕半睡、呼吸均匀的裴若尘。

天色已晚，万籁俱静，夜很深，很静。

伊人从来没有这么好的听觉，她能听到窗外风过花圃的簌簌声，听到遥远地方的更鼓声，听到裴若尘的呼吸声，还有自己的心跳声。

脸热得吓人，让她几乎以为，自己也病了。

有种很奇怪很奇怪的冲动，只想这样长长久久地待下去，一直一直，不眠不休，不完不结。

伊人就这样望着他的侧脸。白玉雕刻般完美而脆弱。

她的心越发软了，像融化一般，软得她不堪承受。

床榻上的裴若尘突然轻哼了一下，额头再次沁出汗来，也许是药力慢慢散了，比刚才更厉害的剧痛正在袭来。

她只是蹲在一边，空自着急，想了想，终于怯怯地伸出手去，在被子里摸索着他的手，然后握紧。

迷糊中的裴若尘很自然地反握着她，伊人掌心上本有伤口，这一握之下，只让她痛得龇牙咧嘴。痛不敢言，却不想抽开。

她随口哼起小曲，那些在废园里无聊时，听到丫鬟们哼过的小曲，曾让她宁静。

唱着唱着，伊人的声音越来越低，终于没有了声息。

东方渐白，晨曦蹑手蹑脚地闯进窗。

淡淡的阳光，水一样洒在呼呼大睡的伊人身上：她趴在床上，嘴角挂涎，手依然抓着裴若尘，头则枕在他的胸口上，双腿随意地伸展着，像一只呆头呆脑的大头虾。

只是盈盈晨光，挂在她长而浓密的睫毛上，有种娴静，让人不由得想看一看她的梦境——那一定是祥和美好的梦。

这是裴若尘醒来时，看到的第一个画面。

第5章　抢亲

裴若尘起身的动作显然也惊动了伊人，只是她没有那么容易被惊醒，只是翻了一个身，继续呼呼大睡。

长长的睫毛，蝴蝶般颤了颤，红润的唇嘟了起来，又下意识地吮了吮。

裴若尘正犹豫着要不要将她唤醒，手刚要触到她的面庞，突然又想起昨晚迷迷糊糊中听到的歌声。

手顿在原地，指尖敏锐的触觉，几乎能感到那细软绒毛的轻颤，外面，却传进来一阵扰人的喧哗。

裴若尘抬眼望去，房门被客客气气地推开了，贺兰雪一脸深沉地站在门口，看着屋里的情景。

早晨的阳光从后面逸散进来，将贺兰雪的身体映成一道黑色的剪影。

紧跟在贺兰雪身后的裴府家丁一面跑，一面说："王爷，王爷，王妃娘娘真的不在我们府中，府中没人见过娘娘……"

叫着叫着，家丁已经冲到了门前，也望着房中的情景，然后丈二和尚摸不到头脑地自言自语："咦，这是哪里钻来的丫头？"

裴若尘极快地放下抬起的手，低头轻笑了一下。

贺兰雪则沉着脸，大步走进房来，弯腰将伊人从床边打横抱起。

伊人又吮了吮嘴唇，然后在他怀里寻了一个最舒服的姿势，继续呼呼大睡，对外界的环境一无所察。

"听说若尘受伤，本王特来慰问。"贺兰雪看了一眼裴若尘，不知怎么，将方才莫名的僵硬收拾起来，露出一个轻松的笑来，"昨晚伊人在贵府打扰了。"

裴若尘望着贺兰雪依旧俊美却又憔悴的面容，知道他必是寻了伊人一晚，可自己也不知伊人为何会出现在床边，只得点了点头，道："王爷不必客气。"

"听若尘说话中气十足，想来无大碍了，援救伊人之恩，本王改日再登门道谢，今天就不多做打搅了。"贺兰雪熟络地丢下一句话，然后抱着伊人，大步向门外走去。

那些跟着贺兰雪聚过来的家丁仆从，见逍遥王果然从自家少爷房中抱出一个女子出来，而且那女子发饰凌乱，兀自呼呼大睡，不由得心存疑惑，继而各式各样的小道消息，在短短一上午，不胫而走。

不过说得有模有样的版本，只有三个。

版本一：小裴大人因为自己即将与四公主贺兰悠成亲，深知驸马的言行举止将会受到约束，故而在婚前放浪形骸，这件事被公主的三哥贺兰雪得知后，特地前来抓奸在床，为自家妹妹讨回公道。

版本二：裴家为风朝第一大家，其势力，只有当今皇后的娘家，太师府容家能媲美一二，现在，容家出了一个皇后容秀，裴家出了一个贵妃裴若兰，旗鼓相当，不分上下。而若裴若尘再变成驸马，那风头势力将会压下容家。而一直与容家走得甚近的逍遥王，为了容家的利益，故意遣人勾引裴若尘，再自行揭发，诋毁小裴大人的声誉，以阻止悠公主下嫁。

版本三：裴若尘拐带逍遥王妃，贺兰雪头戴绿帽，恼羞成怒，大闹宰相府！

而这些谣言传到裴若尘耳中时，他只是一笑了之，修长的手指敲了敲刚送来的情报，上面写着“南天茶庄众人，经地道潜逃，未能落网”。

看来，要颁发通缉令了。

伊人醒来的时候，只是哼了下，还没来得及睁眼，便察觉一团黑乎乎的东西闪电般扑到了自己身上，紧接着，便是十一鬼哭狼嚎的声音：“小姐，小姐，你终于醒过来了，十一好担心你。”

伊人被她压得喘不过气来，好半天才推开十一，斜着眼，嘟哝道：“十一，你要减肥了。”

十一立即收了满脸的关切，面色一沉，擒拿手一般抓紧伊人的脖子，阴狠毒辣，与方才判若两人。

贺兰雪进来的时候，便看到了这幅谋杀亲主图。

若是以前，贺兰雪可能还会低喝一声，现在已经见怪不怪，只是站在门口，清了清喉咙。

十一连忙松开手，站在一边，还伸手将额前的散发拢到耳后，娴静如临湖照水。

伊人则赤红着脸，喘息了半天，才回过气来。

“醒了？”等伊人终于喘息平定后，贺兰雪环抱双臂，冷淡地问。

伊人点点头，看了看贺兰雪，又环顾了一下周围，这小屋待了这么久，一看之下，自然觉得熟悉得很，熟悉得……可以安心继续睡觉了。

伊人眨了眨眼后，重新躺下，睡回笼觉。

可是刚一躺下，伊人又像触电一般弹了起来，左右看看，然后盯着贺兰雪问：“我怎么在这里？”

虽然她自知迷糊，可至少记得自己是躺在哪里睡觉的吧。

“裴若尘呢？”这是她的第二句话。

贺兰雪本打算好心好意地回答她，可是听到第二句问话，无名火顿起，没好气地哼了声：“王妃自然要在王府里，而裴若尘，自然是待在他自己的府邸里。”

伊人闷闷地应了一声，慢慢地回身躺下，想要继续睡。

贺兰雪负手站在她的床前，欲言又止，才讷讷地说：“你被掳走后，本王……咳咳……你既平安，为什么不回府？”

伊人侧头望着他，想了想，答曰：“我不认得路。”

“难道你不会问路？”贺兰雪强词夺理道。

伊人微微一哂，仍然眼神清澈地瞧着他，贺兰雪在这样的注视下，不知为何，顿觉羞惭。

是他舍弃她在先，即便是营救她的时候，他也因为不放心，留守在凤临宫之外，保护小容。

现在，他却理直气壮地指责她。

不过伊人依然没有丝毫不满的意思，只是抬手揉了揉眼睛，道：“王爷说完了？我继续睡了。”

贺兰雪瞥见她手掌上的伤口，想起那日的事，心猛地一跳，那份虚张声势的凌厉，也收敛成柔软了。

伊人不再管他，自顾自地钻进被窝。

贺兰雪低头酝酿了一会儿，然后猛地抬起头，丢下一句话：“无论如何……谢谢你救了她！”继而很不自然地哧溜一下蹿走。

留下沿途摇曳不定的花草。

他已无踪。

十一与伊人面面相觑了半晌，然后以伊人打了一个大大的哈欠告终。

伊人这个回笼觉睡得无比香甜，醒来的时候，只觉得房内炉火融融，温暖如春。

她伸了伸懒腰，这才发现身上压着厚厚的锦被，而十一正在屋中间拨着火炭。温暖的火光映在她脸上，红彤彤的，很是祥和。

“小姐，你终于睡醒了，现在可是中午了，你这个回笼觉睡得时间太长了，快一天了。”十一见她翻身起床，连忙站起，然后对着门外努努嘴，“裴大人已经等了你一上午。”

伊人一听是裴若尘，立刻有了精神，正打算从床上跳下来，可是手一按到床板上，禁不住哎哟了一声，低头一瞧：手掌上的伤口被重新包扎过，上好的锦布，裹得扎扎实实，还有股沁凉的药味。

“王爷后来又回来了，他给你换的药。”十一笑盈盈地解释，她有种预感：自家小姐的处境，大概就要柳暗花明了吧。

伊人却完全没有听进耳里，依然心心念念着外面等着的裴若尘，连鞋子都来不及穿，赤着足便往外跑，十一则提着鞋子紧跟其后。

转过屏风，裴若尘果然坐在桌边，拨弄着之前送与她的瑶琴，神色淡定，一点也没有等了一上午的不耐烦。

伊人很喜欢他的沉静：静得让人安心，动得亦让人安心。

“裴若尘。”她凑过去，本想坐在一侧，又觉得座椅太远，索性弃了椅子，蹲在他身边，双手托腮，近乎贪婪地瞧着他。

因为伤势未愈，他的脸依旧苍白，却没有减损他的容颜，反而多了份清俊。

裴若尘吃惊地看着她的动作，随即笑了笑：“有事情请你帮忙。”

“什么事？”伊人依旧抬头望着他，笑盈盈问，像一只听话的小狗。

“茶庄的犯人逃了，我们想要颁发通缉令，可是当时，我不能抬头细看那个少主的容貌，但你看清了。可不可以依照记忆，将他画出来？”裴若尘公事公办道，“我知道，你一向画得很好。”

“可以。”伊人不畏艰难地点了点头，然后问，“你还想要什么？”

她突然有种信念，只要裴若尘能说出的东西，她便要想方设法为其办到。

她想为他做很多事情，只要为他，便会觉得无穷的快乐。

“没其他事了。你的手还好？”裴若尘轻笑摇头，微欠了欠身，看着蹲在自己腿边的“小狗伊人”，心生怜意。

“真的没有其他事了吗？”伊人并不回答，依旧笑盈盈地瞧着他，“这个世上，你没有其他想要的东西了吗？”

譬如她。伊人想，难道他不想要她吗？

她却想要他。

“当然有。我记得你对我说过，人如尘埃，而苍穹永存，所以，这世上一切东西，其实都是渺小的。”裴若尘微笑道，然后信手在琴弦上拂了拂，发出一串叮叮咚咚的响声，“可即使明白这个道理，又有谁能真的参透？”

这一次，伊人竟出奇的没有沉默，而是低下头，轻声嘟哝道：“谁又真能够像苍穹那般无动于衷？”

裴若尘略有点吃惊，垂下头看着她，伊人正用手指在地上画圈圈，乖巧得让人莞尔一笑。他不由得伸出手去，在伊人的头上宠溺地抚了抚，像哥哥般，搅乱了发丝。

伊人也随之抬起头来，笑盈盈地望着他，一字一句道：“你和我成亲吧。”

裴若尘没料到她会冷不丁地冒出这句话，怔了怔，随即笑问：“伊人，你知道成亲意味着什么吗？”

“成亲，就是我喜欢你，你也喜欢我，于是，你对我好，我也对你好，然后越来越好，一好就是一辈子。”伊人理所当然地回答。

“可你已经和贺兰雪成亲了。”裴若尘好意提醒道，“而我，也已经与悠公主有了婚约。”顿了顿，他接着说：“大婚之日，便是十日之后。”

“可是，你为什么要和公主成亲？你想要她？”伊人问。

“你呢，为什么嫁与逍遥王？”

“因为……”伊人很仔细地想了想这个问题，然后坦然回答，“因为我嫁给谁都无所谓，而贺兰雪可以养得起我，他也不会在意我的存在，毕竟，他有很多妻子，多一个不多，少一个不少，我有自己想要的自由。”

“我也想能过得如你这般简单。可是我的自由，与你的自由不一样。而我想得到的，也比你想要的，复杂得多。”裴若尘讳莫如深地回答道，“伊人，我喜欢你的简单无求，可是，这种喜欢，远远不够。”

说完，裴若尘伸出手来，牵起伊人，将她从地上拉了起来，然后握着她苍白的小手指，擦净她方才画圈圈时沾的泥土，再轻轻地松开。

“画好后，派人送到我府上就可以了。不日将有大雪，天冷了。照顾自己。”裴若尘说完，优雅转身，如一个普通的造访者一样。

被留在身后的伊人，只能眼巴巴地看着他的背影，突然又想蹲下来画圈圈。

伊人当然没有真的画圈圈。一直躲在屏风后的十一走了出来，紧接着，便是贺兰雪的嘲笑声。

“这么急着见你的小情人啊。”贺兰雪大步跨入，从十一手中提起那双水红色的绣花鞋，睥睨着伊人冻得发红的赤脚，讥嘲道，“光着脚就去迎他，不过自取其辱吧。”

伊人看了看他，然后一语不发地转身回走。

很冷了，她觉得还是钻进被窝里暖和。

“喂，不好意思了？”贺兰雪却从后面紧走两步追了上来，一把抓住伊人的手，也不管伊人痛得龇牙咧嘴，郁闷地问，“相公跟你说话呢，琴棋书画，女红绣花，你一样不会，难道三从四德也不知道了？”

伊人转过脸，好奇地看着贺兰雪，不明白他压抑的怒火从何而来。

“你是我的妻子，竟然对其他男子……”

“那你呢？”伊人眨眨眼，挺无辜地发问道，“你三从四德了吗？”

“呃……”贺兰雪哑了哑，随即理直气壮道，“我是王爷。”

伊人懒得理他，也不试图去说服他。她一向不喜欢改变其他人，就像她从不改变自己一样。

“你觉得裴若尘比本王好？”贺兰雪发现自己被无视了，不免愤愤抗议，“难道本王不能满足你？”

伊人本打算继续无视他，见贺兰雪一副不肯罢休的模样，还是好心地回答了：“我觉得他好。”

“你别被骗了。”贺兰雪冷笑一声，道，“你以为他是谦谦公子，却不知他最假仁假义。你以为裴家是什么好东西，先是巴巴地把自家已经有了心上人的女儿送进宫里，现在又要裴若尘娶了悠儿，悠儿的舅舅是镇南侯，握有风朝三分之一的兵马，他们打的什么主意，路人皆知。悠儿与若尘一块儿长大，自然分不清什么男女之情或兄妹之情，裴若尘却是分得清楚的，他明知道悠儿对他，便如对哥哥一样，他也不见得多喜欢悠儿，却还是答应了这门亲事。你说，他不是贪恋权势是什么？”

伊人很认真地听了，然后不以为意地看着贺兰雪，眨眼道：“你也不喜欢我，不也同我成亲了吗?”

贺兰雪一顿，真如吃了一只苍蝇般，说不上话来。

“我知道你喜欢小容皇后。”伊人一面往床上爬，一面漫不经心道，“那天我都看到了，为什么你们一个个都这样，不和自己喜欢的人成亲，却和自己不喜欢的人在一起?”

等终于爬上床，伊人转过身，对他无所谓地一笑：“其实，我也一样。”

贺兰雪愣了愣，刚才的意气用事，转而被一种莫名的静思取代，良久，他才轻声道：“容秀进宫当皇后，不是我不争，而是争不赢。”

说完，贺兰雪自嘲地弯了弯唇，继而转身，走到门口，重新又返了回来，将手中的鞋子轻轻放在伊人的床前，这才默然离开。

伊人没料到他会如此反应，透过屏风，看着贺兰雪缓缓走远的背影，突然有种莫名的怅惘。

裴若尘果然没有说错，那日之后，便接连下了三日大雪，年关将近，冬日被风雪笼罩。

可能因为贺兰雪的关照，管家再也不敢克扣伊人的炭火和用品，这几日在屋里拥火打盹，倒也清静。而贺兰雪，也没有再来。

有几次，伊人想提笔画下那个盲眼少年的画像，可刚抬起手，又唉声叹气地放下来，怔怔地望着瑶琴，也不知想些什么。

到了第四日，风雪停了，又开始放晴，温度日渐回暖。

伊人终于开始画了，铺桌子磨墨忙了半天，又趴在桌子上画了半天，终于完工。

十一颠颠地凑过来看，眯着眼睛琢磨了半晌，然后满脸迷惑道：“小姐，这盗贼怎么长得和小裴大人一模一样啊。”

伊人方知自己画错了。

真是平生不懂相思，才会相思，便害相思。

害死人。

于是，又是一日。

就这样，笔下人物都是某人的身影，伊人只得一张一张不停地画，画累了便睡觉，饿了便吃饭，日子恢复到从前的混混沌沌，而眨眼间，一连九日过去了。

到了第十日，伊人手掌上的伤口也好得七七八八了，画画的技术，也日渐娴熟。

用过早餐，伊人如往日那样坐在桌边奋笔疾书，还没画几笔呢，便听到十一在院子门口惊喜地唤了声：“王爷来了。”

伊人丢下笔，懒散地望过去，果见贺兰雪从小道上款款地走了过来，一身雪白的貂裘，映着他美若白玉的脸，更是欺霜赛雪，明媚无双了。

难怪十一叫得这么欣喜，这么……花痴。

伊人却只是一瞥，随即又转过身，继续趴在桌上，奋笔疾书。

贺兰雪也不生气，反而好脾气地停在她身后，咳了咳，然后讷讷地问：“手好了吗?”

伊人于是举起手来，在他的眼前晃了晃，以示一切安好。

“在干什么呢?”贺兰雪开始没话找话。

“画逃犯。”伊人埋头回答，爱理不理的样子。

“逃犯?”他从后面望过去，只见满桌的画稿，不见逃犯，只有一个人的影子，或侧或立，全是裴若尘，“若尘是逃犯?”

贺兰雪叹了声，探手从伊人的身前拿过画稿，淡淡道：“裴若尘今天大婚，你若是喜欢他，还有机会。”说完，他从怀里取下一张叠好的书信：“这是休书，从今以后，你不是本王的王妃了。”

伊人转头，呆呆地看了他半晌，忽而站起来，展颜一笑，狠狠地抱了抱贺兰雪，然后头也不回地向外冲去。

贺兰雪只觉得一团温香软玉冲到了自己的怀里，又极快地分离，再转头时，便只看到了一个屁颠屁颠跑走的背影。他唇角一勾，露出一个笑来，只是笑至尽头，却有种说不出的惘然惆怅。

伊人一直冲到府外，破天荒的，她没有迷路。

到了外面，恰好有一个小断牵着匹马走了过来，见到她，正准备打个千儿行礼，哪知伊人风驰电掣，已经翻身落到了马背上。

马儿受惊，很快如离弦的箭一般冲了出去。

也是在这时，伊人蓦地反省：似乎自己不会骑马。

没奈何，她只能压低身体，紧抱着马脖子，任由风声呼呼地从耳边拂过。

主道之上，裴若尘的迎亲队伍，正披红戴绿，缓缓而行。

好在那马虽然不听使唤，却也喜欢凑热闹，并没有就此把伊人带到海角天边，而是笔直地朝迎亲队伍冲去。

负责此次大婚安全的贺兰钦早就听到了声响，只是望见马背上的人时，不免怔了怔。

那一怔之下，伊人已经冲到了队伍外围。

众人纷纷闪躲，耳边则是伊人无奈至极的“吁——”“吁——”“停下来”的呼叫。

可是那匹马一点都不听她的话，眼见着马儿就要带着她撞上抬着彩礼的队伍了，贺兰钦突然凌空飞起，像大鹏鸟一般落到了马背上，一手扶住伊人的腰，另一只手牵住缰绳，用力一扯，骏马扬蹄嘶鸣一声，随即停了下来。

伊人惊魂落魄。

“伊人，你怎么来了?”等事态平息下来后，贺兰钦吃惊地问被搂在身前的人。

伊人喘了喘气，然后挣开贺兰钦的束缚，就要下马。

哪知动作不到位，一下子跌落到地上，马背上的贺兰钦皱了皱眉，正打算出手相扶，伊人已经自己扎手扎脚地爬了起来，只是方才跌得那一跤，让她显得灰头土面，狼狈不堪。

然后，伊人很坚决地走到了队伍前面，张开双臂，拦住他们。

迎亲队伍经过方才那一闹，早已停下，穿着红色喜服，端坐在马上的裴若尘，也已经驻马在队伍前，静静地望着她。

伊人是第一次看到裴若尘穿红色的衣服，可是红色并不适合他，在她眼中，看不到红的喜气，只觉得嘈杂莫名，满满地填塞着她的心。

可是红衣上的那张脸，却依旧完美得让人挪不开眼——那是冬日初雪上洒下的暖阳。

“你不能跟公主成亲。”她看着他琉璃般晶莹的眸子，大声却安静地说，“因为我要抢走你。”

周围一片哗然，贺兰钦则觉得异常好笑，唯有裴若尘，仍然静静地看着她，好像没有听见她的话一样。

“裴若尘。”伊人往前踏了一步，停在了裴若尘的马前，手抓着他的裤腿，仰起头，眼神清澈地瞧着他，“你会跟我走，对不对？”

裴若尘低下头，他在她干净得没有丝毫杂质的眼中，看到了从头顶映射出来的白云、蓝天，云淡风轻——那是如此美好的一幅画，却只是幻影而已。

“你既与世无争，那就继续无争下去吧，不要自寻烦恼。我多希望你能永远这样。”裴若尘笑了笑，像幻影一般风轻云淡，然后夹了夹马腹，“回去吧。”

新郎起步，后面的队伍自然缓缓跟上，伊人则呆呆地站在原处，若不是贺兰钦及时出手将她拉回来，可能会一直在大道中央站下去。

长长的队伍，怎么也走不完似的。这么多嘈杂的红色，如一条河，流过伊人身前。

伊人觉得眼睛都被红色映得发涩，不知怎么，泪便流了下来。

贺兰钦站在她身后，手握着她纤细的胳膊，她还不及他的肩高，那个动作，便好像将她全部裹在自己怀里一样。

然后，他低下头，发现自己的手背被一粒咸热的泪水打湿。

他觉得不可思议，没想到那个头脑少根弦的人，原来也是会哭的。

只是她哭得太安静，安静得让人心底发涩。

队伍渐渐走远，贺兰钦必须追上去继续自己的护卫工作，他只得松开她，弯下腰来，本想嘱咐一声让她自己回王府，可是话还没说出口，贺兰钦又重新直起身，看向前面。

紧追而来的贺兰雪一身白色如雪，傲立马上，淡淡地看着这边。

"你的女人，带回去吧。"贺兰钦爽利地一笑，然后转过身，干净利索地跃回自己的战马，继续那场被打搅的大婚仪式。

看热闹的人早已被官兵驱散，剩下的，则巴巴地跑上前去，继续欣赏当朝驸马的绝世风姿。

刚才还闹哄哄的大街，很快只剩下寥寥几个路人，还有站在路边的伊人，以及坐在马上的贺兰雪。

贺兰雪望着她，没有说话。

伊人突然抬头，用手背抹了抹脸，嘟着嘴，轻声道："好困，我想回去睡觉了。"

她刚才跌在地上，手上本来满是灰尘，这一抹之下，一张小脸更是如花猫一样，黑一块白一块。

贺兰雪扬眉一笑，笑得幅度那么大，露出两排细密的牙齿，竟是从未有过的灿烂。

当焰火在皇宫上空绽放时，伊人并没有如她自己所说的那样睡觉，而是站在庭院里，和众人一起观望着那片普天同庆的繁华景致。

风朝唯一的公主，当今皇帝最心爱的妹妹贺兰悠，今日与文武双全的小裴公子大婚，不知有多少京城少女，多少王孙贵族，既羡且伤。

他们是如此天作之合的一对，这漫天华焰，明明灭灭，都是为他们而灿烂。

十一难得见到这样的景色，在一边雀跃不止，宫里本有大宴，身为贺兰悠三哥的贺兰雪却没有出席，只是在家里设了家宴，让所有的姬妾都围在园子里赏焰、吃闹。

伊人也是被他这样强制拉出来，当然，不是贺兰雪亲自动手，而是下令道："必须全部出席。"

他特意把"全部"两个字，咬得很重。

所以，伊人被十一死拉硬拽地拖了出来，百无聊赖地看着漫空的明灿若梦。

她见过更绚烂的焰火，亦没有十一的欣喜若狂。

不过，却没有见过这样朦胧的焰火，闪闪烁烁，像映射在海面的点点晨星。

当光亮越来越模糊，伊人才发觉：原来不是焰火的缘故，而是自己的眼眶里渗满了水珠。

她原不知，风也是涩眼的，吹着吹着，就流出泪来。

泪氤氲着焰火，将这片盛世繁华渲染得影影绰绰。

繁华之下，贺兰雪正和他的姬妾们饮酒作乐，推杯换盏，喜乐盈盈。而故意躲在角落中的伊人，理所当然地被大家遗忘，连贺兰雪都没有朝她这边看过来。

"王爷好奇怪啊。"十一终于不再大呼小叫，巴巴地跑到伊人旁边，腹诽道，"明明上午把小姐送回来的时候，还是那么关心的样子，转眼就不认人了。果真是天下男人皆薄幸。”

伊人倒是不以为意，一眼不眨地看着天际。

焰火的高潮终于来临，雷鸣般的爆炸声从皇城方向传来，京城之中，多少多情男女仰面看着那瞬间的璀璨。

伊人也抬起头，焰火的颜色照亮了她红彤彤的脸。

雷鸣般的声音，声声不息。待最重的爆炸声传来时，伊人下意识地去捂自己的耳朵，贺兰雪却不知何时走到了她的身后，两只温润修长的手，轻轻地放在了她的耳朵上。

震天的喧哗声顿时淡了，只余下满目的华焰，满园的火树银花。伊人索性往后一靠，懒懒散散地缩在他怀里。

贺兰雪愣了愣，随即莞尔一笑，就这样笔挺地站着，任由某人将他当成天然枕头。

在焰火终于消散的那一刻，伊人听到有人在耳边轻声说：“伊人，你比我勇敢。”

似乎听见，又似乎没听见。

而焰景，终于散了。

从美景里回神的逍遥王府姬妾们连忙在园子里找她们王爷的身影，终于有一个眼尖的，看到了从来悠游玩乐的逍遥王，竟然跑去和那个最不受待见的伊人“卿卿我我”，不由得哇啦啦地叫了一通，约了几个姐妹，娉娉婷婷地朝他们走来。

十一见状，本想上去阻截，给自家小姐创造与王爷独处的机会。伊人也已瞥到她们，索性站起身，拍了拍衣襟，随意道：“看完了，我回去睡觉了。”

贺兰雪讪讪地收回手，没有阻止，只是有点兴致索然。

伊人果然说完便走，全无留恋，留下站在原地的贺兰雪，转眼便被他的娇妻美妾们包围得严严实实。

伊人是在第三天清晨醒来的，刚睁眼，便听到贺兰雪担忧急促的声音：“她真的没事吗？都已经睡了这么久了。”

“王爷请宽心，娘娘真的只是睡觉。”太医一面擦汗，一面诚惶诚恐地回答。

“哼。”贺兰雪还欲说什么，守在床畔的十一已发现了正滴溜溜看着自己的伊人，不禁欢呼一声：“王爷，小姐醒了，小姐没事了。”

伊人不解地瞧着她，兀自伸了一个大大的懒腰，闲闲道：“好久没睡得这般舒服了，十一，准备笔纸。”

十一吃惊地看着自家小姐：面色红润，精神焕发，确实像没事人一样。

贺兰雪本来揪住了那大夫的领口，见状也松了手去，同十一一样，惊奇地看着伊人。

伊人却像没注意到他们般，扎手扎脚地爬起来，然后拖着鞋子，走到了书桌前，从笔筒里拿起毛笔，十一还没来得及磨墨。她索性将笔尖放在口中舔了舔，眉眼一敛，便开始作画。

贺兰雪还是第一次看见伊人作画的模样，那张圆润清秀的小脸绷得紧紧的，一直散漫干净的眼眸，也出奇的专注起来，仿佛有股奇异的光芒，瞬间笼罩了她。

他本想拍拍伊人的肩膀，问问她饿不饿。毕竟已足足睡了两日，可是手还没触到她，却又顿住了。

她显得那么不容打扰。

贺兰雪最终收回了手，站在后面，静静地看着伊人落笔、构图、勾轮廓、润色，也不知过了多久，一个异常俊美的少年，便跃然纸上。只是少年瞳孔暗灰无神，美中不足。

“好了。”伊人大功告成，将毛笔插进笔筒，然后把画递给十一，“送到丞相府给裴若尘。”

十一接了过来，又小心地提醒道：“小姐，小裴公子如今不住丞相府了，皇上另外赐了座驸马府，那这画，是送到丞相府，还是送给小裴公子？”

伊人还没回答，贺兰雪劈手将画稿从十一手中夺过来，淡淡道：“给本王吧，本王转给刑部。”

十一吐了吐舌头，蓦地记起之前贺兰雪的嘱咐：不要在伊人面前提到裴若尘。

将画像折好放进怀里后，贺兰雪见伊人的面色甚好，接着说道：“伊人……小容想见你。”

“小容？”伊人仰头看了看他，随即恍然，“小容皇后啊？”

“是，她想当面谢你的救命之恩。”贺兰雪面色奇异，有点为难地说，“还有……悠儿也想见你。”

“哦。”伊人只是淡淡地应了声，丝毫没有被冒犯的感觉。

贺兰雪突然觉得自己很过分。只因为伊人从未在乎过，便可以这样任意的、从不顾忌她的心情吗？

“算了。”贺兰雪莫名地豪气起来，“十一，去转告朱公公，伊人身上有疾，不能赴宫里的宴席了。”

“王爷，这可是皇后娘娘第一次举办大宴，朱公公特意交代……”十一犹豫地提醒。

她方才也听到了外面的宣旨。

“这不是你该管的事——”贺兰雪皱眉低斥。

“我没病啊。”伊人突然插嘴，不以为意地看着他们两个说，“不就是吃吃喝喝吗？刚好饿了。”

顿了顿，她又觍着脸望着贺兰雪，眼巴巴地问：“是坐轿子，不用走路吧？”

“坐轿子。”贺兰雪啼笑皆非。

伊人点点头，一副欣欣然，仿佛几月前的模样，好吃懒做，没心没肝。

第6章　叛国

再重新回到皇宫，自然少了第一次的惊叹，伊人只觉这座红墙绿瓦的巍峨宫宇，有种说不出的压抑与冷漠。她突然觉得很不安，仿佛有什么不好的事情，就要发生。

临行的时候，贺兰雪突然拿了一条白色的狐狸裘毛，仔仔细细地给她戴上，又用手指将夹进围脖里的发丝挑出来，用绦带系紧。

伊人任由他打扮着自己，等终于收拾妥帖后，她从怀里掏出那份休书，递给贺兰雪。

“你留着吧。”贺兰雪淡淡道。

伊人虽然不太理解，却又重新将那份休书收了回来，那时候，她看到了贺兰雪的眼神，那么忧郁而决然的眼神，心中，便有一种不祥。

便如此时此刻，站在皇城脚下的感觉。

“宴会还没开始，你先同朱公公去你姐姐的宫殿，到了傍晚，便和琳妃一起赴宴。等宴席散了，我再去接你。”贺兰雪说这句话的时候，声音很低，低得近乎温柔了。

伊人本只是像平常那样“嗯”一下，这一次却不知怎么，贺兰雪的语调似打动了她，她竟然破天荒地回了一句：“那我等你来接我。”

上次因为他没有来接她，所以她被掳走，走到了裴若尘的房中。

这一次，他大概不会忘记吧。

贺兰雪没料到伊人也会说这样的话，仿佛自己除了提供衣食外，对她，第一次有了其他的作用，那便是，接她回家。

可是，贺兰雪却没有回答，只是笑了笑，伸手重新整理了一下她的围脖。

雪白的狐裘，映着她圆润清秀的小脸，显得那么素净，却又生机勃勃。

然后，他转过身，修长的身影极快地消失在长长的甬道尽头，消失在数不清的建筑中。

这时候，朱公公做了一个引臂的姿势，恭敬道：“逍遥王妃，琳妃娘娘的宫殿在这边，请这边走。”

伊人点点头，很乖巧地跟着朱公公，向伊琳的宫殿走去。

殿宇深处，一盘棋，一盏茶，两个执棋对弈的锦衣男子。

面向殿门方向的，是一身淡紫色劲装的贺兰钦，眉眼英气不减，只是多了一份抑郁之色。

他执黑子。

另一个人，则背对着殿门，只看到一个笔挺瘦削的背影，裹在黄色的便装里，只是闲闲地坐着，便有一种说不出的压抑与震慑。

他执白子。

案上的棋局，白子尚能气定神闲，黑子却已经被逼到了死角。

贺兰钦固然面上无波，可是眸中的阴郁，却越来越浓。

终于，他将手中黑子一弃，颓然道："大哥，没想到我五年戍外，却仍然抵不过未出宫门一步的你。我输了，这一次，我还是和五年前一样，两不相帮，即日返回大营。你和三弟的事情，我不会插手。"

"军中，又哪里有宫中险恶？"对面的男子轻然一笑，声音疏淡，却还是有种让人喘不过气的阴冷。

贺兰钦认同地叹了声，继而问道："其实这些年来，三弟一直不问政事，游戏人间，大哥……陛下，如果能……"

"朕不想伤他。"执白子的人——风朝皇帝贺兰淳负手站起，俯视着方才几番厮杀，险象环生的棋局，淡然道："只怕到时候，是他自找。"

贺兰钦摇了摇头，也是一脸惋惜。

伊人终于走到了伊琳的宫前，朱公公转而将她交给一个小丫鬟，又不知走过多少长廊，拂过多少锦幔，才站到了伊琳的面前。

许是宫里的膳食比伊府更注重养生，伊琳的脸色更胜以前，真是容光四射，让人不敢逼视。

"妹妹。"见到伊人，伊琳表现出了前所未有的热忱，从榻上欢欣地迎了过去，抓住她的双手道，"姐姐可想你了。"

伊人眨眨眼，虽然有点不明究竟，却还是被她的热情所感染。

"你都不知道，姐姐这段时间过得多孤单。"伊琳一把将伊人拉到塌侧，与她比肩坐下，然后开始大倒苦水，"这宫里的人啊，都是势利的家伙。不是容家的亲信，就是裴家的亲信，这宫女太监，也都拉帮结派。你姐姐我无门无派，娘家又只是一个商贾，这日子，过得苦啊。"

说着说着，伊琳似有所感触，竟巴巴地挤出两滴泪来。

伊人似懂非懂，反正只是安安静静地看着她，等她将自己的苦楚全部说完。

"其实容家还好，容皇后虽然贵为皇后之尊，却不争不抢，待下人还算客气，最可恶的是裴若兰，兰贵妃！不就是有一个当裴相的爹和当驸马的兄弟吗？有什么了不起的，你看她耀武扬威的，这宫里啊，皇后的话都不算数的，就她啊，金口一张，说一不二，偏偏陛下又宠着她，你说，这是什么世道？"伊琳愤愤然。

伊人还是没有插嘴，只是用眼神，表示自己正在同情着她。

伊琳受到鼓励，心中很受用，也就不光顾着说自个儿的事情了，亲热地关心道："妹妹你呢？在王府过得还好？上次你舍命救了皇后，王爷应该对你更宠幸了吧。"

"在王府过得……"伊人仔细地想了想，然后肯定地点头道，"很好。"

贺兰雪绝对是理想中的人选：有钱有闲，而且没事绝对不来烦她。

伊琳"哦"了声，随即想起什么，一脸慎重地问："这宫里啊，有一个谣言，姐姐问你，到底是不是真的？"

"什么？"

"宫里传，你和悠公主抢夫君，身为王妃，红杏出墙，中意小裴公子。你说，是不是裴府的人恶意中伤？妹妹，只要你说出来，我们立刻去找容皇后，让她主持公道！你上次救过容皇后，她一定会公正查办的。"

"可是……是真的啊。"伊人云淡风轻地回答，"我是抢了裴若尘，不过没抢到。"她叹气补充道，"他说，他要的东西，我给不了。"

伊琳瞪大眼睛，难以置信地看着自己的妹妹，镇静之下，忽而想起从前的日子，随即又释然。

她妹妹本来就是一个傻子嘛！

"我不管事情到底如何，反正今晚的宴席上，驸马和公主都会出席，万一别人问起，你一定要说，没这回事。听到没有？"若是伊人在宴席上也满口承认自己的"劣行"，那伊家的脸，便算丢尽了。

伊人并没有点头，只是若有所思地坐在原处。

伊琳见妹妹一副冥顽不灵的样子，正打算动之以情，晓之以理。屋外一个宫女走了进来，拜倒道："琳妃娘娘，皇后请娘娘去凤临宫用宴。"

"时间还早，怎么就开宴了？"伊琳收起脸上的"怨妇"样，肃了肃容颜，一副矜贵非常的模样。

"皇后说，正因为时间还早，恐各位娘娘饿着，要各位娘娘一道去凤临宫吃些点心。"那宫女伶俐，快速回道。

伊琳"哦"了声，低头看了看自己的家居装扮，随口道："回去告诉皇后娘娘，本宫还要稍做收拾，等会儿就过去。"

宫女又说："皇后还吩咐，请逍遥王妃伊人先过去一叙。"

伊琳看了看懵懵懂懂的伊人，想到她对皇后娘娘的恩情，心中宽慰，连声道："伊人，你去吧，见到皇后要守规矩。"

伊人于是点点头，站起身，随那宫女走了出去。

宫女所走的方向，却不是凤临宫，而是七弯八拐地绕到了凤临宫后的一个破败花园里。

伊人虽然不说，可是心中清楚，正困惑时，一个堪比仙乐的动人声音袅袅传来："你就是伊人？"

她抬起头，便看到了前方松树旁的容秀，容皇后依旧是往日那般素净至极的打扮，发式简单，只是在脑后松松地绾了一个髻，用木钗别住。

伊人莫名地想起自己第一次入宫时，贺兰雪给自己绾的发髻——原来是模仿容皇后的打扮啊。

伊人并不觉得不舒服，相反，她突然觉得贺兰雪很可爱。

倒是一个痴情种，只是为什么当初他没有娶她呢？真是可惜。

正想着，容秀已经款款地走到她的面前，目光从她的脸上徐徐滑下，终于胶着在她的围脖上。

“天山雪腋裘？”只见那张清丽空灵的脸微微一变，虽然之后掩饰得很好，伊人还是看到了容秀眼中的震惊与失落，“这个是，逍遥王送与伊人的？”

伊人不知道算不算，唯有答应着：“他给我戴上的。”

容秀微微一笑，说不出的温柔动人：“王爷对王妃，似乎不错。”

“还行吧，他免费供我吃喝，也没要求我做什么。”伊人实事求是道。

容秀笑意更浓，似不经意地摸了摸她脖子上光滑可鉴的狐狸毛皮，继续道：“这腋裘，本是当年逍遥王欲送给本宫的定亲之物，没想到竟然亲手为你戴上。阿雪果然没有骗我，他已经放下了。伊人，你以后，可要好好待阿雪。”

伊人想了半天，才明白容秀口中的“阿雪”，正是贺兰雪。

乍听到贺兰雪的小名，伊人只觉得别扭，后来，又觉得异常可爱。

阿雪，阿雪，却也适合他。

贺兰雪本来就一直像个愣头小子。可是容秀的声音虽然温柔，伊人却听不到她真心的祝福，反而有种淡淡的酸味。

念及此，她决定替贺兰雪辟谣：“没放下啊，阿雪一直喜欢容皇后你。”

容秀抬头盈盈地看着她，目光闪烁：“你怎么知道的？”

“用眼睛便能看见啊。”伊人微笑道，“那日你被劫持，他真的很担心。”

伊人还清晰地记得贺兰雪的恐惧，那种唯恐失去的恐惧，深深地感染了她。

不然，伊人自认没有那份勇气，可以赤手握住刀刃。

“可是你失踪后，他同样很担心。虽然人站在凤临宫外，心却不知去了哪里。”容秀涩涩地说。

那日遇刺后，贺兰雪因为担忧她的安危，通宵立于凤临宫外，她不是不知道。

事实上，她同样通宵未眠，站在宫门里侧，透过门缝，看着外面那个独立风露中的翩翩少年。

她还记得那年年少，繁花深处，贺兰雪抚琴，自己悠然作舞，风起衣袂，花落成海。

那时候，他的眼神是那么专注，指尖乐音流淌，唇角带笑。

可是，那晚立于凤临宫之外的男子，却显得那么心神不宁。

那双漂亮的眼睛，再也不会只映射她一人的身影。

“其实，他早就该放下了。当年他没有争，现在，我还指望什么呢？”容秀似乎陷入回忆，又梦呓般说了一句。

“贺兰雪说，他不是没争，而是，争不赢。”伊人虽然不大懂，却还是好心辩护道。

“他争了吗？”容秀看了她一眼，苦笑道，“他明知道我只能当皇后，我们容家，只能与天家联姻，他却白白地把皇位拱手让给了贺兰淳。在他心里，我算什么？”顿了顿，她似有所感，贤淑的神情，忽而激烈，“那天，你本不该救我，如果我死在阿雪面前，他就会一辈子歉疚于我，而不会移情别恋，喜欢上你！”

伊人没料到容秀会是这样的反应，自觉无趣，抿了抿嘴，决定转身离开。

可是走了没几步，伊人又重新返了回去。

一向如没睡醒的星眸出奇的明亮，她望着容秀，口齿清晰，一字一句道：“如果你真喜欢他，又怎么会因为他不肯为你争天下而记恨于他？你根本就不知道喜欢一个人是什么样子的，喜欢他，便是无论他做什么，你都不应该放弃他。而贺兰雪，并没有对不起你，他不过不够残忍不够有野心，如果你因此而惩罚他，我很怀疑你对他自始至终，都是潜意识的利用。如果一开始贺兰雪不是王爷，你还会喜欢他吗？”

容秀怔了怔，好半天说不出话来。

而伊人，则笨笨地转过身，一点也不优雅地，重新走开。

神色依旧懵懵懂懂，好像方才那番话，根本不是她说的一般。

可是，走了没几步，她又停下脚步。

她看到了贺兰雪。

一身白衣的贺兰雪，长身玉立的贺兰雪，眼眸深深的贺兰雪。

她看不懂他，正如他，也一向未曾看懂她。

贺兰雪朝她们走了过来，擦过伊人，径直走到了容秀身前。

然后，他身子一矮，单膝跪下。

骨结清秀的手，闲闲地卷起容秀曳地的长裙。

容秀则低头呆呆地看着风姿出众的贺兰雪，那么秀美的容颜，那么温柔却冷漠的神情。

而她，终要失去了——这种失去，远比当日自己入宫时，来得深刻。

当贺兰雪终于站起，冲她展颜轻轻一笑时，容秀终于泪流满面。

贺兰雪转身，不染尘埃，不沾凡缘。

第一次，他离开容秀时，脚步这样坚定。

走到伊人面前时，伊人还是望着他发呆，贺兰雪伸出手来，牵住她，一言不发地将呆头鹅般的伊人拉走了。

伊人趔趄了一下，然后跌跌撞撞随他而去。

贺兰雪走得很快。迅疾却从容，就这样一直不停地走，一路上，无数向他请安的宫女太监，都统统被他无视。伊人几乎怀疑他们从皇宫的一端走到了另一端，也不知跨过了几个院落，穿过了多少长廊，贺兰雪终于停了下来。

“伊人，本王已经休了你，从此，你不再是王妃，等宴会结束，我就让人送你回家。”待伊人站稳后，劈头便听到了这样一番话。

“你不要我了？”伊人眨眨眼，疑惑地问。

贺兰雪浅笑，摇头：“不是不要你，是放了你。你并不喜欢本王，又何必老死府中？”

伊人不假思索地回答道：“因为……大树底下好乘凉，你是棵大树，我要躲在你下面乘凉。”

这么标准的一个衣食父母，她得好好地抓紧。

贺兰雪没料到她的回答，坦诚得可爱，竟连假装喜欢都不屑于说。

怔了怔，他爽气一笑：“好，只要我这棵树不倒，一定会为你遮拦一世。”

他笑的时候，伊人只觉满目绚烂，缤纷花落，贺兰雪此刻的笑容，漂亮得让她有点失神了。

等了一会儿，伊人有点没把握地重复道：“你是说，你愿意养我一辈子？”

承诺很重要，有了这个大富翁的千金一诺，以后的生活，便吃穿不愁了。

“是，只要我有能力，一定会养你一辈子。”贺兰雪好玩地看着她，轻声道，“只怕这棵树，马上就要倒了。到时候，你要重新找一棵大树，无风无雨地继续过你的日子，知道吗？”

“不用另外找了，我就赖定你了。”伊人欣喜若狂，虽然之前已经将自己嫁给了贺兰雪，可心底还是有点不确定的惶恐，唯恐哪天自己被扫地出门、落魄街头。

而如今，贺兰雪竟然金口玉言，就这样把她的下半辈子承包了下来，她能不高兴吗？

“如果不是大树了，也会赖定我吗？”贺兰雪问，眼波温柔。脸上淡淡的笑意，染上落寞。

“那我就给你勤抓虫，勤施肥，天天让你晒太阳，等你又变成大树。”伊人信口胡诌，唯恐贺兰雪出言反悔。

贺兰雪又是一笑，这一次，却是说不出的会心。

“以后，不要再向皇后说刚才那番话了。”停了一会儿，贺兰雪终于言归正传，“她并没有对不起我，是我的错。”

伊人眨眨眼，一言未发。

贺兰雪突然伸手，揉了揉她的发丝，轻声道：“你这样说话，会有损皇后的名誉的，皇后冰清玉洁，对陛下忠贞无二。喜欢她，只是我个人的意愿，无论她做什么、说什么，或者怎么想，那都不要紧，重要的是，我所做的一切，皆是心甘情愿，你懂不懂？”

伊人不懂，所以她摇头，毫无掩饰。

喜欢原是一件简单的事情，为什么所有人都将它说得无比复杂？

贺兰雪云淡风轻，却再也没有解释："走吧，赴宴去吧。"

时辰将晚，余晖铺满皇城。

宴席设在御花园，被邀请的人，已经来了许多，都是王孙贵族家的小姐郡主们，以及经常走动的公子、驸马。

贺兰雪刚至会场，便被一群人围住了，伊人被挤在一边，看着男人们在那里推杯换盏，说着一些可有可无的闲话。

皇后也已经亲临场地，坐在园子中搭起的高台上，贤淑华贵，正俯身与身侧的人说着什么。

身侧那人也凝神聚听，美丽的脸上是得体的尊敬与矜持。

伊人见她眉眼如画，竟依稀与裴若尘有点相似，继而猜出了她的身份：她应该就是伊琳方才碎碎念的裴若兰，兰贵妃了。

看到了伊人，容秀朝她礼貌地点了点头，又用余光扫了一眼贺兰雪，神色平静，仿佛刚才发生的一切，从来都没有发生过。

伊人突然很为贺兰雪觉得委屈，继而又想起贺兰雪向她说的话：所有的一切，都是贺兰雪自个儿心甘情愿。

他不要求回应和理解，她也没办法。

人越来越多，落叶尽退的树木，再次被彩色的丝绦装点得五颜六色，灿烂的灯笼挂了起来，直映得御花园亮如白昼，如银蛇乱舞。

等贺兰雪出现的风头过后，园门口又出现了一阵骚动，伊人转头看去，却见到一身便装的裴若尘，拥着身穿披风的贺兰悠，在众人的注视与道贺声中，款款行来。

裴若尘依旧是从前的裴若尘，只一出现，便夺了这满园的光华。

而贺兰悠，许是新婚宴尔，脸色红润喜庆，与裴若尘站在一块儿，其艳丽美颜，竟不遑多让。

裴若尘拱手与大家周旋一圈后，很快注意到她，他朝她轻轻一笑，疏淡而亲切。

站在裴若尘旁边的贺兰悠很快捕捉到了自家相公的目光，也看到了伊人，她的眸光敛了敛，然后轻提罗裙，施施然朝她走了过来。

伊人不以为意地看着她走近，完全没有遇到"情敌"的自觉。

会场莫名地静了几分，心怀叵测或者幸灾乐祸的人们，都停下手边的动作，好奇地看着风朝第一绯闻男女的"短兵相接"。

贺兰雪站在远处，见状，本想靠过去为伊人解围，可是脚刚一抬起，又轻轻地放了下去。

也不知想起什么。

“你是伊人?”贺兰悠打量着面前这个女子，客客气气地问。

面前这个人，虽然长得颇为可爱，可是却并不出众，还有那双过大的眼睛，显得那么古怪，甚至傻气，完全称不上美女。

可是这样一个人，却是风朝第一美人伊琳的妹妹，是裴若尘心仪过的女子，是三哥口口声声警告自己不要去碰的王妃。

伊人老老实实地点头。

“这狐狸裘毛很漂亮。”贺兰悠倏然转移话题，手抚着伊人脖子上的裘毛，别有所指道：“没想到三哥，会将它送人。”

“很贵吧?”见容秀与贺兰悠都不约而同地注意到这条狐狸裘毛，伊人很市民气地问道。

贺兰悠心中更是小看了她，心想这样俗气的女子，当初相公对她，估计也是同情吧。

“万金难求。”贺兰悠哂笑道，“还是当年冰国女王赠予三哥的。”

“冰国女王?”伊人一向不理朝政，今天才第一次知道，原来这个世界除了风朝，还有其他的王国。

“是啊，一个大美人呢。当年差点与风朝联姻，却被三哥婉言拒绝了。”贺兰悠简单地说了两句，然后不再管她，径直向台上的容秀走去。

她彻底藐视伊人了。

伊人无知无觉，只是越过贺兰悠，迎向不远处的裴若尘。

裴若尘也不避嫌，微笑着望着她：“我收到画像了，很逼真，谢谢。”

“不客气，你穿红衣服很好看。”伊人回答。

然后，双方点头，浅笑，眉眼舒展，擦身而过。

他们彼此有好感，却彼此坦荡，不曾伤害过谁，也不曾故意伤害过对方。

那些等着看好戏的人，不免失望。

贺兰悠与裴若尘已经走到了容秀的面前，他们欠身，行礼，回答着容秀例行公事般的问话。然后，入座。

“陛下不久便要到了，大家都请入座吧。”又过了一会儿，容秀站起身，和声道。

那些来回走动、说说笑笑的人有秩序地回到位置上，贺兰雪与伊人的座位，便在首座的右侧，对面有一个空位，原是安排给贺兰钦的，而贺兰钦的下首，则是四公主贺兰悠与驸马裴若尘的座位。

这一次是宫宴，不是朝议，像丞相裴临浦、太师容不留、镇南侯夏如为都没有出席，倒是镇南侯之子夏玉，今儿个到京，正站在贺兰悠身后，与贺兰悠说着私话。

他们是表亲，自然比别人亲近些。且夏家一向拥军戍外，极少回京，夏玉认识的人并不多，只能缠着表姐贺兰悠和表姐夫裴若尘了。

其他人按部就班，只有贺兰雪，仿佛有心思一般，一盏接一盏，独自饮个不休。

伊人好奇地偷眼看了看他，又听对面的贺兰悠道：“王妃，自你过门，做妹子的还没有向嫂子请安，这一杯，权当谢罪了。”

她是贺兰雪的妹妹，自然要称呼贺兰雪的妻子为嫂子。只是她记着伊人要跟她抢亲之事，这次礼敬，恐怕也是没安好心。

但伊人无所察觉，见公主敬酒，连忙端起面前的杯子，想也不想，一饮而尽。

贺兰雪轻轻摇头，侧头低语道：“你想挑战悠妹吗？”

“什么挑战？”伊人困惑地瞧着他。

“她敬你喝酒，如果你喝完，便是小瞧她，要与她拼酒量。”贺兰雪对她的不通人情世故已经见怪不怪，解释完后，正准备替她将事情拦下来。方才站在贺兰悠身后的夏玉却早已沉不住气了，气呼呼地走到伊人面前，为自己的表姐讨个公道。

“喂，别那么嚣张，有本事，先拼赢我再说。”

伊人抬头好奇地看着面前这个小公子。看年纪，不过十六七岁，虽然长相还算清秀好看，可是那种飞扬跋扈的样子，还真像纨绔子弟。

“夏玉。”贺兰雪正打算息事宁人，却听到朱公公阴柔的一声：“皇上驾到。”

场面瞬间安静，夏玉冲伊人冷哼一声，回到了自己的座位上。

伊人抬头向皇帝的方向望去。

上次面圣，虽然听到了皇帝的声音，可是帘幕重重，始终没能窥见真颜。此时，伊人方第一次看见贺兰淳。

这一见之下，伊人未免吃惊——她见过贺兰钦、贺兰雪和贺兰悠，贺兰家的血统那么好，所以一直以为，身为皇帝的贺兰淳也必定是一个百年难得一见的美男子，可是面前的男子，虽然威仪若神，却并没有贺兰家其他人那般出众的神采，最多只称得上端正耐看。

他显得那么平平无奇，是长街上一抓一大把的类型。

只是眉宇间的倨傲、阴冷，却是长街中的人不曾有的。

“众卿家平身。”黄袍微拂，他已坐下，手平平地一伸。

众人甫一落座，旁边的朱公公不失时机地请示道：“陛下，丞相大人求见。”

“宣。”贺兰淳抬了抬手，一个穿着补服，高大轩昂的中年人快步行来，到了殿前，跪拜，三呼万岁。

伊人瞧着这位闻名已久的丞相大人，想着他是裴若尘的父亲，侧眼望去，果然是一个难得的美男子，特别是在这种年纪，竟是比裴若尘还有几分味道。

“平身吧。”贺兰淳毫无烟火气地说道，“不知卿家有何事？”

"陛下，臣收到线报，说是有人私购粮草。"裴临浦走上前，将一个黄布包着的小册子经由朱公公，递给了贺兰淳，"这是臣派人收集到的证据，确有人私造兵器且囤积粮食，恐有不轨之心。"

闻此言，众人皆是一惊，虽慑于皇威不敢说话，可是窃窃私语声，浮了一层。

谋反之罪，可不是小事。

"到底是何人？"贺兰淳似乎并不吃惊，只是拈起手指，闲闲地翻阅小册子。

坐在一侧的容秀，则在瞟了一眼那个小册子后，脸色突变，她死死地咬住下唇，才没有当场失态。

"经臣连夜审判，已查明此事乃由户部张谦一手办理，至于他到底受了谁的唆使……"裴临浦颇有点为难道，"他昨日已经畏罪自杀，臣只能将平日里与他相熟的人全部缉拿归案，逐一审问，只是这些人，都是朝中的元老权贵，故臣特来请旨，望陛下能赐给臣一道手谕，不受官阶束缚。"

"有些何人？"

"右将军林风、国师容不留、兵部侍郎尤科……"裴临浦顿了顿，继续道，"还有逍遥王。"

在他说这串名字的时候，每说一个，容秀的脸色便白上一分，到最后，几乎毫无血色，只剩下皇后的教养，在那里硬撑了。

"不用审了。"还未等贺兰淳下旨，座椅右侧，传来一个清朗悦耳的男声。

容秀面色一松。贺兰淳，则几不可闻地叹了叹，瞳孔深下去，猜不透情绪。

声音落，贺兰雪坦然地走到了会场中心，拂起衣摆，扣地而跪。在场那么多名门贵族，但他在那一瞬间，占据了所有的光芒，即使是裴若尘，也及不上他耀眼。

贺兰雪就这样跪在贺兰淳面前，跪在众目睽睽下，他的腰背挺直，他的目光明亮、坚定。

"无关其他人，"说这句话的时候，贺兰雪一直看着容秀，一字一句，无所犹豫，"这种种都是臣弟所为。臣……甘心领罚。"

"你可知道，这是什么罪，该领什么罚？"贺兰淳沉声问。

"意图谋反，该判死罪。王府男丁处死，女眷为奴。"贺兰雪仍然看着容秀，异常平静地回答。

"既如此，你还要承担？"贺兰淳的声音越来越沉，沉得近乎可怕了。

即使是最没感觉的伊人，都有种喘不过气来的感觉，其他人更是噤若寒蝉。

"是。"回答，斩钉截铁。

容秀脸色煞白，放在桌底的手，剧烈地颤抖。可是那张美若天仙的容颜，依然保持着身为皇后的尊贵与矜持。

"现在在场的，尚有你的一个家眷，你可知道，只要你的罪名成立，她会立刻从王妃之尊，变成皇宫里最低贱的女奴。"贺兰淳慢声提醒道，"你打算怎么向她解释?”

“她不是我的家眷。”贺兰雪微笑道，“我已经休了她。事实上，在这个时候，王府里每个女眷都会收到一封休书，而每个家丁，也都被辞退。遣散费足够他们过下半辈子了。现在，王府已空无一人。”

“……你荒唐五年，难怪曾经人才济济的逍遥王府，竟落得无一人留下。”贺兰淳淡淡地感叹了一句，正欲顺势定罪，一直默默不语的伊人突然站了起来。

所有人都看着这位倒霉的“王妃”，不知是该同情，还是该阻止她。

贺兰雪亦站起来，看着她。

“你不用问本王为什么。身为王妃，却中意旁人，本王自然要休你。”贺兰雪过了最初的震惊，不等伊人开口，连忙出言堵她的话。他心中颇为懊恼，别人都唯恐避之不及，就她傻傻笨笨，连保护自己都不会。

伊人无法辩驳他，却也不觉得这是一个多么充分的理由，她的想法原本简单：“我不是想赖着做你的王妃，只是觉得，应该和你一起承担点什么。”

刚才贺兰雪的身影，是那么孤单，仿佛要用一人之力，去承担整个天空的寂寞。

茕茕孑立。

伊人是一个懂得恩义的人，即便是一只狗，也会在困难的时候，守在主人身边，更何况，是一个人呢?

伊人不聪明，也不知道权衡，可是她清楚，什么事情该做，什么事情不该做。

那是为人的原则。

贺兰雪没料到伊人会这样回答，闻言一怔，眸光闪烁，寂静无比，又激烈无比。

什么是道义?

在场有那么多饱读诗书的圣贤之子，却有几人，能做得到?

伊人越走越近。终于停在了贺兰雪的面前，与他比肩。

很奇怪，站在如此风华绝代的贺兰雪身边，伊人竟然没有一点相形见绌的感觉。他们显得那么般配。

“若尘，伊人就交给你了。”出乎所有人的意料，贺兰雪忽而转头，看着裴若尘，交代。

裴若尘没有丝毫惊奇，只是淡淡地点了点头：“你放心。”

人与人之间的承诺，有时候三年五年，仍不能安心。有时候，三言两语，便能生死相托。

贺兰雪与裴若尘，似友似敌地相处了多年，在最后关头，贺兰雪能信任的，却是他。

所有人都面面相觑，有点搞不清状况。

有心人士，不禁猜测起从前的那些谣言，再结合现状，于是，又衍生出许多谣言来。

贺兰悠此刻被自己三哥的事情弄得心神惧惊，也顾不上其他，只是怔怔地看着眼前的一切。

伊人仍然执拗地站在原地，不肯说话，也不肯离去。

裴若尘犹豫了一下，决然上前，准备将她拉开，却不料伊人突然抬头，望着贺兰雪，盈盈道：“我不会留你一个人的。因为，你是我的树。”

这句话，别人不懂，可是，贺兰雪懂。

贺兰雪展颜而笑，自站出来后，他还是第一次笑，笑得那般真诚，那么灿烂。

“傻瓜。”他说，然后出手如电，迅疾地点向伊人的穴道。

裴若尘堪堪上前，扶住伊人虚软的身体。

贺兰雪没有再理伊人，他知道，裴若尘已经接手了，所以，他放心。

然后，他转身，向台上的贺兰淳拱了拱手，等着他的发落。

脸上的寂寥，已经一扫而空，取而代之的，是无人敢逼视的豪情。

他终究，没有被所有人背叛。

“逍遥王意图谋反，朕决定，判他充军塞北，永世不得回京。”贺兰淳面无表情地看完面前这场戏剧，然后，说出了自己的判决。

贺兰悠闻言，脸色变了变，正准备起身为自己的三哥求情，却恰好撞到了贺兰雪投过来的目光——阻止的目光。淡定的、坦然的目光。

然后，贺兰雪最后看了看容秀一眼。

容秀不动声色，只是脸色苍白，白得像只鬼。

贺兰雪冲她点了点头，眸底温柔，却再无从前的深情。

他对她的爱恋，已经让他着了魔，而现在，他已用自己所有的一切，甚至性命，去祭奠了这份爱。贺兰雪，问心无愧了。

离开的时候，贺兰雪表现得一点也不像一个犯人，仍然是游戏人间的王孙公子，容颜若玉，气势如虹，在庭院中闲闲漫步，白衣翩跹，眼角无意泄露的风情，让在场的任何一个大家闺秀，都为之成狂。

恍惚间，只剩下园门口的一点翻起的衣袂，不再是逍遥王的贺兰雪，消失了。

贺兰淳也站起身，冰寒的表情，没有丝毫触动：“你们继续吧。”

话音未落，贺兰淳已经离席，紧接着，便是皇后容秀的离席，贺兰悠紧追其上。

皇室众人接二连三地离开，底下的人自然坐不住了，纷纷拱手告退，方才还繁华如斯的皇家花园，转眼间，便只剩下残羹冷炙和三三两两收拾的宫女们。

明月高悬，寂冷无声，清冷的月光洒了一地。

而曾经繁华强大的风朝王国，也在那一天，陷入了前所未有的困境。

第7章　息夫人

伊人醒来的时候，不过破晓时分。

她略抬了抬手，全身酸痛难忍。环顾了一下周围，虽然是香闺雅居，可是看在眼里，却甚为陌生。

她挣扎着想起来，手足无力，终究撞下了床上的玉石枕头，发出“砰”的声响。

这枕头是玉石所做，落在地上，声响自然不小。

余音尚在，房门已经被推开了。

房间的格局，本是厅与床之间隔着一个屏风，来人并没有转过屏风，而是站在其外，静而雅地问道：“伊人，可好？”

素白的屏风上，那个影影绰绰的身影，显得风姿出众。

正是裴若尘。

伊人怔了好一会儿。恍惚过后，才恍然想起昨晚的事，不禁问道：“贺兰雪呢？”

“王爷已经连夜走了。”裴若尘轻声答道，“你现在在丞相府，王爷临行前将你交托于我，而且我们本是朋友，在这里，你可以想住多久，便住多久。如果你想回去，我也可将你送至伊府。”顿了顿，他复又补充道：“琳妃也遣人来问了，不知你愿不愿意入宫陪她？”

“他走了啊。”伊人对其他的话似乎并未听进耳，只是从中获取了自己想要的信息，“他走的时候，一定很孤单。”

裴若尘不语，事实上，贺兰雪上路之时，满朝文武因为怕引火上身，都没有相送，而唯一送他的人，只有裴若尘一人而已。

在回来的路上，裴若尘顺道去看了曾经花繁叶茂、锦华遍地的逍遥王府，不见繁华，只见到满园的狼藉，所有的贵重物品都被底下的人抢夺一空，连门口的那两只小铜狮子，竟也被人剜去。

时值年关，乍见到如此景象，让人不由得心生凄凉。

裴若尘还记得自己与贺兰雪的最后一次谈话。

那时候，北风呼啸，吹起了他的发丝衣袂，直欲羽化，那么不问俗世的一个人，与“谋反”两字，真的太不相干。

“王爷，既不关你的事情，为什么你要承担下来？”那时，裴若尘这样问。

“你怎知，不关本王的事情？”贺兰雪反问。

“满朝文武皆知，逍遥王已不问政事多年，而且……而且，五年前，先皇本有意将皇位传与王爷，是王爷自愿放弃。试问，一个曾经放弃过皇位的人，又怎么会谋反？”裴若尘逼视着他的眼睛，一字一句。

贺兰雪却是一笑：“既然满朝文武皆知，你以为陛下不知？我只是做了他希望看到的事情。”

说完后，贺兰雪淡然上路，留下裴若尘站在原地，沉思了良久，直至全身冰寒。

此时此刻，听闻伊人问起贺兰雪的情形，裴若尘走了一会儿神，然后回答道：“不，王爷走得并不孤单，而是睿智。事实上，他此时离开，本是一件幸运的事情。”

他已经看到了朝堂中的波谲云诡，只是水那么深，即便身处权力中心的裴若尘，都不曾参透。

伊人更是不懂。她唯一知道的是，贺兰雪说过，所有的一切，都是他心甘情愿的。

只要甘心，那么，无论什么事情，都不至于无法忍受。

她顿时放下心来，掀起被子，低头找鞋。可是找了好久，都未能找到鞋子，伊人正准备喊十一，忽而想到，十一留在王府里，现在已不知所终。

“你的鞋。”裴若尘似想到什么，终于从屏风后转了过来，手中提着一双新鞋，到了近旁，他蹲下来，将鞋子放在她的足边，然后起身，退后一步。

伊人低头看了看鞋，又没有了起床的兴致，只是闷闷地问：“能不能找到十一啊？”

她来到这个世上，与各人的交情都不能算深，虽然贺兰雪养着她，她又喜欢裴若尘——可那两个人，真正与她相处的时间都不超过一月。反而是十一，朝夕相对，给她打击，与她斗嘴，又真真切切地关心着她。

现在王府破落，十一也不知流落去了何处。

十一？裴若尘想了想，终于忆起经常在她身边看到的丫头：“我今日便命人出去找寻，你放心，她一定还在京城之内。”

“嗯。”伊人点点头，笨拙地穿上新鞋，竟是大小合适，刚好合脚，便像定做的一般。

“你刚才说，我可以回家？”等了一会儿，伊人似想起什么，问。

“你想回伊府？”裴若尘反问。

伊人点点头。

裴若尘犹豫了很久，终于坦诚道：“其实，在王爷出事之后，伊老爷怕自己被连累，已经对外宣称，与你断绝关系。对不起，我以为你会选择留下来，所以……”所以，才漫不经心地给了她三个选择。他只是想告诉她：其实她还有很多地方可以去，并非无家可归。

可是，事实呢？

事实是，除了裴若尘这里，她已无处可去。

伊人听着，想着，神色如常，没有丝毫人情淡薄的感慨与凄惶。

裴若尘继续道："丞相府平日并无闲人来访，爹爹忙于朝政，也鲜少回府，你在这里，可以继续过你想要的生活。"

听了这几句话，伊人本应该觉得很开心，可是很奇怪，她心里并无喜悦之情。

"……我想找十一。"丢下这五个字，伊人终于从床上站了起来，毫无留恋地走了出去。

裴若尘似有点吃惊，看着伊人的背影，却终于，没有追出去。

过了一会儿，一个身穿灰色劲装的侍卫疾步进来，见到裴若尘，立刻单膝跪地说："公子爷，伊姑娘已经出了丞相府，要不要追回来？"

"不用了。"裴若尘终于将视线从画作上移过来，淡淡道，"跟着她，不要让她发现。"

"那如果她遇到危险，属下是否要现身？"那人谨慎地问。

"务必护她周全。"裴若尘答非所问地交代了一句，那人立刻意会，躬身而退。

待侍卫走远，裴若尘突然从怀里取出一册画卷，展开，正是伊人画的水墨图：图中，是那个俊美的盲眼少年。

画中笔触细腻，画风别具一格，连眼底的灰暗，都处理得惟妙惟肖，栩栩如生，仿佛这个人便站在自己面前一般。

裴若尘盯着画作看了良久，那双清雅琉璃般的眼眸，深沉似墨——那是伊人从未见过的神情。

"难道你们想寻找的东西，也是它？"

书房里，传出裴若尘呓语般的低喃。

伊人出了丞相府，抬头看了看冬日艳阳高照的天空。

她尚不知要去哪里。这个世界，终于没有她能容身的地方。

昨日贺兰淳说，他将贺兰雪发配到了塞北，可是天地茫茫，塞北又在何方？

伊人复又低下头，看了看自己的新鞋子，然后深吸了一口气，慨然地向前走了一步。

这是踏向未知的第一步，从今天开始，她再也不能每天吃吃睡睡，等着时光流逝。从此一天三餐，夜眠何处，都要样样操心了。

不过，这不就是人生吗？

伊人倒也随遇而安，明媚的阳光下，她的戚戚之感渐渐散去，迈出的步子，也越来越稳了。

伊人是笨人，她只会用笨方法——守株待兔。

十一迟早会回王府找她的，因为十一知道伊人是傻子，作为傻子的伊人，不会到处乱跑，只会去自己熟悉的地方。

她也知道，十一不会抛弃自己，正如自己不会抛弃贺兰雪一样。

越是简单的人，越明白承诺的重量。

在尝试着问了一两个路人后，伊人终于找到了曾经显赫一时的逍遥王府，看着宅前破落的牌匾，歪歪斜斜，她不禁想起当日嫁过来的时候，满街的人，是那么热闹繁华。

伊人跨上台阶，正打算推开大门进去，也不知从哪里钻出来的几个衙役，凶神恶煞地挡在她前面，拔剑问道："你是何人？为何来逍遥王府？"

伊人吓了一跳，抓了抓头，傻乎乎地扫了他们一眼，然后闷声问："怎么，这不是大庙吗？"

"当然不是！你不识字啊！"其中一个衙役恶狠狠地瞪了她一眼。

伊人瑟缩了一下，然后似受到了惊吓，转身跑开了。

身后的衙役冲着她的背影啐了一口："傻子。"

伊人一直跑过了长街，到了拐角，才停下脚步。

弯下腰，在角落里偷偷瞟向逍遥王府，门口的衙役已经消失无踪，也不知藏到了哪里。

"谋反果然是大罪，宅子进不去了。"伊人叹息一声，百无聊赖地看着面前人来人往的街市，"又不能离开，否则会错过十一，难道只能露宿街头？"

再抬头看看日头，已过午时，几乎从昨晚开始，便没有进食。

而且，今天徒步走的路程，也是几年来走得最远的一次——伊人饿了，不足为奇。

又饿又累。

可是很奇怪，她完全没有回裴家的念头，而是第一次开始动用自己几乎生锈的脑子，琢磨着一个很简单的事情，准确地说，是盘古开天地之后最简单的事情：如何生存？

生存是本能，在伊人绞尽脑汁，始终不得其法之后，她开始发挥她的生存本能了。

那便是街头卖画。

她的目光左右睃巡了一番，运气很好地看到大街斜对面刚好有一家文墨店，里面宣纸、笔墨、砚台皆齐全。

虽然没有本钱，却只能进去试一试了，希望不用过多少天，就能遇到十一。

这样想着，伊人已经磨磨蹭蹭地走进店去，见到店主，她坦诚道："我没有钱，但是我可以为你画像，如果你能赊给我……"

"哦，这位姑娘，你要的东西，本店已经给你准备好了，姑娘看看，都是上等的货。”店主见到她，根本就不等她多说，而是异常热情地拿出一大堆东西，一脸巴结地塞给伊人。

伊人愣了愣，有点不解，却还是在店主的热情招待下，懵懵懂懂地将那堆东西抱进了怀里。

权当江湖救急了。

摆好了木架，伊人坐在角落里，等着客人上门了。一直等到太阳下山，余晖遍洒，都没有一笔生意。没有生意，就没钱，没钱，就没饭吃，这是一个简单的因果关系。

正在伊人准备放弃“守株待兔”，站起来吆喝几声时，第一笔生意终于上门了。

客人微弯下腰，看着已经饿得全身乏力的伊人，问：“画画？”

“嗯。”伊人精神一振，一边应着，一边抬头。

然后，她看到了裴若尘。

裴若尘还是早晨的装束，温润可亲，他朝伊人笑笑，就势坐在了伊人对面的一个石礅上：“多少钱一张呢？”

“你可以随便给。”伊人答道。

“好，画吧。”裴若尘说着，闲闲地摆了一个姿势，真似一个标准的客人一般。

伊人也不含糊，端起木架，一笔一画，很认真地工作。

裴若尘一直很安静，他是个绝好的客户，不催不挑，只是坐在那里，手搭在膝盖上，安静地看着她。

看着她额前垂下的发丝，拦住那双迷糊却清透的眼。

即使摆摊卖艺，也不肯回裴府，让他照顾吗？

为什么？

裴若尘曾以为自己是了解伊人的，原来，并不了解。

“画好了。”等余晖彻底地落进西山时，伊人欢欣地抬起头，将手中的画稿递给裴若尘。

裴若尘接了过来，画中的男子身处夕阳余韵中，半张脸笼在阴影里，眼角温润，风姿绝美。

她总能轻易地勾出他的神态，最美的神态。

“画得很好，当值一百两。”裴若尘说着，从怀里取出一个包裹，递给她。

伊人并没有推却，而是理所当然地接了过来，诚恳地说：“谢谢光顾。”

裴若尘微微一笑，没有再说什么，收起画卷，然后微微欠了欠身，转身离开。

“慢走，欢迎下次再来。”待他走了几步，又听到了身后一个公式化的吆喝。

裴若尘啼笑皆非，低头，莞尔，终于走远。

待裴若尘走得再也见不到身影了，伊人方举起那个钱袋，放在手中垫了垫，满心欢喜。

一幅画一百两，便是当今状元，也没有这般身价，伊人知道。

只是，她不是那种盲目讲骨气的人，送上门的银子，不要就是傻子。

腰包鼓了，伊人的心也安定了，她收起画架，重新走进那个文墨店。

店主见到她，再次笑盈盈地迎了上来："姑娘，你还要点什么?"

伊人将下午从店里拿的东西一股脑地还了回去，又从钱袋里取出一枚稍微小点的碎银，也一并给了老板，说："其实，这些东西不是我定的，刚才借用了一下，对不起，冒领了。"

"姑娘可姓伊?"店主问。

伊人点点头："是啊。"

"那就是你了，那位公子交代，这就是交给伊姑娘的。"店主肯定道。

"可是……"伊人歪着头，似很不解地问，"你当初怎么知道我就是伊姑娘的?"

"你穿的鞋子啊。"店主笑眯眯道，"伊姑娘穿着御锦坊独制的鞋。"

伊人做恍然大悟状，道了谢，重新抱着一大堆东西走了出来。

磨磨蹭蹭地在街上走了许久，伊人貌似糊里糊涂地转进了一个巷子，她左右看了看，然后蹲下身，脱下一只绣花鞋，放在手中细细查看。

果然做工精良，颜色舒润。

照看她的人，定是裴若尘了。

伊人犹豫了一下，复又重新穿上。

天色愈沉，不知哪里有客栈。

摸了摸已经饿得扁扁的肚子，伊人终于挪到了一家看似整洁的客栈前面。

天色已晚，客栈的灯笼都已挂了起来，大大的"迎宾客栈"四个字，在夜色里熠熠生辉。

按理说，这个时候，所有的客栈都应该关了门，可是今晚却很反常，伊人站在客栈前面时，只见一个店小二正缩着脖子，笼着手，在门口东张西望，也不知在等着谁。

待伊人甫一出现在他面前，店小二立刻觍着脸迎了上来，甩着毛巾，拱着手："姑娘，本店已经准备好了上等的客房，一直等着你呢。"

伊人愣了愣，指了指自己："我?"

"你是伊姑娘，对吧?"店小二问。

伊人点了点头，困惑地看着他。

"是伊姑娘就对了，姑娘这边请。"店小二大喜，略有点谄媚地引着路，"饭菜热水都为姑娘准备好了"。

伊人本想问点什么，低头看到自己的鞋子，又什么都没说。

又是裴若尘安排的?

没想到他的能耐竟这般大，难不成城里所有的店铺，都已打了招呼吗?

抿了抿嘴，她还是很不客气地走进了大堂，果然有一桌丰盛的饭菜等着她，伊人饿了一天，此刻再也顾不上其他，立即放下防备，狼吞虎咽地吃了起来。

只是，既然已经安排得这么妥帖，裴若尘何必还给自己一百两银子?

伊人有点想不通。

但是很快，她就没有再想这个问题了，当她喝完最后一口汤，只觉得头像喝醉酒一般晕晕的，看着面前的店小二，仿佛有几个重影般，而且越来越模糊，渐渐地，看不清了。

她一头扑倒在桌上，手碰倒了瓷碗，哐当一声落在地上，触目惊心。

一个黑影从后堂转了出来，曲起手指，摸着下巴，冷冷地看着她。

丞相府。

裴若尘拜别了父亲裴临浦，正准备登车回自己的驸马府，一个矫捷的黑影迅疾地出现在他面前，跪拜在马车的阴影之中。

“怎么了?”裴若尘敛眸问。

“公子爷，出事了，派去跟踪伊姑娘的阿新，就在刚才，被发现杀死在泔水巷里。”黑影急促地回道。

裴若尘怔了怔，沉默了片刻，然后简短地吩咐马车夫道：“掉头，去南天茶庄。”

“公子爷……”黑影似乎想阻止他，屈膝，向前走了一步，拦在他前面，“望公子爷三思而行。”

“我有分寸，你回去告诉公主，我今晚有事，暂不回府了。”裴若尘说完，便跳上马，扬鞭，向那个已经荒废的南天茶庄驶去。

南天茶庄，自经过上次的围剿后，已经破落萧条，进门，便有股凄凉味道，迎面扑来。

脚踏在久未清扫的落叶上，叶脉断裂，发出细微的声音，而如此细碎的声音，在寂静冰冷的寒夜，显得震耳异常。

裴若尘只走了两步，遂又停了下来，他冷静地环顾左右，只见屋檐下、廊柱后、大树上，到处都是黑影浮动，显然已被来人重重包围。

裴若尘敛息静立，全身气机收拢，宽广的衣袖无风自扬，他警戒却又闲适地看着前面透出灯火的大厅。

“现身吧。”他沉声道，“你们到底意欲如何?”

泻出灯光的大门轻巧地推开，一个穿着掌柜长衫的中年人站在门楣中，犀利地看着他——正是尤主管。

“上次被你的伪装所骗，没想到本尊是这样一个俊秀的人。”尤主管笑了笑，坦然夸赞。

只是这笑声，在这等情形下，却比任意谩骂来得心惊。

裴若尘不动声色，淡淡道：“尤主管客气了。若是论俊秀，又怎么抵得上你的少主，柳公子。”

尤主管脸色一变，随即又平静下来：“你既知道我们是柳家的人，怎么还不过来参拜你的主子。”

“笑话，我的主子只有一个，就是风朝之帝，是万民景仰的君王，又怎么会是你们这些连光都不敢见的宵小之辈？”裴若尘语出轻蔑，振振有词，“还是一群只会掳掠弱女子的懦夫。”

“你不用激我。”尤主管不为所动道，“利用弱女子确实不武，但你又是什么好人？当初你亲自进御制坊买鞋，我们还以为你是买给悠公主，本欲擒得公主以威胁贺兰淳。没想到，你竟然送给了一个不相干的女人，若我们调查没错，她似乎是贺兰雪休掉的王妃。”

“你既知道自己认错了人，为什么还要抓她？”裴若尘敛眸问道。声音阴沉，渐渐地，有了杀气。

“那你呢？明明是一个不相干的女子，你又何以为她以身犯险？”尤主管饶有兴致地眯起双眼，问。

“贺兰雪将她交给在下，在下自然要为她的安全负责。”

“好一个重诺的丞相公子，当今驸马！”尤主管轻蔑一笑，“你怎么不去看看，当年你父亲卖主求荣时，到底是什么嘴脸。”

“良禽择木而栖，当年息夫人不辨敌我、残暴异常、人神共愤，父亲的选择，并没有错。难不成，为虎作伥便是所谓的忠义吗？”裴若尘云淡风轻地驳斥了一句，然后言归正传，“她在哪儿？既然我已经来了，裴家与柳家的恩怨，自然由我们来解决。你们先放了她。”

“放了她？难道又要像上次那样，被你们围剿一遍，再死去百来个兄弟？”尤主管神色一肃，树影婆娑，隐藏在各处的人似乎都受到影响，杀气顿时逸散出来，而站在杀气中央的裴若尘，立刻感觉到了这股压得人喘不过气来的气场。

一触即发。

可是伊人，现在在哪里呢？

伊人揉了揉太阳穴，有点搞不清状况地看着面前的景象。

淡淡灯光下，一个少年依窗而坐，锦衣光鲜，却沉入暗色里，那晕染的灯火，固然温馨，可沾染不了他的半点衣袂。

那么漂亮的眼睛，只是灰的。没有颜色，没有光亮。

伊人从地上扎手扎脚地爬了起来，许是被声响惊动，少年慢慢地转过身来，面向着她："醒了？"

"嗯。"伊人点头，本想向他走过去，可是刚挪了一步，又重重地跌了下去。

"你身上软筋散的药性未散，不用白费心机。"听到伊人倒地的声音，少年蔑视地笑笑，"这是一个教训，告诉你下次不要随便吃来历不明的饭菜。"

伊人叹了口气，讷讷道："我原不知，人是会害人的。"

少年闻言，脸色一变："你说什么？你说我不是人？"

伊人微微一哂，懒得向他解释，只是异常配合地说："我身上有一百两银子，你们都拿去吧。只希望你们以后学好，不要再做为非作歹的事情，你放心，我不会报官的。谁都有不得已，如果可以，又有谁愿意又当盗贼又当强盗呢？"

伊人还记得他们上次入皇宫偷窃的事儿。

"你！"少年似乎很容易被激怒，伊人这样云淡风轻的几句话，竟然将他气得脸色涨白，"你竟然说我是盗贼！是，盗贼，窃钩者诛，窃国者诸侯。"他站起身，向伊人所在的地方走近几步，说："就算如此，像你这种什么都不会的女人，天天做王府锦衣玉食的废物，又有什么资格说我？你没有盗窃，你是蛀虫，甚至连窃贼都算不上！"

伊人不懂他为何那么激动，只觉得那张俊美苍白的脸扭曲紧张，倍感凄惶。

"我虽然是蛀虫，却从未吃过你的东西。你为什么这般讨厌我？"自上次他不由分说地要杀她，伊人便察觉到他的情绪。

这个少年，非常非常讨厌身为废物的自己。

"为什么讨厌你？"少年怔了怔，随即阴沉着面容，冷声道，"你明明四肢健全，身体康健，却生生浪费，这样的人，难道不值得讨厌吗？"

伊人眨眨眼，忽而明白了他的种种反应。

一定是他想做许多事，却因为眼疾或者其他的疾病，而做不了。继而讨厌那些拥有资源，却不懂得珍惜的人。

伊人想通后，再抬头看着站在自己面前，那个异常跋扈却又异常骄傲的少年，心生怜惜。

"收起你的同情！"少年突然恶狠狠地冒出一句，揪起伊人的衣领，如拎着一只小鸡崽一样抓起她。

大堂外，谈话仍在继续。

尤主管哈哈一笑，道："贺兰家，文有贺兰雪，武有贺兰钦，唯贺兰淳不文不武，竟然做了皇帝，可见贺兰家气数将尽了。"

"你这等人，又怎么明白我主的英明神断。"裴若尘冷笑回答。

"是，我差点忘了，贺兰淳是你们裴家一手扶上去的。"尤主管咂咂嘴，乜斜着裴若尘，"你姐姐还是贺兰淳如今最宠爱的妃子，他和你们裴家，可谓是千丝万缕的关系啊。"

裴若尘只是抿紧唇，悠然而审慎地观察着周围的动向，并不接话。

“裴公子，你说，如果贺兰雪发现，他交托给你的伊人，被送往军营当了一个官奴他会不会猜忌你们裴家，继而不再甘心听命于贺兰淳？”见裴若尘表情淡淡，尤主管似突然想到一个绝好的主意，目露戏谑，“以贺兰雪五岁成诗、十二岁断案、十七岁成为风朝最年轻的钦差，才惊四夷的资历，他应该是有能耐与贺兰淳一争高下吧？”

这番话，果然让裴若尘的神色有了触动，那双总是温和冷静的眼，终于敛了起来。

“用一个弱女子来行事，你们未免太无耻了点。”裴若尘看着尤主管，讥讽道，“更何况，你既知道贺兰雪的睿智，又怎以为，他会因为一个女子而背叛朝廷呢？”

“他不一样因为一个女子而被流放塞北了吗？”尤主管呵呵一笑，道，“何况那个女子，还是已嫁为人妇的容秀皇后。肯为一个女子离开，为什么不能因为一个女子回来？”

裴若尘犹豫了片刻，然后冷笑一声：“伊人又怎么能和容秀比？容秀是我们风朝之珠，是贺兰雪心心念念的女神。伊人是什么，不过是王府被休掉的一个妃子而已。据我所知，逍遥王府这样被休掉的王妃，少说也有二十个，难道你以为，贺兰雪会一一顾得上？”

尤主管怔了怔，似乎没料到两者之间的差别，却还是争论道：“伊人是不同的。”

“哪里不同？”裴若尘讥嘲地瞧着尤主管，声音略显刻薄，“你到底认为她哪里会吸引贺兰雪？因为她的长相？这一点尤主管也看到了，她不仅及不上容秀，甚至连宫里的一个齐整的宫女都比不上。如此样貌，你以为阅遍百花、王妃成群的逍遥王，会中意吗？论家世，伊人不过是一个普通的商贾之女，风朝的商民地位低贱，比平民还不如，也没有什么可企图的。论才智谋略，这一点，就不用我多说了吧。尤主管，这样一无是处的伊人，你留着，无非是浪费粮食而已。”

尤主管不动声色地听了，想反驳一两句，却又发现，无话可驳。

裴若尘所说的，果真是字字属实。

“如果尤主管是贺兰雪，请问，你会为这样的女子而违逆天下，甚至唐突风朝之珠容秀吗？”裴若尘盯着他，咄咄逼人地继续道，“为美女而将江山一掷，那是洒脱、重情义，为一个不相干的女人而将自己弄得身败名裂，即便是尤主管，也不会去做，更何况是从小便以睿智聪颖闻名的逍遥王。”

尤主管似乎被裴若尘辩论家的口才说通了，不由自主地点了点头，认同道：“若是为了伊人这样的傻子，确实不太值。”

裴若尘心中刚松了一口气，冷不防那尤主管又抬起头来，问：“既如此，小裴公子又为何要为她以身犯险呢？难道，她对小裴公子而言……”

“不错，贺兰雪特地将她交给在下，当然是有缘由的。”裴若尘淡定地看着他，坦然道，“因为我喜欢她。与其千里迢迢去找不可能理会你的贺兰雪，我奉劝尤主管还是就地与我做交易好了。”

尤主管表情错愕，好半天才哂笑道：“这句话从一向清心寡欲的小裴公子口中说出来，还真让人难以相信。”

难以相信的何止他？

刚被少年下令揪到后堂听墙角的伊人，也不明所以地眨了眨眼。

少年温热的呼吸吐在她耳边，讥笑中，他轻声说：“真想看看，能被裴若尘青睐的废物，到底长什么样子？”

屏风外的大厅里，尤主管已经恢复常态，继续道：“好，却不知你有什么可用来交换她的？”

“你们想要的东西。”裴若尘闲淡地看着他，道，“上次你们涉险闯入大内，不就是想找它吗？”

“那幅画在你手里？”尤主管面色一喜，冲口而出。

裴若尘的眸光闪了闪，然后镇定地回答道：“是。只要你们放了伊人，我自然会将画交给你们。”

“我凭什么要相信你！”尤主管似乎无法相信会这般容易，他们那么损兵折将都没办法偷得的宝物，难道凭裴若尘三言两语，便可拿到吗？

更何况，伊人并不是一个很大的筹码，若是贺兰悠，尤主管会觉得理所当然。

只是伊人……

“小裴公子，本主管还有一事不解，”尤主管眯起微肿的眼，狐疑问，“既然伊人被你说得这般不堪，你何以还会喜欢她？据我所知，四公主贺兰悠也是风朝数一数二的美人，家有娇花，又怎会恋野草？”

“喜欢便喜欢了，哪有什么缘由。”裴若尘弯了弯唇角，极好看的弧度，“这个交易，你到底想不想做？”

尤主管还没有回答，伊人只觉得自己脖子一紧，已经被少年拖拉着拽到了大堂里。

他们站在台阶之上，少年的手卡在伊人的脖子上，尤主管恭敬地往后退了一步，一齐面向立花园中央的裴若尘。

裴若尘乍见到伊人，脸色微松，眸底隐约的喜悦，亦没能逃过尤主管的双眼。

难道小裴公子真的喜欢这个丫头？尤主管心道。

伊人不大明白此时的处境，但是她看到了周围暗色里刀枪剑戟映射的寒光。

她知道，裴若尘是为她而来。

无论他是谁，以前做过什么、说过什么，现在，刀光剑芒中，他是为她而来。

这就足够。

“当年息夫人虽然行为过激，但是惊才绝艳？才智谋略震古烁今，没想到她的独子，却这样对待一个手无寸铁的女子。”裴若尘极快地整理好些微的情绪波动，面色无喜无悲，“柳色公子，我已说出了我的筹码，如无异议，希望你先放开掌下的人。如若伤了她，交易立刻取消。”

柳色，原来那少年的名字叫柳色。柳垂堤岸，交映湖色。

伊人将这个名字喃喃地重复了一遍，却不妨柳色放在自己脖子上的手猛然一收，伊人被卡得呛了一下，圆润的小脸涨得通红，眼睛里迅速氤氲了水色，可怜巴巴地看着裴若尘。

“我要看看，你是不是真的中意这个废物，真的肯为她交出至宝。”身后的柳色冷酷地笑道，“裴若尘，听说一向骄傲，是权贵之子、经纬之才。这膝盖除了跪天跪地跪父母君王外，从未服软过。现在，我要你跪在我面前，跪在柳家人面前，恭恭敬敬地磕三个响头。不然……”他说着话，手又一松一紧，伊人因松开呛得咳嗽了一声，咳嗽声音还未完全冲出喉咙，又因为紧接而来的窒息，而被憋进了一脸的酱红色里。

裴若尘没有言语，只是冷冷淡淡地看着柳色。两侧的手，轻轻地合拢成拳，又缓缓地放开。

“怎么？原来只是说说而已？伪君子。”柳色有点幸灾乐祸地戏谑，卡在伊人脖子间的手却不自主地放松了许多。

他本意，倒没有想伤害伊人。

“我数一、二、三了。一！”

裴若尘依旧不语，除了脸色略白外，他的神色反而更加沉静起来。

那种沉静，像一个气场般，从他的身体浅浅散出，连柳色也能感应得到，也彻彻底底地激怒了柳色。

“二！”

伊人张了张嘴，本想奋力说些大义凛然的话，可是声音到了嘴边，却怎么也说不出来。

最终，她也只是平静地回望着他，面色涨得通红，目光却安静如潭。

“三——”柳色最后一个字还未叫完，裴若尘已经撂起衣摆，风鼓外袍，猎猎作响，额前的散发凌乱地拂在他异常平静的脸上，眸光如玉，人已低身。

下跪原是一种不怎么雅观的姿势，可是由裴若尘做来，却说不出的优雅好看。

一个。

两个。

三个。

潇然至极，又洒然至极。

仿佛他现在，并不是对一个敌人卑躬屈膝，而是在与书友一起，吟诗作对，相拜做戏。

只是，这样的姿态，柳色并未看到。

在察觉到裴若尘真的跪下后，他便笑了，仰脖，哈哈大笑，笑得如此嚣张，可是听在伊人的耳边，却有点凄苦。

放在伊人脖子上的手，却并没有松开的痕迹，反而随着笑声越来越紧。

在场所有人都看着跪在地上的裴若尘和仰脖大笑的柳色。

“裴若尘，当年你父亲临阵背主害死我母亲，今天这三个响头，就是你们裴家，向我柳家赔罪的！”柳色边笑，边喊出这行话来，声音凄厉，形如夜枭。

伊人被卡得气喘吁吁，耳边的呼吸声越来越重，她原先以为是自己的，可是一瞥眼，看到了尤主管略微担忧的表情，才恍然：这牛喘般的呼吸，竟然是柳色发出的。

如此听来，柳色的笑，已然断断续续，仿佛在掩饰什么。

放在伊人脖子上的手，也没有方才用劲了，只是无力地挂在那里。

伊人在呆愣了几秒后，做了一件她自以为很英明的事情。

她猛地转身，使劲抱住柳色的腰，将他牢牢实实地固定在自己身前，然后头向前倾去，用鼻子压住他的鼻子，用嘴巴压住他的嘴巴。

——她想制住他。

伊人猜测得果然没错，在她抱紧柳色，压住他的呼吸时，便确认了他的症状。

哮喘，应该是哮喘。

吃力的呼吸，被堵在了咕咕作响的喉咙里。

唇下的温度，冰冷湿润，那是属于海藻的味道。近乎腐败。

伊人就这样抱着他，拥着比自己高出许多，也瘦削许多的柳色。

他是真的瘦，即使透过锦衣，伊人仍然能感觉到他嶙峋的身体。明明高高在上，还有那么多人忠诚相待，为什么这么瘦呢？

伊人不明白。

她的眼睛眨啊眨，长长的睫毛，每每扫过柳色的脸颊。

目之所及，柳色的脸色是变态的潮红。

他黯然无光的眼眸里，逸散出自厌与苍凉。

所有的一切，都发生在电光石火间，她转身，她拥住他，她压住他的唇鼻，她看见了他的眼睛。

然后，伊人又弹开来，怔怔地看着柳色眼眸里那丝寻求解脱的绝望。

那么年轻，那么瘦，那么坏，又那么苍凉。宛如老者。

"少主!"

"伊人!"

在众人终于反应过来时，伊人的衣领又是一紧，身体马上像大鹏鸟一般，往后跌去。

原来在她转身之际，裴若尘已经跃向了台上，手抓住伊人的衣服，将她迅速带离险境。

本就紧张万分的情势一触即发，蝗虫般的箭矢密集地射了过来，裴若尘抽剑在手，漫挽剑花，另一只手则护着伊人，向门的方向退去。

第一批箭射完之时，他们已经退到了一株粗壮的大树后，但是冬日光秃秃的枝丫，并不能掩护太多。裴若尘一面挡住明显变少的冷箭，一面压低身体，向还未回过神的伊人迅速交代道："如果我没记错，后面再走几步，便能看到墙上有一个洞，你钻出去，只要出了门向东走，便会有人接应。"

伊人点头，也没有说什么"要走一起走"这样或那样的豪言壮语。

她很清楚地知道自己"累赘"的身份。

"伊人。"见伊人二话不说，转身便要走，裴若尘忽而再次开口，"今天说的话……"

"我知道，全是真的，但是又什么都不会改变。"伊人极快地接过口，三言两语总结了裴若尘的意思，又按了按他的手，没头没脑地蹦出两个字，"放心"。

说完，伊人便甩手不管，屁颠屁颠地跑路了。

任身后喊打喊杀，刀剑不断。

裴若尘恍惚地看着伊人的背影，唇边的笑意顿浓，浓而会心，笑意直达眼底。

回头，继续应付面前的景象。

再等一会儿，丞相府的援兵便会赶来。

他很放心，亦放心她。

这样没心没肺，将他一个人留在刀光剑影里，那便是伊人。

那样洞悉决断，永远不啰唆不废话不计较的，那便是伊人。

伊人从狗洞里爬了出去。

换成容秀或者贺兰悠，大概是宁死不爬的，可惜伊人没那么多骄傲，最多从狗洞里出来时，一头一脸的灰，她自觉有点狼狈，所以用手胡乱地抹了抹。

待站在围墙下，伊人有点蒙了：东边在哪里?

此时星月惨淡，方位不明，她又是实实在在的一个路痴。

形势危急，以免来人追出，伊人来不及细辨，随便找了个方向，撒欢儿跑走了。

也不知跑了多久，只听到耳边呼呼的风声，伊人跑得喘不过气来的时候，终于停了下来。

星月更是惨淡，隐进了云里，无光无辉。

裴若尘口中的接应人员并没有出现，伊人方知，自己大概跑错了方向，却不知到了哪里。

正在她犹豫着要不要折返的时候，已经虚软的腿不知踩到了什么地方，脚底一陷，人便倒了，跌进巷子旁一个铺满落叶的废沟里。

伊人疼得龇牙咧嘴，本想站起来，才发现脚踝疼痛难忍，似乎崴了。

她又尝试了几下，皆无疾而终，到了最后，伊人索性随遇而安，仰面躺在沟里，望着头顶雾蒙蒙的天际。

云已经散了，露出弯弯的下弦月，清辉遍洒，映在她的脸上，光洁明亮。

这是一片很美的星空，像波光粼粼的海面，那么恬静美好，与世无争。

不知道其他人能不能看到？

脚依旧很痛，可是困意更浓，终究是动不了，方圆几里内也不似有人烟的样子，现在只有等着裴若尘说的援兵找来了。伊人看了一会儿夜空，等啊等的，不知不觉便睡着了。

第8章　阿雪

晨曦破晓。

城内一大早便吵吵嚷嚷，城门紧闭，来来往往的商贾，无一不受到守门的将士们盘查。

一群正准备进城的摊贩则聚在城门前，你一言我一语地谈论着。

“这次又出了什么事啊？前几天说什么王爷造反，如今又说捉拿什么夫人的乱党，天下哪有那么多的乱党？”

“听说昨晚他们挟持了当今驸马呢……对了，什么夫人？没听说朝廷有什么夫人啊？”

虽然是乡野村民，但是住在京城里，多多少少，也听说了一些朝廷的事情。

“哎，你年纪轻，自然记不得息夫人。当年啊，她和无双帝一起合称双圣，是一个了不起的女人。不过，后来不知怎么了，一夜之间，息夫人全家都消失了，听说是江湖寻仇，再后来，便不了了之了。”一个须发皆白的老叟闻言，忍不住吹嘘自己的见闻。

“是吗？一个女人能有多大能耐？”有人不信。

“你们是没见识过啊，小子们。”老叟摇头晃脑，满语唏嘘，“当年风朝内乱，群雄并起，贺兰家之所以可以一统江山，便是因为有息夫人相助。你们想想，当年息夫人手下一个普通的仆役，现在都是风朝的宰相。她手下的人才，多如过江之鲫。奇门遁甲、行军布阵、农艺木艺，无一不精，无一不晓……哎，真是天妒英才。”

“你刚才说的那个宰相，难道是裴大人？”旁人起哄问。

老叟煞有介事地点头道：“正是。”

“可是老伯，为什么你会知道呢？”还有人不信。

“因为，我曾经参加过息夫人的军队，还为她斟过茶……息夫人，真乃神人也。”老叟一脸神往，连被岁月侵袭的面容，都变得异常生动起来。

“哎，老头，你又在吹牛了！”后面一个壮小伙子推了他一下，大伙嘻嘻哈哈地一哄而散。

又过了一会儿，大家陆续进城，城外渐渐清静了。

老叟叹了口气，正待转身，便听到身后一个惊呼声：“啊，小姐，你没死啊？”

伊人迷迷糊糊中，只觉有人“哗啦”一下扑到了自己身上，然后二话不说便开始呜呜地哭。她不禁动了动，抬手揉了揉眼睛，那趴在自个儿身上的人立刻坐直身体，大惊小怪道："啊，小姐，你没死啊？"

伊人坐起身望着面前打扮怪异的十一，先是一喜，随即微微一哂："没死啊。"

那么明显的事实。

十一怔了怔，然后回头冲着身后的一堆人大声质问道："谁谁，你们刚才谁谁说她已经死了？！"

而在她质问的时候，伊人则困惑地打量着她：十一的打扮真的很奇怪，说她穿得齐整吧，可是外衫破烂，头发蓬松，脸不施粉黛，极其落魄；说她是小叫花子吧，她的手腕上竟然还戴着一串连伊人都看得出来、价格不菲的玛瑙手链，外衫里面的里衣隐隐约约，也似乎是绫罗绸缎，白净的小脸上满是喜悦，丝毫不见落难的痕迹。

而且，以她方才质问的语气，倒像是一个颐指气使的大人物，地位不低。

"帮主夫人，我们把她从臭水沟里抬出来的时候，她一动不动。我们当时就想，一个正常人哪里会在臭水沟里睡着，便以为……"一个人低头丧气地从人堆里走了出来，嗫嚅道。

这群人的模样，却是十足的叫花子装扮了。

"哎，也难怪，你们哪里见过小姐这样极品的女人。"十一深有所感地点了点头，不再追究。

伊人却懒得计较这种种前因后果，早已握住十一的手，极欣慰地问："十一，我一直在找你，你去哪里了？"

"哎。"十一似被触动了心事，先是一声长叹，黑溜溜的眼珠儿立刻润湿了，"说起我的遭遇，那就是一个惨啊。当日王府里的人做鸟兽散，所有人都抢啊夺啊，大发横财。只有我势单力薄，连一粒米都没抢到，还被其他房里的丫头从后门给一脚踢了出去。出了王府后，我孤孤单单，无东西吃，也没地方可去，后来一群纨绔子弟觊觎我的花容月貌，又被他们调戏。"说到这里，她又神采飞扬了起来，"幸亏遇到了丐帮的帮主、英俊有为的少侠黄阿牛，他不仅救了我，竟然还对我一见钟情，娶了我做正室，我才有一个好归宿。可见长得一副好样貌，是多么重要的事情！小姐，你这样的姿色，大概是没有什么好际遇了，不如捡个现成便宜，和我一起当帮主夫人，我让阿牛勉为其难一并娶了你。"

"可我要去找贺兰雪。"伊人眨眼道，"我本来想问你要不要一起去，现在知道你过得好好的，你就不要去了。"

"干吗找那个被流放的落魄王爷啊。"十一不解地瞧着她，道，"小姐，十一想过了，宁做鸡头，莫做凤尾。既然当不成王妃，当丐帮的帮主夫人也不错。最多不分妻妾，我让阿牛一视同仁呗。"

伊人口中不说什么，心里却是感动的。十一的嘴巴固然刻薄，却实实在在地想着她。

“不干啊？”见伊人只是盈盈地瞧着自己，并不说话，十一嘟着嘴继续道，“大不了让你做大，反正你做大做小，本来就没区别。”

“做人以信义为本。我还是要去找贺兰雪的。”伊人终于开口，圆润可爱的脸上堆出一抹阳光般的笑来，笑意弥漫至眼角眉梢，“十一，你真好。”顿了顿，伊人又说，“我也不用把一百两给你当安家费了，真好。”

“嘁，不知你在说什么。”十一听完，做了一个鄙视的表情。她已经习惯了伊人的前言不搭后语，见怪不怪，所以并不追问。

伊人不以为意，在十一的扶持下慢慢地站起来。

“脚怎么了？”十一很快察觉到她行动的迟缓，担忧地问。

“崴了。”伊人淡淡道，“对了，你怎么找到我的？”

“我找你好几天了。”十一嘟着嘴巴，一副“你竟然不知情”的模样，“小姐和王爷一道入宫，后来只听说王爷被流放了，却没有小姐的消息，十一还以为……”她顿了顿，不再说话，伊人却能知道她当时的担忧。

伊人没有追问，只是笑眯眯地看着她，问：“十一，你相公黄阿牛是什么样的人？”

伊人一向不是一个有好奇心的人，可是却对十一的夫君有点兴趣。大概是关心十一的缘故吧。

从前的淡然，也许只是因为对世情漠不关心罢了。

十一见她问及自己的夫君，俏脸一红，泼辣的神色立刻收敛了，正待仔细描述一番，却听到旁边一个苍老的声音颤颤巍巍地问：“敢问这位小姐，‘做人以信义为本’，这话你是从哪儿听到的？”

伊人凝目望去，面前的老叟衣着破烂，一脸沧桑，额上深深的沟壑仿佛装满了苦难与智慧，深不见底。“是我的一位长辈教我的。”她回答。

闻言，老叟的表情顿时变得很奇怪，那是一种混合了回忆与敬仰的表情，甚至有点肃穆了：“从前息夫人，便常把这话挂在嘴边。可惜她以信义待人，却被不忠不信的人背叛了……”

他的声音压得很低，倒像自言自语。

伊人眨眨眼，总是云淡风轻的脸色终于有了一丝变化：“息夫人也常说这句话？”

“是啊。”老叟似已经陷入往事中，布满皱纹的容颜如蒙上一层追忆的光芒，“当年息夫人对无双帝，何等有情有义。可后来……”老叟顿了顿，极惋惜道，“后来，无双帝却将息夫人赐婚给了江南柳家。他到底不明白夫人的深意。”

“息夫人现在在哪里？”伊人顺口问道。

“小姐想见息夫人？”老叟莫名地问道，那双浑浊的眼睛突然明亮起来，“是了，小姐与息夫人有缘，也许能看懂息夫人留下来的遗言。老朽这就带小姐去找夫人。”

伊人还未接话，早已在旁边按捺不住的十一低喝道：“你这老头，看你也是乞丐，到底是那个香主门下的？在这里胡说些什么呢？”

老叟回头瞟了她一眼，刚才沧桑颓败的模样刹那间消失得干干净净，微微佝偻的身体也挺直起来，目光如炬，看得十一心底发毛。

“你也是一个义仆，老夫暂时不与你计较，这位小姐想见息夫人，老夫不过是顺她的意思。得罪。”话音刚落，那老叟已经如老鹰抓小鸡一般，拎起伊人的衣领，双腿微动，那瘦弱的身影，竟像离弦之箭，眨眼消失在十一的视线里。

十一瞠目结舌，发了一会儿愣，然后转身，敛容厉声道：“来人，查查那老乞丐是哪个香主门下的，这般无礼，还有赶快去找那劳什子息夫人的位置。”

众人领命下去，十一回头望着兀自翻起的尘埃，明亮的目光慢慢地暗了下来，喃喃道：“小姐，十一也有自己的生活，能帮你的，大概只有这些了。”

她突然有种很奇怪的预感，以后可能再也找不到自己的傻小姐了。

伊人被带到塞北的时候，她并不知道自己已身处塞北。

只是与老叟行了半月，周围的景致越发荒凉。本来中原也是冬天，路边的花啊草啊皆已凋零，但是偶尔还会有一些鲜艳的色彩，如早发的寒梅，似孩童身上鲜艳的衣裳。

而到了第十六日，伊人所待的城镇，便完全是清一色的灰。近处的砖墙都是用灰不溜秋的大石头与泥土垒成的，而视线尽头，砖墙之外的地方，则是一大片一大片看不到边的戈壁。

这便是关外了，塞北关外。

大漠孤烟直的关外。

伊人一路快马加鞭，到了那破败的客栈门前时，已经疲惫不堪，实在没心情去欣赏这片景色。

她现在只想要两样东西：一桶热气腾腾的水，一张软绵绵的床。

如果可以，连日来被马鞍磕得生疼的小屁股，也是需要抹点药的。不过看着旁边人一脸严肃的表情，伊人还是决定不开口了。

她不会骑马，这一路，都是被老叟威逼过来，两人共乘一骑，日夜兼程，最多是路上停下来买点馒头和水。伊人这辈子都没有受过这样的罪，不过还好，她的心态不错，只觉既然已经受罪了，那也只能这样了。

所以，她并没有破口大骂，只是安安静静，该吃东西的时候吃东西，该上路的时候上路，颠颠簸簸中，还能趴在老叟身上打一会儿瞌睡。

老叟终于停了下来，将马牵到这家客栈前，伊人方从上面滚下来，脚一挨到地，只觉全身都痛，差点软倒在地上。

“刘婶，难道你认识阿雪？”客栈对面的一个茶馆里，突然传来一个陡然抬高的、好奇的声音。

听到"阿雪"这个名字，伊人有点吃惊，却又不能确定，只是站在原地，全神贯注地支起耳朵，听着对面茶馆里的谈话。

可惜声音复又低了下来，耳边再次充斥着茶小二的吆喝以及街道上的喧哗声。

"你这小丫头，还在这里发什么愣，进去吧。"老叟招呼她。

伊人回头看了他一眼，很好脾气地自我介绍道："我叫伊人。"

同行多日，老叟一直没问她名字。

老叟怔了怔，"哦"了下，然后率先走进了客栈大门。

伊人也不怠慢，屁颠屁颠地紧跟而上。

荒郊边城，物质匮乏，客栈却是不少，来来往往的人，皆是路过，长居人口不太多。路过的多是提着脑袋往来国境的商贾，而商贾吸引来的，则多是响马盗贼。

在伊人与老叟一同进入镇子时，便碰到了一群骑马而过的莽撞汉子，衫子上尚有血痕，不知从哪里抢掠了回来。

当时，伊人还注意到老人的头摇了摇，自语道："若是息夫人在这里，必定不会让这些人如此猖獗。"

几日相处，伊人发觉，这位老人对他口中的息夫人出奇尊敬，简直是敬若神明。

而他口中的息夫人，也确实无所不能，除了飞天遁地，简直和神仙一般：诗词歌赋、奇思妙想、开明爽快、计谋无双。

"我们还有多久能见到息夫人？"伊人忽然很想见到这个了不起的女人了。

老头停住脚步，伊人还是第一次主动发问，他略觉惊奇："很快了，休息一天，明天一早，往戈壁深处走三日，就能见到夫人的墓地。"

"墓地？"伊人眨眨眼，有点不解。难道这位如此出色的前辈，已经亡故了？

老头的脸色也黯淡下来，一脸苍凉，又有点激狂，如这片寒风乍起的漠地："息夫人虽然不在了，可是她留下来的话，仍然能颠覆整个王朝。息夫人是永远不会死的！"

伊人没有注意听他的话，更加无视他的激越和口号，只是，顿觉寂寞。

那是伊人第一次认识寂寞，大抵，也是第一次认识到失望的感受——虽然她并没有过多地期望过。

"这位姑娘，打尖还是住店？"店小二热情的问候声打碎了伊人瞬间的感伤，她咪咪一笑，抬头请示了老头一眼，然后回答："住店。"

"几间？"店小二看出两人是一同进来的，目光在老头与伊人间逡巡着。

"一间。"老头哼了下，冷冷地回答。

"好嘞，一间上房——"店小二一甩毛巾，向账房的方向吆喝了一声，然后低头小声地嘀咕道，“老牛吃嫩草。”

他自言自语的声音并不算小，只听得老头火冒三丈，伊人却还是一副笑眯眯的模样，没心没肺。

忍了忍，老头终于没有发火，而是冷冷地瞅了店小二一眼，那小二只觉身上凉飕飕地一激灵，顿时敛容肃立，再也不敢造次。

“前面带路。”老头没好气地说。

店小二果然不再乱说，恭恭敬敬地走在前面带路，伊人也赶紧跟了上去，大概因为长时间骑马，脚步踉跄了一下，走在楼梯口时，差点从上面栽下来。

不过，行在前面的老头眼疾手快，在她即将倒下之前，伸手抓住了她的手臂。

“谢谢你啊。”伊人站稳后，很不计前嫌地向他道谢，态度极为真诚。

仿佛她并不是由他掳来的一般。

“你可以叫我武爷。”老头似乎发了善心，矜持地点了点头，终于告知自己的大名。

伊人抿嘴一笑，很甜地唤了声：“武爷。”

哪知，伊人的话音刚落，前方负责带路的店小二倏地停住了脚步，回头惊惶地望着老头：“武爷？”那表情，活像刚吞吃了一只苍蝇。

武爷冷冷地瞧着他，态度倨傲，神色里充斥掩饰不住的嘚瑟。

“你真的是传说中的武爷？”店小二这次的嘴巴，足以塞下一只鸡蛋了。

“你以为呢？”武爷沉声反问。

店小二身子一颤，脚明明已经踩到了最上面的一级台阶，却不知怎么一抖，整个人咕噜一声滚了下来，转眼便滚到了楼梯下，到了下面，他也不急着检查自己的伤势，而是迅速地爬起来，一边张皇地望向武爷，一边甩着手中的毛巾，大声呼喝道：“大家快跑啊，大家快跑啊，武爷来了！武爷来了！”

本来在楼下用餐的客人，也纷纷抬头望向他们，然后不约而同地站起身，争先恐后地向门口跑去。一时间，锅碗瓢盆声，推搡喧哗声，男人的咒骂声，小孩的哭泣声，不绝于耳。

活像大灾难。

伊人莫名其妙地看着楼下人的表演，有点不明状况地摸了摸头，等那阵地动山摇过去后，楼下已空无一人。

至于楼上的人，则缩在楼道的一边，迟迟不肯过来，像一群冬日缩在一起取暖的小白鼠一般。

“他们怎么了？”过了好一会儿，伊人才讷讷地问。

武爷“哼”了声，雪白的胡子翘了翘，傲慢而自得地回答：“没想到事隔多年，老夫的影响力还这么大啊。”

伊人眨眨眼，貌似崇拜地瞧着他：“武爷你都干什么了？”

“屠城啊。”武爷耸耸肩，不以为意地说，“没听过‘以战养兵’这种说法吗?”他的目光往上一瞟，重新变得崇敬起来，“你自然没听过，这种伟大的战法，只有息夫人能想到。”

伊人垂眸不语，只是息夫人在她心目中的形象，瞬间低落了不少。

“身份暴露，我们不能住在这里了。”等发完感叹，武爷扫了一眼正瑟瑟发抖的众人，道，“不然，惹来官府，又是一件麻烦的事情。老夫现在还不想开杀戒。”

只是，武爷固然不愿意惹来官府，这么大的动静，也已惊动了不少人。

他顿时放弃了在此镇休息一晚的打算，决定连夜动身，前往息夫人的墓地，以防夜长梦多。

走出边城时，自然没有人拦截他们，众人都躲得远远的，藏在树后、巷子口，小心地窥探着他们。

武爷昂首挺胸，走得雄赳赳，气昂昂，雪白的须发在风里张扬地飘着，非常嚣张。

伊人亦步亦趋，若是看见探头探脑的人，还会给一个和煦的笑容。不过那笑容，往往会将别人吓出一身冷汗来。

身为朝廷钦犯，还能如此气定神闲，果然是艺高胆大，有恃无恐啊。

他们以为伊人与武爷是一伙的，而伊人，也确实不像一个被劫持者的模样。

“深入沙漠还有三天的行程，靠脚力是不行的，我们得去找匹马，置点干粮。”武爷低声自语了几句，目光已经在长街上的店铺几番睃巡。

只是“武爷”二字传出后，大街上的店铺早已十有九关，零落的几家，则是卖农具胭脂的，没多大用处。

武爷看着来气，正准备发飙，城外突然走进一个冤大头：穿着厚厚的斗篷，帽檐压得很低，只露出了鼻子以下的脸，灰尘满面，唇色也极淡，虽然看轮廓是清秀的人吧，不过终究是一个粗人，穿着笨重而破旧。

不过，那些都不重要，重要的是，他手里拉着一匹马，一匹两边都挂着行李的毛色油量、四肢健壮的马。

武爷面色大喜，三步化成两步，走到了那人面前。

“喏，小子，这匹马，武爷要了。”他本以为只要亮出自己的名号，那人就会吓得屁滚尿流，拱手叩头，将骏马双手奉上。

哪知那人不慌不忙地抬起头，露出斗篷下的一双懒洋洋的、细长的、平平无奇的眼睛：“这位老先生，并非在下不给你这马，而是此马只听在下一人的话，别人的话，一向是不理会的。”

“哪有这样的事情?”武爷不信，吹胡子瞪眼。

“畜生一向如此。”那人叹口气，感慨道，“从来我行我素，霸道专横，哪里会听人话。”

武爷认同地“哼”了下，忽而想起什么，两眼瞪得铜铃般：“小子，你在骂老夫!”

“哪里，我只是在骂畜生而已。”那人急于辩白，只是语调从容，丝毫没有惊慌的模样。

武爷又重重地哼了下，没有继续纠缠，而是将怒火转移到那人旁边的马身上：“老夫倒要看看，这马，是不是真的如你所说，谁的话都不听!”然后，他又恶狠狠地瞪了那人一眼，“如果你所言有虚，别怪老夫无情!”

“请便。”那人信手一伸，丝毫没有被威吓的感觉，意态闲闲。

武爷往前踏了一步，然后一个飞身，跃到了马背上。

就在武爷跃上马背的那一瞬，只听到一声长长的嘶鸣，本来挺温顺的马，忽而发起狂来，前蹄扬起，马鬃飞扬，武爷还未坐稳，便被它甩了下来。

可别看武爷胡子头发都白了，动作矫捷，只见他在空中几番急转，复又稳稳地落回马背上。

这一次，马也不甩他了，而是撒足狂奔，憋着劲往戈壁的方向跑去。

武爷也不是好欺负的，自然不会被一只四足畜生摆布，他扬手一甩，几条绳索随手而去，牢牢地绊住了马蹄，又听到骏马的一声惨嘶，马儿前足跪地，跌倒在地。

武爷从上面走了下来，虽然姿态仍然不失傲慢，却有点灰头土面的感觉。

那人也不说话，只是走上前，解开套着骏马前蹄的绳索，然后抚着马头，小声地宽慰着。

“这马不听话!”武爷想说点什么为自己解开尴尬，气鼓鼓了半日，方丢了这一句上来。

年轻人闻言，回头淡淡地看了他一眼，神色安静，那张平平无奇的脸，也因为从容，而倍显华贵。

“我说过，它一向只听我一个人的话。”他淡淡地说，“并不是每个人，都有驾驭它的能力。”

“这也好办!”老头眼珠儿一转，阴冷地说，“它听你的，你再听我的，虽然麻烦点，但是还是可行的。”

顿了顿，他重新感叹起来：“当年息夫人说过，会做事不如会用人，如今看来，真是至理名言，连驯马都用得上。”

伊人微微一囧：这个武爷，真是无时无刻不提息夫人的名字啊。

虽然对她的“以战养兵”战略觉得心寒，伊人还是渴望能见到她的风采的。

只是故人已矣，风流已被雨打风吹去。

“可是我为什么要听你的?”年轻人优哉游哉地问。

“很简单，要么死，要么听我的，你选哪一个?”武爷霸道地喝问道。

那人低头，很认真谨慎地思索了片刻，好像真的在权衡这个选择题。而这个题目，连伊人都能毫不犹豫地选出答案，他却考虑了许久。

然后，他抬起头，细长的眼睛里波光潋滟："好吧，我听你的。"

武爷满意地点了点头，随意问："你叫什么名字？"

风乍起，拂动那人斗篷的衣袂、宽大的袖口、额前的散发，他在风沙中微微一笑。

伊人方才并没有仔细瞧他，直到他笑的时候，她忽而发现，原来他笑的时候，眼角是极有风情的，那种桃李缤纷落的风情，像极了一个人。

那个人，便是贺兰雪。

正想着，那人已经报出了自己的名字，唇瓣轻启："阿雪。"

伊人忽然觉得这荒漠里的风，如斯温暖，如斯风情。

拂在她脸上，柔柔的，腻腻的。

武爷将他的名字重复了一句："阿雪。"

那人浅笑，风重新静了下来，他的发丝拦住了他的眼睛，明眸微垂，是一种懒洋洋的神色，缱绻缠绵："不知这位武爷要去哪里？"

"捕鱼儿海。"武爷道。

阿雪复又抬起眸，略有点惊奇地反问："捕鱼儿海？"

"怎么？"武爷挑了挑眉，傲慢重新出现在脸上，"你刚才不挺镇静的吗？现在知道怕了？"

阿雪平静地望了他一眼，然后不卑不亢地说："据说，千百年来，从来没有人能真的踏足捕鱼儿海，那是戈壁真正的死亡地带。我并不想死，自然不想去。"

"你不想去也行，看你这小子挺合老夫心意，老夫也不强迫你。只要你能再去找几匹马来代替你这匹，老夫便放过你，你换也不换？"

武爷说这句话，倒不是他突然善心大发，而是他估摸着官府的人便要来了，现在再去找一个人抢一匹马实在麻烦，如果阿雪能换来一匹听话的马，倒也省了许多事。

哪知阿雪并没有如临大赦的惊喜，只是懒散地转过身，直截了断地说："走吧。"

武爷怔了怔，他有点不明白，为什么明知要去死亡地带，阿雪却还是要跟去。

很快，阿雪的话打破了他的疑虑："我只有这一匹马，而且是新来的人，这里并无朋友亲戚，看来，只有陪你走这一程了。"

这勉强算是一个理由吧。

为了避免节外生枝，武爷没有过多追究，而是带着最新加入的阿雪，与伊人一道，踏上了寻找息夫人之墓的茫茫旅程。

待走了几里路，老人家自然发挥自己的特权，优哉游哉地骑在了马背上，阿雪则负责在前面牵马，伊人则屁颠屁颠地跟在阿雪后面，还不住地用余光瞟着阿雪。

待又走了一会儿，便进入了塞北的夜晚，塞北的夜，如此空旷而辽远，苍穹四幕，他们在幕中央。

武爷虽是强者，但年纪到底大了些，到了午夜，只听到些微的鼾声，他已经在马背上摇摇晃晃地睡着了。放在往日，伊人也能挂在他身上睡一会儿，不过今天，武爷似乎没有将她带到马上的打算。伊人也没有边走边睡觉的本事——当时困倦交加，脑子有点迷迷糊糊，却是实情。而且，塞北的夜，真的极冷，冷透骨髓。

在她打了第三个寒战后，默声走在身前的阿雪突然转过身，将自己身上的斗篷，披到了伊人身上。

温暖的斗篷，仿佛还带着他的体温，透入全身。

他的动作很自然，亦很随意，仿佛在做一件无关紧要的小事，毫不做作。

伊人仰头，看着那张全然陌生，又似乎熟悉的脸，轻声问："你是不是？"

阿雪眉睫轻颤，极静极淡地回答道："我不是。"

然后，他重新转过身，继续行走在她的前面，不远不近，若即若离。

风拂青衫，红尘无碍。

在剩下的时间里，伊人一直在想着那个问题。

为什么贺兰雪会否认？

抑或，他真的不是？

这是一个较为复杂的问题，伊人对这个世界的人情过往，恰如一张白纸，所以，她没有想通。

而想不通的事情，她也不会再想，反正万事都有水到渠成的一天。

谁又能抵御命运的巨轮？不如随之。

好不容易挨到了白天，东方日光倾洒之时，夜晚的寒气便消失殆尽了，待太阳愈高，温度也渐渐攀升，伊人早已脱了斗篷，累得气喘吁吁。

整整一夜啊，走了整整一夜啊。

伊人打从娘胎里出来，就未曾遭过这样的罪，她都打算不管不顾地死皮赖脸不走了。

虽然在地上打滚耍赖确实是很低级的做法，可是事出有因，伊人也做得出来。

不过，她还没来得及做，在马背上闭目养神了一夜的武爷，终于晃晃悠悠地醒了过来，他高高在上地瞅了下马下的两人，然后大发慈悲地说："停下来，休息一会儿吧。"

他的话音一落，伊人已经一屁股跌在了地上，再也不肯起来。

武爷望着已经软成一摊泥的伊人，鄙视地撇了撇嘴，然后取下挂在马背右侧的大水袋，扔给阿雪，喝道："你喝！"

武爷毕竟是老江湖，他要找一个人试毒。

诚然，对于阿雪的忽然出现，他未尝没有疑心。

阿雪不以为意地接了过来，仰脖咕咚咕咚地喝了几大口，转手又扔给赖在地上不肯起来的伊人。

伊人忙不迭地接过来，也灌了几口，还没喝够，便被武爷劈手夺了去，再看他，白胡子老脸上满是心疼。

在这叫天天不应，叫地地不灵的地方，这一大袋水，便是比性命更重要的东西。

白白地便宜了这两个小辈。

等武爷喝好后，他又从左侧的包裹中取了三个硬馒头，一人扔了一个，同样等阿雪先咬了口，他才动口。

三人便啃着馒头，一个在马上，一个站着，一个坐在地上，就这样闲谈起来。

武爷："小子，你是干什么的？"

阿雪："闲人，偶尔做点生意。赶一下马过关卡。"

武爷咂嘴："原来也是马贩子。听说最近炎国向风朝收购了大量马匹，有这事吗？"

阿雪："有这事，而且价格颇高。"

武爷得意地一笑："你可知道，当年炎国的国君，也曾向息夫人求亲，息夫人说，只要他在战场上赢得自己，便嫁与他做王后，哪知他连着三次输给了息夫人，由此立下盟约，在息夫人有生之日，炎国人世世代代，不能踏进风朝半步。"

阿雪听着，并没有多大感触，只是极淡极淡地提醒了一句："息夫人已经不在世了。"

盟约已经不成立了。

纵然经天纬地，也终究抵不过流年转换。

武爷自然听懂了他的意思，面色一沉。

眼见着武爷就要发作，伊人忽而拍拍屁股站起来，似突然想起什么般，问："息夫人之后，是被无双帝赐婚给柳家了吗？"

依稀记得，武爷这样提过，裴若尘也这样说过。

武爷衰老的脸上竟然划过忧伤，咬牙切齿道："贺兰家无情无义，有负夫人！"

阿雪面色沉静，慢条斯理地接道："息夫人又何尝不负于贺兰家？"

武爷胡子一翘，恶狠狠地剜了阿雪一眼，还未说话，伊人又抢了一句，晕头晕脑地问道："息夫人还有一个儿子，叫柳色，对吗？"

难怪之前总觉得"息夫人"三个字尤其熟悉，原来便是尤主管口中的夫人。

那个盲眼少年的母亲。

伊人心生亲近，继而想起那日她摸着柳色的手，寒玉般的冰冷，眸底满是脆弱的骄傲与绝望。

他有一个过于优秀的母亲，所以不得不自卑吗？

或者，从小便被息夫人的崇拜者们寄予了太多希望，所以导致了他暴虐冲动的个性？

果然，听到柳色这个名字，武爷轻蔑地冷哼了一声，道："柳色和他懦弱的爹一样，丝毫没有夫人的真传，若说他是夫人的儿子，简直玷污了夫人的声誉。"

"夫人有什么声誉可言？"阿雪冷不丁地插了一句，唇角轻勾，同样是轻蔑的语气，"她为了逼迫伯……无双帝娶她，不惜与炎国联盟，用三城的百姓做要挟。她为了组建自己的军队，竟然提出了以战养兵的战略，攻一城，屠一城，十年战乱后，风朝十室九空！远仪侯柳如仪钟情于她，守护她多年。在她众叛亲离之际，仍然拼死上奏请求迎娶她，可是息夫人又是怎么做的？她不甘心无双帝拒绝她，竟然图谋造反，让柳家一夕间家破人亡！"

"乱世之中，人命几何！本就是一将功成万骨枯！"武爷怒斥完，然后狐疑地看着阿雪，冷声问道，"无双帝广封言论，如今知道息夫人的人少之又少，即便是以前的老人，也只知道柳家是一夜间被人寻仇，消失无踪。而谋反这等宫闱秘事，你年纪轻轻的一个关外客，又如何得知？"

阿雪垂眸不语，伊人却莞尔一笑：他果然是贺兰雪，只是，因为什么原因，他不想承认吧。

无论如何，知道他是贺兰雪就行了，至于他承认与否，伊人才不管。

总而言之，她对他有承诺，至于其他事，那是贺兰雪的事情，她不予干涉。

"你到底是谁？"武爷没留意伊人的表情，只是盯着阿雪，一字一顿地问。

阿雪并不急着回答，而是望着远处沉沉的天际，茫茫戈壁，接天连地，模糊了方向。

远方沙尘滚滚。

"你知道为什么捕鱼儿海被称为死亡地带吗？"他轻声问。

"老夫自然知道。"武爷傲然道，"因为这里经常会有沙尘暴，而且地理位置暗合奇门八卦，容易让人迷失方向。不过这些，都已被息夫人一一克服，否则，老夫又怎敢只身闯入？"

"真的能克服吗？"阿雪微微一笑，唇角勾起的弧度，竟然有种勾魂摄魄的邪魅，"那流沙呢？"

他的话音刚一落地，武爷的脸色便变得极为难看，身下之马一声嘶鸣，扬蹄奋力将他甩下，然后挣脱流沙的引力，向远方奔去。

武爷应变神速，在马甩下他的那一刻，用左足点着右足，便待重新弹起，哪知阿雪突然发难，一手拽起裹住伊人的斗篷，向武爷挥去。伊人被斗篷的力道所带，飞速地打了一个旋，头晕晕的，还未回神，人已经跌进了阿雪的怀里。

熟悉的气味，带着一股略显女气的脂粉味——果然是在京城招蜂引蝶的逍遥王独有的体香。

伊人在闻到它的刹那，便愈加确信了他的身份，那个认知便如一个按钮，“啪”地一下触动了她的情绪，伊人在第一时间抱紧他，像无尾熊一般扒在他身上，在他怀里闷闷地说：“找到你了。”

如躲猫猫的孩童抓到了自己的伙伴。

另一边，武爷身体一低，脚便陷到了流沙里，流沙汹涌，迅疾地埋到了他的脚脖子。

此时的情景本十分危机，阿雪根本无暇分心，可是听到怀里人闷声闷气的感叹，心念一动，紧张肃穆的神色间，竟漾出一缕笑意来。

只是，她在找他吗？

为什么？原以为将她托付给裴若尘，便是让她得偿所愿，也不枉费她为他挺身而出的情意。

她又何以还来找他？

心思电转间，阿雪的神色已换了几换，对面的武爷陷得更深，流沙下陷的引力，也带动了周边的沙石，此地不便久留。

阿雪当机立断，将胸前八爪鱼一般的伊人推开，努力地冷着脸道：“我们快离开，还有，我不是你要找的人。”

伊人眨眨眼，困惑地看着他，却并没有出言反驳。

心想不承认就不承认吧，真是别扭的人啊。

她微微一哂，目光从那张陌生且熟悉的脸上轻轻转移，然后，便看到了身陷流沙的武爷。

武爷倒有点傲气，虽然处境凶险，他已挣扎得吹胡子瞪眼，却仍然怎么也不肯呼救。

“救他吧。”伊人看着老爷子越陷越深，几乎想也没想，便要伸手去拉他。

阿雪一把扯住她，用看白痴一样的眼神望着伊人道：“救了他，我们都走不了，难道你真的要去捕鱼儿海送死？他这样的人，死便死了，何必救。”

“可他并没有真的害我们，对不对？”伊人回头挺纯洁地看着阿雪。

阿雪摇头道：“如果你知道他的手上到底沾了多少鲜血，你就不会这么说了。武爷，武三通，人称屠城将军，风朝的首号通缉犯，死在这里，也算你死有余辜，你服也不服？”

最后一句话，当然是问那位武爷的。

武爷轻“哼”一声，藐视地看了阿雪一眼，白眼往上一翻，一副“我是老人家你拿我又怎样”的无赖样。

“不过，这样还是不好……”伊人见状，咂咂嘴，嘀咕道。

她没办法见到一个人就这样死在自己面前。尽管这个人曾犯过错，但依旧于心不忍。

阿雪低头看了看伊人，那个总是懒懒散散的人，此刻的表情却异常认真，她说要救武爷，并不是一时冲动，而是她真正想做的事情。

如今想来，她也极少信口说过什么。

一旦说出，就必须做到。

念及此，阿雪几不可见地摇了摇头，然后取下自己的腰带，将它裂开，束接成长条，一条扔给武爷，另一条则绑在不远处一块突出的小岩石上。

“你好自为之吧。”丢下这句话，阿雪拖着伊人的手，头也不回地朝原路折返而去。

阿雪牵着伊人一路向前的时候，伊人没有说话，只是任他拖着，亦步亦趋地跟在后面。

阿雪亦没有说话。

冬日的戈壁，凛冽、干涩。

伊人走了一夜，早已疲惫不堪，步伐自然慢了，两人走了一会儿，她的脚步已然踉跄，阿雪似乎察觉，忽而停住脚步，转身，面对她，说：“我派人送你回丞相府。”

伊人睁大眼睛望着他，摇头。

“这里没有你要找的人，回去吧。”阿雪继续苦口婆心。

伊人仍然抿紧嘴唇，摇头。

执拗而坚决。

目光澄澈若水晶。

“我都说了，这世上已经没有贺兰雪，你喜欢裴若尘，我相信他会娶你为妾，也会对你好。”阿雪被这样的目光注视着，突然焦虑起来，语速也变快了。

“那不一样。”伊人淡淡回答。

“为什么不一样？”阿雪问，“你仍然可以有一个自己的地方，若尘会让你生活得好好的，更何况，你又那么喜欢他……”

“就是因为喜欢他，所以不一样。”伊人抬眸，打断他的话。神情是云淡风轻的，结论，却那么斩钉截铁。

不喜欢一个人的时候，无论他做什么，都没有关系。

所以伊人可以任由贺兰雪冷落自己，也不介意自己做他众多姬妾中的一个。

喜欢一个人的时候，就会变得计较。

因而，伊人不可能去当裴若尘的妾。

她只是不在乎，并不是真的代表可以委屈自己。

“更何况，我答应你的。”伊人望着阿雪，又加了一句。

答应过你，永远不会放弃你，要为你施肥、抓虫，等你长大。

说这句承诺的时候，伊人表现得如此淡定简单。

便如欠债还钱一般，说过的话，便要兑现——这是她的原则。

尽管，这样的原则，许多人已经不复有了。

阿雪微微怔了片刻，然后神色一肃，正打算继续义正词严地否认自己的身份，那茫不见人的戈壁远处，突然出现了一队骆驼。

阿雪见到骆驼，便如踩到尾巴的猫一样，脸色刹那间变得异常难看，他猛地转过身，也不理伊人，拔足便走。

只是，远处的人显然已经看见了他。

只见一个灰衫青年拍马而出，马蹄翻腾，转眼便到了阿雪和伊人面前，然后他翻身下马，二话不说，单膝扣在了阿雪面前，又急又喜地说："王爷，易剑终于找到你了！王爷平安，真是佛佑风朝！"

"我都说过，我不是王爷。"阿雪几乎气急败坏了，"你们为什么还要阴魂不散！从那时起，贺兰雪就已经死了，不在了，你们不要再找我了！"

说完，他又郁闷地自语道："难道我的易容术有那么差？"

易剑闻言，非但没有笑，反而一本正经地回答道："王爷的易容术自然天下无双，只是王爷身上的气度风仪，却是怎么也掩盖不住的。"

"你认出来有什么稀奇！"阿雪瞪了易剑一眼，不忿道，"我奇怪的是，为什么这个小傻瓜也能这么快认出我来？"

伊人见阿雪说到了自己身上，连忙将目光从易剑身上移开，很茫然地望着阿雪，反问道："啊，你有伪装吗？"

在脸上涂抹点东西，把自己装丑点就算易容术啊？

阿雪当场气绝。

易剑听着，也觉得好笑，可是忍了忍，仍然一副义胆忠肝的模样，说："王爷，那日的刺客已被王先生擒获，黄帮主也已经按照王爷的吩咐，找到了十一的下落，至于王妃……属下向丞相府的人打听到说，她……"

"不用打听了。"阿雪不耐烦地打断他的话道，"还有，谁让你们去擒捉那个刺客了？放了，立即放了！"

易剑却一脸为难的样子，踌躇道："王先生已经审问出了背后的主谋，是——"

"我知道。"阿雪的脸色变得更难看，语调阴沉地说，"这件事，从此以后不要再提。让那人带话给他的主人，就说，我已经死了。从今以后，那个让她提心吊胆的贺兰雪不会再出现了。"

说完，他也不等易剑分辩，转身，拂袖而走。

伊人困惑地看着贺兰雪的背影，又回头看着依旧跪在地上没有起身的易剑，想了想，走到易剑的面前，蹲下身，好奇地看着眼前的人，问道："主谋的人是容皇后吗？"

"你怎么知道？"易剑讶异地叫了声，话音甫落，他立刻意识到自己的失言，嘴巴顿时抿得像一条线。

伊人呵呵一笑："我叫伊人。"

易剑真是一个坦白的老好人，伊人觉得，她可以勉为其难地告诉他自己的名字。

易剑正在郁闷，听到她的自我介绍，又是一惊："你就是王妃？"

就是王爷特意吩咐他们关照的王妃？

易剑当即行了一礼，不敢多说。

伊人冲他点点头，然后站起身，迈步向贺兰雪离开的方向追了过去。

贺兰雪走得并不快，他既已知道易剑他们一定会追上来，也懒得继续玩失踪了。

伊人跑得气喘吁吁，终于在离出发地两千米的地方，赶上了贺兰雪。

甫到他身边，伊人便伸出手，大大咧咧地挽着他的胳膊，整个人挂在他的身上，大口呼吸。

贺兰雪低头看着她红扑扑的脸，忍了忍，并没有甩开她。

不知为何，现在见到伊人，竟有一种见到亲人的感觉。

可说起亲人，贺兰钦是他的亲人，贺兰淳也是他的亲人，甚至于容秀，也是他的亲人。

他们却显得那么遥远。一个个，坐在金碧辉煌的大殿上，雍容华贵，宛如仙人。

只可望，不可即。

只是旁边这个似乎迷糊，似乎一无是处的人，却以最朴实的亲切，对他不离不弃。

"其实，她也是不得已吧。"被贺兰雪拖着走了一会儿，伊人回过气来，没头没脑地冒了一句。

说这句话的时候，她的视线注视着前方，神色平静若水。

贺兰雪愣了愣，然后回头怒视着紧跟其后的易剑，易剑连忙摆手，一脸惶恐，用表情解释："王爷，绝对不是我说的！"

贺兰雪自然不信，仍然瞪着后面无辜的易剑，伊人则自顾自地继续道："她已经是皇后了，不是吗？身为皇后，总会有一些明知不可为而为之的事情。你不要太伤心。"

伤心得，甚至不肯承认自己。

"我没有伤心。"贺兰雪终于不再瞪着易剑，回过头，闷闷地说。

易剑赶紧用袖子抹了抹汗，长出了一口气。

"会伤心的。"伊人的视线转到贺兰雪身上，极认真地反驳道，"你还是喜欢她的，只要喜欢，就会伤心，我明白。"

不相干的人，永远不会伤你。

伤你最深的，往往是你爱的人。

贺兰雪不语，半晌，方道："从此以后，不喜欢了。其实离开京城的时候，就已经决定放下了。"

可花了那么大的代价离开，是否，又真的能放下？

伊人笑眯眯地望了他一眼，洞悉而清淡，没心没肺。

似乎真的被贺兰雪的说辞说动了，可眸底却是了然的沉静。

第一次，贺兰雪有种被人看穿的感觉，那感觉如此奇怪，以至于他不得不继续辩白道："其实对容秀，一直是我一厢情愿。当初她入宫，我原本可以阻止的，却没有。是我先伤她，她对我做什么，都是应该的。"

伊人浅淡地望着他，似听未听。

而跟在后面的易剑，因为离得近，所以全数听进耳里。

脸上，满是不可思议的惊诧。

想不到王爷有一天，会主动向另一个女人，提起容皇后的事情。

而那件事，曾一度，无论在逍遥王府，还是整个风朝，都是一个禁忌的话题。

这个王妃，果然是不同凡响的。

易剑暗暗认定，心中忽然对伊人多了一份尊敬。

前方，贺兰雪的声音仍在继续。

"我也明白她的意图，即使我离开京城，终究不能保证容家的利益。只有我不在了，皇上才不会继续猜忌容家，才能保他们一家性命无虞。她确实是不得已。

"可是，伊人，我也是人，当我知道刺客是我倾尽一生去保护的人派来的，我也会伤心，我也会愤怒，我也想毁掉一切。他们，我最尊敬的大哥，我最爱的女人，我为其繁华和安乐而用尽心血的风朝！我不能除了他们，只能毁掉我自己，除了忍，除了让，还能怎样！"

对于贺兰雪一时失态，伊人并没有丝毫嘲笑，抑或激动、惊奇。只是宠辱不惊地瞧着他，清透的眼眸映射着贺兰雪苍白而潮红的脸，如此安静。

他已经抬手，撕掉了脸上的伪装，明媚得近乎妩媚的容颜，比以前，多了一分属于大漠的阳刚。

以及苍凉。

眉眼素淡，有忧伤侵入眼底。

"可你就是贺兰雪啊。"伊人终于开口，"人活着，倘若不能做真实的自己，那多没趣。"

"阿雪也是我。"贺兰雪说，"这几天我以阿雪的身份做个普通人，那感觉很好。"

“贺兰雪也好，阿雪也好，反正我就赖着你了。”伊人呵呵一笑，重新抓紧他的胳膊，傻乎乎地说，“我在这个世上没有生存能力的，你答应过我，要供我吃，供我住的。你可不要食言。”

“伊人，你应该回去。”顿住脚步，贺兰雪面对着伊人，第一次，用无比真诚的声音，对她说。

他严肃的时候，声线有种诱人的醇厚，醇厚得让人只想听从于他。

“我也不会食言。”伊人平淡而坚定地回答。

贺兰雪久久地凝望着她，忽而伸出手，握住她缠在自己胳膊上的小手。

小小的、肉乎乎的手，握进手心里，刚好触及心底柔润的那点。

“好，只要你不反悔，我一定会养你一生，护你一世。”贺兰雪的脸上绽出笑来，那笑容美极灿极，一扫多日的阴霾，“不过从锦衣玉食的王妃，变成边城的一个普通农妇，你可甘心？”

“没关系。”伊人的笑同样明亮得没有一丝阴霾。

这天下曾一度有三大王国，年年争霸。它们分别是风朝、炎国和冰国。而海外的瀛族、隐世的流园，虽然也是极大的势力，却因为地理位置，鲜少露面。

这是一个五角平衡的世界。

直至有一天，风朝忽而发生内乱，然后陷入长达五十年的混乱中，炎国也被病疫侵袭，无暇攻侵，而冰国，一直以来乃女子为王，本无意战乱。如此一来，世界反而获得了从未有过的平静。

当然，平静只是国与国之间的。

到了后来，风朝的内乱愈演愈烈，各地诸侯奋起，当时最显赫的是原皇室纳兰族；其次是原风朝大将军吴庸；贺兰族作为皇亲，联合了书文世府柳家，也有一定的势力，却并没有问鼎天下的能力；细川容氏则始终处于观望状态。

炎国的病疫，却在慢慢地控制，国力逐渐恢复，当时担任炎国君王的炎子昊，明目张胆地发出话来：一年内，必吞风朝。

就在这火烧眉头之际，风朝出现了两个惊才绝艳之人：一个，是当初的贺兰家少主——贺兰无双；另一个，则是一个从天而降的女子，美艳绝伦，智谋无双，世人称她，息夫人。

贺兰无双以诚待人，善识人，也善用人，他的手下人才济济，而且仁厚公平，乃民心所向。

当时贺兰无双还有一个挚友，文采惊人，同样极有谋略，当时的人，将他们合称“风朝双杰”，那人便是柳家的新任当家人，柳如仪。

边城，一家破旧的客栈，烛火摇曳不定，易剑等人守在房外，贺兰雪与伊人对桌而坐。

桌上两壶清茶，已然微凉。

贺兰雪修长的手指敲在桌沿上，烛火跳动不停。

“息夫人是怎么出现的？”

伊人难得对一件事表现出兴趣，贺兰雪也充分满足她的好奇心，好听的声音，继续娓娓道来：“二十三年前，贺兰无双与柳如仪微服进入炎国境内，他们在炎国京郊的一家酒店吃酒，突然有一个人走过来，要与他们共桌。那人长得风神俊秀、美艳无双，而且言谈机智，有许多奇怪而绝妙的想法。他们三人一见如故，继而结拜。那个人，便是女扮男装的息夫人。”

伊人咂咂嘴：多熟悉的桥段啊，风云人物，一朝结拜，问鼎天下，情爱纠缠。

“她有没有说，她是从哪里来的？”伊人不屈不挠，第一次打破砂锅问到底。

贺兰雪略吃惊地看了她一眼，然后心平气和地回答：“没有，息夫人的来历，一直是一个谜。当年无双帝也想知道她的来处，在宴会时，让她多喝了几盅酒。再问息夫人，息夫人的回答却是……”

“是什么？”

“她说，有他的地方，就是故乡了。”贺兰雪沉声道，“息夫人对无双帝，是真的情根深种。”

“当日并肩作战，何等英姿勃发，英雄美人，一对璧人，本是天作之合。没料到，到了最后，竟然双双殒命，成为纠结至深的一双怨侣。”

伊人眨眨眼，显然对贺兰雪跳跃性的感叹不甚了解。

可是，无论过程如何，结局，已定！

“无双帝过世后，便将皇位传给他的弟弟，也就是我的父王，贺兰无暇。父王上位后，第一件事，便是封锁所有关于息夫人的言论或者记载，并且剿杀息夫人的一干党羽，这也是二十年后的今天，世人多不知道息夫人的原因。”

伊人也不太明白贺兰无暇的做法，可是见贺兰雪对息夫人的态度，她似乎做了许多不堪的事情。

“不过朝堂的事情都与我们无关了。不说也罢。”贺兰雪简单地讲了讲息夫人后，便打住话题，随意道，“不早了，睡吧。”

其实伊人还有很多事情想了解：譬如，为什么贺兰雪为容家扛下了一切，容秀不得不舍弃他？譬如，裴家为什么会出卖息夫人？裴若尘想得到的东西究竟是什么？譬如柳色，他让尤主管进宫，到底是为何？譬如，娶了十一的那个黄帮主，是不是贺兰雪的人？再譬如，是什么让兄弟之间水火不容，猜忌若此？

世界如此复杂，而她的因果，向来简单。想不通，亦无法去想。

听到贺兰雪的话，她也只是乖巧地点点头，道：“睡了，晚安。”

确实该睡了，困得厉害。最近车马困顿，突变不断，伊人早已疲惫不堪。

她从桌边站起来，晃晃悠悠地环视了周围一圈，终于瞄到了旁边的一张垂着纱帐的大床，当即二话不说，手脚并用地爬了上去，将头往棉被里一埋，蚕蛹般裹紧，几乎顷刻间，便进入了梦乡。

贺兰雪见怪不怪，仍然坐在桌边，手指滑过杯沿，侧头望着她，唇角挂着一轮似出未出的笑，带着宠溺，而眉眼，却沉静如潭。

无论任何时候，她都可以毫无设防地立刻入睡，睡容甜美得像个小孩。

在她心中，当真是无所挂碍，当真是坦荡如斯。无所愧，无所求。

而贺兰雪呢？

贺兰雪起身长立，缓步走到房门口，然后拉开门。

一直守在外面的易剑慌忙跪倒，请安道：“王爷。”

“那人真的被王先生所擒？”贺兰雪沉声问。

“是，王先生已经出山，正在赶往绥远的路上。”易剑肃声道，“王先生着人带话给王爷，以退为进，再求后发。”

“知道了。”贺兰雪微微点头，轻声道，“那个刺客，可以放了。让他回去告诉皇帝，当我知道小容来刺杀我时，我是怎么难过，怎么痛不欲生，以至于隐姓埋名。

“不出半月，世人都会知道容皇后为保全容家，派人刺杀逍遥王，从此逍遥王销声匿迹。”

易剑躬身道：“王爷放心，三个月之内，属下不会再出现在王爷面前，暴露王爷的行踪。”

“无所谓暴露与否，反正我们的一举一动都有人监视。你像以前那样守在我附近，反而更不会引起那人的怀疑。”贺兰雪沉着地吩咐道，“我只是想告诉那人，我有心归隐，那就足够了。”

“不过，王爷又是如何知道，那刺客并不是皇后派来的，而是皇帝栽赃的呢？”易剑终于小心地问出自己心底的疑惑。

“他哪里知道，小容若要杀我，何必派刺客，她只要说一句话，我又焉会不为她而死。”贺兰雪说着，眼角渗出一抹邪魅至极的阴冷，“皇兄，别逼人太甚，我也有忍无可忍的时候。”

易剑仰面，看着整个气质为之一变的逍遥王，脸上并无惊奇之色，反而有种莫名的欣喜，欣喜并仰慕。

这才是十二岁便舌战诸学士，震佛学大师，惊天下英才的三皇子。

这才是十七岁出使冰国，谈笑间傲视险境、消弭战祸，让冰国女王倾心爱慕，不惜下嫁的逍遥王。

这才是五年前，站在庙堂，对着自己心爱的女人，一字一顿地说“他若负你，我便收回这江山”那意气风发、神魔无阻的贺兰雪。

易剑几乎有点感谢皇帝的多此一举了。

若不是皇帝派人来试探王爷，若不是皇帝蓄意挑拨王爷与容皇后之间的关系，易剑又怎么会重新见到王爷的绝世风采？

“还有一件事。”顿了顿，在易剑准备转身退开的时候，贺兰雪再次开口，“好好保护她。”

“她?”易剑愣了愣，目光一转，很自然地停留在那个在大床上蜷着身子呼呼大睡的伊人，随即了然，“王爷放心，属下一定会全力保护王妃。若她有丝毫差池，属下定会提头相见。”

“不用，像对待我一样对待她就行了。”贺兰雪淡淡地说道。

易剑低下头，又有擦汗的冲动。

伊人醒来的时候，贺兰雪仍然坐在桌边，仿佛一夜没有动过。

她坐起身，很不雅观地伸了一个懒腰，挺礼貌地打了声招呼：“早啊。”

然后，她用拳头揉了揉眼睛，等拳头挪开，眼前突然出现了一片水红、深红和粉红。

贺兰雪闲闲地将竹篮放在床上，很漫不经心地说：“易剑准备的，不过是假的，等到了花季，再找真的送你。”

伊人恍若未闻，只是怔怔地看着面前那一竹篮绢花，丝绸扎成的花朵，逼真而娇艳，仿佛真的能闻到花的芬芳，怒放如心花。

“怎么?”见伊人久久不语，贺兰雪眉毛一挑，撇嘴道，“高兴傻了？还是嫌弃它是假的?”

伊人这才抬起头，将竹篮抱在怀里，然后扬起一个无比明媚的笑脸，甜甜地说：“谢谢。”

这一次，轮到贺兰雪开始发怔了。

他原不知，一个人的笑，可以明灿若此，好像真的能看到一条隐秘的线，缠缠绕绕，系在全无伪装的真心上，连虚伪的矜持都不曾有。

如此，富有感染力。

连这间阴潮的房间都明亮了许多。

他忽而想起，许久以前，他费尽心思，几乎冒着生命危险，为容秀取来雪芝，当他满怀憧憬地捧到她面前时，容秀只是笑，或许激动，但笑容是那么高贵含蓄，谢意也是如此吝啬微小。

可面前的女子，只一捧绢花，便能换得她全部的感动与欣喜。

伊人太容易知足了，她的欢欣，让贺兰雪莫名地反省：自己给的，真的太少，少得，配不上她这样的笑。

可是对伊人而言呢，她的想法却实在很淳朴：饲养员的额外善心，很难得啊很难得。

所以，她笑得格外快乐，如此而已。

第9章 交易

离开客栈后，贺兰雪重新变成了阿雪，在绥远边镇的一个小村庄设馆行医。

在边远的地方，一个医馆，无非是齐整点的茅屋，门前摆放着许多并不太贵重的药材，皆是贺兰雪亲自采摘。

贺兰雪没有专门学过医，只是他自小天纵英才，看书极杂，对医学方面也略有涉及，而且平日里接触的，都是名重一时的太医，耳濡目染之下，其医术比起民间的赤脚医生，自然高明了许多。

所以，自开张伊始，他便受到了左邻右舍的欢迎。

而易剑那些随从，也在贺兰雪安顿好后消失不见，至少伊人没有再看见过。

没有仆人，貌似也没有什么钱。伊人这才正儿八经地体会到，什么叫作人间疾苦。

贺兰雪本意是不想让她持家的，可是屋里屋外，只有他们两人，偶尔他忙了起来，她就得为一日三餐愁心了。

桌上放着一些散乱的铜钱，贺兰雪不会当家，每每有收入，他便顺手放在桌面上，需要用时，便去拿。拿惯了大把银票的人，自出生起就挥金如土的人，对这样的零钱，确实没有分寸。

伊人能理解。但是做饭，还是一件极痛苦的事情。

一日清晨，伊人从房里打着哈欠走了出来，瞄瞄对面的卧室：床榻上的棉被叠得整整齐齐，贺兰雪已经起床了。

她透过窗纸往外望了望：冬日的薄雾已慢慢地散去，贺兰雪只身站在荒草凄迷的庭院里，修长的手指摆弄着簸箕里的干药材，姿态闲闲，很宁静的模样。

伊人转过头，满屋里寻找食物，没有可以直接入口的，看来，贺兰雪今日偷懒，又要指靠她了。

等了一会儿，隔壁家的王大婶笼着手巴巴地走了过来，见到贺兰雪，极亲热地打招呼道："吃饭没?"

伊人听到声音，从小茅屋里探头探脑地朝外看，见到王大婶，她甜甜一笑，然后将脑袋又缩了回去。

见状，王大婶挤挤眼，促狭道："是不是你婆娘又把饭煮煳了?"

贺兰雪笑而不语，一副君子样。

"你呀，对你娘子真是太好。这么好的后生，可有许多能干姑娘抢着要你呢。"像伊人这般四体不勤，出去赶集时都懒洋洋模样的人，早已被三姑六婆嫌弃了。

何况伪装后的贺兰雪，依旧是招蜂引蝶的。

“上次说的陈姑娘，阿雪可有意思？”王大婶又问，“那姑娘可烧得一手好菜呢。”

“我有伊人就足够了。”贺兰雪很自然地说出这句话，忽而想起，那日听到消息，在傍晚的城门口遇到伊人时，心里一种莫名的真实感。

在这样天高皇帝远，与世隔绝的地方，从前的好友亲朋，似乎都是缥缈的。

唯有伊人，才是能切切实实，留在他身边的。

他对伊人，已经有了一种他自己都不明白的情感。

闻言，王大婶一阵扼腕叹息，三步两回头地离去，一路走，一路琢磨着，如何对得起陈姑娘一锭银子的介绍费。

直到王大婶走远，贺兰雪才走进屋里，含笑望着伊人，问：“起床了？”

伊人点点头，然后卖力地对付面前的柴薪。那粗劣的打火镰，怎么也擦不出火星。

“我来吧。”贺兰雪低下身，从她手中接过打火镰。少女蹲着的身体小小地缩成一团，冻得红彤彤的鼻子小声地抽着气，头顶乌发如鸦，轻颤。

她本是那么不愿意动的人，现在却必须为了一日三餐下厨，贺兰雪蓦地心疼起来。

“你去坐着，等会儿就可以吃饭了。”他轻声吩咐，“嚓”的一声，已经点燃了枯枝，“顺便将灶台上的油端来。”

伊人“哦”了下，颠颠地跑去灶台那里，刚将手中的油递了过去。

贺兰雪还没接过来，屋外突然响起一阵笑声：“阿雪。”

闻言，伊人回头望去，只见两个普通军士模样的人正站在窗外，向里面张望。

贺兰雪见到他们，脸上立刻挂上和煦的笑容：“小左，小右，你们今天不用当班吗？”

“不用，听说当今镇国将军贺兰钦明日要抵达丰都大营，接掌塞北戎戍之事，现在营里乱成一团，也顾不上我们这些伙夫军了。”左边一个较为魁梧的青年军士回答道。

“贺兰钦要来？”贺兰雪略略愣了愣，继而喃喃道，“难道炎国有异动？”

“这我们就不知道了，不过，自从逍遥王出事以后，朝中就一直没有太平过。前段时间还听说国丈容不留递出辞呈，要退隐呢。”回答的仍是那个魁梧一点的军士，右边那个稍微秀气点的，则显得腼腆得很，一直没有说话，只是低着头，似听非听的模样。

“是吗？”贺兰雪淡淡地应了下，然后转向一直没开口的那位，笑道，“小右，你今天怎么魂不守舍的？”

“他啊。”小左轻蔑地瞟了他一眼，道，“他癞蛤蟆想吃天鹅肉，今天在街上见到了一位姑娘，长得那个美啊，这小子，当即就七魂丢了五魂。”

“是吗，有多美？”贺兰雪说着，已经打开房门，招呼他们两兄弟走了进来。

“怎么说呢，那姑娘就像……就像一朵长在瑶台上的花，一看就是大户人家出来的，细皮嫩肉，气质又很好，蛮高贵的样子。”小左乐呵呵地说，“也怪不得小右，街上好多人都看呆了。”

“绥远还有这样的女子，我倒没听过。”贺兰雪敷衍道。

“大概是外地来的吧，似乎姓黄……”小左摇头晃脑地八卦道。

“总不是皇家吧？”小右忽而愣头愣脑地冒了一句。

“你傻啊，皇家的姓氏是贺兰。”小左敲了敲小右的头。这两兄弟，一向是小左有道理些。

贺兰雪怔了怔，然后匆忙地吩咐伊人一声：“你在家等等，我出去一会儿。”

话音甫落，人已经冲了出去。

造访的两人互望了望，小左于是了然地笑道：“男人嘛，遇到这样的美女，哪有不去看看的道理？”

又对伊人说：“嫂子，你可得体谅体谅。”

伊人恍若未听，只是若有所思地看着贺兰雪渐渐变小的背影，忽然将手中的东西一股脑地往桌上放去，也顾不上关门，迈开小步子，颠颠地跟随而去。

两兄弟又是一阵互望，一人说：“看不出嫂子的醋劲还挺大的。”

另一人“哦”了下，“你刚才不是说嫂子看着太小，又懒懒散散的，不像阿雪的媳妇吗？现在恐怕是我们猜错了，不是媳妇，嫂子那么紧张干吗？”

“紧张了吗？”

“你没看见她方才的表情吗？跟平时不一样的，似乎是紧张。”

“少来，那个小丫头哪里懂得紧张是什么东西，老是一副没心没肺的样子……”

这边的争论还在继续，伊人已经走到了通往绥远县城的路上，而贺兰雪，早已没有了踪迹。

贺兰雪赶到绥远县城的时候，那位黄姓女子，已经芳踪无寻。

他放缓步伐，一个人怅然若失地走在熙熙攘攘的大街上，逢七，正是县城赶集之日，人们无论住在多偏远的地方，都扛着自家的蔬果鱼肉或者工艺品，集中在县城里，交换自己需要的商品。

人声鼎沸。鼎沸而清冷——因为与他无关。

美如空谷……会是你吗？

从京城迢迢赶来……会是你吗？

是你吗？容秀。

你来成全我最最奢华的梦境？

贺兰雪就这样走在长街之中，满怀希望，又满腔绝望。

那日在皇家花苑，她的沉默，已经铸就了他的绝望。

他原不该再有希望。

可是听到小左、小右两兄弟的话，贺兰雪仍然有一个莫名的预感：是容秀吧，来的人，是容秀吧！他遇刺的消息已经传到了京城，容秀听到后，会不会痛彻心扉，会不会不再执着于曾经追求的东西，不再为家族利益而端坐在那高高在上的皇后宝座上，千山万水，前来寻他，与他相守？

如果真是这样，贺兰雪愿意永远这样隐居下去，他不再韬光养晦，不再有任何企图，只要她来，他可以放弃一切！

可是长街绵绵，一眼望不到头，那个心底的倩影，自始至终，未能出现。

贺兰雪只能慢慢地走，每一步，都走在越来越失望的边缘。

路旁小贩交易的声音越来越多，越来越杂，嘈杂得让人神思恍惚，似乎听见，又似乎什么都没听见。

贺兰雪终于停了下来，蓦然回首，来路茫茫，已经走了许久。

然后，他看到了一个拼命往他挤过来的小小人影，头发蓬蓬的，鬓角的发丝勾勒出一张圆润至极的小脸，脸上的表情淡淡的，可是满额的汗水，又让人不禁生怜。

她的眼睛，如此晶亮，如点燃长街的两粒星。

贺兰雪倏然回神，自嘲一笑，正准备迎上去。迎上去握住伊人的手，然后与她一同回家。

他有一瞬的感动，脑中莫名地蹦出五个字：珍惜眼前人。

恍惚尽散，贺兰雪自嘲的笑容逐渐温暖，他已经往回走，然后就在那时、那刻，在长街斜叉过去的一条小巷，突然传来了一个微弱，却足以让满城喧哗都黯然失色的声音。

“裴大人，你回京吧，本宫绝对不会再回去！”

清冷而决绝的声音，婉转如夜莺，空灵如幽兰。

贺兰雪的心脏猛跳。他最后一次看了一眼努力挤向他的伊人，然后转头，不假思索，朝巷子深处走去。

伊人已经看见了贺兰雪，可是正埋头挤过熙熙攘攘的人群时，再抬头，他已经不见踪影。

伊人抬起手，摸了摸自己的头，目光困惑地睃巡了一番，又茫然地收回。

人群再次动起来，她手足无措地挪到墙角，靠在临街的墙壁上，呆呆地望着面前的汹涌人潮。

她的对面，便是贺兰雪钻进去的巷子口。

贺兰雪走进巷子后，集市上的喧闹立刻被隔离在后，巷子里与巷子外，似乎是两个世界。

他只走了几步，便顿步不前。

狭窄的，甚至被当地居民都已遗忘的巷子里，已经潜伏着满满的人。

那些人并没有显形，而是藏在屋檐下、拐角处，训练有素，且专业。

皆是大内高手。

贺兰雪慎重起来，他想装成一个误入此中的普通人，可是脸上的担忧和急切，却怎么也掩饰不了。

小小的绥远城，竟然会有那么多的大内高手，明天贺兰钦也会戍边于此，如此兴师动众，若不是贺兰淳亲至，那这个人，不是容秀又是谁？

他小心地往前走，努力让自己变得闲逸自如，可等他走到第一个拐角处时，重重守卫却容不得他靠近他们所保护的人。

有一块砖石从天而降，倘若是普通人，定然吓得够呛。然而，贺兰雪不想再装了，也不想再接受这样的试探了。他冷静地避开，然后抬起头，目如鹰隼，准确而犀利地，扫向上面的几处藏身点。

风朝的三皇子，风头极盛时，也不过因为辩才和文采，绝少人见识到他的武艺。

上次裴若尘无意瞥见一角，也狐疑了半日。

更何况，贺兰雪现在是阿雪，那些大内高手，又哪里认得出下面的人，到底是何方高手。

气氛猛地绷紧。

然后在下一刻，轰然爆发。

攻击来自四面八方，如潮汐般，又井然退去。

贺兰雪身形如电，并不正面交锋，而是恰恰好踩到攻击的虚点。他熟悉大内的布阵，也熟悉他们的风格，一旦第一次攻击不成，就会换另一批，招式绝不重复，不给敌手任何看透的机会。

这本是很合理的安排，滴水不漏，可惜他们的对象，是与他们朝夕相处的三皇子。

贺兰雪稍触即走，并不恋战，腾挪间，人又蹿出了小巷。

视线转过去的时候，他终于看见了容秀。

一身素装的容秀，正凛然站在一个身穿深蓝补服官员的面前。

他们周边，尚围着四个劲装黑衣人。

见他闯了进来，这六人都没有过多吃惊，中间那个蓝服官员甚至没有回头，宛如这个穿过高手阵仗的人，只是虚无的空幻。

就冲着这份镇静，贺兰雪便已经猜到了他是谁。

当今风朝，他的位置在一人之下，万人之上。

他是兰妃和裴若尘的父亲，是即使人已老迈，依然风采依旧的男人。

他是有着太多传奇色彩的当朝丞相，裴临浦。

“娘娘，你这样任性，难道就没有想过容家的一百多口人吗？”裴临浦似乎失去了耐心，声音平缓，却又异常低沉地问道。

容秀脸色惨白。

“难道我回去，陛下就能放过容家吗？”容秀颤声问，“他总是在我面前放一个希望，让我不断往前走，我以为自己放弃一些东西，走到那里，就可以安全，可等我走到，我已经一无所有！贺兰淳，他不会为我放弃什么，他已经决定铲除容家，无论我回不回去，他都会去做！为什么还要拿它来威胁我，来骗我！”

贺兰雪往前踏了一步，旁边的四名黑衣死士终于有了些反应，慢慢地朝他走了过来。

之前被破关的大内高手也极有风度，一旦贺兰雪突围而出，他们也不追捕，仍然守在各自的位置。没有人会惊奇，也没有人会担心，因为最后的关卡，从无幸存者。

那四人走了过来，极缓极慢，足不沾尘，却毫无空隙，严密防守。

贺兰雪严阵以待，可是目光，始终无法离开容秀。

容秀没有看他，只是哀伤而执拗地看着裴临浦：“我已经舍弃过阿雪一次，这一次，我一定要找到他，我要回到阿雪的身边，再也不会去见贺兰淳！你要阻止我，除非杀了我！”

“娘娘！”裴临浦自知不该去听帝王家的情爱之事，沉声打断她。

贺兰雪心中一震，眸中光芒顿闪，那锋锐的光芒，连容秀都无法忽视。

她转过头来，困惑地看着面前似乎陌生的人，眸光清美空灵，秀丽得不容直视。

“你说的话可是真的？”贺兰雪颤声问。

容秀怔了怔，用同样颤抖的声音，反问：“阿雪？”

“你说的话，可否真心？”贺兰雪往前走了一步，全然不顾身边的重重杀机。

那四人作势要动，裴临浦则几不可见地摇了摇头，他们没有再动。

“阿雪。”容秀的脸色变了几变，突然变得无比从容，“带我走。”

“好。”贺兰雪含笑，点头，伸出手去。

那张平平无奇的脸，因着这笑容，而变得不再陌生，俊美风流，光彩逼人。

裴临浦的目光闪了闪，没有言语。

那一对金童玉女，原本就是整个风朝的风景。

手握在了一起。贺兰雪的唇角，勾出一抹梦幻般的笑。

“王爷。”在他们决定离开的时候，一直默许事态发展的裴临浦忽而开口，“你该知道，你这样做，会有什么后果。”

“让他来找我吧，告诉他，无论他要什么，我都会给他。”贺兰雪淡淡道，“只是从今以后，容秀是我的。”

“我会转告的。”裴临浦似乎没有丝毫阻止的意图，好像他带走的，并不是当今国母。

“多谢。”贺兰雪点点头，冲着裴临浦，看着他端庄凝重的脸，坦然道，“这一次，我欠了你的情，也欠了裴若尘一份情，来日，如有机会，我会还给裴家的。”

“王爷自己珍重吧。”裴临浦不动声色地垂下眼眸，扬手轻巧地做了一个手势，四面八方，人影憧憧，那隐藏在各暗处的卒子，潮水般褪去，悄无声息。

那四名逼近贺兰雪的死士，也敛眉退到了裴临浦的旁边。

贺兰雪牵着容秀的手，神色肃穆，手心汗水涔涔，紧紧地拽着，仿佛一松开，手中的人便会再次咫尺天涯。

容秀热泪盈眶，默默地随着他的脚步。

直到他们走出巷子，一个人悄然出现在贺兰雪旁边，正是易剑，他唤了声：“王爷”。

“全部退走，所有的计划全部取消。”

“王爷！”易剑脸色微变。

“别说了，立刻撤离，不要被裴临浦反扑。”贺兰雪断然阻止他的话，然后更紧地握着容秀，步履坚定地，朝一个全然未知的未来走去。

易剑为难地站了一会儿，再颓然转身，然后，他看到了伊人。

伊人坐在对面的门槛上，双手安然地放在膝盖上，目光澄澈，透过繁华尘世，安静地看着这边。

他顿了顿，本想走过去，可一时之间，又不知该说点什么好，只能遥遥地行了一礼。

伊人展颜一笑。

易剑离开。

伊人复又低下头，把玩着自己的衣襟，想着方才看到的那一幕。

贺兰雪与容秀，牵着的手，那么牢固，那么密不可分。

她只觉得，自己是不应该再回去了。如果不是一个聪明人，至少，应该识趣。

倚靠一棵大树，无论多么用心用力，如果那棵树已经种在别人的园子里了，伊人也知，自己似乎已不大适合去那里乘凉。

只是，那棵树如果就要被可恶的虫子吃掉了，她就算不乘凉，也不能不管呀。

伊人的目光再次从人群里睃巡而过，然后盯上一个人，皱眉想了想，小跑着跟上。

不知不觉走到了绥远城正中间的一座酒楼前，里面正有一桌人大快朵颐，桌上菜肴丰盛至极。

“风朝人果然过得太安逸了，连酒都这么淡。”只听坐在正中间的一个裘衣男子仰脖将面前的大碗酒喝尽，大声感叹道。

“王……公子。”同桌一位年纪稍大的老者低声提醒道，“请注意言辞。”

裘衣男子呵呵一笑，旁边的人连忙将他面前的空碗填满，他方又端起，突然看见门外有一个女孩，正歪着头看向这边。

女孩的脸小小圆圆的，眼睛也是亮亮圆圆的，身上的衣服只是普通百姓的布衣棉裤，还有点脏兮兮，看着很是落魄。

“公子，要不要将她赶走？”旁边一个穿着羊毛短袄的大汉问。

裘衣男子抬了抬手止住众人，然后提高声音问：“这位姑娘，要不要进来喝一杯？”

伊人闻言，大喜，很不客气地跨进门槛，心中还感叹：世上果然好人多。

众人见她这般不客气，脸上立刻露出嫌恶之色，唯有裘衣男子，满脸含笑，饶有兴致地看着伊人。

伊人走到桌边，四处瞅了瞅：这一大桌共七人，与她说话的男子大概是当家人，坐在正东上位，而且衣服鲜艳、毛色油亮；他的左边是一个白胡子老者，慈眉善目的样子，也是方才提醒他注意言辞的那位；而对面则是一溜武装汉子，全部低眉顺目，虽然坐在同一桌，可是只坐了椅子的一角，自发地矮了一截。

这八人大桌，唯一空虚的地方，便是男子右方的位置了。

伊人当仁不让地坐了过去，挪了挪屁股，寻了一个最舒服的姿势。

老头几不可查地皱了皱眉，其余五人更是如临大敌的样子，唯有裘衣男子一脸含笑，递与她一套碗筷。

伊人感激地看了看他，忽然发现他的头发带着微卷，与他的容貌很称：他的面庞拥有完美的轮廓，高贵而清晰。

“皆说风朝女子含蓄，这个小丫头倒是不客气。”白胡子老头见伊人笑了笑，便左右开弓，开始大快朵颐起来，不禁低声抱怨了一句。

她来之前，众人还处于戒备状态，只是待伊人真的坐到了桌边，所有的敌意都消失得无影无踪。老头言语间也随意起来。

她是一个让人无法设防的女孩。

闻言，伊人把刚刚塞进口里的羊肉咽了下去，这才开口说第一句话：“我们比赛吧。”

众人微微一愣，裘衣男子问：“比什么？”

“你方才说酒太淡，我们就比喝酒，你一定没办法赢过我。”伊人伸手抹掉嘴边的油腻，自信满满道，“这酒真的很淡哦，你比不比？”

裘衣男子哑然失笑：“彩头是什么？”

“如果你输了，你就帮我做一件事，如果我输了，我就为你做一件事。多累都行。”伊人眨眨眼，一本正经道，“先认识一下，我叫伊人。伊人是真姓名。”

那人低头，憨着笑道："好，一言为定。我叫……我叫炎寒。"顿了顿，他补充道："也是真姓名。"

"哦。"伊人淡淡地应了下，然后抱起放在一旁的酒坛，为自己斟了一碗。

老头本来默不作声，见状，目光闪了闪，突然抬手道："等等。小姑娘，你听到这个名字，就没有想起什么吗？"

伊人抬头静静地看着他，坦然道："我不知道这个名字。"

她的神情尤其真诚，看不出虚假。

可是接下来的话，却让老头不敢有丝毫松懈。

"但是我知道他是谁。"伊人淡定道："他一定是个大人物，或许是王，对不对？"

伊人话音刚落，坐在对面的五个人俱拔剑而起，对伊人虎视眈眈。

炎寒这一次也不再阻止手下，而是支肘撑颌，微笑地看着伊人的反应。

他的心中，未尝没有顾忌。

伊人见到这样的阵仗，并没有像寻常女子那般吓得花容失色，她的表现，堪称镇定了，镇定得，对面前的刀剑，熟视无睹。

"我每天坐在门槛上看人，每个人都很好玩，而你们和这里的人特别不一样。你们来这里五天了，好像是来找什么。"伊人继续解释，连语调都没有变多少，一副街头闲谈，不疾不徐的模样，"你们说的话，你们的穿着，还有他们对你的态度，我就想，你也许能帮我吧。"

"我对国家大事知道得不多，但是听阿雪说，唯一对风朝有兴趣的，应该是炎国。你又姓炎，你是王吗？"

"既然你知道我的身份，还这样说出来，不怕我灭口吗？"炎寒已经收起最初的惊诧，饶有兴趣地问。

伊人低下头，轻轻地叹了口气，很无奈的样子："我就知道会这样。"然后，她又抬起头，一脸希冀地瞧着他，"但是，我们的赌约还算数，对不对？"

"你指望着自己赢了比赛，然后要求我不伤你性命？"炎寒笑问，"如果你赢了，我答应你也无妨。不过你赢不了。"

"当然不是。"伊人摇头道，"如果是那样，我刚才不进门就好了，何必还来和你喝酒呢？你知道，喝酒其实也是一件挺累人的事。"

"你是说，你是看出了我的身份，所以才进来的？"炎寒万古不变的笑脸终于沉了沉。

"是啊。"伊人睁大眼睛看着他，重重地点了点头，老实得紧。

"那你的目的是什么？"不知为何，闻言，炎寒心中一阵不快，继而正色道，"当年父王败在息夫人手中，炎国遵守誓言，二十余年没有踏足风朝半步。如今，若你想以一场酒局就阻止炎国二十多年的韬光养晦，你也未免太小看我了。"

"军国大事我向来不管的，也不明白。"伊人连忙摇手道，"我只想知道，如果我赢了，你可不可以帮我做一件事？”

“不是让我放了你，也不是军国大事……”炎寒望着她，声音愈沉，“你想要什么？”

“简而言之吧，我希望，你能帮我劫持一个叫容秀的女子。”伊人也端正身子，一气儿说完，“可以吗？”

炎寒略略沉吟片刻回答：“好。但如果我赢了，我要把你带回去，当我的女奴。”

“好的。”伊人点头，微微地笑。

没有杀身之祸已经谢天谢地了。

“王上！”冷眼旁边的老者终于忍不住劝阻道，“这里形势未明，贺兰钦明日便会抵达绥远，我们必须于今日离开，而且这个女子来历不明……”

“难道先生认为寡人会输？”炎寒轻声反问了一句，老者当即不再说话。

伊人则很乖巧地不开口，只当没听到这段对话。

酒被斟满了。

在开始前，炎寒突然倾了倾身，凑近伊人的脸旁，低声道：“你知道我刚才为什么要叫你进来吗？”

“啊，为什么？”伊人茫然反问。

“因为你方才的样子，真的很诱人。让人，想一口吞下去。”炎寒似真似假地调戏了一句，然后若无其事地挪开身体，又是一副正经爽朗的样子。

伊人傻傻地抬眸，刚好看到炎寒的眼睛，忽而发现，他的眸色有种海水般的微蓝。

深不见底。

到了第十碗的时候，伊人的肚子已经变得圆鼓鼓了。

她心想，炎寒果然说得没错，风朝的酒，讲究温润醇香，但是烈性不够，十碗下肚，双方皆是不痛不痒，只是胃胀得不舒服。继而，又恨自己没问清楚茅房在哪。

炎寒支肘，气定神闲地又饮了一碗，然后放下来等伊人。

伊人的酒量是真的不错，但是喝酒上脸，脸色已经红红的，好像能掐出水来。

“容秀是谁？”他闲闲地问。

伊人又灌了一碗，回答：“是阿雪的心上人。”

“阿雪是谁？”

“阿雪……”伊人迟疑了一下，竟然不知如何定义他。

炎寒遂不再追问，转开话题：“为什么要挟持容秀？”

“觉得，她似乎要对阿雪不利。”伊人老实回答，“希望是我多想吧。”

“伊人。”

“嗯?”

“你有心上人吗?”

这时候，已经是第十五碗了。

她严重内急。

胃撑得难受，难受得要死。

可是不能停下来。

她能力微薄，她是那么微不足道的一只蜉蝣，生生死死，无关紧要。只能借力。

而炎寒，是目前唯一能借用的权力。

“那个阿雪对你很重要?”炎寒面不改色，仍然与这个小女子较着真。

“也不是重要，只是……我已经不能不管他的事。”伊人说完，又皱着眉头，勉力让自己继续喝一碗。

刚喝了一半，炎寒突然伸出手去，按住碗，说：“就这样吧，伊人，你拼不赢我，不如换一个方式。我帮你这一次，你随我回去。”

伊人抬起头，有点不解地看着他：炎寒的皮肤是阳光般的小麦色，眼睛长而有神，鼻梁略高，唇形很干净，但不觉单薄，整个形象看起来英俊贵气。

她思考了一会儿，然后点了点头。

再然后，她站了起来。

炎寒失笑，指了指后堂的方向。

伊人赶紧朝那边走了过去，越走越快，连平日慢腾腾的习性也改了。果然是人有三急，急时任谁都不得不急。

炎寒面带微笑，一直目送着那个小小的身影，慌慌张张地消失在后堂的角门里。

“王上，你真打算带她回去?我们甚至不知道她是谁，还有那个阿雪，又是谁。至于容秀……据老臣所知，风朝的皇后就叫容秀，该不会她与风朝皇室有什么渊源吧?”等炎寒回头，一直面露担忧的老者终于忍不住劝谏。

“那又如何?”炎寒不以为意地敲了敲桌子，道，“我想要她，就这么简单。她是什么人，与风朝有什么渊源，干我何事?难道我会怕?”

“王上，如果只是寻消遣……”老者想着措辞，显然想继续谏言。

“先生，你信一见钟情吗?”炎寒顿住手指，轻声问。

老者的脸色猛然一变，好半天，才用极低沉的声音道：“当年先王遇见息夫人，也问了同一句话。”

自此，炎国蛰伏了二十多年。

这一次，这个同样来历不明的女子，又会带来什么呢?

贺兰雪牵着容秀的手，一直走到了现在居住的小屋前。

到了门口，他突然止住脚步，朝来路回望了一下。

“怎么了?”容秀温婉地靠过去，轻声问。

“没什么。”贺兰雪摇头，微笑道，“累了吧，要不先去休息一会儿?”

“不累。”容秀盈盈地望着他，目光不肯有丝毫移转，“只要和你在一起，我怎么也不会觉得累。”

贺兰雪呼吸一滞，突然伸出手臂，将容秀紧紧地搂进怀里。

抱得那么紧，仿佛要将她揉进自己的身体里。

关于那次宴会，关于她缘何而来，关于她从前的种种，贺兰雪不问，亦不提及。

只要她现在在身边。

看得见，摸得着。

那便足够。

至于伊人——

他低下头，吻着容秀透着清香的发丝，想起方才人海中奋力向他走来的伊人，胸口忽而发闷，隐隐的疼痛，可是这样的疼痛，在如此巨大的幸福面前，便如瞬间消失的涟漪。

伊人，没有他也能活得很好，伊人是不爱自己的，他可以给她最好的生活，最奢华的享受，那就够了……大概，够了吧?

他并不确定，却已无力去想。

容秀亦反拥着他，像多年前，他们在容家花园第一次定情一般。

意乱情迷。

容秀可能真的累了。

刚躺了没多久，她便枕着贺兰雪的膝盖睡着了，贺兰雪坐在床沿边，手有一下没一下地抚着她的发顶，讲着一些遥远的故事。

讲着那年那月，他站在城墙上，遥望着她送嫁的队伍，那么痛彻心扉。

讲着很小很小的时候，他在太师府看见她为一朵残花落泪，心底最初的悸动。

讲着这些日子，在朝野之外，日日夜夜的思念与清冷。

容秀静静地听着，听着听着，便睡着了。

呼吸均匀，浅浅的，手恰到好处地搭在胸口处，起伏中，风情无限。

她的睡容也是优雅的，精致得如官窑出品的陶瓷。

贺兰雪终于停止讲述，他俯下身，想吻一吻她的脸颊，可是甫一挨近，又有种很不真切的疏离感。

他又想起，那些日子，他与伊人同住一个屋檐下，很多次午夜梦回，他走过客厅，悄声踱至伊人的门外，在不远处看着她毫无仪容的大睡特睡，睡得极老实，被子裹在身上，蚕蛹一般，头通常会从枕头上垂下来，睫毛颤颤，偶尔嘴角还很不雅地流下涎水。

可是那个样子，却让他觉得平和且充实，每每看见，总能莞尔一笑，心中一片宁静。

而此刻，他爱了那么多年的容秀，正枕在他的膝盖上安眠，贺兰雪却始终有种空空的感觉，仿佛心被提了起来，久久不能落地。

这难道不是他梦寐以求的一切吗？

这难道不是他愿意舍弃一切而获得的生活吗？

但为什么，还会有一丝若有所失？

容秀显然睡得不甚安稳，刚才还均匀的呼吸忽然紊乱起来，手也抬了起来，握住贺兰雪搁放在沿边的手，捏紧。

“阿雪……”她梦呓一般开口。

贺兰雪反握住她，另一只手抚过她的脸，极温柔地应声：“嗯？”

“阿雪……”容秀翻了一个身，将脸埋进他的怀里，低低地问，“你可曾恨过我？”

“别傻了。”贺兰雪浅笑道，“无论你做过什么，我都能理解，而且，我也是心甘情愿的，怎么会恨你呢？”

“传言说，我派人杀你，你信吗？”容秀又问。

“你想杀我吗？”贺兰雪淡淡地反问，一脸云淡风轻。

容秀猛地坐了起来，直视着贺兰雪，凄声道：“阿雪，你会恨我，对不对？”

她说话的时候，眼泪已经流了下来，那双美如珠玉的眼，因为泪水，楚楚动人，让人心底生涩。

空谷幽兰，带露而曳。

贺兰雪忍不住伸出手，用指腹拭去她的泪水，轻轻地，说：“无论你想怎样，我愿意赌，如果赌输了，赔上我的命，那也是我选择的，我甘愿的。可是，小容，你会让我输吗？你会吗？”

他殷切地望着她，从来艳华若桃李的眼眸，突然失却了一切光泽，那么真实而忧伤，只是等着她的回答。

容秀的嘴唇翕动了一下，然后扑到了他的身上，重新抱住他。

她的头靠在他的肩膀上。

泪水濡湿了他的衣衫。

贺兰雪垂下眼眸，密密的睫毛，掩住了他眸底的一切情绪。

只见清净，清净与温情。

“他就是你口中的阿雪？”透过微敞的纱窗，炎寒用手指抚着下巴，问。

伊人老实地点点头，将炎寒披在自己身上的裘衣又裹紧一分。

“冷啊？”炎寒偏头问。

伊人又点点头，嘴唇哆嗦了一下。

炎寒笑笑，伸手揽住她的肩："你的阿雪，对那个容秀好像不错。"

他们此刻正站在窗外屋檐下，无星无月，腊月寒风凛冽。

茅屋里透出一盏孤灯，在温暖的黄色灯火下，映在窗纸上的两个人影显得格外和谐美好。

伊人静静地看着，面色沉静。出于对温度的本能追求，她朝炎寒的方向挪了挪。

炎寒脸上的笑容更浓："伊人，这个阿雪到底是你什么人?"

"我……我夫君吧。"伊人考虑了一下，回答，"也是我答应不能舍弃的人。"

"是吗?"炎寒并没有太吃惊，也不觉得受到威胁，"可是他似乎舍弃你了。"

"呃……"伊人出奇地沉默下来，没有应声。

"不过不要紧，你会喜欢炎国，那是一个干燥而且多风的国度，等过了年，再过两个月，整个国度都会开满一种叫火鸟的花，那种花是红色的，风一吹，就像展翅欲飞的火鸟一样。炎国也是因此而得名。"炎寒自顾自地说，声音低沉而魅惑，有种旁若无人的气度——因为自信别人会听，"我会在你住的地方种很多火鸟花，你可以在里面睡觉，在里面玩儿，在里面饮酒、打盹，在里面笑。"

顿了顿，炎寒低下头，逼近伊人，继续道："昨天有一个算士，说我大利北方，我原不信，可还是北行到了绥远，下午见到你的时候，第一眼，我就信了。我从来没有见过如你这样美的眼睛。

"伊人，你是我的。所以那个阿雪，已经无关紧要了。"

伊人抬头吃惊地看着他。

炎寒的脸隐在夜色里，只有一小半，被窗口透出的光映亮。

而这光影，更好地勾勒出他硬朗的轮廓和深凹的眼眶，深邃、邈远。

这是她第一次听到一个男人的表白，直接而热烈，坦然甚至霸道。

炎寒是一个很不错的男人，一国之君，权倾天下。

可是伊人并没有受宠若惊，只是有点奇怪，奇怪的感觉。

心跳了几下。

炎寒并不需要她的回应，只是笑着转开目光，重新步入正题："为什么你认为容秀会伤害阿雪?"

"很多方面。"伊人淡淡回答，"如果你曾用心看一个人，就会知道，无论一个人表现得多么真诚或者激烈，她的眼神，总会透出心底真正的心思，画画的时候眼睛也是最难着手的部位，因为它最接近本原，毫无掩饰。"

"你是说，你从容秀的眼中……"

"决绝与愧疚，那不是她应该有的心思。"伊人回答，"而且上次，她舍弃他的时候，那么冷漠。如果真爱一个人，怎么会做到如此冷漠呢?"

炎寒专注地望着她，唇角带笑，眼中华光幽闪。

"那么伊人，你的眼睛，是真的吗?"他冷不丁地插了一句，然后伸出手，蒙住她的眼，她吃惊地眨了眨，睫毛便在他的手心里颤了颤，痒痒的，连心都痒了，“我不想再让别人看到你的眼神。”

伊人怔了半晌，直到炎寒挪开手。

屋里的灯光暗了暗，然后灭了，炎寒正待说什么，贺兰雪已经从屋里款步走出。

他走到了院子里。

风扬起他的衣袂。

拂动的散发遮住了他的面容。

“出来吧。”他转过身，面对着炎寒的方向，朗声道。

“不错啊，竟然能发现我们。”炎寒压了压手，示意属下分成左右两行，绕到屋后，自己，则打算从阴影里现身。

可是已经有一个人影率先走了出来，伴着一阵无奈的笑声，鸿影洒然而至：“阿雪，你到底怎么发现我的？照理说，我的功力可不在你之下啊。”

“你从小到大都喜欢神出鬼没，早就习惯了。”贺兰雪微微一哂，“听小左、小右说你明日到，怎么今晚就来听墙角？”

来人正是大将军贺兰钦。

“小左、小右是谁？”贺兰钦问。

“你的属下，不过只是小卒，不能入你大将军的眼。”贺兰雪微笑道，“能让你入眼的人，天下恐怕也没有几个吧？”

“五个。”贺兰钦笑着回答，“三弟你就是其中一个。”

“另外四个呢？”贺兰雪倒也不客气，负手站着，淡淡问。

“风朝皇帝，阿雪，其实你从来就不知道陛下的真正实力，他是我唯一钦佩并且服气的人。”贺兰钦脸上的崇敬，没有丝毫伪装的意思。

贺兰雪没有反驳：“那也是你愿意常年戍守边疆，为他当一世将军的原因？”

“是，我服大哥。”贺兰钦笃定道。

“另外三个？”

“流园的流逐风，机关阵法无人能及，一人之力，便能让小小的流园抵御全天下的觊觎。剑神陆川，其实他是否存在，根本无人能知，但是他的名字，仍然能震慑四方，他已经成为名副其实的神，人神！”贺兰钦说起那两人的名字时，双眼的光彩，是真正的憧憬与崇拜，好像在他们面前，他堂堂风朝大将军，二皇子，只是一个不谙世事，单纯追寻英雄的青年。

贺兰雪点头赞同，“最后一个呢？”

贺兰钦犹豫了一下，然后笑道：“最后一个，不能说佩服，也不能说服气，我只当他是劲敌。”

“能被你当成劲敌的人，已经不同凡响了。”贺兰雪微微一笑，“我已猜到了是谁。”

“哦？”贺兰钦略觉诧异，“你猜到了？”

“最近让风朝焦头烂额的，不是江南的减产，也不是倭国的骚扰，而是炎国的威胁。倘若不是炎寒咄咄逼人，你又何必马不停蹄地赶到这里围剿他？”贺兰雪慢声道：“我也收到消息，炎国皇帝炎寒最近微服入境，可能就在附近。”

“不错，炎寒虽然年轻，可是能力已不容小觑，我已经在边防拉开了长线，防守可谓无懈可击，他仍然能够来去自如，炎国在他的统治下，短短十年，国力比起风朝来，不遑相让。昨天离岗又被攻陷，他们使用的战术匪夷所思，老实说，有当年息夫人的风格。”贺兰钦做了一个头痛的动作，“如果炎寒真的有息夫人的能耐，这个世界，恐怕又是一番腥风血雨了。”

“像息夫人那样的天才，短短几十年，又哪里会出现两个。”贺兰雪不以为意地回答道，“而且战术再诡异、再厉害，那又如何？这天下归谁，是天下人决定的。与其杞人忧天，不如退而抚民。听说江南减产，饿殍遍地，贺兰淳却并没有积极赈灾，反而广设库房，存粮备战——这未免太本末倒置了。”

贺兰钦不置可否，只是盯着贺兰雪，似笑非笑问：“你隐居于此，又怎么会知道朝堂中事？”

贺兰雪又是一哂。

“容皇后在里面吧？”贺兰钦也不执着答案，抑或者，这本来就是一个已知答案的问题。

“是。”贺兰雪坦然道，“无论如何，我很谢谢你们将她送过来，无论贺兰淳想做什么，他能让我再见一见容秀，为此，我感激他。”

“你知道？”贺兰钦瞪眼道，“你明知是圈套，你还往里跳？”

“裴临浦是什么人？”贺兰雪苦笑，“以他的能耐，若是真的追击一个人，又怎么会被我带走？这里离京城，迢迢数千里，小容一个弱女子，又怎会躲过重重关卡，出现在我面前？”

“阿雪……”

“我知道你们的意图，我也知道这是圈套。可在这个圈套里，小容也是无辜者，无论出于什么原因，她现在回到我身边了，我们各取所需，有什么不好？”贺兰雪止住他的话头，继续道，“我愿意信她。”

“你信她？”贺兰钦摇头，哂笑。

“是。”贺兰雪无比坚定地回答，毫无迟疑，或者说，他不打算给自己迟疑的机会。

“容不留请辞的事情，你知道吗？”贺兰钦并不点破，只是莫名地转到了其他的话题上，“治理天下，讲究的是平衡，风朝两文两武，文有裴家、容家，武则是我和夏侯。当年储位之争，容家保你，裴家保陛下，你知道为什么陛下上台后，非但没有贬低容家，反而下了聘礼，迎娶容秀，封容不留为太师吗？因为风朝只有容家可以与裴家抗衡，他需要这个平衡，也需要裴、容两家的水火不容。”

顿了顿，贺兰钦继续道："这些年，我为风朝打下了半壁江山，夏侯只是驻守一方，可是封号上，却与我相同。他也是陛下安排提防我的一个棋子，夏侯是悠儿的舅舅，悠儿与裴若尘的婚姻，未尝不是提携夏侯的一种方式。裴若尘与夏侯都是陛下的死忠，用他们来防备我，是再好不过的人选。"

"他防你，你还这么甘心被他使唤？"贺兰雪淡淡问。

"他是帝王，身为帝王，自然有许多不得已。"贺兰钦不以为意道，"陛下的许多做法，我虽然不太认同，可我是个军人，认定了一个人，就会执行他的一切命令。"

"所以我注定成不了军人。"贺兰雪道，"于我而言，如果不能当决策者，就游离在权力之外，当一个隐者。"

"阿雪，你一直是个心高气傲的人。"贺兰钦微微一笑，"你和陛下，如果生在不同的时代，都会是人杰。为什么偏偏要生在同一个朝代？"

"那又如何，我已经退了。"

"真退了吗？"贺兰钦的目光突然咄咄逼人起来，"若是真的退了，为什么仍然没有解散天一阁？为什么易剑那班死士在塞北设置了那么多的据点？为什么凤先生仍然听命于你？"

"那只是自保。"贺兰雪没有丝毫反驳，神态平静，"想要成为真正的隐士，并不是退出红尘、与世无争便可以的。我必须有足够的实力，让自己远离权力的肆虐，不会任人鱼肉。普天之下莫非王土，率土之滨莫非王臣。真正的隐，不是放弃，是超越，超越世上最高权力。

"我韬光养晦了五年，结果呢，他只需要翻出一些旧账，就可以把我逼走，将我流放。人在皇权面前，只是蝼蚁。我始终不肯放弃自己的势力，只是不想成为他手中的蝼蚁而已。"

顿了顿，贺兰雪问："二哥，你这次来，也是得了他的命令，来捉拿我？这次又是什么罪名？诱拐国母？如果是这个罪名，我认了，不过我不会伏法。你转告他，我会带着容秀远走高飞，今生今世，只要他不来骚扰我们，他就能江山永固！"

"阿雪，我没有参与到这件事，陛下终究不忍心我们兄弟阋墙。说到底，我也不知道会发生什么，这一次我到绥远，只为炎寒，并非你。"贺兰钦摇头道，"无论如何，希望你能好好保重，你是我三弟，他是我大哥，我不希望你们任何一个人出事。"

"我也不希望有让你选择的一天。"贺兰雪神色稍缓，方才若有若无的提防之色，也终于消失。

"对了，伊人呢？"贺兰钦正待离开，忽然又想起什么，随口问，"你带容秀走，伊人怎么办？"

贺兰雪愣了愣，他没料到，日理万机的贺兰钦，竟然会对他的一个最名不见经传的妃子如此感兴趣。

“她不是也来绥远了吗？”贺兰钦自顾自地继续道，“裴若尘派专人找过她，后来得知她找到了你，难道你们不在一起吗？”

“这一个月来，我们是在一起。可是她现在不在这里。”过了许久，贺兰雪终于回答。

“那她在哪里？”贺兰钦吃惊地问。

“她……”贺兰雪微微一窘，然后低声道，“她也许走了吧。”

“走了？”

“伊人应该知道，我要带容秀走。她不会在这个时候出现让我为难的。”贺兰雪几乎想也不想，说，“伊人一向懂得……”

话音未落，贺兰雪心中已微微一悸，仿佛有种被深深隐藏的东西，因为这不假思索的言语，尘埃拂净，灿然生辉。

伊人一向懂得。

懂得他想要的，懂得他的所言、所行，也懂得在何时何地，离开或者留下。

身边这么多心智聪透的可人儿，为什么到头来，唯有伊人，懂得他？

然而难道正因为她将一切都做得那么漫不经心，毫无怨尤，所以他才可以，一次又一次地理所当然地舍弃她？

贺兰雪忽而噤声，心口悸动愈浓，竟有种无法呼吸的感觉。

贺兰钦没有注意到贺兰雪的异状，只是兀自说道：“伊人能去哪里？伊家早已与她断绝关系，她又没有其他的亲朋好友。这里兵荒马乱的，万一有个好歹，你怎么对得起人家为你挺身而出的情义？”

“我会派易剑去寻她。”贺兰雪忍着情绪，轻声道，“你放心，我不会辜负她。”

“那本是你的家事，我无权置喙。”贺兰钦摆摆手，随意道，“阿雪，我只想奉劝你，在这个世上，全心全意为别人着想的人，并不多。珍惜眼前。不要做一些让亲者痛，仇者快的事。”

“知道，二哥，你也多保重。”贺兰雪眼神柔和，第一次，像兄弟般，叮嘱他。

贺兰钦伸手按了按贺兰雪的肩膀，几不可闻地叹了声，然后纵身而去。

另一边，早已携着伊人躲进树上的炎寒，一边摩挲着下巴，一边自说自笑道：“贺兰钦的名字听过太多次，这还是第一次见到本尊，没想到长得如此俊秀。”

贺兰钦的长相与贺兰雪酷似，虽然没有贺兰雪妖孽般的艳，但也堪称俊秀。

伊人歪头看看旁边这个蠢蠢欲动的男人，微微一哂，没有言语。

“可惜他来了我就要走了，不然，和他玩一玩消遣一番，倒也不错。”过了会儿，炎寒又颇觉遗憾地加了一句。

伊人还是没有理他，只是一眼不眨地看着静立院中的贺兰雪，看着他转身，重新走进屋里。

她看到他眼底的清明。

那一刻，她几乎以为自己是多此一举。

阿雪真的什么都不知道吗？他真的察觉不出容秀的犹豫吗？

也许恋人之间的触感，比任何高明的观察者，更纤细，更敏感。

很多时候，他们知道是一回事。不肯相信，是另外一回事。

“走，我们去屋顶。”不等伊人细想，炎寒已经搂住她的腰，身如大鹏鸟一般展开，声音却静如夜风，悄然地落在了她曾居住一月，忙碌却闲逸的地方。

屋顶不高，可是视野很好。

他们半蹲在上面，刚好看到之前奉命绕到屋后的侍卫。

侍卫两手交叉，做了一个奇怪的手势。

炎寒于是笑道：“看来今晚不会发生什么了，不如我们先回客栈稍做休息。”

“怎么了？”

“他们都睡了。”炎寒伸手揭开脚下的一片砖瓦，透过夜色，屋里的景象朦朦胧胧地显露出来，他示意伊人往里看，伊人睁大眼睛，看了半天，终于看清楚里面的情况。

容秀似早已睡着，侧身，睡得很沉，

贺兰雪则躺在容秀的身后，手绕了过去，轻轻地搭在她的腰上，用一种极端保护的姿态，护着她。

他们的姿态很安闲，深夜静谧。

容秀的呼吸均匀。

贺兰雪虽然没有动静，却不知到底有没有睡着。

他的头微微向下，靠在容秀的后颈上，看不清面容。

伊人仿佛看见他的手指动了动，她突然想起，他思考的时候，手指喜欢无意识地敲动。

——至于她什么时候注意到的，因为太自然太无意，伊人竟记不清了。

反正是知道。

“我们回去吧。”炎寒突然说，“有人来了。”

伊人闻言，拍拍手站了起来，抬脚就走。

“哎。”炎寒啼笑皆非，连忙伸手去拉，“这里可是屋顶啊。”

可惜他的速度还是慢了一步，伊人脚一歪，已经滑了下去。

炎寒声出影动，人也往前一倾，堪堪在她全部落下前，将她捞进自己怀里。

再一看，怀中的人低着头，黑压压的头发，被风吹得有点散乱了，长长的睫毛轻垂着，遮住她琉璃般的眼眸。

“怎么，看见他和其他女人在一起，还是会不舒服吗？”炎寒笑问，语调没有正经，可是态度，却很认真。

他要知道答案。

“没有，我只是很难过。”伊人摇头，头依然低着，讷讷道，“阿雪是真的很喜欢她。他明明知道，却还是心甘情愿地被她骗。他这么喜欢她，她为什么还要对不起他呢？”

在伊人的道德观里，人即使情非得已，有无法言说的苦衷，但至少也要感恩。

如果一个人对你极好，你又怎可以，怎可以，残忍地对他？

她为贺兰雪感到难过，甚至已经能提前感知他会遇到的伤痛，难过得心一抽一抽的。

炎寒没有插话，只是静静地看着她。

夜，安静如斯。

“贺兰雪真是瞎了眼，才会放你走。”风吹过，炎寒摸了摸她的脸颊，叹声道，然而声音，又很快夹杂在风里，消散。

那一晚，他们回到了客栈，只余下几人在屋外守着。

伊人独住一间房，第一次，她破天荒地没有睡着，而是躺在床上，眨着眼睛，什么都不想，直到天明。

另一间房，炎寒与老者对面而坐。

他们面前，摆着一个大沙盘。

“这次贺兰钦为王上而来，那我们想全身退出风朝，恐怕有点难度。没想到歪打正着，伊人那丫头要我们挟持的，正是风朝皇后容秀。不如，我们将计就计……”老者的声音越来越低，最后，几成耳语。

炎寒一脸严肃，很仔细地倾听着。

第10章　忘忧草

对于炎寒的评价，伊人有一个看法极中肯。

他是一个绝好的倾听者。当他听一个人讲话的时候，总会让讲述者不知不觉地受到鼓励。

老者说着自己的计划，语速越说越快，也越来越自信。

最后，他下结论道："王上，这是一个绝好的机会，我们不仅可以打击风朝第一战神贺兰钦，也能挑动贺兰雪与贺兰淳火拼。"

"先生的主意很好。"炎寒先给予肯定，然后坐直身体，无比坚定地说道，"可是我不会这样做。"

"为什么？"

"因为我答应伊人在先，所以，我不会利用她做任何事，也不会做违背我的承诺之事。"炎寒淡淡道，"固然，我也想攻打风朝，也想趁机打击贺兰兄弟。可如果我那样做，我又将自己置于何地？将伊人置于何地？一个人，可以运用计谋，却不能没有信义。所以，我不能做。"

"可是，王上……"

老者还想劝说，炎寒已经抬起手，做了一个阻止的动作："先生，我决定了的事情，无须再说。"

老者遂沉默下来，过了一会儿，他又沉声道："伊人小姐，跟贺兰家有极深的渊源。王上若执意将她带回去，难道不怕她是风朝的奸细？"

"只怕，我未必有能耐将这个'奸细'带回去。"炎寒笑了笑，不置可否地接了一句。

然后，他从沙盘上抓起一把细沙，指缝微露，沙粒滚滚而下。

一同落下的，是沉寂的夜。

第二天，黎明时分。

伊人听到门外的声响，揉着眼睛，睡眼惺忪地走了出来。

昨晚负责看守贺兰雪的属下已经回来，正站在炎寒面前，疾速地禀告什么。

"怎么了？"她漫不经心地问。

"有点状况。"炎寒收起面对属下的严肃，冲她温和一笑，"想去看看吗？"

他们再次来到贺兰雪的住处外时，时近中午。

贺兰雪正坐在里屋，拿着一卷医书，慢慢地翻，很专注的样子。容秀在不远处的厨房，拿着扇子，很娴熟地熬着粥。容秀的衣着已经换成了普通百姓的棉衣，只是粗劣的布料，却丝毫没有掩藏她的高贵清丽。让人看着，只觉得这套衣服，并不是她应该穿的。即使屈身熬粥，她的动作也是如此优雅好看，倒更像戏台上的一场戏。

火候渐足，粥香逸了出来，连藏身屋顶的炎寒他们，也不由自主地嗅了嗅。

贺兰雪也闻到了香气，轻轻地放下书，向门口的方向望去。

他的目光很平静，脸上有笑意，笑意却淡，淡如波澜不惊的生活本身。

香气越来越浓，连偶尔路过的行人，都不由自主地停下脚步，羡慕地望向这边，感叹谁家拥有这样一个贤惠的娘子。

“吃饭了。”门口处，容秀端着粥罐，施施然走了过来。

贺兰雪迎了上去，从她手中接过粥罐，然后摸着她的手指，关切问：“烫着没有？”

容秀温柔地笑笑，轻摇头。

贺兰雪牵着她的手，退到了桌边，目光却始终未离开容秀的脸，和她的眼。

他的表情，出奇平静。

“总看我干什么？”容秀的脸上浮出一层红晕，低嗔道，“难道我的脸上能开出一朵花来？”

贺兰雪微微一笑，终于松开她的手，坐到对面。

容秀则从桌边拿起两只碗，为贺兰雪满满地盛上一碗，再递与他。

“好香。”贺兰雪低头嗅了一下，含笑道，“小容，你还记不记得，你第一次向戒馋大师学习炒素菜的情形？”

“自然记得。”容秀微微一怔，然后也一脸追忆地笑言，“那时候戒馋大师从不收徒，我们乔装成两个沙弥，故意在他面前斗法，你偷偷地将御厨做的菜拿过来，将我比赢，我哭哭啼啼地求助于戒馋大师，他被御厨们的厨艺所激，发誓要帮我赢了这比赛。所以啊，他的一身做菜本领，全部传授给我了。”

“那时候你才十三岁。”贺兰雪浅笑，绝美的容颜，被笑意氤氲得近乎凄迷，眼神里是浓浓的回忆的味道，甚至，有点感伤了。

“你十三岁时很矮的，还不到我的肩膀。我们偷得的那两件衣服，我穿着太小，胳膊腿都露了出来，你穿着就像裹着披风似的。”贺兰雪又说，声音好听得像风铃声一样。

伊人也忍不住侧耳去听。她很少听到贺兰雪这样的声调，明明是悦耳的，可不知为什么，她心底一阵难受，好像听到的，是他的哽咽声。

“粥里有药。”在伊人旁边的炎寒冷不丁地冒出一句，不等伊人开始惊诧，他又补充道，“贺兰雪知道，他亲眼看到容秀下的药。”

伊人难以置信地睁大眼睛，低头看了看下面的贺兰雪，嘴唇张了张，最后，还是什么都没说出来。

那是他的选择。她能做的，不是阻止他，而是在他选择后，在他输完所有赌注后，帮他。

容秀显然也被贺兰雪磁性的声音所引，默默地坐在对面，望着粥碗冒出的腾腾热气，静听。

“再后来，你在父王生诞那日，在文武百官面前大展厨艺，父王很喜欢你，就当着所有人的面，对你父亲说，要将你许配给皇子。”贺兰雪继续说道，“你知不知道，当我听到父王的这句话后，兴奋得整晚没睡。大哥深居简出，二哥又喜欢在外面游猎走马，你一向与我走得近，父王也知道我们要好，我当时想，他一定是要将你许配给我吧。”

闻言，容秀低头道：“那时候，我也以为自己是要嫁给你的。”

“可是那之后，你为什么都不怎么理我了？”贺兰雪笑着，好奇地问。

“父亲说，我们年纪都大了，不应该经常见面。”提起幼年趣事，容秀玩着袖角，哧哧地笑道，“那会儿，你又刚长胡子，嘴上有时青茬茬的，我总觉得你变陌生了，所以不太敢见面。”

贺兰雪也哧哧地笑：“傻瓜，因为长胡子，所以就疏远了吗？我总不能一直是那个玩泥巴的小男孩。”

“当时年纪小啊，所以不明白。”容秀含嗔带娇地瞪了他一眼，复又假装一本正经地说，“不过你现在的模样，却比小时候好看多了。”

贺兰雪但笑不答，只是凝视着她的眼睛，无比清晰地问了一句盘旋在心中太久的话：“小容，自始至终，你可爱过我？至少，在父王说将你许配皇子的时候，你心中的夫婿，是我，还是贺兰淳？”

“当然是你。”容秀似吃了一惊，不假思索地冲口而出，“你为什么会这么问？”

“我们疏远后，大哥反与你走得近了，有一次，我看见你在庙里求签，上面写着大哥的名字。”贺兰雪自嘲一笑，道，“其实那时候我也不太敢靠近你，好不容易见着面，却只是傻笑，说不出话来。”

容秀似没听到他后面的话，而是急急地解释道：“给陛下求签，是因为、因为那段时间他总是郁郁寡欢的样子，每次去我们家都沉着脸不爱说话，外面又盛传先皇有意废长立幼，我觉得他挺可怜的……”容秀说着说着，声音愈低，到最后，连自己都有点惘然了。

难道那时候，她为他求签，已经不仅仅是因为同情？

“小容，你不是一直想知道，我为什么会放弃皇位，而让给了贺兰淳吗？”贺兰雪幽幽地看着她，轻声道，“现在，你还想知道吗？”

“为什么？”容秀突然不敢看他的眼睛，只是用筷子，有一下没一下地搅动面前的米粥。

“理由或许可笑。你还记得我们一起去郊游的时候吗？我还记得那天的情景，柳条是青翠色的，风很暖，轻轻柔柔的，你说想听我新谱的曲子，我们坐在繁花丛中，你随曲而舞的时候，衣袂翩跹，漫山遍野的山花，都及不过你的美。然后，你累了，说要去旁处走走，你走过山坡，那里有一棵很古老很古老的杨树，你去了很久都没有回来，我很担心，所以我也追了过去，我看到你和他……”

“阿雪，以前的事情，我们再找时间慢慢说好了。快喝粥吧，都凉了。”容秀终于打断他的话，将面前的粥碗，朝他又推了推，言笑嫣然。

伊人则皱皱眉。生平第一次，她有种想要讨厌一个人的冲动。

“小容，我只想告诉你，凡是你想要的，我都可以给你。”

贺兰雪淡淡说完，最后一次看了容秀一眼，慎重地、深沉地、不明意义地。

然后，他垂下眼眸，扬唇微微一笑，端起粥碗，心平气和，浅啜一口。

炎寒搁在旁边的手臂，也在这时，突然被伊人紧紧地抓住。

他诧异而欣喜地转过头：伊人同样一脸平静，是与贺兰雪差不多的表情，可她抓着他手臂的力气，却那么大。

而贺兰雪的云淡风轻，也终于，终于，被他微颤的、端着碗的手，彻底出卖。

很多时候，爱情就是一场飞蛾扑火，明知它的难测和不纯粹，仍然愿意用生命去赌一次。

知其不可为，却不得不为。不关理智，无所谓聪明或者愚笨。

一生之中，总有那么几次，任心所引，做一些极傻极傻的事情，事后也不会后悔，只是它带来的伤痛，已然刻骨铭心，再也无法清除。

“很好喝。”贺兰雪近乎贪婪地将手中的粥尽数喝完，然后放下来，轻轻道，“忘忧草的味道，永远是世上最香甜的。”

闻言，容秀如遭雷击，目瞪口呆地立于原地。

贺兰雪静静抬眸，极平和地看着她：“我明白，亦懂。我也说过，无论你要什么，我都可以给你。”

“你……”容秀的嘴唇剧烈颤抖着，脸色刹那间变得青白，“既然你知道，为什么不揭穿我？为什么不骂我，不问我？为什么还是要这样一副自以为伟大的样子，说什么明白我、懂得我！”

她的情绪，突然激动起来，抬起手，将桌面上的罐子碗筷全部推到了地上。

噼里啪啦，一地粉碎。

有稀粥溅到了贺兰雪的身上，洇开，湿了布衣青衫，他没有闪开，仍如泥塑木雕般，安静地坐在原处，看着她。

“阿雪。”容秀终于平复了神情，用一种让贺兰雪陌生的语气，重新开口道，“忘忧草不会伤及性命，只会消除从前的记忆，你以后便能安安心心地，听命于陛下，做陛下最优秀的臣子。阿雪，从此以后，我们都解脱了。”

贺兰雪没有接话，只是沉默着。

她的声音那么动听，却又那么冷漠，那么陌生。

“你为什么不说话？！”贺兰雪的沉静与不语让容秀倍觉难堪，在这荒寂无烟的地方，坐在她对面的绝美男子，正以一种她看不见的姿态，远离着。

她忽然觉得孤独，遍体生寒。

也许那寒冷，比忘忧草带给贺兰雪的药效，更加强烈。

“其实我很想问你，为什么？”等了许久，贺兰雪站了起来，扫了一眼地上的狼藉，轻轻道，“可我不能问，我已知道答案，却无法接受你在我面前亲口说出来。”

“阿雪……”容秀一怔，泪便涌了出来，她下意识地向前踏了一步。

贺兰雪则伸出手，阻止她继续走向他，他也随之后退了一步，不知为何，他的脚步有点踉跄了，脚踩到一块破碎的瓷片上，扎进薄薄的鞋底，很快渗出血来，血又与粥混在了一起，黏稠、肮脏，摆不脱离不开。

“小容，从什么时候开始的？从什么时候开始，你不再爱我了？”他终于，一字一字地，将这个问题，诉诸口。

容秀的手撑到了桌沿上，她快站立不稳了，方才的失态，已经耗费了她的全部力气。

然后，容秀哭了。她一边哭，一边说：“对不起，阿雪，对不起，我也不知道。我不得已的，你知道，我身不由己……”

“我知道。”贺兰雪竟然笑了，笑得凄迷而魅惑，是隔着薄雾看过去的彼岸花，“可是为什么？”

他已知道答案，然而又怎么能甘心？他们从小一起长大，他们见证了彼此的成长，他们早早地定下一生一世的盟约。有一度，他们以为对方就是自己的全部世界。

可是为什么？这一切从什么时候开始改变？

“我不知道。”容秀终于彻底虚软，顺着桌子，跌坐在地上，“阿雪，我没有想过会对不起你，我喜欢你，真的真的很喜欢你。风朝又会有谁不喜欢你呢？你那么完美，你无可挑剔。可是阿雪，你太完美了，你总是一副什么都为我好，什么都能为我做到的样子，我不得不喜欢你，甚至没有选择！”

贺兰雪没有插话，只是沉痛地看着她，等着后文。

“是，贺兰淳样样都比不过你，他没有你的文采，没有你的风姿，没有你光彩照人的荣耀与传奇，他甚至对我不好，他只会在我窗前悄悄地放一些他新拾捡的鹅卵石，却从不会像你那样写情诗。他只会用容家的事情来威胁我和我父亲，而从不肯放弃什么，他强暴我，蹂躏我，用言语击伤我，却又能在我面前哭得像个孩子。”容秀有种恍然的后知后觉，真相，在她的语无伦次中，甚至第一次，出现在她面前。

她一直以为自己是恨贺兰淳的，所以大婚五年后，仍然对他冷若冰霜。可今时，今日，容秀倏然发现：她原是爱上他了。

爱上了贺兰淳的直接，他在她面前，展现了最最真实的喜怒哀乐，那么不完整的男人，在她面前总是那么容易情绪激动的男人，强迫她亦爱恋她的男人，什么时候，已让她深陷？

以至于，明明相信贺兰雪有能力保护容家，她还是在容家利益的光环下，一次次舍弃贺兰雪，帮他？

贺兰淳是能真实触摸得到的，而贺兰雪于她而言，那么完美，完美得不像活物。

贺兰雪脸色煞白，他呆呆地听着容秀的一番言论，然后，又是一笑。

笑容中的自嘲与哀伤，浓得连屋顶上的伊人都不敢看了。

“我一直想把最好的全部给你，不肯让你承担一点不好的东西，这样，竟反而失去了你？”贺兰雪几乎说不出话来，只是笑，笑容渐淡，渐白，似乎是药效的原因，他变得出奇虚弱，人几乎靠到桌上，呼吸急促。

容秀也振作了一些，好像这突如其来的真相，非但没有击倒她，反而给她灌注了一股无与伦比的力量，她站了起来，站在贺兰雪的面前，一字一句，平静道：“忘忧草，可能会让你有一段时间没有知觉，在这段时间里，我们会以你的名义联络凤儿先生，解散天一阁，也会清除你的一切据点。等你醒过来之后，陛下再也不会猜忌你了，你还能回到朝廷为风朝效力，以后，你再好好地找一个值得你爱的人，结婚生子，儿孙满堂，这样好不好，阿雪？”

贺兰雪没有答话，药效越来越厉害，他脸白得像只鬼，全身虚脱，只是一股内力在此强撑着，所以迟迟没有倒下。

“容秀，你杀了我吧。”最后，他只是吃力地说了一句，“不要让我生不如死。”

他明白贺兰淳的手段，贺兰淳所谓的解散，当然不是将他的属下全部遣散回家，而是彻彻底底地消灭。以贺兰雪的性格，追随他的人因为他而遭遇不测，而他还要跪在凶手的脚下俯首帖耳、行尸走肉，这远比死，更让他觉得痛及肺腑。

“但凡你还念着以前的一点情意，就杀了我，现在！”他高声重复了一遍，他的力气越来越不支，容秀却只是安静地站在他面前，漠然地望着他，丝毫没有想答复的样子。

他们对面而立，对面而望。

容秀的眼中划过不舍与愧疚，很快，又变成漠视。

女人变的时候，远比男人更彻底，更无情。

“救他。”一直揪着炎寒不放的伊人，忽然开口道，“带他离开。”

她不想让任何人看到这样的贺兰雪，那个在被发配流放时都可以保持风姿的绝世人物，不应该，不应该站在这里，被一个不懂得感恩的女人，如此糟蹋！

炎寒闻信，朝屋下做了一个手势，人影倏然而动，便攻入屋去。

伊人松开了手，趴在屋顶上，继续看着里面的情形。

炎寒发觉自己手臂一松，歪头去看伊人，然后突然意识到，伊人会在第一时间抓住自己，并不是因为受到了刺激，而是，她担心他会离开，她担心没有人能在这个时候帮贺兰雪。

她对贺兰雪如此尽心尽力。炎寒摸了摸鼻子，几乎有点嫉妒了。

变故，发生在任何人都始料不及的一刹那。

就在炎寒命人破门而入的时候，伊人只觉眼睛一花，她诧异地回顾，然后发现，四周不知何时已经变得刀戟森严，隐藏在树丛后的人们，剑刃被日光照耀着，反射出刺目的白光，映疼了伊人的眼。

炎寒也同时发现了状况，在瞬间的震惊后，他很快恢复常态，伏身低声道："没想到风朝还有这样一支军队。"

准确地说，不是军队，而是一群蹑足潜行的死士，内力之高，匪夷所思。

这群队伍，正是上次围剿容秀，让贺兰雪破阵而入的队伍。

可是以他们现在表现出来的实力，上次贺兰雪能够只身突破他们，不能不说只是侥幸。

炎寒并不是身居深宫的皇帝，他已然戎马数年，征伐四方，只一眼，便能从他们的组织、他们的内息、他们的列队中看出其中的实力。

可是，要召回自己的人，似乎已经来不及了。

门被闯入。

屋里的人，同时转过身，面向着踏进门口的几位不速之客。

这次随炎寒来的人并不多，那位老者尚留在客栈——他并不赞同此次行动，自然不想多管。炎寒身边还有一名随身侍卫，其余四位，则于昨晚守在这里，此刻，则奉命冲进屋里，站在容秀与贺兰雪面前。

"你们又是谁？"贺兰雪几乎气若游丝了，他全身的重量都落在撑在桌沿的双手上。

脸色惨白，唇几已无色。

他原以为这四人是来帮容秀的，可是容秀也在同时问了同一句话："你们是谁？"

容秀说这句话的时候，下意识地朝贺兰雪的方向退了一步。

清美的容貌，因为惊慌与愕然，花容失色。

在陡遇情况时，她还是会靠向贺兰雪——贺兰雪已经保护她太多次，她已习惯。

贺兰雪立即意识到面前四位是不属于任何一方的神秘人物，几乎想也不想，便要伸手将容秀护到自己身后，可是右手刚刚挪起来，便因为气力不稳，整个人朝前跌去。

他重新将手放到桌面上，人半伏着，眸子里又是一阵自嘲。

她何需他的保护？

他已自身难保了，还能保护谁呢？

可能是因为方才剧烈的动作，被贺兰雪强压已久的忘忧草药效，忽然铺天盖地袭来。

他一阵晕眩。

努力撑着的手臂，不由自主地颤抖起来。

真的会全部忘记吗？

贺兰雪已经无法去追究面前四人的来历，只是在失去意识的最后一刻，想到一个让他无比沮丧也无比困惑的问题。

他可曾懂过容秀，可曾懂过大哥，可曾懂过二哥，可曾懂过裴若尘，可曾懂过易剑，可曾懂过身边的任何一人？

他原以为自己明白他们想要的，原以为自己是不会让任何人失望的。

原来不是。

贺兰雪无与伦比的自信，终于，在种种不确定与怀疑中，崩溃坍塌。

他握紧记忆的手，却发现手中空无一人，他们都是那么复杂难测的存在。

除了伊人……

除了伊人！

伊人没心没肺的笑，竟莫名地成为他脑海里最后的影像，然后，彻底陷入永夜。

“来不及了，必须马上挟持容秀。”见贺兰雪倒下，炎寒当机立断，向伊人低声吩咐一句“待在这里”，然后跃身飞下。

炎寒的威信，在于他从不舍弃自己的属下，即便只是炎宫最普通的四个侍卫，他也必须亲自带他们回去。

而他的贴身侍卫，则按照他的指令继续待在屋顶，保护伊人。

伊人本想跟着跳下去，却被那侍卫压住身体，动弹不得。

她只能眼睁睁地看着四周的刀剑随着炎寒的出现顿时涌动起来，包围圈开始迅速缩小，炎寒跨入屋里时，外面已经变成了一个铁桶。

刀尖所向，皆是一点。

“先不管贺兰雪，控制容后。”炎寒对四位属下简洁地吩咐了一句，然后推开窗户，坦然地看着外面逼近的人影，朗声问，“不知来者是谁？”

容秀还来不及说什么，已经被闻声而动的侍卫抓住双臂，哑穴同时被点。

门外，一华衣男子排众而出，负手站在众人前面，身姿笔挺，站得四平八稳，一副稳重可靠的模样。

炎寒注目望去，那人的年纪看上去大概四十来岁，神情沉静而睿智，是久经风浪、心境洞明之人方有的沉稳。而且保养得极好，眉眼清朗，依稀能看到年轻时的俊秀。

他心念一动，然后用毋庸置疑的语气唤道：“裴临浦，裴丞相？”

对方果然默认，也并没有多吃惊的样子，只是淡淡地看着他。

在裴临浦的眼中，面前的炎寒显然也是陌生的，虽然炎国最近很不安分，可是两国之间，毕竟已经有二十多年不相往来，所以，虽然他们一个贵为天子，一个贵为丞相，竟也是对面不识。

不过，关于对方的传闻，他们已经从探子口中听说过太多，几乎各人手里，都有对方的模拟画像。

只是，一旦风云相会，那又是另一个模样了。

炎寒的容貌，深深地触动了裴临浦——不仅仅是因为那份属于荒漠的英俊与霸气，也不仅仅因为炎寒身处困境仍然谈笑自若的风仪。

“你和一个人长得很像。”裴临浦终于慢条斯理地开口道，“如果没猜错，你应该是炎子昊的儿子吧?”

“你见过我父王?”炎寒微微一怔，随即又是一脸了然。

裴临浦从前是息夫人的跟班，息夫人又与炎寒的父亲炎子昊有一段说不清理还乱的关系。

他知道炎子昊，并不稀奇。

“昊帝前年驾崩之后，老夫本想拜祭他，却因为朝事繁多，一直未能成行，不可不谓之遗憾也。”裴临浦轻摇头，兀自感叹道。

“那还不简单。”炎寒轻松一笑，道，“寡人抓你回炎国，到时候，裴大人便可以拜祭先皇了。”

“你绝不可能闯出这里的包围，因为此阵法，乃息夫人传下的阵法。当年，息夫人便是靠它留下了你父王，自此二十多年不再涉足风朝。如今，它也会同样留住你，如果风朝俘虏了陛下你，也希望我们能延续上一代的承诺。陛下有生之年，不得再踏足风朝。”裴临浦并不恼，只是看着炎寒，温雅含笑，缓缓道。

“你错了，上次父王被阵法所困后，便回国潜心研习它，在多年前，父王已经破解了此阵，想用它来困住我，除非裴大人又在其上加了八十一种变化。”炎寒微微一笑，然后身体往旁侧了侧，恰好让裴临浦看见屋里的容秀。

容秀口不能言，只能求助地望着裴临浦。

裴临浦却并不惊奇，他早已知道容秀在屋里，只是不能确认贺兰雪此刻的情况，所以一直忌惮着。

“如果不介意，不如让贵国的皇后代丞相去拜祭先王?”炎寒重新挡住容秀，面向裴临浦，淡淡问。

这句话，便是很直白的威胁了。如若裴临浦顾及容后的安全，自然会放炎寒他们离开。

当然，若是他们不在乎容秀的安危，便少不了一场九死一生的血战。

裴临浦并没有马上回答，而是皱眉沉吟着，仿佛在权衡中。

如果是其他人，他也许会做主将他们放了，可是炎寒不是其他人，而是如今风朝的第一号大敌。风朝今年连续遭灾，国力虚弱，如果炎国再次乘虚而入，恐怕会极其吃力。而现在，他有机会擒住炎寒，有机会化解这泼天灾难。区区一个皇后，真的值得他们放弃这样一个绝好的机会吗？

在裴临浦沉默之时，炎寒虽然仍是一副淡淡然的模样，心中已暗叫不好。

看来，贺兰淳并没有让裴临浦下什么军令状，也许贺兰淳的原话只是：见机行事。

他不曾强调过自己皇后的安危，因而，裴临浦才敢如此大胆地犹豫，犹豫着堂堂国母的生死。

念及此，炎寒倒有点同情容秀了。

果然，在短暂的沉默后，裴临浦慢条斯理地开口道："如果陛下执意将我们的皇后娘娘请回去，风朝礼仪之邦，也将邀请陛下留在风朝多住一段时日了。"

他已做出了选择——弃了容秀。

炎寒虽已猜到结局，闻言还是有点吃惊，问："这么大的事，难道丞相都不需要请示风朝皇帝吗？"

裴临浦微微一笑，不动声色地回答道："将在外君命有所不受，更何况，能将陛下请回去是风朝的荣幸，我相信风朝皇帝同样会欢迎陛下的。"

炎寒苦笑了一下，随即出手如电，外面的人正以为他要突袭，只是还没有来得及反应，他的手已经放了下来。

容秀的穴道被解。

"算了，你也没有什么价值，我平生本来就讨厌欺负弱女子。当然了，能放倒逍遥王的女子，也不是什么弱女子。"炎寒不理会容秀的诧异与狼狈，兀自说道，"你过去吧，回宫后帮我给贺兰淳带好，说我很愿意早日与他一会。"

炎寒的话，将所有人的注意力全部转移到了容秀身上。

容秀却恍若未闻，尽管穴道被解，制约已松，她依然呆呆地站在原处。

在她站立的地方，她可以很清晰地看着贺兰雪，看着贺兰雪紧闭的双眼和苍白的容颜，那是一张绝美的脸，此时此刻，更如一个孩子般纯美干净。在这张脸上，她找不到他大哥丝毫的影子。

他们真是兄弟吗？

容秀莫名地产生了一个疑问，随即便是一声苦笑。

然后，她昂起头，用最尊贵的姿态，越过炎寒，坦然地向裴临浦走去。

她的肩背挺直。

她的神色，高贵典雅，俨然不可犯。

炎寒本来对她心存轻视，见此状，也不禁生出少许敬佩之意。

在经过种种后，容秀依然能保持自己的仪态，依然能坦然地面对所有人，不能不说是一种能耐。

能被贺兰雪如此钟情的女人，看来，也不一定是花瓶。

在容秀踏出他们的控制范围时，屋里的四个属下向炎寒投了一个眼神。毕竟，此时此刻，容秀是他们唯一的筹码。

炎寒却只是轻轻地摇了摇头，淡淡道："贺兰淳这样对她，她回不回去已经没有差别了。"

事实上，他现在如果将容秀带走，反而替贺兰淳解了尴尬，保不准，还成为风朝众人同仇敌忾的理由。

而放容秀回去，待这位被利用再被遗弃的容后回到宫后，无异会变成贺兰淳身边一个潜在的威胁。这样反而更有利些。

炎寒一直是个聪明人。

容秀还在往前走，一直走，脚步从容优雅，片尘不沾。

仿佛她现在穿着的，不是粗布糙衣，而是倾天下财富都购买不到的绫罗绸缎。

仿佛她现在所在的，不是荒郊野外，而是巍峨宫殿前绵延数里的猩红地毯。

众人先是侧目，继而眼中很自然地升起一丝恭敬。

这是他们的皇后。

无论任何状况，都不失凤仪的国母。

容秀停到了裴临浦面前。

裴临浦微微弯下腰，浅淡地行了一礼，口中称道："皇后娘娘受惊了。"

"裴大人也辛苦了。"容秀矜持地还了一礼，清冷地回答道，"大人一大把年纪，还这般千里奔袭，为国为民，实在可敬可佩。"

"娘娘才居功至伟。"裴临浦绵里藏针地回道，"请娘娘再等候片刻，待老夫收拾了这番人，必用镏金凤辇送娘娘回宫。陛下对娘娘，可是思念得紧。"

容秀冷冷一笑。

没有见过她笑的人，永远也无法想象，如此柔媚清丽的容后，能有这样冰冷嘲弄的笑容。

"你回去告诉贺兰淳，他要我做的事，我已经全部做了，也希望他能遵守他的承诺，不要再为难我的家人，也请他尽快放了我的父亲。"

"娘娘何出此言？"裴临浦不动声色地驳斥道，"娘娘的父亲容太师早已告老还乡，娘娘怎么会以此来难为陛下呢？"

"告老还乡？"容秀冷冷地瞥着他，轻蔑道，"他是打算告老还乡，可是自入宫递呈后便再也没有出来。不是贺兰淳挟持了他，又是谁？！"

裴临浦沉默了一会儿，然后沉声问："娘娘，难道你从未想过，容太师是自愿做客宫中的吗？"

容秀如遭雷击。

他们都是如此冰雪之人，一言两语，便能窥得事情真貌。

容秀已然明白。

她一直以为贺兰淳用容家的事情要逼迫她。却从未想过，容家同样是贺兰淳的臣子。

她父亲，倘若有丝毫爱女之心，又怎会一而再再而三地任由女儿为难？

唯一的理由，便是他已然默许，甚至，参与到制造种种假象中来。

容秀从未这样绝望过，她曾以为要守护的人，原来，也算计着她。

赖以生存的宽慰，原来只是一场虚妄。

她的支点分崩离析。

“娘娘？”裴临浦似乎自知失言，见容秀迟迟不语，不禁担忧地唤了声。

容秀抬头，眼中一片空洞，却又出奇的清醒。

“也好。”许久，她只是淡淡地说了两字，然后敛裙，向郊野深处走去。

“娘娘？”裴临浦自然不敢拉她，唯有在后面又叫了声。

容秀停下脚步，回头，安静而从容：“你回去告诉贺兰淳，一切都已结束。我为他做了我能做的，他也不再需要我了。以后，也不要找我。”

裴临浦没有再说什么，直到容秀渐行渐远，他身边一个参将模样的人低声请示道：“丞相，要不要将皇后追回来？”

“不用了。”裴临浦微微一笑，漫不经心道，“让容老头去伤心吧，能做出利用自己女儿的事情，难道还没做好失去女儿的准备吗？”

“可是丞相……”

“不知道若兰争不争气。”裴临浦淡淡地丢下一句不相干的话，然后重新将注意力转移到炎寒身上。

炎寒早已将面前的这幕尽收眼底，不禁一哂。

裴临浦故意将容秀气走，那已经贵为皇妃的裴若兰便极有可能成为下一任风朝皇后。

看来风朝的党争，已经到了白热化的阶段。

“关门，备战吧。”见裴临浦的视线转过来，炎寒当机立断合上窗户，一众人退到房屋正中。

“贺兰雪怎么办？”一属下指着躺在太师椅上的贺兰雪问道。

“能带走尽量带走。”炎寒想起伊人对他那么紧张的样子，不假思索道，“总而言之，不能让他出事。”

那是他答应伊人的。

“可是，忘忧草的毒……”

“暂时没事，只要在十二个时辰内服食解药就成。”不过，他们真的能将贺兰雪带出去吗？

现在，似乎自身难保了。

而且，伊人还藏身屋顶，他不能让别人发现伊人的所在，所以率先要做的事情，便是将外面的人引开。

“我们先将他们引开，然后让丁子带伊人与贺兰雪再行离开。”炎寒又说了一句。

丁子便是仍守在伊人旁边的侍卫。

“可离开这个茅屋，我们便没有丝毫优势了，王上也会身处险境。还请三思!”身边的侍卫急忙拱手谏曰。

炎寒正准备驳斥回去，早已按捺不住的伊人突然张开嘴，朝丁子捂着她的手掌，狠狠地咬下去。

丁子毕竟是训练有素的壮士，即使被伊人冷不丁地咬了一口，他也没有挪开手，只是微微松了松。

然而这点缝隙，已经足够让伊人的声音传出去了。

“喂——”

底下的人一齐抬头，有惊异有懊恼。

见藏身之处被发现，丁子也不再挟持她，只是埋怨地看了伊人一眼，但是碍于炎寒，并不敢真的出口骂她。

伊人则挺无辜地瞧了他一眼，然后扎手扎脚地，就要爬起来，还没站稳，便一副摇摇欲坠的样子。

丁子无法，只能去扶住她，伊人则感激地朝他笑笑：“谢谢啊。”对他足以杀人的目光视而不见。

待他们跳下屋顶时，裴临浦那边的人严阵以待，炎寒也推开窗户，想也未想，便是一阵怒吼：“你下来干什么！丁子，你是怎么办事的！想灭族啊!”

丁子垂首不敢辩解，伊人却是一笑，安慰般地摸了摸丁子的手臂，然后抬头代为解释道：“是我咬他了。”

她一向敢作敢当。

“你……”炎寒也不明白自己为什么会如此生气，方才明明身处险境，可是并没有乱方寸，他可以一直保持冷静。

然而，从伊人落地的一瞬，他只觉得气急攻心，满心混乱，竟是无论如何都沉不下心了。

“你不想让我帮他了，是不是!”哽了一会儿，炎寒只能用此来威胁她。

虽然现在说什么都无济于事，可是他就是生气，生气自己将伊人带到了险境。

仿佛自始至终，他都没有意识到，其实是伊人将他们带到险境了。

炎寒很是自责。

“我是要帮他，可也不能让你有危险啊。”伊人眨眨眼，理所当然地回道，“炎寒，你能走就走吧，不要管我和阿雪了。”

阿雪是她的责任，却并不是炎寒的责任，她不能因此而连累炎寒。

“不行，我答应你了。”炎寒黑着脸回了一句，“难道你以为寡人说话跟放屁一样吗!”

其实伊人这样说，炎寒应该觉得欣慰才对，她是为他着想的。

可是真实的情绪呢，是气愤，越来越浓的气愤：伊人这样说，也代表，她并不怎么把他当自己人看，让他走，留下她和贺兰雪，那么，他算什么了？真的只是旅途中一个邂逅的帮手吗？

炎寒在自我懊恼之时，似乎忘记了：对于伊人而言，他本来就是一个帮手而已。

“我只是利用你而已啊。”伊人睁大眼睛，坦然道，“我利用你的能力和你的部下，我一开始接近你就是不安好心的。所以，你也不用太放在心上，走吧走吧。”

这倒是实话，比什么都真的实话，伊人说出来，也不觉得难为情，神色坦然自若得让炎寒的属下想骂娘。丁子几乎想一脚将伊人踹开了。

可是很奇怪，在听到这句话时，炎寒却忽然平静下来。

他莞尔一笑，堪称温柔地回答道：“那你就利用到底吧。”

炎寒经常有一些让伊人觉得奇怪的反应，譬如这一次。

那时候，她还不明白什么叫宠爱。

从前，从未有人这样宠爱过她。

所以她不懂炎寒。

第11章　剑神

伊人转向裴临浦，很专注地看着他。

裴临浦也同样看着她，神色平静，对她近乎放肆的眼神不以为忤。

“我认识你儿子。”伊人开口道，“他现在好吗？”

所有人都顿时傻眼：这样的紧要关头，伊人竟然与裴丞相唠起了家常。

裴临浦也觉得好笑，良好的修养让他礼貌地回答道：“若尘很好。”

“在京城？”伊人又问。

裴临浦回答她不是，不回答也不是，迟疑了一会儿，方道：“在绥远。”

“原来他也来了。”伊人点点头，自言自语了一句，然后直视着裴临浦很笃定地说道，“你不能伤害里面的人。”

“哦，为什么？”裴临浦饶有兴致地看着她。

“如果你伤了他们，我会说服贺兰钦为他们报仇。”伊人一本正经道，“贺兰钦也在绥远。”

“老夫知道。”裴临浦微笑道，“可是大将军不会为逆贼复仇的。”

“我可以说服他。”伊人固执地重复了一句，散漫而笃定。

裴临浦静静地看着她，伊人神色坦然，似初生婴儿般干净纯粹，没有夸大，也没有虚妄的痕迹。

“如果你根本没有机会去见贺兰钦呢？”裴临浦淡然地冒出一句。

无论她的话语中，有几分真假，如果她根本就不在了，又何必去管那真假？

这句话，亦是绝杀令。

炎寒脸色微变，正准备跃出去将伊人带回来，却听到伊人慢条斯理地说出一句话来：“我见过息夫人。”

武爷的话，她还记得。

裴临浦正打算下令擒住她，闻言，顿住了刚刚扬起的手势。

伊人好像不知道自己说出了一个天大的秘密，挺自然地看着裴临浦，眨眼道：“我见过她，她曾留给我一本书，那本书教会我许多东西，或许，我能有用……”

裴临浦的脸色已经变了几次，在她提出要求之前，他开口打断道：“一天时间，我给你一天时间，如果你能说服贺兰钦阻止我，我就放了这些人。如果你不能说服他，我不仅要将这些人带回去，你也要跟我回去。”

伊人猜到了他的用意，但是表情毫无波动，点了点头。

"安排几个人将她送过去。"裴临浦吩咐手下，又道，"把这里围成铁桶，一只苍蝇也不要放过。"

裴临浦又扫了一眼伊人，想起自家儿子因为这个女子与他闹得如此不愉快，觉得不可思议。

而屋里的炎寒，更是心急火燎，只是，他没有选择硬闯裴临浦的包围阵，而是选择了相信伊人，等她归来。

伊人走后，有人问裴临浦："难道丞相真的相信她能说服大将军？这未免太无稽之谈了。"

"非也。"裴临浦这样回答道，"贺兰钦虽然忠心，但他自小与逍遥王的关系好过陛下，陛下本就疑心贺兰钦会摇摆，这次伊人去求援，便是试探贺兰钦的最好时机，你尽快修书一封，让陛下知道这里的情况。"

当伊人站在贺兰钦面前，提出让他去救贺兰雪的时候，贺兰钦只是奇怪地看着她，问："为什么你认为我会背叛陛下，帮助风朝的逆贼呢？"

伊人坦然地望着他，道："你不会看着你弟弟丧命的，我相信你不是那样的人。"

将伊人送来的人已经被贺兰钦请出去了，现在中军大帐里，只有他们两人。

一个军士进来送茶，他将茶盏放到了贺兰钦面前的案台上，又满脸惊诧地看了看伊人。

伊人也瞄了他一眼，然后似认出了他，朝他微微一笑，神色自若如常。

贺兰钦一身银色戎装，束发朗颜，英姿威武的样子。伊人则一身风尘，粗布棉衣，发鬓散乱，跟路边一个逃荒的女孩并无两样。贺兰钦站在前座，伊人立于下首。这是一个奇怪的景象，太不搭，可是，却看不出气势的高矮。

军士满心疑惑，躬身退下。

待出了营帐，那军士朝帐外巡逻的另一个军士招了招手，两人绕到帐后的隐蔽处。

"什么事啊？"

"小左，我刚才看到伊人了。"说话的，是小右。

他本是管后勤的，这次贺兰钦来，他负责茶水事宜。

小左则是一个小小的百夫长，正轮班巡逻。

"哪个伊人？"小左还未回过神来。

"就是阿雪的那个懒婆娘。"小右皱眉急道，"是不是阿雪出事了？"

"……她怎么会见大将军呢？难道阿雪是什么大人物不成？"小左还没反应过来，困惑地自语道。

小右也是一脸茫然。

营帐内，贺兰钦与伊人的对话还在继续。

“我不会做出对不起风朝的事。”贺兰钦走下来，看着伊人，一字一句道，“无论出于什么理由，都不可以。”

伊人回望着他，像在思忖他这话的真假。

贺兰钦忽而一笑，换了话题：“阿雪见到容后就忘记你，你怎么还要为阿雪来求我?”

“我为什么不来?”伊人不解地反问道，“阿雪喜欢容秀，容秀在他心中的位置自然大过我，我就是一混吃混喝的。更何况，那本是他的事。”

是否忘记她，是阿雪的事情。是否为阿雪来求贺兰钦，是她自己的事情。两者如何混为一谈?

贺兰钦顿时哑然，随即摇了摇头：“你啊……若尘来绥远了，你知道吗?”

“知道。”伊人点头。

“你也不用回去了，在这里住一宿，我明天差人送你去找裴若尘。他至少不会像阿雪那样，见到贺兰悠就忘记你。再说，你喜欢若尘，对不对?”

贺兰钦说着，又从怀中掏出一枚虎符，自言自语道：“这是我的虎符，给你你也用不了，但是如果这虎符落到裴若尘的手里，他就有办法调兵。至于他会不会帮你救阿雪，我就不知道了。”贺兰钦起身，虎符从他手里落到桌上，“啪”的一声响，但他就像没听到似的，一本正经地对伊人说：“容后没有失踪，我的手下把她带过来了，她现在很安全。唉，你要是能见到阿雪就告诉他一声，让他放心。我还有事，失陪了。”

伊人看了看他的背影，又看了看案上的那枚藏青色的虎符。

虎符青翠，散着幽幽的光。

贺兰钦已经走出大帐，唯见帘帐翩跹，周围并无人影。

伊人走到案台边，快速地抓起虎符，将它塞进自己的怀里。

等出了营帐，贺兰钦派来的卫兵将伊人带到了供她休息的帐篷里。

伊人正在考虑怎么逃出这儿，就听外面有人说：“小裴大人要见这位姑娘，烦请通报。”

伊人立刻出了帐篷，继而微微一笑：“你是小右?”

小右点点头，带伊人走出一段距离，然后关切地问：“是不是阿雪出什么事了?”

“是。我们要赶快过去。”伊人的话还未说完，便听到有人叫自己。

“伊人。”疏疏淡淡的一声，在她耳边骤响。

伊人回头，唯见公子如玉，清雅静立，久违的容颜，浅淡若初。

是裴若尘。

裴若尘缓缓地向她走来，他没有带侍卫，除了随身的一柄长剑，他与平时郊游时的打扮并无二样，清闲随和，神色恬静。

伊人攥紧了手中的虎符。现在唯一的办法就是求裴若尘调兵去救阿雪。他是裴临浦的儿子，这样一来，裴临浦也没法栽赃贺兰钦了。可是，裴若尘会帮她吗？

裴若尘似乎看出了她的心思，神色如初，只是眼底，划过一丝黯然。

从什么时候起，这样一个白纸般的女孩，也开始动用心计了。

“伊人。”裴若尘轻声道，“已经没必要了。”

伊人愣了愣：“什么没必要？”

“这个虎符，没必要了。”裴若尘摇头，“已经有人去救贺兰雪了，炎寒也在趁机突围。如果你此刻将虎符拿过去，不仅毫无意义，还会陷贺兰将军于不利。无论是他‘借’的，还是你‘拿’的，朝廷都会追究贺兰将军的责任。”

伊人眨眨眼，有点不明白。

“一切都在贺兰雪的掌握之中。”裴若尘叹声道，“他一早就安排了后招，凤九先生请了一人，只要有那人在，任何围攻都是徒劳。也因此，贺兰雪才敢放任容后，将自己陷入险境。”

“请了谁？”伊人还是没想通来龙去脉，只是听说贺兰雪没危险，炎寒也突围了，心情一松，顺口问道。

“剑神，陆川。”裴若尘回答这四个字的时候，眼睛里，异芒顿闪。

多年前，陆川曾一人一剑，守住峡山关口，十万大军，踯躅不前，最后只能打道回府。

传说，他无可摧毁。

现在，他出现了，为了贺兰雪出现了。

这个消息，远比贺兰雪逃出重围，更加震人心魄。

如果陆川要杀一个人，将无人可挡，无法可施。

如果，他听命于贺兰雪……后果，更是不可设想。

伊人还未将自己的好奇表现出来，裴若尘的神色突然一凛，下意识地挡在伊人身前，沉声道：“他来了。”

裴若尘话音甫落，伊人顿觉一阵飞沙走石。绥远本是一个容易起风的地方，可是来势如此汹涌的风沙，并不多见。

沙眯了伊人的眼，她用拳头揉了揉眼睛，等手拿开时，面前的景象已然一变。

不知在什么时候，前面突然潮涌一般冒出了一堆黑衣人，凛神持兵，站成三排，挡在裴若尘之前。而最前面，树梢巅，也出现了一人。

明明艳阳高照，不知为何，在看到那人时，伊人只觉得世界陡然一凉，连心底都寒了。

那人玄衣耀眼，整个人都似被剑光笼罩，光辉灿烂，让人不敢直视。

他就像一束光。

剑光无形，人亦无形。

挡在裴若尘身前的三排人，虽然站得笔直而坚定，额头，均已沁汗。

这是一场必输的战局。他们站着，只是因为他们是裴家的死士，即便死，也必须死在公子的前面。

而树梢那人，不动不语，鬼魅般沉静，雕塑般没有生气。这样的静峙，让所有人心中都浮出一种恐惧，不知自己对面的，到底是一个人，还是一个来自九幽的魂魔。

时间，也许只过了一刻。风沙已停，从树梢飘落的枯叶，尚未落地。

可是，也许已经过了整整一世。生与死的煎熬，远比死亡本身更可怕。

伊人转了转头：小右已经吓得面无人色，整个人如筛子般抖个不停，站在她右前方的裴若尘好许多，还算镇静，只是全身的紧绷，仿佛一触即发。

除了浓重的呼吸声，伊人再也听不到其他声响。

不远的地方突然传来一阵长长的呼啸声，啸声凄厉空灵。陆川终于动了，玄衣微浮，那万年冰山般的身躯，陡然上拔，驻足在毫无着力点的半空中。

这样匪夷所思的轻功，让在场的所有人像看到神明一般呆住了。

只是一瞬。陆川如鹰隼般俯冲下来，迅雷不及掩耳地抓住伊人的衣领，将她提到空中，转眼，便消失在众人的视野里。

空中掉落下一个物件——伊人只来得及松开手，把虎符留给了裴若尘。

众人死里逃生，在确定陆川真的已经离开后，不禁全身虚弱，队形也没有刚才那么严谨了。

有几人跑到裴若尘身边，担忧道："公子，丞相正担心你。丞相让属下问公子，为什么要私自行动，离开大队？"

裴若尘没有解释，只从地上捡起那枚虎符，递给了小右："你回贺兰将军那儿吧，请转告将军，裴家万事只为朝廷，请将军明鉴。"

说完，裴若尘拂了拂衣袍，向裴临浦所在的地方漫步而去。

伊人又是一番腾云驾雾，寒风刮在脸上，撕碎一般疼。

等他们终于落地时，伊人捂着双颊，好一阵哆嗦。

这时候，她听到陆川冷淡地对一人说："这女人很多话，你帮我杀了她。"

"你怎么自己不杀？"对方浅浅地笑问。声音很好听，像溪水河畔的淙淙流水。

"我不杀女人和小孩。"陆川漠然道，"凤九，你的废话也很多。"

那个被称为凤九的男子也不恼，仍然只是清浅地笑笑，慢慢地转向伊人。

伊人初时只看到一个单薄高挑的侧影，头发带着浅灰，拢在右肩上。

等他转过头，伊人才看清楚：一个长相干净得有点柔弱的青年，五官很淡，像江南远景外的一幅水墨画，工笔勾勒，再浸水晕染，意境绵绵而生。

"女人，你怎么惹陆先生生气了？"他笑得很温和，问话也很温和。

“他一路都不吭声，太无聊了，我就试着和他聊天来着。”伊人眨着眼，挺无辜地回答道，“我问他家住哪里，以何谋生，可曾娶亲……”

凤九睁大眼睛看了她半晌，然后哈哈大笑起来，一笑便咳嗽，却还是喘着气问：“你到底知不知道他是谁？”

“剑神陆川啊。”伊人下意识地走到凤九旁边，正打算顺手去拍他的背。

凤九咳嗽得很厉害，虽然他的脸上没有丝毫难受的痕迹，仍然很夸张地笑，但是咳嗽声一阵紧一阵，本来苍白的脸色一下子绯红起来。

可是伊人并没有挨到凤九的身体，便被陆川用剑柄挡了回去。

只见玄衣微动，陆川已经闪到了凤九的身后，用那只拿惯长剑的手，抚着他的背，有节律地拍了拍，然后板着脸问：“明知道自己不能激动，有什么好笑的？”

他生气时的表情和平时无异，终究是一脸严肃，没表情。

凤九还是笑，但是咳嗽好了许多，脸上的红潮渐退。

伊人忽然发现，陆川长得还挺好看的，虽然表情冷漠，可五官竟出奇的精致，像冰雕的艺术品。伊人还发现，那么一个周身杀伐之气的男人，对凤九的关心却是溢于言表的。

凤九终于回复常态，陆川也不露痕迹地缩回手，冷冰冰地站在一旁。

“说真的，你也该成亲了。”凤九朝陆川笑笑，然后赶在陆川发作之前，和颜悦色地问伊人，“你是伊人？”

“是。”伊人老老实实地回答。

“王爷命我一定要找到你。”凤九笑笑，“我带你去见他。”

“他没事了？”伊人一阵雀跃。

“有我在，他怎么会出事。”凤九颇自信地宽慰道。

被冷落的陆川“哼”了一下，冷淡道：“我只帮贺兰雪这一次，下次他出事，你不用来找我了。”

说完，他真的二话不说，一转身便不见。

凤九无奈地看了看已然没有痕迹的天空，轻声自语：“还是这样的性格，难怪世人都不懂他。”

顿了顿，凤九转开话题：“走吧，王爷和易剑他们离这里不远，我们过去。”

伊人心中稍安，跟着凤九，朝南边的一片树林走去。

他们走了没多久，便看到了易剑手下的人，见到凤九，他们恭敬地点头行礼，一面派人飞快地通知林子里的易剑。

不多一会儿，伊人便见到易剑从林子深处疾步走出，他先是焦急地说了声：“凤先生，为什么王爷还是没醒？”眼光一扫，便看到了伊人。

易剑的脸上露出久违的欣喜：“王妃，你没事吧？”

伊人摇头。

“见到王妃真是太好了，刚才王爷苏醒的时候，还问起你。只怪我当初顾着找凤先生，没有顾及王妃娘娘。”易剑一脸抱歉，双手抓头，一副痛心疾首的样子。

“好了。”凤九好笑地打断他的表演，催促道，“我们先去看看王爷。”

“好，凤先生赶紧去瞧瞧王爷吧。刚才王爷一直在说胡话，不知道是不是解药有问题。”易剑重新担忧起来。

“解药是没有问题，但是他服用忘忧草已经有一段时间了，并不能马上清除药效，现在正是他最难过的时候，可能从前所有不好的记忆都会回来，甚至会忘记一些。虽然称不上全部失忆，有些他不愿意记得的东西，也许就真的不再记得了。”凤九淡淡解释完，又忍不住抱怨道，“王爷太任性了，明知我们不能那么快赶到，却还是喝了容后给的东西。”

“那是因为他对凤先生有信心。”易剑连忙替自家王爷解围。

凤九笑笑，摇头轻道：“你不用替他掩饰，我愿意出山效忠于王爷，自然知晓他。虽然可恼，这恰恰也是我欣赏王爷的一点。”

易剑嘿嘿地傻笑数声，不再多语。

凤先生可是王爷三顾茅庐请出山的，而且凤九与剑神陆川的渊源，也非同小可。他与王爷的关系，与其说上下属关系，不如说亦师亦友。很多时候，都是王爷对凤九的话言听计从。

所以，这上上下下，对凤九都极其恭敬，更不用说易剑了。

伊人却没有那种意识，她自顾自地朝里面走去。前面深林里，早已搭建了一座临时的行辕，不仅守卫森严，行辕外，甚至置上了瑶琴、香炉，茶水正煮至微沸，茶香四溢。

她一直走到行辕前，侍卫并没有阻拦她——一方面，他们当初在暗处保护时见过她，另一方面，能安然走到这里的人，必然是自己人。

伊人掀开了帘子，于是，便看到了贺兰雪。

第12章　叛徒

贺兰雪静静地躺在软榻上，身上盖着一张半新的虎皮，颜色斑驳，与他静谧的容颜相映相衬，有种说不出的魅惑味道。

贺兰雪的手从虎皮下露了出来，垂在榻旁，伊人下意识地想将他的手塞进去，便如许多早晨，她半睡半醒中，贺兰雪走进房门，为她掖好被角那般。

直到她牵着他的手，方知，他的手竟如此冰冷。

贺兰雪微微动了动，好像在遭遇很可怕的事情，唇微张，逸出浅浅的呻吟。

伊人眨眨眼，握住他的手，便没有再松开了。

易剑与凤九走到了行辕前，见到里面的境况，又悄悄地退了出去。

贺兰雪已然被梦魇困扰着。他的额头几乎沁出了冷汗，脸上的表情，与其说恐惧，不如说痛苦——是站在悬崖边进退不得的痛苦。

伊人的呼吸一阵一阵打在贺兰雪的鼻尖上，他的低语，也断断续续地传到了她耳边。

“那不是真的……”

“不是真的……”

“大哥……”他轻唤，眉头皱起，“你放了他们，我什么都不要，什么都不想要。”

他拉着她的手，突然又收了回去，压在胸前，身体侧翻，用一种极端自我保护的蜷缩姿态，沉睡。

伊人被他突然的动作带了一个踉跄，整个人都跌到了贺兰雪身上，想了想，自己累了，伊人遂不再客气，踢掉了脚上的鞋，一只手被他抓着，另一只手扳着贺兰雪的肩膀，也爬到了床榻上。就这样躺在他旁边，面对着他，寻了一个最舒服的姿势，又略略挪了挪屁股，伊人合上眼，很快睡着了。

行辕外，茶香更浓，凤九与易剑对桌而坐，凤九端起茶壶，拈起盖子，将第一泡的残水缓缓倒却，又满满地斟上第二壶，静候片刻，为易剑将面前的杯子满上，茶水溢了出来，不多不少，刚好让茶香将杯子洗遍。

水汽漫延，他的身影说不出的优雅。

易剑侧身端坐，双手捧起茶杯，一口饮尽，再毕恭毕敬地放了下来。

凤九微微一笑，重新为他满上一杯，浅灰色的长发垂将下来，他的脸在发丝后若隐若现。

“你是不是很奇怪，我故意将炎寒放走了？”凤九轻问。

易剑本就憋了很久，闻言自然要不吐不快："是，我知道凤先生这样做，自然有凤先生的理由，可是炎寒现在是风朝的第一号公敌，即使他那边也有援兵，但是，我们有陆先生，本可以将他生擒来……"

"陆川从不生擒男子，只会杀了他。"凤九笑道，"而且，炎寒保护了王爷，不是吗？"

易剑哽了哽，没有答话。

"鹬蚌相争，渔翁得利。我为什么要先困住那只鹬呢？"凤九又说了一句，端起自己的茶，浅浅地啜了一口，将剩下的倒掉，复又斟满。

易剑不明所以地望着他，很明智地选择了闭嘴。

凤九，本来就是一个不亚于陆川的传奇。易剑只有佩服的份。

江湖中人，可以不知道朝廷，却不能不知道凤庄。

凤庄与流园，是武林中的圣地。

流园本是一个小国度，虽然人口不足十万，但是隐于深山，国民个个尚武，是一个超然世外的地方。

而凤庄，真的只是一个庄园而已，面积不大，人口亦不多。

凤家的人，大都聪明绝顶。

庄主凤一俨然一副武林盟主的模样；凤二则自创了海刹派，垄断漕运；凤三是一个美丽绝伦的女子，嫁入了以乐善好施著称的孟家；凤四因为少女时的一场情殇，遁入空门，也是僧界的后起之秀；凤五也在僧门，是少林百年来最优秀的俗家弟子；凤六沉迷诗书，后通过科举，以榜眼之身，成为风朝的侍郎。

而凤七，据说是凤家三姐妹中最美的女子，已立志终身不嫁，专心打理家族生意，是一个让两湖两水所有大商贾都心服口服的商业奇才。

凤九的上面没有凤八，凤九凤八本是一胎同胞，有一天，凤八突然暴毙，而躺在他身边的凤九却挥舞着小手，咯咯笑个不停。

庄主当然没舍得杀掉自己的亲生儿子，但已认定他是妖孽转世，遂将他软禁在石屋里，直至凤九十八岁，世人都不知道这个人的存在。

后来，他不知为何逃出去了，并以无双智谋，闻名天下。

庄主终于承认了他与凤庄的关系，但是凤九却从未借助过凤家的任何力量，也从未亲口承认自己是凤庄的人。

而凤九的名气，渐渐地，与凤庄不遑相让。

这样的一个人，现在肯全心全意为王爷效力，易剑暗觉庆幸，又有种理所当然的感觉。

大凡在顶端的人，都是寂寞的吧。他们都寂寞，所以更懂得珍惜的可贵。

伊人睡得很沉很沉，连日来的劳累和缺眠，早已让她疲倦不堪。

睡梦中的她，不知道贺兰雪已经醒来。

贺兰雪的眼睛缓缓睁开，伊人放大的睡眼就这样毫无预兆地出现在他面前，不知为何，他没有一点惊奇之态，只是静静地看了很久，然后微微一笑，本随便放在身侧的手臂伸展过去，搁放在伊人的腰上，不松不紧，刚刚搂着她，亦不扰她梦境。

伊人嘟了嘟嘴唇，许是因为真的很累，她睡得一点都不安静，呼噜声一阵一阵的，像拱在草垛里的小猪那般。

贺兰雪本想继续看她睡觉，可心中竟有一种奇怪的欲望：想和她说话，无论说什么都好。

只要听到她的声音，方才的梦魇，便能烟消云散。

他舍不得她睡，他要看到她的眼睛，听到她的声音——出于一个他自己都不知道的原因。

“伊人。”又等了片刻，贺兰雪终于很不道德地凑到她耳畔，轻声唤了声。

他的气息让她的耳朵有些许发痒。伊人抬起手，迷迷糊糊地在耳朵边挥了挥，想赶走讨厌的苍蝇。

贺兰雪笑了笑，提高声音：“伊人！”

伊人眼皮挣扎了半天，才抬了起来，睫毛却兀自耷拉着，眼神迷迷蒙蒙的。

见到贺兰雪，她咕噜了声：“你醒了？”

看了他一眼，然后翻身下床，摸索着找鞋。

“怎么了？”伊人种种怪异的行为，让贺兰雪有点不知所措了。

初时醒来，见到伊人，贺兰雪心中是满满的安宁，仿佛有什么东西实实在在地被握在手心里。

那种存在感，可以安慰一切。然而转瞬间，他又不确定了，不确定伊人是在自己手心里的。

伊人终于找到了鞋，毛手毛脚地穿上，正打算往前走，可能因为动作太大，还未起步，只听“啪”的一声，她结结实实地摔了一跤。

“不要难过。”贺兰雪正打算去扶她，伊人的声音，从地底闷闷地传来，“我走了。”

没头没脑的两句话，可是贺兰雪却懂了。

她劝他不要为容秀的事情难过。她说她也要走了。

“为什么？”贺兰雪的声音突然沙哑，方才还灵动的眼神忽而黯淡，他沉沉地问，“你也要离开我？”

伊人歪歪斜斜地站起身，然后头也不回地朝外走去。

“伊人！”贺兰雪忍不住又叫了一声，声音有点急。

伊人转过身，很平静地看着他，脸上没有丝毫责难或者愠怒，只是平静，淡淡的，没有杂质，像一碧如洗的天空。

贺兰雪突然什么都明白了。

她为他担心，为他奔走，那么懒的人，还为他几夜没有睡好。

他却早已布置好一切。流放，是为了躲开浪峰，喝药，是在知道凤九会来的前提下。他什么都有后招，他什么都成竹于胸。

也许容秀的选择终究还是伤了他，可是在此之前，难道他就没有一丝一毫的准备吗？

易剑必是奉了他的命，方去接凤九的。而凤九，便是他给自己留下的退路。

除非容秀当场杀了他，除非她念在往日的情分上，给他一个痛快，否则，他绝对不会死，也绝对不会让自己像一个笑话般活着。

而在这种种算计里，伊人算什么？

她对他不离不弃，可是到头来，他并不需要她。

伊人也不觉委屈，更不会生气，只是觉得自个儿挺多余的，不知道为何，她在意这种多余的感觉。

两人目光相对，其实什么都没说，但已经什么都说了。

贺兰雪的嘴唇动了动，却无一言可发。伊人复又转回身，朝门口摇摇晃晃地走去。

等她终于到帐帘边时，贺兰雪似下了极大的决心，再次开口："留下来。"

"留下来，我会珍惜你。"他说。

无比真诚。真诚得连贺兰雪自己都不可抑制地发颤，心中有种温情脉脉的东西涌出来，淹得他不能呼吸。

这一次，她没有回头，而是停住脚步，伸手挠了挠头。

"忘忧草没有让我忘记任何东西，却让我彻彻底底地经历了一次从前的种种，我看到了溺死的母后，看到了父王站在城墙边盯着我的眼神，看到了大哥那晚放在我脖子上的匕首，看到了小容，也看到了那碗粥。可是心却很平静，平静得像长壳一样。"贺兰雪盯着伊人的背影，继续道，"伊人，你想将我一个人留在壳里吗？"

伊人终于没有再挠头了，而是突然想起了一件事，眼望天道："贺兰钦让我告诉你，小容皇后在他那儿呢。"

说完，她走了出去。没有迟疑，没有留恋，就像她做其他事情一样——这是一件极其平常的事情。而且，也本该如此。

这棵树，不需要她的施肥，已然茁壮。茁壮得遮天蔽地，树影森森，没有她的角落。

贺兰雪稍一恍惚，伊人的身影，已经消失在视野里。

行辕外，凤九正极专心地把玩着杯底残留的茶叶，看着薄薄的叶子卷了起来，萎缩下去，他又用手指将它展开，自得其乐。

易剑站在旁边，并不插嘴，而是小心地观察四周的安全。

裴临浦在陆川来时及时退走，现在隐身何处，易剑也不知，所以，他不得不小心。

听到脚步声，凤九抬起头来，看见伊人，他微微一笑，问了声："娘娘，王爷醒了吗?"

"醒了。"伊人老实地回答，脚步未停。

凤九略觉奇怪，又问了一句："娘娘可是要去哪里?"

伊人的脚步立马顿住了。

是啊，要去哪里呢?她看了看凤九，又看了看周围，一脸茫然。目之所及，全是陌生的人与事，陌生的世界，陌生的景象。曾一度，她以为这里是有她的位置的，而现在，只觉空茫。

去哪里?

"如今世事叵测，即便娘娘与王爷之间有什么不愉快，也不用急着离开，娘娘还是与我们在一起安全许多。"凤九虽然搞不清状况，但凭直觉也知道，她与贺兰雪之间一定有什么没达到共识。

伊人低头思忖着，似乎被凤九说动了。

凤九略略放下心了，又示意易剑进去，询问贺兰雪事情的始末。

然而伊人其实并没有想凤九的话，她决定离开时，便没有一刻想要再留下，没有一丝一毫勉强留下的意图。

她只是在想该何去何从。

最后，她想起十一，想起嫁到了丐帮，似乎能养得起她的十一。

伊人重新雀跃起来，脚步重新迈了出去，很有活力的样子。

生活，果然处处有转机啊。

伊人从不知"绝望"两字怎么写。

凤九本暗自庆幸，哪知伊人重新向外走去，他又阻止不得，只能奇怪地看着伊人摇摇晃晃的背影，一边等着易剑从行辕里出来。

"凤先生，快进去，王爷吐血了。"过了没多会儿，易剑匆匆忙忙地从行辕里走了出来，急声叫道。

凤九脸色一变，也顾不上其他，连忙疾步向行辕走去。

到里面一看，贺兰雪正扶着床榻喘气，地上有一摊暗红的鲜血，触目惊心。

"王爷……"凤九三步并作两步地走到他身边，伸手去搭他的脉搏。

"她走了吗?"贺兰雪没有询问自己的情况，而是焦急地问起伊人。

"属下这就将娘娘追回来。"易剑愣了愣，然后简单地行了一礼，毅然道，"就算是用强的，也会将娘娘留下。"

贺兰雪没有再说话，他已经虚弱得说不出一句话来。

易剑担忧地看了自家王爷惨白的脸，又用目光请示了一下凤九，这才出去。

凤九的眉头越锁越紧，待易剑出了门，他沉下脸，那双温和含笑的眼睛，变得无比犀利，满是责难，他盯着贺兰雪问："王爷，你为什么要这么做？"

贺兰雪勉强一笑，喘息许久，才轻声叹道："被你发现了。"

凤九久久地盯着他，眼中的愠怒，渐渐转为平静。

"你本不必这么做。"凤九浅声道，"那些不想记得的，忘记就好，何必要用猛药，宁愿伤害自己，也要记得那么清楚？"

食用忘忧草，即使不至于失忆，那些不愿意记得的事情，也应该会忘记。

但是贺兰雪什么都不曾忘记。因为他在第一次苏醒的时候，自己服药了。那药的副作用极大，这也是凤九迟迟不肯给他服用的原因，轻则吐血，重则伤及肺腑。这样做太冒险太没有必要，也对自己太不负责任。

"为什么要难为自己记得那些事情？"凤九又道，"能忘记，不知是多少人的梦想。"

"我不能忘。"贺兰雪垂下眼眸，清淡而坚定地说，"很多事情，我对它是有责任的，如果逃避了，也是逃避自己的责任。凤先生，让你为难，很抱歉。"

凤九微微一叹，半晌，才低声交代道："最近不要动气，也不要与人交战，精心休养半月，我再看能否找到草药将其毒性化解。"

"先生费心了。"贺兰雪点点头，脸色愈显苍白。

"刚才……"等了一会儿，凤九又想起那个奇怪的伊人，淡淡问，"娘娘可是因为容后的事情，与你生气了？"

贺兰雪摇了摇头，苦笑道："她不是会生气的人，只是我让她失望了。"

贺兰雪的声音尚未落下，易剑手下的一个侍卫气喘吁吁地跑了进来，见到贺兰雪，跪拜在地："王爷，易大人被裴丞相困住了！"

裴若尘折回到裴临浦身边时，裴临浦早已黑着脸，几近愤怒了。

"为什么要把虎符还给贺兰钦？"他沉声问自己曾引以为傲的儿子，"你可知道，一旦我们拿到虎符，就能向陛下证明贺兰钦有心帮贺兰雪，贺兰钦倒台，夏侯便再无敌手，裴家的地位，才能永固……"

裴若尘并不辩解，只是恭谨地立于一侧。

"难道是因为那个丫头？"裴临浦眉毛一扬，刚刚压抑下去的怒火，再次翻腾起来，"你因为她与悠公主闹得如此不愉快，这一次，甚至为她放弃了打击贺兰钦的机会，你……就算年轻人一怒冲冠为红颜，好歹对方也应该是个红颜吧！"顿了顿，裴临浦又莫名地加了一句，"如果她是息夫人那样惊才绝艳的绝色佳人，哪怕你放弃江山，也是值得的。可是，伊人又算什么东西？！"

裴若尘抬起头，有点惊奇地看着自己的父亲。

对于父亲背叛息夫人的种种传言，裴若尘听了许多，但他从来不敢亲问父亲事情的始末，裴临浦也从未提起过。在裴家，"息夫人"三个字便如禁忌一样，根本无人提及。

只是没想到，父亲会在这种情况下，在此时、此刻，这样轻描淡写地提起这个名字。

而当他提起她的时候，他的语气与态度，也不像裴若尘以为的那么客观冷静。

他几乎是崇敬她的。

作为世人公认的“息氏叛徒”，裴临浦竟然是崇敬被自己背叛的主子的。

裴若尘心中一动，仿佛知道了什么，又似乎什么都不知道。

裴临浦也似乎发觉自己的失言，沉默了一会儿，然后整肃容色，很认真地问：“若尘，你是不是喜欢那个小丫头？”

裴若尘淡淡抬眸，淡淡回答：“是，但情况并不是父亲所想的那样。”

“哦？”裴临浦到底是做丞相的，只因为面对自己的儿子，所以才格外暴躁一些。他并不是听不进别人话的人。

“我喜欢她，但是不曾对她有非分之想。”裴若尘坦然道，“无论出于什么原因，我娶了贺兰悠，就会一生一世忠诚于她，对她好。至于伊人……我也想对她好，可只是出于朋友之义，出于本心而已。”

裴临浦沉吟不语，黑黝黝的眼睛，利剑一般地看着自己的儿子。

裴若尘无比淡定地望着裴临浦，因问心无愧，所以坦然自若，“我也不会为伊人放弃任何东西。”他说。

“那虎符的事情，怎么解释？”裴临浦的目光终于柔和了一些，又问。

“拦住虎符，恰恰是为了裴家。”裴若尘缓缓地解释道，“父亲常对我说，陛下对容家之所以若即若离却从没有真的削减容家的权力，是因为他需要容家来克制您。那么，您为什么不明白，贺兰钦也是陛下用来克制夏侯的一个棋子？既是棋子，陛下是决计不会让人轻易将它拿走的。到头来，裴家反而会与贺兰钦为敌，两雄相争，风朝定会生乱。如今强敌在野，江南也因为灾荒而有了内乱的苗头，风朝不能再乱了，身为臣子，一心为国方是正道，实在不宜再争权夺势。”

听完裴若尘的话，裴临浦只是冷冷一笑：“这么浅显的道理，难道为父不知道？”

裴若尘怔了怔，又听到裴临浦继续道：“拿掉贺兰钦，陛下也许会扶持另外一个风朝大将，夏侯是无论如何都不能独大的。可无论换了哪一个，都不会像贺兰钦那样，让为父觉得如芒在背。”

“父亲……”

“若尘，贺兰钦真的如他表面上那么恭敬吗？他将虎符借给伊人的时候，难道不知道这是一个陷阱吗？可是他仍然借了，那是因为……”裴临浦深深地叹了声，方道，“那是因为，他已经到了有恃无恐的地步。现在风朝军人，哪怕是夏侯的军队，提起贺兰钦，都如战神一般崇敬着。这样一个掌握了军心的将军给风朝带来的威胁，远比炎国的虎视眈眈，更加巨大。”

“可是贺兰将军一心为国，这一点是毋庸置疑的。”裴若尘毫不怀疑地驳道。

“是，贺兰钦一心为国，却不是一心为陛下。”裴临浦冷冷地丢下一句话，似乎不想就这个话题继续聊下去，重新提起方才的问题，他问，“你刚才说，你为伊人，只是出于本心?”

“是。”裴若尘垂首回答。

裴临浦不置可否，负手站了半日，方缓缓地道了一句：“我宁愿你不是出于本心，宁愿你别有所图。”

裴若尘不明所以地看着自己父亲，正想问明白，一名裴家死士匆忙跑来，伏地迅疾道：“丞相，我们找到逍遥王的下落了。”

“陆川呢?”裴临浦敛容，谨慎地问。

陆川初露面时的境况，现在想来，依旧惊心动魄。

阵法如此严密，分明无懈可击，可是，他出现了，一人一剑，没有章法，没有步骤，却只用了区区一剑，便将这个阵法，硬生生地撕裂开来。

最精密的布局，抵抗不了最不可抵御的力量。

在那柄剑前，所谓的奇门八卦，只是一场笑话。

所有人都看不见陆川是如何出招，只知道他来了，玄衣、白光，闪过眼前，裴家引以为傲的死士，风朝号称无敌的战士，不堪一击。

眨眼，原本恬静平和的绥远郊外，成了修罗战场。倘若不是裴临浦反应迅疾，果断下令一队人马断后，其他人即刻撤离，他们的损失，将远远不止于此。

来报信的人也是一脸的惊惶未定，但是带来的消息却是极好的：“回丞相，陆川已经不在这里了。”

陆川走了。他只答应凤九，帮贺兰雪解围，其他的事情，根本不屑。

堂堂风朝丞相，对陆川而言，不过是“其他的事情”而已。

裴临浦略略心安，可心底却是止不住的懊恼——自叛逃息夫人自立门户后，裴临浦从未这样狼狈过，还没交手，便率先逃走了。即便陆川是世外之人，这样的存在，还是太可怕，太有威胁了。只是他一时又想不出克制之法，唯有暗暗地留了心，以图后事。

“如果息夫人在……”他不由得自语了一声，随后摇摇头，走出门去。连离他最近的裴若尘，都没有听到他到底感慨了些什么。

易剑追来的时候，伊人已经被裴家的死士团团围住。他们受命于裴临浦，要把伊人带走，当引出贺兰雪的诱饵。

易剑见状，来不及细想，一面派人通知王爷，一面加入战局。

当凤九、贺兰雪与裴临浦、裴若尘父子都赶到的时候，双方还在胶着，未分胜负。

伊人在刀光剑影中被东拉西扯，看着身边有人喊叫，有人倒下，有人的血溅在她的裤腿上，她一阵哆嗦。

“王爷，你现在不能运功，不然，以后会很麻烦的。”凤九眼疾手快，见贺兰雪有冲进去的意图，立刻拉住了他。

就在这一刹那，一道寒光在伊人眼前闪过，她下意识地闭紧双眼，倏地一下，她额前的发丝都被劲风吹起。

可是等了很久，预料中的疼痛都没有发生。

伊人忍不住慢慢睁开眼，愣愣地看着前面。

一只手已捏住了袭向她的那柄剑，鲜血从指缝里渗出，手指修长，清秀而有力。

她的目光顺着手臂往上，然后，便看到了裴若尘。

“这里很危险，跟我走！”裴若尘把夺过来的剑舞成一道犀利的影子，杀出了一条路。他用没有受伤的左手拉起伊人，不由分说地向战圈之外飞奔。

“若尘！”战圈外面，裴临浦的断喝夹杂着怒气传来，“你想违逆我？！”

裴若尘顿住脚步，握住伊人的手隐隐用力，表情并无多少波动，可从伊人的角度望过去，堪堪能看到他眼底若有若无的隐痛，他的确为难。

他大概一直很听他父亲的话吧，伊人想，是个好孩子。

“若尘。”贺兰雪的声音紧接着传来，“你们要的人是我，为什么要波及无辜？难道你忘记你答应过我什么？”

他曾把伊人托付给自己，裴若尘自然记得。

“我自然没有忘记。”裴若尘沉吟片刻，然后转向贺兰雪，坦然道，“可是将她陷入危险的，不是我，而是你。”

说完，裴若尘手中用力，伊人踉跄了一下，然后，跟了出去。

裴若尘的脚步坚定得无所迟疑，然而他的行为已经惹怒了裴临浦。

裴临浦本无意对伊人怎样，可现在，他突然察觉到莫大的威胁。这是裴若尘第一次违逆他，从小到大，第一次不听他的话。即便他让裴若尘迎娶贺兰悠，若尘也不过轻轻地应了句，“是”。如今，裴若尘竟然在所有人面前，为了这样一个蝼蚁般的女子，违逆他！

裴临浦举起手，做了一个绝杀的手势。在事情还没演变到他无法控制之前，他已决定除掉伊人了。

裴若尘自然也能看懂这个手势，他的脸色微微一变。

然后，远远地响起一阵张狂的笑声。

浑厚，苍老，嚣张至极，笑声迅速及近。

众人心神俱是一凛，不约而同地朝笑声的来处望过去，不多会儿，一个老乞丐模样的人便出现在光秃秃的枝丫上，伊人第一时间笑了，笑着叫了声：“武爷！”

他没死，真好。

“你这小丫头也在？好，很好。”来人正是当初挟持伊人的那个奇怪的老头，见到伊人，那双被皱纹挤到一处的眼睛亦是一亮，“小丫头，等我先收拾了叛徒，再来和你叙旧。”

“叛徒……”伊人怔了怔，下意识地瞟向站在一旁的裴临浦。

在听到笑声的那一刻，裴临浦的脸色便变得出奇惨白。

他们曾经是同僚。

他们曾经站在同一战壕里，为同一个主人效过命。

虽然事隔二十多年，裴临浦又如何听不出武爷的声音。

“你……你还没死？”他的脸色变了几变，每一次都变得更加苍白。

可是丞相到底是丞相，在经历最初的震惊后，裴临浦很快恢复了正常，武爷的武功再高，自己现在也有一整队大内高手，未必就要怕他。

“你自然以为我死了。”武爷仿佛没看到裴临浦的手下，兀自站在树梢，怨恨道，“当年你将我困在凌霄殿，一把大火将殿堂烧得干干净净，你以为我也烧成灰了，对不对？哼，没想到，我武爷非但没有死，还在凌霄殿地底发现了地道，在里面苦修十多年，纵你今日有千军万马，亦拿我没奈何。裴临浦，当年你背叛夫人时，就该料想到今日的结局!”

“报应循环，从来不爽，裴临浦，你拿命来吧！”武爷话音一落，整个人就像化成一只大鹏鸟般，向裴临浦扑过去。

裴临浦朝后疾退两步，他的手下也顾不上贺兰雪他们，纷纷抢前护住，裴若尘亦在第一时间松开伊人，奔向自己的父亲。

武爷的动作快得出奇，其他人的动作自也不慢，眼见着就要短兵相接，哪知半空中的武爷身子一扭，出乎所有人意料，率先向伊人俯冲而去。

裴若尘刚刚离开伊人，见状立即回身，想将伊人拉开。

贺兰雪的目光本就一直锁在伊人身上，此刻也低低地呼了声，想前去营救，可稍一动，便喘息不已。

武爷他一捞手，拎住了伊人的手臂，将她提到了空中。

裴若尘的掌风随即而来，武爷略略侧了侧身，堪堪躲过，另一只手又是一捞，像老鹰抓小鸡一般，也将裴若尘抓到了手中。

裴若尘心中惊愕：武爷看似轻描淡写的一抓，直如钢钩铁爪一般，竟让人连退路都寻不到。

裴若尘的武功已不算差，甚至是当之无愧的高手，可是这样的高手级别，在武爷面前，真如一个初出茅庐的小伙子般，被一招封死。

武爷目光如炬，在做完所有动作之后，他的视线停留在贺兰雪身上。

“是你这小子!”虽然贺兰雪已经解除了伪装，武爷还是一眼便看穿了他的面目，也认出了贺兰雪便是上次将他带到流沙里的人，只是他现在一手捞一人，实在无暇再去顾及贺兰雪了。

“还愣着干什么，快点救出公子!”裴临浦竟显得有些慌乱。裴若尘还是第一次看见父亲如此模样，怔了怔，随即心中一暖：再严厉的父亲，终究是爱自己子女的。

“原来他是你儿子？怪不得长得那么面目可憎。”武爷哈哈一笑，人已经纵开，“裴临浦，你朝思暮想的东西，就在捕鱼儿海，夫人的墓地！想要就来拿吧!”临走前，他又丢下一句话，最后一个字音，已经是在遥远的地方了。

武爷功夫的匪夷所思，连与他交过手的贺兰雪，也觉得大出意料。

“可惜陆川不在这里。”凤九轻轻地感叹了一句，然后担忧地看向自家王爷。

贺兰雪一手扶着易剑，轻喘着气。神色沉静安详，若有所思。

由此一闹，裴临浦也无心再与贺兰雪争斗了，胶着状态已然解除。

裴临浦果断地挥下了收兵的手势，然后如退潮一般，极快地消失在贺兰雪的视野里。

好像从未出现过。

“看来，江南之行又要延期了，我们是不是要先去捕鱼儿海？”等裴临浦全然退走，凤九慢慢地踱到贺兰雪身边，明知故问道。

贺兰雪正待回答，突然一阵晕眩，栽倒在地。

伊人意识到，自己总是在腾云驾雾，迷迷茫茫，不知所往。

不同的是，这次身边有裴若尘，裴若尘一直能让她安心。

他们停下来的地方，果然是上次武爷带她走过的那个捕鱼儿海，在落地之时，武爷出手如电，将裴若尘的几处要穴全部点住，裴若尘身体一软，伊人慌忙伸手去扶。

她扶住了他。裴若尘转过头，冲她歉意地笑笑，笑容温润如初，没有丝毫难堪或者尴尬。

“从来父债子还，小子，只能怪你有一个卖主求荣的老爹!”武爷瞪了他们一眼，没好气地对裴若尘嚷嚷道。

裴若尘静静垂眸，轻描淡写道：“他是我父亲，纵然我现在不能奈你何，也不允许你诋毁他的名誉。父亲一生为风朝鞠躬尽瘁，为国为民，忠心向主，绝对不是卖主求荣之人。”

武爷好像听到一个天大的笑话，仰头干笑数声，然后讥诮地反问：“他为风朝鞠躬尽瘁？你真这么认为？”

裴若尘闭紧双唇，固然没回答，眼中的坚定，却比任何言语都明显。

可是，在他心里，未尝没有这样的疑问：父亲真的一心为国吗？一心为国的人，会在风朝这风雨之秋，因为家族的利益，而对付风朝的第一大将贺兰钦吗？

他心底划过隐隐的怀疑与不安，又很快被自己否决。从小到大，裴临浦在他心中便如一个真正的丞相，睿智的、宽厚的、严厉的、忠诚的。他不允许自己怀疑父亲。

武爷也懒得与他争论，只是用嘴巴努了努前面，断喝了声："想知道真相，就老老实实地跟我走！"

伊人还扶着裴若尘的胳膊，裴若尘这时轻轻地挣开，低声说了一句"我没事"，然后跟着武爷，慢慢地向前走去。

伊人眨眨眼，越过他，走到了武爷旁边。

武爷听到她的脚步声，侧头见是她，只是重重地"哼"了声，却并没有让她离远点。

"武爷，最近你去哪里了？一定吃了很多苦吧。"伊人紧着脚步跟在武爷左右，扭头好心地问。

武爷板着张脸，没好气道："还不是拜你所赐！"

伊人挺无辜地辩解了一句："是你抓我的，我没想害你。"

这倒是实话。

武爷又是重重地"哼"了声，没有理她，只是脚下的步子明显慢了下来。伊人已经赶得气喘吁吁了，他看在眼里。

"你很喜欢息夫人？"伊人又问。

武爷便如被踩到尾巴的猫一样，倏然停住脚步，怒不可遏地看着伊人。

伊人的表情却很认真，脸上丝毫没有开玩笑或者挖苦的样子，目光坦然地瞧着他的眼睛。

"你再诋毁夫人的名誉，再……再诋毁我的名誉，老夫定会杀了你！绝不食言！"武爷简直须发皆张了，不知道这简单的一个问话，到底如何惹了他。

伊人可没有被吓住，只是淡淡地"哦"了声，然后低下头，自语道："你果然喜欢息夫人。"

武爷头冒青烟，几乎要发狂了。就在他准备暴起的时候，一直在后面旁观的裴若尘冷不丁地说了一句："那东西，是一张图吗？"

武爷狐疑地看向他："什么图？"

"夫人的墓地里，有我父亲一直想要的东西，也是柳色一直想找的东西。那是一张图吗？"裴若尘安静地问。

武爷没有正面回答，而是狠狠地盯了他一眼，不语。

裴若尘也不介意，只是用疏淡的语气，继续道："所有人都以为那张图曾在我父亲手中，因为当年，他就是靠献图而得到了贺兰家的青睐。可是，只有父亲知道，柳色他们千方百计想混进皇宫找的那张图，其实是假的。真的图，一直在息夫人那里，后来，随息夫人一起不见了。现在我们要去找的东西，就是那张真图，对不对？"

武爷仍然没有直接回答，而是狐疑地反问道："柳色那小子也在找图？"

“我见过那张假图，只是一幅很平常的风光山水，既没有隐形字，也没有秘藏武功典籍，到底是什么，让你们这么紧张？”裴若尘淡淡地看着武爷，浅淡而犀利地问。

武爷眉毛一扬，没好气地说了句：“你小子都要死了，还多管闲事！等到了夫人墓地，我就将你火化，以祭夫人在天之灵！”

裴若尘垂眸不语，却不是被这句话所慑，仿佛在思忖什么一直未能想通的疑问。

武爷见他这样的表情就来气。为什么如今遇到他的年轻人，都不怕他了？

伊人是这样，贺兰雪是这样，裴若尘也是这样。他们的表现，让武爷很挫败。

“咳咳……”被忽视在一边的伊人似乎被风沙呛了一下，突然咳嗽了几声，打破裴若尘他们的僵局。然后，她慢慢地眺望远方，说了一句似乎没什么意义的话：“是不是要过年了？”

时值年关，平常百姓，家家户户，已然张灯挂彩，喜气洋洋，除旧迎新了。他们呢？却还在相互算计，喊打喊杀着。一年复一年，何处是停歇？

武爷闻言一怔，随即也是一脸感慨：“是啊，又是一年了。夫人已经过世十五年零五个月了。”

裴若尘也从沉思中回神，清淡地看着伊人，看着看着，眼神里突然涌现出一股柔柔的东西来，仿佛要将人融化。

“我们走吧。”他又很快地低下头去，淡淡道。

武爷率先走到了前面，伊人这次落到了后面，与裴若尘并肩。

他们走得不快，但武爷显然比上次多了许多经验，带着他们东绕西拐，路途缩短了许多。

黄昏的时候，他们看到了一片由大石头构成的戈壁滩，远远望去，如废弃的城堡。

武爷将他们领进一个天然的岩洞里，转身点住裴若尘的双腿，待裴若尘软倒在地后，他粗鲁地说道：“今晚就在这里了。”

“这里已经是捕鱼儿海了，是吗？”裴若尘平静自若地问道。

“你知道就好，这里地形诡异，稍有差池便会永远也走不出去，老夫奉劝你们，最好少自作聪明，老老实实地跟着老夫，还能多活几天。”武爷恶声恶气道。

裴若尘没有再说什么，神色平静。

武爷满意地点点头，这才起身道：“老夫去打几只狼来烤着吃，你们在这儿候着。”

话音刚落，他人已走远，很是果断。

等武爷的身影消失在视野后，伊人蹑手蹑脚走到裴若尘面前，蹲下来，平视着他。

裴若尘微微一笑，略微动了动——他被武爷点了膝盖上的穴道，行动不得，只能靠坐在岩壁边。

“他真的会烧死你的。”伊人眨着眼睛，担忧道，“你得逃跑。”

“暂时不会有事，从这里去息夫人的墓至少还有两天时间，何况，我也希望能去到那里。”裴若尘轻声安慰道，“只要他不会伤害你，就够了。”顿了顿，他又加了一句。

他的目光淡淡移远，远方黄沙曼舞，戈壁连天，如血的夕阳遮天蔽地。

他想说点什么话，却感觉到胳膊一沉。

裴若尘低下头，那双秀美的眼睛立刻浅浅地眯起，笑意从眸底广袤无边的荒原里升起，辉映夕阳的灿烂。

伊人不知何时已经睡着，头靠着他的手臂，睡得恬静而安稳。

夕阳未落尽的时候，武爷回来了。

他拖着一只耷拉着大尾巴的狼，呼哧呼哧地走了回来。

走近一看，武爷怒了——他辛辛苦苦去狩猎，这两个囚犯竟然还睡得这么香甜！

可是，就在他打算伸手将那两人敲醒时，手却在空中略微顿了顿。

这是一幅极美的画面。

夕阳已经浓了。

红色的天光，黄色的沙粒，裴若尘的脸一半明亮一半阴暗，线条却出奇柔和。放松的姿态悠闲，向前伸展的腿微微曲着，衣袂翩跹。而伊人略显差些，睡得全无仪态，甚至还有些喜感。可是这样的睡态，却比裴若尘看上去更美，美如空气、微风、黄沙与夕阳，自自然然地感染着所有看到这一幕的人。

所以他的手顿了一瞬。

不过，只是一瞬而已。

然后，武爷的手掌重重地拍到了裴若尘的头上，怒气冲冲道：“小子！你懂不懂尊老爱幼？你不去打猎就算了，还敢在一边偷懒！”

裴若尘应声而醒，伊人也揉了揉眼睛，坐直身体。

第一眼见到武爷，伊人非但没有丝毫愧疚感，反而堆出一个甜死人不偿命的微笑，欢欣地打着招呼，“武爷”。

武爷翘着胡子，重重地“哼”了一下，看在她笑脸的份上，没有再追究。

裴若尘则摸了摸还隐隐作痛的额头，也未说什么。

只是，没想到自己竟然也会睡着。在这样的环境下，这样的境地里，还能如此毫无设防地熟睡，裴若尘自己都觉得不可思议。可这样不可思议的事情，因为与伊人在一起，又变得那么理所当然。

“小丫头，你在干什么？”裴若尘正遐思着，武爷又是一声断喝。

他转过头，便看到蹲在地上的伊人，正用手指，有一下没一下地碰触着狼的鼻子。

“它已经死了吗?”听到声音，伊人抬起头，看着武爷问。

“不死怎么吃?”武爷用看白痴的眼神瞟了伊人一眼，等了一会儿，又不怎么乐意地加了一句，“你不会可怜这只狼吧?”

伊人没有回答，还是用手指碰触着狼，轻柔而安静。

武爷本不想再理她，只是薄薄的夕阳余光镀在她脸上，映着狼毫间稀疏的光亮，那是一幅绝佳剪影，沉郁、纤细，让他这个杀人如麻的大魔头，突然产生了一种畏惧。莫名的，对生命的畏惧。

“狼该死，你不杀它，它就吃人，还吃附近居民的羊。”武爷也说不出自己干吗要解释，可就是有种不解释不舒服的感觉，他受不了伊人的平静与悲悯。

哪知伊人并没有将这句话听进去，或许，根本就没听。她只是拍拍手站了起来，俯视着那只狼，嘀咕了一句:“不知道狼肉好不好吃?不会太老吧?”

听到这话，武爷气得跳脚，敢情方才那种莫名的肃穆，只是他的错觉?

第13章　墓地

事实证明，狼肉并不好吃。

伊人吧唧吧唧地咬下最后一块肉，又用舌头舔了舔唇角，这才感叹了一句：“淡了点。”

武爷瞪了她一眼：“有吃的就不错了，还敢叽叽歪歪！”

伊人只当没看到他的目光。裴若尘也吃了些，但是吃得很少，全身穴道被封，胃口自然好不到哪里，只是极优雅地吃了两三口，便停了下来，安静地看着还在狼吞虎咽的伊人。

武爷扫了他一眼，酸溜溜道：“裴临浦这混账，倒生了一个扭扭捏捏的儿子。”

“家父与武爷间到底有什么渊源，武爷何必这样一而再再而三地诋毁家父？”饶是裴若尘涵养再好，也是要为自家父亲说话的。

“渊源，哼哼，渊源可大了！”武爷冷哼一声，没好气道，“当年，若不是我在乱世中救出裴临浦，他早就是一具死尸了！”

“如此，武爷是家父的救命恩人了？”裴若尘不动声色地问。

武爷冷哼一声，突然丢下手中的烤肉，望着远方天际，脸色微变。

裴若尘也察觉到他的异样，顺着武爷的视线望过去：极目之处，荒漠昏昏沉沉的夜里，时不时地闪过一两簇炫目至极的烟花，冲至云霄，散开，又极快消失在黑夜里。

“那是什么？”裴若尘自语。

“是炎国的召集令，难道炎子昊来了？！”武爷下意识地回答，转念一想，似又不对，“不是传言说，炎子昊那家伙已经死翘翘了吗？”

“炎国的人也在附近，难道也觊觎息夫人墓地的东西？”裴若尘狐疑地接道。

“我就知道，这炎子昊人死心不死，一定还觊觎夫人！”武爷又不知被踩到了哪根神经，吹胡子瞪眼，怒不可遏。

在他们说这些话的时候，伊人也走到了前面，站在岩壁洞口处，眺望远方刹那间闪过的烟霞。

“他只是想告诉我，他已经平安。”待停停歇歇整整一刻的焰火终于熄灭，伊人微微一笑，轻声自语，眸光闪耀如繁星。

这句话，还在盛怒中的武爷自是没听见，裴若尘却一字不漏地听进耳里。

他想问伊人，那个他是谁？

除了贺兰雪外，还有哪个他，会动用炎国皇室专属的焰火，向千里之外的她报平安？

裴若尘垂下眼眸，清冷如初。

另一边，武爷还在喋喋不休，说什么炎子昊如何觊觎夫人的美貌，如何处心积虑地想得到夫人，夫人又是如何冷若冰霜，诸如种种，不胜枚举。

只是那似听非听的两个年轻人，都各怀心事，实在无心去分辨他语无伦次的言语。

长夜降临。

第二天，又是一段紧迫的跋涉，三人深一脚浅一脚，一直向捕鱼儿海沙漠的深处走去。这一次，伊人和裴若尘被落到了后面，裴若尘不知扭了哪个筋，这一日对伊人格外冷淡，虽然两人离得不远，但神色间的疏离，倒像隔着十万八千里一般。

伊人也不觉得什么，只是迈着小腿，一步一步跟着。可即使她这样紧赶慢赶，终究还是慢了下来，没过多久，裴若尘便听到了伊人气喘吁吁的声音。

“来吧，我背你。”裴若尘示意。

伊人略略迟疑了片刻，然后扎手扎脚地爬上了裴若尘的背。

即使在风沙里行走许久，裴若尘的身上，依然有种淡淡的墨香味。

她抽了抽鼻子，很不客气地多闻了一下。

她趴在他的背上，轻盈温润，呼出的气息拂着他的脖子。

裴若尘心生柔软，又突觉好笑：自己今天到底在别扭什么？

只是因为伊人昨晚的一句他在告知平安，只因在听到另一个“他”时，心里莫名的悸动与难过，只因那惊觉的警醒，今日，才对她刻意疏远，不理不睬。

“伊人，对不起。”正在伊人被香味熏得陶陶然的时候，她冷不丁地听到裴若尘低低的道歉声。

她如此纯净地对待他，他却千思百转，莫名其妙。

伊人眨眨眼，有点不解，也不知该如何作答。她的手牢牢地抱着他的脖子。

裴若尘的脚步，平稳而有力。

到了第三天的黄昏时，他们终于看到了远处一座孤立的戈壁。暗褐色的石头，立在天地间，萧条，伟岸。

武爷的表情顿时凝肃起来。

“那就是息夫人的墓？”裴若尘问了一句。

“是，这就是夫人的墓地。”武爷满语敬意，强压着激动，用最严肃、最尊崇的语气，将裴若尘的问话，重复了一遍。

裴若尘再次望过去，那孤立的石头，顿时染上了传奇的色彩，变得恢宏不可方物了。

传说中的息夫人。

一人，颠覆了天下格局的绝色美人。现在，他们站在她的墓前。

那样的人，留下的，终究，也不过是一座墓了。

裴若尘突然一阵空茫，这是人类面对不可避免的生死，自然而生的渺小之感。

武爷似乎也有这种感觉，怔怔地看着自己憧憬许久的夫人的墓地，蓦地想起，那惊如天人的躯体就在这样人迹渺茫的地方腐化成灰，心中亦是一阵凄惶。

伊人则扭头看了看裴若尘，又看了看武爷，然后一马当先，径直向那个墓地走去。

武爷还在震撼与感伤之中，竟没有阻止她。

伊人停到了墓地前。

她抬起头，看着那块大大的石头：石头直耸云霄，一面嶙峋，另一面，则似人工打磨得平平整整。

上面有一句话，一句伊人想不到的话——

蕉鹿之梦。

伊人张张嘴，第一次有种说不出话来的感觉。

虽然她早已猜到那位赠书之人是息夫人，可看到这四个字，看到那熟悉的字迹，她还是心生感慨：那个被众生惊为天人的息夫人，和当初出现在自己身后，沉静地看着自己画画的面纱女子，真的是同一人吗？

她有种恍然梦中的错觉。

焉知这发生的种种，不是她的一场梦？

想到这里，伊人回头看了看裴若尘。

身后的裴若尘，也是满身风尘，白色的锦衣已经被风沙染成了淡灰色，拢在脑后的长发有点纠结，容色惨淡，但眼眸明亮，唇瓣干涩却优美依旧，他望着她时，眼波轻柔而可靠，潋滟生波，仍是最初让伊人悸动不已的俊秀无双。

他是那么真实的存在。伊人的心顿时安定下来。

“你认得这上面的符号吗？”武爷大步走到伊人身边，粗声问。他已经按捺不住激动了。

伊人的表情一向没有掩饰，他看出了她的讶异。

“认得。”伊人点头，静静地说，“这种字叫‘赢书’，非中原人所识得。”

伊家曾是闽南一带的望族，难道这是当地的某种文字？

裴若尘在听到伊人的回答时，脑中涌出一丝疑问，却并没有点破，只是安静地等着后文。

“那这句话怎么读？是什么意思？”武爷已经急不可耐了。

伊人想了想，然后简单地解释道：“有点复杂，大体意思是，现实如梦，似醒非醒。”

“如梦……似醒非醒？”武爷怔怔，不确定地望着她。

伊人却已经移开了视线，望向戈壁最下方，一个仅容一人通过的石门，石门上扣着锁。

那是一道奇怪的锁，晶莹的玉石般的模板上，刻着几个字符。

“那又是什么符号？”武爷敛了心神，指着锁问。

“那是赢书中的数字。”伊人坦然地回答，“就是一、二、三、四、五。”

武爷一阵惊愕：“这也是‘赢书’？”

伊人点了点头，然后伸出手去，摸了摸模板。

“伊人！”裴若尘见她莽撞行事，不免担心，奔过去，扯住她的手臂。

伊人转过头一笑：“没事的，你不用担心。这叫‘轮回锁’，如果试错三次打不开，再想开锁就要等十二个时辰之后。我师父教过我开这种锁。”

“你可以将它打开？”武爷再也顾不上其他，一阵兴奋。

伊人同样笑眯眯地看着他，挺自然地回答道：“当然打不开，我又不知道它的机关。”

这句话，武爷听后想打人了。

“我们先看看旁边有什么提示没有。”见武爷神色有异，裴若尘连忙转开话题。

伊人的目光一转，很快便看到了旁边一行暗红色的大字。

不知用什么颜料所写，笔锋挥洒，浓浓的暗红色流下来，像经年的血迹般触目惊心，很是吓人。八个大字，酣畅淋漓——

“入此门者，与吾同死。”

这样一句恫吓，由曾经举世无双的息夫人写出来，自有一种让人背脊生寒的威慑力。

“这个墓地，武爷是怎么发现的？”裴若尘审视了这八个字好半天，方冷静地问。

武爷冷“哼”了一声，本不想理他，可转念一想，现在也算是同舟共济了，说了也无妨。

“老夫在地道里潜心修习十多年，待出来后，便寻找夫人的踪迹，终于，皇天不负有心人，在息夫人的一个别院，老夫发现了记载这个墓地的地图。”

“地图上可还有其他提示？”裴若尘又问。

“没有了。”武爷断然摇头，只是神色已经不自然，显然有所隐瞒。

裴若尘也不追问，只是继续道：“那处别院，又是什么特殊的地方？”

“哪里有什么特殊之处，只是夫人与无双帝在那里住过一段时间而已……”武爷突然顿住声音，转而怒视着裴若尘，没好气道，“为什么我要告诉你！”

“因为我也想进去。”裴若尘淡淡回答。

“为什么？你就不怕我们一进去，我就杀了你祭夫人？”武爷狐疑问。

裴若尘笑笑，悠然道：“生死有命。我只想弄清楚，息夫人到底是个什么样的人。”

也想弄清楚，自己的父亲，又是怎样的人。

武爷这才没话说，对息夫人好奇的人大有人在，更何况墓地里还有传说中的至尊图，裴若尘会感兴趣，也理所当然。

“武爷，贺兰无双与息夫人在那处别院共同生活过？”正在两人交谈之际，伊人冷不丁地问了一句。

“生活？”武爷愣了愣，说，“是一同住过……”

“他们住在一起时，感情怎么样？”伊人又问，表情很认真。

武爷虽然不想回答这样私密的问题，可是见到伊人这样的表情，还是不由得回答说：“那时候夫人与无双帝的感情极好，两人形影不离，琴瑟和鸣，真可谓神仙美眷，鸳鸯侠侣——呸，那个贺兰无双，把夫人骗得好惨！”到最后一句时，武爷似突然想起什么，语气大变，恨恨地说道。

伊人却已了然：“那他们定情的日子，是何时？”她用手指摩挲着玉石模板，淡淡地问。

“什么定情，他们之间根本就没情！贺兰无双只是利用夫人！贺兰家没一个好人！全是阴险狡诈之徒！”武爷还在那里义愤填膺，不肯回答。

“是冬月十六。”裴若尘却在后面平平淡淡地回了一句，“无双帝与夫人的定情之日，是冬月十六。”

伊人回头，好奇地看着他。裴若尘自发地解释道：“我曾在内宫藏宝阁看见过无双帝的一幅画，虽是一幅简单的写梅图，但是仔细观察，便能看出那幅画是出于两个人的手笔，也就是说，是两人共同完成的，其中一人的笔触纤细些，应该是一个女子，而无双帝的画风则更为挺拔些。”

“你是说，那幅画是贺兰无双与夫人共同的作品？”武爷问。

“是。”裴若尘自信地回答，“如果根据画风还不能确定，下面的题词便很明显了。上面写着，己未年冬月十六，梅品高洁，寡和孤香，谁与共湮，同生同息。”

“什么意思？”武爷乃一介武夫，对诗词之类所知甚少。

“上面的意思说，无双帝自感高处不胜寒的孤寂，而唯一能与他同和的人，只有息夫人，他对息夫人的感情，已经到了可以同死同湮的地步。”裴若尘简单地解释了一句，“这里面的‘息’字，原是一语双关的道理。”

“己未年确实是夫人住在别院的时候。”武爷若有所思，喃喃自语道。

正在他们说这些话的时候，伊人已经走到了机关锁前。

“伊人。”察觉到伊人的意图，裴若尘阻止道，“即便知道了机关，也不要掉以轻心，息夫人的诅咒绝非空话。”

那鲜血般“入此门者，与吾同死”的八个大字，还是让他们心有余悸。

哪知伊人非但没有被吓住，反而流露出一种悲悯的感叹：“那句话，不是写给盗墓者的，而是……写给贺兰无双的。”

武爷与裴若尘同时怔住。

那一年，他答应她，要同生同息，她一直记得。即使后来江山易主，她水袖挥舞颠倒乾坤，即使她下嫁柳家，为妻为母，她也一直记得他的承诺。

入此门者，与吾同死，

这不是恫吓，而是挑衅，是骄傲的女子轻扬着下巴，冷冷地看着曾经的爱人，浅浅淡淡的一句：“你敢吗？”

戈壁嶙峋，大门紧合，上面尘埃层层。它已经在此等到了十余年，却始终，没有等到她期盼的人。而无双帝，也早已驾崩。

“如果你死了，却要自己爱过的人与自己同死，这样的感情，真的是爱吗？”裴若尘沉默许久，然后轻声问道。他亦不知道，自己询问的对象是谁。

“贺兰无双本就该死！”武爷不明所以地跟了一句，他是不懂的，只是单纯地为自家夫人鸣不平。

伊人却出奇地沉思起来，然后，平静地伸出手指，在几个数字上按了按。

在她收回手指之后，墓地里传来一串轻微的咔咔声，好像是损坏许久的木门，在咔嚓咔嚓地叫唤。

戈壁石的另一边，一行队伍正悄然靠近。

为首的人戴着风帽，身姿挺拔，举止利落而矫健，他身后跟着一个由两人押着的村妇打扮的女子，同样戴着风帽。有风吹来，拂开了女子的帽檐，沙粒涌进了她的眼睛，女子轻呼一声，为首的男子转过头，看了她一眼。

女子容颜甚美，艳色中带着贵气，却是刚与裴若尘初婚不久的贺兰悠。至于她为什么会出现在这里，又不得而知了。

而前面的男子，回头的那一眼，眼神深刻而霸然，贺兰悠被他的目光看得心头一惊，继而一阵乱跳，脸颊发热。从前身处深宫，竟不知道炎国的新帝炎寒，竟是这般英武逼人。这让看惯了俊秀斯文的贺兰悠，惴惴不安，又新鲜不已。

而那名让她手足无措的男子，正是炎寒。

炎寒一行十人已经从背后缓缓地靠近那块耸立的戈壁石。

“王爷到底怎样了？”离捕鱼儿海不远的地方，一座临时搭建的行辕前，易剑焦急地问凤九。

凤九兀自坐着，浅浅淡淡地饮着茶，见易剑问急了，方回了一句：“活该。”

弄成这样，贺兰雪很活该。

“凤先生！”易剑气急败坏地又催了一声。

“别问我，你去问王爷，他是不是真的想活了。”凤九掸掸衣摆站了起来，疏淡的秀目悠然地转向行辕的方向，“不急着治伤，还执意和裴临浦一道去那什么墓地凑热闹，他这样找死，谁能救得了他？”

“王爷只是不能丢下王妃不管而已。”易剑憋着气，为自己王爷辩白。

其实，他也很生气，但是，他从不会质疑自家主子。

“那是他的选择，不关我的事，如果这一次他还能活着走出来，就让他去落凤庄找我吧，倘若不能回来，也是我们缘分将尽，一场主仆，可惜了。”

凤九说完，真就这般站起身，翩然举步，仿佛刚拜访完友人，见时辰已晚，故踏着余晖慢悠悠踱步回家。

易剑瞠目结舌地看着凤九转身离开，待凤先生的背影渐渐消失在远方苍茫的风沙中，他回过头，意外地看见了自己的王爷：贺兰雪不知何时已经从行辕里走出，有点虚弱地立于帐下，脸色因为近期大量失血而显得青白，唇角却兀自挂着一抹浅淡的笑，深邃的，看不出痕迹。

墓地里的咔嚓声，和着众人的呼吸声，一阵紧似一阵，越来越响，也越来越急促。终于，石门动了，陈旧的灰尘簌簌地落下。石门渐渐打开，门内射出的宝光像冲天的焰火一样，将方圆数百米照得亮如白昼。

百里之外的贺兰雪，看到了那蓦然射过天际的光束。他长身站起，望着光束传来的方向，眼眸被刹那间的辉煌照亮，又刹那湮灭。

而更近的地方，裴临浦也顿住了疾行的步伐，嘴唇轻颤，哆嗦地看着那道白光，快如流星，却让他无可遁形。“夫人……”他喃喃自语，惶恐而欣喜。

最近的地方，武爷早在大门洞开，白光射出之际，急不可耐地冲了进去，进去时，他还拉上了伊人，裴若尘也紧接着步入。

初进墓里，他们的视线还没有从刚才的绚烂中恢复，只觉得视野里白茫茫的一片，仿佛从戈壁深处，一下子走到了冰天雪地里，全身冰寒透骨。

他们脚下的石台，异常平整，比皇宫打磨得最精致的大理石还要细腻平滑，中间镶嵌着一颗颗鸡蛋大的夜明珠，照得四下里纤毫毕现。石台冰冷而光滑，裴若尘全身穴道被封，有几次都因为无法掌握平衡而差点摔倒。

他们在中间站了一会儿，打量着四周的景色。

周围是水晶宫一般的白色钟乳，也不知经过了几千年几万年的积累，那一百年化一滴的钟乳，竟集结成异常壮观的图案，如宫殿一般熠熠生辉。

四处晶莹剔透，他们低下头，竟能从地板上看见自己的倒影，栩栩如生，纤毫可辨，好像自己突然掉进了镜子世界，分不清哪一个是影像，哪一个又是真实的自己，宛如置身梦中。

就在他们都震惊不已的时候，正低头琢磨自己倒影的武爷突然大喊了一声：“夫人!”

裴若尘与伊人被他爆发的声调吓得一哆嗦，然后，连忙将视线挪到了武爷的视线尽处。

然后，他们看到了一副此生永不会忘怀的景象。

在他们的脚下，他们以为是镜面的脚下，赫然出现了一个女子的雕塑。

宫装的女子，就这样静静地矗立在离他们脚下几尺的地方，发髻高耸，薄衫轻扬，仿佛地底有风，风拂过，轻轻扬起她的翠衫。

她的身姿，是窈窕而生动的，只是那么静静地一站，便是绝代的风华，让人错不开眼。

她的容貌，是无法用语言来形容的，红润鲜活的肤色，让在场的两名男子都不自主地红了脸——并非唐突，而是觉得，这样直视着她，是一种罪过。

所谓的闭月羞花，所谓的沉鱼落雁，这所有种种形容美人的词语，刹那间失去了意义。

连伊人，都看得无法挪开视线。

她脑中不自主地闪过一段词句，冰雪为肌，秋水而神，罗袜生尘，惊鸿一瞥……

种种零散的词句在她脑子里不停地盘旋，而即便如此，仍无法去形容女子的美。

伊人曾以为容秀是美的，空灵温婉的美，可站在这个雕塑面前，容秀只是山野里的一株好看的草罢了，她才是瑶池之花，是临湖照影的神仙中人。

"夫人……"武爷已经趴到了地上，四肢在地上无力地扒拉着，似乎想游到夫人身边，可是地板冰冷，他就这样死死地趴在地上，口中的呢喃越来越激狂，也越来越没有条理，他叫着夫人的名字，眼神慢慢涣散，四肢也渐渐生凉。

伊人初时，也不知沉迷了多久，等她终于略略回神，这才发现武爷的异状。不仅武爷，连裴若尘都有点奇怪。武爷已经全然癫狂了，手不停地刨着地面，那水晶梦幻般的地板，却如铜墙铁壁一样坚实，武爷的手指已经渗血，连指甲都外翻起来，露出里面红白的肉，让观者心寒。他却全然不知疼痛，只是痴痴迷迷地看着地底的影像，分不清自己身在何方。

而裴若尘呢，自是比武爷好很多，却也不复最初的冷静。他蹲下身，很专注地凝视着雕塑的眼睛，放在身体两侧的手微微握紧，额头似沁出了汗，他的神色很奇怪，仿佛努力让自己挪开视线，但无形的绳索牵着他的视线。

伊人奇怪地看了他们一眼，复又看向雕塑。这一次，她看到了那双眼睛。

那琉璃一般的眼睛，像世上最璀璨最神秘最奢华的宝石，黑黝黝的瞳孔清幽见底，又深邃迷人，伊人望着它，只一眼，便有一种沉沦的错觉，就好像喝了很多很多酒，你明知道再喝下去就会醉，却还是控制不住地想醉，想失常，想在尘世中看见最真实的自己。

"夫人，夫人！老武来看您了，夫人！"武爷已经彻底癫狂，他的手指在水晶上留下一条条触目惊心的血痕，他的眼神已经全然没有焦距，他叫着，嚷着，"夫人，您在这冰天雪地里，一定很寂寞，您等着，老武这就下来陪您！"

“她到底是活的，还是死的?”在这片混乱中，裴若尘突然开口，就这样简简单单的一句话，似已耗费他全部气力，说完，便气喘不已。

伊人悚然一惊，她合上眼，再次睁开，那雕塑的眼神仍然变幻莫测，却已经不再让她痴迷了。

“……是光照和影子造成的效果吧。”伊人轻声道，“原本就惟妙惟肖的雕像，加上上百颗夜明珠不同方位的映照，让这雕塑看起来就像真人一样。”

能造出这样动人心魄的图面之人，到底是什么样的天才呢?

跳出迷障，伊人已经能很从容地用艺术的眼光去欣赏它了。

眼见着武爷越来越疯狂，伊人走过去，拍了拍他的背，提醒道：“那不是真的夫人，而是一个幻影。镜花水月一般的幻影。”

武爷却恍若未闻，他此刻已经听不进任何话了，魔障入心。

伊人正打算凑到他耳边大吼一声，却不料旁边的裴若尘突然叫了她一声：“伊人。”

伊人看向他。

裴若尘此刻的表情很奇怪，眼波温柔，如初见一般温润可亲，他很安静，也很游离，像刚从梦呓中醒来看见自己熟悉的爱人那样的情形。

伊人有点不确定地唤了一句：“你没事吧?”

她看着他缓缓走到自己面前，优雅地伸出手，将自己拉起来，对面而立。

然后，裴若尘伸出手指，极轻柔地抚上伊人的脸颊，缓缓地弯下腰。

唇上微微一热，又微微一湿。

伊人淡淡地问了一句：“裴若尘，你干吗?”

裴若尘附在她的耳边，吐气轻语道：“你不喜欢?”

“不喜欢。”伊人回答，退后一步。

裴若尘怔了怔：“为什么?”

“第一，此刻的你，根本不是真的裴若尘。”伊人冷淡地看着他，一字一句道，“第二，你根本就不喜欢我，为什么要吻我?”

“你怎么知道，我不是真的裴若尘……也许这是我最真实的状态也说不定。”裴若尘笑笑，笑得轻飘而微涩，“而且，伊人，如果我说，我是真的喜欢你，你信吗?”

“信。”伊人点头，坦然道，“我也喜欢你，可是，那不一样。”

“为什么不一样……”裴若尘的声音出奇轻柔，有种蛊惑的意味，他重新往前踏了一步，伸手绕着伊人的发丝，这句问话，听起来，便如情话一般动人了。

“你已经有贺兰悠了，你心里有太多的东西，你不能对我不离不弃，和我在一起，你不会安定也不会平和。”伊人静静地看着他，极诚恳地说，“我希望你好，真的。”

裴若尘绕着头发的手指顿住，又颓然地松开，垂下。

伊人是清醒的。她清醒地知道，他此刻或真或假的魔障，是那么不尽真实的梦境，也清醒地知道，他们给不了彼此想要的。还剩下什么呢？是他先放弃她的，于是，他终于失去她了。

伊人往前踏了一步，伸出手，轻轻地抱住他。她的声音，闷闷地传来："裴若尘，你要好好的。"

这是她的告别，也是她最衷心的祝福。

这句话结束后，他们之间若有若无、真真假假的暧昧，尘埃落定。从此，只是守望相助的友人。

裴若尘先是一阵僵硬，随后身体渐柔，将手淡淡地搭在她的肩膀上，方才被蛊惑时那难以自抑的失落与激狂渐渐消散，他的眼中，重新变成一片清明，仍是他一贯的模样。

这是炎寒与贺兰悠走到洞口时，映入眼帘的第一幅画。

武爷在地上刨抓着，而裴若尘环抱着伊人，安详而从容。

"他就是你要找的相公？"炎寒一眼不眨地望着里面的景象，头也不回地问道。

遇到贺兰悠，只是巧合，从茅屋脱险后，他本领着众人前往息夫人墓地，却不料在半途中遇到一行风朝的亲卫军，他们正护着一辆华贵的马车。炎寒袭击了那队亲卫军，于是，掳掠了贺兰悠。

他并没有询问她的身份，只是问她为何前往绥远。现在绥远风起云涌，每一个来此的人都大有来历，贺兰雪、贺兰钦、裴临浦、凤九，以及那个鬼神般的男人陆川，炎寒不得不谨慎。

贺兰悠回答说："我是来寻我家相公的。"

贺兰悠又说："我家相公是天底下最好的相公，可是他最近被一个很傻很平平无奇的女人所惑，我担心他，所以千里迢迢地来了。"

贺兰悠还说："那个最不像狐狸精的狐狸精，叫伊人。从前，还是逍遥王府的一个妃子。"

所以，他带了她来，然后，在息夫人墓地门口，一起看到了裴若尘与伊人相拥的画面。

炎寒的脸沉了下来，刀削斧凿般的容颜，如冰如玉。

贺兰悠也怔怔地看着里面的景象，一时间，竟不知如何回答。

裴若尘对伊人的异常关心，贺兰悠是知道的，当初伊人惊世骇俗的抢亲，更是人尽皆知。但她从未真的担心裴若尘会做出对不起她的事情，他一直是谨慎克己的。所以，面前的一幕，已超出了她的预想范围。

当然，炎寒并没有等待她的答案。问话还未落地，他已经径直走了进去。

他径直走到伊人身边，伸臂揽住她的肩，将她从裴若尘的怀中拉出。

“炎寒!”伊人踉跄一下，抬头发现是他，冲他一笑。对这位炎国皇帝，她的印象是极好的。

裴若尘莫名其妙地看着这突然出现的人，反射性地生出许多敌意，只是他还没来得及有所举动，便听到贺兰悠的声音。贺兰悠在门口气急败坏地叫：“驸马!”

炎寒只看着伊人：“我是来带你走的。你忘记我们的约定了吗?”

“没忘记。”伊人摇头，“我们走散之后，我没想到你会来找我。”

炎寒说带她回去，伊人并非没有当真，只是，没想到他会煞费心思找她——她自知是个无关紧要的小人物。

“我说话一向算数的。”炎寒浅浅地笑，搭放在伊人肩上的手始终没有放开。

裴若尘那边则有点焦头烂额了，贺兰悠气愤且哭泣地数落着他的过错：“裴若尘，你之前一直冷落我，说什么朝事繁忙，这次还主动请缨随丞相来这里办事，原来，还是为了这个小丫头，对不对? 她到底哪里好了，哪一点比得上我，你从来没有这样抱过我……”

贺兰悠仿佛受到了极大的侮辱，后面的话，无论如何都说不出来了。

裴若尘只是不语，安静地听着贺兰悠的抱怨，又略略分了分心，看了看近旁的炎寒。

身量颀长健硕，岳峙渊渟一般的气势，俊朗逼人。他就是那个放烟火的人吧，是伊人口中的另一个“他”。

炎国的新君。

裴若尘在一刹那失落后，继而安稳。此刻闲闲搭着伊人的炎寒，脸上的淡然与决断，是让人安心的神色。比起贺兰雪，裴若尘更相信这个初见的君王。

“悠。”待贺兰悠又是一串埋怨了，裴若尘淡淡地打断她，清浅的一句，决然、坦然，“从今以后，我的眼里心里，只有你一人。”

伊人看了他一眼，然后微微一笑。

贺兰悠本在碎碎念，乍听此语，一时不知如何反应，怔然在原地。

“你已是我的妻子，我裴若尘，今生今世，只会有一个妻子。”裴若尘将视线从伊人身上挪回，缓缓地放到贺兰悠身上，“你能千里来寻我，我自然不会辜负你。”

无论如何，贺兰悠肯放弃京城里养尊处优的生活，跑来绥远找他，即便是出于担忧，终究是一份情意。而且，他已娶了她。自始至终，裴若尘并没打算利用贺兰悠的权势，他娶她，是心甘情愿，是他自己承担下来的责任，既然选择，就要一直负责到底。

伊人只是一个插曲，一段让他失常的误会。

贺兰悠还是第一次从裴若尘的口中听到这般情话，裴若尘一向是清冷自持的，即便是最温柔的时候，她仍然能感觉到他的距离。她愣了一会儿，纵然心中激荡，嘴上仍嗔怒道："干吗说这些废话！"说完，她又瞥了瞥炎寒：此时炎寒的眼中，只有伊人，脸上那种温柔，又让贺兰悠顿觉不快，乃至裴若尘的承诺，也不曾彻底消除这份不快。

"武爷怎么了？"武爷从方才开始便没了声息，伊人转过身，发现他已经力竭昏迷，十指的指甲已经尽数脱落，露出血肉来。

贺兰悠与裴若尘也望了过去，炎寒却冷着声音道："大家都不要看下面，更不能看地下的那尊雕塑。"

随炎寒一并前来的十人也已走了进来，闻言，全部站在一边，果然是目不斜视。

偏偏贺兰悠不听，她的视线已经停驻在女子的影像上，口中不自觉地感叹道："好美。"

她的话音未尽，脸上的表情立刻变得极其古怪，似喜悦似悲伤又似愤懑，复杂至极。

裴若尘连忙伸手捂住贺兰悠的眼睛，一面问炎寒："你怎么知道这里有古怪？"

"我自然知道，只是，没必要告诉你。"炎寒不客气地回绝了裴若尘的问话，然后牵着伊人道，"你先出去等一会儿，我要进内墓取一样东西。"

"取至尊图？"不等伊人回答，裴若尘继续道，"你来此地，也是为了息夫人的那幅至尊图？而你之所以了解这里的机关，也是因为，你父王炎子昊曾来过此处，但是无功而返，是吗？"

"我从前听说小裴公子是一个很冷静能干的人，如今亲见，没想到这般多话。"炎寒冷冷地瞟了他一眼，道，"你现在已经是我的囚徒，又有什么资格在旁边任意置喙？"

裴若尘也不恼，垂眸不语。他似乎并不执着答案。

另一边，伊人已经从炎寒身边退了出去，走到武爷旁边，蹲了下来。

武爷已经昏迷，灰白的须发让他的脸倍显老态。

伊人俯低身子，将武爷的头抱到自己的膝盖上，以免冰冷的地板贴着他的脸颊。然后，她仰起头，目光盈盈地看着炎寒，小声道："我们也带他走，好不好？"

炎寒想也未想，直接回了一句"好"，然后挥臂做了一个手势，从那十名护卫中立刻走出两名，来到伊人面前，一左一右，搀扶着武爷，将武爷扶到墓外。

"伊人，你也出去，里面机关重重，太危险了。"等把武爷安置妥当后，炎寒又侧过身，极轻柔地对伊人重复方才的话，那样的神态语气，自然得就像他们置身花园深处，炎寒说"天气凉了，你先进屋"一样。

伊人这一次却没有听话，而是近乎倔强地看着他，小声而坚决地说："我想一起进去。”

她想看看这位传奇中的女子，到底变成了什么模样，一捧黄土，抑或者，一缕烟尘。

“一道进去也可以，但是，你不能离我十步以外。”炎寒好像从未想过拒绝伊人，即便是危险的事情，只要她提出来了，他就会应允，也因为，他很自信，他不会陷她于险地。

伊人忙忙点头，眨眨眼，很乖巧地看着他。

炎寒失笑，本来坚毅硬朗的线条，刹那间柔和起来。他抬起手，宠溺地摸了摸伊人的头顶。

贺兰悠将一切尽收眼底，当她的余光捕捉到炎寒眼底的笑意时，她的心中，不可抑制地划过嫉妒。从自己被炎寒掳掠至今，今天，还是她第一次看到炎寒的笑。

冰雕玉琢的面容，一旦笑起来，便如融化的初雪，崩裂的冰山，好看得无以复加，让她神动旌摇。可是那双带笑的眼眸里，从见到伊人的初始，便只有伊人一人的影子。

就像……

就像每次午夜，她蹑步至裴若尘的书房外，透过里面如豆的灯光，看到裴若尘眼底的沉静。当他观摩柳色的画像时，那爱屋及乌的沉静——那不是看画，分明是透过画，凝视着那个作画者专注的脸和偶尔抽动的鼻子。

可是，伊人并非什么倾国倾城的美人啊。

倘若她有这地底雕塑哪怕百分之一的美貌，贺兰悠也无话可说，可是没有，伊人没有一点足以称道的地方：眼睛太大了，嘴巴太小了，脸又太圆了，皮肤又太白了，人也笨，是伊家有名的傻子。到底是哪里的魅力，吸引了若尘，吸引了贺兰雪，如今，竟然连炎寒都对她宠爱有加！

贺兰悠很不甘心。那不甘心，便如早春的种子，在雕塑诡异而魅惑的注视下，缓缓生根，发芽，生长得无声无息。

“我的穴道已经被制，不用另外派人押送我了。”见炎寒有意派两人来专门看管自己，裴若尘淡淡推辞道，“而且，我也很好奇夫人的墓地，途中不会耍花招。”

炎寒看了他一眼，随即挥手道：“派两人守住门口，还有两人待在大厅里，其余的人随我进来。注意，千万不要看地下的那个女人。”

十名侍卫听命，立即分出四人看管左右，其余六人还有裴若尘与贺兰悠，则跟着炎寒，往大厅深处走去。

这冰雪一般的世界深处，隐隐约约，有一道白色的隧道，之前伊人他们被心魔所惑，并没有看见，如今跟着炎寒的脚步，视线也渐渐清晰起来。

绵长的白色甬道，墙壁与地板皆很光滑，像最精巧的石匠精心打造而成。然而材质，也并非石材，它们太光滑太冰冷，倒像是冰山底封存千年的寒冰。

这里的光线很足，白色的剔透的光，仿佛从墙壁后面透过来的一般，美得不尽真实。

也不知走了多久，在前面的伊人突然脚步一滑，差点摔跤，好在炎寒及时扶住了她。

伊人回头感激地笑笑，然后，她的笑容凝结在脸上，呆呆地看着头顶。

炎寒发觉有异，目光也随之向上，紧接着，他的脸色大变，一边高呼了一句："小心!"又一把推开伊人。

身后的六名侍卫闻言抢上前，裴若尘也压低贺兰悠，往旁侧躲开，伊人受炎寒一推，身无着力，滑出了老远，还没等她停稳，突然全身一陷，地板豁开了一个黑黝黝的大洞，她很快被吞噬。大洞复又合上，上面传来了一阵噼里啪啦的声响，又渐渐遥远。

第14章　至尊图

伊人是被一阵叮叮咚咚的滴水声惊醒的。

在醒来之前，她做了一个梦，很奇怪的梦。梦里面，她蹲在河边，双手支颐，呆呆地看着河对岸。河对岸有一个很美丽的女子，体态轻盈，曼妙如仙，对岸薄雾蒙蒙，她看不清那女子的面容，只觉有点眼熟，极美，极美。

然后，那女子缓缓转身，看着伊人，薄雾渐散，女子的容颜清晰起来，她看到了女子的眼睛，琉璃般潋滟妖媚，可眸底，又哀伤莫名。

“你好。”伊人站起来，傻呵呵地打着招呼，“你是谁?”

女子默默地看着她，只是不语。

“你是谁?”她又大声地问了一次，这一次，女子似乎回答了，同样是“你是谁”三个字。

只是细听之下，又似乎是自己的回音。

你是谁?

你是谁?

伊人……

伊人倏地睁开眼睛，最后一句呢喃的呼唤，她不太确定，是不是自己的幻听。

她的手动了动，眨了眨眼。通过手指传来的依旧是冰冷的感觉，应该还在那个墓里。而眼前的一幕，则古怪得很。她看到了自己的倒影，天花板是由镜子组成，地板也是由镜子组成，一眼望过去，是无数个自己，无数个影像，似真似梦。

伊人还在想方才梦中的女子，她似乎与自己是有关联的，可一时之间，也体味不到，到底是何种关联。

耳边，滴滴答答的水声依旧。

伊人又就势躺了很久，也不知过了多长时间，她终于爬了起来，手撑在地上，半趴在地上，好奇地打量着周围。

四面八方都是镜子，各个角落，各种角度，她都能看到无数面镜子，与无数个自己。

而她现在，正待在镜屋的中央位置，中间空无一物，除了那个发出滴滴答答水声的沙漏。

是，沙漏。

一个硕大无比的沙漏，就在她旁边，与平常沙漏不同的是，里面装的不是沙粒，而是水。

沙漏的上端接着天花板，下面则是一块普通至极的石头，水落到石头上，很快蒸发，了无痕迹。只是十几年的日积月累，到底在石头上留下一个微凹的槽，像亘古的伤痕。

至于上面的水来自哪里，伊人也揣摩不透。也许上面连着一个什么湖吧。只是沙漠中又何来的湖？

想不通的事情，她索性不再想了。

伊人小心地站了起来，手臂张开，以免自己在镜面上摔倒，然后，她小心地踱至墙壁边，用手敲了敲左边的镜子。听着很结实，后面不像是空洞。

伊人狠了狠心，用脚狠狠地踹了一下，却只听到自己的一声惨叫，还有脚撞击镜子的嗡嗡声。

她重新跌坐下来，抱着痛脚，一筹莫展。

到底是什么鬼地方？

伊人的视线重新转到了正中间的沙漏上，她顺着上端望过去，只看到一条细细的通道，这样的通道，别说她根本钻不进去，即便是钻进去了，也没有爬上去的能耐。

正在她感叹天有绝人之路的时候，满屋的镜子仿佛突然被人摇晃了一下，白光乱闪了一通，而后，里面的景象全部变了模样。伊人看到了千千万万幅画面，各个角落，各种场景，但是看画面的背景，应该都在这个墓里。然后，伊人看到了贺兰雪，贺兰雪刚刚走进大厅。

她的视线微微一转，又看到了裴若尘。

再转，还有炎寒与贺兰悠。

再转，再转，来到了方才她经过的甬道，里面还残留着两具被万针穿心的尸身。伊人之前之所以会变色，便是看到了天花板上无数个摇摇欲坠的冰针。

也就是说，这里是能看到墓地各个角落的枢纽之地！

伊人在经历最初的震惊后，渐渐又明晰起来：息夫人惊才绝艳，将整个墓纳入自己的监视范围内不足为奇，按理说，还应该能听到声音才对。

她这样想着，向有贺兰悠的那面镜子走去。镜子里的图像看起来更清晰，而贺兰悠的声音，也似乎从镜子里传了出来。

那是一间石室。贺兰悠不知怎么与炎寒困到了一处，窄窄的内室里，炎寒冷淡地站在角落，用手指不停地叩打着墙壁，贺兰悠倚着墙壁，双手抱肩，冷得瑟瑟发抖，她一边望着炎寒，一边颤颤地问："能找到出口吗？"

炎寒颓然地放下手臂，摇头道："四面都没有漏洞，看来唯一的出路，就是上面了。"

方才冰针落下的一瞬，炎寒的侍卫扑上来替他挡了最致命的袭击，他刚刚缓过神，便发现伊人不见了，而甬道尽头，一枚巨石正轰轰滚来。

他们顾不上其他，只能照原路折返，后面的事情几乎混乱一片，巨石一路追来，其间又折损了两名侍卫，然后，贺兰悠突然跌倒，裴若尘停下来去扶她，炎寒后至，巨石压来，他们往旁边侧过，墙壁崩塌，再然后……

再然后，醒来的时候，就是这样的境况了。他们被困在一间小小的、冰冷的石屋里，屋里寒气彻骨，炎寒体质极好，尚能抵御一段时间，贺兰悠则冻得双唇发白，哆哆嗦嗦了。裴若尘与剩余的两名侍卫不知所终。

“好冷啊。”贺兰悠更紧地抱着自己，垂下头，呢喃着。

炎寒大步走到她旁边，二话不说，褪下自己的外袍，递给蹲坐在地上的贺兰悠，冷淡道：“拿去披着。”他的神色极其坦然，但也没有丝毫怜香惜玉的觉悟。

贺兰悠怯怯地抬起头，可怜兮兮地看着他。大概是真的很冷，贺兰悠的脸色很白，本来极艳的容色，也变得凄楚动人了。

炎寒看着，眼神便稍微柔了一些，递衣服的动作，也没有方才那么僵硬了。

贺兰悠嘴唇一抿，弱弱地浮出笑来。只可惜，她不知道，此时炎寒眼中的柔，却不是为了她此刻月光般的姿态。炎寒只是想起，初见伊人时，她也是那么可怜兮兮地看着他。柔弱的、清明的眼神，笔直地穿过熙熙攘攘的尘世，手一般，捏着他的心。从此以后，再也没办法挣开。

贺兰悠伸出手去，纤长的手指穿过衣服的绒毛，触到了他的手指。

炎寒皱了皱眉，想不着痕迹地退开，却不料贺兰悠反而紧握住他的手，依然可怜兮兮地望着他，口中呢喃：“我真的很冷。”

“如果很冷，就把衣服穿上。”炎寒忍了忍，没有发作，只是抽出手，退后一步，望着贺兰悠，冷冷地说。

贺兰悠愣了愣，然后接过衣服，委屈地穿上。厚厚的裘衣，因为染上了炎寒的体温，很是温暖。而褪掉外套的炎寒，一身金黑色的丝锦劲装，将他的身量衬托得更加修长挺拔。炎寒大概比裴若尘高一些，那种属于漠北的硬朗，也与三月烟雨里的裴若尘很不相同。

贺兰悠只看了一眼，便很快地垂下头，许久，她才闷声说道：“你知道若尘为什么要说那一番话？”

炎寒没听明白，却也没细问。

贺兰悠于是抬起头，望着炎寒，继续道：“说什么一生一世对我好的话，你知道他为什么要对我说吗？”

炎寒有点厌烦，本不想回答，可是瞥见贺兰悠眼角渗出的泪，又有点不忍。他不会怜香惜玉，可终究是怕女人哭的。

“小裴公子是一个重信义的人，他这样说，自然是在乎你。”炎寒说道。

“不是，他不是说给我听的，他是说给伊人听的！”贺兰悠突然歇斯底里起来，她站起身，站在炎寒面前，大声道，“他只是想告诉伊人，让伊人不要挂念他，他真是处处为那女人着想！”

炎寒冷冷地看着她，不为所动道：“即便如此，那又如何？”

贺兰悠抬起下巴，凝视着炎寒的眼睛，近乎挑衅地说：“你不是喜欢伊人吗？难道就不想知道我相公和伊人之间的渊源？你可知道，伊人当初可当着全京城人的面，求着我相公，让他娶她呢。”

炎寒神色无异，仍然一副冷冷淡淡的模样，不过，显然比方才的敷衍，多了一点兴致：“是吗，伊人求了他吗？”

他实在想不出来，伊人求着一个男人娶她的模样。看似亲切无害的伊人，其实是一个极遥远的人，她的清冷是骨子里的，在没心没肺的笑容背后，是淡淡的漠然。

所以，贺兰悠的话非但没有让炎寒觉得沮丧，反而振奋莫名。

原来她也可以这样喜欢一个人，虽然对象不是他，炎寒仍然觉得开心。

贺兰悠却不知道炎寒不怒反喜的心理，仍愤愤地问：“而她在你面前，则是纯情可爱，让你怜她爱她，就像她迷惑三哥一样。伊人根本不是你想的那种人，她又丑又蠢又虚伪，为什么你们一个个，都把她当宝？”

炎寒冷冷地瞥了她一眼，并不反驳，只是淡淡地说了一句：“悠公主，我们不熟吧。”

贺兰悠愣了愣，炎寒已经转过身，伸手继续叩打着墙面，想找一条出去的路。

“我们是不熟。”贺兰悠在炎寒背后缓缓道，“可是我一直听说着你的名字，皇兄提起你的时候，我一直在旁边听着，在见到你之前，我一直在猜想你的容貌、你的气度，是不是真的如他们所说的那样英伟……”

炎寒微微侧过头，似听未听。

“后来，你掳了我。在你自报家门的时候，我就想，原来炎国的君王，就是这样。”贺兰悠虽体会到炎寒的冷漠，仍兀自说道。

“陛下，如果我说，我在第一眼就喜欢上你，你信不信？”沉默了一会儿，贺兰悠看着炎寒冷绝的背影，一字一句道。

炎寒顿住。他转过身，看着贺兰悠，眉头轻皱，脸上并没有讥嘲的神色，分外认真。

“我信，但我不能接受你。”炎寒很严肃地回答道，“在最初掳掠你时，你说来找寻自己的相公，那时候，我尊敬你。现在，你背着自己的相公向另一个男人说这样的话，我不会鄙夷你，却不会再尊敬你。”

“可是在遇到你之前，我又如何知道喜欢一个人是什么滋味，我和我相公一起长大，他英俊、能干、文武双全、温文尔雅，我又怎么能拒绝他，何况，他是裴家的继承人，舅舅又想极力拉拢裴家……”贺兰悠有点无力地解释着，像抓着最后一根稻草。

炎寒的冷漠，让从小到大，从未尝过挫败的她，悲愤莫名。

“悠公主，你不是小孩了。”炎寒只用一句，打断了她。

然后，他复又转过身，继续道：“这些话，我只当没有听见过，也不想因此与你产生丝毫瓜葛。你的第一句话，我信你，只因为我也曾在第一眼就喜欢过一个人，只是那个人，不是你，也永远不可能是你。”

“那个人是谁？伊人吗？”贺兰悠惨白着脸道。

“是伊人。”炎寒洒然回答，不曾犹豫。

贺兰悠于是沉默下来，低头看着自己的脚尖，额前的发丝挡着她的脸，看不出神情。

炎寒则屈着手指刮着自己的下巴，兀自琢磨着：伊人当初到底喜欢裴若尘什么地方啊？

镜子外，伊人怔怔地发了一会儿呆，然后转过头，去寻找其他人的下落。

但是炎寒的从容与镇定，还是让她大受触动。心里有种东西暖暖的，却说不出为何会暖。

很快，她从千万个极其相似的图片里，找到了贺兰雪的影子。

刚才一直没顾得上看这边，不知什么时候起，贺兰雪竟然与裴若尘走到了一块。

他们相遇在大厅里。

除了他们，大厅里似乎还有许多人，伊人趴过去，细细辨认。除了贺兰雪和裴若尘，竟还有易剑、裴临浦以及尤主管！

柳家的尤主管。

也不知他们是怎么聚集在一起的。

从伊人的角度望过去，整个大厅仿佛就在头顶，斜向上的视角，让视野宽阔得不可思议。

视野中间，贺兰雪负手而立。易剑按剑，守于一侧。

裴临浦则跪在一侧，裴若尘蹲在父亲旁边，手扶着裴临浦的背部。

尤主管站在大厅门口的地方，在他前面，是一个穿着斗篷的少年。

“没想到今天这么热闹。”贺兰雪微微一笑，闲闲地说了一句，“各位来此，可都是为了息夫人的至尊图？”

“她是我的母亲，而你们是闯入者。”前面的斗篷少年冷冷地接了一句，他自己掀开风帽，露出一张秀美清丽的脸，眼睛尤其漂亮，大而优美，只是没有神采，倒像是描画出来的一般。

那少年正是柳色。

“据说至尊图里隐藏着息夫人毕生的秘密，得此图者得天下。如此有诱惑力的东西，天下觊觎，本是很正常的事，柳色公子又何必动怒？”贺兰雪的态度依旧悠闲，事不关己道，“不过，我对那个什么劳什子图倒没什么兴趣，我是来找我的王妃的。听说她在这个墓里失踪了，如果柳公子能够带我找到她，我会立刻撤出这里，并承诺，有生之年，绝对不会再踏入这里半步，以免打搅夫人的亡灵。”

柳色抿着嘴，并不接话。

倒是尤主管不快地说了一句：“少主也不知这墓的玄妙，又如何能带王爷找到王妃?”

“夫人从未承认过他是自己的儿子，又怎会将墓中的秘密告诉他。”跪在一边的裴临浦冷不丁地说了一句，“柳如仪将夫人软禁多年，让夫人生不如死。只怕夫人对这个在禁锢中生下的儿子，只剩下恨意吧。”

“父亲……”裴若尘轻轻地松了口气——裴临浦刚踏进大厅时，便见到了那影像，虽被裴若尘及时阻止，可裴临浦却当场跪到了地上，沉默至今。

这还是他进墓后说的第一句话。

柳色的容色顿时惨白，放在身侧的手微微握住，颤抖着，身体却努力站得笔直。

裴临浦则缓缓地站了起来，也不需要裴若尘的搀扶，他转过身，冷酷地看着柳色，一字一句，继续道：“柳如仪不是说对夫人情深一片吗？他后来又是怎样对待夫人的？你是柳如仪的儿子，所以，你是所有人中最没有资格进夫人墓的!”

柳色抿紧嘴唇，傲然地站在原地，可无论他的姿态有多么骄傲，在众人眼中，他已经单薄无力。

“裴临浦，你是夫人的叛徒，你才是最没有资格待在这里的人!”尤主管见自家少主受辱，立即挺身护主。

“我是叛徒。”裴临浦这一次，却破天荒地没有反驳，只是微微一笑，用无比轻松的语气肯定道，“我背叛了夫人。”

众人都颇感讶异，贺兰雪、尤主管、易剑皆是侧目。

裴临浦年轻时，必是一个不下于裴若尘的俊朗青年，即便是被风霜侵袭了十多年，这一笑的魅力，比起裴若尘，竟丝毫不遑相让。

“父亲……”裴若尘虽然早就听到过这样的言论，可是潜意识里，从未真的承认过。

现在，裴临浦当着所有人的面，公然说了出来。

他崇敬的父亲……到底，是个叛徒。

“可你有没有想过，我为什么要背叛夫人？”裴临浦又是一笑，目光不自主地，再次转移到地下的影像上。

“父亲，不要看，那雕塑有古怪。”裴若尘连忙阻止。其他人也是因为他的及时阻止，方没有像武爷那样中招。

裴临浦却执拗地推开他，无比专注地看着地底的影像：“是啊，谁会背叛她？谁会想到去背叛她？她根本不是凡间中人，哪怕只是为了她的一个眼神，所有的男人都可以为之而死。她怎么会想到，我会背叛她？”

“父亲！”见裴临浦的眼神渐渐涣散，迷惘，裴若尘心道不好，在他耳边大声地叫了一句，便想将他拉出去。

裴临浦却不肯移动丝毫，仍然盯着夫人的影像，喃喃自语道：“这些年来，我一直在想自己到底是做对了还是做错了。我以为自己所做的一切都是为夫人好，可是我错了，谁能料到竟是这样的结局，谁能料到，始作俑者竟然是我。我那么敬爱夫人，只要她高兴，我甚至愿意被她踩到脚底下。是我的错，都是我的错……”

“父亲，你到底在说什么？”裴若尘担忧地摇着他，试图将他的意识拉回现实，“难道父亲忘记了，息夫人后期作恶多端，滥杀无辜，是父亲大义灭亲，才保全了贺兰家的江山。”

“贺兰家的江山算什么！”裴临浦忽而凶狠，扭头狠狠地盯着裴若尘，声嘶力竭道，“这江山是夫人的，是贺兰无双从夫人手中骗走的！若尘，你要答应为父，有朝一日，一定要将这江山夺回来，重新还给夫人。也许夫人一高兴，就会原谅我，夫人会原谅我的，她一向仁慈、亲切，总是对我笑……”

“父亲，丞相！你到底知不知道自己在说什么！”裴若尘大惊失色，扶着裴临浦的肩膀，大声喝道。

贺兰雪则微微一哂，不发一言。

裴若尘方才的那一喝显然有点效用，裴临浦果然不再说话了，只是怔怔地站在原地，目光，也渐渐地聚拢起来。

大厅里的人，一度陷入沉默。

“如果你知道反悔了，就该帮助少主重夺这江山，推翻贺兰氏，为夫人报仇。”最后，还是尤主管主动打破僵局，清了清嗓子，道。

“柳如仪的孽子，算什么少主。”裴临浦冷哼一声，然后握紧裴若尘的手，压低声音道，“若尘，你妹妹若兰，已经有身孕了，如果她诞下皇子，你一定要助他登位，再改国号为息。”

“皇嗣之事，陛下会有分寸，身为臣子，岂能干涉？”裴若尘也低声反驳道。

裴临浦瞪了他一眼，又忽而转身，面向贺兰雪，神色已经彻底恢复，重新变成风朝最能干最冷静的丞相。

“王爷本是戴罪之身，但如若王爷能找到息夫人的至尊图，进献给陛下，定能将功赎罪。到时候，陛下说不定念及兄弟之情，不再追究王爷亵渎皇嫂的罪名。”

贺兰雪神色微变，然后低头浅笑，喃喃自语：“亵渎皇嫂……”笑容清淡，但是苦涩已从笑里逸出。他已被戳痛。

“王爷。”易剑连忙上前宽慰，贺兰雪却摇了摇手，抬头闲闲地看着裴临浦，淡淡道，“关于这个罪名，我不需要被赦免。”

"王爷果然有担当，只是，此事传出去，对皇后的声誉，却是很不好的。"裴临浦也是一脸带笑，轻声道，"皇后与王爷出了这等丑闻，以后皇后还怎么母仪天下？"

贺兰雪又是一阵苦笑，却没有回答。

他果然，还是无法不管，即使已经被伤得无以复加，即使已经麻木不仁，却还是，无法不管。

"希望王爷尽心尽力帮下臣找到至尊图，下臣也好在陛下面前，在天下人面前，帮王爷美言隐瞒。"裴临浦露出一抹了然的笑，追加了一句。

"王爷！"易剑早已听得义愤填膺，可没有贺兰雪的指示，他又不敢轻举妄动。

贺兰雪用目光止住易剑后面的话，轻松道："我只要找到伊人，其他的事情，随你。"

裴临浦放下心来，至少贺兰雪在这里不会捣乱了。

他的目光，也随之转向了柳色，在看到柳色的时候，裴临浦眸光一冷："至于你们，不用我多说什么了吧？你们根本没有资格在夫人的墓里。"

"你——"尤主管气得七窍生烟，几乎想与裴临浦拼命，不料柳色突然抬头，黯淡无光的眼睛，转向裴临浦，仿佛能看到他一样："我是她的儿子！"柳色一字一句，冷冷地说，"无论上一辈发生过什么事，我一出生，就是这个惊艳天下的息夫人的儿子，我没有选择，只能是，必须是！而你们，你们都可以选择的，只是你们选择了做小偷，你们要偷我母亲留下来的东西，没有资格的人是你们，不是我！"

这几乎是一句控诉了。无论息夫人怎样，柳如仪怎样，柳色是无辜的，他没有权利选择被谁生下来。可是，自他出生，他的一生，也就注定了。

可即使是一出生便注定的身份，今天，也受到了别人的尽情嘲弄。

何其无辜！

而他能做的，就是坚持。坚持不是自己选择的这条道路，走到底！

"至尊图是我的，你们谁也不能拿走。"柳色坚定地说。

尤主管欣慰地看着自己亲手带大的少主，终于在他坚毅的神色里，依稀见到，当年夫人的些许痕迹。

镜子外，伊人撇撇嘴。一大群人为了一张图而争得你死我活，真不知该说什么好。

她揉了揉眼睛，往后退了一步，重新退到那沙漏边，然后，又环视了一下周围。

还是赶紧离开这里为好。只是四周空空，密不透风的样子，根本无路可寻。

伊人叹了一声，觉得站累了，于是斜斜地靠向沙漏，手肘撑在那石头上，关节部位，恰恰压到了水滴而成的凹陷处。

只听到一阵轰鸣声，这间镜屋陡然陷入黑暗，而伊人压着的那块石头，也深深地陷了下去。

伊人又是一个趔趄，结结实实地摔到了地上。

方才放置石头的地方，已经成为平地，倚靠在上面的伊人，自然跌成了一个狗啃泥。

她就势在地上趴了会儿，休息了一下，直到上面石管的水滴一滴一滴落在了她的头发里，才扎手扎脚地爬起来，抱着酸痛的膝盖，扭着脖子，看着周遭彻底的黑暗。

她就这样在黑暗中待了许久，直到隔壁传来一阵极其嚣张的笑声，苍老凌厉："哈哈哈哈哈。"

伊人好奇地望向声音的来处，可是什么都看不到，只看到一片黑暗。

"至尊图，我终于找到你了！"随着笑声的结束，那声音大喊了一句。

而后，又没了声息。

伊人眨眨眼，很快认出那声音来：竟然是之前晕倒的武爷。

他怎么又进墓里来了？

难怪方才大厅里没有他，原来武爷已经醒了，悄悄地潜进墓来。

声音离得很近，也许只一墙之隔，或者，根本就是响在耳侧。

伊人站起来，手往前伸，顺着声音的方向摸索着。

没走几步，她果然摸到了一面墙，似乎是石门，触手的感觉很粗糙。稍微用点力，似乎能撼动一些，伊人索性全身都贴过去，使出吃奶的力气，拼命往前一挤。

"哐当"一声，那石门竟然倒了。

伊人很不幸，再次摔得四肢投地，口鼻撞在石头上，舌尖尝到了一股血腥味。

真是造孽。

而那边屋里的人，也随着巨响，举起手中的火镰，往这边照了过来。

伊人抬起头，只看到一张凄凄惨惨的老脸，在微弱的火光下，诡异得像一只鬼。

"武爷！"她又是一声甜甜的叫唤，眼睛眯了起来，笑得没心没肺。

武爷将手中的火镰举高，将她看清楚一点。

趴在地上的伊人，正仰面望着他，笑容甜美，唇被磕破，殷红殷红的，不觉凄凉，只觉鲜活。

他待了一会儿，然后反射性地将拿着的画卷藏到身后。

伊人瞥到他的动作，也不觉奇怪，只是爬起来，拍拍手，又揉了揉被磕的鼻子。

"你怎么会在这里？"武爷瞪着眼问。

他似乎有点吃惊，却并没有生气，事实上，见到伊人，武爷竟有种淡淡的喜悦。

不知道从什么时候开始，他挺喜欢看到这个小丫头的。

“我也不知道自己怎么来这里的。”伊人摸了摸额头，老实地回答完，又问，“你没事吧，手指还疼吗？”

方才武爷鲜血淋漓的样子，伊人记忆犹新。

武爷心中一动，又故意板起脸，没好气道：“这点小伤算什么，想当年我随夫人南征北战之时，受的伤更严重，我眉头都没皱一皱。”

“可是，还是很疼吧。”伊人偷眼瞟着武爷的手，想起“十指连心”这个词，背脊一寒，仿佛自己的手指也疼起来了。

武爷翘了翘嘴角，没有接话。

“对了，你找到那个至尊图了吗？”伊人又想起方才听到的大喊声，顺口问。

武爷神色一肃，脸上立刻出现警戒之色，眼神也寒冷许多：“你也想要至尊图？”

伊人眨眨眼，很理所当然道：“平白无故，要一张图干吗？”

如果可以选择，她更愿意要一张床，或者一只烤鸡什么的。

“既然不要，你为什么要问我？”武爷还是一脸戒备。

“只想看看，柳色他们都想要的东西长什么样。”伊人不以为意地回答道，“你若是不喜欢，不看就好了。”

她对这张至尊图可一点都不执着。有机会看一看更好，没机会，也不会多惦记。

武爷没想到她这么快就放弃，怔了怔，却改变主意道：“好，我给你看，但是你要告诉我，你能从里面看到什么。”

那张图，武爷琢磨了半天，也没琢磨出究竟来。

想起伊人与息夫人那种神秘的关联，武爷突然想到，或许伊人能够明白那张图的玄妙。

伊人伸出手，将那张世人千辛万苦找寻的至尊图接到手中。

“是在哪里找到的呢？”她一面展开画卷，一面随意地问。

“在夫人的棺木里。”黑暗中，武爷沉声回答。

伊人惊异地抬起头，怔怔地看着武爷。

夫人的棺木？

“就是这里。”武爷将手中的火镰微微一转，伊人这才注意到，武爷的旁边，有一个木箱子模样的东西。

只是，那真的只是一个箱子，如果这是息夫人的棺木，未免太简朴了。

“里面……”伊人心跳加快，目光一刻不离地望着棺木，第一次，体味到期待与慌乱夹杂的情感。

里面，真的是一具骸骨吗？

“是空的。只有这张图。”武爷低声道，“像夫人这样的人物，一定是飞仙了。”

伊人顿时松了一口气，虽然也不知方才在紧张什么。

不过，这棺木还真是简单呢。伊人走前一些，凑近那箱子——很普通的木头，因为历时已久，古朴、陈旧，有着裂纹，仿佛能闻到岁月腐朽的味道。

棺木的盖子是打开的，伊人看了武爷一眼，武爷立刻解释道：“我怎么会亵渎夫人的遗体？老夫进来的时候，盖子便是打开的，一定是夫人飞仙的时候，没有来得及合上。”

他的态度严肃恭敬，而且以之前在大厅的表现来看，武爷绝对不是会撬开夫人棺木的那种人。

伊人没说什么，只是往里面望了一眼。

里面的空间很大，至少能容下两个人，不太深，底下铺着一张红色的毡毛毯子——也已经开始脱毛了，斑驳陈旧。

与其说这是棺木，不如说，是出游时用来小憩的临时床铺。

想到那样传奇的息夫人，曾冰冷冷地躺在如此简朴的地方，即便是迟钝的伊人，也觉得不可思议了。

伊人低头，轻轻展开手中的画卷。

传说中的至尊图。

据说，得此图可得天下。

据说，它包含了息夫人毕生的心血。

据说，它出世之日，天地变色，日月失辉。

据说……

然而那些，伊人统统不知道。

即便知道，也许也不会有什么区别。

她将图展开，看了看，然后由衷地感叹道：“画得很好。”

这是一幅普通的山水画，只是笔触写意，挥洒自如，作画之人，必是一个极其自信的人，方能做到这样的挥斥方遒。

“你能看出什么吗?”武爷满眼期待地看着她。

伊人沉吟了半日，看得极为专注，神色也是从未有过的严肃，然后，她将画卷一收，递与武爷道：“什么都看不出来。”

武爷差点跌掉，一面又暗暗自责：自己果然是病急乱投医，怎么就指靠上伊人了呢?

他劈手将画卷收过来，揣进自己怀里。

“武爷知道怎么出去吗？我口渴了。”伊人看完，也全然不把这件事放在心上，已经开始琢磨着如何出这个奇怪的墓了。

武爷闻言，收起刚刚箕张的五指，吸气，呼气，平顺自己的气息。刚才接到画的那一刻，他是想杀伊人灭口的，可是见伊人一副天真烂漫的模样，又自觉多心，怎么也下不了手了。

“武爷又是怎么进来的?”伊人好奇地加了一句，“外面很凶险的。”

他能清清醒醒地进到这里，就应该有出去的方法吧?

“我自有办法进来。”武爷咧嘴笑笑，很是得意，“像我这样身经百战的人，一早就知道后面有人。当然不把安全的道路指给他们。”

息夫人留给贺兰无双的那张地图，上面有一条直通内室的小道，只是武爷没有说出来，故意将他们引向那凶险的所在，自己则在大厅里装疯装癫，逃过一劫。

伊人想了想，也就明白了，心中虽不觉恼怒，口中却忍不住嘀咕了一句：“你害死人了，知道吗?”

那死在地道上的两个侍卫，便是间接被武爷害死的。

当然，她也没有真的归罪于武爷，只是淡淡一说。

武爷初闻很生气，不过扭过头，看着伊人云淡风轻、悠悠然的模样，也就不往心里去了，只是重重地“哼”了一声。

“大厅里有很多人。”伊人又说。

武爷一面环视着四周，一面接茬问：“裴临浦那老匹夫也来了吧?”

“嗯。”伊人小鸡啄米一般点头。

“还有谁?”武爷问。

“柳色、阿雪、裴若尘，还有炎寒和悠公主被困在一间石屋里，武爷知道那石屋在哪儿吗?”伊人老老实实地说。

“哦。”武爷的注意力已经被最初几个名字吸引了，听见伊人问，也就不设防地回答道，“是在甬道上陷进去的屋子吗?你等会儿出门，往右拐，再往右拐，也就到了。”

“哦。”伊人应了声，然后笑笑，不再提起此话。

“走，待老夫出去收拾那伙觊觎夫人图的家伙!”武爷意气风发道，“没想到，贺兰家今日也会有人死在此处，果然是天道循环，报应不爽!”

他指的是贺兰雪。

“阿雪可没想要那图。”伊人嘟嘟嘴，辩解道，“你不要伤他。”

“哼，哪有男人不想成为至尊的!”武爷压根不信，没好气地顶了一句，然后举高火镰，往原路折返回去。

伊人则亦步亦趋，很不引人注目地跟在后面。

果然，从那地儿出去后，便是一条人工开凿的地道，到了第一个交叉处，伊人傻眼了：面前分明是一座地下迷宫，四通八达，每一条都被分成无数条路，层层叠叠，纷繁复杂，她都要看晕了。

“跟紧我，别走丢了。”前面的武爷毫无情绪地嘱咐了一声，伊人一面大声地“哦”着，一面往最右边的道路望过去。

炎寒在那边，可是，她现在不能去救他。不然，他们都会被困在这条地道里。

伊人努力地想记住地形，可是，当武爷接连拐过三个弯后，伊人又不确定自己能否记得准确。

武爷走得很快，她跟得很急，也没有时间做什么特别的记号。

伊人仓皇地回望了一眼，也不知是不是真的着急了，她抬起手，放在嘴中，发狠心地咬了下去。

十指连心。

伊人疼得流出泪来，中指也渗出血来。

她将血涂到墙壁上。

“怎么了?”走在前面的武爷发现异状，回头看了看她，却看到了独自泪流满面的伊人，他不禁诧异。

伊人连忙摇了摇头，仍是笑，尽管眼眶里的泪收不住。

武爷不明所以，也没有过分追究，可是转过头，又被伊人的泪水所惑：难道小妮子是为息夫人哭的?

这个认知让武爷对伊人大生好感。

又不知走了多少曲曲折折的路，伊人觉得自己手指都已经因为失血变得透明了，武爷突然顿住脚步，做了一个噤声的动作，然后指了指斜上方的一个石门，道：“他们都在上面。”

伊人趋步上前，趴在门缝里往外望，突然发现这个视角与刚才那个镜屋的视角一样，她看到了大厅里的景象：正中央的地方，裴若尘不知何时已经制住了柳色，尤主管在旁边动弹不得，裴临浦则笑着说着什么，贺兰雪与易剑立于一侧，袖手旁观。

“那老匹夫竟然敢得意!”武爷一见裴临浦，便怒发冲冠，想也不想，推开石门，闯了出去。

伊人也跌跌撞撞地跟了出去。

厅里的人乍见从地底蹿出两个人来，皆是一愣，但是很快，贺兰雪便看到了伊人，他面上一喜，迎了上去：“伊人!”

武爷见到贺兰雪，却是仇人见面分外眼红，手指箕张，就要向贺兰雪攻去，伊人似没察觉他们之间的气氛，欢欢喜喜地往贺兰雪跑去，无巧不巧地挡在贺兰雪与武爷之间。

武爷动作一顿，也就错过了最佳攻击时间。

贺兰雪已经走到了伊人面前，一把抓着她的手，想说什么，竟发现不知道说什么好。

他担心她很久了，担心她的安危，担心她会对自己失望以至于再也不理他。

可是真的找到了她，其后又该怎么做?

贺兰雪是模糊的。

“伊人，你没事吧？”哽了很久，贺兰雪千回百转的心思，终于化成淡淡的一句问候。

伊人的眼睛笑成了两条缝，出奇灿烂。

“你的手指怎么了？”贺兰雪眼尖，很快看到了伊人左手的咬痕。

“咬的。”伊人连忙将手抽回来，藏在自己身后。

贺兰雪微微一愣，又觉得心疼：她本是那么怕苦怕疼的主儿。

“我们走。”贺兰雪也不再想与那些人继续纠葛，既然找到伊人，当今之计，他自然先走为上。

伊人却不肯前行，脚像被钉住一样，她望着贺兰雪，轻声道：“悠公主还在里面呢。”

贺兰雪怔怔：怎么四妹也来了？

另一边，武爷对贺兰雪一攻不成，立刻将注意力转到了裴临浦身上。

他与贺兰雪只是私怨，对裴临浦，可是刻骨铭心的仇恨。

裴临浦在见到武爷冲出的时候，脸色也早已变得苍白。

那人怎么总阴魂不散？

“你还有胆量来，你就不怕夫人的亡灵找你索命！”武爷龇牙咧嘴，冲着裴临浦吼道。

裴临浦却是一笑，虚弱的笑：“我只怕夫人不来找我。”

这个回答让武爷不明所以，也让他更加怒不可遏。

“你这叛徒！”随着一声怒吼，武爷发疯一样冲向裴临浦，裴若尘本用剑指着柳色，见状，立刻回防。

“若尘，找到那张图！记得我对你说的话！”裴临浦却不等儿子过来援救，匆忙地丢下一句话，然后转身往甬道奔去。

“匹夫慢走！今天老夫一定要收拾你！”说完，武爷也紧随着跟了过去，只是在临去前，他忽而想起什么，从怀里掏出画卷，还有那枚戒指，扔给伊人道，“丫头，帮我保管一下！”

虽然立场不同，可是武爷愿意相信她，也只相信她，发自内心的。

就这样，众目睽睽之下，武爷将他们觊觎许久的至尊图交给了伊人，伊人也不过闲闲地一接，闲闲地往怀里一揣，竟是所有人都不曾察觉。

裴若尘眼睁睁地看着自己父亲与武爷一前一后地消失在机关重重的甬道深处，剑尖仍然指着柳色，脸上，却是一片茫然。

记住他的话？

可是裴临浦最后的嘱咐，却是帮助若兰的孩子要了这江山。裴若尘一直在忠心报国的环境下长大，他崇敬自己的父亲，亦是因为他是一个好丞相。

现在，父亲与那个疯老头不知所终、生死不明，却留下他在这里茫然不知前方。

裴若尘的剑垂了下来，他淡淡地看了柳色一眼，然后毅然转身，往裴临浦消失的地方走去。

尤主管立刻冲上去抱着柳色的双肩，担忧问：“少主，你怎么样了?”

柳色没有理他，只是傲然地面向裴若尘的方向，冷声问：“你不杀我?”

“你也是可怜之人，我为什么要杀你?”裴若尘头也不回地说，“方才制住你，只是碍于父命，得罪了。”

柳色容色顿白，秀美、纤弱，声音依旧骄傲，骄傲且倔强：“你不杀我，迟早会后悔的!”

只是那句话，裴若尘未必能听见。

“你刚才说，悠在里面?”贺兰雪见伊人怔怔地看着裴若尘的背影，心中莫名腻烦，转开话题问。

“在里面，你跟我来。”伊人忙忙点头，不再看裴若尘。

裴若尘也自始至终，没有看她。

他们的人生，各自选择，只能旁观，却不能相互干涉。

“少主，我们先离开。”见柳色一副努力支撑，实则怔忪的模样，尤主管心中担忧，也懒得管贺兰雪他们，一手搀着柳色，有点强硬地将他扯了出去。

带柳色来夫人的墓地，果然是太拔苗助长了一点——他终究还是一个少年，虽然平日里一副小大人的模样，可一听到别人的诋毁，终究有点承受不住。

柳色本不欲走，但耐不住尤主管拉扯，还是被扯到了墓外。

伊人也拉着贺兰雪走到了她与武爷刚出来的地道。

“易剑守在外面。”贺兰雪简短地吩咐了一句，然后跟着伊人钻了进去。

一路上，伊人打着武爷留下的火镰，照着自己留下的印记，也就是血手指印。

贺兰雪在看到第一个血印时，也明白了伊人手上的咬伤。

他心底一阵抽搐。

贺兰雪沉默着，慢慢地跟在伊人后面。

前面的伊人屁颠屁颠地走着，没有容秀的丝毫优雅，也没有贺兰悠的丝丝风情，仿佛随时都会跌倒一般，摇摇晃晃，在贺兰雪心中摇晃。

“伊人……”他不由自主地轻唤。

伊人停下脚步，回头看他。

淡淡的火光从下面映上来，映得那张圆圆的小脸红润喜人，火光映到了她的眸里，只是那火光，也抵不过她本身的明亮。

“你到底是从哪里来的?”他莫名地问。

伊人怔了怔，望着他，没有回答。

贺兰雪笑笑，往前走了一步，握着她的手。

“你说过要赖我一辈子的。”贺兰雪不看她，只是望着前方，唇角带笑，温和中带着强硬，“你说过的话一向算数，这一次，难道不算数吗?”

伊人“呃”了一下。

“离开这里后，无论去哪里，我都会带着你，我也不会再瞒你，让你委屈，让你担心，你不要走了，好不好?”贺兰雪又说，语气非常诚恳，诚恳得让人，不忍拒绝。

伊人又“呃”了一下，平平淡淡的。

贺兰雪忽而惶恐起来，他的自信在伊人面前，总显得那么无力。

“好不好?”他转过头，重新问了一遍。

伊人也转过头，面向着他，神色淡淡，甚至有点茫然，她信口回答：“好啊。”

只因为太随意，贺兰雪反而无法确信它的真假。

不知从何时开始，明明傻愣愣、不会耍心机的伊人，显得那么飘忽。

他没有再问，很怕下一刻，连这个答案都无法保证了。

伊人似乎没有意识到身边人的百转千回，仍然自顾自地往前走着，没多一会儿，便听到她的一声欢呼：“就是那里!”

贺兰雪紧走一步，将力道聚于掌心，对着那道封死的门，猛地一推。

只听到泥土掉落的簌簌声，门开了。

里面的人不约而同地望过来，贺兰雪与伊人顶着灰尘钻进去，奇怪的是，从同样的地方走过，一身白色锦衣的贺兰雪依然干净清爽，而伊人则蓬头垢面，灰头土脸了。

“悠!”贺兰雪率先看到靠在墙边的贺兰悠，不禁叫了一声。

“三哥!”贺兰悠像受到很大的委屈一般，在见到贺兰雪的时候，泪便涌了出来，飞身扑了过去。贺兰雪一把抱住贺兰悠，继而满眼敌意地看着面前的炎寒。

不知道为何，在见到炎寒的那一眼，他就感到一股敌意，无法抵御地、不可抑制地从心底涌出。

与现在的情境无关，贺兰雪只是直觉：面前这个身姿伟岸的男人，将会是自己一生中最大的敌人。

可怕的敌人。

而那个敌人，只是淡淡地扫了他一眼，然后，全部注意力都集中在后面的那个小小的身影上。

灰溜溜的、几乎与墙壁融合在一起的、不起眼的身影，却能在第一刻，吸引他的全部注意力。

炎寒笑了，不去追究地底突然冒出的那个洞，也不去计较贺兰雪的出现，而是发自内心地笑，笑着走近伊人道：“你没事就好，我一直在担心你。”

第15章　炎国之行

刚才在石洞中，炎寒担惊受怕的，不是自己能否出去，而是失踪的伊人是否安全。

伊人也回以一笑："我没事，很好。"

贺兰雪敏感地察觉到他们之间的某种默契，正郁闷着，怀中的贺兰悠突然冷了脸，寒声道："三哥，他方才……方才对我无礼！"

贺兰雪吃了一惊，低头看着自己宠爱的妹妹："怎么？"

贺兰悠扬起那张艳如冰霜的脸，牢牢地盯着伊人，一字一句道："他刚才强行……强行将我……不信，你们看！"

说完，贺兰悠挣开贺兰雪的束缚，后退一步，忽而扯开自己身上的披风。

炎寒给她的披风。

披风之下，贺兰悠衣衫凌乱，雪白的胸口上瘀青处处，仿佛还带着春情的味道。

炎寒的态度则冷冷的，毫无触动。贺兰雪却很生气，那伤痕便如火一样，烧到他心底。

"你这淫贼！"这四个字，也说不出是为贺兰悠，还是为伊人。

炎寒只来得及看伊人一眼，他未从伊人眼中看出怀疑与愠怒，只是清淡，清淡里甚至有一丝隐隐的哂然。

炎寒心中一安，随即迎向贺兰雪。

即便没有贺兰悠的这一闹，他也看贺兰雪老不顺眼了。男人总是好斗的，伊人想。不一会儿，这斗室里，便充斥着刀光剑影。贺兰雪的身姿是飘逸的、优雅的，即便招招取人性命，那仪态，却如舞蹈一般赏心悦目。炎寒的武功是霸气的，每一掌每一拳，似风似雪。两人功力相当，不相上下，斗得难解难分。

伊人走到贺兰悠身边，伸手碰了碰她。

贺兰悠怒气冲冲地转过头，瞪了她一眼。

伊人轻声问："为什么要这么做呢？为什么要诬陷炎寒？"

贺兰悠没有回答，只是转开视线，重新看向那如火如荼的战局。

无论如何，这一战，是为她而打。

"你不担心裴若尘吗？"伊人又不知趣地问道。

贺兰悠又回头将她瞪了一眼。

沉默了一会儿，贺兰悠问："若尘也来了吗？"

“嗯。”伊人重重地点了点头，道，“可是他跑到甬道里去了，生死不明。”

贺兰悠怔了怔。

裴若尘，她也是喜欢的，而且他娶了她，对她有承诺。面前这个英伟的男子，却永远不会是她的了。

“带我去找若尘！”贺兰悠在那一刻里做出决定，也不理那两人，拉着伊人，便要往那条地道里钻。

伊人“哎呀呀”了一串，只是力气抵不过贺兰悠，被她拉得踉踉跄跄。

打斗的两人同时收住招式。只是，贺兰雪收招的速度更快些，他突然转身，空门大露，炎寒收势不及，一掌拍到了贺兰雪的背上。那一掌，早已在挨到贺兰雪身体时，收住了九分功力，可是贺兰雪仍然往前跌了一下，吐出一口血来。

苍白的脸，红色的血迹，仿佛伤得很重的样子，触目惊心。

炎寒脸色一变：“你本来就中毒了？”

中毒还容易这么激动，他真的是以智谋才华著称的逍遥王吗？倒像一个莽小子。

贺兰雪咳嗽了两声，用手背抹去嘴上的血痕，没有回答。

“这一次比试不公平，我们下次再斗吧。”炎寒傲然地丢下一句话，然后转身，去追贺兰悠与伊人。

贺兰雪也紧接着跟了过去。

只是进了地道，前面的道路密密丛丛，才先走几步的贺兰悠、伊人与炎寒，已经杳无踪迹。

贺兰雪还记得之前伊人做的标记，故而不至于迷路。

只是走了几步，贺兰雪的脚步便踉跄起来，他扶着墙壁，一手捂住胸口，又吐出一口血来。

余毒入骨。他想起凤九摇头时说的话，不禁一阵苦笑。

是啊，明明已经经历了这么多事，为什么还是那么容易冲动，一次次，让自己陷入这样不堪的境地？之前几天，贺兰雪一直用功力将自己的不适强压着，方才炎寒那不轻不重的一掌，刚好让他护心的真气尽数泄完。现在四肢百骸，直如被虫咬一般，疼痛难忍。

贺兰雪一面喘息着，一面勉力让自己重新聚集真气，抵御余毒。可总有种力不从心的感觉，他顺着墙壁滑了下来，全身直如火烧，颇有点生不如死的感觉。

“你怎么了？”

也不知过了多久，一个清清甜甜的声音响在耳侧，天籁一般。紧接着，一只柔柔绵绵的小手挨到了他的额头：“你发烧了？”

贺兰雪突然有种奇怪的感觉，仿佛自己在沙漠里走了很久，久得他自己都不知道为何开始行走，只是荒漠茫茫，他只能行走，否则，便会被吞噬、被埋没。他累得精疲力竭，前途，却依旧茫茫。然后，一个人走到他旁边，轻轻地握住他的手，从此，可以不必再一人独行。

贺兰雪转过身，不无例外地看到了伊人。

伊人正蹲在他旁边，眨着眼睛，满脸关切地望着他。

贺兰雪心底生涩，一种说不出的情感，让他变得如孩子一般真实，他点头承认道：“是啊，有点发烧。”

在任何人面前都不会承认自己的脆弱，可偏偏在她面前，他承认了。甚至承认得有点委屈。

“很疼?”伊人又问。

“全身都疼。”贺兰雪就势倚躺在墙壁上，长臂一捞，将伊人捞至眼前，虚弱且别有用意道，“疼得厉害。”

他疼得厉害，她应该不会再离开了吧。

伊人担忧地望着他片刻，又低头思考了一会儿，然后，她抬头道：“我帮你摸摸吧。”

说完，她的手，已经从贺兰雪微敞的胸口，探了进去。

贺兰雪顿时僵硬，什么都做不了，只能任由她为所欲为。

“我跟贺兰悠走散了。她刚开始还拉着我，后来着急起来松了手紧走几步，我就找不到她了。”伊人对他说。

“那个淫贼呢?”听伊人提起方才的情形，贺兰雪又是一阵无名火起，没好气地问。

“炎寒啊。”伊人淡淡回答，“没看到他啊。”等了等，她又说，“炎寒不像是那样的人。”

“你的意思是说，悠在说谎? 堂堂风朝公主，会拿自己的名誉开玩笑?”见伊人还在为那个男人说话，贺兰雪更是气不打一处来。

伊人帮他按摩了一会儿，方轻声问道：“还可不可以走?”

“自然可以走。”贺兰雪不知从哪里来的一股力气，借着伊人的力道，努力站了起来。

但没走一会儿，他的速度就越来越慢。硬撑的力气，显然就要用尽。

伊人察觉到贺兰雪的虚弱，停下脚步，低声道：“我出去找易剑，你在这里等我，好不好?”

“不好!”贺兰雪想也不想，断然回答。

“阿雪。”见贺兰雪还要继续撑下去，伊人轻唤了一句。贺兰雪转过头，看着她。

“你不是说养我吗?”伊人安静地说，“如果你死了，我怎么办呢?”

贺兰雪怔了怔，一时说不出话来。

“那我出去找易剑了!”伊人冲着贺兰雪笑笑，然后松开他，颠颠地跑了出去。

贺兰雪望着她的背影，眼神一动，没有再坚持。

他一定不能再丢掉她。

他在心里，一遍一遍，不停地重复着这句话，直到刻入骨髓，直到失去意识。

伊人顺着原路折返回去，一路上，她没有遇到贺兰悠，也没有遇到炎寒，只能沿途留下记号，只要易剑看到，就能顺着记号找到阿雪。

然后，她听到了一个人的声音。

裴若尘的声音。凄怆、悲凉，乃至绝望的一声“父亲”。

这个声音，让伊人顿住脚步，然后，转向了临近的一条隧道。

那条隧道并不长，短短的，很快便看到了和以前一样的石门。她使劲地推开它。钻出去，又是一条窄窄的隧道。伊人猫着腰，朝那越来越窄的隧道爬去。并不仅仅是好奇心，而是想知道，裴若尘到底是在怎样的状况下，才能发出这样的声音。他一直是那么冷静自持的人。

很快，当伊人再也不能往前爬的时候，她看到了灯光。

她又努力地探了探头，终于看清里面的景象。

最先看到的，自然是裴若尘。裴若尘仿佛就站在她的面前，他木然地站着，衣服上全是吓人的血迹，一片一片，仿佛还温热着，嘶嘶地往他的身体里渗。在他后面，竟然是消失在地道中的贺兰悠，贺兰悠一脸讥诮，她冷冷地望着裴若尘，眼神冰冷，没有怜悯，或者一丝一毫的温情。而裴若尘的前面是什么景象，伊人看不到。

她只看到了裴若尘的脸，那张如江南水乡般温润英俊的脸上，没有悲伤，也没有激愤，只是麻木着。曾经如星辰般明亮的眼睛，那么黯淡，那么黯淡，黯淡到伊人心底生寒。

伊人心中一急，再也顾不上什么，她大力地向前一钻，脚下的泥土不知怎么突然塌陷。她跌了下去，堪堪跌到了裴若尘身前。

里面的人皆望过来。

伊人很快地爬起来，摸了摸头，有点不解地望着众人。贺兰悠的旁边，竟然还站着炎寒。

之前，只因为视线的关系，她没有看到他。然后，伊人看到了裴若尘前面的人——也是她旁边的人。她惊得一跳，连忙往前跳开。

她看到了裴临浦，全身是血的裴临浦，脸上带笑的裴临浦，已然断气。

他的全身，扎满了冰针，便是最开始袭击了伊人的那种冰针。

然而，最诡异的不是他凄惨的死法，而是，他脸上的笑容。

那种满足的、像渴求已久的笑容，在这样一副躯体上，显得分外可怖。

“夫人！夫人，你果然没死！”

伊人尚惊魂未定，旁边又是一阵欢欣的叫喊。

伊人还没来得及回头，便被一人牢牢地抱住，抱着腿。

伊人慌忙低下头：匍匐在她脚下的，竟是武爷。

“夫人，你终于活了，终于……终于……”武爷泣不成声，老泪纵横。

伊人怔怔地看了他一会儿，余光瞥到了自己闯入的地方，忽而明白。

她是破壁而入的。而那残破的墙壁上，栩栩如生地绘着一幅女子的图像，美得亦幻亦真，眼神魅惑，只看一眼，便有种心旌摇荡的感觉。

正是息夫人。

她从那幅画里钻了出来，如息夫人的再生。

武爷本已癫狂，乍见此景，自然把伊人当成夫人一般崇拜。

而在那画像之前，竟有一个躺卧着的浮雕。赤身裸体，胴体如玉，眉眼熟悉，亦是息夫人。

息夫人的裸体，就这样被雕在地上，腰肢纤细，双腿挺直，胸部傲然地挺翘着，朝上的面容分明是安然的，可恰恰是这份安然，在如此裸露的情况下，给人一种致命的诱惑。

裴临浦就这样扑倒在雕塑旁边，全身冰针，脸上带笑。他的手，停在雕塑最隐秘的地方。

伊人忽而明白了他的笑。

这么多年，无论是从前的跟随，还是以后的背叛，甚至于十几年刻意的遗忘，都源自渴望。

裴临浦渴望着她，渴望得到这个如天神般的主人。

他想要她。于是在这生命的最后一刻，他亵渎了她，于是，机关触动，风朝最显赫的权臣，死在最难以诉诸口的机关下。

而那之前，他应该是看到了冰针的。那冰针如此明显，就这样明目张胆地挂在上面，告诉每个欲接近的人：色能杀人。

裴若尘的叫声，大抵是想阻止自己的父亲。可是，裴临浦依旧去了。冒着万针穿心的危险，也要去触摸一下，他日日夜夜的梦魇和渴望。

万针刺骨，他笑了，息夫人仍是一脸安然。

多么决绝的陷阱，或者说，多么惨烈的交易。

伊人说不出话来，只觉得胃部一阵翻滚，武爷依然紧抱着伊人的双腿，脸还在她的裤子上不停地蹭，如找到主人的小狗。

“武爷……”伊人低声地阻止他。

武爷仰起脸，露出一个近乎讨好的笑容，道：“夫人，我是您的小武，小武，夫人叫我武爷，是不是生小武的气了？小武私自屠杀战俘，是小武的不对……”

“武爷……”

“夫人，您一定生小武的气了！呜呜呜！”武爷突然号啕大哭起来。

伊人赶紧换了称呼："小武!"

武爷这才破泣而笑，继续讨好地望着她，殷殷地问："夫人有什么吩咐?"

伊人想了想，小心地说道："贺兰雪在地道里面，你去把他带出来，医好他，可以吗?"

"夫人的命令，小武赴汤蹈火，在所不辞!"武爷腾地跳了起来，也不管大家，径直往地道里钻去。他已经彻底地将伊人当成自己的主人了。

屋里的人，目瞪口呆地看着眼前这一变化，直到武爷的身影消失在伊人出现的那个洞穴里，众人才将注意力重新转移到伊人身上。

只有裴若尘，自始至终，如一个木头人般，呆呆地望着自己的父亲。

贺兰悠突然走了过去，走到裴若尘的面前，一巴掌甩过去。

"你已经有一个没出息的父亲了，难道你也打算没出息!"

公公的丑行，让贺兰悠面上无光。特别是这一切都发生在炎寒面前。贺兰悠觉得尤其受伤。

贺兰悠与伊人走散之后，被炎寒追上，两人阴差阳错，便来到了这里，刚好目睹了裴临浦自杀式的行为，以及，他自杀前的癫狂。

这让贺兰悠很不爽，很郁闷——她本可以向炎寒炫耀，自己的相公，亦是丞相之子，家世显赫，而且青年才俊，比起炎寒丝毫不差。

可事实呢?

这样的丞相，这样呆愣的裴若尘。贺兰悠觉得很丢脸，很气愤，她窝囊极了。

裴若尘没有回避，硬生生地接了那一巴掌，本就苍白若纸的脸更加没了血色，脸颊上，也顿时出现五条红色的指痕。

所有人都哑然，裴若尘微微偏了偏头，又缓缓地望着贺兰悠。

他的表情，没有丝毫变化，平静、悲悯，仿佛在看一个不认识的人。

他走过去，走到伊人旁边，跪倒在父亲身前，仔细地，将裴临浦身上全部的冰针，一根一根，无比小心地拔出来，那样的虔诚，仿佛在做一件无比重要的事情。

伊人忽而泪水盈眶。她转过身，从后面狠狠地抱住裴若尘，脸埋到他的肩膀上，竟然大哭起来。谁也不明白她为什么而哭。在这所有人中，她是最无关紧要的人。可是她不仅哭了，而且哭得很伤心，泪水哗啦啦地打湿了裴若尘的衣衫。

裴若尘虽然没有回头，可是却突然哽咽了。

伊人是为他而哭的，只因为他已哭不出来，于是，她代他哭出来。

在他没有全然心死的时候，她为他打开那个窗口，不让他窒息，不让他绝望。

这个举动，炎寒同样懂。

炎寒的脸上划过温柔，温柔和欣赏，欣赏且怜惜。贺兰悠却倍觉无趣。她走过去，正打算将伊人从地上拉起来，可手刚一伸出，却被另一只孔武有力的手制止了。

贺兰悠抬头，制止她的正是炎寒。

炎寒轻描淡写地拨开贺兰悠的手，然后扳过已哭得肝肠寸断的伊人，望着她泪水涟涟的小脸，炎寒的心一动，手中用力，竟将她扛到了肩上。

小小的伊人，被高大的炎寒扛着，便如被老鹰抓着的小鸡一样。

伊人的哭声也因为呼吸不畅，而变得断断续续。

“裴若尘，后会有期了。”他丢下一句话，然后转身就走。

这时候离开，是对裴若尘的仁慈。炎寒懂得如何去尊重一个对手。

屋子里，只留下了跪着的裴若尘、站着的贺兰悠，还有躺着的裴临浦。

息夫人的墓还未完全打开。

可闹剧，已经落下了它的第一场帷幕。

“放我下来。”等炎寒走到甬道上时，伊人捶了捶他，闷声道。

炎寒于是放了她下来，看着她。

“我已经听说你与息夫人属于同一师门。伊人，息夫人惊才绝艳，但她野心太大，性格又太刚烈，所以没有好结果。”炎寒目光灼灼地望着她，担忧道，“伊人，我希望你不要像她一样。”

伊人怔怔，竟是无言。

像息夫人一样？

她没有息夫人那惊为天人的美貌，也没有那样的才华，性情也和“刚烈”完全不沾边。但她仿佛能懂得息夫人的感情。是怎样的失望甚至绝望，才会把曾经交付了心血的爱人和事业统统抛弃，看作大梦一场？

她想起了自己之前做过的那个梦。彼岸的那个朦胧哀伤的人影，羽衣翩跹，分明，是息夫人的模样。为什么她会梦见息夫人，伊人也想不透。但是伊人能懂她。

伊人忽然对炎寒话语中流露出的对息夫人的否定有一丝不喜。

“跟我回炎国，只要你在我身边，我就能保护你！”炎寒忽而傲然地说道，“我不会让你遭遇息夫人遭遇的一切，我会珍视你，宠爱你，你能过上永远都快乐无忧的生活！”

伊人却没有言语。

炎寒见她神色，又补了一句：“待我真的大权在握，定会封你为后，但你要等我几年。伊人，我说的话一向能做到。”

真的大权在握，便是指攻下风朝，不是因为伊人的特殊身份，而是因为忌惮炎国兵士的态度。

如果此刻封风朝逍遥王的一个小妃子为后，恐怕民众会有微词。

伊人抬起眼，轻声说："我相信你能做到，可是——"

"可是什么？"炎寒急问。

"可是，我不太想一辈子过快乐无忧的生活。"伊人淡淡道，"人的一生，哪有可能会这么平静？那种生活太虚假了。"

"你舍不得贺兰雪？"炎寒的俊眼眯了起来，望着她，沉声问。

在贺兰悠诬陷炎寒时，伊人虽然困惑于贺兰悠身上的伤痕，却没有一丝一毫怀疑炎寒的意思。

炎寒多么感激伊人在那时表现出来的信任。

可是此时，他忽然不确定了。因为信任一个人，有时候，与喜欢与否是无关的。

伊人低着头沉默。炎寒提心吊胆地等着伊人的答案，却又忽然不敢听那个答案。他出手如电，点了伊人的昏睡穴。

"无论如何，你先跟我回炎国吧。"炎寒抱起陷入沉睡的伊人，往外面走去。

走至门口时，炎寒回望了一眼：甬道深深，里面埋葬的秘密，连皮毛都未曾发掘。

他们只是被表面的浮华迷惑了半日，于是几番生死，可墓穴深处，仍然是息夫人冷冷旁观的笑声。

三天后，伊人醒来，无奈而平静地接受了现实——她已经被炎寒带到了炎国。

炎国是一个什么样的国度呢？

这个问题，伊人的回答很简单：是一个风大得吓人、空气永远干爽的地方。

相比着风朝的和风细雨，炎国是苍凉的、广阔的、一望无际的、心旷神怡的。

炎寒的宫城，坐落在炎国版图的正中间，也是炎国的国都——格木。

越过黑红色的宫墙，便能看到层层叠叠的屋檐，最中间的屋檐上，有一滴昨夜遗留的露水，凝固，凝固，膨胀，终于……终于落下。

一双绣花鞋踩到了溅落的水滴，是那个穿着翠色衣衫的宫女捧着一壶清水，蹑手蹑脚地走进屋里来，到了外厅，也有一个宫女站在帷幕边。

端着清水的宫女于是走到站立的宫女边，问："伊姑娘起床没有？"

立着的宫女笑道："还没有呢。"

那宫女于是努嘴笑道："怎么办，王上还等着伊姑娘用餐呢？"

"哎，哪天不是到下午时候才能吃上早餐。"立着的宫女见怪不怪，说，"王上吩咐我们不要吵着姑娘，你在外面候着吧。"

两人于是压低声音，都蹑足伺候于帘外。

帘子里的人翻了个身，嘴巴抿了抿，继续睡得不亦乐乎。

每天睡到自然醒，醒来后，自有人服侍洗脸穿衣，伊人只需迷迷糊糊地站着，任由她们摆弄。

等她们终于摆弄好了，伊人象征性地，睡眼蒙眬地瞟了瞟镜子里的自己：小小的蓝色小袄，金色腰带，蓝色百褶裙，上面镏金镶边，头发在头顶束成一个发髻，然后，留了两绺垂在肩膀两侧，乍一看，像从青山翠水中出来的精灵。

伊人却只是淡淡地瞟一眼，只觉里面的影像陌生又熟悉。

然后，就有宫女走过来，扶着她，将她搀扶到一间深红色的大厅里，大厅中央有一张大得吓人的桌子。桌子上，全是让伊人垂涎欲滴的美味。

而桌子的另一头，一身黑色镶金边锦袍的炎寒放下手中的奏折，含笑道："醒了？"

伊人点点头，坐在他旁边，阵阵香气早已让她胃口大开。

而身边伺候的宫女早已将准备好的碗筷递过去，并将她看得最多的食物夹了一筷子放在她碗里——那察言观色的本领，让伊人大为欣赏。

通常，只要她想吃哪碗菜，基本不用说出口，就能马上吃到。

而那食物，往往同外观一样，美味得不知用什么词来形容。

伊人有点飘飘然，这简直是她理想的生活，甚至超出理想了。

所以，她没注意到：这一桌菜，不知热了多少遍，不知在桌上摆了多久。

也没有注意到，炎寒通常比她晚动筷子，他只是支着肘，静静地，静静地，看着她。

等伊人终于吃饱，她放下筷子，然后笑眯眯地看着炎寒，挺诚恳地说："太好吃了。"

"喜欢？"炎寒同样笑眯眯地看着她，简直比自己吃了还开心，"你喜欢吃鸡，我特意派人去成川深山里找来的山鸡，成川的山鸡因为常年饮用成川冰水，比平常的鸡更嫩一些。"

"果然嫩些。"伊人点点头，也就不再说什么。

她的注意力也很快转开："这笋子也好吃。"

一副没心没肝的样子。

炎寒笑笑，不再多说。

伊人于是低下头，咬着汤勺，似乎要喝汤的样子。

只是，她的目光却偷偷地往上瞟了瞟：回来后的炎寒似乎变了很多，他们相交在江湖之时，炎寒虽然有霸气，却无这般的王气。

凝重、专注，他看奏章的时候，脸上的表情，有种伊人陌生的严肃。

伊人很快收回目光，呼噜呼噜，毫无仪态地喝着不知用什么东西炖的汤。

很好喝的味道，大概又是花了一番心思吧。

等她将最后一勺汤送入嘴里，她一面咽汤一面问："找到阿雪了吗？"

炎寒搁放在桌上的手指略略僵了僵，然后，他淡淡道："还没有。"

伊人轻轻地放下碗，站起身，笑眯眯道："我吃饱了。"

吃饱了，就要去花园晒太阳了，晒太阳啊睡午觉，生活就这样一日复一日地重复着，稀里糊涂，懒懒散散。

"好。"炎寒也笑笑。

只是，在伊人转身的时候，炎寒突然欠了欠身。

伊人下意识地往后退。炎寒却只是伸出手指，指腹抚到她的唇角，拭去她唇角残留的汤汁。

"脏了。"他浅笑，移开。

伊人顿时放下心来。

"那我走了……"她正打算转身开溜，可是身体刚一动，手臂突然被一人擒住。

见到伊人一瞬间的惊慌，炎寒苦笑一下，立刻松开捏着伊人肩膀的手。

"我命人在花园里装了一架秋千。"他很快收拾了自己的情绪，重新变得温和轻柔。

"啊，谢谢。"伊人忙不迭地点了点头，冲他笑笑，然后转身，颠颠地走了。

炎寒只来得及捕捉到那灿若烟霞的笑容，惊鸿一瞥，伊人已无踪。

他又是苦笑，也只能苦笑。

炎寒重新坐下，望着那一桌的狼藉，手往前一探，捏住方才伊人使用的筷子，捏在手心里，摩挲着。

"有贺兰雪的消息吗？"他沉声问，没有回头。

"还没有，贺兰雪就好像凭空消失一样，即使是风朝的暗探，也查不到他的踪迹。"身后有人低声回答。

"他会在哪里呢？"炎寒的中指伸直，触到了筷子的端头。

上面略有点湿润。便如，碰到伊人的唇瓣。

他神色一黯，没有再问什么。

身后的人却往前走了一步，跪倒在地上，抬头，语重心长道："王上，那位伊姑娘不清不白地住在宫里，已经很多人有微词了，王上若打算收她为嫔，藏于宫中，本不是大事，又何必一拖再拖？"

"我想让她心甘情愿。"炎寒淡淡回答，依然没有回头。

"王上……"身后的人顿了顿，似下了很大的决心，突然变了语调，异常慎重，"王上，您不是一直问老夫，当年无双帝与息夫人的故事，到底是怎样吗？"

炎寒的动作立刻停住，他转过身，凝视着这人："先生，你说什么？"

那个回话的人，正是当初与炎寒一同微服私访的老者。

也是炎寒的帝师，炎子昊的得意谋臣。

"是，老夫愿意说了，虽然说出来会有损先王的名誉，可是……可是老夫实在，实在不愿意王上重蹈覆辙！"老者望着炎寒，异常坚决地说道，"王上，看见如今的伊姑娘，老夫便如看到了当年的息夫人！日日夜夜，老夫都为王上担惊受怕啊！”

炎寒的眸光动了动。

凤九姓凤。

可是他住的地方，偏偏叫落凤山庄。

这本是很不吉利的，平常人根本不会这样做，可因为主角是凤九，世人又觉得理所当然。

倘若有一天凤九按常理出牌，那太阳就要从西边出来了。

刚刚过了年关。落凤山庄的红灯笼还没有摘下，一盏一盏，挂满了庭院的树枝，小巧楼阁，凉亭水榭，很是别致。

灯笼下，凤九坐在院子里的摇椅里，有一下没一下地摇着，神色慵懒，那双烟雾般淡漠的眼睛浅浅地眯着。

“凤先生！”身后传来一个气急败坏的喊叫。

凤九暗叹了一声：“大好春光啊，又要被某人破坏了。”

果然，不多一会儿，便有一人怒气冲冲地跑到凤九面前，站立的姿态虽然恭敬，声音却丝毫不恭敬：“凤先生！”

“易剑啊，你就不能好好地叫我？”凤九哀叹道，“我的耳朵，迟早会被你震聋的。”

易剑脸色一窘，随即又变得理直气壮，他弯下腰，不由分说地给凤九行了一个大礼，憋着气道：“凤先生，请你去看看王爷，王爷已经昏迷三天三夜了，再这样下去，易剑恐怕有什么不测……”

“你是大夫，还是我是大夫？”凤九翻翻眼，很不客气地打断他问。

易剑直起身，很郑重地回答：“自然凤先生是大夫。”

“就是啊，这是我的落凤山庄，我又是大夫，所以，拜托你就让我清静清静。”凤九满脸无奈，神色倦倦的、淡淡的，好像真的很久没有睡好一般。

易剑咬了咬嘴唇，低着头不回答，只是人，却倔强地站在凤九面前。

凤九无可奈何地叹了一声，然后站起身道：“走吧。”

易剑愣了愣，随即大喜，亦步亦趋地跟在凤九身后。

凤九走得很慢，一路上，还不忘记浇浇花，喂喂鱼。

易剑也不敢催，只是老老实实、安安静静地跟在后面，一脸焦急。

凤九在落凤山庄最东面的花园。

贺兰雪住在落凤山庄最南面的厢房。

这一路，穿过无数走廊，拂花穿柳，又与无数人打过招呼，也不知走了多久，凤九方慢腾腾地挪到了贺兰雪的门外。

易剑早已急得头冒青烟了。

就在凤九打算推开厢房门时，他的手又突然顿住了。

易剑的心都要提到嗓子口了。

王爷生死未卜，被送来三天三夜，凤九却不闻不问，成天晒太阳，喝茶，自己与自己下棋，简直和伊人有得一拼。

当然，伊人不会无聊到自己与自己下棋。自己和自己睡觉，倒是有可能。

念及此，易剑赶紧甩甩头：怎么会想到王妃呢，还是那么亵渎的想法，罪过罪过啊。

不过，凤九的态度，实在让易剑着急。

现在，他终于肯来瞧自家王爷了，却堪堪停在门口，怎让易剑不抓狂！

“凤先生……”易剑试探地叫了一声。

凤九慢悠悠地转过身，然后漫不经心地说：“好像要吃午饭了吧，不如先吃饭？”

“凤先生！”易剑想劈人了。

“武爷，你饿了吗？”凤九没有理他，仍然是一脸疏淡，慢悠悠地问。

易剑怔住，不明所以地望着凤九。

“如此说来，好像真的有点饿了。”易剑身后，传来了一个苍老而天真的回答。

易剑霍然回头，震惊地看着平地里钻出的人。

蓬头垢面，衣衫褴褛，满脸岁月的沟壑，正是武爷。

“你怎么……怎么还在这里！”易剑分明记得，当初看见武爷带着奄奄一息的贺兰雪从地道里出来后，自己好不容易追上他们的脚步，又好不容易打走了武爷，救回王爷，然后快马加鞭地赶往落凤山庄。

他又怎么会凭空出现在这里？难道，自始至终，武爷都没有离开？

易剑努力回想当初救回王爷的情形，确实有点古怪。自己本不是武爷的敌手，哪知武爷自己停住了攻击，作势思考了一会儿，然后转身跃走。

原来，那只是假装的姿态。

易剑暗暗自责：难道自个儿越来越没用了？

“不用自责。”凤九好像看透了易剑的心思，慢腾腾地挪到易剑身前，伸手拍了拍他的肩膀，语重心长道，“小伙子还年轻，武功比武爷差，很自然的。”

易剑抿了抿嘴，没有接话。

“你也不用紧张。”察觉到手下的身躯一阵收缩，凤九的语速终于快了一些些，解释道，“这些日子我之所以不来看王爷，便是不想打搅武爷给王爷疗伤。”

“武爷给王爷疗伤？”易剑还是戒备地望着面前的老人，不解地问。

“是啊，虽然他的疗伤法非但没有帮助王爷，还加重了王爷的伤势，但是中途一旦被打断，只怕会更加不可收拾。”凤九唉声叹气道，“你说，这世上怎么会有那么多好心做错事的人，可偏偏那些自以为好心的人，造成的错误，比故意做坏事的人，还要严重得多。”

易剑被这番话弄得彻底迷糊，他一时看看武爷，一时看看凤九，不明所以。

武爷也瞪着眼睛，很受委屈的样子。

“你刚把王爷送来的时候，我就发现他身上有一股很奇怪的真气，那种真气很独特，并非寻常人所有，举目天下，有这样能耐的不出三人，他们便是当年名动天下的第一夫人——息夫人的贴身侍卫。只是另外两个人早在十几年前，便同息夫人一道消失了，而唯一剩下的那位，自然就是武爷了。”凤九见易剑困惑，大发慈悲地解释道，“所以，我特意在暗处观察了一晚，到了子时，果然看到武爷偷偷摸摸地进了王爷的房间，继续输送真气给他。”

“他输送真气给王爷？”易剑睁大眼睛，不可思议地叫了一声。

“难道这真气不管用吗？还是这小子太不中用了？”武爷摸了摸头，歪着头，很认真地问凤九。

凤九忍着笑，耐心回答道：“并不是真气越多的人，体力就越好，真气在于融会贯通，王爷已经余毒入骨，他需要有人用真气慢慢地将他的毒气疏导出来，而不是一味地用真气将毒气往里面压。”

武爷还是不解地望着他。

易剑明白了一些，顿时满脸担忧。

果然，凤九摊摊手，做了一个爱莫能助的手势，淡淡道：“本来，虽然麻烦点，王爷却还有法子可治，经你这么一折腾，纵华佗转世，也回天乏术了。”

“啊！”闻言，易剑与武爷同时怔了怔。

然后，易剑想也不想地回身拔剑，招招凌厉，迅疾地向武爷攻去。

他已经认定，武爷是故意害死王爷的。

武爷自然不肯白白挨打，老掌挥出，回防严密，掌风呼啸，呼呼作响。

凤九也懒得管他们，只是被掌风扫到，捂着嘴咳嗽了一阵，然后悻悻地推门走进贺兰雪的房间，任由他们在自己的地盘上大打出手。

房间里，贺兰雪静静地躺着，昏迷不醒，可是脸色，却没有重病患者的苍白，反而殷红莫名，如花开盛夏，美得让人错不开眼。

“哎，你差不多该醒了吧。”凤九坐到床榻边，望着贺兰雪，熟络地说道。

他的话音刚落，贺兰雪的眼睫毛颤了颤，然后，眼睛缓缓地睁开来。

琥珀般的眼睛，黑黝黝的，像浸在水底的石子。

“王爷醒了？”凤九客客气气地问。

贺兰雪转了转头，见到凤九，他抬手扶着额头，轻声道：“您怎么在这里？”

“王爷已经晕了三天了，是易剑将王爷送到我的山庄的。”凤九回答道，“这里是落凤山庄。”

“哦。”贺兰雪并没有惊奇，神色淡淡，除了气息有一丝虚弱外，还颇为气定神闲。

“王爷可觉得哪里难受？”凤九又问。

贺兰雪摇摇头，勉力要坐起来：“还好，只觉得全身有点酸痛，其他都没什么。”

凤九像印证了什么一样，了然地“哦”了下。

“外面是什么声音？”贺兰雪终于坐了起来，看他的神色，一点也不像昏迷三日的病人，倒像是饱饱地睡了一觉，此时终于苏醒。神清气爽、容光焕发。

“哦，是易剑和武爷在打架。”凤九淡淡地回了一句，“易剑恨武爷害了王爷，正在为王爷讨回公道呢。”

贺兰雪皱了皱眉，细长的眼睛微微一敛：“易剑也太胡闹了。”

凤九没有答话，只是安静地等着后文。

“凤先生，”贺兰雪侧过上身，面对着凤九，问，“我的情况，到底怎么样了？或者……这样的状态，还能维持几天？”

“王爷心里可是有数？”凤九眸光一闪，问。

“虽然不大明白，但是也知道一些。”贺兰雪的神色很平静，平静得近乎冷静了，“武爷当初给我输入真气的时候，我便知道不妥，只是没办法反对。他的行为，应该百害无一益吧。”

“也不是全然没有益处。”凤九思忖了一会，措辞道，“武爷的真气虽然把王爷的毒逼到了药石不及的深处，但是，他的真气同样也压制了王爷的余毒，也就是说，在这一个月内，王爷会与正常人无异。”

“那这个月之后呢？”

“之后……”凤九抬眼，偷偷地打量了贺兰雪一眼，见贺兰雪仍是一脸平静，他才继续说道，“之后，除非王爷能得到冰国女王的嫁妆星海石，否则，必会毒发。至于毒发后什么情况，会不会危及生命，我也不能保证。”

贺兰雪并没有表现出丝毫的惊奇，只是淡淡地听完后，略一停顿，便掀开被子，跨下床来。

“我去制止他们。”

他们，自然是指武爷和易剑。

凤九没有阻止，只是站起身，看着迅速披了层外衫的贺兰雪，波澜不惊地说道：“据说，冰国女王最近广发英雄帖，邀请很多王孙贵族、江湖人物，参加她的招亲大会。”

贺兰雪没有答话，兀自将外衫胡乱地套上，然后大步往门外走去。

“我还听说，在王爷十七岁的时候，就曾出使冰国，并得到了冰国女王的青睐。冰国女王甚至纡尊降贵地向先皇提亲。”凤九望着他的背影，继续说道。

贺兰雪的动作没有一丝一毫的停滞，他已经拉开房门，径直走了出去。

凤九望着尚且摇动的房门，暗暗地叹了声气，低头自语道：“有时候聪明绝顶，有时候又笨得不可救药。你呀，这次恐怕真的不可救药了。也怨不得我。”

只是口中这样说着，凤九的眼神，却没有这样洒脱，盛满担忧。

一场主仆，到底，是关心的。

房门之外，正争斗得难解难分的两人听到拉门声，视线同时转了过去。

然后，在见到贺兰雪的那一瞬，两人的动作又同时停了下来。

再然后，便如两只大鹏鸟一般，一齐冲向贺兰雪。

易剑简直喜极而泣，他第一次不顾自己的身份，一把拉住贺兰雪的左手，几近哽咽地叫了一声“王爷”。

而贺兰雪的右手，也被武爷迅雷不及掩耳地抓住，武爷的脸上同样露出欣喜：“好了好了，你终于好了，我可以向夫人交代了！”忽而后，他又皱紧眉头，困惑地自言自语：“怎么脉息怪怪的……”

贺兰雪不露痕迹地从武爷手中将自己的命脉抽回来，笑笑，和颜悦色问：“你从一开始就说，你救我是要向夫人交代，夫人是谁?”

“夫人当然就是夫人。”武爷理所当然地回答，一脸崇敬。

“……那你怎么知道，我在地道里?”贺兰雪一面观察着武爷的神色，一面问。

武爷的神志有点不清醒了，他能看得出来。

倘若清醒，当初又怎么会卖力地将他从地道里救出来，然后不顾自身安危地，不断传真气给他?

虽然那真气，反而要了他的命。

不过，武爷本心是好的，贺兰雪知道。

他隐隐已经猜到了武爷口中的夫人是谁，可又不太肯定，他需要进一步确认。

“王爷……”易剑听不大明白他们之间的谈话，忍不住要插嘴。

贺兰雪浅浅地瞟了他一眼。

只一眼，易剑顿时噤若寒蝉。

“自然是夫人告诉我的。”武爷的回答已经响起，“夫人让我救你，现在，你已经好了，我也该去向夫人复命了。”

贺兰雪心中宽慰：自己的猜想果然是对的，武爷口中的夫人，正是伊人。

只是，伊人又是如何让武爷服服帖帖的?

贺兰雪想不通。

事实上，伊人身上的很多东西，贺兰雪都是想不通的。

“那，你知道夫人现在在哪里吗?”他不动声色，继续问道。

语气颇有点老狐狸的味道。

武爷很费力地回想着，也不知想了多久，他一拍脑袋，兴奋道：“我想起来了，夫人和炎国的那小子在一起！还有裴临浦那老匹夫。不过裴临浦似乎死了，到底怎么回事呢……”他的记忆已经混乱。

之所以还记得炎寒，只因为炎寒与他的父亲炎子昊长得太像。

“你不用再想了，夫人应该在炎国，被炎子昊掳掠了。”贺兰雪连忙制止他的胡思乱想，一本正经道。

易剑在旁边目瞪口呆，想说点什么，可是看着自家王爷严肃至极、认真至极的表情，再次迷糊了。

果然是只老狐狸。

武爷果然不再头疼，他神色一凛，很较真地重复了一句：“对，夫人就是被炎子昊掳去的！炎子昊一直觊觎夫人的美貌，他没安好心！老夫这就去炎国，闹他个天翻地覆！”

说完，武爷当即转身，飞也似的朝墙外跃去。

贺兰雪浅浅含笑，只差说两句“走好”“不送”了。

易剑无语。

等武爷消失在众人视野后，贺兰雪脸上的笑容顿时淡了下来，他扭头看了看易剑道：“我没什么事了，在我昏迷的时候，风朝可出了什么事没有？”

易剑当然明白贺兰雪的所思所想，躬身道：“容皇后已经回宫了。”

“哦。”

“是二皇子殿下亲自将皇后送回京城的，淳帝称，容皇后曾遭……曾遭王爷劫持，幸亏贺兰钦大将军大义灭亲，从叛贼……叛贼王爷你的手中救回皇后，皇后被劫期间表现得端庄贤淑，故被册封为惠德圣皇后，容不留太师也官复原职。还有……”易剑一面说，一面抬眼偷看自家王爷的脸色。

贺兰雪神色不动，只是安安静静地听着，仿佛与己无关。

见易剑停顿，他淡淡地问：“还有什么？”

“还有，裴丞相殉职了。淳帝的告天下书说，裴丞相也是在营救皇后的途中殉职的……”

“裴临浦死了？”贺兰雪颇有点吃惊，愣了愣，随即又自语道，“这项罪名又放在我身上了。”

“这不是最重要的，最重要的是，裴丞相留下的位置，由小裴公子顶上去了。”

“若尘？”

“是，若尘公子现在身为御前光禄大夫，当今驸马，当朝丞相，且又是夏侯的侄女婿，一跃成为风朝最年轻、最显要的权贵。”易剑忧心忡忡地说。

贺兰雪倒不以为意，他轻声道：“若尘虽然一直为裴丞相做事，却是一个正直的人。若他在高位，风朝说不定还能长治久安。”

“王爷……”易剑闻言，并没有直接反驳，而是欲言又止了一番。

“什么时候说话变得吞吞吐吐了？”贺兰雪不悦地挑了挑眉，催促变得越来越婆婆妈妈的易剑。

“王爷，属下觉得……属下觉得，若尘公子似乎变了。”易剑终于下定决心，坦然道，“从前那个正直的若尘公子，仿佛和裴丞相一道死去，现在京城盛传小裴大人权势大过老裴大人，不仅大量结交京中权贵，而且……而且，还干涉宫闱之事。”

“干涉宫闱之事？”

“是，小裴大人以皇后被掳贞洁不详为名，要求淳帝另择皇后人选。而目前最受淳帝宠爱的两位妃子，一位是王爷的姐姐，不，是伊妃的姐姐，伊琳；另一位，便是小裴大人的妹妹，裴若兰了。”

“也就是说，裴若尘想让他妹妹登上后位？”贺兰雪乍听到伊琳的名字，不自觉地想起伊人，费了很大心思，才没有将话题转到伊人身上去。

“对，而且兰妃如今怀有身孕，倘若是皇子，只怕便是风朝的储君。”易剑回答。

贺兰雪沉吟了片刻，然后淡淡道：“只要若尘一心为国，偶尔有点私心，那也没什么。反正，淳帝也没有子嗣。只是这样的境况，以后外戚干政，却是必然了。”

“王爷可有什么打算没有？”易剑连忙问。

“没有。”贺兰雪很利落地否定道，然后往前走了一步，声音慢慢地从前方传来，“还记得黄阿牛的新婚妻子吗？能不能把她找来？”

易剑站得笔直，响亮地回答了一个字：“是！”

第16章　孤单

伊人坐在秋千上，晃晃悠悠地摇着，头上青天白日，因为空旷，天空不显遥远，反而很低，低得触手可及。她于是伸出手去，五指张开，仰面，眯眼，阳光细细碎碎，点点滴滴，洒了她一身。

炎寒踱至角门。站在门口，他静静地看着花园里的景象。

秋千是他命人专门打造的，木板上铺着锦缎，绳索上也镶满了花束。

在这样的季节，又是土地贫瘠的炎国，花是很少见的植物。可是那张秋千上，依然姹紫嫣红，摇动的时候，便能闻到醉人的花香。

这样细腻的心思，伊人未尝没有察觉。回到炎国后，伊人从未表现出丝毫不悦。

她这样，炎寒反而不知道该做什么，才能让她感动，忘记贺兰雪。

炎寒突然觉得很无力。

他微微低下头，突然想起方才自己与先生的谈话。

先生问他要不要听先皇与息夫人的故事。

先生说不想让他重蹈覆辙。

炎寒很想听，他对父王与息夫人的往事好奇已久。

可是，他的回答却是：“我不想听。”

炎寒说：“我不想让任何人的故事成为我借鉴的对象，也不想因为父王的失败而承认我的无能。对于伊人，我只想用本心去对待，无论结局怎样，那也只会是我的故事。”

“炎寒。”伊人放下手，有点意外地看到了默默站在那里的炎寒。

炎寒浅浅地回以一笑，走到她的背后，手扶着绳索，俯下身，在伊人耳边轻声道：“我给你带了一个人来，你想不想见？”

伊人愣了愣，然后满眼憧憬地问：“是阿雪来找我了？”

炎寒的眼眸黯了黯，很快恢复，他摇头道：“不是，是另外一个你想见到的人。”

“谁？”伊人睁大眼睛，显然猜不到。

炎寒凑到她耳边，低低地吐出两个字：“十一。”

伊人果然很高兴，从秋千上一跃而起，兴奋地看着炎寒：“真的是十一？”

“你自己看看。”炎寒微笑，身子往旁边侧了侧，背后露出一个穿着鹅黄色宫女装的少女来。

鹅蛋脸，细长的眉毛，细长的眼睛，小小的鼻子，红润的嘴唇，果然是十一的模样。只是，与伊人记忆中的形象又有点不同，似乎……似乎更像一个女人了。从前懵懵懂懂的眼神，如今，已然成熟，皆是风情。

不过，她确实是十一。

伊人已经奔了过去，一把抱住十一，恨不得将她举起来："十一，十一，你怎么来了！"

炎寒还是第一次看到伊人这样欢欣的样子，不禁被感染，脸上露出一抹笑来。

"我听说小姐在这里，就自个儿跑来了。"十一也很欢喜的样子，任由伊人抱着自己又笑又跳，笑语盈盈。

"她为你闯宫，说认识你。"炎寒见伊人神色欣喜，不再说什么，"你如果想让她留下，便留下吧。"

炎寒说完，知趣地轻声离开，将空间留给她们主仆叙旧。

"你来找我，你相公知道吗？"伊人想起什么，眨眼问道。

"就是他让我来的。"十一笑呵呵道，"相公让我好好照顾你，以后，还要完完整整地把你交还到王爷手上。"

"阿雪？"伊人怔住。

"是啊，王爷很担心小姐。"十一点头肯定地说了一句，然后用目光扫了扫炎寒消失的方向，压低声音问，"炎国的皇帝可有为难小姐吗？"

"没有，他对我很好的。"伊人回答。

"我是说……那种为难……"十一小心地措辞，不停地用目光示意着。

伊人睁大眼睛，很不解地看着十一在那里挤眉弄眼，好半天，才恍然道："你是问，他有没有……那什么，非礼我？"伊人说话的声音很大，似乎不以为耻，"没有，炎寒很好的。他不是其他人。"

固然在刻意地回避着炎寒的好，在伊人心中，炎寒却已经不一样，他不是其他人。

而其他人，只是其他人。

在伊人说这句话的时候，炎寒正立于墙角。他不是故意偷听，只是不舍得走太快，于是，很无意地听到了伊人的这句话。

这句平常至极的话，却让炎寒心底一震，继而暖暖的。

他与伊人之间，正形成一种奇怪的默契，那种默契，与爱慕无关，而是一种信任。

"不会吧。"十一却是满脸不信，"他还是一个正常男人吗？"

正常男人，哪有面对着自己喜欢的女人半个月，还没有动手动脚的？

十一可清楚地记得，自己初时与黄阿牛成亲的时候，黄阿牛逮到机会就求欢，虽然有时候觉得很累，可是累得很幸福。

那句话，炎寒也听到耳里。他哂然一笑，然后疾步离开。

“他是正常男人啊，哪里不正常了？”伊人闻言，歪了歪头，很努力地回想着炎寒的种种表现。

十一没法跟她解释，只能在心中暗暗称奇。

“小姐，你知不知道，你在炎宫的消息，已经传得沸沸扬扬了？”十一很快恢复从前八卦女的样子，把伊人拉到秋千上，压低声音，神秘兮兮道，“别人都传言，说你是什么红颜祸水，先是祸害逍遥王，现在，又祸到了炎宫里！”

伊人不明所以地望着十一，傻乎乎地“啊”了一下。

她是祸水？不会吧，从始至终，她可什么都没做过啊，怎么就成祸水了？

“炎国皇帝把小姐留在宫里的事情，让炎国臣民很气愤呢。”十一又道，“小姐是风朝逍遥王的王妃，王爷被风朝皇帝定为叛徒后，你又让小裴大人牵肠挂肚。小姐身份本特殊，现在又不明不白地住在宫里，还得到炎国皇帝的宠爱，炎国皇帝为了你，可连当朝首辅的建议都听不进去。你想想，这说明什么？”十一故意顿了顿，估摸着伊人的胃口被吊起来后，她才下定结论道，“这说明，小姐你就是一个倾国绝色、颠倒众生的大祸水！”

伊人的眼睛倏地睁大。

倾国绝色，颠倒众生？这两个词，怎么听着那么遥远呢？

形容息夫人，倒也贴切，形容她嘛……

“又有谁知道，真相原来是这么可怕的。”十一摸着下巴，一面打量着她，一面不客气地说，“小姐瘦是瘦一点，不过，还真的长得不怎么样，你说，炎国皇帝到底看上小姐的哪一点了？王爷怎么还会对小姐念念不忘呢？”

闻言，伊人只有无奈的份。这个十一，果然还是和当初一样——不、可、爱！

“你见过阿雪了吗？”伊人也不再执着这个话题，挑了一个她感兴趣的问。

“王爷现在很好。”十一点头道，等了一会儿，她又一脸迟疑道，“不过……”

伊人眼巴巴地望着她，也不催，只是等着后文。

“不过，王爷最近似乎很忙，我听别人说，冰国女王似乎要搞什么招亲大会，被选上的人，不仅可以得到冰国女王冷艳的大批嫁妆，还能与女王分治天下。王爷现在是戴罪之身，如果能得到冰国女王的青睐，王爷的身份将更胜从前，而且，据说冷艳当初也喜欢王爷。我听别人说啊，王爷似乎想去试一试，当然啦，只是听说而已。”十一将“听说”两字翻来覆去地说了三遍，然后，她抬头偷眼打量伊人的反应。

伊人只是淡淡地“哦”了一下。似乎在发呆，神色静静，不为所动。

十一有点惊奇。难道小姐都不懂得吃醋吗？

“小姐，你知道炎国皇帝在哪座宫殿里安寝吗？”十一又问。

“啊?”伊人从方才的发呆中惊醒，伸手指了指东方，说，“在那边。”

“小姐怎么知道他的寝宫?”十一别有用意地问道。

“因为我们住得很近啊，他自己说的，他住的地方，就在我旁边。”伊人毫不设防地回答道，“你为什么要问这些?”

“哦，没什么。”十一连忙摇头，笑了笑。

伊人也不怀疑，只是坐在秋千上，有一下没一下地荡着，继续发呆。

十一看了一会儿，忽而发现：其实小姐还是在意的吧。

虽然没有吃醋，也没有追问，可是她的神色，分明有了落寞。

是，落寞，这种似乎与伊人八竿子打不到一处的情绪，竟然破天荒地出现在她脸上。

她也没有再提贺兰雪的事情。

“小姐。”过了一会儿，十一又说，“你还要不要出宫见王爷呢?”

伊人迟疑了一下，没有回答。

“其实这里也不错啊，比之前的王府好多了，王府里的人对我们不理不睬，我刚才进来的时候，那些宫女啊太监啊，一听说我是小姐的侍女，一个个毕恭毕敬，不知道对我多好呢。就连小姐现在坐着的秋千，可都好过从前王府里的那个。”十一兴致勃勃地劝说着。

伊人侧头想了想：从前王府的秋千，似乎被贺兰雪扯断了吧。

那时候，还有裴若尘。

那时候，岁月静好，风轻云淡。

“他们对你恭敬，可是却不喜欢我。”就在十一以为伊人已经被劝服的时候，却听到伊人冷不丁地开口道，“这里的人，都不喜欢我。”

除了炎寒，其实所有人，外表对她毕恭毕敬，心底，却实在不怎么待见她。

这样的虚伪，比起从前王府的冷遇，更让伊人觉得难受。

“小姐为什么会这么想?”十一诧异问。

“我都知道的。”伊人垂头，低声说，“炎寒为我受了许多委屈，可是，我不想要他受委屈，也不想让别人假装对我好。”

她虽然每天吃了睡，睡了吃，平日里不与人交往，可是，也希望别人能真真实实地对待她。

在这个宫里，只因为炎寒对她的宠溺，所有人都巴结她，给她穿衣，给她打扮，当面夸赞她如何如何漂亮，如何如何安静贤淑文雅。

伊人只是淡淡地听着，淡淡地感知着，感知着整座宫殿的不友好。

炎寒的怀疑，其实很正确。她，很孤单。

从未有过的孤单。

十一望着自家小姐，想安慰一两句，却不知从何说起，只觉得，有什么东西变了。

现在的小姐，不再是从前没心没肺，只想安居一隅，得过且过的小姐了。

正想着，伊人已经站起身，拍拍衣襟，悠悠哉哉道："时间不早了，睡觉去吧。"

十一正感怀着，乍听此言，差点摔倒。方才怎么会认为小姐变了呢？

她分明还是从前的模样，好吃懒做，胸无大志。

果真是江山易改本性难移啊。

伊人刚从秋千上下来，走了两步，也不知从哪里钻出了七八个宫女，一齐拥了过来，几个搀扶着伊人，几个拾起伊人的裙摆，几个倒水，几个摇扇，七手八脚，很快将十一挤到了后面。

十一目瞪口呆地看着伊人的超级待遇，愣了半天，突然想到伊人方才的话："这里的人，都不喜欢我。"

她们都不喜欢她，却在那里不停地献殷勤。

十一忽而心底生寒。再看挤在中间的小姐：伊人一脸慵懒，老老实实，任由她们摆弄着，那样的淡，淡得有点凄惶了。

十一遂又低下头，想到她来这里的时候，相公吩咐自己的话，心底更是一阵发凉。

来之前，一向温柔体贴的相公，突然极其慎重地叮嘱她："一定要偷到炎宫的至尊图，而且，不能让伊人与王爷相见，如果可以，让伊人与炎寒在一起。"

她当时很吃惊，追问为什么。黄阿牛只是高深莫测地看着她，说："十一，你是我的妻子，这世上，你唯一能信任的人，只有我，不是吗？"

十一遂不再说话。

初见炎寒时，十一还自我安慰道：其实炎寒不错，要身材有身材，要样貌有样貌，要财有财，要势有势，重要的是，他对伊人很好，比起从前贺兰雪之于伊人，那简直是，一个天上，一个地下。念及此，十一更是卖力地拆散伊人与贺兰雪，怂恿她留下来。

可是，见到这样被众星捧月的伊人，十一反而觉得难受。

相比之下，伊人更愿意回到以前的王爷府，被众人遗忘，晒晒太阳睡睡懒觉。

十一就这样若有所思着，一步一步在后面挪着。

一路跟到伊人现在居住的寝宫，她下意识地往旁边瞟了一眼，果然见到了一座红砖金瓦的宫殿，那应该就是炎寒的寝宫了。

两座宫殿比邻，离得非常近——这样近的距离，对于炎寒来说，是不是一种煎熬呢？

十一很不纯洁地想着。

进了寝宫，里面更是装饰得美轮美奂，每个细节都力求舒适、悦目，只是这样的讲究，对于伊人来说，可真有点浪费了。

伊人径直掀开纱帘，走到床边，然后猛地扑了上去，将自己懒洋洋地陷在软软的锦缎中，两只小脚胡乱地踢了几下，踢掉鞋子，然后倒头大睡。

“十一，你就在我旁边睡吧。”躺好后，伊人还不忘记十一，非常诚恳地邀请道。

十一翻了翻白眼，硬声道：“我可没有小姐那么能睡，我就在外面随便转转好了。”

“嗯嗯。”伊人点头，将被子拉到肩膀上，“你随意，千万别客气。”

说话的语气，倒像她是一个主人似的，却忘记了，她也是客居于此而已。

十一暗觉好笑，也深知伊人入睡的速度有多么快，所以，她也没有接话，直接走了出去。

果然，后面已经传来了小小的鼾声。

十一穿过重重帘子，走到殿外，刚到门口，便见到走廊上迎面走来一行人。

十一留了个心思，悄悄地躲到了门侧，那行人越走越近，一直走到炎寒的寝宫前。

而最前面的人，黑衣金边，像漠北苍鹰般伟岸俊朗，正是炎寒。

他的身后，跟着炎国的重要官员，左侧则是那位老者，被炎寒尊称为先生的卫先生。

“王上，无论如何，你都要参加这次招亲大会，即便不为结亲，也要借此机会，拉拢冰国女王，现在天下三分之势已成，冰国的态度对以后的局势，事关重要！”一官员向前一步，勉力劝谏道。

炎寒尚在沉吟，旁边的卫先生则淡淡道：“当然，如果能与冰国女王结为姻亲，那就更好了。现在炎国与风朝势均力敌，倘若能得到冷女王的支持，风朝定会不攻自破。”

“王上天纵奇才，玉树临风，倘若有心逐鹿，冷女王必然会屈服在陛下的英姿之下。”卫先生的话音刚落，身后便浮起一阵拍马屁声。

当然，也不全是马屁，而是事实。

“据说冰国女王冷艳美丽绝伦，是人间罕见的美人，而且智谋无双，玲珑剔透，绝对能当炎国的皇后。”另一人道。

在他们心中，能配得上当炎国皇后的人，就应该像冷艳这样，身份尊贵，美艳聪慧。

而不是……

几人心照不宣地互望一下，眼底了然：他们果然想到了同一个人。

而不是，像伊人那样，一无是处，来历还不明不白。

炎寒没有回头，故而不知道后面的人在想什么，但他也能猜到一些。

伊人住在宫里的事情，早已让许多人不满了。

更有激进者，把自己家族的女人一批一批往王宫里送，只盼能得到炎寒的青睐，从而撵走那个不知来历的伊人。

炎寒却始终不肯松口。

“王上，你要为整个炎国负责，如果你还记得当初在先皇灵前答应的事情，这次招亲大会，你一定要去。”卫先生看出炎寒的决绝和迟疑，不失时机地加了一句。

好在，炎寒似乎也没打算让他们为难。

他略略点了点头，淡淡道：“我会去参加大会。”

正在众人感到欣慰之时，他又补了一句：“带上伊人一道。”

所有人都傻了眼。

“王上!”很快，身后便有忠臣打算死谏了。

炎寒颇觉头大，旁边的卫先生突然说道：“王上已经做了决定，诸位不必多说，还是研究去冰国要准备什么吧。”

这一次，不仅众大臣觉得不可思议，连炎寒都觉得奇怪了。

卫先生之前一直站在大臣们的前面，向他说教，这一次，竟站在他这边，虽然炎寒身为皇帝，也不免深感荣幸。

众人果然不再言语，卫先生身为帝师，在炎国的地位极高，某些方面，他说的话，比炎寒还能一言九鼎，如果卫先生都不反对，其他人也懒得折腾了。

“其他参会者，你们都查到了吗?”待气氛稍缓，炎寒开口问。

“除了各大江湖门派外，风朝方面派出了夏侯的独子夏玉和夏侯的侄子柳溪——夏玉我们倒是知道，这位柳溪，据说是夏侯夫人的内侄，从前在昆仑学艺，暂时没查出什么来头。还有海岛那边的倭国也派出了本国的皇子，参加竞争。但是倭国地质贫瘠偏远，国小人少，听说那里的人都较为蛮荒，即便是皇子，竞争力也应该不大。其他人更是乌合之众，其中唯一能称道的，便是流园少主流逐风。”

“流逐风也会来?”炎寒终于来了兴致，“听说见过他真身的人很少，不知道到底是一个美男子，还是一个丑八怪。只是流园一向与世隔绝，极少干涉世间事，这一次，又怎么会心血来潮来参加冷女王的招亲大会?难道，也是觊觎冷女王的权势与美貌?”

“这倒不是，听说这次流逐风是冷艳的特邀宾客。”负责汇报的官员解释道，“也有人猜测，流逐风是冷艳的心上人，这次大会，不过是掩人耳目而已。”

“我怎么听说，冷艳的心上人，是风朝的逍遥王贺兰雪?”一人插嘴道。

炎寒听到贺兰雪的名字，心中不快，淡淡地“嗯”了声，吩咐道：“准备准备吧。后天就要出发了。”

众人领命，纷纷散去。

等台阶上只剩下炎寒与卫先生两人时，炎寒问他：“先生这次怎么不责怪我了?”

卫先生回答道：“有些事情，任别人怎么说，都是无济于事的。还是请王上自己体味了。只望王上时刻记得自己的身份、自己的使命。”

“寡人记得。”炎寒欠了欠身，沉声承诺。

卫先生也不再多说什么，又是一声叹息，然后折身朝宫门外走去。

炎寒站在最高的台阶上，略略地出了一会儿神，正想跨步走近自己的寝宫，又似想起什么，方向一转，朝伊人的住处走去。

跟在后面的太监赶紧小跑着跟上。

十一见状，也不再躲藏，略略整了整衣服，然后从藏身之处大步走出，就像刚刚走出来一样。

走到炎寒面前，十一略略拜倒，请安道：“陛下。”

炎寒点了点头，问：“伊人现在在做什么？”

“小姐说困了，正在睡觉。”十一老老实实地回答道。

炎寒丝毫不以为奇，只是笑笑，抬头看了看已过晌午的日头，淡淡道：“你远道而来，也累了，不如去歇息吧。”

十一连忙谢恩：“是。”

炎寒又朝里瞥了一眼内殿密密的帘子，终于决定不去打搅伊人，脚步轻换，便要走开。

十一却在那一刻叫住了炎寒：“陛下！”

炎寒顿住脚步，转头看着她，态度还算亲切。

十一似受到鼓励，一面扭捏着，一面费力地说道：“陛下，奴婢想替我家小姐，谢谢陛下。”

炎寒眉毛一挑，没有作声，只是望着她。

十一于是继续道：“小姐从小就吃了很多苦，自小被下人欺负，老爷、夫人都不疼小姐，后来在王爷府的时候，也遭到王爷的冷遇，之后还颠沛流离。陛下是奴婢见过的最疼爱小姐的人，小姐在这里过得很好，所以，奴婢想替小姐谢谢陛下。”

“伊人吃过很多苦？”炎寒怔了怔，随即觉得好笑。

看伊人的样子，一点都不像吃过苦的人。或者，她从未以此为苦。

倒是现在，伊人在炎宫里好吃好喝着，炎寒反觉得委屈了她。

她把自己封闭得很紧。虽然知足安然，炎寒仍然能看到那个不可跨越的鸿沟。

“无论如何，谢谢陛下了，奴婢……奴婢也斗胆求陛下，永远不要让小姐失望。小姐已经失望过太多次了。”十一说着，便跪了下来，重重地磕了一个响头。

炎寒连忙伸手拦住她，十一的头还没碰到地上，便被炎寒的手臂轻轻扶起。

“你说，她失望过太多次，都有哪些次？”炎寒好奇地问。

只要是关于伊人的事情，他都想知道。

想知道她的过往、她的经历、她的想法，和她的爱好。

可是动用了炎国最出色的斥候，炎寒得到的消息依然极少：伊人，生于江南伊氏，其父为风朝首富，有姊伊琳，现为琳妃，为帝王宠，十六岁之前无所记载，据伊家旧仆道：此乃一天生白痴也，十六年从未出过伊家宅院，后替姊出嫁，入住逍遥王府，此后一年内，逍遥王鲜少临幸，与裴若尘有些许私交，无其他特别记载。

逍遥王府旧仆中，不知此妃者，竟十之有七，而另三成提及伊人，皆此评语：平庸懒散，无所前途。

之后，裴若尘迎娶风朝公主贺兰悠，伊人当街抢亲，为世人知，亦为世人诟，半月后，贺兰雪叛变事发，逍遥王府逃散一空，伊人也不知所终。

而接下来的事情，炎寒已经知道得七七八八。

这是一份干净得让人无法不生疑的履历。

她的过往，太空白了，空白得容不下她的剔透与从容。

所以，伊人对炎寒来说，自始至终，都是一个无法参透的谜。

听到炎寒的问题，十一敛眉回答道："小姐的父亲因为逍遥王的事情与她断绝关系了，逍遥王也为了容皇后，一度让小姐落入刺客柳色的手里，小裴公子本来对小姐不错，可为了自身利益，还是丢下了小姐娶了公主。小姐对别人都很好，却一直被人抛弃，这还不足以失望吗？"

炎寒沉吟着，初时听到这些话，没什么感觉，可慢慢地，又觉得心痛。

伊人总是一副没心没肺的样子，大抵，被人抛弃了，也不会抱怨什么。

可是每次被舍弃，都是在她真心付出后吧。

一个人表现得再无所谓，也是有感觉的。

只要有感觉，就会伤心，就会难过——虽然那些伤心难过，连她自己都不曾体察。

"你放心，你家小姐从此以后不会再失望了。"炎寒面对着一个地位如此低下的侍女，非常认真、非常诚恳地承诺着。

十一本只想引起炎寒的同情心，让他更怜惜自家小姐，乍听到炎寒如此慎重的保证，不免有点惊奇了，隐隐的，又甚觉宽慰。

她敛裾恭恭敬敬地又是一礼，低头后退，转身碎步而去。

炎寒在寝宫前站了一会儿，突然改变了主意，大步朝内殿走去。

守在层层帘幕前的宫女太监们一阵惶恐，掀开帘子，跪地恭迎炎寒的闯入。

是的，闯入。

这还是炎寒第一次在伊人熟睡之时走进她的寝宫，早有好事的宫女太监们在私下偷偷地打赌，赌陛下何时会忍无可忍，直接闯宫，将那个不知趣的伊人给"办"了。

如今，大半个月过去了，王上对她如此用心，如此体贴周到，她却始终懵懵懂懂，成天睡觉晒太阳。

这种情况，早让底下的人议论纷纷，乃至义愤填膺了。

到了今天，终于，王上发威了！

那些跪在地上的下人一面低头敛目，一面暗暗窃喜，最后一层帘子被掀开，炎寒走了进去，帘子于是又合拢，所有匍匐在地上的八卦者，都不约而同地竖起耳朵，等着里面传出的不纯洁的声音。

那些声音，光是想想，便已让他们兴奋不已。

果然，王上不负众望。

没一会儿，便听到帘子里面的一个惊惶的“啊”声。

原先一直跟着炎寒的太监总管突然扬了扬手，指着前面的一个小太监，低声吩咐道：“赶紧把这个消息给卫先生传过去，还有，李大人和刘大人的府上也要传到，再派人去造册记载。”

小太监领命退去，剩下的人仍然匍匐在地上，心中五味杂陈，不知是悲是喜。

帷幔翩跹。

“还疼吗?”炎寒一把将伊人拉了起来，让她坐在自己身边，笑着问。

伊人扭了扭脖子，然后一脸欣喜地回答道：“真的不疼了，你的办法真好。”

方才炎寒骤然走了进去，伊人被脚步声吵醒，本来准备翻个身继续呼呼大睡，哪知脖子一扭，她不由得惊呼一声“啊”——脖子疼得厉害，确实睡姿太不雅，以至于脖子扭了。

炎寒见状，连忙上前替她揉捏，又使了一套小擒拿手的功夫，顺便给她做了一个按摩。

“伊人，我有话对你说。”

“什么事?”伊人一面应着，一面将脖子扭来扭去。

炎寒好笑地看着她，继续道：“过几天，我要去一趟冰国。参加冰国女王冷艳的招亲大会。这件事对炎国很重要，所以，我不能不去。”

“呃……”伊人还在扭动着她的脖子，似听未听的样子。

炎寒于是沉下声来，缓缓道：“我参加那个招亲大会，便有可能娶了冷艳。你没有什么话要说吗?”

“啊，恭喜。”伊人终于停止动作，转过身，挺真诚地看着他，说，“你要成亲了吗?”

炎寒心中微寒，没有回答，只是望着她。

伊人却没有一丝一毫心虚的感觉，她望着他，轻声道：“只要是你愿意做的事情，没什么不好的。”

炎寒沉默了一会儿，然后笑了笑，柔声道：“是，只要是我心甘情愿的，你怎样都无所谓。”顿了顿，他又说，“你和我一起去，听说冰国的风光极美，常年积雪皑皑，现在正是飞雪的季节，多准备点暖和的衣服，我们可能会去很多地方。”

“好。”伊人满口答应着，又突然想起什么，抬头惊愕地看着他，“你去成亲，为什么我也要跟着去?”

“因为你这辈子只能跟着我。”炎寒霸道地丢下一句话，然后很爽朗地笑笑，站起身，大步向帘外走去。

从炎国通往冰国的驿道上，越往北走，天气越是寒冷。

伊人缩在马车里，身上已经裹了一层厚厚的羊绒，不知怎么，还是觉得冷，她的嘴唇抖了抖。

十一往中间的火炉里添加了一些煤炭，吱吱的声音后，车厢内顿时弥漫着一股暖气。

伊人松了一口气，屁股蹭了蹭，挪到了火炉边。

“真不知是什么气候，怎么那么冷?”十一掀开车帘，望着外面飘飘荡荡的白雪，抱怨道，“常年生活在这里的人，岂非全身都要长上长毛? 不然可怎么御寒!”

“十一错了。”车厢外，传来一个爽朗的笑声，一身黑色骑马装的炎寒策马来到车窗边，扭头含笑道，“冰国可是著名的美人聚集地，这里的人皮肤都很白，眼睛大，鼻子高，而且身量修长，一个个可都是美人坯子。”

十一吐了吐舌头，抬眼望了望马背上的炎寒，不由自主地问道：“冰国的男人，能比得过王上吗?”

炎寒大笑。

十一则眯起眼睛，不客气地打量了炎寒一番。

骑在紫红色骏马上的炎寒确实比以往更加英武照人，刀削斧凿的面容因为冷气，而显得有点冰色，像被打磨出来的岩石般，眼睛有点细长，却与整张脸相得益彰，薄唇微抿，轻翘的弧度优美异常。

明明是一张很酷很有男人味的脸，却总能在唇角看到能置人于死地的温柔。

十一相信，即使冰国人真的都是美人坯子，只怕能配得上炎寒的，估计不出三人。

如此说来，小姐岂非很危险?

等炎寒策马离开后，十一放下车帘，担忧地看着伊人，说：“那个什么冰国女王，会不是死皮赖脸地要嫁给王上?”

伊人烤着火，不以为意地回答道：“呃，有可能。”

“小姐难道一点都不担心吗?”十一急忙追问。

“担心什么?”伊人茫茫然地抬起头，瞟了十一一眼，然后伸出手在火炉上搓了搓，淡淡道，“他不是本来就要娶她吗?”

“当然不是，如果王上要娶冰国女王，又怎么会带上小姐？”十一恨不得将那个榆木脑袋敲醒，“王上对小姐的心思，难道小姐真的不知道？”

伊人抓了抓脑袋，歪着头，将这句话自动过滤过去。

“小姐！”十一却不依了，扑过去，双手捧着她的脸，前后摇了摇，“人要惜福，过了这个村就没这个店了！”

伊人被她摇得七荤八素，口中咿咿呀呀地发出一连串奇怪的声音，等十一停下动作时，她已经晕头转向，分不清东南西北了。

即便这样，十一仍然不肯放过她，她怒视着伊人，一字一句地问：“小姐，你为什么就不肯依了王上呢！”

上次炎寒与伊人的谣言，十一也略有耳闻，本来心中窃喜，哪知向伊人一求证，她的回答让十一大失所望。

这个榆木脑袋。

“我现在很依他啊。”伊人不知是真傻还是假傻，她挺无辜地看着十一，小心道，“他说什么，我就做什么，没有什么不妥吧？啊？”

十一想抓狂。

事实上，她也这样做了。

她重新捧起伊人的脸，手中用劲儿，将那张圆圆的、婴儿肥的小脸挤成一堆，翘着的上嘴唇几乎贴到鼻子了，这一次，伊人连咿咿呀呀的怪叫都发不出来了。

“你说，你到底在想什么呢！王上哪里不好了，王上绝对是天下独一无二的！难道小姐心中有人了？不会吧，小姐还会有心上人？！”十一自顾自地说了许多，终于舍得将伊人放开，伊人喘着气，伸手揉了揉酸痛的脸颊，委屈地盯着十一。

“难道小姐还念念不忘小裴大人？”十一思索了许久，想着伊人在乎过的人，似乎只有裴若尘吧。

不过，裴若尘成亲后，她也不见得多么难过，也犯不着为他守身如玉吧。

“啊？”伊人不明所以地看着她，傻愣愣的样子。

十一便以为自己猜对了，不由得自语道：“可是小裴公子已经变了。”

“啊？”

“小裴公子自从绥远回去后，性情大变，听说不仅对悠公主不好，还娶了许多姬妾，悠公主都气得回宫住了。而且，淳帝对他也很信任，很宠爱，他现在可是风朝的一大权臣呢。”十一摇头晃脑道，“他利用自己手中的职权任意妄为，罢黜了十多位京官，都是与他意见不合的人。京城里许多人都对他的行径很不齿呢。”

伊人眨眨眼，有点难以想象地看着十一。

“所以啊，小姐不要再想小裴公子了。”十一认真地总结道。

“裴若尘……”伊人自顾自地念了念他的名字，随即，便没了后文。

十一噘噘嘴，也就不再苦口婆心了。

行至第三天的时候，马车突然停了下来，前面的侍卫顿时戒备森严，只听到兵器的簌簌声，众人围成了一团。伊人见外面黑影憧憧，掀开帘子一瞧：先是涌进来的风雪，紧接着，便是一排排林立的背影，将她的视线挡得严严实实。

“小姐。”十一也在旁边瞄了瞄，很好奇地问，“是不是遇到什么情况了？”

“呃……”伊人还没来得及回答，一个苍老雄厚的长啸声便从前方传来，伊人自觉耳熟，正思忖着，便听到那人高喊着：“夫人！夫人！小武来救你了！”

伊人呵呵一笑，掀开帘子，朝声音的来处喊了句：“武爷！”

她的话音刚落，一个灰色的影子以千钧不可挡的速度向伊人俯冲过来，前面挡着的兵士纷纷上前，却被冲得七倒八歪，本策马立于最前面的炎寒则很快回转马头，向伊人所在的马车奔来。

不过，武爷终究快了一步，伊人只觉清风拂面，灰色的影子一闪，他已站在了她的面前。

“夫人，您还好吧，炎子昊那浑蛋有没有欺负你？”武爷也不知中了什么邪，已经彻彻底底地将伊人当成了息夫人，他看着她时的表情，也是崇敬的。

“他对我很好的。”伊人眯着眼睛笑笑，并没有纠正他。

武爷看了看她，又狐疑地看了看靠过来的炎寒：“夫人，千万不要被他给骗了。炎子昊可不是什么好东西。”

炎寒闻言，心中一动，将错就错地问道：“你如何知道我不是好东西？”

“我当然知道！”武爷吹胡子瞪眼，义愤填膺道，“当年，若不是因为你，夫人和无双帝也不会闹成这样。”

“因为我？”炎寒更是不解，对于上一辈的往事，他只知道一点，从不知完整的故事。

“就是你，小人！挑拨离间！”武爷冲着炎寒狠狠地啐了一口，然后一把抓住伊人的手臂，殷殷道，“夫人，贺兰无双虽然也不是什么好人，不过，总比这小人好！小武这就带你去找贺兰无双解释清楚！”

“武爷……”伊人试图解释，可是刚吐了两个字，却被武爷断口拦截道，“夫人不需要说什么，小武明白的，以夫人的骄傲尊严，又怎么会纡尊降贵，跑去向贺兰无双解释！那家伙不懂夫人，夫人又何需要他明白自己！让那人死翘翘算了！”顿了顿，武爷似想起什么得意的事情，他咧嘴笑笑，压低声音，邀功一般道，“夫人，你上次让我去救无双，我救了他，又害了他，他可活不了多久了。”

伊人怔怔，然后意识到：他口中的无双帝，便是贺兰雪。

只是，活不了多久又是什么意思？

“既然贺兰无双不能对你家夫人好，武爷何不成全我们呢？”正在伊人沉默的时候，炎寒冷不丁插了一句，一本正经道，“你可以问问你家夫人，是不是想离开我？”

他本来只想借机将这个疯疯癫癫的武爷打发走，可是话一问出口，心里却不禁有点惶恐了。

担心伊人的回答。担心她真的亲口对他说：我想离开了。

武爷果然转过头，很认真地问伊人：“夫人，你要不要离开？只要你点点头，刀山火海，小武都会把你带出去！”

炎寒的心都提到了嗓子口，他专注地看着伊人，似乎想用目光，预先看到她心中的答案。

伊人却并没有急着回答，而是抬头问：“阿雪……就是你救的那个人，现在怎么样了？”

“天知道。”武爷翻翻白眼，本来挺不屑的，可是一瞟眼，瞧见了伊人眸底隐隐的担忧，他不得不慎重地对待这个问题。摸着头想了半日，他终于恍然道：“我想起来了，那家伙好像要去娶什么女王什么冷艳，说什么只有冷艳的嫁妆星海石才能救他的性命。”

武爷当日听了一些凤九的话，因此有了这些印象。

“难道贺兰雪也来了？”炎寒颇有点吃惊：如此看来，这次冷艳的招亲大会，自是非一般的热闹了。

然而这件事对炎寒来说，都不算太重要，重要的是，伊人方才刹那间划过的担忧。

她担心他。

这个认知，让炎寒倍感落寞。

“阿雪要娶了冷艳才能活下去啊。”伊人很快地抓住了重点，然后，她抬起头，盈盈地看着炎寒。

她看得如此认真，以至于炎寒想装傻，都不得不去面对。

他已经知道了伊人的意思。

果然，没多会儿，伊人一面对手指，一面弱弱地说：“那个……那个……”

“你让我放弃冷艳，将她让给贺兰雪，因为贺兰雪更需要这场婚姻，对不对？”炎寒看着她，忽而微微一笑，替她将心里话说出来。

伊人还是对着手指，头却低了下来，没有应话，亦算默认了。

她知道这个要求有点无礼，也知道炎寒一定会答应她的要求。

所以，她难为情，甚至自责。

这种感觉，伊人倒是第一次。

从前虽然也好吃懒做，虽然也给很多人制造麻烦，但一直能过得坦荡荡。

因为从不求人，也从没有人求过她。

可是，自认识炎寒后，她倒是隔三岔五地有求于他。虽然他从没有真的让她求出口。

“伊人，我只想问你一句，贺兰雪与冷艳成亲，你不难过吗？”炎寒却并没有失望的意思，反而有丝窃喜。

伊人歪着头，不解道：“如果他觉得很好，我为什么要难过呢？”

炎寒闻言浅笑，笑意里有点邪气了，他神色自若，淡淡道：“可是这次我本是势在必行，如果你要求我放弃，我是不是应该拿点什么做补偿呢？”

伊人忙忙点头：“应该的。”她始终不习惯欠人东西，最好能现还现报。

“我要你一辈子留在我身边。”炎寒一字一顿，盯着她，缓缓道。

伊人茫然地“呃”了一下，还没回答，她身边的十一早已忙不迭地嚷嚷着：“小姐自然愿意的，小姐，对不对，对不对？”

“不对！”刚才一直听话地站在一边的武爷忽然暴喝一声，身形一晃，挡在伊人与炎寒之间。

“不对！夫人不喜欢你，夫人说过，她只是欠你的，她对你只是还债，还债而已，怎么需要用一辈子的时间，这是不对的，不对的！”

武爷还在那里继续大放厥词，炎寒在短暂的惊愕后，表情顿时沉了下来，沉到尽头，甚至有点萧然了。

那是他父亲与息夫人的故事。

难道，也将是他的故事吗？

伊人对他，自始至终，都没有真情流露过，更多的时候，她只是在还债——只因为他努力让她欠着他。

“可以的。”就在炎寒感到万分沮丧之时，伊人突然点头道，“你把冷艳让给阿雪，我就一辈子待在你身边，我吃得很少，睡的地方也不大，不会太麻烦你的。”

炎寒愣了愣，突然大笑起来，笑得那么嚣张，几乎要笑出眼泪来。

然后，他说：“寡人不需要一个女人为另一个男人留在我身边。方才只是开玩笑而已，你放心，我不会娶冷艳的。对冷女王这样的绝世人物，如果虚与委蛇，便是罪过了。我已经无心给她，又怎会娶她？”

伊人怔怔地看着莫名意气风发的炎寒，他笑得那么自信张狂，可在她的眼里，他的笑，却有点伤感了。

这到底是为什么呢？

伊人不太明白。

不过，炎寒刚才那番话，却让她松了一口气：她原就不想一直留在炎宫。

其实这个时候，炎寒很希望伊人会对他说：“我是自愿留在你身边的，而不是为了另一个男人。”可是他没有等到这句话，而是等到了她轻轻吐气的表情。

炎寒心中刺痛，虽然脸上依旧带笑。

第17章　前往冰国

落凤山庄，春色渐浓，在冬日里枯黄的树杈开始抽枝发芽了。

凤九按下琴弦，弦音戛然而止。他疏疏抬眸，湖光映在他浅淡的眼眸里，潋滟生波。

对面的贺兰雪一手拿着一份折子，听到琴声顿住，他抬起头。

“你在考虑什么？”凤九扫了一眼他手中的事折。

贺兰雪的手指扣了扣左边的折子。折子并没有合严，上面隐约露出一行字来，仿佛是：京城……容后……若兰……

凤九则信手拿起右边的折子，翻开看看，果然是黄阿牛的信件，都是十一传出来的，关于伊人的种种消息。

“怎么样，要去哪里？”凤九笑笑，放下折子，问道，“回京城，还是……去冰国？”

贺兰雪不语。

“京城的形势也很微妙，裴若尘与裴若兰起来后，容后现在的处境定然不佳。如果你选择回去，或许能帮到她。”凤九继续说道，“可伊人那边的情况也不好，炎寒这样犯众怒将她带在身边，炎国的人不会坐视不管，恐怕明枪易躲，暗箭难防。”

贺兰雪点了点头，认同道：“这一点，恐怕连炎寒都疏忽了……伊人不能再继续留在那里。”

“所以，你去哪里？”凤九眉眼带笑，促狭地看着贺兰雪。

贺兰雪很坦然地回答道：“当然去冰国，我不打算再管风朝的事了。”

“去冰国干什么？”凤九又问。

“带走伊人，偷走星海石。”贺兰雪淡淡道，“我答应过某人，要活得长长久久的。”

“星海石很难偷，听说它作为冰国的镇国之宝，一直放在冰国皇宫的密室里。得到它最简单的方法，就是答应冷艳，当冰国的王父。你现在被风朝通缉，炎国也没有容身之地，不如立足冰国，再图发展。”凤九笑盈盈，似真似假地劝说道。

贺兰雪做了一个惊恐的表情，开玩笑道：“原来你一直想把我卖了？”

凤九一本正经地回答道：“即便是卖了，这个价格也算公道，只需要妥协一点点，美人、名利和命都有了。”

“可惜啊，我天生就不知道‘妥协’是怎么回事。”贺兰雪笑笑。

“我知道，所以觉得为难啊。”凤九淡淡道，“如果是以前，去偷星海石未必是一件难事，只是，这一次恐怕太难了。”

“为什么?”

“因为流逐风。”凤九提起这个名字的时候，眼底不禁流露出一丝敬意，“流园少主亲临现场，只要他为密室多设置几道机关，纵千军万马，也难进入了。”

“没有其他办法了吗?”贺兰雪认真问。

凤九也不再开玩笑，他慎重地回答道：“按道理说，确实没有其他办法，但是流逐风有一个很特别的习惯，凡是他设置的机关，他都会故意留一个缺陷，如果有大智之人，便能通过缺陷将其破解。而且，为了增加好玩度，他会将这个缺陷写下来，随身放着，在一个月内，如果别人能偷得那张纸条，即便是破了机关，流逐风也不会阻止。不过，如果过了一个月，还是没有人能找到缺陷，或者偷得那张纸条的话，他就会毁掉纸条，并且将缺陷补充完美。那之后，便是彻底没办法了。”

“流逐风的机关阵法真的那么神奇?”贺兰雪有点不信。

“是。”凤九肯定道，“流园地处偏远，从前有许多国家觊觎它，可是，无论派去多少军队，一万、两万、五万甚至十万，都没能将它攻下，所有的人都如泥牛入海，了无声息。直到多年后，才有部分人陆续出现，根据他们的说法，是在一个满是瘴气的地方徘徊，里面凶险异常，找不到出路，死伤无数。最后还是流逐风大发慈悲，故意露了一个破绽，将他们放了出来。”

贺兰雪听得倒吸了一口凉气，他怔怔道：“如此说来，他一人便可抵千军万马了?世上有这样的一个人，岂非很危险?”

“也不尽然，流园的地理环境比较特殊，才能布置如此大的阵法，如果离开流园，流逐风的威力便会大大打折。”凤九笑着解释道，“而且，流园一向与世无争，根本不会参与世上纷争，只要我们不犯他，他也不会犯我们的。”

“那你说，如果流逐风和陆川遭遇，会是流逐风的阵法厉害，还是陆川的剑厉害?”贺兰雪忽而好奇，提出了一个奇怪的问题。

凤九没有急着回答，而是弯腰，给贺兰雪斟上新茶，也为自己满上一杯，然后，他举起自己的茶杯，浅浅地啜了一口。

贺兰雪也不催，索性学着他，慢慢地啜茶。

“他们遭遇过一次。”末了，凤九终于开口，“只是，没有人知道输赢。”

“到底什么情况?”贺兰雪顿时来了兴致。

世上两个绝世人物的风云相会，竟然没有流传出来，让他怎么不好奇?

“不可说。”凤九神秘兮兮地说了一句话，然后丢下气急败坏的贺兰雪，洒然离去。

武爷最终没有将伊人带走，他只是选择留了下来。

现在的马车上，伊人还是和以前那样打着盹，十一则与武爷四目相对，满身敌意。

不知道为什么，武爷见到十一的第一眼，就有一种天生的敌意，十一给伊人端来的茶水，他要先喝，十一拿来的食物，他要先吃，如果十一想靠近伊人，武爷立刻剑拔弩张，挡在她前面。

为此，十一很气愤。

到了第四个晚上，冰国的京城已经遥遥在望，天色渐晚，炎寒下令就地休息，等大队伍整理好后，再进城去。

因为炎寒的身份，进城时会有很隆重的欢迎仪式，到时候，冷艳也会亲临。

等帐篷全部驻扎好后，炎寒与卫先生一行在中帐商量要事，伊人他们则留在自己的帐篷里用餐。

用餐时，武爷也故意坐在伊人与十一之间，不让十一靠近伊人。

十一忍着气吃了几口，然后夹了一块伊人喜欢吃的炸鸡腿递过去，武爷连忙伸出筷子一拦，鸡腿顿时被碰到地上。

十一将筷子重重地往桌上一放，叉着腰，怒视着武爷，喝问："你这从哪里蹦出来的老头，干什么老针对我！"

"怎么不能针对你，你最有可能背叛夫人了！跟当年的裴临浦一样！"武爷也睁大眼睛、翘着白胡须，理所当然道。

十一怔怔，然后猛地转身，往外跑了去。

"哎，十一……"伊人弱弱地叫了一声，只是她的话音还未响完，十一已经消失在帐篷外了。

伊人歪头看了看武爷，也没说什么，继续埋头吃东西。

武爷也对着十一的背影重重地"哼"了一下，转头将一个鸡屁股塞到自己口里。

帐篷外。

炎寒带来的御林军已经守在了临时营地的各个角落。

十一跑出去时，守军朝她看了一眼，认出她是伊人的侍女，也就由着她。

十一似乎受了很大的气，一口气跑出老远，一回头，那座临时营帐，笼在黄昏的薄雾里，变成一团小小的黑影。十一停下来，抚着胸，喘着气，四处张望着。

"十一。"身后突然响起一个轻轻的呼唤声。

十一面露喜色，转身。黄阿牛正从坡底大步走了上来，停在十一面前。

十一想也不想地扑过去，勾住黄阿牛的脖子，非常亲热的样子。

黄阿牛也不嫌烦，回搂着她，等她的情绪稍微平复后，才将手搭放在十一的肩膀上，推开一步距离，望着她问："打听得怎么样？"

"没听他们说起至尊图的事。"十一摇头道。

黄阿牛的脸色微沉，但面上的笑容不减，没有一丝责难的样子，宽厚的脸上露出关切："没事，慢慢来，你在那里过得怎样？可有人欺负你？"

"没有。"十一宽慰道，"炎寒对小姐极好，所有人都很巴结我的，我在炎宫里过得不错。"

"那伊人对炎寒又如何呢？"黄阿牛好奇地问。

"小姐……"十一歪着头思忖了一会儿，道，"小姐有点迷迷糊糊的，但看起来她对他也是有好感的。"

"是吗，那得早点成全他们才好。"黄阿牛认同道，"你家小姐这么迷糊，你得帮她。"

十一有点迟疑，望着黄阿牛，狐疑地问："阿牛，你告诉我，为什么你这么热衷小姐与炎寒的事情？是不是你很讨厌逍遥王，还是……"

"你喜欢你家小姐，我当然也要为她着想。逍遥王喜欢玩弄女人，我担心你家小姐会吃亏。她跟了炎寒，不是很好吗？"黄阿牛连忙解释道，语气诚恳，听得十一感动不已。

"我也觉得，炎寒很好。"十一一面点头，一面想起什么，嘟起嘴道："可是小姐身边来了一个好讨厌的人，叫什么武爷的。他总说我会害小姐。"

"你会害她吗？"黄阿牛认真问。

"当然不会！"十一想也不想地回答道，"小姐虽然傻点、笨点、丑点、没心没肺点，但是对人是极好的，从来不欺负人，也不骗人害人。她这样对我，我怎么会害她！"

黄阿牛笑盈盈地点头称是，低头时，眸底却划过一丝阴影。再抬头时，那抹阴影已经不见，他信手递给她一包药道："你把这个冲给你家小姐喝，这是从月老庙里得的香灰，你家小姐喝了它，就会立刻开窍。不过，等伊人喝了它之后，你要将炎寒请过去。听说，凡是喝过这种药的人，就会喜欢上第一眼看到的男人。"

十一惊奇地接了过来："这么神奇的药？"

"是啊，不如什么时候你也试一试？"黄阿牛促狭地笑笑，伸手捏了捏十一的脸颊。

十一顿时满脸娇羞，依偎进黄阿牛的怀里，拳头轻轻地落在他的胸口上："你就不怕我第一眼看到别的男人。"

"你一定会看到我。"黄阿牛搂过她，嘴唇弯起，声音带笑，只是那笑意，并未达到眼底。

十一回来时，伊人已经在门口张望很久了，直到见到十一的身影从远处走过来，伊人才放下心来，慢悠悠地折回帐篷。

十一钻进帐篷的时候，伊人已经打算睡觉了，她正要往榻上爬，听到声音，伊人回头冲十一甜甜一笑："你回来了。"

十一心中微暖，从前总觉得伊人的笑那么白痴，今日突然喜欢起她白痴的笑来。

"要睡了吗？"十一走了进来，问。

"嗯。"伊人点头。

十一朝左右看了看，又问："怎么不见武爷？"

"他好像出去了。"伊人抓着头想了想，"说什么看到了一个奇怪的人，就追出去了。"

十一心中咯噔一跳，有点心虚地低着头，蹭到了桌边。到了桌边一看，十一又大为感动。原来伊人没有让人将桌上的食物收走，而是留了几张饼和两盘菜在桌上，旁边是一壶泛着幽香的茶。

十一感激地望向伊人，伊人神色却是淡淡的，鞋子已经脱掉了，她爬到了床上。

十一想起黄阿牛的话，又透过帘缝瞟了瞟炎寒居住的中帐。她取出怀里的药包，将它撒进茶水里，然后拿起茶壶，慢慢地摇了摇。

这是为小姐好，十一想。

她端着水壶，慢慢地踱到伊人面前，伊人已经躺好了，见到十一走了过来，伊人撑着半身："怎么了？"

"小姐，先喝点水再睡吧。"十一殷殷地凑过去，为她斟上一杯。

伊人也不推辞，接过来浅浅地喝了一口，然后躺好，很乖的样子。

"好好睡。"十一为她掖好被角，然后走了出去。

她一直走到中帐外面，外面的守卫见到她，也不驱逐，只是伸手将她拦在外面，客气地问她有什么事。

因为伊人的特殊地位，十一在这里的地位也不低。

"我家小姐有要事要见王上。"十一道。

守卫将原话通报给了炎寒。

没一会儿，炎寒便走了出来，见到十一，他有点担心地问："什么事？"

这还是伊人第一次主动找他，炎寒受宠若惊之余，未免有点担心了。

"王上去见见小姐就知道了。"十一躬身道。

炎寒也不再多说什么，大步流星地朝伊人所在的帐篷走去。

十一则站在后面，看着炎寒的身影消失在帐篷里，她轻轻地吐出一口气来。

炎寒走了进去。

帐篷里，火炉的温暖正浓，伊人严严实实地捂在被子里，被子拉得很高，将她的脸掩了半截，只露出几绺青丝，垂于被外。

炎寒走过去的时候，伊人睡得正熟。

他好笑地想：总不会等一会儿功夫，就睡着了吧？

他也不吵她，只是将被子往下面拉了拉：因为蒙着脸，伊人的呼吸有点沉重。

哪知，被子一拉下来，炎寒便愣住了：伊人的脸非常红，红得似要渗出血来。她的呼吸也并非因为蒙着脸而显得沉重，而是相当急促，仿佛呼吸不过来一样。

炎寒连忙伸出手去探她的额头：果然，额头如火烧一般，烫得吓人。

“伊人！”他不敢再掉以轻心，连忙推了推伊人。

伊人迷迷糊糊地“嗯”了声，然后，迷迷蒙蒙地睁开眼睛。见是他，伊人嘟哝了一句：“好热，好难受……”然后，她的手从被子里钻出来，揪住自己的领口，使劲地往下拉。

“不要乱动。”炎寒连忙抓住她那只不安分的手，焦急道，“一定是伤风了，我去叫大夫来。”

“不是，真的很热。”伊人几乎要哭了，拼命地挣开炎寒的禁锢，重新拉扯着自己的衣服。

她做这些的时候，神智似乎不太清楚，眼神迷蒙至极。那双清亮如琥珀的眼睛，似蒙上了一层乳色的纱，唇色殷红，被扯开的胸口白皙如凝脂，有点肉肉的感觉，炎寒看得心中一跳，连忙偏开脸，重新抓住她的手，安慰道：“捂出汗就好了，我这就叫人去煎药。”

伊人双手被制，腿却往上缩了缩，蜷缩成虾米一样，身子一蹭一蹭的，蹭到炎寒身边，紧紧地偎着他，口中哼哼唧唧，似在饮泣一般。

炎寒终于发现不对，他的目光在屋里睃巡了一番，看见桌上的食物和水，他皱了皱眉头，松开伊人走过去，端起闻了闻，脸色顿时变了。

重新回到床边，炎寒一把掀开伊人的被子，二话不说，打横抱起她，大步朝外面走去。

伊人在他怀里扭了扭，手仍然不停地撕扯着自己的衣服。

炎寒也顾不上她，只是加快脚步，走到帐篷外，简短地问一人道：“哪里有河？”

那士兵诚惶诚恐地看了伊人一眼，然后指了指后山的道路。

“你们都留在原地，不要跟过来。”炎寒见众人有靠拢过来的趋势，沉声吩咐了一句。

众人立刻停在原地，眼睁睁地看着炎寒抱着衣衫不整的伊人，往后山的大湖走去。

十一也看到这一幕，见到炎寒焦急的模样，她终于意识到：那个药，是有问题的。

这个认知如雷击一般，让她呆愣在原处。

那一边，炎寒健步如飞，很快走到了大湖边。

时值正寒，虽然上午出了一会太阳，湖面上仍然有一层薄薄的冰。

炎寒犹疑了一下，怀中的身体越来越热，可终究忍不下心，将她丢进这冰水之中。

伊人更加烦躁不安了，在他怀里扭来扭去，口中咿咿地低泣着。

炎寒想了想，然后放下她，解开自己的衣服，仔细地铺好，再将伊人放上去。

伊人就势蜷缩在衣服上，眨着眼睛看着他，一脸无助。

炎寒弯下腰，摸了摸她烫如火烧的脸，轻声道："你中了一种毒，不会有什么危险，过会儿就好。"

伊人说不出来话，只是盈盈地看着他，大大的眼睛似要渗出水来。

"乖乖地等着。"炎寒摸了摸她的额头，哄了一句，然后直起身，一件一件，褪掉自己的衣服。直到剩下最后一件亵衣裤，炎寒方停住动作。然后，他转过身，稳步向湖水中央走去。

湖面的薄冰被踩得吱呀吱呀响，饶是炎寒功力高深，都不得不承认：这湖水很冷。

他一直走到齐胸的位置，在水中停了停，然后折返回岸。

伊人在岸边哆嗦着，看着他，她却感觉冷了。

夹杂着薄冰的水从炎寒的身上哗啦啦落下，古铜色的皮肤因为受寒，带了一点冰色，发梢微湿，贴在炎寒的脸颊和锁骨处，有种莫名的美感。

伊人虽然还很难受，看到这一幕，竟有点呆了。

然后，炎寒拿起脱下的衣服，简单地擦了擦，待身上没有水迹后，他走到伊人旁边，弯下腰，将伊人抱了起来。

刚刚泡过冰水的肌肤冷飕飕的，却因为体温，并不是难以忍受的冷。

伊人全身的焦躁刹那间得到平缓，她伸出手，也抱住炎寒。

烫烫的小手压在他赤裸的背脊上，很是舒服。

他们维持这个姿势许久，伊人渐渐平静下来，而炎寒的体温也缓缓地回升上去。等两人的体温几乎相同时，炎寒放开伊人，转身，重新去湖里泡了一会儿。然后，又回来抱起伊人。

重复了几次之后，伊人的眼睛里终于出现了一丝清明。

炎寒再一次把伊人放到岸边，正要转身，突然听到一阵咳嗽声。他顿住动作，拿起一件外衫，迅速地裹起伊人。

伊人还是有点茫然，她靠坐在炎寒旁边，头倚着他的胸口。

"咳咳。"方才咳嗽的那人一面摸着头，一面从不远处的山坡后现身，"真不好意思，我没忍住，咳咳。"

炎寒敛眸，用足可杀人的目光怒视来人。

来人却浑然不知自己正处于生死边缘，他优哉游哉地走上坡，还未站稳，脚步一滑，突然打了一个趔趄，摔倒在地。

那人不好意思地笑笑，抓抓头，重新爬了起来，一步一步挪到炎寒面前，弯腰道歉道："真对不住，真对不住，我本来想装成什么都没看见悄悄离开的，可是有一只虫子飞到我嘴里了，咳咳，哎哎，你们只当没看见我，继续，继续。"

炎寒没有言语，上下打量来人。

那人普通的渔夫打扮，斗笠压得很低，只露出一个若隐若现的下巴，身上披着一件陈旧的蓑衣，背略略佝偻着，怎么看都像一个平民百姓。

炎寒杀心顿起，于他而言，杀一个普通人，并不是多大的罪过。

他身上暴起的气机那么强烈，连伊人都略觉不对，她扭过头，看了看炎寒冰冷的脸，然后，又回头望着那渔夫。

"炎寒。"在炎寒即将出手时，伊人突然站了起来，挡在前面，开口道，"让他走吧。"

炎寒怔了怔，真气凝于掌中，悬而不决。

伊人小心道："你为什么要杀他呢？我并不觉得难为情……不用灭口吧。"

说这句话的时候，伊人小心翼翼地瞧着炎寒，倒有点乞求的意味。

"他会诋毁你的名节。"炎寒又好气又好笑地说道，"伊人，名节对女人很重要。"

伊人沉吟片刻，然后坦然道："我不觉得有毁名誉。你帮我解毒，与人无尤，问心无愧，为什么要管人家怎么说怎么看呢？"

"既然你不介意，我也没什么。"炎寒微笑道，"即便全天下人看到都没什么。"

伊人于是笑眯眯地转过身，冲那渔夫道："你走吧，没事了。"

渔夫却并没有感激涕零而急着离开，而是气定神闲地望着炎寒，淡淡道："你女人不错，你倒是迂腐了点。好在冷艳不用嫁给你。"

炎寒神色一凛，直视着来人，沉声问："你到底是谁？"

渔夫耸耸肩，并不回答，而是冲着伊人"呔"了一声，问："你叫什么名字？"

伊人眨眨眼，很自觉地回答道："伊人，你呢？"

"流逐风。"渔夫笑笑，朗声道，"我也讨厌那些清规戒律，只要自己想做的，何必管人家怎么看怎么说。伊人，期待明天能在大会上见到你。"

说完，他的身姿立刻大变，原先有点佝偻的脊背顿时变得挺直，斗笠微微往上扶了扶，露出坚毅优美的下巴和唇。

然后，他撮唇做啸，身姿若鸿，翩然而起。

长啸渐远，人亦渐远。

炎寒注目着那个渐渐变小的黑影，喃喃地重复着他的名字："流逐风。"

原来，他就是流逐风。

十一在帐篷里惴惴不安地等着炎寒和伊人，她拼命自责，又不太敢相信阿牛给她的药有问题。

正在她惶惶不知所往的时候，炎寒与伊人回来了，炎寒满脸喜色，用保护的姿态，走在伊人旁边，手虚虚地揽在伊人的腰上，很是和谐。

伊人神色平静，淡淡的，看不出什么情绪。

“小姐。”十一迎了出去，欣喜地唤了声，伊人朝她笑笑，没有说话。

“十一，那茶水是谁斟的?”炎寒还不忘记那回事，盯着十一问。

“十一。”伊人冷不丁地插嘴道，“我想换衣服，你陪我进去吧。”

十一如临大赦，连忙扶着伊人，一道朝帐篷走去。

炎寒看着她们的背影，没有说什么。

等进了帐篷，十一连忙着手找衣服，伊人则站在门口，淡淡地看着她。

等十一终于找好衣服，捧着向伊人走来的时候，伊人抬眼说：“十一，我一直很信你。”

十一的动作顿时停住，惊愕地看着伊人。

伊人却低下头，仿佛没有说方才的话。

十一的手有点抖了。

两人沉默。

“我还是会一直信你的。”等了一会儿，伊人又说。万分肯定。

十一咬了咬唇，泪水突然涌了出来，她扑通跪下，手中的衣服散了一地：“小姐，我只想成全你和王上，小姐，我没打算害你的!”

“我知道，我说过我会信你。”伊人蹲到十一面前，望着她的眼睛道，“十一，我不是一个聪明人，可是我知道别人的心。”

“小姐……”十一哽咽着，却不知该说什么。

伊人的目光淡淡移开，从帐篷的缝隙处望过去，她轻声道：“你不用告诉我你为什么要这样做，我永远记得我们初进王府的时候，是怎样相依为命的。我们是好朋友，我只希望有一天你觉得我的存在妨碍了你的利益的时候，也能记起我们以前相互依靠的时光。”

说完，她走出了帐篷，留下十一呆呆地望向她的背影。

第二日，队伍整装，向冰国的京都那曲进发。

到了城门口，礼官上前通报，迎接的礼炮仪仗立刻响了起来，大门洞开，两边林立的民众举着彩旗，迎接远方来的贵客。

道路正中间，缓缓驶来一架御辇，辇上纱幔摇曳，冠顶由黄金打造，雕龙飞凤，在阳光下熠熠生辉，分外壮观。

在御辇出现的那一刻，两侧的人群便发出一阵阵欢呼声，有的甚至匍匐在地，双手靠耳贴前，行投体大礼。

十一掀开车帘，望着外面的阵势，不禁咂咂舌，道："好隆重啊。"

伊人也顺着她的视线望了过去，果然见到满目的人山人海，也看到了纱幔后端坐的模糊人影。

只是一个模糊的影子，就有种让人凛然不可犯的威仪，风华绝代。

行在最前面的炎寒翻身下马。

今日的炎寒打扮也颇为隆重，穿上了金边束腰礼服，头戴金冠，两束抹额系于颈下，与平日的随意比起来，此刻的炎寒倒像一个画中人，威武俊朗，是仙境里执长枪的天神。

御辇也在炎寒下马的同时，停了下来。

炎寒并没有行礼，而是跨前一步，无视两旁侍卫的阻止，径直掀开御辇前的纱幔，望着里面的人，微微一笑："女王王上，好久不见了。"

"炎寒还是一点都没变。"里面传来一个悦耳的声音，如清泉落水声，如山间鸟鸣，让人闻之忘俗。

"哎，伊人可在?"女王的声音刚落，旁边又传出另一个声音。

炎寒愣了愣，视线一转，便看到了骑马立于旁边的一个身影，虽然面容有点陌生，炎寒还是认出了：他便是昨日那个渔夫——流逐风。

"我可是一刻不停地想见到伊人呢。"流逐风一面东张西望，一面慢悠悠地说着。

炎寒脸色微沉，憋着气道："流公子怎么也在?"

"逐风是我的贵客，他一定要陪我来迎接你。"女王含笑解释道，"昨天逐风告诉我一件很好玩的事情，我也很好奇，那个伊人到底是什么模样。炎寒不会不让我见吧?"

"当然不会，我本来想更正式地介绍给你。"炎寒从容答道，"既然女王好奇，不如现在见吧。"

说完，他重新放下纱幔，回头走到伊人的马车前。

他们的对话，伊人早就听进耳里，不等炎寒开口，她已经走了出来。

只是马车太高，伊人走得太急，一个不防备，竟从马车上趔趄着跌了下来，众人正要惊呼，炎寒身形微晃，早已将她稳稳当当地接到怀里。

他简直时刻准备应付她制造的状况了。

伊人不好意思地摸了摸鼻子，从他怀里站出来，朝流逐风的方向望过去。

昨日相见时，流逐风戴着一顶斗笠，因而看不到他的长相，今天看见，方知流逐风也是一个风采夺人的人物：鼻子挺直秀气，眼睛不大，瞳孔却似比旁人大一些，透出聪慧和狡黠，至于嘴唇——伊人有点搞不清楚，他到底是笑，还是没有笑，总是一副似笑非笑的模样。

他冲伊人点了点头，伊人也冲他笑笑，很是友好。

在他们打招呼的时候，纱幔里伸出一只手来，伊人从未见过这样白皙无瑕的手，仿佛用冰雪所刻，是能工巧匠最得意的作品，不若凡品。

然后，纱幔被玉手轻巧地掀开，里面的人微微向前探了探，伊人刚好能通过那掀开的缝隙，看清她。

冰国女王冷艳给伊人的感觉，不亚于息夫人给她的震撼，两位都是绝色美人，美得惊心动魄，找不到任何语言来形容。

什么沉鱼落雁、羞花闭月，这些词都不够。也许真正合适的词语只有“好看”，怎么看都不厌倦，怎么看都不够，只想这样一辈子注视着那张脸。

不同的是，息夫人是理智而聪慧的，有种高高在上的艳。冷艳是精致冰冷的，仿佛玉质所雕，让人望而却步，又迷恋不已。

伊人吞了吞口水，只恨自己没有笔和纸，将她速写下来。

“你就是伊人？”冷艳薄唇轻启，淡淡地打量着她。

伊人点头。

“伊人！”人群里，突然传出一个不高的声音。

伊人茫然地回头，堪堪看到一身雪衣的贺兰雪，鹤立鸡群地站在匍匐的民众中，神色复杂地望着她。

伊人看了他一眼，不知怎么心跳不止，又极快地低下头来。

御辇里的人却掀开纱幔，朝声音的来处望了过去。

那双如玉般的手微微一颤，然后，冷艳从里面款步走出，两旁激动的民众已经全部扑倒在地，一声高过一声地呼叫着“女王万岁”。

冷艳的神色却是淡淡的，她直视着贺兰雪，穿过无数个人头，穿过经年的时光，她轻声开口，清晰而沉静地吐出三个字来：“贺、兰、雪。”

贺兰雪也望着她，历经多年，王座上那个单薄的少女已经变成一个仪态万方的女王，那么光彩照人。

而在冷艳眼中，面前的贺兰雪，却没有丝毫变化。

那年他出使冰国，她刚刚登基不久，在众人的簇拥下接见年轻的使者。

十七岁的少年，一身白色锦衣，眉眼如画，吐字清晰，仪态飞扬。年轻的女王坐在王座上，俯视着这个别国的小王爷，看着他的风华，他的自信与骄傲，芳心暗动，只觉满殿生辉，错不开眼。

作为女王，她有她的率直和霸道，在给风朝皇帝的回函中，冷艳很直白地写着：希望能与风朝连为姻亲，愿意让贺兰雪成为冰国的王父。

哪知，面对如此显赫的荣耀，贺兰雪的回应却是哈哈一笑，然后直接拒绝了女王的求亲。

那一场婚事，让冷艳成了全天下的笑柄，她又怎能释怀？

如今，整整八年过去了。

那个骄傲自负的少年王爷，在遭受丧父之痛，在遭受兄弟猜疑，在遭受情人背叛，在遭受流放，在遭受通缉之后，就这样站在人群之中，凛然、绝世，仍然是最亮丽的景致，让这满街辉煌，刹那间变得暗淡。

冷艳抿着唇，目不转睛地看着她今生唯一的失败，一字一顿地叫出他的名字："贺、兰、雪。"

贺兰雪微微一笑，弯腰洒然地行了一个见面礼，抬头淡定地看着她："女王王上。"

冷艳冷冷地看了他一会儿，然后转身，重新回到御辇之中。

贺兰雪也不觉尴尬，若无其事地直起来，重新将注意力转移到伊人身上。

伊人正靠着炎寒，盈盈地看着他。

依旧是明净得没有一丝杂质的眼眸，可是眸底有种东西消失了，贺兰雪忽而发现：她已遥远。

这个认知让贺兰雪万分沮丧，仿佛不知不觉中，丢失了什么极其重要的东西。

他大步向伊人走了过去。

伊人怔怔，炎寒则下意识地往前踏了一步，堪堪挡在伊人前方。

旁观的人群一阵骚动，冷艳坐在御辇后，冷淡地看着前面发生的一切，流逐风则显出了足够多的兴致，曲起手指摩挲着下巴，一脸好奇。

贺兰雪停了下来，停在炎寒的前面。

"我要带她走。"贺兰雪说，"伊人在炎宫的那段时日，打搅了。"

"你凭什么带她走？"炎寒冷冷地反问道，"你是她什么人？她又是你什么人？"

贺兰雪蹙眉看着他，理所当然道："我是她相公！也承诺过要一生一世照顾她。这样够不够？"

"当然不够。"炎寒淡淡道，"贺兰雪，你已经放弃她很多次了，伊人对你，也仁至义尽了。"

周围的人这才恍然：原来这两个男人都在争夺同一个女子。

而那个女子，就是站在炎寒后面，淡淡地望着他们的蓝衣少女，少女看上去年纪偏小，因为脸圆圆的，大眼小嘴分外可爱，脸颊很红润，看人的样子，总给人一种无辜的错觉。

只是可爱归可爱，若说她有颠倒众生的魅力，那简直相差十万八千里。

众人很是不解，那些比刚才更犀利的目光，或困惑或嫉妒或怨恨地，统统投向伊人。

伊人却没有了方才的畏怯，她坦然地站在哪里，淡淡地看着挡在自己身前的阿雪和炎寒，凝眸思忖，一脸沉沉的平静，也不知在想些什么。

贺兰雪怔了会儿，突然越过炎寒，径直去拉伊人的手："伊人！"

伊人就这样被他拽到手里，她微微往前踉跄了一下。

炎寒蹙眉，立刻向贺兰雪出手。两人飞快地过了几招。

冷艳坐在帐幔后。

贺兰雪变冲动了，冷艳想。从前的贺兰雪，悠游冷静，泰山崩于前，尚能酌酒吟诗，淡定自如。而现在，只三言两语，就能让贺兰雪在大庭广众之下彻底失态，这让冷艳不得不感叹：曾经让她心醉不已的阿雪变了，变得……让她更喜欢了。

“阿雪！”

“贺兰雪！”

伊人与冷艳同时开口。

贺兰雪和炎寒顿时停住动作，却不知到底是因为谁的话。

冷艳自矜身份，自然不会与伊人抢话说，她沉默地看着伊人，等着她的后话。

伊人却转过头，浅淡疏懒，似乎不想再说什么。

“贺兰雪，你这叛徒，还敢公然现身！”正在场面沉默得有点诡异之际，队伍后突然传来一个怒斥声，贺兰雪回头怒视来人：只见穿着一身华贵世子礼服的夏玉排众而出，凛凛地站在贺兰雪面前。

夏玉是夏侯的独子，也是贺兰悠的表弟。

皇家四兄妹，贺兰淳、贺兰钦、贺兰雪都是同父同母的皇子，他们的母亲是当今太后，如今潜心修佛，不管俗事已久。

贺兰悠的母亲，则是夏妃，亦是夏侯的姐姐。已经过世多年。

在场的很多人认出了夏玉，因而明白夏玉对贺兰雪的态度——传言风朝宰相裴临浦便是被贺兰雪杀死的，裴临浦又是贺兰悠的公公，夏玉对贺兰雪如此仇视，理所当然。

伊人同样认出了夏玉：没想到，那个在宫里与她斗酒的小屁孩，一晃眼长得如此玉树临风了。

比起那时候，夏玉确实长高了许多，高高瘦瘦，原先略觉稚气的脸，也长得有棱有角了。

贺兰雪看着这个小屁孩，想着小时候还亲手抱过他哄过他，没想到一眨眼，他就能如此盛气凌人地逼问自己了。

“贺兰雪，你侮辱国母，残害大臣，意图不轨，我今天就要代王上，代父侯收拾你！”夏玉一边说，一边回头招手叫援兵。

他知道贺兰雪的功力，有自知之明，自己单枪匹马是无法抓捕贺兰雪的。

贺兰雪笑了笑：“侮辱国母，残害大臣？贺兰淳可给了什么证据没有？”

“小裴公子的话，难道还有谁敢质疑？”夏玉瞪着眼睛，理直气壮道。

贺兰雪愣了愣：他没想到，这些罪名，竟然都是由裴若尘来印证的。

那样一个谦谦君子，什么时候，变得如此伪劣不堪了？

贺兰雪却是一直将他当成朋友的。

见贺兰雪沉默，夏玉只当他默认了，挥了挥手，大声喊道："来人，将此叛徒拿下。"

人群中，瞬间拥出了许多风朝将士，都是随夏玉与柳溪一道来冰国的侍卫。

而另一边，藏身在众人后面的易剑就要提剑往前，站在一边的凤九连忙按住易剑的手，然后一脸高深莫测道："静待。"

易剑虽然想不管不顾地冲过去，但是想起之前贺兰雪有交代：无论大小事宜，皆听凤先生安排。只能忍着冲动，眼巴巴地看着自家王爷被夏玉手下的人围住。

伊人本已经走到了炎寒的身后，见状，她又往前走了一步，看着夏玉，清脆脆地说道："事实不是这样的，阿雪没有对不起容后，裴丞相的死，也不关阿雪的事。"

夏玉看了她一眼，也早认出了她的身份，不由得怒道："你曾是他的妃子，当然要替他说话！你的话有什么可信的！"

"寡人的话呢？"炎寒在伊人毫不犹豫踏前为贺兰雪说话时，心中有丝不快，但随即又释然了。

倘若知道真相，而选择不说出来，那就不是伊人了。

无论对象是不是贺兰雪。

其实，按照帝王权术来说，替贺兰雪撇清是一件很不明智的事情，风朝越乱，越自相残害，对炎国就越有利。

可是，炎寒不想让伊人失望。

夏玉抬头惊诧地看了看炎寒，又看了看贺兰雪，有点将信将疑了，却还是硬着嘴，愤愤道："你是我们的敌国，风朝的叛徒就是你的盟友，你的话，同样不可信！"

炎寒未尝受到这样的唐突，即便是贺兰淳站在他面前，也不过是两个帝王的平等见面，而夏玉这个嘴上没长毛的小屁孩，竟然敢质疑他，他即刻怒不可遏。

"哼。"炎寒冷笑了一声，"风朝竟然派了你这个不知天高地厚的小孩来参加女王的招亲大会，你们这样，到底是想侮辱女王，还是要侮辱你们自己！"

"我是真心仰慕女王而来，哪像你们，一个个各怀鬼胎！"夏玉气得小脸通红，在那里嚷嚷着。

贺兰雪很是无语：他也不明白，贺兰淳为何要派这样一个被骄纵的小侯爷来参加如此举世瞩目的大会？

"好了！"一直旁观不语的冷艳终于忍不住喝止了一声，"无论真相如何，也无论贺兰雪是不是风朝通缉的要犯，也无论这位伊人小姐到底是你们谁的人，这里是冰国，在冰国，你们都是客人，都必须按照冰国的规矩办事。"冷艳的声音，似压着火气，凛然不可违。

"可是，女王王上……"夏玉还是不依不饶，向冷艳拱了拱手，就待辩说。

冷艳冷冷地看着他，她的命令，在冰国，还从未有人违抗过。

夏玉终究有点不知天高地厚了。

“女王王上!”就在冷艳出言让卫兵将夏玉强行押走之时，夏玉身后响起另一个声音，那声音悦耳动听，却有种墙角苔藓般的潮湿感，众人朝声音的来处望过去，只见一位华衣公子浅浅走出，脸色素白，虽然精致，却没有一丝表情，倒像是一个绝佳的技师描画出来的美男图，虽然五官出彩，却没有神韵。

尤其是那双眼睛，更是灰灰蒙蒙，让人看着，心底不舒服，觉得古怪至极。

“女王王上，小侯爷只是太疾恶如仇，也担心贺兰雪在冰国作乱，危及女王的安全和大会的秩序，并不是有意顶撞王上，望王上明鉴。”那人走到冷艳前面，极有礼貌地回禀道。

冷艳的神色这才稍缓，夏玉也察觉到自己方才的唐突，低着头蹭到那人旁边，轻声问：“柳溪，你什么时候来的。”

原来来人，正是之前神龙见首不见尾的柳溪，也是夏侯的内侄。

可是，关于柳溪的来历，连贺兰雪最精锐的天一阁，也查不出多少。

某些方面来说，他比流逐风更加神秘。

流逐风则自始至终一副事不关己的样子，手指抚着下巴，饶有兴致地，一直望着伊人。

其他的人，他一直没去关心。

“两位风朝贵客微服至此，实在令本宫很是惊讶。”冷艳不动声色地将夏玉与柳溪都警告了一番，然后望着贺兰雪，唇角噙出一抹笑来，“至于夏小侯爷的担忧，本宫也深以为然。这样吧，在招亲大会期间，逍遥王——不，贺兰雪，就请在冰宫的天牢里做客一段时间，等大会结束，本宫再亲自将你释放，绝不插手风朝内部之事。”

贺兰雪听了，并没有多大反应，只是淡淡地看了看冷艳，然后回望着伊人。

在人群后的易剑则义愤填膺了，他愤愤自语道：“什么夏玉说得有道理，这冰国女王，分明是公报私仇，当年她没有奈何得了王爷，现在王爷主动送上门来，哪有不利用机会的道理!”

“不要得罪女人，特别是有权势的女人。男人总是要走这一遭，才能记得清楚的。”凤九微微一笑，慢条斯理地说着这句至理名言。

易剑看着凤九依旧云淡风轻的脸，几乎想一拳打过去了。

怎么凤九从来没有着急过呢?

不过，平心而论，贺兰雪也没有丝毫着急的样子。

听到冷艳说将他押至大牢，贺兰雪并没有多么吃惊，他只是将注意力重新转到伊人身上，伊人则靠着炎寒，头微微低着，一脸平静安然，仿佛周遭的事情，都与她无关。

“伊人。”他重新唤着她。

伊人抬眸，浅淡地瞧着他。

“如果你决定喜欢炎寒，我不会拦你。可如果你以后若是不开心了，想离开他了，我还是愿意等你，愿意当你的树。”他的情绪也平静下来，淡淡地留下一句话，然后傲然转身，面向冷艳道，“女王王上，那就在天牢里叨扰几日了。”

冷艳点点头，立刻有两人从后面走出，对贺兰雪客客气气地引臂一伸。

易剑又急了，正打算冲过去劫回王爷，哪知凤九又将他一拉，然后挺悠然地说道：“易剑，你想不想听王爷与冷女王之间的往事?”

“众所周知的事情，谁还愿意再听。”易剑心中着急，口中也不客气。

“那是表象，其实真实情况，不仅如此啊。”凤九难得幽默一次，挺促狭地挤挤眼，压低声音，神秘兮兮道，“我们找个地方，再慢慢聊。”

“可是……”易剑眼睁睁地看着贺兰雪被带到阴暗的地牢去，哪里还有兴致听什么八卦。

凤九却不管这么多，拽着易剑，往人群外的僻静之处走去。

只留下伊人，怔怔地看着贺兰雪的背影，回味着他方才的话，也不知为何，心中伤心至极，虽然不知道为何伤心。

炎寒早瞥见了她的神色，想说什么，最终什么都没说，只是从后面静静地搂着伊人，将她送回马车上。

一行人这才散了，重新浩浩荡荡地往皇宫进发。

第18章　冷艳女王

冰国京城，冰都城外，小茶馆。易剑耐着性子，听凤九慢悠悠道来。

“话说，八年前……”

“八年前，王爷代表风朝出使冰国，只因当时冰国有主战之声，王爷特去平定它。”听凤九的声音有越来越慢的趋势，易剑终于忍无可忍，抢话道。

凤九点了点头，认同道：“于是就在八年前的某月，当时才十七岁的王爷抵达冰国。”

“是庚子年五月初六。”易剑将他的某年某月补充完整。

凤九笑笑，继续用他特有的慢悠悠的语调道：“当时才十七岁的王爷刚刚抵达冰国，在进京之前，因为少年心性，王爷并没有急着表明身份，而是微服出巡，在京郊外，调戏了一位少女。”

易剑睁大眼睛，难以置信地看着凤九：“王爷调戏良家妇女？！”

凤九翻翻眼，用看白痴的眼神看了一眼易剑：“难道你以为王爷是什么正人君子？”顿了顿，不理会易剑的震惊，凤九又低声自语道：“倘若他真是什么正人君子，我也不屑帮他了。”

易剑怔怔，不知这句话到底算赞叹，还是诋毁。

凤九也懒得纠缠这个问题，而是继续摇头晃脑地细数贺兰雪的风流艳史：“我们说到王爷调戏良家妇女了——咳咳，应该说，调戏了一个少女，但那个少女可不是什么弱女子，她就是今天坐在御辇之上，受到全城人膜拜的冷艳，冷女王。”

易剑这次的眼睛瞪得更大了：“你是说，王爷调戏冷女王？”

“也不全算调戏吧，”凤九歪着头想了想，回答道，“好听点，叫英雄救美。”

“英雄救美？”

“对，当时冷女王刚刚登基，没有什么基础，冰国很乱，她在秘密接见一个武官的途中遭到叛徒的袭击，刚巧又碰上了王爷。你知道，王爷一向是个多管闲事的人……”

“是行侠仗义！”易剑很认真地纠正道。

“都一样吧。”凤九淡淡地拖了过去，继续道，“总而言之，当时微服出巡的王爷，救了同样微服出巡的女王王上。”

“那冷女王应该感谢王爷才对啊。”易剑懵懵懂懂地反问道。

“如果只是单纯地救了她，然后弯腰说一声‘小姐慢走’，那就什么事都没了，偏偏……”凤九说到这里，痛心疾首地摇了摇头，道，“偏偏冷女王长得实在太漂亮，他们又碰巧为了躲避追杀，孤男寡女躲在一间破庙里，又偏偏，外面下起了瓢泼大雨……”

易剑愣了愣，然后脸色一红，迟疑地问：“难道……难道……难道王爷把女王王上……”

凤九白了他一眼：“你放心，虽然王爷有禽兽之心，却并非禽兽之人。他并没有把女王王上怎么样，若真的怎么样了，你以为今天王爷还能活命吗？冷女王可是出了名的冷酷无情。”

“那到底……”

“无非是一男一女谈心呗，谈到深处，外面风大雨大，庙里火光明亮，冷艳又是一个绝色美人，王爷也是一个男人，于是……”

“于是……”易剑听得入神，身体稍微往前倾了倾。

凤九再次鄙视了他一下，方说出后文：“于是，王爷抚着冷艳的脸，说她真是一个美人，若他没有心上人，他一定要娶了她。”

“王爷竟然这么说！”易剑大惊小怪，贺兰雪在他心中的形象一落千丈。

“冷女王于是问他，他的心上人是谁，身在何处。”凤九已经懒得鄙视易剑了，缓缓继续道，“王爷回答道，他的心上人，是风朝最美丽最温柔的女人。冷艳又问他，她有没有自己美。”

“王爷怎么回答？”易剑已经彻底堕落成八卦男了。

凤九翻翻白眼，说：“王爷的回答很客观，他说，平心而论，冷艳比她漂亮，但是，在他心里，她是最漂亮的。”

“王爷果然还是王爷。”易剑松了一口气。

“可是这样的回答，对女人来说，却比假话更致命。”凤九摇头道，“冷艳当时就站了起来，径直走到雨里，然后转头望着他道，她会成为他心目中最美的女人的。说完，冷艳头也不回地走了。”

“女王王上有点奇怪啊……”易剑很不理解这种行为。

凤九决定原谅易剑：他本是一个不懂风情的人。

“王爷也没有太放在心上，哪知第二天，他去朝见冰国的新王，一抬头，就看到了冷艳。冷艳却装作不认识他，王爷也没往心里去。”凤九突然诡异地笑了笑，压低声音道，“哪知到了晚上，冷艳披着斗篷，悄悄地进了王爷的房。”

易剑再次睁大眼睛，可怜的人，好像突然发现了男女关系的乌烟瘴气。

“冷女王一进门，便给王爷行了一礼，她请王爷帮她一个忙，在第二天的朝会上，以好战、勾结叛党、搅乱冰国稳定的罪名，抓捕几个反对她的老臣。而那个话头，需要贺兰雪去提。王爷自然答应，他来冰国的目的，本就是阻止冰国好战分子对风朝的虎视眈眈，两人达成协议后，天色已经很晚了，宫里执行宵禁。冷女王担心被人看见，便提出在王爷的房里一直待到天明。”

“王爷答应了？”

“王爷那么怜香惜玉的人，自然会答应。”凤九回答道，“那一晚，他们同床共枕，虽然什么都没做，但是在临行前，冷艳拿走了王爷随身的香囊，把自己的玉饰给王爷留了下来。”

“定情？”易剑怔怔，“王爷真的什么都没做吗？”

凤九不得不再次瞪了易剑一眼意思是：易剑，你很不纯洁。

“反正，那日之后，王爷按照之前的约定，配合冷艳完成了那场戏，那些反对冷艳的老臣被一网打尽，风朝的危机也得到解除，在王爷离开的那天，冷艳亲自送行，并将一封回函交给他，让他转交给风朝皇帝，也就是王爷的父亲贺兰无暇。当时，冷艳又问了一句，如果没有他那位心上人，他是不是真的会娶她。王爷满口答应。”凤九说到这里，摇了摇头，“哪知回去后，贺兰无暇打开信件，见到里面的联姻请求，询问王爷的意见时，王爷却只是笑笑，说他早有心上人了，冷艳又不是不知，何必开这种玩笑。”

“话说完，王爷漫不经心地将冷艳的信函丢在桌上，从此再没有过问此事，哪知这件事不胫而走，冰国女王向风朝的逍遥王求亲却被其拒绝的消息，被传得沸沸扬扬，冷艳也受到了国民空前的质疑，这件事对冷艳的影响很大。事后，王爷虽然自觉愧疚，却什么都没有做。”

“如此说来，倒是王爷有点不对了。”易剑沉吟道。

“也怪不得王爷，他当时做什么都是错，索性什么都不做，反而更好。”凤九淡淡道，“可无论如何，这个梁子算是结下了，说起来，也是王爷自己惹的祸，明明知道自己还是有点小魅力的，又何苦到处种情？”

“如此说来，冷艳必然极恨王爷。”易剑自以为是道。

“恨，固然是恨。但自始至终，王爷并没有骗她负她，所以，冷女王对王爷的感情，更多是求而不得的爱。如今，容秀已经成了王爷的嫂子，当年的承诺，是时候兑现了。”凤九说完，一口喝尽手中杯子里的茶，颇有点意味地自语道，“只希望伊人的事，不要影响冷艳的判断。她应该会救他的吧。”

易剑顿时傻眼：原来方才凤九不让他去救出自家王爷，是指望着冷艳救王爷性命呢。这……这也未免太冒险了吧？

再看凤九，一脸的气定神闲，易剑姑且相信了他的能耐，傻傻地坐着，静观其变。

炎寒一众人皆住进了冰宫。

客人都住在冰宫西边的殿厅，只是殿与殿之间隔着扶疏的花柳，并不觉得拥挤或者集中。

夏玉与柳溪也是毗邻，堪堪在炎寒和伊人的对面，中间亭台楼榭，春意盎然，丝毫没有冰天雪地的感觉。却不知是什么花种，可以在如此冰寒的天气里，长得这般茂盛。

“这冰宫，真有点意思，我们一路走来，都是冰天雪地的，到了这里，倒像回到风朝一般。”夏玉收拾了一番，站在廊檐下，笑着对柳溪说道。

“是因为星海石。”柳溪淡淡回答。

闻言，夏玉有点难以置信地看着柳溪：“你是说，星海石还有控制花木生长的能力?”

“是，若非如此，又怎么会成为冰国的传世之宝呢。”柳溪负手站在廊檐下，注视着前面不远处的郁郁葱葱，静静道，“它不仅能控制花木生长，甚至有起死回生的功效。”

“我也听说过星海石，却只知道它是一件很不平常的神器，没想到，竟然这么神奇!”夏玉叹为观止。

柳溪淡淡一笑：“世人都只知道至尊图，却极少知道星海石，只因为，至尊图里教会世人最厉害的破坏之术，而星海石，却是救人之具。救人的，通常没有害人的有名。”

说这句话的时候，柳溪的唇角有丝冷意，眼神依旧灰蒙，没有情绪。

夏玉有点畏怯地看着自己的“表哥”。

说是表哥，其实夏玉自己都没有见过，只是有一天，父侯将他带到自己面前，对自己说：“这位是你母亲弟弟的儿子。”

舅舅过世得早，所以表哥很小便被送到山上修习了，最近才回到中土。

见到柳溪的第一眼，夏玉就下意识地畏怯他，他身上有股浓浓的潮湿气息，夏玉甚至觉得：即便他站在阳光下，地上也不会留下丝毫阴影。

他是阴暗的。将所有的光亮吸收殆尽。

可无论夏玉多么抵触他，夏侯还是坚持让他对与柳溪接触，多帮着柳溪，甚至这次冰国的招亲大会，如此盛事，父侯也上奏坚持让柳溪跟来。

在来冰国之前，夏玉进京去探望了自己的公主堂姐贺兰悠，本来想打探一些柳溪的消息，可是一走入驸马府，夏玉便什么情绪都没有了。

从前温雅精致的府邸，近期有些荒败了。许是冬日的原因，花木谢了，满眼是青白的墙，偶尔的红色，也蒙上了灰尘，庭院里行走的仆人也一副怏怏的样子，见到夏玉，只是懒散地招呼一声“小侯爷”，也不招待，只是指了指远处的楼阁，轻声道：“公主在楼上呢。”

夏玉于是从咯吱咯吱的木楼梯爬上去，等爬到顶楼，他终于见到了贺兰悠。

从前美艳逼人的贺兰悠，如今脂粉不施，头发只是疏疏地拢于一侧，散发飘荡，颇有点蓬头垢面的样子。

夏玉于是皱眉，回头怒斥丫鬟：“你们是怎么照顾公主的!”

丫鬟噤声，不敢言语，贺兰悠却头也不抬，淡淡地解释道：“是我不想梳洗，梳洗后给谁看呢?”

夏玉当即沉默。

裴若尘刚刚走马上任，所以经常不在家，夏玉在驸马府待了两天，竟然没能见到裴若尘一面。如此便知，裴若尘冷落贺兰悠到何等地步。

“姐夫……”夏玉咬了咬嘴唇，不解道，“从前姐夫那么温文儒雅的一个人，现在怎么变成这样了？”

贺兰悠抬头，清清冷冷地扫视着面前的庭院：“哀莫大于心死，你姐夫，只怕是一个死人了。”

贺兰悠的回答，让夏玉困惑不已。难道丧父之痛真的那么严重吗？当年自己母亲过世的时候，虽然也伤心，可到底是挺过来了。

何况，从前也不觉得裴临浦与裴若尘的关系有多么亲密，裴临浦对自己的儿子，一向是严厉有余，关心不足的。

“如果有一样东西，是你付出了很多心血的，你以为是值得你牺牲的，到头来却发现，只是另一个人一厢情愿的笑话，你会不会心死？”贺兰悠冷冷一笑，有点残忍道，“就这样吧，难道谁没有谁还不能活不成？反正从始至终，我们心中的人，都不是对方。”

说这句话的时候，贺兰悠的表情有点阴冷了。

夏玉打了一个寒战，本来想向贺兰悠询问柳溪的事情，见状却无论如何都开不了口了。

他站在贺兰悠的后面，俯视着庭院里的一片冷清与惨败，突然有种很不好的预感，有种寒气直透人心，裴若尘今日的繁华，贺兰悠如今的美丽，都将成为一场悲剧中最后伤感的回忆。

这种预感让夏玉心中不舒服，到了第三天，便早早地告辞了。

然后，他与柳溪来到了冰国，依旧对柳溪一无所知。

“可是，既然世人对星海石所知甚少，你又是如何得知的？”夏玉看着柳溪，好奇地问。

“因为我有一个无所不能、无所不知的母亲。”柳溪淡淡地回答了一声，然后反身回屋。

夏玉颇有点困惑地看着他的背影。如果真的有一个值得骄傲的母亲，为什么柳溪的神色间看不到自豪，反而是淡淡的无奈和自嘲？那个舅妈，到底何许人也？父亲不是说过，柳溪的父母已经早早过世了吗？

夏玉怎么想也想不通，直到他想得头都痛了，前面的灌木突然摇了摇，夏玉凝目望去，却见到一个大眼丫头从花丛里钻了出来。

见到夏玉，那大眼丫头也是一愣，怔怔问：“小侯爷，你怎么在这里？这不是东殿吗？”

“这是西殿。”夏玉耐着性子回答道，“你是东殿的丫头。”

“奴婢十一，是……是伊人的丫头。”十一一时也找不到更好的头衔，只能直呼小姐的名字。

夏玉“哦”了声，脸上露出嫌恶之色。

他对伊人的印象，实在谈不上好。初时因为裴若尘的关系讨厌她，后来，她为贺兰雪站出来，稍微好了一点，结果今天又看到她跟炎国的皇帝厮混在一起。

“东殿和西殿隔得那么远，怎么会走错，你是不是有其他事情？”夏玉先入为主，因为讨厌伊人，也一并讨厌她的丫鬟了。

十一有点心虚地张望了一下，然后低头回答道：“找我家小姐呢，这里的景象太一样了，我们走着走着，就迷路了……”

“果然有什么样的主子就有什么样的丫鬟。”夏玉没听完她的解释，便不耐烦地丢下一句话，“去其他地方找你家小姐吧，本侯爷没见过她。”

十一连忙欠了欠身，转身朝东殿的方向跑去。

其实十一没有说错，伊人确实在这里迷路了。

她们本来在院子里晒太阳，十一突然问伊人，炎寒可有作画的习惯，或者有没有收藏古画的地方。

伊人想了想，依稀记得炎寒似乎真的带了一幅画，于是就带十一去找，哪知四个殿的格局太相似，花木又太茂盛，她们穿过了几个抄手游廊，不知不觉走到了这里，十一本打算拉着伊人回去算了，却不察伊人的脚程慢了些，十一走得太快，一回头就看不到她了。

这才误打误撞地遇到了夏玉。

十一又一路找了回去，还是没遇到伊人，也不知跑去哪里了。

另一方面，伊人也在四周同样的景致里晃来晃去，四处的花木都是一样，很茂盛的叶子，似乎是芭蕉，很茂盛的花朵，像杜鹃。红花绿叶，晃花了伊人的眼。然后，她看到了前面一个似曾相识的身影，伊人想也不想地上前打了声招呼：“柳色。”

前面的人转过身，用陌生的目光看着她。

伊人眨眨眼，仍然没有改口：“柳色。”

柳溪敛了敛眸：“你认错人了。”

“柳色。”伊人嘻嘻一笑，看着他，“我知道你是柳色，再怎么变，我也认得出来，你身上……你身上有股味道。”

“什么味道？”柳溪沉声问。

“潮湿的味道。”伊人往他靠了靠，抽着鼻子嗅了嗅，然后又问，“你的眼睛好了吗？”

后面那句话，有明显的、浓浓的关切味道。

柳溪的身形微微顿了顿，然后低声道：“是，尤主管已经将他的眼睛换给我了。可是这样的眼睛，我宁愿不要。”

“为什么？”伊人诧异地问。

“我只能看到黑白色，现在我看着你，也只看得到你的轮廓和你的眼睛。”柳溪有点残忍地说，“你的眼睛很大很黑。漂亮得很，我想将它挖下来。”

伊人眨眨眼，即便再笨，也能听得出来柳溪要灭口的意思。可是，她心里还有一个疑问，这个疑问比此时的境况更加重要。

“尤主管把眼珠换给了你，那他呢？”

柳溪的神色一黯，那双冷漠迷蒙的眼睛里，顿时涌现出一团血色。

当时的情形，仿佛又出现在自己面前。

尤主管在听到大夫的话后，二话不说，用手指剜下了自己的眼睛。

柳色的脸上，全部溅满了他的鲜血。

忠仆舍眼为主，所有人都唏嘘，所有人都赞叹，可又有谁感受过他的感觉？

自始至终，他可有选择的余地？

是，他拥有了一个黑白的世界，也由此，更加不能辜负尤主管的期望。

他算什么？到底是受益者，还是彻底的受害者？

为了一双眼珠，赔掉了自己一生！

柳溪冷冷一笑：“他怎么样，关我什么事？”

这样没心没肺、不懂感恩的话，倘若被其他人听了，一定会在道义上谴责柳色，可是伊人却能明白他的感受。就像前段时间，她希望炎寒不要对自己太好，总觉得无以回报，沉沉地压在心里。

“其实，无论做什么事，自己都要心甘情愿才行。你勉强自己做了，心里又有怨言，其他人会很无辜的。”伊人又淡淡道。

柳溪望着她，没有言语。

“我想尤主管，只是单纯地对你好而已，他没有要求你做什么。你觉得很沉重，只是因为……只是因为你没办法无视他的好，没办法骗过自己的心。其实这一切，不是尤主管逼你的，而是你逼自己的。也就是说，其实，这也是你心甘情愿的选择。所以，不要再怪他，好不好？”伊人很难得地说了一大通话，然后，似说累了一般，吐出一口气，脸上亦是释然。

柳溪怔了怔，若有所思了片刻，随即沉下脸来，低声道：“无论如何，你知道了不该知道的事情，就该死。”

倘若柳溪是柳色的事情传出去，那么夏侯就会受到风朝空前的质疑。他并非担心伊人会乱说，而是担心夏侯会暴露。为保险起见，他必须、只能，杀掉伊人！

伊人打了一个寒噤。现在周围没人，她只能自救。她抬头殷殷地看着他，道：“其实，我还有点用的。”

“什么用？”柳溪许是念及以前的些许情意，竟然还耐着性子等她的废话。

“我认识你母亲，小时候她在我的房里待过三天，教过我一些东西。”伊人道。

柳色呆了呆，突然伸出手，快速地点上伊人的哑穴，然后将她拦腰夹起，花木掩映，两人的身影很快消失在灌木深处。

十一找了很久，却始终找不到伊人的下落。刚开始还能气定神闲，后来，十一也渐渐坐不住了，她不得不跑到南殿，向殿前的守卫简单地通报了一声。

很快，炎寒便大步走了出来，见到十一，焦急地问："你说伊人不见了？"

"是啊。"十一点头，"一眨眼就不见了，我怎么找也找不到。"

"外面的守卫问过没有？她是不是出去了？"炎寒还存着一丝侥幸心理。

"问了，都没看见。"十一急得快哭出来。

炎寒不再废话，立刻召集人在东南西北四个大殿里搜寻伊人的下落，花园、游廊、假山，都派人去找了。

当人跑到夏玉的西殿时，夏玉本来不打算让炎寒的人搜索，却耐不住柳溪的劝说，任由那些人在自己的居住地翻箱倒柜。

整个搜索没有受到任何阻拦，非常彻底，非常详细，可始终没有找到伊人的下落。

炎寒一脸忧色，站在中央花园的游廊间，凝视着面前的湖水。

湖面平静，幽幽生碧。炎寒心中一动，也不管十一惊诧的喊声，衣服都未脱，便径直朝湖里跃了进去。扑通一声，他已经沉入湖底。

到了湖底，炎寒这才发现：这湖表面看，像是人工湖，但底下竟然有水流的痕迹，应该是活水。

翻涌的水流，让湖底弥漫着细密的气泡。

他看不清楚。即使伊人现在人在咫尺，危在旦夕。他也看不清楚。

炎寒呼吸一窒，突然有种奇怪的感觉：伊人就是在湖底，她就在自己前面，可是目之所及，全是细密的水泡，他来不及救她。

炎寒在水底盲目而执着地搜索着，直到肺部再也没有一点气息，才仰起脸，在湖面上透口气，紧接着，又一头扎进去，寻找伊人的痕迹。

"你们还等什么，还不下去帮王上！"十一不会游泳，只能在岸上干着急。

刚才还在岸上发呆的侍卫们连忙扑通扑通下饺子一般跳了下去，又是一番地毯般的搜索，依旧没有伊人的身影。

炎寒终于精疲力竭。他从湖里出来，头发湿漉漉的，衣服紧贴在身上，风一吹来，几乎要结冰了。

炎寒却恍若未知，只是看着已然平静的湖面，若有所思。

这里的动静，终于惊动了冷艳，她裹着白色的貂裘披风，大步流星地走了过来。

见到炎寒的模样，冷艳略皱了皱眉，招手让身后的侍女为炎寒披上一件衣服，又取了毛巾，亲自拿着，为炎寒擦去脸上的水迹。

“这种事，让下人做就好了，炎寒又何必亲为？”冷艳擦去他下巴上最后一滴水迹，淡淡道，“伊人在冰宫失踪，本宫自会负责到底，一定会将她找出来。”

“湖底通往哪里？”炎寒没有接话，只是看着湖水，轻声问。

冷艳的神色一滞，没有直面回答。

“底下的水流很急，如果有人掉下去了，会不会被冲到水的源头去？”炎寒又问。

这是唯一的可能，伊人不会飞天，不会遁地，外面的守卫又如此森严，难道伊人能化成一股青烟，凭空消失不成？

“不会的。”冷艳安静下来，淡淡道，“这不是活水，也没有源头。之所以湖底的气流很急，是因为……因为湖底有星海石。”

炎寒愣了愣，倒有点不好意思了。

这样一个天大的秘密，本来无人能知，没想到，竟是自己逼着冷艳当场说了出来。

“你不用自责。”冷艳察觉到炎寒的愧疚，凤目微柔，淡淡道，“即便世人知道星海石的位置，也无法打它的主意。炎寒方才不也试过吗？没有谁能潜到湖底，即便硬潜进去了，也会陷在逐风的机关内。”

说到这里，冷艳转过身，一面将手中的毛巾随手递给侍女，一面道：“可能是被人掳走了，外面的侍卫没注意，本宫会重新换一批能干的侍卫，然后发动大内寻找伊姑娘的下落。”

炎寒无法，只能如此。

临转身的时候，他重新看了看那个湖面，湖水静谧，幽蓝喜人。

第19章　星海石

因为白天伊人的失踪，宫城守卫顿时森严起来，大批侍卫被派了进来，举着火把，巡逻着。

等到了午夜，突然有一个人影从西殿悠悠地走了出来，旁若无人地来到池塘边，蹲了下来。

淡淡的星光从天上洒下，又在平整若镜子的湖面上折射了一番，映在他的脸上。

俊美的容颜，比起白天来，变了许多，也生动了许多。只是眼睛的灰蒙，却怎么也变不了。

依然那么寒碜人心。

柳叶般纤秀的眉眼和略觉冷酷的薄唇，正是柳色的原样。

“星海石可以起死回生，应该也能治好尤主管的眼睛吧。”他的手指在湖面上划了划，自语了一句，然后站起身，朝殿里走去。

伊人被藏在哪里呢?

这个让所有人百思不得其解的问题，其实非常简单。

伊人一直在南殿里。一直在柳色的房间里。

她被点了穴，易了容，面上带着僵硬的笑，直挺挺地站在柳色的床边。

进来搜索的人只瞟了一眼这个端着盘子，貌不惊人，笑得像个白痴的小丫头，注意力马上转移。又哪里会怀疑，她就是不能动不能说，双腿已经站得打战的伊人。

伊人的眼珠儿转啊转的，眼睁睁地看着寻找她的人在她面前走来走去，翻箱倒柜，最后无功而返。

她郁闷。腿酸，手酸，脸也酸。

这样坚持了一整天，柳色终于从夏玉的房里回到了南殿。

看到了柳色，伊人的面上露出一丝喜色：至少能摆脱现在僵硬的状态了吧。

“如果你骗我，我就杀了你。”柳色露出一个阴冷的笑，然后出手点开她的穴道。穴道刚一松，伊人便如一摊烂泥一般倒在了地上，四肢展开，很不顾形象地赖着不动。

柳色有点不可思议地看着地上的那坨“懒泥”，然后重新板起脸，继续方才的话题：“你到底是怎么认识我母亲的?”

伊人爬上床，将枕头垫高了一些，倚着床，认真地回答道：“我七岁那年，在庭院里看蚂蚁，她走过来问我看什么，我就告诉她了，她觉得有趣，就和我一起看蚂蚁。”

自从母亲去世后，伊人的庭院很少有人踏足，她习惯自己和自己玩儿，便是有人来逗弄她，伊人也懒得回答，索性装傻，一来二去，便傻名远扬了，然而这并不是什么坏事，就算是商贾之家，有利益便有争斗，做个傻子，起码能平安长大。

息夫人不知怎么误入了伊人所在的庭院，大概是因为那里实在太清静了，她便在庭院里待了三天。两人头碰头地看完蚂蚁，见伊人在纸上乱涂抹，息夫人于是教她用炭笔画画。许是兴之所至，那天息夫人教了她许多东西，日月轮转的规律，奇怪而传奇的故事，还有好多好多没有答案的问题。

伊人见息夫人一脸疲累，便将自己藏着的烧饼拿出来给她吃，还叮嘱她早点睡觉。息夫人真的连着睡了一天一夜，到了第三日，她走了，临行前感叹：“像你这样傻乎乎地过一世，未尝不是一种幸福。”

柳色静静地听着，神思已然悠远。

对于母亲的回忆，柳色一向是模糊的，只是从小，就有许多人告诉他：你母亲是一个伟大的女人，她呼风唤雨，她无所不能，她左右了天下格局，她被贺兰家算计，她是神是天是你几生几世都无法企及的高度。

母亲只是一个符号，不是温暖的手，不是睡前柔和的呢喃和饭桌上淡淡的笑。

而在伊人的讲述里，柳色突然触及一种真实感，而那种真实感，让他悸动而畏怯。

伊人慢慢地停止讲诉。

柳色久久不语。

伊人终于忍不住，大大地打了一个哈欠，然后翻身面向着墙壁，身体往被子里一滑，溜进去睡觉。

柳色躺在伊人身边，目光直直地看着天花板，想着一些一直想不通的事情，直至天明。

连续三天，伊人没有任何消息。

炎寒迅速地憔悴下去，冷艳也自觉有一定责任，派往驻守的人越来越多。

到了第五日，炎寒终于坐不住了，他向冷艳提出申请：彻底搜查四大殿，盘问所有殿内执勤人员，一定要找到伊人。

冷艳虽然不悦，却还是应了。

柳溪得到消息后，也不再敢将伊人明目张胆地留在内殿里，恰好夏玉又嚷嚷着在这里待腻了，要出殿走走。

他将伊人草草地伪装了一番，装成自己的随身小厮，然后点了她的哑穴，在大搜寻之前，带出内殿。

可皇宫已经戒备森严了，虽然离开了那四大殿，却没办法带出冰宫。

柳溪踌躇了一会儿，突然瞥到皇宫西角一个略显阴冷的地方。

前面防卫森严，来来往往的人神情凝重，却与搜索伊人的侍卫们不同。

“那是什么地方？”柳溪问。

“哦，地牢。”夏玉漫不经心地回答道，“贺兰雪就在这里面。”

“你真的确定贺兰雪在这里面？”柳溪冷冷一笑，“冷艳可是对贺兰雪情深义重，你若是真的相信她舍得将自己的心上人丢进大牢，那你就是蠢驴。”

夏玉勃然大怒，他一把揪起柳溪的领口，怒道：“你说什么！我早就看你不顺眼了！别以为父侯宠你，你就敢为所欲为！”

“那你敢不敢进去看看？”柳溪的神色依旧冷淡，声音更是清冷。

夏玉愤愤地松开他，小脸涨得通红，郁郁道：“自然敢，我相信女王绝对不会欺骗堂堂风朝使者的！”

柳溪没有理他，只是将目光移到地牢处。

夏玉已经撩起衣摆，往地牢的方向大步走去。

柳溪则抓起伊人的手腕，不远不近地跟在后面。

伊人口不能言，身体发软，只能乖乖地跟着柳溪走，可是他们方才的对话，她却实实在在听进耳里了。

原来阿雪在里面。

伊人望着远处地牢黑洞洞的入口，一阵莫名悸动。

那个地方，是不是很黑很冷？

“夏侯的这个儿子，果然和草包一样。”柳溪望着夏玉渐渐远去的背影，突然感叹了一句，“尤主管还指望着夏侯帮我，只怕夏侯也迟早栽在这个草包儿子身上。”

伊人看了他一眼，柳溪的脸上有种嘲弄的笑。却不知是在嘲弄夏玉，还是在嘲弄自己荒谬的身份和任务。

夏玉已经走到了地牢门口，外面巡逻的守卫聚拢来，夏玉要求进去看贺兰雪，众人自然不准，夏玉又不是什么好相与的人，双方越争越凶。碍于夏玉的身份，那些侍卫虽然无奈兼愤怒，却不能将他怎样，只能一层一层地通报上去，地牢门口一阵喧哗。

柳溪便在最混乱的时候走了进去，他从旁边轻巧地绕到门口，前面刚好有人转过身来，看见他，柳溪朝那人微微一笑，嘴唇微张，吐出一根细针来，那人中针，哼也不哼地倒在了地上，所有人都围着夏玉，那个倒下的人无关紧要，也没有引起众人注意。

柳溪抓紧了伊人的手腕，闪进了地牢。

刚一进去，便有股浓浓的水汽扑面而来。

人像置身冰窖一样，寒冷刺骨。

“地牢下面一定有水牢。”柳溪淡淡道，“如果冷艳真的舍得将贺兰雪关押在地牢里，一定会将他关在最寒冷的水牢里。”

说着，他转过身，看着伊人，笑道：“让你与贺兰雪做会儿伴吧，即便他们要搜查地牢，也绝对不会搜到贺兰雪那里。”

最厉害的囚禁，并不是将人关押这么简单，而是孤立他，让他在寒冷的、阴暗的黑牢里，不能说话，不能思考，不知道今夕何夕，让他彻底感到孤立与寂寞。

柳溪知道一些冷艳与贺兰雪的往事，由此，自然相信冷艳会用最决绝的方式对待贺兰雪。

伊人还是无法说话，只是地牢里寒气入骨，她打了一个寒战，哆哆嗦嗦地跟在柳溪身后。

柳溪似乎对地牢的格局很熟，他轻巧地躲开了里面零星的狱卒，朝甬道深处走去，越走越深，也越来越冷。

伊人冻得嘴唇发白，两条腿如机械般移动着。

也不知走了多久，柳溪终于停了下来，停在一扇沉重的铁门外。

铁门上生满了红锈，应该是这里水汽太重的原因吧，一层层锈凝上，又剥落，斑驳而萧索。

柳溪又从嘴中吐出一根针来，端起挂在铁门上的大锁，开始一心一意地开起锁来。

伊人没事做，只能抱着双臂，往左右张望着。

这一望不要紧，恰恰看到来路上出现了一个熟悉至极的身影，伊人心中欢喜，张口欲呼，奈何哑穴被点，口中只发出了一阵凌乱的咿咿声，同时响起的，还有一个轻微的“咔嚓”声——柳溪已经将锁打开了。

当然，他也注意到伊人的异常，刚把铁门推开，便转向了来人。

久未打开的铁门，在开启时带动了地上的泥石，簌簌地掉了下去，许久许久，才听到下面的回声。

从铁门进去，便是深不见底的水牢了。

伊人瑟缩了一下，往那黑洞洞的地方望了一眼。

而来人，也在一瞬间抵达他们面前。

“柳如仪！”随着一声暴喝，那人的老拳已经挥到。

正是武爷。

伊人在旁边手舞足蹈，拼命想引起武爷的注意：只是她经过伪装，已经变成了一个小厮的样子，而且又说不出话来，那动作亦像在惊恐地躲避着，自然不能引起武爷的注意。

柳溪微微一闪，躲过了武爷的第一轮攻击，待站稳，他敛眸沉声道：“我不是柳如仪。”

“别以为你戴上人皮面具，我就认不出你了！”武爷吹胡子瞪眼，一捞手，朝柳溪的脸上撕去。

柳溪本欲再躲，奈何功力与武爷相差太多，只听到一声“嘶啦”，武爷从他脸上扯下一块人皮来。

柳溪的发带也在这个过程中散了，黑发如瀑，顺着消瘦俊美苍白的容颜洒下，虽然是柳色的原样，又觉得与原来的柳色已然不同。

从前纤细阴冷的柳色，不知何时，染上一股浓浓的邪气与戾气。

那双灰蒙的眼睛，再也不若当初那般无辜而空洞，而是诡异得让人不敢直视。

“柳如仪！”武爷指着他又是一声喊叫，“你不是柳如仪，又是谁！我怎么也不会忘记你的长相的！长得漂漂亮亮，干的事情，却禽兽不如！”

柳色屏息，深吸了一口气，然后沉声问：“我怎么做了禽兽不如的事情？”

对于父亲柳如仪，柳色的认知也是很少的。他只知道，当年贺兰无双将母亲赐婚给父亲的时候，母亲是不爱父亲的，可是，依然生了他。

再后来，因为父母谋反之名，全家灭门，只余存了他，被尤主管拼死带出。

所以，他自小得到的教育便是：报仇。

找贺兰家报仇。

为他从未谋过面，也丝毫谈不上温情的一双父母报仇。

而事实上呢，他不停地听着关于自己父母的传说，真相是扑朔迷离的，尤主管的一再强调，也无法释怀他的困惑。

柳色需要知道真相，至少知道，自己到底在扮演怎样一个小丑角色。

所以，当意识到武爷真的彻底将自己错认为父亲之时，柳色决定将错就错。

他问：“我怎么做了禽兽不如的事情？”

“我问你，你在这地牢里干什么！”武爷指着柳色的鼻子，怒不可遏道，“夫人本不喜欢你，你为什么要将她囚禁起来，百般蹂躏！整整两年，你关押了夫人整整两年，你让夫人怀孕，你让夫人为你生儿子，你以为这样就能得到夫人？我告诉你，你做梦！你这样做，只能让夫人越来越恨你！”顿了顿，武爷又有点不清楚地说：“刚才那丫头一说夫人不见我，我就知道你把她带到地牢里了，说，夫人现在在哪里！我不会让你得逞的！我不会让你欺负夫人，我不会让你蹂躏她！柳如仪，你这禽兽，禽兽啊禽兽，枉费夫人曾那么相信你！”

柳色听得脸色惨白，他怔怔地反问道：“那小孩，夫人的儿子，是这样出生的吗？夫人……夫人可有抱过他，疼过他？”

武爷朝地上重重地唾了一口，瞪眼道：“那个孽子！夫人恨都来不及，还抱他疼他，那是做梦！”

柳色往后踉跄地退了一步，怔忪了半晌，继而冷冷地笑起来。

武爷却懒得管他，只是左右张望着，口中“夫人”“夫人”地乱叫。

伊人深深地看了柳色一眼，然后走到武爷面前，努力着眨眨眼，示意自己就是他要找的人。

武爷却瞪了她一眼，郁闷道："好烦人的小厮"。

说完，武爷长臂一伸，将本来就没了力气的伊人顺手一推，地面潮湿打滑，伊人往后一跌，手虚虚地往前伸，本想抓住铁门，可惜伊人四肢太短，双手只抓到虚空。

紧接着，她身体一陷。

伊人就这样被武爷信手一推，从那门里摔了下去。

黑暗的半空中，伊人手脚乱踢，却怎么也找不到着力点，身体直掉下去。

就在她以为自己此生休矣的时候，整个人突然跌到了一个很宽厚的怀里，她的脚一颤，鞋子掉了下去，身下传出"扑通"的水声。

"你又是为什么被丢下来的？难道你也得罪女王王上了？"黑暗里，那个抱住她的人浅浅地笑问，"终于有人做伴了，喂，你还活着吧？"

伊人也在第一时间，听出了那是贺兰雪的声音。

她心中欣喜，想说出话来，可是哑穴被点，没有七八个时辰根本解不开，伊人只能"咿咿"地叫了一通，手舞足蹈，很是焦急。

贺兰雪还是紧紧地抱着她，想着：这个人怎么如此不安分。

脸则往伊人的方向靠近了一些，凑着细看，淡淡的微光下，那模糊的轮廓似乎有点熟悉，但是五官却是陌生的，而且，此人做小厮打扮，似乎是男人。

"你是哑巴？"见她还在咿咿呀呀叫了不停，贺兰雪有点同情地问了一句。

伊人闻言，顿时泄下气，也不动，也不说话了，只用两只大眼睛牢牢地看着他。

贺兰雪微微一笑，安慰道："哑巴也没什么，只要能听我讲话就行，我都快要憋死了。"说着，贺兰雪游着水，将伊人抱至墙壁的方向，周围有一圈高出水面的台阶，他将她放在上面，自己也爬了上来，弯腰将衣摆的水迹拎干。

"小兄弟，你是不是也得罪了人家小女孩，所以她才将你踢到这里来的？"

伊人很认真地歪头想了想，然后慎重摇头：她可没得罪柳色。

"好了，我们不说以前的事情了，反正接下来的时候我们要相依为命，得找点好玩的游戏才行。"已经在黑牢里关了七天的贺兰雪彻底憋坏了，他不怕严刑拷打，不怕风言风语，不怕世人诋毁，甚至不怕至亲的背叛，可是，却怕极了这安静，整整七天，在这个黑乎乎的地牢里，低头，只能看到黑得不见底的水面，耳边唯一的声响，是流水的哗哗声。不知道今夕何夕，不知道外面的世界如何，他就像被彻底遗忘在世界尽头。

所以，对于这个凭空掉下的小断，贺兰雪很珍惜，他已经琢磨着怎么和这个人玩了。

反正，他只有不足半月的生命。

伊人此刻眼中的贺兰雪，没有丝毫着急的样子：与世隔绝的几日，让贺兰雪的嘴唇周围长了一圈青的胡须，让他从前过于美艳的容颜，多了一份挺可贵的阳刚之气，却不觉沧桑——只因为他的眼神透出一股狡黠的孩子气，也不知在打着什么坏主意。

伊人眨眨眼，突然有种不祥的预感。

果然，贺兰雪的嘴角翘了翘，若无其事道：“你会不会泅水？这样吧，我们比赛。这水底有很多骷髅头，我们一起下去，在一百声之内，谁摸到的骷髅头多一些，谁就能使唤对方为自己敲背捶腿，好不好？”

听说水底全是骷髅头，伊人的脸都吓绿了，哪里还敢下水。

“你没兴趣？”贺兰雪凑近看了她一眼，然后咧嘴笑道，“那你就算自动弃权了，所以，你输了，赶紧给本王敲敲背、捶捶腿！”

他说得那么欢欣鼓舞，伊人却只是微微一哂，看孩子一样看着他。

“不准抵赖！”见伊人没有动的打算，贺兰雪三令五申了一番，然后靠到伊人身边，将腿伸了过去，架在伊人的膝盖上。

伊人无法，只能捏起拳头，在他腿上胡乱地敲了起来。

贺兰雪则偏头看她的表情，看了一会儿，他冷不丁地说：“你的眼睛，跟我认识的一个人很像。”

伊人诧异回头，盈盈地望着他。

贺兰雪的身体往前倾了倾，手指已用迅雷不及掩耳的速度抚上了伊人的眉眼。

她突然沉静下来，贺兰雪细细地看着，细细地，从她的眉角，划至她的眼睑。

“原来世上还有第二个人拥有这样的眼睛……”贺兰雪说着，终于松开手，神情重新变得咋咋呼呼，他连声催促道，“喂，喂，喂，不要停，继续捶！”

伊人怔怔，又是一阵乱敲，贺兰雪则用手臂枕着头，倚靠着墙壁，闭着眼很享受的样子。

伊人初时乱捶，慢慢地，频率慢了下来，她偏过头看了看贺兰雪：贺兰雪似乎已经舒服得睡着了，眼睛轻轻地合起，面目安详，挺直的鼻子投出一个可爱的阴影，映在脸颊上，阴影轻晃。

伊人停下动作，她的屁股朝贺兰雪的方向蹭了蹭，蹭到了他的身边。

然后，她伸出手指，用指尖去捕捉他脸上的阴影。

可就在她靠近的时候，贺兰雪忽然睁开眼睛。

伊人与他离得很近，她的鼻尖几乎已经挨到了他的鼻尖，他们四眼相对，无一例外地，从对方的眼眸里，看到了自己的倒影。

贺兰雪很专注地看着她。

伊人也傻傻呆呆地，犹疑着自己是该马上弹开，还是心平气和地慢慢移开。

正在她决定采取第二个方略时，贺兰雪突然伸手捧住她的脸，轻声问："伊人，你是真的喜欢炎寒吗？"

伊人愣了愣，口张开，徒劳地"啊"了声。

"我知道你的穴道被点了，可我现在不想给你解开。"贺兰雪继续道，"这世上怎么会有第二个拥有这样眼神的人呢？我知道你就是伊人，无论你为什么会来这里，无论是谁为你伪装的，今天，就安安静静地在这里陪着我，可以吗？不要再说两不相干的话了。"

那日伊人的绝情，让贺兰雪心有余悸。他从未想过，她会如此果决地离开他。

他不想再从她口中听到同样的话，在这不知道年月的黑暗里，他与她，谁也无法离开谁，那就姑且认为，谁也不愿意离开谁吧。

伊人呆呆地看着贺兰雪，看着他眸底的沉痛与隐隐的畏怯，那样一个自信飞扬的人，不知为何，竟做出了如此掩耳盗铃的事。

他们相对许久，伊人缓缓地垂下眼眸，正待退开，贺兰雪的手臂却突然滑下，抱住她的肩膀，将她拉到自己身上。

伊人跌倒在他的胸膛上。

她的耳朵贴着他的心脏。

扑通，扑通，很有韵律的声音，仿佛每一下，都与她的心跳契合，有点催眠的意味。

贺兰雪身上幽兰花的味道。

他的呼吸声。

水声。

伊人没有再动，她的手老老实实地搁放在贺兰雪的胸口处，人伏在他身上，有一种安宁瞬间充斥了四肢百骸。

"伊人，我可能躲不开这个劫了。"迷迷糊糊中，她听到贺兰雪如是说，"如果炎寒真的对你好，我会感激他。睡吧。"

这是她意识中最后一句话。再醒来的时候，耳边依旧是滴滴的水声，伊人打了一个哆嗦，正准备起身，一件外袍从身上滑了下来，一直滑下台阶，浸到了水里。

伊人回头，认出了它是贺兰雪身上的衣服。

她站起来，张嘴欲喊，喉咙里发出一阵咕隆声，穴道似已解除了，可是，声音终究没有发出来。一个人从后面捂住她的嘴。

伊人正吃惊着，便听到后面的人低声道："王妃，不要出声。"

易剑的声音。

伊人顿了一会儿，小心地掰开易剑的手，回头望着他。

易剑做了一个噤声的动作，然后小心地搀着伊人，顺着墙壁，慢慢地朝另一个方向走去。

伊人这才发现，那另一方向竟然传出了些微的光。

上面有一道暗门。门没有关严实，里面的人自信这个地牢里没有其他人了，却没料到，还掉进了一个伊人，潜进了一个易剑。

他们一直走到门口，里面的声音断断续续地传了出来。

“阿雪，你只有几天日子了，为什么还那么倔强？”这是冷艳的声音。

伊人听了，心中咯噔一下，回头看着易剑。

易剑的脸色却是沉重，屏息凝视着里面。

“还有十五天啊。”贺兰雪笑着回答，“十五天可以做很多事情，倘若不能随心所欲地过几十年，不如从心所为，好好地度过这十五天。”

“你认为我会让你好好地过这十五天吗？”冷艳冷冷道，“如果你拒绝，你余下的生命，将在这水牢里度过。在你最后一天的时候，我会让你参加我的招亲大会，你会亲眼看到我未来的夫君。你会看着我成亲，看着本来属于你的荣耀归于别人。那时候，你也算死得瞑目了。我也对得起你。”

“我该提前感谢你吗？”贺兰雪不动声色地说道，“冷艳，其实你不必这样做。那不会有什么区别。”

“贺兰雪！”冷艳恨恨地叫了一声他的名字，紧接着，便是泼水的声音。

伊人与易剑同时捏了一把汗，他们靠着墙壁歇了一会儿，然后悄悄地靠到门缝前，易剑贴着伊人，一个在上，一个在下，小心地朝里面望进去。

里面是地牢的一个暗室，从前用来审讯犯人的。

小小窄窄的地方，正中间摆着一张木桌，桌上燃着一盏微若黄豆的油灯，左右两侧则是冰冷冷的铁链，右边一盆红彤彤的炉火，里面横七竖八地放着几只烙铁。

贺兰雪与冷艳就坐在桌子旁边，两人对面而坐。

贺兰雪面向着门口方向，冷艳则背对着门口。

伊人透过门缝，看着贺兰雪。

因为炉火，贺兰雪右边的脸是红色的，左边则笼在暗影里，整个人在光影神奇的笼罩中，一半桃李，一半深海，像刚泼上去的水墨画。

而且，是刚刚完成的——贺兰雪的鼻尖处兀自挂着水珠，是被冷艳泼的茶水。

贺兰雪没有伸手去擦，而是等着它自然干，他的神色坦然，安静地看着对面的冷艳。

“与八年前相比，你变了许多。”过了许久，贺兰雪轻声道。

冷艳没有作声。

优雅华贵的背影笔挺而高傲。

“我还记得刚遇见你的时候，你正被人追杀，你穿着一件水湖色的长裙，系着一条白色的腰带，你的头发松松地系在右边，因为跑得满头是汗，散发全部贴在额上。像刚刚从水里出来的仙女一样。”贺兰雪继续道。

“仙女……”冷艳的声音有点柔软。

“是啊，仙女。冷艳，你是一个很美很美的女人，美得没有男人能将眼睛从你身上挪开，包括我。”贺兰雪淡淡地说道，“当时，我觉得自己能救这样一个美女，是一件很荣幸的事情。”

“可是你拒绝了我。”冷艳冷冷地提醒了一句。

“因为，那是不同的。”贺兰雪微微一笑，“所有人都喜欢美丽的事物，都不由自主地想靠近——这是天性。那时候的你，不仅美丽，而且有种很可爱的倔强，善良且坚强。老实说，有一刻我曾为你动过心。”

“……什么时候？”冷艳迟疑地问。

“那一晚你过来找我，你向我诉说了当一个女帝的孤独与惶恐，你刚刚登基，满朝的人都各怀心思，你说你站在高台上，俯视他们，如俯视深渊。然后，你哭了。你觉得绝望。”贺兰雪的脸上带着淡淡的笑，神色柔和，浅浅地追忆着，“你哭的时候，我抱住你，告诉你，你什么都不要怕，我会帮你。其实那一刻，我心跳很快，只想着，无论如何，都不会让你再哭。”

“后来呢？”冷艳低声问，“后来，为什么会……”

“会拒绝？”贺兰雪自自然然地将那个伤人的字眼说了出来，然后很坦然道，“因为我不爱你，冷艳，从前给你的印象，只是一个男人对一个美丽且弱势的女人最起码的怜惜。那晚之后的第二天，你站在高台上，利用我铲除了冰国对你不利的人，也由此暴露了风朝在冰国的暗探，你同样将他们一网打尽了。虽然我提前做了准备，可是风朝在冰国的网络，也因此大受损失。那时候，我才知道，自己是怎样的一个傻瓜。”

“你是傻瓜吗？”冷艳不甘道，“如果是傻瓜，又怎么会提前做准备？朝中为你发言的，都是三品以下的小官，真正的暗探，你根本没让他们出头。”

“是啊，从一开始，你算计了我，我也防备了你。”贺兰雪微笑道，“从一开始，就没有真诚可言，又如何谈得上爱？”说完，贺兰雪往后略躺了躺，闲适地倚着椅背，望着冷艳，轻松道：“这样也好，你注定要做一个合格的女王，而我，只会爱一个值得我爱的女人——那个女人，无论好坏，至少要真诚，正如我会真诚对待她。”

“你认为我是一个合格的女王吗？”冷艳沉默了一会儿，突然问。

“是，非常合格。如果当一个帝王，能让人变得冷漠，变得暴戾，变得会权衡得失，那么，你已经全部齐全了。八年前让我瞬间心动的女人，只是一种迷惑我的假象。我给了你幻觉，但同样，你也给我了幻觉，所以，我们扯平了，不是吗？”贺兰雪复又坐直身子，一字一句道，“自始至终，我只爱过容秀一个女人。其他人，都是逢场作戏，包括王上你。所以，你不要在我身上花心思了。”

冷艳的背影没有丝毫动静，她确实已经是一个合格的帝王：永远将自己的情绪埋在最深处，永不被触动。

而在外面偷听的两人，却实实在在被触动了。

易剑一个劲地埋怨自家王爷太傻，只要假意说喜欢冷艳，不就可以借用星海石，继续活下去了吗？反正容秀已经是皇后了，而且王爷明明已经死心了，为何还拿容秀来气女王王上？

等埋怨完后，易剑又低头看了看蹲在地上的伊人，更觉无奈。这一次，王妃岂非更加死心了？

伊人也说不上什么感觉，她已经决定再也不管贺兰雪了，但是听到他这样说，还是有种丢失什么的失落感。她望进里面的目光淡淡地收了回来，就要转身。

易剑连忙拉住她。

“那么，那个伊人呢？”就在此时，里面又传出一句话来。

两人的身形同时一顿。

“伊人……”贺兰雪沉吟了一会儿，继而淡淡地说，“伊人是不一样的。”

“怎么不一样？”冷艳的语气中，已经有酸意了，“如果容秀不一样，那是因为她占据了你成长的全部空间，她比我先出现，我认了。可是，为什么还会有一个女人不一样？”

贺兰雪沉默了一会儿。

“冷艳，你试过珍惜一个人吗？”终于，贺兰雪缓缓开口。

易剑转过头，一手牢牢地抓住伊人，唯恐她离开，一面看着里面的王爷。

贺兰雪的神色，是易剑从未见过的：有种淡淡的喜悦、淡淡的哀思、淡淡的惆怅、淡淡的庆幸——如晚间山间的薄雾，让他的面容看上去尤其柔美。

冷艳也静静地看着他，问：“怎样才叫珍惜？”

“就是，面对着她，你甚至说不出是爱还是不爱，只想待在她身边，看着她笑，看着她睡觉，看着她看着你的眼睛。你可以什么都不在乎，你甚至不在乎她爱上其他人，只要她好好的，只要她理你，只要她会偶尔笑着看看你，就足够了。”贺兰雪浅笑着低头，说，“伊人对我，就是这样一个存在。我不要求她什么，她也从不要求我什么，我想一直珍惜她，即便她有一天与其他人成亲生子，只要我能看到，我也会安心。”

“她与其他人成亲生子，难道你不会伤心？”冷艳问。

“不知道，也许会失落吧，但只要是她愿意的，我不会阻止。”贺兰雪自嘲地笑了笑，“所以，我不能说自己爱伊人。我想，如果爱一个人，是无论如何都无法接受她与其他人成亲的吧。就像容秀，她成为我嫂子的那一天，我连想死的心都有了，根本不会去祝福她。在接下来的五年里，我无时无刻不受着嫉妒的折磨，嫉妒大哥，自怨自艾，自暴自弃。可是对伊人，是全然不同的，她选择了炎寒并不是我最难过的事情，我难过的是，她说从此两不相干。”顿了顿，贺兰雪继续道，“可即便如此，只要炎寒能对她好，我也会开心，我会真心祝福他们，我会尽自己全力，让她一直幸福，我希冀着炎寒能一直一直对她好，好到伊人忘记我，忘记所有人，满心满眼都是炎寒。即便那样，我也不会嫉妒。我还希望他们能长命百岁，活得比我长。”

说到这里，贺兰雪淡淡总结道：“这就是珍惜。”

冷艳又是沉默。

门外的易剑，则偷眼瞟了一眼伊人。

伊人的脸色很平静，可与平时的迷糊相比，这样的平静，有点沉思的意味。

“难道你不知道，这样的珍惜才是爱吗？”冷艳突然站了起来，俯视着贺兰雪，轻声说道，“贺兰雪，原来我不曾爱过你。”

贺兰雪抬头仰视着她，有点不明所以。

“你说你爱过容秀，可是，你不曾为她这样着想过。”冷艳犀利道，“你爱容秀，只是自小的一个习惯，贺兰雪，你是一个很重情义的人。也是因为太重情意，你不允许自己变心，也不允许别人背叛你的用心。这就是你对容秀的爱，你们只是在一天天不停地自我催眠中，以为深爱着对方。正如我对你，我爱着你，一直爱着你，只因为这八年来，再也没有人比过你。可是，我没办法将你的幸福放在第一位，如果你不是和我一起快乐，你的快乐，和我是没有干系的。”说完，冷艳微微一笑，很淡然地说，“也因此，如果你不能与我成亲，星海石，我是不会借给你的。因为，我并不像你爱伊人那样，爱你。”

贺兰雪苦笑，他们的谈话，似乎重新回到起点了。

“既然我们互不相爱，又何必要成亲？”他问。

“因为从小到大，我想要的，一定要得到。”冷艳俯下身，逼视着贺兰雪，一字一句道，“也因为，除了你，我再也没办法喜欢第二个人。你太优秀，贺兰雪。你的出现，绝了我的路。”

贺兰雪怔怔地看了她一会儿，然后无奈道：“你可以将我重新丢回水牢了。”

“难道你宁死也不愿意答应我？”冷艳挑眉问。

“不是，我不愿意假意应承，亵渎了你。”贺兰雪微微一笑，然后，也洒然站起，作势朝门口的方向走去。

“贺兰雪！”冷艳在他背后，重重说道，“你还有十五天时间考虑，即便不为自己着想，你也该想想伊人吧。”

“伊人怎么了？”贺兰雪诧异回头。

他分明记得，伊人现在应该被偷偷潜入的易剑带了出去。

“你认为冰宫的地牢，是任何人都能闯入的吗？”冷艳冷笑道，“武爷冲进来的时候，我们便发现了地牢有闯入者。至于你那个叫易剑的侍卫，更是在我们的默许下才能进来。我虽然不知道伊人是如何来到你这里的，但是，只要她进来了，就不用指望出去了。”

易剑闻言大惊，正打算带着伊人离开，一转身，却发现不知何时，水牢的上方已经罩上了一层渔网。而上面，更是刀剑林林，羽兵森森。

贺兰雪也察觉到外面的动静，他快走几步，猛地拉开石门。

伊人刚好站在他面前，两人四目相对，面面相觑。

“你就不怕炎寒找你麻烦吗？”贺兰雪只看了伊人三秒钟，然后回头质问冷艳。

冷艳无所谓地回答道：“炎寒永远不会知道的。”顿了顿，她挺可惜地回答道，“其实不打算碰她，只可惜，她被你爱上了。贺兰雪，你好好考虑吧。”

“如果我不答应，你想怎样？”贺兰雪沉声问。

“不怎样，只是，她一定会比你短命。”冷艳淡淡地丢下一句话，然后后退一步，退到拥进来的侍卫中间。

贺兰雪的脸色微变，正打算说什么，袖子突然被人拉了拉。

他诧异地回头，伊人仰面看着他，轻声问：“你是不是生病了？”

为什么所有人都说他命不久矣？

贺兰雪不知怎么回答，易剑已经抢口道：“还不是上次容后的药，后来为了救王妃动了真气，又被武爷一折腾，现在王爷可只有半个月的寿命了！”

伊人一愣，然后殷殷地问：“可以治吗？”

“女王王上的星海石倒是可以，只是……”易剑为难地看了冷艳一眼，触目的是一张冷若冰霜的脸，后面的话，他再也说不下去了。

是啊，王爷说出了如此绝情的话，难道还指望女王王上用传国宝贝去救王爷不成？

伊人的目光也移到冷艳身上，她朝冷艳走过去。

侍卫作势要阻止她，冷艳抬手做了一个手势，伊人于是停在了她的面前。

冷艳比伊人的身量高一些，二人相对而立，一个美艳高贵，一个圆润普通，仿佛要被压下一样，只是伊人丝毫没有这样的认知，她安静地看着冷艳，目光澄澈，毫无畏怯。

“我用至尊图跟你换星海石一用，可以吗？”伊人说。

冷艳本来以为她是来求自己的，连拒绝的话都想好了，却不料，伊人竟说出了这样惊世骇俗的话。

举世瞩目的至尊图，多少人为它煞费心思都不曾得，她就这样随随便便地说了出来，随随便便地将全世界的矛头都集中在自己身上。

“至尊图在你身上？”冷艳望着伊人，问。

老实说，即便是在炎寒介绍的时候，冷艳也没有真的将伊人放在眼里。她实在没有过人之处。一个女子，能得到如此多的优秀男子的青睐，若没有绝世的容貌，至少要有绝世的才华。可是面前这个伊人，不仅没有多么出色的容貌，更谈不上才智出众。冷艳又如何能看得上她？

可是，她身上却有至尊图。

至尊图，得之者，至尊天下。

冷艳自问：如果是她自己，是否会用它去换取贺兰雪的命？

天下与贺兰雪，孰轻孰重？

冷艳没办法回答。

可这个问题对伊人来说，根本就不是问题，她甚至没有一点考虑，就这样简简单单、轻轻松松地说了出来。

“我用至尊图换你的星海石一用，可以吗？”

“至尊图在你身上？”冷艳怀疑地问。

“嗯。”伊人一面点头，一面肯定道，“从息夫人墓里得到的。”

上次武爷随手给她的。

“你去过息夫人的墓？”冷艳已经信了五分。

伊人又点头，然后直视着冷艳，重复了那个问题：“你换不换？”

冷艳沉吟着，眸光一转，移到了贺兰雪身上。

贺兰雪也是一脸惊诧，他亦没料到伊人的举动。

“如果至尊图在你身上，我又何需要用星海石来换？”冷艳忽而笑了，美丽的脸上露出一丝近乎残忍的冷意，“我自然有办法让你交出来。”

然后，她直视着贺兰雪，重新强调了一句：“你自己好好考虑吧。”

现在伊人就在她手里，她不需要与自己的俘虏讨价还价。

贺兰雪早就猜到了冷艳的决定，他并不觉得气愤，只是担忧伊人。

他本想将伊人撇开，但至尊图出现后，事情恐怕不好善后了。

贺兰雪琢磨着用什么办法为伊人开脱。

伊人也不觉得气愤，只是笔直地望着冷艳，一字一句道：“如果你不肯换，我也不会把至尊图拿出来的。无论如何，都不会拿出来的。”

她的声音不高，淡淡的，但是异常坚定，坚定到没有人去怀疑她。

贺兰雪了解冷艳的性格，闻言，非但不觉开心，反而心慌起来，他大声地叱喝了一下：“伊人！别说话了！”

伊人回头淡淡地看了他一眼，没有言语。

冷艳果然笑了，艳若霜花的容颜因为这一笑，有种摇动冰树的感觉，虽美，但落下的冰碴透心透肺。

“无论如何，都不会拿出来吗？”冷艳浅笑，满是嘲弄。

伊人的神色没有丝毫改变，依然淡淡，淡且坚决。

贺兰雪蓦地向前，冷艳抬头深深地看着他，一字一句道：“你不要动，否则我立刻下令，将你们射成蜂窝，你能躲开，伊人可躲不开。”

地牢之上，士兵们全部弯弓上弦，向着他们。

贺兰雪心中微寒，郁闷不已，却怎么也不敢乱动了。

“拿烙铁来，问问她，到底肯不肯说。”冷艳朝旁边走了一步，顺势坐在桌边，好整以暇地看着面前的一切。

贺兰雪焦急地看着冷艳旁边的侍卫拿起已经烧得通红的烙铁，顿时盛怒，他直视着冷艳，森然道：“冷艳，别逼我恨你。”

“恨也好，至少我对你是特别的。”冷艳漫不经心地笑笑，以手支肘，不再理贺兰雪，只是看着伊人。

可惜，她的期望落空了。

她原本以为，说得这样硬气的伊人，即便最终抵不过严刑拷打，至少要表现得大义凛然吧。

哪知，伊人在看到烙铁的时候，脸便吓得没了一丝血色。转头可怜兮兮地望着贺兰雪。

典型的一副贪生怕死的模样。

贺兰雪看得心中一颤，随即痛得无以复加。

那烙铁明明还没有挨到她身上，却好似压在他心脏上一样。

冷艳则胸有成竹起来，照这样的情况看，估计不用动真格，伊人就会俯首帖耳了。

拿着烙铁的人越走越近，伊人几乎能感到它灼灼的热气了，惨白若纸的脸被红色的烙铁映出了一道红晕，更显得她神色凄惶。

只是，伊人的嘴巴依旧闭得紧紧的，没有丝毫松动的痕迹。

害怕不用掩饰，可是坚持的事情，始终要坚持。

越离越近。

贺兰雪好几次跃跃欲试，都被冷艳用目光望回去了，他抬头有点无望地看了看上面林立的箭镞，又着急地看着伊人。

烙铁已经挨到伊人的手臂了，她的衣服几乎吱吱冒烟。

伊人吓得闭紧双眼，只当那手臂不是自己的，因为极度害怕，她的呼吸急促了一会儿，继而窒息。

最后一毫米，贺兰雪觉得自己也不能呼吸了。万分难过。

难过到，愿意做一切事情，来消除她的恐惧。

“我答应你。”他突然说，“住手，我答应你！”

冷艳抬手。

烙铁停了下来。

贺兰雪踏前一步，盯着冷艳，缓缓道：“我答应你，你放了她。”

冷艳微微一笑，从桌边站起来，款步走到贺兰雪面前，盈盈地望着他，轻声道：“如果你早点应承，也没那么多事了。不过，我现在还不能放了她，正如你所说，我们从一开始，就没有信任和真诚可言，所以，我不能相信你的一面之言。贺兰雪，你太狡猾了，我只能比你更谨慎才行。伊人，先在我宫里住一段时间，等我们大婚之后，我一定会将她安安全全地送还给炎寒。”

“不行。”贺兰雪同样盈盈地看着她，轻声道，“既然你不相信我，我又凭什么相信你。何况，伊人身上可能有至尊图的秘密，你会让她好好地在宫里待着吗？如果你现在不放她，那拼得鱼死网破，我也不会答应你什么。”

“拼得鱼死网破？”冷艳呵呵一笑，“怎么死？谁死？难道你要在场的两人都为你陪葬？”

“是。”贺兰雪突然释然，他浅笑着，洒然转身，衣袂翩跹，曼妙无比，“伊人，你愿意和我一起死吗？”

伊人眨眨眼，先是往旁边悄悄地挪了两步，躲开那灼热的烙铁，然后不明所以地望着他。

“我们一起死在这里，好不好？”贺兰雪仍然含笑，语气轻松自然，仿佛在问一件无关紧要的事情。

我们一起吃饭，好不好？

我们一起走，好不好？

我们一起玩儿，好不好？

我们一起死……好不好？

伊人突然有种很奇怪的感觉，她莫名地想起当初贺兰无双写给息夫人的题词。

同生同息。

同生同死。

真正的同生共死，不是山盟海誓、信誓旦旦，而是轻描淡写的一个眼神，一个笑颜，是在题画时，流畅于笔尖的淡淡语句。

浅淡。平常，从心而出。

“好的。”伊人忽而笑了，笑如清风白云，让人如沐春风。

“好的。”她说。

好的，我们同生同死吧，心甘情愿，无所回避，无所遗憾。

贺兰雪笑了笑，他似乎早就预料到她的答案，似乎从未担心她会拒绝。

就像相信自己一样相信她。

这个答案却让冷艳怔了怔，随即冷笑了一下：“你们要同死，难道我还不成全你们吗？”

说这句话的时候，冷艳心中一阵萧索。

如果她也面临这样的关头，是否也有人可以如此淡然地告诉她，我们一起死？

她突然羡慕贺兰雪，也越发嫉妒伊人。

女王发话，那原本就绷紧的弦更是拉得颤颤有声，好像随时都可以像黄蜂一样蜂拥而下。

冷艳抿着唇，那句绝杀令，却迟迟没有说出来。

所有人都等待着她的决定。

伊人与贺兰雪心中都没有惶恐，他们只是安静地站在原处，不言不动。

也不知过了多久。

冷艳的神色突然转柔，原本沉静的面容突然绽出一抹笑来，她面向贺兰雪，妥协道："只要我现在放了她，你就会与我成亲，是吗？"

"是。"贺兰雪点头。

"好，我放了她。"冷艳笑靥如花，侧开一步，示意上面的人收起弓箭，"你可以让易剑带她走，你不信我，至少会相信易剑吧？如果还不确定，你可以与易剑约定一个暗号，倘若他平安出去，便托人将暗号传给你，这样，你总没疑问了吧？"

贺兰雪沉吟了一会儿，然后点头道："可以。"

"你们约定吧，我们在外面等你。"冷艳当机立断，挥手让所有人退了出去，只余下伊人、贺兰雪与易剑在暗室之内。

她还很贴心地合上了石门。

第20章　心意

屋内炉火荡漾，映亮了三人的脸。

“王爷，如果我和王妃平安出去……”易剑抢先打破沉默，说。

“嘘……”贺兰雪做了一个噤声的动作，低声道，“隔墙有耳。”

易剑立刻警醒，快速地做了几个手势，贺兰雪也回了几个手势。显然，他们正在用他们特有的手势协商。

“我不会走的。”伊人转向贺兰雪，轻声道，“她不会真的放我走的，如果易剑带我离开，说不定易剑也会遇到麻烦。”

“你又如何知道，她不会真的放你走？”贺兰雪问。

伊人往墙角的方向走了过去，仰头道：“我们现在正被他们监视呢，无论你们用声音，用手势，甚至用唇语，都能被他们破解。我们是出不去的。”

“监视？”贺兰雪与易剑同时一愣。

伊人手指着头顶悬挂的一方镜子，淡淡道：“这里有机关，除了这面镜子，还有其他的我们看不到的镜子。在这个密室里发生的事情，另一间屋子里的人能够看得清清楚楚。”

贺兰雪与易剑抬头打量着那面镜子，虽然都不太明白，但是细看之下，那面镜子确实有点古怪：是斜挂在墙体上的，镜子上面似乎有一个通道，黑乎乎的，看不清楚，也不知道是什么结构。

“既如此，我们也没有必要与冷艳继续纠缠了。”贺兰雪收回目光后，也不问伊人为什么会知道这些，脸色一冷，径直向门口走去。

伊人转过身，看着贺兰雪的背影，想了想，在他走到门前的时候，她忽然开口：“阿雪。”

贺兰雪停住。

“我要你活着。”伊人道，“我要你活得长长久久的。”

伊人心想，所以，不要再坚持什么了，与冷艳成亲吧，她留下来也无所谓，只要他能活着。

伊人继续道：“只要我们都活着，一定还能做很多事，还能改变很多东西，是不是？”

贺兰雪背对着她，沉默了一会儿，然后，也转过身来。

“伊人，你还信我吗？”贺兰雪轻声问，专注而慎重。

伊人迟疑了一下，然后重重地点了点头。

可是她的迟疑，已经让他极为自责。

他什么时候，丢失了她全然的信任？

可是，无论如何，她终究选择了相信他——在经过这许许多多的事情后，她依旧，愿意相信他。

“把你的一切交到我手里吧，这期间，无论你听到什么，看到什么，遇到什么，相信我，相信我一定会将你安全地带出去。你信吗？”贺兰雪继续问。

伊人又是一阵点头。

贺兰雪微微一笑，然后猛地拉开石门。

石门外，冷艳站在最前方，淡淡地看着他。

“好，依照你最开始的策略，我们成亲，伊人暂时在这里做客，但我要求每天能见到她。这个要求总不过分吧。”贺兰雪淡然道。

冷艳微笑：“不过分。”

“你这样内定了夫婿，那其他来参加招亲大会的选手怎么办？”贺兰雪漫不经心地问道。

“你要打败他们。”冷艳脸上的微笑依旧不变，“我要你当着全天下的人，为我参加这个大会，并且要赢。我要让全天下人见到你的诚意。”

贺兰雪哂笑道：“可我未必能赢。”

“你只能赢。”冷艳云淡风轻道，“你若不赢，我们的交易就不成立了。我的承诺，也决计不会兑现。”

贺兰雪垂下眼眸，浅笑：“好。”

易剑追随在贺兰雪左右，伊人则被冷艳带走，一直带到冷艳自己的寝宫里。

冷艳的寝宫分为里外三层，通常，若有急事者，都会停留在最外面的一层大厅里，第二层只有几位极其亲密的大臣家眷方能入内，第三层是何等模样，恐怕只有冷艳自己知了。

伊人被安排居住在第二层的房间里，与第三层只隔着几重薄薄的纱帐，只是这纱帐，却比壁垒更加森严——冷艳在冰国的威信无人能及，她的言出必行，已经让所有人对她畏若鬼神。

在冰国，冷艳的空前皇权，是被神化的。即便是最得宠的大臣，也从未敢将冷艳当人看。

他们把她看成女神。

在这长长的八年中，她甚至无法去宠幸任何一个男子，更谈不上成亲了。因为冰国的任何一个男人，都得不到国民的认可。

她只能通过招亲大会的形式，让所有的国民，见识到最优秀的男子的风采，得到他们的认可。只有贺兰雪才有资格，与她比肩，在这高处不胜寒的王座上。

也因此，她绝对绝对不能放弃贺兰雪，即便是强迫。冷艳已经寂寞太久了。

伊人就这样被扔到了一张大大的木床上，她蒙蒙地站起来，望着面前冷若冰霜的女王，瘪瘪嘴，没有说话。

“你是炎寒的心上人，我与炎寒有故交，只要你老老实实的，我不会杀你，还会将你完完整整地交还给炎寒。但倘若你耍花招，不要怪我不顾及炎寒的面子，对你无情。”冷艳瞪了她一眼，冷淡地说道。

伊人无话可说。

外间突然跑进了一个小宫女，见到冷艳，急忙叩拜道：“王上，流少主说有急事，请王上过去一趟。”

冷艳神色一肃，也顾不上伊人，撩袍大步朝外面走去。临行前，她冷冷地吩咐了一句：“看住她。”她的话音一落，早有两个五大三粗的宫女走了过来，一左一右，叉腰站在伊人的床前。伊人也不觉得别扭，爬上床去，用被子捂住头，就开始呼呼大睡。

也不知睡了多久，伊人突然觉得鼻子有点痒。

她抽了抽鼻子，小手在空中挥了挥，试图赶走那只讨厌的苍蝇或者小虫什么的。

哪知那只苍蝇特别坚持，无论伊人怎么挥舞，它都会时不时地叮一叮她的鼻尖，乐此不疲的样子。

伊人火了，闭紧眼睛，猛地一翻身，想着：压死你！

那“苍蝇”却反应神速，伊人这雷霆一压，竟然没压住，反而听到一阵翅膀的挥舞声，或者说是笑声。

笑声？

伊人趴着躺了一会儿，突然觉得诡异，她迷迷糊糊地睁开眼睛，先是一条缝，而后眼前慢慢地亮起来……

伊人眨眨眼，又眨眨眼，有点搞不清状况。

“嗨，醒了？”面前的男子笑眯眯地冲她打了声招呼。

伊人死死地盯着这只“大苍蝇”：英俊里透着邪性，看着还有些面熟。

“别吵！我要睡觉！”伊人在经过最初的怔忪后，突然伸出手，朝他的脸上推了推，然后侧过身，将被子拉高，裹紧，继续睡觉。

流逐风被冷不丁地扫了一下脸颊，愣了愣，然后，又笑了起来。

“伊人！”他停了一会儿，不依不饶地推了推伊人，“起来，我带你去看好玩的事。”

伊人再次拉高被子，蒙住头，不理他。心想什么人啊，都不怎么认识，竟然吵人清梦，还叽叽歪歪个不停。

流逐风笑意更浓，本来是躺在她身侧的，见状他一个翻身，隔着被子压在她身上，手搁放在伊人的肩膀上，使劲摇晃道：“起来起来！等下就看不到了！”

伊人被他猛然一压，猝不及防，顿时喘不过气来，她大声咳嗽了几下，然后掀开被子，用看白痴的眼神看着流逐风。

流逐风也不恼，照样笑眯眯的样子，如一只从沙地里钻出来的狐狸。

“伊人，起来吧。”他道。

“你谁啊？”伊人眨眨眼，很不客气地问。

流逐风顿时做捧心状，难过道：“我对你这么上心，你却不记得我的名字了，真是伤心。”

伊人又用看白痴的眼神瞅着他，淡淡道：“你能不能先下来，再伤心？”

流逐风一米八几的身量，压在伊人身上，简直如一座大山啊。

“可是压着很舒服。”流逐风做享受状，“你身上软软的，可见成天好吃懒做，全身都是肉。”

伊人脸都绿了。她觉得自己遇到疯子了。

“哎，我问你，你怎么看出来那面镜子有蹊跷的？”流逐风还是压在她身上不肯起来，又转开话题。

“我就是能看出来。”伊人一面说，一面使劲地推搡着他，眼睛也往四周瞟了瞟：还是方才入睡的地方，只是那两个本应该守着自己的人，不知道怎么直挺挺地站在了原地，目不斜视，好像雕塑一样。

“哦，她们被我定身了，别担心，你跟我走，不会被别人发现的，到了晚上，我再将你送回来。”流逐风似乎看出了伊人的疑问，微微一笑，解释道。

说着，他也大发慈悲地从她身上翻下来，盘坐在伊人旁边，很不客气地看着躺着的伊人。

“到底要去看什么？”伊人也零星地想起了关于流逐风的片段，坐起身，揉揉眼睛，迷迷糊糊地问。

“看你的情人怎么勇闯虎穴，英雄救美啊。”流逐风悠悠道，“你失踪这么多天，可知很多人都要急死了。”

“情人？”伊人有点没反应过来。

“不就是炎寒嘛。”流逐风理所当然道，“我说得没错吧？”

伊人无言以对。

“……不过，贺兰雪又是怎么回事？”流逐风突然凑过来，似笑非笑问。

伊人无语了。

“哎，怎么现在都喜欢玩复杂的男女关系呢？”流逐风噘噘嘴，然后后退一点，哗啦一下掀开伊人的被子，催促道，“不管是不是你情人啦，反正这么精彩的事情，没有人陪我看，实在太无聊了。赶紧起床，赶紧起床！”

伊人被他叽叽喳喳的声音吵得头都大了，无奈之下，只能起来，弯腰穿鞋，又胡乱地捋了捋头发，权当梳发了。

“你还是女人吗？”流逐风啧啧了两声，拍拍手，拉起伊人便要往外走。

“就这样能出去吗？”伊人虽然迷糊，却不是白痴。外面守卫如此森严，难道他们还能大摇大摆地出去不成？

“冰宫所有的暗道和设施都是我改良的，没事，你跟着我就对了。”流逐风挤挤眼，拖着伊人继续往前走。

果然，流逐风仿佛会魔法一样，他们就这样大摇大摆地从那两名被定身的宫女面前走过，在走到门口处时，流逐风脚步一晃，伊人也看不清他是怎么弄的，面前的景象突然变了似的，他们面前出现一条通向地下的台阶，踩上去的时候，仿佛还有木质的实感，不像是幻觉，就这样顺着弯弯曲曲的台阶一直向下，一忽儿又向上了，光线渐暗，方才的入口已经被甩到了老远处，如行山路，起起伏伏。

“炎寒到底出什么事了？”黑暗中，伊人如斯问。

“没什么事，只是武爷到处对人说，是风朝的柳溪掳掠了你，炎寒便去找风朝的使者理论去了，那个叫夏玉的风朝使者大概冲动了一点，双方说啊说的，不知怎么就僵持了起来……一言两语说不清楚，反正，现场可好玩了，等下你就知道了。”

流逐风说这句话的时候，满语的兴致盎然，真好像找到一个极好玩的玩具的孩子。

两人曲曲折折，终于走出了冷艳的冰宫，等伊人初见光明之时，发现自己置身在一个假山中，透过假山，她看着面前的亭台楼阁，只觉得异常眼熟，侧头想了一会儿，伊人方忆起这是自己之前所居住的地方，也就是用来客居的四方殿。

没想到冷艳的寝宫会通向这里，伊人略觉惊诧。

“冷女王的寝宫不仅可以通向这里，基本上，它可以通向冰宫的任何一处，怎么样？我的杰作。”流逐风似乎看透了伊人的心思，沾沾自喜道。

伊人瞟了他一眼，看样子，流逐风也应该有二十五六了吧，怎么总表现得像一个邀功的孩子呢？这与传闻中的流逐风太不相同了，也太让人大跌眼镜了。

见伊人看他，流逐风笑得眼睛眯起，细细长长的两条缝隙，似乎无害，隐藏了里面的潋滟光亮。

“炎寒在哪里呢？”伊人转过头，在视野里搜索炎寒的身影。

流逐风拉着她往前探了探，然后努嘴道：“那里。”

伊人透过扶疏的花草，朝前面望过去，她果然见到了炎寒的身影。

准确地说，不止炎寒。站在炎寒对面的，正是那个与她斗酒，后来斗输的夏玉。

柳溪则站在夏玉的后面，站在屋檐的阴影下，好像要与那阴影化成一片。

让伊人惊奇的是，贺兰雪也在那里。贺兰雪与冷艳比肩，站在他们旁边，负着手，神色浅淡，眼眸倦倦地垂下，像疲倦于天庭又无意于人间的神子。

“贺兰雪也要参加这次大会？！”夏玉早已忘了与炎寒理论，只是极难以置信地问道，“他现在不仅不是王孙公子，而且还是风朝逃犯，又以什么身份来参加这次大会？！”

冷艳从容地回答说：“以天一阁首领的身份。”

夏玉愣了愣："天一阁？"

冷艳笑了笑，含讥带讽地问道："难道小侯爷没有听说过天一阁？"

夏玉脸色微沉，不高兴地回答道："自然听说过，天一阁不就是贺兰雪处心积虑要谋反的证据吗？一个王爷，竟然私自构建了一个情报机构，而且遍布整个风朝，如此规模，除了用来造反，还可以干什么！"

"夏小侯爷也说了，天一阁的规模不可小觑，那以天一阁阁主的身份参加这场会事，是绰绰有余的。"冷艳淡淡地下了一个结语，不再管夏玉的情绪，而是扫视了众人一眼，道，"本宫不管你们有什么私人恩怨，现在招亲大会即将举行，本宫希望，无论天大的事情都放到其后，否则，便是不把我堂堂冰国放在眼里。"

这句话说得已经很严重了，炎寒虽然百般不情愿，却也不愿意轻易挑起炎国与冰国的不快。

"至于伊人……"冷艳又转向炎寒，道，"并不在风朝使者这里。"

炎寒愣了愣，继而挑眉问："王上又是如何知道的？"

冷艳倒也坦然，丢了一句："等大会圆满结束后，本宫会还你一个完完整整的伊人。"

说这些的时候，冷艳并没有看炎寒，而是望着贺兰雪。

贺兰雪微微点了点头，表示领了她的情，也表示收到了她的警示。

炎寒眉毛一皱，凛凛地看着冷艳。

"所以，大会必须要圆满结束。"冷艳并没有丝毫心虚的样子，朝炎寒笑笑，款款道，"也希望冰国与炎国，能成为永结友好的邦国。"

言外之意便是：倘若炎寒现在冲她要人，或者做出什么越级的事情，那么，便是两国的邦交问题了。

炎寒忍了忍，等了一会儿，方压着声音问："方才不知伊人在王上那里做客，既如此，还望王上好好照顾她，她一向迷糊，却不会伤人，我也不希望有人伤她。"

"我不会伤她的。也希望诸位能安安分分的。那么，希望明天赛场，能见到诸位的杰出表现。"冷艳也不解释什么，微微一笑，然后转身，朝园外走去。

贺兰雪不远不近地跟在后面，还是没什么情绪，像个傀儡似的。

等冷艳走远后，伊人便想从藏身之处现身，她刚想动，却被流逐风拉住了。

"我要出去。"伊人回头，低声道。

"你现在是冰国的囚犯，我没有资格放了你。"流逐风眯着细长的眼睛，很认真地说。

伊人无语，但也没有再坚持出去了，她还不习惯连累别人。

"哎，本来准备带你来看大场面，哪知冷艳来搅局，就这样不痛不痒地结束了，扫兴啊扫兴。"流逐风又摆出一副失望的样子，在那里兀自感叹着。

伊人又是无语。她发现，流逐风是那种唯恐天下不乱的主。

“不过，看情况，炎寒对你也不怎么样嘛。明明知道你在冷艳手里，硬是不敢抢。”流逐风眼珠儿一转，又在边上煽风点火了，“我觉得，如果换成贺兰雪，他一定会不管不顾地向冷艳要人。你觉得呢?”

伊人一言不发地转身朝回路走去。

“喂，你还没回答呢！”流逐风在后面大呼小叫，赶了上来抓住伊人的手，“乱走会迷路的。”

伊人把他的手甩开，自顾往前走，该拐弯的地方就拐弯，让流逐风赞叹不已：“想不到你记性挺好的，走了一遍就记住路线了。”

回到房间后，那两个宫女还是雕塑一般直挺挺地站着，待伊人回到床上后，流逐风从怀里拿出一只瓶子，放在她们的鼻子下扇了扇，

然后，他抓紧时间对床上的伊人快速地说道：“我有时间再找你玩儿。”

伊人眨眨眼，莫名其妙地看着他：“为什么还要找我玩儿?”

“你好玩呗。再会啦。”他看了看那两宫女的眼睛，回头极快地丢下一句话，也不知身形怎么一晃，眨眼便消失在帐幕之后。

就在流逐风消失不久后，那两宫女如大梦初醒一般，哆嗦了一下，然后迷惘地望了望对方。继而猛地转头，看向伊人。

伊人拢着被子靠坐在床头，眨巴着大眼睛瞧着她们。

她们松了口气，重新站得笔直，一副门神的模样。

没过多会儿，外面突然响起一阵整齐的脚步声，两宫女站得更是笔直，望着前方。

脚步声停了下来，有人掀开帘子，冷艳从帘子中间款步走进，她的身后，只跟着贺兰雪一人，其他人则被留在了第一层的大厅里。

“可有什么事没有?”冷艳抿着红艳的唇，极有威仪地问道。

那两宫女连忙摇头道：“什么事都没发生。”

“那她在干什么?”冷艳看了看伊人，问。

“睡觉。”两人不约而同地回答道。

“睡觉?”冷艳微觉吃惊，这种情况下，她竟然也睡得着。

跟在后面的贺兰雪闻言，却是一笑，心中莫名的安定下来。

他看着她，目光柔和轻松，仿佛在说：果然是伊人啊。

伊人偏了偏头，也看了他一眼，然后傻呵呵地咧了咧嘴。

虽然没有任何言语交流，可突然间，似有种默契一般，两人都觉得心安。

当然，冷艳并没有注意到这些小细节，她只是难以置信地看了看一脸轻松的伊人，不由得琢磨着他们到底喜欢她哪里。

“你今天已经见过她了，她很好，你放心了吧？我们现在可以走了?”只停留了片刻，冷艳重新转过身，催促贺兰雪道。

贺兰雪点点头，表示没有异议。面向冷艳时，他眼中的柔和与笑意，又重新

被面无表情所取代。

冷艳并没有怀疑什么，兀自大步迈了出去，贺兰雪亦是没有回头。

伊人拥着被子又坐了一会儿，待了待，然后继续刚才被流逐风打搅的睡眠。

冰宫外，走在前面的冷艳突然停住脚步。她负手站在高高的台阶上，平视着视线极处的天空：黄昏时分，红霞铺满天际。夕阳，是壮美而悲伤的景致。

贺兰雪也停下脚步，站在她身后，同样望着那片通红的天空。

“贺兰雪，你会恨我吗?”冷艳忽然问道。声音平淡，没有回头。

贺兰雪望了望她清绝的背影，没有回答。

“你现在大概已经讨厌我了吧。”冷艳仍然没有回头，只是微微一笑，“你在想，我是一个霸道、善妒、强横且不讲理的女人。”

“……我没有这么想。”贺兰雪轻声道，“我没有去评价你。”

“你没有评价?”冷艳声音一颤，随即恢复正常，问，“那你以为，现在在做什么?”

“做交易啊。”贺兰雪耸耸肩，俊美的脸上满是无所谓，“一场我们双方都没有吃亏的交易，就这样。”

冷艳背对着他，沉默了许久，忽而笑了起来。

“贺兰雪，”她笑着问，“你什么时候才可以不那么骄傲?”

说完，她仰头，款步走开。

火红色的礼服裹着的挺直身躯，就这样，融进了冰宫亘古不变的红墙灰瓦中，像凄冷的狂野中，那最后一簇火苗，微弱而倔强地燃烧着。

贺兰雪心中一动，有什么感觉，说不太出来，可是又觉得冷艳身上，隐藏着什么他所不知道的秘密。

招亲大会即将举行。

冰国举国上下，一阵欢腾，京城里来自各地的人马，都翘首盼望着能见到这百年难得一遇的盛况。坊间甚至秘密地开出了赌局，赌谁会成为王父。

呼声最高的本是炎寒，但因为有关伊人的传言，很多人对他并不看好，由此，炎寒的人气落到了第三位。

第二位便是作为此次大赛贵宾的流逐风了，虽然极少人知道流逐风的真面目，但只凭他身上的诸多传奇与故事，还有流园的神秘与强大，他也是一个不二人选。

此次大赛还有一位大冷门，也是所有人都意想不到的一个人：风朝柳溪。

从前名不见经传，也不知从哪里冒出来的一个风朝贵族，在短短十日内，获得了冰国民众的欢心。

传言某一日，本风平浪静，突有一群不明来历的强盗，抢了张家的小媳妇，正在小媳妇打算以死保节的时候，柳溪从天而降，打退敌人，救了此小媳妇，临走时回眸一笑，本就俊秀的容颜刹那间俘虏了小媳妇怦怦跳的心脏。于是，关于柳溪的流言便开始了。

又一日，一老婆婆辛苦了半辈子的棺材本突然失窃，老婆婆痛不欲生，在街上要死要活之际，也是柳溪从天而降，不仅慷慨解囊，而且好言好语，妙语不断，将老婆婆哄得服服帖帖，逢人就说柳溪的好。

如果其他人的名声，只是因为他们显赫的身份与传奇的经历，那柳溪的名声，却是与冰国的民心有关。

也因为如此，很多参会选手开始调查柳溪的身份，可是所有的线索都断在了半年前，再往前查，只觉得烟雾迷茫，鸿影渺渺。

风朝夏侯的内侄，小时候被送往松山学艺，近期才下山，极得夏侯的器重。

许多派往松山查证的人回来汇报，周围的村民确实反映说，有一个叫柳溪的男子在这里住了十多年，但是与柳溪亲近的几位，这几日都不约而同地离奇失踪了，谜一样，让人看不清究竟。然而，也因为看不清，民间又有一种说法：柳溪是山中智者，特为了我们尊敬的女王王上下山，是造福冰国的福星现世。

种种神神怪怪的说法越来越多，也不知源头在哪里，总而言之，柳溪的名字不胫而走，不仅京城，那些来京城走南闯北的商人，还将他的名号，带到了冰国各地。

在如此的光环下，贺兰雪的名号，基本无人会提。

所有人都知道女王恨他，冰国的国民也憎恨他当年让尊敬的女王王上极其丢脸。他如果现身冰国，不被民众撕裂便算不错了，至于民心，那是做梦！

可是，在这样的情况下，贺兰雪也只能赢。

关于这一点，易剑很是着急。他也与自家王爷一道被留在冰宫里，出不了门，也没办法求助那个始终气定神闲的凤九，唯有着急。

柳溪房内。

夏玉仰脖喝尽一杯酒，然后借着酒意，眼睛红红地看着柳溪，欲言又止。

柳溪则静静地坐在太师椅上，慢悠悠地抿着茶，他并没有去看夏玉，只是眸光扫处，夏玉一阵彻骨冰寒，他知道，柳溪在观察他。

夏玉终于忍不住，将酒杯往桌上重重一掷，梗着脖子道："柳溪，我忍你很久了！"

柳溪的嘴唇略略地翘了翘，轻声道："是吗？说说看。"

"我不知道你到底是不是我的表哥，也不管你是何方神圣。你必须知道，这次来参加招亲大会的人，是我，而不是你。你搞东搞西，又是制造情况充当救世主，又是装什么神算断案，还派人造谣说自己是冰国的什么福星。是，你得意了，你出名了，那我呢！"夏玉越说越激愤，几乎想将面前这个仍旧不动声色的柳溪掴一巴掌，"你只是夏家的一个穷亲戚！难道还真以为自己是什么小侯爷！

少做梦了，像你这样没有出身的人，女王王上是不会看上你的！”

“那么，女王王上会看上你吗？”柳溪也不恼，只是淡淡地看着他，淡淡地问。

只是这浅淡的语气，比任何讽刺都来得激烈。

夏玉愣了愣，白皙秀气的脸顿时一红，又理直气壮道：“我虽然比不过很多人，但我对王上是诚心的，不像你一样装神弄鬼，玩什么花招。像女王王上那样聪慧漂亮的人，一定能明辨是非！”

柳溪同情地望着他，那双总是灰蒙的眼睛，即使眼睛不聚焦，仍让人觉得犀利无比。

夏玉有种被看穿的感觉，即使自己并没有做什么，还是觉得浑身不自在。

“你看什么！”夏玉终究是孩子，他沉不住地喝问道。

柳溪摇了摇头，一脸同情道：“可怜，你爱上冷艳了。”

“瞎说什么！”夏玉如踩到尾巴的猫一样，尖声斥道。

柳溪还是一脸同情地看着他：“当初夏侯对我说，其实你暗恋自己的表姐贺兰悠，我还有点不信，如今看来，你果然喜欢这一类的人，从前的贺兰悠，成熟漂亮，你自然喜欢，而如今，贺兰悠与冷艳比起来，一块是泥，一块是云，她们是云泥之别，你移情别恋，爱上冷艳，也是一件正常的事情。我当初怎么没看出来呢？什么时候的事情？难道是第一次见面的时候？”

见夏玉板着脸不说话，柳溪继续道：“如此想来，第一次你顶撞她，并不是任性，而是想吸引她的注意力，果然是个孩子。”

夏玉终于忍无可忍，拍案而起，怒道：“柳溪！你算什么东西！就算你是我舅舅的儿子，我堂堂夏侯世子，凭什么要被你说东说西！再说了，我既然受王上委命来参加这次的招亲大会，既然打算娶女王王上，自然就应该尊敬她、爱慕她！如果不能做到这点，又何必要来这里参加大会，又有什么资格娶王上！”

柳溪微笑不语，仿佛没有听到夏玉的这番话一般，继续低头抿茶。

夏玉怒火中烧，正待发作。

“那个武爷又来了！”外面，一个从风朝带来的守卫匆匆跑了进来，焦急道。

“武爷又来了。”

之所以用了一个“又”字，是因为武爷经常性地过来挑衅。

柳溪脸色微变，起身便要往后堂走。

上次在地牢，也是柳溪用计，说要带武爷去找息夫人，这才得以脱身。

武爷的功夫，实在是深不可测。他尽量不想与武爷正面冲突。

夏玉见柳溪欲避，不由得冷笑一声：“怎么？遇到真正的狠角色，你就怕了？”

柳溪淡淡地看了他一眼，没有理他——很不屑地。

夏玉自然察觉到他的不屑，更是生气，突然上前，猛地拉住柳溪的手臂，高喊道：“武爷，你要找的人在这里！就是他抓了伊人！”

夏玉的话还未落，便有一个灰色的人影，箭一般射了进来。

柳溪暗叹了一声，索性凛然站好，昂然地面对武爷。

“柳如仪，你这浑蛋，快说，你把夫人藏到哪里了！”武爷一见到柳溪，便是仇人见面分外眼红，冲过来，就要揪住柳溪的领口。

柳溪往旁边躲了躲，堪堪躲过武爷的侵袭，站定后，他压着拂起的袍带，冷冷道：“你焉知夫人不是心甘情愿跟我的？”

武爷愣了愣，随即勃然大怒：“你放屁！夫人怎么会心甘情愿跟你这个禽兽！”

“难道贺兰无双就不是禽兽？我比起他，总归是好些，夫人愿意跟我，也不稀奇。”柳溪说得一本正经，让武爷有点摸不着头脑了，是啊，贺兰无双也不是什么好东西……

夏玉初时并不懂他们的谈话，可是贺兰无双的名字却是知道的，他有点惊异地看向柳溪，柳溪亦觉这里人太多，不便久留——倘若武爷发起了狂性，撕掉了他脸上的面具，事情将变得一发不可收拾。

“你不是说要找夫人吗？这一次，我带你去找。”不等武爷反应过来，柳溪急急又道。

武爷面露喜色，随即又担忧起来：“你不会像上次一样跑掉吧？”

上次柳溪也是说带他去找夫人，哪知到了假山处，柳溪绕啊绕，直接把武爷绕丢了，由此躲过一劫。

“上次是你自己跟丢的。”柳溪不紧不慢道，“这一次，我可以直接告诉你地点。”

“哪里？”武爷急问。

“冷艳那里，冰国女王冷艳那里。”柳溪灰蒙的眸光闪了闪，一字一句道。

武爷精神一振，上前拉住柳溪：“我们现在就走，你快带路！”

武爷言出必行，最后一个字音还没有着陆，他已经夹着柳溪，朝窗户跃了出去。

夏玉目瞪口呆地看着这一变故。他虽然讨厌柳溪，却也记得临出发的时候，父亲千叮咛万嘱咐，一定要好好照看柳溪。

夏玉还记得，父亲的原话是：如果遇到什么困难，即便你死，也要保证你表哥的安全。

父亲说这句话的时候，神色无比慎重。而夏玉，大概也是从这个时候，开始讨厌柳溪的吧。

念至此，夏玉还是追了出去，即便追不到武爷，至少也要知道柳溪他们的下落。

他必须给父亲一个交代。

第21章　表白

刚追出去的时候，隐约还能看到两人的身影，又跟了一段路程，渐渐地看不到他们了，入目的全是相似的亭台楼阁与重重屋檐。夏玉叹了口气，正想回去，继而发现自己不知道迷失在何处了。

他环顾了一下周围，正打算揪住人询问，刚抬步，便听到一阵急促的脚步声。

在冰宫里，所有的下人都是敛声屏息的，这样紊乱的脚步，不可能是下人发出来的。

夏玉留了一个心眼，往旁边悄悄地躲了躲，他身侧刚好有一株茂密的铁树，大大的叶子将前面池塘回廊处的风景遮得影影绰绰。

不一会儿，叶缝间出现了一尾衣袂，水红色的绸缎做底，外面罩着一件火红的披风，披风下围是一圈白色的裘毛，异常华贵。

夏玉心中一动，视线缓缓上移，果然见到了一张倾国倾城的脸，只是那张脸，并没有像以往那样，如雪山之巅般不可仰视，而是凄惶的，有种哀哀的冷。

那双琉璃般的眼睛，虽然倔强地明亮着，却仍然拦不住上面一层薄薄的雾气。

她在哭。

世上最尊贵的女人，也许也是最美的女人，竟然在哭。

夏玉如遭雷击，呆呆地望着她。

冷艳疾步走到了池塘边，手撑在扶手上，面向着水池，脸上倔强依旧，可是神情的哀恸，却是任何骄傲都无法掩藏的。

她扶着栏杆的手，握紧，再握紧，指甲几乎嵌入木屑里了，紧得像捏住夏玉的心一般。

他觉得心疼。

这样的女子，大概从未在别人面前哭过，即使是自己哭，也是如此压抑。

如果此时的栏杆，是一个男子的手，她会不会，不再如此隐忍？

这样想着，夏玉已经不由自主地走了出来，他停在冷艳的身后，轻声唤了句："王上！"

冷艳一怔，背对着夏玉，顷刻，她转过身，面容清冷，方才的失常已经被收拾在高贵而漠然的神情后。

她昂头，客气地回了一句："原来是风朝使者，明日大会便要开幕，夏小侯爷怎么逛到内园来了？”

原来这是冰宫的内园，因为地处偏僻，极少人来。所以一路走来，夏玉也没碰到什么人。

夏玉窘了一会儿，又抬眼看了看冷艳。倘若不是方才偷看到她的哭容，夏玉也不会相信，如此冷若冰霜，如神如圣的女子，也会有伤心的时候。

“其实，我来了很久了。”夏玉犹豫了一下，终于决定坦白，“王上刚刚走来的时候，我就看见王上了。我不是故意的……可是……”夏玉忍了忍，终于鼓足勇气道，“可是，如果王上有什么烦心事，也许我可以帮忙，不是以风朝的名义，而是……而是以一个男人的名义。”

冷艳怔忪了一会儿，随即笑了笑。

夏玉还是第一次看见冷艳的笑。她笑的时候，便像柔柔绽开的花朵。她的背后，蓝的天，碧的草，清幽的湖，本是一派颜色，却因为她的笑，刹那间变成了彻底的灰。

全世界只有那张笑脸。

夏玉脑中一片空白，脸涨得通红。

“夏小侯爷今年多大？”冷艳礼貌地问。

“十七。”夏玉怔怔地回答，“到年底满十八岁了。”

“十七岁……”冷艳沉吟了片刻，随即低头，浅笑道，“十七岁的时候，我刚登基一年。”

遇到贺兰雪的时候，她还是十六岁的少女。

而十七岁的时候，她已经成为全天下的笑柄，也成了冰国有史以来最强势的女王。

夏玉脸色又是一红。

“你比我小七岁，又怎么能以一个男人的名义来帮我？”冷艳好笑地说，“虽然我不太明白贺兰淳为什么要派你来参加，但，你还是一个孩子呢。”

“怎么是孩子，在我们风朝，十七岁已经能成亲了。”夏玉急急地辩驳道，“在家的时候，也有很多媒婆上门来说亲，只是父侯说我还没什么功业，不太适合太早成亲，而且，我也不喜欢那些姑娘，因而才被耽搁下来。”

冷艳饶有兴致地看着他，突然油然生出一股想要逗逗他的情绪：“那你喜欢哪家姑娘？”

“我喜欢……”夏玉怔了怔，然后闭紧了嘴。

从前，最初的爱恋，正如柳溪指出来的那般，是贺兰悠。

身为风朝唯一的公主，本身便拥有傲人的身世与才貌，贺兰悠的美是光辉灿烂的，她比他大四岁，每次去夏侯府，夏玉都能看到贺兰悠被众人簇拥着，在人群里张扬地笑。

有时候，贺兰悠逗他，刮刮他的鼻子，也如冷艳现在这般，问他喜欢哪家姑娘。

那时候的夏玉，同样怔怔的，鼻子里只有贺兰悠身上浓浓的香味。

可是贺兰悠一直与裴若尘走得很近，他们也一早定了亲。

夏玉也不觉嫉妒，只觉裴若尘是一个不错的人，他是风朝唯一能配得上他的悠姐姐的人。

待贺兰悠成亲后，夏玉的爱恋也渐渐地淡了，渐渐的，成了童年时期久远的记忆，过眼云烟。

直到看见冷艳的那一刻。

电光石火。

“我喜欢王上。”迟疑了很久，夏玉极其认真地，一字一句道。

冷艳顿了顿，然后笑颜依旧，道：“是吗？那你要赢得这次大赛才行。”

说得如此漫不经心，漫不经心到近乎敷衍了。

夏玉有点委屈，亦觉得自己的表白那么微不足道，可是他依旧说道：“那些参加比赛的人，未必喜欢王上，未必对王上真心，即便是胜出者，也未必能懂王上的心。夏玉不懂，王上何必用这种方式来决定自己的终身大事呢？”

冷艳这才很认真地看了他一眼，看着他介于男人与男孩之间的面容：王孙公子哥特有的精致与秀气的脸，还没有褪尽稚气、倔强、任性与不懂事的孩子的脸。

“我的夫婿，不一定是我喜欢的，却一定是我的国民爱戴的。”冷艳淡淡地回答，“所以，他必须是一个惊才绝艳之人，也必须是能让我心服口服之人，也因此，他必须赢得这场比赛。”

夏玉没有立即接话，沉默了一会儿，然后退后一步，弯腰行了一个大礼。

“我会尽全力的。”他说完，起立，转身便走。

冷艳有点惊异地看着他的表现，眸光闪了闪，却没有说什么。

待夏玉走远，冷艳方回头，重新看着面前波光粼粼的湖面。

“怎么你在这里？”后面突然传来一个清朗的男声，紧接着，一个颀长的身影也顺着栏杆，投影在湖面上。

“你不去找伊人玩吗？”冷艳没有扭头，只是淡淡问。

来人摸了摸头，不好意思道：“原来你都知道。”

“我寝宫的机关是你设计的，你愿意带她出去，本是易如反掌的事情，我不说，只是不想追究。”冷艳的手肘压着栏杆，倚着，乜斜着他问，“为什么你们一个个都喜欢伊人？”

“听宫女说你方才很不开心，撇下贺兰雪便走了。发生什么事了吗？”流逐风赧然一笑，连忙转开话题，一脸关切问。

“我和贺兰雪能发生什么？”冷艳冷笑道，“他的眼里，从来都只有其他人的位置。”

第一次见面的时候，贺兰雪只想着容秀。

第二次重逢，他也只顾着伊人。

何曾有她？

流逐风抓了抓脑袋，又是一阵傻笑："既如此，王上又何必强求？不如放了他吧。"

"你可是为他求情？"冷艳洞悉地笑笑，"我没有强求他，只是给他一个活命的机会。"

"怎么说？"

"冰国有古训，除却王族中人，其他人不得使用星海石，他要活，只能成为冰国王族之人。"冷艳淡淡道，"他是那么骄傲的人，倘若以此为威胁，他反而不会妥协。为今之计，只能如此了。"

"王上可是早已放下了？"流逐风盯着她的眼睛问。

冷艳坦然地望着他，轻起唇："不曾。"

"如此，其实也是王上的私心了。"流逐风很不客气地点破道。

"自然是私心。"冷艳潇洒一笑，沉声道，"从八年前开始，贺兰雪就只能是我的，哪怕是要他死，也不能左右他。"

流逐风怔了怔，随即大笑起来，他走过去，拍了拍冷艳的肩膀，随意道："这才是我认识的冷艳啊，我支持你。我的女王王上。"

"怎么支持呢？"冷艳也不介意他的动手动脚，侧头，嫣然笑道。

流逐风连忙张开手指蒙住脸，大呼小叫道："你可千万别对我笑，长得漂亮就别到处施展魅力了。"然后，他又无比正经地继续道，"你放心，大会的时候，贺兰雪一定会胜出。"

"难道你能作弊？"冷艳问。

"何必说作弊那么难听，这叫友情帮忙。"流逐风耸耸肩，很无辜地说。

冷艳看着他的笑脸，看着他细长的眼睛里的光亮，突然想起自己第一次见到流逐风的情形。

当时，她要举办招亲大会，考虑到京城龙蛇混杂，自然有许多人打算浑水摸鱼，觊觎冰国的传世之宝星海石，于是修书给流园，请求派遣懂得机关阵法之人，为星海石设阵。

流园回函，说派遣的人正在途中。

当时并不知道是流逐风亲临，只以为是流园的一个小卒，她正打算率众迎接，哪知到了城门口，宫门只停着一匹兀自吃草的老马，老马全身长疮，精神尚好，一点也不像长途跋涉的样子。旁边并不见一人。

冷艳吃惊地张望了一会儿，抬头，才发现在城门旁边的一棵大树上，一人敞着衣，优哉游哉地躺在树杈上，合着双目，口中叼着一根闲草。

冷艳试探地问了一句："请问，是流园使者吗？"

上面的人低头看了看她，然后咧嘴笑笑，露出纯白的牙齿，草依然叼在唇边，然后，他翻身跃下，轻盈而平稳地落在冷艳面前。

“见过最美丽的女王王上。”他欠了欠身。

冷艳淡淡抬眸：“你便是流园使者？”

“在下流逐风。”他洒然回答。

冷艳怔了怔：流逐风只身守住流园，震慑十万强敌的故事，早已经被传得人尽皆知，尽管所有人都知道流逐风是年轻的，却不料年轻如斯。

他现在站在她面前，非但没有一点传奇色彩，更好似一个仗剑江湖的浪荡子，高大修长的身形裹在一件平平无奇的长衫里，胸口敞开，露出优美的锁骨和蜜色的皮肤，头发有点乱，只是五官很耐看，眼睛细长，神采飞扬，似要插入发鬓一般，这是一张英俊得有点邪气的脸，满脸的无所谓，却又如此凌厉。

“累死了，又要赶路，又要照顾马老哥。”流逐风相当有主人公精神，见冷艳没有说话，他一面感叹，一面拿过冷艳身后一人递过来的水壶，仰脖喝了一口，一口即尽。

那人怔怔地看着自己空掉的手，实在想不通，他是用什么手法从自己手中将水壶拿去的。

动作明明很慢，却让人防不胜防。

冷艳终于有点信了，她回头吩咐下面重新牵一匹马来，随口问：“难道流园没有好马吗？”

堂堂流园少主出行，竟然会骑这匹又老又病的马？

“哦，我在路上与别人换了，你不觉得这位马老哥很特别吗？”流逐风说完，蹲下来，冲着老马打了一个呼哨。老马立刻张嘴打了一个哈欠，然后一个响鼻，喷了流逐风一脸的口水。

流逐风不在意地摸了摸脸，哂笑道：“看，是不是一匹很有自尊的马？”

冷艳很无语地看着他。

这就是流逐风给她的第一印象：看似没有任何章法，可也是因为没有章法，因而看不透，猜不明，也因此更加可怕。

之后，经过一个多月的相处，两人越发熟识起来，流逐风始终是一副自来熟的样子，看见她，不拘泥于身份，更不碍于礼节，只是随性相处，而他工作的时候，也相当认真，并没有如平常那般吊儿郎当，久而久之，冷艳也习惯了他的方式，也渐渐习惯了他的亲近。流逐风有种潜移默化的魅力，让所有人不再提防他，甚至愿意与他交好，与他在一起，可以忘记很多事情：地位、算计，甚至礼节。

奇怪的人。

“你到底是想帮我，还是想帮贺兰雪？”冷艳忽而问。

流逐风眨眨眼，然后嘻嘻笑道：“当然是一起帮。”

冷艳也懒得戳穿他，重新回到那个被他回避的话题："告诉我，为什么你们都喜欢伊人？"

她想知道理由。

流逐风连忙很冤枉地喊道："得，我可不喜欢那个糊涂鬼，也不想搅入那些奇怪的男女关系。"

"可是，你喜欢找她玩儿，不是吗？"冷艳微微一笑，看着那个大呼小叫的男人。

"不一样，我喜欢找她玩，只是因为她很好玩儿，不像其他女人那样端着捏着。"流逐风一本正经道，"这和炎寒、贺兰雪喜欢她的方式是不一样的，千万不要等而视之。"

"不是便不是，何必那么激动。"冷艳白了他一眼，好笑地说。

"你不知道，女人很麻烦的，如果扯上了女人那东西，估计死都不知道怎么死的。"流逐风赶紧摆手，心有余悸道，"我啊，这辈子都不想再跟女人扯上关系。"

"我也是女人。"冷艳觉得自己有必要提醒一下他。

"可我没把你们当女人啊，你和伊人，都是我哥们儿。说起来，你这么厉害，这么高高在上的样子，极少有男人把你当女人看的，至于伊人，根本就是一个小孩嘛。"流逐风煞有介事地解释了一通，说到一半，看着冷艳的神色沉了下来，方意识到自己说错话了。

"其实，王上是女人中的女人，只是一般男人都会自惭形秽。我虽然不至于自惭形秽，却实在太崇拜王上了，崇拜得只能当哥们儿了。"流逐风抓抓头，试图解释，却找不到合适的话题，他的眼珠一转，决定赶紧开溜。

"时间不早了，我去找那小孩玩会儿……"他口中的小孩，自然是伊人了。

冷艳抬头看了看天色，确实有点晚了，夕阳晚照，落日熔金，余晖遍野。

如此美丽的景象，可又有几人能欣赏呢？

"那个让你将女人畏若蛇蝎的人，是谁呢？"冷艳淡淡问。

流逐风本已走开几步，闻言叹了一声，道："冤枉死了，这件事绝对与我无关，还不是凤七那丫头借我出气。结果被陆川追杀……惨死了，不说也罢。"

提起陆川，流逐风打了一个寒战，赶紧闭了嘴，快步走开了。

伊人发现，流逐风这家伙，绝对属于神出鬼没型。

她刚刚放下盘子，正吧唧着嘴巴呢，流逐风便从桌子对面钻出脑袋来，笑眯眯地看着她，问："好吃不？"

伊人瞪着他那张放大的俊脸，猛地咽了咽，差点噎到。

流逐风自发地坐到她对面，支着肘，好奇地看着她，又问："一整天待在这里，很无聊吧？无聊可是最可怕的事情。"

他流逐风天不怕、地不怕，就怕无聊。

自从上次他困住十万大军后，再也没有人敢去挑衅流园的声威了，生活一下子平静了，当然，也无聊了。所以冷艳向流园求助的时候，他当即自告奋勇，要求亲自来此，只因实在耐不住流园千篇一律的生活。

流逐风拉过伊人的手臂，咋咋呼呼道："我带你出去玩一会儿。"

"玩儿什么？"伊人并没有反对，只是睁大眼睛，殷殷地望着他。

流逐风心中一动，然后不怀好意地眯起眼，压低声音问："有两个选择，要么，我带你去看炎寒在干什么，要么，我带你去看贺兰雪在干什么，你选哪个？"

伊人很认真地思索了一会儿，然后抬头看着流逐风，说："我要看阿雪。"

"为什么不是炎寒？"流逐风促狭地问。

"炎寒很安全。"伊人的理由很简单，"我有点担心阿雪。"

"谁说炎寒很安全？"流逐风在一边煽风点火道，"炎寒这几日可焦头烂额了，他又不能明着找冷艳要人，又因为选亲的事情，一直被他的手下游说，听说啊，还有激进的冰国人，因为他当街说立你为后而忽略了他们尊敬的女王王上，正商量着怎么收拾他呢。你说，他现在安全不？"

"那就去看炎寒吧。"伊人像一棵墙头草一样，风吹一吹，就转方向了。

流逐风鄙视了她一下："小姐，你到底有没有原则的？"

伊人抓了抓脑袋，有点为难的样子。

流逐风有点得意：伊人总是一副理所当然的表情，好像全天下没有真正让她觉得为难的事情一样。现在，她终于为难了。

他很有成就感啊。

"我还是去看阿雪吧。"等了等，伊人终于做了决定，"炎寒……他自己会解决的。"

从来只是她倚靠炎寒，那个男人，总是强势得无懈可击，实在不用别人太过担心。

可是阿雪不同，他总是会把自己置于很危险的境地，即便聪明绝顶，可是，那种赌徒般的决绝，亦让人不能不担心。

"你果然是喜欢贺兰雪多一点。"流逐风像发现一个极大的秘密般，笑着做了结语，"可炎寒对你很在意，以后看你怎么收场。"

伊人却以为这丝毫不成问题，压根不为此烦心。

流逐风曲起手指摸了摸下巴，沉吟道："也对，反正贺兰雪就要死了，这根本不是问题。"

"他真的会死吗？不是说，只要娶了女王，就可以活下来的吗？"伊人急急问。

"你可知道，要赢得比赛有多难吗？"流逐风故意吓唬她，一本正经道，"这次比赛一共分为五个部分，第一个是文比，这一关贺兰雪倒是能过关，他从前就是以文才闻名天下的。第二关是武比，这一关嘛，会留下五个人，贺兰雪的武功还算不错吧，可能也会留下。第三关可就难了，是比试勇气的。”

“勇气？”

“是，参赛者单枪匹马，从排列整齐的三万御林军中闯过去，然后越过火圈，爬到三十米的高台，为女王王上取下上面的绣球，此为九死一生的赛事，考验的，便是参赛人员的勇气。”

“很危险的样子……”

“不是很危险，是相当危险。特别是贺兰雪，你可知道，冰国人有多讨厌他吗？当初他的拒婚，让冰国人敬若神明的女王王上大丢面子，如今好不容易有机会报复回来，他们看到贺兰雪，还不像看到老鼠的猫一样，往死里追？”流逐风继续发挥其危言耸听之能事。

“那……第四关是什么？”

“第四关倒没什么，考定力的，男人怕女人出轨，女人同样也怕男人出轨，无非是喝点什么东西后，被扔到女人堆里，咳咳……知道了吧？”说到这里，流逐风得意起来，“这可是我想出来的，天才吧？”

伊人很无语地看了他一眼。

“那第五关……”

流逐风却不肯罢休，好玩地看着伊人，絮絮道：“你说，贺兰雪就算侥幸过了第三关，他到底能不能过第四关呢？”

言外之意：贺兰雪的定力到底怎样。

伊人不回答，只是重复着方才的问题：“那第五关……”

流逐风用目光表示“你真没劲”，然后肃颜道：“第五关，大概是最难的了。”

“怎么？”

“我给第五关起的名字是，龙潭虎穴人间地狱之必死无疑。”流逐风夸张地丢出一个名字，坦然道，“就是必死无疑的玩意儿，贺兰雪肯定躲不过的。”

“那，有没有不参加大赛，便能拿到星海石的办法？”伊人无语了片刻，随即眨眼问道。

“有，去偷啊。”

“怎么偷？去哪里偷？”伊人问得心平气和。

“其实地点已经公开了，就在你们原先住的四方殿的那个水池里，只不过，那水池已经被我改良过了，处处机关，谁若是打它的主意，那就是找死了。”关于这一点，流逐风很自信。

“哦。”伊人的神色黯淡一下，讷讷问，“真的破解不了吗？”

“可以破解的。”流逐风同样心平气和地回答道，“我留了一处缺陷，知道缺陷的人，就能进去——若是太完美了，人人都不去试，那岂非太无聊了？”

他怕死了无聊，一想起当初被某人关在山洞里长达十年的特训，就不自主地打了一个寒战。

"那，机关的缺陷在哪里呢？"伊人眼睛一亮，又问。

"这么私密的事情，我只告诉我的情人，连朋友都不告诉的。"流逐风煞有介事地回答道，"我们又不熟，为什么要告诉你啊？"

伊人沉默了，低下头，不再说话，也不知道在想些什么。

流逐风也不在乎，拍了拍她的背，吆喝道："走，我们去看贺兰雪。"

伊人来到贺兰雪居住的地方时，时间已经很晚了，流逐风就像一个拥有随意门的魔法师，能在他想去的任何地方出现。

伊人从地道里钻出来的时候，发现自己正在贺兰雪的床上。

床板是可以翻动的。

他们两人一起蹲在挂有三层幕帘的锦榻上，流逐风掀开幕帘的一角，揽过伊人的肩膀，将没精打采的伊人推到自己面前，伊人几乎就坐在他的怀里，透过外面通明的灯火，看着正在门厅里的两人。

贺兰雪换了一身便服，薄薄的绸衫由一根翠色的玉带系着，头发松松地搭在右肩，人有点闲散地靠在椅子上，只是，他闲散的动作比起伊人，却有种说不出的优雅贵气，谁也不能轻易忽视。

易剑则老老实实地站在他的背后。

此刻，贺兰雪正在翻看一封刚刚送来的信函，他极快地扫了一眼，然后脸色微变。

"王爷，怎么了？"在一旁的易剑担忧问。

"太后病危。"贺兰雪轻声说了四字，表情复杂至极。

易剑怔了怔。

风朝太后，已经有太多人忘记了她的存在，自从贺兰无暇去世后，她也剃度出家，留下三个儿子在那里你争我夺。五年间，她没有出过一次寺门，即便是儿子们前去请安，她也是不冷不热的样子，而在贺兰淳压制贺兰雪的时候，她同样听之任之，仿佛与己无关。

渐渐的，母子之间的关系也就淡漠了。

可是乍听到她病危的消息，贺兰雪还是觉得情难自制，虽然面上没有太多的表现，但是整个人顿时怔住。

"王爷决定如何？"易剑自然能明白自家王爷此刻的心情，又问。

"……只能先解决这边的事情，然后尽快赶回去。"贺兰雪犹豫了一下，回答道，"好在明天大会就举行了。"

"王爷真的打算赢得这次大会，娶冰国女王吗？"易剑不无困惑地说，"而且，即便是太后病危，王爷也不宜回京。贺兰淳现在如此讨厌王爷，王爷如果回京城，那便是羊入虎口。"

"那倒不会，风朝一向以孝治天下，我回去尽孝，大哥不至于为难我。如果真的有为难我的举动，我亦会反击，不会任由他摆弄。”贺兰雪并不太担心这个问题，反而是易剑之前的质疑，让他为难了。

真的打算娶冷艳吗？他已经答应冷艳了，而且，这也是解决所有事情的唯一办法。即便是拼着自己的命不要，至少，要救出伊人吧。

明天就是大会，他该怎么选择？

贺兰雪的手指不停地摩挲着那份信函，渐渐地，陷入沉思。

床帘后的伊人，同样陷入沉思。

“好像没什么好看的。”旁边的流逐风突然冒了一句，然后催促道，“不如，我们先回吧，明天再带你去看大会？那个大会应该挺好看，百年难得一遇啊。”

“我能出去见见阿雪吗？”伊人突然抬起头，殷殷地看了看流逐风。

流逐风本待满口拒绝，哪知一低头，看到伊人的目光，突然有种不忍的错觉。

她的期待，显得那么真挚而迫切，好像让她失望，便是天大的罪过。

“好吧，不过，只有半个时辰。”流逐风挠了挠头，暗道了一句“王上，对不住了”。然后掀开床帘，与伊人一道闯入了门厅。

他们进来的响动显然惊动了里面的两人，易剑与贺兰雪同时朝这边望过来，他们首先看到的是流逐风，流逐风胡乱地拱了拱手，不正经地笑道：“少安毋躁，不是我要闯进来的，是后面那个。”

然后，贺兰雪便看到了从榻上扎手扎脚爬下来的伊人。

“伊人……”贺兰雪一愣，刚才涌起的敌意立刻消失无踪。

伊人不好意思地抓了抓头，然后笑眯眯地看着他。

贺兰雪也轻然一笑，并没有询问她是怎么突然出现在这里的，只是走过去，停在她面前，很是欣喜。

“只有半个时辰，你有什么话赶紧说。”发现自己被无视了，流逐风连忙发出一点声音，证明自己的存在。

贺兰雪这才转过头，看了看流逐风，神色平静，说：“你是流逐风吧。”

流逐风有点惊异：“我们从前没有见过吧？”

“能有这样神鬼之测、飞天遁地之能的人，除了流园少主流逐风之外，贺兰想不到第二人选；而且，据说少主作为女王的贵宾，已在冰宫里盘桓已久，早已对冰宫格局了若指掌，能在此出现不足为奇；再者，少主如此品貌气度，除了流园这样不问俗事的世外之地，恐再也没有其他地方能养得少主这般逍遥个性。”贺兰雪的马屁拍得不动声色。

流逐风很受用，笑着不客气地照单全收，正待客气两句，一看，贺兰雪早已拉着伊人走到另一边去了。

“只有半个时辰！”流逐风朝那边喊了一句，然后悻悻然地朝门外走去。

他还是有眼力见儿的，碍人眼的事情，他做不来。

走至门口的时候，流逐风一抬头，见易剑还如雕塑一般杵在那里，他顿时一哂，拍了拍易剑的肩膀，压低声音道："哥们儿，你不是想搅黄你家王爷的好事吧？"

"什么好事？"易剑不明所以地望着他，讷讷问。

流逐风一脸震惊，说："傻呀你，你说你站在这里，那小两口儿能说什么知心话？"

"小两口儿？"易剑更是糊涂，"为什么我站在这里，王爷与王妃不能说知心话？"

流逐风用看怪物一样的眼神盯了易剑片刻，随即又回头吼了一句："记得，就半个时辰啊。"然后，他噔噔地走开去，不再理易剑。

易剑看着他的背影，是一脸疑惑。

推门而出的时候，外面清晖遍野。

流逐风正想去花园里消磨一会儿，突然如被人施了法术一般定住了。

前方蔓藤下，有人负手而立。

一身冰冷的灰，与一把冰冷的剑。

月色清冷，夜色沉凝，却比不过那人的清冷与沉凝。

流逐风一脸的无可奈何。

伊人这次为难流逐风，坚持要见见贺兰雪，因为她方才确实被流逐风的危言耸听吓到了。

"阿雪，你能不能不要参加这次大会了，"伊人甫一开口，便直奔主题。

贺兰雪没有接话。

伊人又道："方才流逐风对我说，这次大会很难的，第三关和第五关都很危险，而且……"

"嘘——"贺兰雪曲起手指放在她的唇上，突然做了一个噤声的动作，伊人不明所以地打住了话头，他的手指顺势往下，捋起她略显凌乱的散发，浅笑道，"怎么弄得这么脏？"

伊人一路与流逐风穿地道、走泥路，虽然没有遇到什么大的事故，可还是有点蓬头垢面的样子，而且，她也似乎很久没有大清洗了。

原本黑压压的头发，看上去有点灰蒙蒙的。

伊人咬咬手指，抬头望天中。

贺兰雪好笑地看着她的反应，然后回头吩咐易剑说："打一盆温水来。"

等易剑端来温水，他引着伊人一路走到一个木架子前，轻声道："头低一下。"

伊人连忙抓着木架子的两侧木杆，将头一股脑地低下去。

贺兰雪又是一笑，伸手松开她头顶胡乱结着的发束，厚厚的发丝不知怎么被一根布带绑成了一个马尾辫，又因为许久未整理，发丝垂了下来，有点颓废的感觉。

“这是谁梳的?”贺兰雪低声笑问，“这么难看。”

“流逐风。”伊人回答。

贺兰雪的手指顿了顿，然后继续解开发带。

头发很快泻了下来，瀑布一样，披洒在伊人的双肩。

浓密的发丝遮住了她部分脸颊，映得她圆润的脸如巴掌般大小，眼睛出奇的大，与黑发一样，黑亮亮的，相映生辉。

贺兰雪忽而发现，她似乎瘦多了，从前胖乎乎的脸，虽然因为脸形，还是圆的，下巴却清晰了起来，头发披下时，竟有种奇怪的风情，让人怦然心动。

贺兰雪连忙低下头，压住心悸，修长的手指插入她浓密的发丝间，微微按了按，然后取了一瓢水，顺着她的头顶缓缓地淋了下去。

伊人连忙闭紧双眼，温热的水珠，淅淅沥沥地溅落。

贺兰雪的动作很轻，他一面细细地清洗着，一面用手指按压着她头顶的穴道，伊人从前不太喜欢别人帮忙洗头发，这一次，却出奇地享受起来，他的力道恰到好处，以至于伊人忘记了，后面的人是一个男子。

易剑也在旁边看得目瞪口呆。

他印象中的王爷，可以挥斥方遒，可以诗书礼乐，可以风流倜傥，也可以一怒为红颜，却不曾这样温柔地，这样细心地，为一个女子洗头发。

贺兰雪的表情很松闲，也很自然，仿佛在做一件平常至极的事情。

撒了盐巴，揉一揉，再用清水冲洗干净。

水珠滑下，流满了伊人的脸，有几滴调皮的，溅到了她的眼睛里。

然后，贺兰雪取了一块大大的干净的毛巾，将伊人的头发地包了起来，来回地搓了搓。

等确认差不多擦干了，贺兰雪松开毛巾，伊人终于露出脸来，脸色红红的，头发有点乱，鸟巢一样，湿漉漉的，她睁大眼睛看着他，像一只可怜的小狗，黑黝黝的瞳孔，直看得人心底发涩。

“你先回去吧，你说过会信我，那就什么都不要担心了。”贺兰雪拍了拍她的脸颊，用手指捋了捋她的发丝，将它略略地整理顺直了，然后轻轻地说。

伊人不知怎么，觉得眼睛湿湿的。有一只蚂蚁从心头爬过，痒痒的，疼疼的，无法消解。

她突然往前倾了倾，一把抱住贺兰雪。

贺兰雪怔了怔，心底竟也有种潮湿的感觉。

他回抱着她，下意识地拍了拍她的背，却什么都没说。

然后，伊人推开他，真的一言不发地走了出去。

贺兰雪呆呆地站在原地，等伊人几乎出了门，他才转过身，大声说：“我会带你走的。”

只是，他的话音落下时，伊人已经到了门外，也不知是听见了，还是没听见。

第22章　招亲大会

一脸无奈的流逐风走到了游廊尽头，然后扭头看着那个灰衣冷剑的人。

“陆川，你要怎样才能相信我，我没有动凤七，她之所以那么说，完全是想刺激你，你何必对我穷追不舍？”流逐风忍无可忍，终于咆哮道。

“为什么你之前不解释？”陆川不为所动，灰蒙蒙的身影隐在夜色里，只一句，平淡而确定，不容质疑。

“因为我贪玩，我想利用那次机会让极少与人动手的你来找我玩。”流逐风满脸懊恼道，“我哪里知道你那么难缠。”

“你必须娶凤七。”陆川不为所动，依旧是千年不变的一句话。

“我都说了，我对她压根没意思，不过是萍水相逢而已，最多就是调戏了她一两句——一个正常男人，看到漂亮女人，调戏一两句跟恭维差不多，没理由恭维了一个女人，回头马上就要娶她吧。”流逐风觉得冤枉死了，他到底造了哪辈子孽，这辈子要被陆川这个煞神追捕。

“你必须娶凤七。”陆川依旧是千年不变的一句话。

流逐风很无语，相当无语。他的目光在前后左右迅速睃巡着，琢磨着哪里有自己布置的暗道，哪里能迅速布阵抵御陆川出神入化的剑法，一面又觉得头疼不已，陆川的剑太快，到时候，他也没有把握确定，到底谁能快得过谁。

正在两人僵持之时，游廊的另一头，一个身影闯入了流逐风的视线，让他顿生一计：“哈！伊人！你好美呀！怎么样陆川，我又称赞过一个女人啦，是不是我也要娶她啊？”

陆川一怔。

陆川是嚣张的。他要进来找流逐风的麻烦，绝对不会偷偷摸摸地潜进来，而是光明正大地，无视冰宫守卫，一路闯进来。当然，说“闯”字，已经是抬举那些身经百战的守卫了，他基本是不费吹灰之力，只一剑，那凌厉的剑气，便将三四排严密武装的将士劈得东倒西歪。然后，他大大咧咧地走了进来，凭借最惊人的直觉，出现在流逐风将要出现的地方。

而这早已惊动冰宫所有的人，除了冷艳，炎寒和夏玉也相继赶到现场。

柳溪并没有出现，自从他被武爷劫持之后，已经有一天一夜没有现身了。

这些人都听到了流逐风这句轻浮的话，他们不约而同地顺着流逐风的视线望了过去。

月色中，伊人慢悠悠地走了过来。长发带着湿意，静静地披散着，一身松松垮垮的锦袍，只在腰间闲闲地束了一个带子，如大睡初醒，惹人遐想。

而在所有人之中，炎寒最是震惊，多日不见，伊人似乎变了许多，一时间，又说不上变了哪些。只是有一种错觉：他刚刚触摸到她的一点轮廓，转眼间，她又潜到了云中央。

流逐风三两步蹿到伊人身边，大声说："我现在觉得，伊人比凤七可美多了。陆川，你看我都改主意了，所以你还是放过我吧！伊人，咱俩成亲可好？"接着小声对伊人说，"快帮帮忙，说好！我帮你拿到星海石！"

伊人看了他一眼，简单地说："好！"

只要拿到星海石，贺兰雪就可以不必去参加那么危险的大会了。

流逐风怔怔，还没有反应过来。

炎寒没有听到流逐风的条件，却听到了伊人的回答，也说不上什么心情，本想大声质问伊人，可是嘴张了张，却什么都没说出来，只是沉默地看着面前的境况。

陆川则冷冷地扫了伊人一眼。

冷艳亦觉奇怪，举手让侍卫们守在外面，不要轻举妄动，场面诡异至极。

最后，还是流逐风的一声大笑打破了沉寂，他一把搂过伊人，挺豪气地对陆川道："我要跟伊人成亲啦，所以，我不能娶凤七。凤七那丫头，还是你娶吧！再说了，她本来就是喜欢你的，你若不信，就去问凤九。"

陆川却很不开心，他的声音越发沉了："婚姻大事，你怎么能当作儿戏？"

"谁说我当作儿戏了？"流逐风急忙反驳道，"我跟伊人一见钟情，我俩情投意合，早已海誓山盟！等这次招亲大会结束，我们就要回流园完婚。是不是，伊人？"

伊人迟疑了一下，继而猛地听见流逐风在她的耳边低声威胁道："你不就是想要星海石吗？只要你应了，明天我就帮你把星海石偷出来！"

被冷艳追杀，也好过被陆川纠缠。流逐风这次算是破釜沉舟了。

伊人只得应道："是的。我们已经……私定终身了。"

陆川立刻瞪起双眸，原本如冰雕雪塑的容颜，立刻变得无比肃杀。

冷艳心中一凛，立即示意护卫们警戒。

流逐风也不敢再掉以轻心，他紧紧地抱住伊人的腰，打算稍有不对，便开溜走人。

炎寒却顶住压力，作势要往前走去。他已经察觉到陆川的杀意，又怎能任由不管？

现场，一触即发。

然而，陆川出手的时候，毫无征兆，只是灰影一闪，便有了漫天的剑光。流逐风将伊人往身后一推，怒声道："陆川，你疯了！"

陆川的剑堪堪从流逐风的腋下划过，刺啦一声，流逐风的袖子处落下一大块衣料来，手臂上则是长长的一道划痕，鲜血淋漓。

陆川也不管流逐风如何，剑锋一转，重新铺天盖地地朝伊人攻过来。

密密的剑光，晃花了在场所有人的眼，伊人避无可避，流逐风方才已经松开她，此刻回救，却已不及。

炎寒已经冲至近前，他的力气是霸道的，硬生生地从这层层剑气里闯将进去，还未及近，已经伤痕累累，却还是来不及。

伊人往后踉跄了一步。

然后，白色的影子倏然而至。

那轻灵飘忽的身影，在那一瞬，比起陆川的剑，竟丝毫不慢一拍。

青衫白衣，余见白茫茫地一片，当电火闪过，所有人都看到一个洒然而立的身影，一手搂着伊人的腰，另一只手垂于身侧，空气里有血腥的味道，殷红的血滴凝于指尖，再滴滴溅落。

陆川已经收剑，傲然地站在对面。

“你是第一个敢徒手接我剑的人。”陆川朗声道，“好，我今天放了她。”

“陆先生的剑术震古烁今，鬼神难测，刚才只是晚生侥幸而已。”贺兰雪惨白着脸，神色却甚为从容，眼睛微眯起来，笑意肆意地弥漫着，谦和有礼，不卑不亢。

陆川赞赏地看了他一眼，破天荒地说了一句有点人气的话：“凤九果然还是有点眼光的。”说完，他又看了一眼流逐风，冷声道：“如此，你的事情，我们下次再说。”

“……还有下次啊？”流逐风一阵惨叫，“我说，你怎么不敢找凤七问清楚，干吗尽找我的麻烦啊，你这不是柿子专找软的捏吗？陆川，你讲点理好不好？你自己古里古怪，喜欢别人自个儿不知道，却找我晦气，我说，喂——喂——”

陆川才懒得理会流逐风的喋喋不休，早走远了。

而剩下的人，也没有几个在听流逐风的抱怨，所有的目光都不约而同地集中在伊人与贺兰雪身上。

炎寒离他们最近，因此，他看到了贺兰雪眼中的温柔与关切，也看到了伊人全身心的信赖。

他们的眼神，刺痛了他。

贺兰雪宽慰了伊人片刻，随即看向炎寒。

他的眼神清澈、坚韧，不见挑衅，却比任何挑衅都来得锐利。

方才，他比炎寒先了一步。如果上一次是炎寒抢先一步，那这一次他不能再迟。

“伊人。”炎寒唤了一声。

伊人望向他，笑了笑，脸上的欢欣没有丝毫掩饰。

然而，她此刻的笑，对炎寒来说，却更加刺心。那不是对爱人的笑，更像是对亲人的笑。

“难道你还不明白吗？”贺兰雪淡淡道，“既已明白，又何必强求？”

“不到最后，焉知我是强求？”炎寒不甘示弱地回了一句。

伊人有点不明所以地看了看两人，弄不清他们的哑谜到底是怎么回事，正犹疑着，人群里传来一阵咋咋呼呼的喊叫声：“小姐，小姐！”一个细眉细眼的丫头从人堆里钻了出来，见到伊人，她惊喜若狂，也顾不上其他人，一下子扑到伊人身上，喜极而泣，“我还以为小姐出事了呢。”

“当然没有事。”伊人一面哄她，一面无意识地挣开了贺兰雪的束缚，贺兰雪手中一空，宛如心中空了一块似的。他眼睁睁地看着伊人与十一抱成一团，而将他与炎寒，扔到了一边。

没情没趣，没心没肺。他们的争论，似一场笑话。然而，怔忪后，两人都是莞尔。

是啊，不到最后，谁又知道谁是强求？

“对了，小姐，你到底是怎么失踪的？”十一还在那边咋咋呼呼。

伊人正欲回答，目光扫了一下夏玉，突然闭嘴了，摸摸头，傻笑数声。

她不聪明，却也知道，一旦柳色与夏侯的关系公之于众后，夏家会受到灭顶之灾。

她不是搬弄是非的人，得饶人处且饶人。

十一却早已习惯了她的傻乎乎，也不太追问，只要她没事就行。

冷艳远远地看着面前发生的一切，不置可否，也没有发表任何评论，转身便走。

伊人已经被放了出来，贺兰雪还会参加明天的大会吗？

她不确定，也不想确定。冷艳突然觉得累，有种疲倦，透心透骨，却无人分担。

夏玉的目光，则自始至终都停留在冷艳身上，看着她的冷静，看着她的漠然，看着她转身时彻底的萧索与惆怅，直至火红色的身影渐行渐远。

“我们回去吧。”等伊人与十一的叙旧差不多了，炎寒走到伊人后面，轻声道，“我们回家。”

回去与回家，他一层层地递进，可是她并未留意。

伊人点头，走了几步，她突然回头看了看贺兰雪，咧嘴笑道：“没事了，流逐风已经答应我了。”

“这就是你说要跟他成亲的原因吧？”贺兰雪轻声问。

伊人看了看流逐风，流逐风正在处理手臂的伤口，察觉到伊人的目光，他耸耸肩，做了一个“答应的事情我会办到”的表情。

伊人于是安下心来，在十一的搀扶下，往原先住的偏殿走去。炎寒紧跟其后。

贺兰雪注目着伊人离开，没有任何其他表示。

他从未像今日这般，清晰地知道，自己到底想要什么。

首先，他要活下来，活得长长久久的。正如伊人所说，只有活着，才会有许多可能，才可以做很多事情。

流逐风蹭到他旁边，有点无奈地说道：“明天晚上，如果你能从大会上活着回来，就来我住的地方找我，我借你一样东西。”

“什么东西?”贺兰雪有点讶异地问。

“你先别管了，反正是我答应伊人的。”流逐风很郁闷地回答道，“哎，看来我又要得罪一个强势人物了。”

他真的不想得罪冷艳，其实，他还是挺欣赏冷艳的。只可惜，他说话从来算数的。

祸从口出啊，祸从口出。

流逐风莫名地想起某人在山洞里，曾面向苍穹，静静地说：“我只恨，我生来不是一个哑巴!”

那么决绝，那么冷静。

从前流逐风不太懂，现在，他突然懂了。他只恨自己生来不是哑巴。

“谢谢。”贺兰雪礼貌地欠了欠身，然后静静走开。

流逐风无语地看了看天，一脸懊恼。

冰国女王的招亲大会终于如火如荼地展开了。

京城各地都设有会场，城北的一家地下赌庄里，一个虬髯豪客拎着一整麻袋银票，往最大的那张桌子上一扔，霸道地说：“我家小姐说了，用一千万两赌贺兰雪赢。”

老板眯着眼睛看着那个虬髯大汉，上上下下、左左右右、来来回回地打量了一番，然后谨慎地问：“你家小姐是谁?”

“凤庄七小姐，凤七小姐。”虬髯大汉挑挑眉，傲然道，“小姐还说了，只要有人跟着她一起买贺兰雪赢，即便是输了，小姐也自己出资赔偿给大家。”

赌庄为之一静，然后，所有人都疯狂起来，原本压柳溪、炎寒的那些人，立刻转了风向，纷纷将自己手中的银钱交到贺兰雪的台上。

这下子，在大赛的前一刻，贺兰雪的人气从倒数几名，一跃到了前几名，隐隐有第一名的趋势——当然，只限于赌坊。

“你去查清楚，那两万御林军，在京城都有哪些家人。我要所有与此场赛事相关的人，都与贺兰雪的输赢脱不了干系。”就在赌坊对面，一个清雅至极的女声，从重重的轿帘后，传了出来。

刚从里面出来的虬髯大汉恭恭敬敬地行了一礼，然后悄然退下。

“又让七姐破费了。”轿子里，传出另一个声音，慵懒缱绻。却是凤九的声音。

“这点小钱，我还不至于放在眼里。”女子轻然一笑，“我只是想看看，能让弟弟你如此心甘情愿的人，到底是怎样的人才。”

“他不是人才。”风吹过，卷起帘拢，露出凤九清淡的，似乎永远带着倦意的面容，“我只是当他是朋友。”

“那他呢？”凤七问。

“他当我是自己人。”凤九微笑道，一脸的柔意与温暖，“谁能够被贺兰雪当成自己人，那定是一件很幸运的事情。”

凤七浅笑：“只要你觉得开心就好。”

“七姐你呢？听说流逐风如今做客冰宫，昨晚，陆川曾进宫去找了流逐风的晦气。”凤九的声音，依稀带着一股幸灾乐祸的意味。

凤七自然听明白了，她伸手推了推凤九，像平常的姐弟一样，笑骂道：“你这小子，敢过问老姐的事情！”

“事情，还是私情？”凤九问得一本正经，不知情的人，还以为他在说什么多重要的话题。

凤七恨不得一脚将他踢下去。

“不过，陆川可曾伤了流逐风？”过了一会儿，凤七又问。

“七姐到底是担心流逐风还是担心陆川？”凤九不紧不慢地问。

“死人，自然都担心，他们可都是我朋友。而且，流逐风还欠了我三万万两银子没有还呢。”凤七愤愤道，“都欠了两年了，他好像忘记了一样，没见过这样赖账的。”

“那陆川欠你什么了？”凤九漫不经心地问道。

“他欠我……”凤七欲言又止，顿了顿，然后很爽气地笑道，“他欠我青春。想我家世显赫，美貌无敌，白白地为他蹉跎了十多年，到现在成了嫁不出去的老姑娘，这么大的账，不找他算，找谁算？”

说完，凤七特坦然地总结道：“所以，他们俩谁都不能出事，不然，我就亏血本了。”

凤九笑笑，没有辩驳。

风又大了，帘子终于完全卷了起来，凤七堪堪侧过脸，街上的人正好能看到她全部的面容，与凤九的长相有点相似，凤七的五官也甚为清淡，却有种说不出的英气，爽朗与自在，仿佛大草原上奔驰的野马。鬃毛飞扬，意气吞吐。好像只要一看到她，就能让人忘记许多烦心的事情，那些俗事往事，统统不提，只想与她同醉同欢。

大会开始了，凤七与凤九仍然待在冰国最豪华的茶馆雅间里，似乎对现场没有多大兴趣。

除了他们之外，茶馆还有其他人——都是不想挤入人堆的跷着二郎腿等着小厮们传话的闲人们。

这家酒楼，其实已经被凤七包了下来，之所以还有其他人，是因为凤七重新把这里的茶位租了出去。

她在门口拉了一个横幅，写着：“足不出户，闲坐茶寮，即可知道赛场最新消息，本茶楼延请最负盛名的讲书先生现场模拟，且可品尝冰国最极品的毛尖新茶，十两银子一个靠窗雅位，欢迎光临。”

由此，果然有人为了贪图方便，用十两银子的高价，买了这平时只要二钱银子的茶位。

整栋茶楼两百个茶位售罄。

凤九叹为观止道：“七姐，你真是随时随地都想着怎么赚钱啊。”

凤七瞪了他一眼，理所当然道：“反正我们也要听书喝茶的，两个人多闷啊，多找几个人陪着，有什么不好？”

凤九哑然失笑，平时淡然的容颜，也因此泛起了类似亲情的柔意。

凤七，是凤九唯一承认的家人，也是凤庄里，唯一与他有干系的人。

“那说书先生，七姐又是请的哪一位？”凤九一面轻摇着手中的新茶，一面漫不经心地问道。

“他马上就到了。”凤七高深莫测地笑笑，英俊爽朗的脸神采飞扬。

正说着，凤九便看到一个人心不甘情不愿地踱上楼来，很闲散地穿着一件普通百姓的衫子，头发随意地绑着搭在右肩上，走路吊儿郎当的，嘴里兀自叼着一根枯草，形象实在不敢恭维。

可是长相却是极其恭维，以至于如此“尊容”，都能引得楼下的小姑娘们频频侧目。

“正说说书先生呢，他就来了。”凤七听到脚步声，也转过上身，面向着楼梯口，笑道，“请问，世上还有比流逐风先生更杰出的说书人吗？”

凤九这一次是真的佩服凤七了——从前把流逐风捉弄得要死要活且不说，没想到，这一次竟然能“请”得他为这酒楼说现场。倘若买座位的时候，注明说书人乃流逐风，恐怕一千两银子一个茶位，也能卖得出去。

由此可见，凤七还算是厚道的生意人。

流逐风在楼梯中间的时候，就已经瞥到了凤七，他三步化作一步地蹿了上来，到了凤七面前，又是作揖又是哀求：“姑奶奶，你赶紧跟陆川那个疯子说清楚吧，他再这么折腾下去，我要疯了。你说我成天被他追着跑，多丢人现眼啊。”

“怎么，当初不是对我说，很想与陆川比试比试吗？”凤七的眼睛是典型的丹凤眼，大大的，眼角上挑，看着特别开阔爽气。

“我是想比试一次，可也没打算把自己的身家性命也陪上吧？”流逐风唉声叹气，扼腕叹息，“我都打算娶个娘子来辟谣了。”

凤七掩嘴而笑：“我可听说昨晚你收了一个情人，什么时候成亲？我定封给你一个大红包。”

“多大的红包？”流逐风也不担心身家性命了，两眼冒光地看着凤七。

凤七煞有介事道：“如果你成亲，你以前欠我的三万万两纹银，就一笔勾销了。如此，算大红包吧？”

流逐风看着凤七似笑非笑的脸，神色微赧，兀自干咳了一声，然后两眼望天道：“我什么时候欠你银子了……”声音虚浮，典型一副想要赖又没有底气的样子。

凤七微微一笑，从怀里掏出一张字据来，字据上飞扬跋扈地写着几个大字：“甲申年三月初八借凤七小姐三万万两纹银一用，三年内若不能偿还，愿以身抵债。流逐风。”

笔墨酣畅淋漓，笔画勾转间飘逸得有点张扬，如此不可一世的笔迹，不是流逐风本人的，还能是谁？

流逐风当场泄气，左右瞟瞟，好像要找一个天穴地洞，赶紧躲一躲。

“如此算来，好像三年时间马上就要到了吧，”凤七晃了晃手中的借据，似笑非笑道，“以身抵债，不知流园少主在江南挂牌，可以收多少钱一晚……我算算，最红的头牌也已到了一万两银子一晚，少主身份尊贵，怎么着也会翻倍，两万两银子。那只要一万五千个晚上就能还清债务了，算上没有客人，或者少主身体不舒服的时候，那就是两万个晚上，一年三百六十五个晚上，两万就是五十年、六十年、七十年……”

凤七说着，真的开始伸出手指盘算起来。

流逐风听得脸都绿了，又是一声干咳，他泄气道：“知道了知道了，让陆川继续追杀我好了，我什么都不管了，你们不是要知道现场的最新情况吗？还要不要听？”

“少主不也参加这次大会吗？怎么这么早就从会场上退了下来？”凤九还算是老实人，见姐姐欺负得紧了，连忙出来打圆场。

“哎，那么简单的东西，早就弄完了。”流逐风随意地摆了摆手道，“每个赛区都分为五组，我的那一组基本上是泥沙俱下，溃不成军。”

“文斗与武斗都结束了吗？”凤九有点惊异地问。

“是啊，都结束了。”流逐风眨眼，很自然地回答。

“那王爷……”凤九的神态不算太着急，可是关切却自然而然地流露出来。

凤七看在眼里，笑了笑，端起一杯茶兀自喝着，目光则慢慢地移到了窗外。

他们所在的茶楼，是冰国京城里最高的建筑，他们又是坐在最好的位置上，这样眺望过去，竟然能看清冰宫前搭建的会场台，凤七眯起眼睛，突然开心地叫了一声：“看，贺兰雪！”

凤九闻言，也扭头看向窗外。

果见那五座搭建的高台，正中间的高台上站着一个白衣翩跹、盘坐在蒲团上的身影，而那身影周围，则围坐着四个大儒模样的读书人。大儒们神色凝重、紧张，正中间的贺兰雪却笑得云淡风轻，偶尔说一两句话，却是无比闲适从容。

“他们是在辩经。”流逐风碍于自己是负债人的身份，不禁殷勤些，在旁边解释道，“辩经属于文斗，是提一个论题，由双方引经据典，用驳辩，说服对方，只要那四个大儒全部认输，便算与会者赢。这一关贺兰雪是没有问题的，他十七岁便以辩才闻名天下，在大昭寺里舌战群僧，让得道高僧都俯首认输的事情也没少做，如今知识越来越融会贯通，没多大问题。”

果然，没过一会儿，周围的四个大儒纷纷起身，向贺兰雪行了一个很隆重的礼——弯腰九十度。

贺兰雪谦和地回了一礼，意态洒脱至极，神色淡淡，没有自矜自傲，极有分寸。

“看，贺兰雪赢了。”流逐风指了指那个方向，道。

对于这个结果，凤九也不觉得奇怪，只是有点点好奇地问流逐风：“那少主的辩题是什么？”

“哦，那几个人向我讲了一通轮回转世的大道理，我就暴喝了一声：‘我本妖孽，集世人妖，为世人孽，佛祖在天，苦难在地。我不入地狱，谁入地狱！’”流逐风嘿嘿一笑，狡黠道，“无非就是说得大义凛然一点，那四个人当场就蒙了，只差五体投地了。”

凤七大笑，凤九则摇头浅笑。

“那是炎寒吗？”凤七似有发现什么新奇的东西，大声问。

流逐风瞟了一眼，然后点头道：“是炎寒，说起来，这个炎国皇帝还是不错的，为人正派。就是人迂了点。”

“风度也不错。”凤七难得赞赏一句。

凤九顺着他们的视线望过去，在文台旁边，同样搭建着五个武台，炎寒似刚刚打败一个与会人员，收掌肃立，气定神闲的样子，根本就没有方才与人厮杀的痕迹，回眸流转处，自有种睥睨天下的气势，让本来跃跃欲试的其他与会者，不敢动弹。

“其实炎寒不错，长相好，身份高，又有才智。如果不是要帮贺兰雪，我倒有点想挺他了。”凤七在一旁饶有兴致道。

“他有心上人了。他心上人就是我的小情人。”流逐风在旁边冷不丁地说了一句，“来参加大会，无非是给女王王上一个交代，显得不那么敷衍而已。”

“他心上人是你的小情人？”凤七瞪大眼睛，好奇地追问着。

“是啊是啊，我小情人可好玩了，改天介绍给你认识。”流逐风笑眯眯地胡侃着。

可是，在提到“小情人”三个字的时候，流逐风真的有种欢喜的感觉，想到那个成天迷迷糊糊、懵懵懂懂的伊人，他几乎有点怀念了。

即便她热情不高，也没有什么过瘾的新花样，可不知怎么，有那样一个同伴，还是会觉得好玩许多。

“他是柳溪吧？”凤九突然又冒出了一句。

炎寒的对面突然有一个人跃到了台上，气质肃凝，比起炎寒的天生王者之气自然黯了许多，但是那种特有的阴冷，竟也能与炎寒一争高下。

来人正是失踪了一日一夜的柳溪。

而在柳溪出现的同时，一个欢呼亦同时响起：“武爷！”

武爷不知何时也出现在人群里，垂头丧气的样子，听到有人喊他，他茫然地往台上望了过去，却见伊人正在倚着皇城而建的看台之上，他当即大喜，几起几跃，守着看台的侍卫们还来不及做出什么反应，武爷已经到了伊人旁边。

侍卫们很受打击：昨天一个陆川已经是神鬼莫测，现在一个不知从哪里钻出来的邋遢老头，竟然也将他们视若无物。

侍卫长正待上前请示增援，端坐在看台最高处的冷艳突然抬了抬手，表示没关系。

冷艳淡淡地扫了伊人一眼，目光重新集中到贺兰雪身上。

无论如何，贺兰雪肯来此参加大赛，而且确实倾心尽力，即便知道他的无心，冷艳亦觉欣慰。

贺兰雪已经悠游地打退了最后一个挑战者，他环顾四周，那一组的人噤若寒蝉，他已闯过第二关。

现在，唯一没有从第二关里确定胜出的一组，是炎寒与柳溪那一对了。

其实，为了给各国贵宾一个更好的机会，大会是分组进行赛事的，譬如流逐风在第一组，贺兰雪在第二组，第三组是瀛洲使者浩二，第五组是江湖中人的争斗，凡是有头有脸的人，都会在此厮杀一回，即便娶不回冷女王，也能变相地震慑武林同道，争取武林排名。夏玉则作为风朝使者被分在第四组。

——只是真正的使者是夏玉，且柳溪当时已经失踪，因而没有分配柳溪。

他现在公然出现在炎寒对面，便是直接挑战了。

反正此次大赛只有一个优胜者，所以任何挑战都是被允许的。

人群里发出一阵不明意义的欢呼，所有人都看着两个热门人物即将来临的决斗。

炎寒如渊渟岳峙，高大的身躯，只是站着，便给人一种不可抗拒的力量。

柳溪比起炎寒，单薄许多，也矮了一些，只是他神色倨傲、冷漠、吓人的阴冷，不见丝毫弱势。

炎寒负手冲他客气地点了点头，便算是开局了。

柳溪退后一步。

还未交手，看台上的伊人与武爷早已叙上旧，武爷一见伊人，便是老泪纵横，抓紧伊人的手，哭哭啼啼道：“夫人，夫人，您受苦了。”

伊人有点不明所以地看着他，眨巴着眼睛。

武爷兀自哭泣了一会儿，一抬头，看到了伊人身后的十一，顿时火冒三丈，腾地站起来，猛地将十一往后面一推，怒斥道：“你这叛徒，赶紧离我们夫人远一点，你害得夫人还不够吗？呜呜呜呜，夫人和孩子受了那么多的苦……”

十一愠怒地看着武爷，却也知道这个怪老头武功奇高，不敢轻举妄动。

伊人则更是迷糊了：“夫人和孩子？”

“夫人，您不用怕，柳如仪那家伙虽然不是什么好东西，但是夫人的儿子却是棒棒的。”武爷提起柳色，顿时神采飞扬起来，“他一定会帮夫人出气，把贺兰家的江山踩踩踩踩成稀泥！”敢情在柳色与武爷消失的那段时间，柳色用什么花言巧语给他洗脑了，武爷现在一心认为柳色是夫人的好儿子，他们在贺兰无双的迫害下，过了这许多年的苦日子。

伊人眨眨眼睛，不知道怎么回答。

武爷忽而压低声音，凑到伊人耳边，问：“夫人，我上次交给您的至尊图，可还在您手里？”

伊人老实地点头，“嗯”了声。

其实，武爷的声音说大不大，说小不小，别人或许没有听太清楚，一直站在伊人背后的十一却听得身躯一震。

至尊图，黄阿牛要的至尊图，十一分明听到了这三个字。

她不禁竖起耳朵，更仔细地去听武爷与伊人之间的谈话，武爷的余光瞟了瞟她，随即又问：“那夫人将至尊图放在哪里了？小武这就去将它取来，交给少爷，让少爷用至尊图去打击贺兰家。”

伊人歪头想了一会儿，正待回答，突然听到一丝隐秘的声音，由耳根传入。

那声音依旧是武爷的声音，只是更低更沉些，像是在极遥远的地方，由风款款吹来一般。

这便是传说中的秘声传音了。

“回答说，第三个横梁上。”武爷道。

伊人怔怔地重复了一遍：“第三个横梁上。”

武爷顿时笑眯眯地看着伊人，满脸的皱纹全部挤到了一处：“那等一下，夫人和小武一起去取，好不好？”

“本来便是你的，你要拿去便拿去吧。”伊人不以为意地回答，虽然依旧满心困惑。

她从来没有想过要将那张至尊图据为已有，上次是武爷随手给她，她也能随手交出去。

伊人刚一回答完，身后的十一似突然想起什么，匆忙道：“小姐，我忘了给你拿披风了，现在天气越来越冷了……”

伊人望了望冰国难得的大太阳，有点迷糊。

“那我回去给小姐取披风了。”十一屈屈膝，就要离去。

“不用了，很麻烦……”伊人好心道。

“为小姐做事不麻烦。”十一连忙表态，摆摆手，转身便下了台阶，往宫里走去。

伊人回头看着十一迅疾的小身影，脸色静静的，黑色的瞳仁里，十一的倒影越来越小，终于小得看不清。

“夫人，您不要难过，第三根横梁上可有东西等着她呢。”武爷沾沾自喜道，“小武终于能戳穿这个叛徒的真面目了。”

伊人抿抿嘴，淡淡问：“什么东西等着她？”

“鬼山灵蛇，只要被那蛇咬一口，立刻丧命，绝无活口。”武爷得意地说。

伊人怔了怔，然后突然站了起来，第一次，慌乱地，踉跄地，用尽全力地朝十一的背影追了过去。

她的动作是那么突兀，起身时撞翻了面前的桌台，台下的人也都不约而同地朝这边望过来，伊人却已经颠颠地跑远。认识伊人的人，都不由得惊叹：没想到她跑步的时候，也能达到这个速度。

只是，如此奇异的场景，又让许多人担心了。

炎寒要面对柳溪越来越诡异的招式，虽瞥见了，却只能徒自担心。

贺兰雪则不同，他已经下场，在旁边观看，见状，不假思索地拨开人群，向她追了过去。

武爷自也不在话下，时时刻刻跟着自己的夫人。

伊人真的尽力了，可还是越跑越慢，跑到最后，她只觉得身上全部的细胞，都只能用来呼吸了，即便如此，还是有种喘不过气来的难受。

只是，她真的赶上了十一。

推门进去的时候，十一正搭了一张椅子，刚刚在椅子上站稳，手还没有伸出去。

“十一！”伊人大喊了一声。

十一闻言一颤，那堪堪抬起的手，则下意识朝横梁抓去。

伊人已经看到了横梁处一截微吐的红信。

上面真的有一条蛇，真的盘旋着一条蛇，蛇尾垂了下来，刚好掉到十一的面前，十一惊怖地睁大眼睛，口中不自觉地发出一声惨叫，那蛇信便要朝她的手心舔去。伊人想也不想地撞了过去，小小的身躯撞到了椅子上，哐当一声，两人同时倒了下来，同时落下的，还有那条鬼闪灵蛇。

武爷和随即赶来的贺兰雪将这一切都尽收眼底，伊人眨巴眼睛，看着那殷红的红信水蛇游近，她一面双手撑着身子，将十一拦在身下，一面任由恐惧将自己征服，嘴巴一咧，哭声便很没有出息地发了出来。

眼见着那蛇就要顺势咬到伊人的鼻子，武爷急得抓耳挠腮，贺兰雪却已经冲过去，出手如电，一把抓住蛇头，然后用力一捏，只听到轻微的“噗”声，蛇身软了下来，那蛇头竟硬生生地被贺兰雪捏成稀泥。

伊人还坐在地上抽泣不已，贺兰雪则将手中的蛇尸甩到了墙角，然后，将瞬间变成黑红的手，悄悄地藏到身后。

他用另一只手扶起伊人，将她抱进自己的怀里，低声安慰道：“没事了没事了。”

伊人心有余悸，那哭泣却是怎么也停不下来，只是使劲地往贺兰雪怀里缩，手紧紧地抓着他的衣襟，肉肉的小手因为太过用力，几乎有点青白色了。

贺兰雪只能小声宽慰她，那藏在身后的手，迅速地肿了起来，有黑色的液体从指甲缝里，沥沥流出。

十一也早已吓得六神无主，呆呆地坐在那里，一脸茫然。

“你这叛徒！差点害死夫人！”武爷回过神，意识到自家夫人刚刚在生死间走了一遭，不由得大怒，手掌箕张，便要朝十一的天灵盖击去。

“武爷，让她走。”伊人的头依然埋在贺兰雪的怀里，声音说不出的难过伤心，但是极其坚决，“不要伤她，让十一走，让十一走。”

伊人不想去指责她，也不想去伤害她，心底谈不上失望，可是，却是难过的。

十一泪眼蒙眬地看了看伊人不断抖动的背影，嗫嚅了一下，什么都没有说，只是四肢着地，缓缓地朝门外爬了去。

武爷没有阻止。

十一泪流满面，就这样，慢慢地，慢慢地，一直爬出了门，爬到他们看不见的地方。

伊人全身颤抖，其实已经不觉得害怕，贺兰雪身上有种香香的味道，清幽，安心，她已经不害怕，可是颤抖止不住，好像触电一样，身体不受她控制。

贺兰雪自然察觉到她的颤抖，心中大恸，只恨不得能为她承担什么，他想用两只手抱住她，可是，那只藏在身后的手，却已经不听他使唤了。

它已经麻木。

照理说，他一手捏碎蛇头，那灵蛇根本没有机会咬他，只是，他昨天徒手接陆川的剑时，掌心处便留下一条极深的伤口，而灵蛇本身的血液就是有剧毒的，在蛇头捏碎的同时，蛇毒也顺着伤口，瞬间弥漫了贺兰雪整个手掌。

他虽然正强制用功力将毒素控制在手掌部分，却实在无法再将毒素逼出体外。

因而，他只能用一只手拥着伊人，有点眩晕。

“我好怕十一会死。”又等了一会儿，伊人终于抬起头，双手揪住他的衣领，大大的眼睛里涌满了泪水，一脸凄惶，眸底却是比方才更深的恐惧，那是对死亡的恐惧，未知的、哀恸的恐惧，“我好怕你会死。”

一直一直接触着死亡，死亡对伊人来说，也是一件水到渠成、云淡风轻的事情。

可就在方才，就在她目睹十一即将被蛇咬，处于生死边缘时，伊人终于有了一个直观的感受。她当时，只恨不得身临生死的人，是自己，而不是十一。

没办法看着一个自己在乎过的人，曾经那么鲜活的存在，就如此清醒地消失在自己面前。

在最后最后的关头，在蛇信就要舔到她鼻尖的时候，伊人突然有种很奇怪的想法：幸好不是她看着贺兰雪死，幸好，她不用去经历方才那撕心裂肺的恐惧。

贺兰雪仅余几天寿命的事实，突然无比清晰起来。

她钻到他怀里，感知着他生命的岌岌可危，无论手抓得再紧，紧得衣服的丝线都要嵌入伊人的指甲缝里，他依旧在流逝着。

“我好怕你死。”她泪眼婆娑，哭得肝肠寸断。

贺兰雪心中一哽，就像一只满是咸汗的手，捏了捏自己干燥的心脏。

“我更怕。”他的手指插入她的发丝，将她小小的脑袋压近自己，恨不得揉进去，揉进骨血，揉进生命，从此以后，便什么都不必担心，不必牵肠挂肚，不必患得患失。

一次又一次，伊人带给他的恐惧，也是如此深、如此重。

原来，他们都是如此惧怕对方的消逝。

甚至于，倘若对方不在了，那生命，也就没有了意义。

武爷有点摸不清状况地看着两人，好半天，他才上前，一把揪住伊人的衣领，拎小鸡一样，将伊人从贺兰雪的怀里拖了出来。

“夫人，贺兰无双不是什么好人，你不要被他骗了。”反正武爷一开始，就对贺兰家的人没什么好感。

伊人被强行扯开，只能被拎在半空中，眼巴巴地看着贺兰雪。

贺兰雪却从容起来，他知道武爷不会伤害伊人，而他却越发眩晕了。

还有三关，只剩下三关。

赛场方面，远远地，传来遥远的号角与欢呼声，看来，第三关已经开始了。

“我晚上再来找你，晚上，我会解决好一切。”贺兰雪迅速地说了一句，然后转身，毅然地朝会场走去。

他不能在如此糟糕的情况下，给伊人带来什么。

伊人仍然眼巴巴地看着贺兰雪。贺兰雪却走得极为决绝，连回头都不曾有一次，好像怕一旦回头，便没有勇气再舍弃她，继续如此凶险的旅程。

回到赛场上一看，第二关果然已经结束，高台全部被清除了，面前的两万御林军排列整齐、气势若虹，严严地守着正中间的一个用原木构成的、高达十多丈的台架，架子的最顶端，则是冰国人最喜欢的红色的绣球。

冰国人常年身在冰天雪地之中，自然格外钟爱红色。红色，也是冰国的国色。

正如炎国的国色为黑色与金色，风朝的国色是明黄色与白色，每个国家都有自己的特质与性格。

冷艳端坐在最高的台子上，一身红绸的礼服，秀发高高地梳成一个发髻，如云如雾；皮肤若雪，衣衫似火，巨大的颜色反差，让冷艳如此突兀地展现在众人中间，宛如神仙，而非凡人。

台下旁观的百姓们皆崇敬地仰视着她，心中激荡莫名。

想到此刻站在台前的几名男子中，将有一个与他们最凛然不可犯的女王陛下成亲，心中越发挑剔起来。他们的目光凌厉而热切地从他们身上挨个扫了过去：高瘦少年模样的夏玉一脸雀跃；几个江湖中极负盛名的公子则是一脸踌躇，而柳溪，表情最为平淡，似笑非笑，既成竹在胸，又有种敷衍的倦怠。

是的，柳溪。

方才与炎寒的武斗中，让所有人大跌眼镜的是，输的人竟是炎寒。

准确地说，炎寒并不是真的输，他们交手期间，也不知柳溪对他说了什么，炎寒突然罢手，然后很客气道："柳公子才智已胜过我，这场比试，不比也罢。"

说完，炎寒兀自下场，主动出局，由此，柳溪胜出。

众人哗然。

但柳溪的名望已经很高，虽然有此一事，却没有引起太多的言论。

正在人们将选手们逐一审视，贺兰雪终于赶到了。他单手负在背后，姿态依旧如往常般潇洒自如，炎寒本待离开，见到贺兰雪，心中稍安：方才他没有空去管伊人，但知道贺兰雪追了上去，已有点放心了，现又见贺兰雪平安归来，伊人那边应该没有什么情况了吧。

这也是很奇怪的悖论：即便炎寒与贺兰雪互相不喜欢，却都相信，对方不会伤害伊人，而只要有对方的存在，伊人就是安全的。

"逍遥王迟到了。"见贺兰雪在最后关头及时赶到，冷艳其实还是欣喜的，只是面上冷冷淡淡，例行公事地斥责了一句。

贺兰雪低低地道了声歉，然后也不理会夏玉灼刺的目光，坦然朝台上走去。

一时间，台上的五名选手都已聚齐。

流逐风没有出现，因而他的名额，由该组第二名补上。

号角声嘹亮地响了起来。

两万名御林军手持长枪，枪戟森森，在阳光下闪着冰寒的光。

他们的脸上，竟然都有种对待死敌的肃杀之气，一点也不像对待他们以后的王父。

五名选手分别位于五个方向，待开始的信号一响，便一齐冲向队伍的中间，取得那十米高处的绣球，亲自献给最敬爱的女王王上。

离冷艳最近的两名选手，是夏玉与柳溪，其他人皆离得尚远。

他们的兵器，都是剑。

长剑，却并不锋利。

这只是比试，刀剑无眼，因而选手的剑，都是没有开刃的。

然而那御林军手中的长枪，确是真真正正身经百战染满鲜血的利器。

这是一场极不公平的比试，也是一场异常凶险的争斗。

“也许冷女王根本就是想趁此机会，将对冰国有威胁的天下精英，一网打尽！”炎寒沉着脸，轻声自语了一句，忽而又注意到，贺兰雪是左手拿剑。

贺兰雪的右手始终负在背后，迟迟没有拿出来。

“难道他是左撇子？”炎寒略觉吃惊。

再看贺兰雪的神色，从容自若，不像遇到难以解决的事情，炎寒更是困惑了。

正想着，他一扭头，顿时瞧见了和武爷一道出现的伊人。

炎寒欣慰之余，也顾不上研究贺兰雪的左手之谜了，他离开部众，大步朝伊人走了过去，等到了她面前，炎寒唤道：“伊人，你刚才去哪儿了？”

“十一走了。”伊人去芜存菁，简单地回答道。

炎寒听得有点摸不着头脑，左右看看，确实不见十一那个小丫头。心想，难道是耐不住寂寞，自个儿离宫了？刚才伊人是去追十一吗？

炎寒还欲再问，却发现伊人的注意力已经移到了别处，看得一脸专注。

炎寒顺着她的视线望过去，见到那人，俊脸轻沉，随即，一丝落寞潜上眼眸。

伊人正看着贺兰雪。她的眼睛里，满满的都是他的身影。

正如炎寒的眼睛里，满满的，都是伊人的身影。

号角声再次响起。

苍凉的音调，直达云霄。

众人入阵，厮杀开始。

不一会儿，就已经有两个人出局了，出局的方式还是倒地后，被人踢了出去。

场上只留下贺兰雪、柳溪与夏玉了。

贺兰雪自不用多说，即使功力大打折扣，他依然是数一数二的高手。

柳溪也不知从哪里学得的诡异身法，翻转腾挪，飘忽不定，不与人正面交锋，是保存实力的打法。

夏玉固然年轻，但好歹是夏侯儿子，也是自小出入沙场的主，对于御林军那套战场上的玩意儿，他还能做到游刃有余。

三人，从三个方向，同时向中间高悬的绣球进发。

打着打着，贺兰雪突然发现，好像与自己交手的人都有点手下留情了。

他们的留情，恰恰让方才耗力逼毒有点虚脱的贺兰雪得以喘息。

实情是，一个御林军的长枪从背后向贺兰雪攻去，可是临到关头他突然想起，好像二舅子的大姨妈的小表姐在贺兰雪身上压了一百两。

这个念头让他的动作稍微顿了顿，贺兰雪已经转身，长剑挥舞，灌注真气，削去了他的枪头。

看来，凤七砸下的那几千万两银子，还有有点作用的。

贺兰雪就这样锐不可当地一直闯到了正中央。

右手的剧痛越来越严重，却还在能控制的范围内。

左手有点冒汗了。

而绣球就在眼前。

他抬起头，迎着烈烈的阳光望了望咫尺之间的绣球，正待跃起，忽而听到一声刺耳的吆喝："叛徒，你休想拿到绣球！"

话音未落，夏玉已经拼了过来，一交手便是一阵乱打，完全是不要命的打法。

贺兰雪不得不先与他纠缠，若是以前，一定可以几招制敌，只是今天，实在没有了气力，他又不忍真的伤了夏玉——毕竟是悠儿最喜欢的表弟，而且当年还亲手抱过他的。

一个奋不顾身，一个深有顾忌，两人斗得难分难解，却不妨，一个淡色的身影轻轻巧巧地越过他们，笔直地来到柱子之上。

柳溪伸臂一捞，那簇红的绣球，竟这样，不费吹灰之力地落于柳溪之手。

夏玉懊恼至极，从半空中落下，贺兰雪倒有点随遇而安，只是容色苍白，拿剑的手，握得甚紧，指节青白，青筋露了出来。

"承让。"柳溪就这样站在最高处，微笑着向两人说了一句，然后举起手中的绣球，昂头，一副胜利者的模样。

"走水了！"

就在柳溪踌躇满志，拿起绣球向大家展示之时，忽然听到一个兵士惊恐的喊叫声。

众人心中一凛，不约而同地朝看台方向望过去，果见看台底端烟尘滚滚，灰蒙蒙的雾色里，夹杂着火焰嚣张的吞吐，还有木头滚地的轰隆声。

炎寒与伊人坐的地方离看台不远，他当即想也不想地拎起伊人，将她迅速带离险境。

大火腾跃而起，看台上顿时一片火海，看台底下的人纷纷尖叫着四处逃散，有些则呼喊着"保护王上"，不顾生死地冲向最高处的冷艳。

冷艳则缓缓地站了起来，站在烟火最浓处，站在看台的最顶端，冷然地扫视着下面的世间百态。

看台是全木搭建，噼里啪啦的声音不绝于耳，西面的底层已经塌陷，看台沉了沉，冷艳伸手扶住自己前方的栏杆，并没有摔下去，她的神色竟还是从容的、淡淡的，甚至有点倦意，仿佛丝毫没有意识到，自己的处境是多么危险。

那些本要冲上去保护女王的人，因为着急，一时乱了章法，一股脑地堆到了看台中间的走道上，本来就已经被火烧得极其脆弱的木块忽然塌陷，无数人葬身在地上汹涌的火海里，幸运的人终于冲了上去，只是快接近冷艳时才发现，冷艳的身前，才是火势最烈的地方，只因为这一处是千年桐木所制，所以格外耐燃一些。

他们与她之间，被火焰所隔。

大火背后的冷艳，如一只盛火而出的凤凰，焰风拂来，扬起了她的发丝、她的外袍，猎猎地响，红色的阴影，笼罩着她如冰似霜的绝美容颜，美得透心彻骨，美得不似人间的存在。

正在众人六神无主之际，两个身影已经冲到了大火前，白衣若鸿，锦衣似箭，贺兰雪已经在地上匆忙地拿过一张大的旌旗，用冷水浇湿了，顶在头顶，径直向冷艳冲了过去。

而紧跟在贺兰雪身后的，则是名不见经转的夏玉。夏玉并没有像贺兰雪那样做足准备，只是，看到了冷艳的处境，他不得不去。

好在贺兰雪在前，旌旗展开来，也能很好地护住后面的夏玉，夏玉同贺兰雪一起安然地来到冷艳身前，然后，贺兰雪将兀自孤傲的冷艳往旌旗里面一拉，匆忙道："赶紧出去！"语速迅疾，有种责备，责备着她死到临头还在此故作姿态。

冷艳心中萧瑟，然后，手突然被人抓紧，她惊奇地望过去，却见夏玉一脸关切与惶恐："王上，你没事吧，不要紧吧，这里快要塌了，我们尽快离开这里吧。"

少年的脸上尘埃遍布，与贺兰雪的睿智大气不同，他也是六神无主的。

可是六神无主的他，就这样来到了她的身边。

冷艳突然有种很清晰的认知：贺兰雪拼死救她，只因为，他不能见死不救——那是他的道义。

夏玉救她，却是真正将自己的生死置之度外——那是少年纯贞的爱恋。

冷艳怔怔地看了两人半晌，忽而低头一笑。

无论如何，她也有人肯不顾生死地救她怜她了，虽然他还没有长大，虽然他不是她心中惊才绝艳的英雄，可是，只要有心，难道不比任何事情都重要吗？

"快走！"贺兰雪不明白冷艳此刻为什么会笑，他只是有点无语：什么关头了，这两人怎么还能这样气定神闲，相视莞尔呢？

当然，贺兰雪也顾不上分析，他只是一边夹着一个，将旌旗裹在身上，伸足一蹬，如大鹏鸟一般，从高台上飞身落地。

在他们落地的一瞬间，身后，高台轰然倒塌。

第23章　大火

声势浩大的招亲大会，最终，以另一场声势浩大的纵火事件结束。

谁也不知道大火为何而起，也无从查起，所有的线索都埋藏在废墟之中。

而现在，他们面临的最大问题是：到底最终的胜出者是谁？

照理说，还应该有两关，等全部结束后，再根据总成绩选出最终的优胜者。可是有从冰宫传出的消息说：女王王上取消了剩下的两局比试。如此一来，柳溪便成了最终的胜出者。

众人惊愕之余，也没有太多的抵触：柳溪之前下了那么大的功夫，现在终于起了作用。

行馆之内，夏玉一脸懊恼，没好气地瞧着柳溪，柳溪则平静地饮着茶，根本无视夏玉的目光。

“你这是趁火打劫，知道吗？”夏玉终于忍无可忍，拍案而起道，“反正，你不能娶王上！”

“那么，让给贺兰雪？”柳溪瞟了他一眼，不露声色问，“即便没有我，难道你以为，你可以赢吗？”

夏玉的嘴唇嗫嚅着，却没有底气回答那个“是”。昨日的情形历历在目，他非常明了，贺兰雪是让着自己的，倘若不是贺兰雪始终心存顾忌，对他手下留情，他根本没有机会坚持那么久。

“比起贺兰雪，我为胜出者不是更好吗？”柳溪又冷冷道。

夏玉沉默着，没有说话。

正在场面陷入僵持阶段，一个冰宫的太监匆忙赶到，他简单地传达了女王的邀请：冷艳在冰湖设宴，款待一众与会者。

“王上说了，她会当着众人的面，公布谁将成为冰国的王父。”太监如是说。

夏玉脸色苍白，双手放于身侧，握得生紧。

柳溪则微微一笑，着人拿了赏银赏赐了太监，然后起身，理了理绦带，就待出去。

“你根本不爱她！”夏玉在背后，有点无望地喊了一句。

柳溪没有回头，只是淡淡道：“难道爱那么重要吗？我会因为她的权势而一辈子敬她让她，这样，难道不比爱更加牢固安全吗？”

爱是什么东西？柳色从来不懂，但他知道，父亲是爱母亲的，可是却生了他这样一个悲剧，家破人亡。

夏玉犹豫了一下，也紧跟着走了出去。无论如何，他不想错过任何见到冷艳的机会。昨日她在火海中的倩影，已经成为心中最不可能消逝的烙印。

出了门，外面早有等候的轿子，他们一人钻进一顶，行了不足半个时辰，轿子停了下来，夏玉与柳溪相继走出，然而发现，他们正站在一个大湖边，湖很大，全部结着厚厚的冰，远处似有小丘，同样被冰雪覆盖，好像堪堪从春天，刹那间跳到了冬日——冰宫因为有星海石，显得四季如春，而冰宫之外，依然是冰国特有的冰天雪地的境况。

而冷艳设宴的地点，便在冰湖上的一只画舫上。

画舫很大，远远看着，如一座三层楼高的宫殿，装饰得也甚为豪华，船身依旧漆着冰国人喜欢的火红色，也不知用什么颜料所绘，颜色鲜艳，历久弥新。

没有流水，那画舫并不是漂在湖面上，而是镶嵌在湖面上，与湖连为一体，像搭建在上面的建筑。也许等到夏日冰消雪化之时，它才能重新脱离。

从湖岸到画舫之间，已经站了两排全副武装的守卫，道路正中铺上了厚厚的毡垫，踩在上面，丝毫感觉不到冰层的寒冷。

柳溪与夏玉一路向前，还没及近，便听到一阵悦耳的丝竹声，里面笑语喧喧。

两人对望了一眼，然后推开那扇漆红的舱门。

里面的人闻声，都朝这边看了过来，见是他们，复又自顾自地说着话。

夏玉发现，许多与会者都在这里，还有冰国一些有头有脸的大臣也都在场，他们的面前都摆着一张精致的茶几，几上有茶水点心，中间则有跳舞作乐的伶人。如此架势，可见今天果然是要公布胜出者了。

柳溪一面走到下首的一个空位上，一面打量着其他人。贺兰雪似乎昨日受了伤，他的脸色看上去尤其苍白，虽然神色从容淡定，可是唇色几无。

柳溪最后用目光睃巡了全场，然后确定伊人并没有到场。

柳溪有点好奇伊人去了哪里。

等夏玉与柳溪坐定后，冷艳拍拍手，乐声顿时停了下来。

冷艳端起面前的一杯酒，高高举起，款款道：“为今日的相聚，共饮一杯。”

所有人举杯，仰脖，喝尽。

夏玉只觉一股清冽香甜的味道直入内脏，明明应是香醇的，却又觉得无比呛人，他极快地饮完，放下酒杯时，下意识地往冷艳的方向望过去。

然后，夏玉微微一怔：冷艳也堪堪放下杯子，冲他轻轻一笑，那笑意清淡隽永，让方才呛人的酒意刹那间无踪。

她对他笑。

她只对他笑。

夏玉脸若火烧，再次六神无主起来，想继续凝目看她，终是不敢，只能讪讪地移开视线，又不知手足该往哪里放。

“大家今日聚于此地的原因，只有一个。本宫现在便向大家公布此人的名字。”冷艳并不卖关子，很自然地将话题引到大家都关注的事情上。

所有人都敛息屏声。

柳溪坐得笔直，脸上的表情却是淡淡，没有显出丝毫焦急的神色。

“在此之前，本宫先向大家说明一件事。”冷艳微微一笑，补充道，“昨天的那场火，其实，只是一场戏。”

此话一出，全场愕然，皆不明所以地望着冷艳。

冷艳依旧带笑，严肃中带着戏谑：“那才是真正的关卡，如果身为王夫，不能为本宫抛却生死，他也必定不能为冰国忘却生死，自然得不到国民的爱戴。”

柳溪脸色一变，不动声色地继续听着。

“所以，其实真正的胜出者有两位，贺兰雪与夏小侯爷。”冷艳起身，朝贺兰雪与夏玉两人遥遥一指，慢条斯理问，“这个结论，相信大家没有异议吧？”

底下一阵窃窃私语，却并没有人多说什么。

冷艳自信地笑笑，继续道：“可是，本宫只能嫁一个人，也就是说，必须从两人中间选择一人。在此，本宫有一个建议，如果你们中间没有人肯退出，那就再继续一场比试，如何？”

“我退出。”冷艳的话音刚落，贺兰雪已经排众而出，他站在她面前，双目含笑，坦然地看着冷艳，道，“恭祝王上与小侯爷能百年好合，一直幸福。”

冷艳同样坦然地看着他，并没有觉得多失望，只是轻声道：“昨日逍遥王舍命援救本宫，本宫实在很感动。”

便像是，回到八年前的那场邂逅，英俊的男子从天而降，牵着她的手，将她从刀林箭雨里毫发无损地带了出去，同时，也带着少女最初的爱恋与长达八年的坚守。

然而，再经历一次，那种最初的悸动，已不复存在了。

一句感激，消散了爱恨。

即便他救她，他的心中眼里，却并没有她。她羡慕且嫉妒那个被他放在心上的女子，亦希望，自己成为另一个别人心中的女子。

“作为补偿，本宫会将冰国的镇国之宝借给逍遥王一用，逍遥王可愿意？”冷艳浅声问。

贺兰雪抬起头，有点诧异，随即，便是一脸了然的笑。

冷艳，终究是骄傲的。

她的骄傲，可以拿得起，可以执着，同样，也能坦荡荡地放下来。

“多谢王上。”贺兰雪欠欠身，再抬头时，突然发现，其实他也从未懂过冷艳，从未将这位美丽绝伦、尊贵无比的女子，看清楚过。

冷艳朝他轻轻地点了点头，然后转向夏玉。

夏玉早已沉浸在巨大的喜悦中找不着北，四周好像一下子安静了下来，所有的一切，都成了幻影。

脑中，只不停地徘徊着他至今都不敢相信的句子：他要娶冷艳了？他真的可以娶冷艳了？

他这样一个名不见经传的小虾米，竟然真的能娶如瑶池王母般的女王王上了？

“夏玉，你愿意成为我的夫君，从此以后，相持相携，不离不弃，为冰国、为民众，尽心尽力，死而后已吗？”冷艳一字一句，轻声问道。

夏玉呆呆地看着她，如被施加魔法了一般，极自然地吐出两字：“愿意。”

冷艳又是一笑，然后昂起头，轻声问：“那么，你爱我吗？”

夏玉忽然有了勇气，他敬若神明地望着冷艳，也许稚嫩，却出奇坚定道：“爱。”

冷艳莞尔。这么多年来，多少人怕她、敬她、恨她、怨她，却不曾有人如此认真地说爱她。

这是一种全新的感受，被人全心全意放在心里眼里的感受。

“只要你的爱不变，你将会成为冰国最受人崇敬的王父，冰国的一切，都会置于你的掌心，为你管辖、供你驱使。”冷艳傲然地说完，然后，她回头望了一眼贺兰雪。

贺兰雪已经回到了自己的座位边，察觉到冷艳的目光，他微微点了点头。

随流逐风来此的凤七离贺兰雪很近，此时忍不住压低声音笑道：“会不会嫉妒？这句话，本应该是王上对你说的。”

贺兰雪没有作声，只是认真地看着冷艳，脸上带笑，轻松的笑。

事情是意想不到的完满：他不用娶冷艳了，而且，也不用为星海石担忧了。

“我会修书给风朝皇帝，告知他我们的婚事，如无意外，一个月后的大婚，希望大家都能莅临。”冷艳随即潇洒地做了结语，然后示意重新奏乐，“今天，还请大家不醉不归。”

礼乐声再次响了起来，这样天大的事情，三言两语，也便定了。

大家纷纷起身，向夏玉敬酒以作庆贺，夏玉受宠若惊，一脸的傻笑，也顾不上找贺兰雪麻烦了，凡是有人来敬酒，便一饮而尽，很卖力的样子。

冷艳有点事不关己，坐在最前首的席位中，浅酌慢饮。

炎寒没有向夏玉庆贺，只是走到冷艳身边，席地坐下。

“你考虑好了吗？”炎寒拿过冷艳手中的酒杯，亲自为她斟上一杯。

冷艳低头浅笑：“你不认为我的决定很英明吗？”

“可是，你不爱夏玉，如果只是因为夏玉对你好对你真心，你就如此妥协，以后，你会后悔的。”炎寒不无担忧道，“而且，他那么小，非但不能为你分担什么，只怕还要让你操心。”

“现在还不爱，久而久之，也就爱了。”冷艳淡淡回答，目光静静地投向还在那里海饮的夏玉，看着那张年轻的面庞上单纯的快乐和惊喜，不由得也受到了感染，脸上渐渐弥漫了笑意，“炎寒，人生在世，其实并不能遇到多少真心对你好的人。世情茫茫，又有谁能毫不犹豫地为你生为你死呢？我不贪心，一个足矣。”

“那贺兰雪……”

“贺兰雪是爱着伊人的。”冷艳转身，深深地看着炎寒，“你呢，你考虑好没有？”

“考虑什么？”

“伊人有一段时间在我那里，我没有瞒过你，而她之所以会心甘情愿地留下来，也是因为贺兰雪。虽然我不大明白伊人是怎么想的，但是，她是在乎贺兰雪的，你如此聪明，不可能不知道。”

“我知道。”炎寒回答的时候，非常平静。

“那么，你又是如何打算的？”冷艳好奇地问。

炎寒却是一笑，说了一句与冷艳相似的话：“如你所说，人生在世，世情茫茫，能遇到一个你甘愿为她生为她死的人，并不容易。我也不贪心，一人足矣。”

冷艳愣了愣，随即了然：“炎寒，你是一个极好的男人，我羡慕伊人。”

炎寒沉默，浅饮，目光温柔，也不知想着何人。

台下，柳溪依旧不动声色，本来就鲜少喜怒的脸，现在越发没有表情了，他只是坐在原处，一盏接着一盏地喝着酒，沉寂无语，自然，也没有人敢去触那个霉头，画舫里一阵鼎沸，他周围却异常安静。

贺兰雪则早早地被流逐风拉了出去，一直出了大厅，来到画舫两侧的栏杆前，流逐风方开口庆幸道：“还好，还好，王上亲自开口了，我总算不用去偷了。你可知道，得罪女人，特别是得罪漂亮又有权势的女人，那简直是绝了后半辈子的幸福啊。”

贺兰雪不明所以地看着他。

流逐风也懒得再说什么，很自来熟地拍了拍贺兰雪的背，招呼道：“算了，我先带你去看看星海石。”

贺兰雪狐疑地看着他：“难道不用等冷女王的指示？”

“反正早晚的事情，我还是先兑现诺言得好，省得伊人成天瞪着我，怀疑我不守信用。”流逐风郁闷道。

昨天晚上他去找伊人，伊人就是这样瞪着他，生怕他会食言。

“伊人……”贺兰雪乍听到这个名字，心中柔情四溢，也就没有再说什么了。

“等下你用过后，我就会将机关完善，也就是说，可能这个世上，你是最后一个能目睹星海石模样的人了。”一路上，流逐风如是说。

贺兰雪有点惊异：“难道以后再也不会拿出来了吗？”

“自此一事，星海石的威力终于能被世人所知，从前别人只知道它是冰国的镇国之宝，又焉知它有起死回生、通经换血的功能。现在，大家都知道了，以后星海石就会像至尊图一样，被世人垂涎，只有将机关变成绝阵，绝了世人的念头，才能省掉这诸多麻烦。”流逐风说到这里，不免自得起来，“我布的绝阵，无人能破。”

“那你自己呢?”贺兰雪好奇。

流逐风侧头想了想，道：“应该也不能吧……不过，也说不定……哦，你想用我的矛攻我的盾，我偏不上当!”他像突然恍然一般，嘻嘻一笑，指了指前方道，“喏，快到了，我小情人正在等着你呢。”

“你小情人?”贺兰雪愣了愣，一抬头，便看到了伊人。

伊人正蹲在池塘边，一手抱膝，一手伸到前面的池里面玩水。手指有一下没一下地划着水，武爷则笔直地站在伊人的后面，警惕地打量着周围，一副忠心耿耿的模样。

她的头发又被高高地束了起来，松松地扎了一个马尾辫——一看便知又是流逐风的杰作。

贺兰雪帮她洗发的时候，只因为发丝蓬松，看着有点丑，现在乍见到如此清爽的伊人，映着阳光，点点滴滴细碎地洒在她干净而清秀的脸上，眼睛大而明亮，映着池面的阵阵水纹，潋滟生波，所谓的明眸善睐，也不过如此了。

贺兰雪看着看着，忽而有种心旷神怡的感觉，只觉面前的蓝天、清湖、少女，都是美好如斯，如斯柔软，一如这彩画般的人间。

“阿雪!”似乎察觉到他的目光，伊人抬起头来，看见他，立刻欢欣起来，她扬起一个无比灿烂的笑容，手从水里缩了回来，站起身，向他招了招手。

贺兰雪微微一笑，正待上前，突然又是一阵眩晕，脚步趔趄了一下，好不容易才稳住了。

流逐风虽然看着大大咧咧的，其实心细如发，他本已走到贺兰雪的前面，见状又退了回来，抬手去探贺兰雪的脉息。

贺兰雪本想避开，哪知流逐风的速度尤其之快，早已抓过他的右臂，抬了起来。

目之所及，流逐风倒吸了一口凉气。

贺兰雪的右手已经黑透，皮肤有种奇怪的透明，透出里面的血管来，从外面看，似能看到血管里涓涓流动的鲜血——而那血，也是黑色。

他当机立断，伸出手指比了比贺兰雪的手腕，然后出手如电，点住了胳膊上的几处大穴，继而从怀里掏出一粒殷红的丹丸，送到贺兰雪嘴边，粗声粗气道：“马上吃下去。”

贺兰雪也不多疑，口一张，老老实实地咽了下去。

“你也不怕我害你?”流逐风很快收起方才的慎重，重新变得不正经起来。

贺兰雪微笑：“流园少主若想害我，又何必要这样的花招。我现在什么状况，少主又不是不知。”

流逐风受用地一笑。他一向不懂得谦虚，谁夸奖他，他就看谁顺眼。

“不说废话了，你的手到底是怎么回事？”流逐风言归正传，“很严重了，再不处理，只怕会废掉。”

“一直没有时间。”贺兰雪淡淡道，“更何况，若是今天得不到女王王上的援助，我只怕命都没有了，何况一只手。”

“你倒想得开。”流逐风呵呵笑道，“我喜欢。你比炎寒招人爱一些。”

贺兰雪闻言一哂。

“不过，即使你现在遇到我了，这只手，还是有点麻烦。”流逐风再次皱起眉，低吟道，“伤筋动骨，毒侵经脉，即便星海石能将这所有的毒气全部吸食，但它已经造成了伤害，我只怕……只怕你这只手再也拿不起剑了。”

“是吗？”贺兰雪心中未尝没有震惊，却并没有表现得太明显，眼眸轻垂，长长的睫毛掩埋着他的神色。

流逐风也懒得多说废话，打着哈哈安慰了一句：“当然啦，只要你挥一挥手，肯为你拼命的人大有人在，少一只手不算什么。”

“拿不起剑，总能拿其他东西，没什么关系。”贺兰雪抬起头，平平淡淡地说了一句，然后面带微笑，大步朝伊人走了过去。

“阿雪。”伊人已经迎了上去，笑脸盈盈地看着他，“流逐风说，可以把星海石借给你，你不会死了。”

“我知道。”贺兰雪只是望着她，甚至根本没有去仔细体味着重生的喜悦。见她额前散发遮到了眼睛，他下意识地抬起手，想为她将发丝捋到耳后。

只是，贺兰雪的右手一抬起来，伊人便抓住了他，她惊恐地问：“你的手怎么了？”

贺兰雪暗自懊恼了一番，只得实话道：“好像残了。”

伊人的眼珠立刻红了，整张脸，都是满满的心疼——与同情无关，只是心疼，疼得她的手也一并疼了起来。

“已经不疼了。”贺兰雪见她似要哭出来，连忙解释道，“只是看着有点吓人，等会儿拿到星海石，就会一道儿治好的。”

伊人这才放下心来，提起星海石，她侧过身，盈盈地看着流逐风，大眼睛眨巴眨巴的。

流逐风连忙拱手讨饶：“求你了，你别再看我了，我马上就带你们去看星海石，还不成吗？”

说着，流逐风已经到了湖边上，他先围着池塘转了一圈，然后回头交代道：“只能让贺兰雪跟我进去，其他人在外面等着，那是冰国的禁地，进去的人越少越好。”

伊人没有坚持，很乖巧地点了点头。

流逐风这才招呼了贺兰雪一声，一头扎进了池塘。贺兰雪紧跟其后。

池塘底下，是数不清的泡沫，白色的，一串一串的泡沫，模糊了他们的视线。

贺兰雪什么都看不清楚，朦胧中，有人递过来一条绳索，他接了过来，然后顺着绳索，顶着水压，吃力地往前面游去。

也不知道游了多久，只觉周身陡然一轻，四周的水像凭空消失一般，前面隐隐出现了光亮，耳边响起流逐风的声音："憋住一口气，然后慢慢地浮上去。"

贺兰雪依言慢慢地潜行上去，越往上，光就越亮，等终于到了水面，他停了停，然后仰面浮出。

出现在面前的，是一幅美轮美奂的壁画。

一个穿着五彩缘丝的女子，带着花环，从层层彩云中飞过，她一手拿着花篮，另一只手，则托着一块奇怪的石头：石头没有规则的形状，只是上面布满星星点点，光滑圆润，堪堪够一手握住。

"冰国常年都是冬日，除了极夏的几日回暖外，其他时候都很寒冷，而星海石是世上极暖之物，冰国人相信，它是春之女王遗留人间的神物。"流逐风的讲解已从旁边传来，贺兰雪顺着望过去：不知什么时候，流逐风已经上了岸，更神奇的是，他身上的衣服竟然是干燥的，好像方才他根本没有跳进水塘一般。

"上来吧，不要太吃惊，这里离星海石太近，空气很干燥，我比你早上来，衣服自然是干的。"流逐风草草地解释了一番，伸手将贺兰雪拉了上来。

贺兰雪也不多说什么，翻身上岸，然后顺着眼前一条绵延不见底的甬道，一路走进去。

这应该是建于水底的通道，却不知为什么，里面的光线竟相当充足，比起外面，不遑相让。像是行山路时，峰回路转，别开洞天。

"等一会儿，你就会看到世上最美丽的事物。"流逐风的脸上驻满向往。

贺兰雪也不免心跳加快，脚步也迅疾不少，他们顺着甬道也不知走了多久，只觉眼前越来越亮，身上也越来越热，衣服上的水迹早已被蒸干了，明明很热，全身却出不了一丝汗：汗水刚刚渗出，同样也被迅速地蒸干。

"贺兰雪，等会儿，你可能会受到来自地狱之火的烘烤，便像有万根长针穿心而过，但是，你要忍住，即便血液全部干涸了，也必须忍住，至少在里面待足半个时辰，只有这样，你体内的毒素才能全部清净。"

终于到了目的地，却是一个封闭的小石屋，有光线从石屋的缝隙里射了出来。即便只是这逸散的光线，已经那么亮那么热了，里面又是怎样的情形，贺兰雪真的不敢想象。

流逐风很谨慎地打开石门上的铁锁，推开一个仅容一人通过的缝隙。

"半个时辰后，你再出来，如果其间你忍不住，那就会前功尽弃。"他再次强调了一番，示意贺兰雪进去。

贺兰雪深吸了一口气，然后大步走进如地狱焚烧般的小屋里。

石门再次合了上来，遮住了那一室的辉煌灿烂。

伊人一直蹲在岸边，看着渐渐平静下来的水面，她的神色始终平静，不焦不躁，双手老老实实地放在膝盖上，一眼不眨地看着自个儿的倒影。

武爷站在身后，早已按捺不住，左走走，右转转，最后实在不行了，他躬身请示道："夫人，小武去探探周围有没有埋伏。"

伊人"哦"了一下，武爷如临大赦，立刻跑得没有影了。

伊人依旧蹲在原处，像观看一件极吸引人的东西一般，专注地看着已经平静很久很久的水面。

"伊人。"又过了一会儿，一个雄厚的声音，轻轻地自身后响起。

伊人转头一瞧，不无意外地看到了炎寒。

炎寒走到她身边，也蹲了下来，只是他身量高大，他蹲着的倒影，严严实实，遮住了她的。

在他身边，伊人显得那么矮小柔弱。

"已经散会了，冷艳决定与风朝的夏玉成亲，大婚于一个月后举行。"炎寒望着她，淡淡道。

闲话家常一般。

伊人点点头，并没有多大兴趣，不过，知道夏玉中选，还是稍许有点意外。

"你在这里等人?"炎寒又问。

伊人点头："等阿雪。他和流逐风下去了。"

"等到他之后呢?"炎寒偏过头，静静地看着她。

其实炎寒很想问"你喜欢谁多一点"，可是问题到了嘴边，却畏怯了。

真的畏怯，千军万马，他都不曾怕过，却怯于听到她的回答。

时间一分一秒地过去，水面依旧平静如斯，贺兰雪一直没有出现。

炎寒静默了一会儿，忽然站了起来，伸手拉起伊人，转身便走。

伊人趔趄了一下。

"我们下午启程，立刻回炎国。"炎寒的声音突然焦躁，那泰山崩于前亦不变色的英俊面容，第一次，紧张了起来。

伊人怔怔地望着他，又趔趄地跟了几步，终于勉力地站定了："我现在不能走。"

她必须等到阿雪，她必须确认他的安全。

"为什么?"炎寒回头灼灼地望着她，目光中的热切，似要燃烧她即将出口的每一个字。

伊人仍然淡定地说了出来："因为，我担心阿雪，我想知道他到底有没有事。"

炎寒敛了敛眸，忽而笑起来，自嘲的笑，笑得那么萧瑟而凛冽。他到底在做什么？从来都要正面迎敌的他，此时此刻，到底在做什么！

正在此时，一个太监模样的人快步地赶了过来，跑得气喘吁吁，直到炎寒面前，还不停地喘着气，好半天才断断续续道：“炎……炎王上，女王请您往暖阁一行，有军机要事商量。”

炎寒点点头，最后看了看伊人，顿了下，再轻声道：“你等等我，我马上就回来。”

伊人眨眨眼，炎寒已经大步流星地随着那太监朝东面的暖阁走去了。

炎寒来到暖阁的时候，发现冷艳与冰国的准王父夏玉，以及柳溪，都在暖阁之内。

三人的气氛很是凝重，冷艳凝着脸，端坐在上方，夏玉与柳溪则坐在冷艳的右侧：夏玉的神色有点讪讪，柳溪则是一脸安然，甚至有种幸灾乐祸般的得意。

“什么事？”炎寒与冷艳的地位差不多，见面是不用请安问候的，他担心着留在池边的伊人，单刀直入问道。

“本宫曾答应过，只要这次大会能圆满结束，冰国会与炎国永修邦国，世不相侵。”冷艳抬起头，淡淡说道，“不知炎寒可愿意此刻就签订国书？”

“当然愿意！”炎寒大喜过望，这本是他千里来冰国的目的。

只是，之前冷艳的态度都不甚明了，却不知逢今日大喜的时候，又怎么突然想起来了？

炎寒心中困惑，目光在夏玉与柳溪的脸上不动声色地睃巡了一番，见夏玉的脸色越发难看了，炎寒顿时明白：定是夏玉以准王父的名义，劝说冷艳联合风朝攻打炎国，为风朝解决他这个卧榻之虎，冷艳必定断然驳斥，且为了杜绝夏玉的这种妄想，故而，预先签订邦交国书。

念及此，炎寒不禁暗暗地叹了口气：冷艳决定嫁给夏玉，真的是一个正确的选择吗？

“王父，你也签一个名字吧。”等炎寒将国书捧上，冷艳提起蘸满浓墨的毛笔，顺手递给了夏玉。

夏玉微窘，双手接了过来，提笔在“修好”两字上沉吟许久，终于小心翼翼地签上了自己的名字。

“从此以后，王父是冰国的王父，必须忧冰国之事，察冰国之苦，那样，国民才会爱戴你，本宫才会尊敬你！”待他写下最后一个横，冷艳的声音淡淡响起。

夏玉笔尖一顿，一团浓浓的墨，便这样留在了两国的国书上。

炎寒伸手接了过来，略略晾了晾，在卷起国书的时候，他再次瞥见那一团墨迹，不知为何，心中一阵萧瑟——如此惊才绝艳的拥有女子所有美德与美好的冷艳，最终，也要妥协至此了。

那他对伊人呢？

伊人犹在湖边蹲了一会儿，湖面终于有了动静，湖中央的水纹越来越大，水流也越来越急，终于，只听到“噗”的一声，一个人仰面从湖底冒了出来，水珠从他的面容滑下，头发尽湿，贴着脸颊，勾出了面庞清晰的轮廓，阳光下，熠熠生辉，伊人只觉得眼睛一花，再定睛时，方认出那人是流逐风。

她不禁招了招手，极欣喜地唤了一声：“流逐风!”

流逐风也冲着她招了招手，咧嘴笑笑，水从唇角弯上去，又轻盈地落下来。然后，他又潜了下去，过了一会儿，再次冒了出来，只是这一次，是两个人。

流逐风几乎是拖曳着贺兰雪，一手扶着贺兰雪的肩膀，另一只手奋力划水，好不容易，两人才回到岸边来。

伊人连忙奔过去。

流逐风将贺兰雪带到地面上，让他平躺着，贺兰雪极其虚弱，出水后一阵咳嗽，似在下面呛了不少水。

“他不要紧吧?”伊人睁大眼睛，看着贺兰雪白若纸的面容，心中一抽一抽的，赶紧抓着流逐风的袖子问。

流逐风的袖子湿淋淋的，水于是顺着伊人的胳膊，一直淌进她的衣服里。

“没什么事，只是伤了点元气，而且，他的右手这几日基本上动不了了，所以不小心呛了点水。”流逐风本欲为自己拧干衣服，却不知怎么，又不想急着抽开伊人的手，只能任由自己全身水流成溪。

“手动不了了?”伊人看了看贺兰雪无力地搭放在右侧的手，那种抽抽的心痛更加剧烈了，她终于松开流逐风，抬起贺兰雪冰冷的手，放进手心里摩挲着。

大概是意识到自己被忽视了，流逐风莫名的失落起来，他噘噘嘴，后退一步，凝望着面前的两人，想了许久，忽而哂然一笑。竟然就这样转身走了。

贺兰雪将肺腔的水咳出了不少，终于平缓了呼吸，他慢慢地平静下来，只是平静后的贺兰雪并没有急着起身，或者说话，他只是躺在原地，静静地看着伊人。

伊人则跪坐在地上，拉着他的右手，带点心疼，安安静静地，也看着他。

然后，贺兰雪突然抬起上身，长臂一捞，虽然全身湿漉漉的，却依旧将伊人搂进怀里。

她的衣服顿时全部被浸湿了，贴在身上，贴在她身上，亦贴在他身上。

风吹来，她觉得寒冷，她打了一个冷战，贺兰雪于是更紧地搂着她，揉进去，再揉进去。

“都结束了。”贺兰雪在她耳边，轻声呢喃。

伊人也想表达点什么，可是他抱得太用力，她脑中一片空白。

“太后病重，我必须回去，伊人，我们一起回去。”贺兰雪根本没有问她，而是极其肯定地重复着那句话，“我们一起回去。”

伊人没有说什么，只是低声地“嗯”了一下。

炎寒再次回到湖面时，那里已经空无一人。

准确地说，还有一个叼着草根，仰面躺在岸边看天空的男子——只因不是炎寒想要看到的那位；所以他被无视了。

炎寒在湖边来来回回地走了几番，初时很急，继而步伐慢慢地缓了下来，最后，他停在躺着的人旁边，席地坐下，脸色沉沉的，看不出端倪。

那草地上的人顿时翻身坐起，没什么恶意地笑笑，说："他们已经走了。"

炎寒没有接话，只是放在两侧的手倏然握紧。

流逐风扫了他一眼，然后起身，拍拍衣襟，无所谓道："我暂时不回流园，想四处游荡一年，也许会去炎国，到时候，还望王上能招待招待我，给点盘缠花花。好啦，再会。"

炎寒依旧坐在原地，手握得生紧，脸上却很平静，挺直的脊梁，渐渐与那一处烟波凄迷连成一片，如亘古的雕塑。

第24章　虐爱

关于京城的消息，每天如雪花一般纷至沓来，太后的病竟一日重于一日，连驻守边防的贺兰钦，也被贺兰淳急急地召了回去。据说，内务府已经开始采办白绸，为丧事做准备了。

近乡情怯。从前的线报，只是一个模糊的事情交代，越接近风朝，贺兰雪越有种极深的感触：那个即将过世的老人，是自己的母亲。

一个从未抱过自己，从未疼过自己，却十月怀胎，将自己生养下来的母亲。

归心似箭，那脚程也越来越快了。

到了第十日，京都城墙已经能看见轮廓。

贺兰雪的马车却突然停了下来。

易剑勒住了缰绳，转身请示贺兰雪道："凤先生说了，让我们进城后不要急着进宫，最好等他来了，一起商榷后再做打算。"

"凤先生现在在何处？"贺兰雪问。

"他与凤七小姐有事先行了，他留话说，让我们暂居蓬莱客栈，如果他到了，也会住在那里，到时候便在大厅会合。"易剑如是回答。

"……夏玉与冷艳婚事的消息，只怕这几日也已抵达朝廷。"贺兰雪作势沉吟了片刻，随即挥手道，"无论如何，先进城吧。"

易剑这才重新扬鞭，车轮吱吱作响，在驿道上滚滚进发。

这一停一动，早已把兀自坐在车厢里打瞌睡的伊人惊醒了，她迷迷蒙蒙地睁开眼，撩起车帘，朝外一看：远处的景色依稀熟悉，只是笼在清晨的薄雾里，又显得有点陌生。

"回到京城了，伊人。"贺兰雪微微一笑，笑意抵达眼角，竟然有种妩媚。

"京城……"伊人怔怔地看着越来越近的城门，突然有点百感交集。

她又重新回来了，多么奇怪。

"你想不想回家看看？"贺兰雪见伊人神色有异，心念一动，忽而想起伊人其实还是有家人的，她的家，是风朝首富伊家，她的姐姐，是当朝最受宠幸的贵妃，她曾经，也是京城的一位大家小姐，一位王妃，甚至，在这里经历了她最初的爱恋，她对裴若尘的爱恋。

明明不过半年的时日，如今蓦然想起，竟好似过了许多年一般——原来心境已如此不同。

"回家啊……"伊人作势想了想，然后点头道，"也可以的。"

其实，她也挺愿意再见一见裴若尘，自那日墓地一别后，又是经久不见。

他还好吗？伊人依旧会不自主地挂念着他。

“是不是还想去见一见若尘？”贺兰雪似看透她的心思，走到她的背后，搂过她的肩膀，将下巴抵在她的耳朵下，轻声问。

伊人也不掩饰，轻轻地“嗯”了一下。奇怪的是，贺兰雪听在耳里，也不觉得多么刺耳，只是觉得，本应该见的。只是，他应该与她一起去见若尘。

不知什么时候，对她，他已踏实。

车轮辘辘，很快驶进了这座离开许久的都城。又行了许久，终于到了凤九所说的蓬莱客栈，

走进蓬莱客栈，易剑拿着两个房牌已在大厅等待了。见到他们，易剑迎了上来，为难道：“王爷，这几日来京城的人特别多，客栈只剩下两间房了。”

“没事，伊人可以和我一间房。”贺兰雪一脸的理所当然，然后，他又假惺惺地转向伊人，笑眯眯问，“你不介意吧？”

易剑一脸震惊：看王爷此刻阴险的表情，只怕这一路上，就一直期盼着能与王妃共处一室呢。现在，终于得偿所愿了，所以才笑得……笑得……笑得这么淫荡！

那两间上房靠近楼梯口，窗户则朝着街道，楼下人来人往的喧嚣声不绝于耳。

三人去房间里各自收拾了一通，待全部收拾妥当，贺兰雪正要提议下去吃点东西，顺便打听凤九的消息，忽然听到楼下一阵吵闹声。

听声音，似乎是有人要包场，正在赶人，老板则在一旁苦苦哀求着。

“啰唆什么！”一汉子洪亮的声音，“你可知道，待会儿是谁要来这里吃饭！”

“大爷，不是小店不肯接待，是等会儿还有一些熟客要来，他们可是一早就订好位置的。”看来这老板也是守信之人，还在那里辩解道。

“是裴大人！”那汉子不耐烦地打断他道，“裴大人要招待一个方外神医，那神医可是特意来为太后治病的！你再啰唆，就是对太后不敬，对王上不敬，对裴大人不敬！你这就是叛国！是通敌！”

这无数顶大帽子压下来，老板顿时汗流浃背，噤若寒蝉。

伊人与贺兰雪走至楼上的栏杆处，站在一个不起眼的角落朝底下观看。只见五六个五大三粗的武士正将客栈原先的客人推搡出去，那武士动作粗鲁不说，见客人里面有几个长相殷实的，他们竟明目张胆地拽下客人的钱袋，哈哈一笑，无比嚣张。

而在场的人，包括围观的群众，则都是一副敢怒不敢言的模样。

贺兰雪看在眼里，心中气愤，面上却是淡淡的。他悄悄握住伊人，又往后退了一退。屋宇阴暗，房间投下的倒影恰恰洒在他们身上，也极好地掩饰了他们的行踪。楼下的人赶得尽兴，也没有顾忌楼上的房客。

易剑悄步来到贺兰雪身后，低声请示道："王爷，要不要将他们全部赶走？"

"少安毋躁，不要惹事。"贺兰雪叮嘱了一句，然后继续将注意力集中到楼下。

一阵鸡飞狗跳后，楼下终于变得空无一人。那几个大汉左右排开，双手负背，极威武地站在两侧，中间的过道处，则有专人抬来一卷红地毯，徐徐地摊开，一直摊到正中央的雅座前。

一时间，客栈里安静极了。老板和店小二也不敢随便走动，只是缩在柜台后，怯生生地望着门口。又过了须臾。只听到锣鼓声"啪啦啪啦"，那是官方的清道声，显然有达官贵人来了。百姓们纷纷散开。

仪仗队后，紧接着便是一顶绸缎青布轿子，轿顶镶有一粒硕大的明珠，在阳光下耀人夺目，一看便知价格不菲，财大气粗。那八个抬轿子的人，也是一色儿青色短衫，个个长得眉清目秀，步履一致，四平八稳，显然也是经过专门的训练的。

轿子停在了客栈门口。

客栈老板正准备赔着笑脸迎上去，其中一个武士恶声恶气地喝道："不用你们动手。"说完，从轿子后面又转出一个年轻美貌的少女来，少女一手拿着托盘，另一只手轻巧地掀开轿帘。

少女的声音，婉转如夜莺。

"大人，已经到了。"

里面迈出一只脚来，藏青色的官服，衣摆鲜亮，未染尘埃。小牛皮制成的靴子踩到红色的地毯上。

少女当即跪在旁边，将装有净水的盘子举高。高过头顶，一脸恭敬。

轿帘终于完全掀开，里面的人弯腰跨出，步态从容自若，隐有威慑。

伊人突然睁大眼睛。

那人已经站直，淡漠地睥睨着众人。他的表情对伊人来说，是陌生的。陌生的冷漠，陌生的倨傲。可是，那样的眉眼，那样的神思，那样如水的温与润，不是裴若尘，又是何人！

裴若尘穿着一件笔挺崭新的藏青色官服，缚着一条翠玉腰带，腰间垂着绦带，让那身太过冰冷的装束多了一丝暖色，也多了一丝奇怪的脂粉味，裴若尘的脸色，比起以前，越发白了，是那种几近透明的白。直挺的鼻子，轻抿的嘴唇，淡淡的人中，若隐若无的双眼皮，长睫垂下，冷冷的眸子——所有的一切，都有种透明的错觉。像蒙上一层梦的纱。

他隔着纱，看着那一片跪在地上的众人，疏疏淡淡，冷漠入骨。

然后，裴若尘微微弯了弯腰，在盘子里洗净手，弹了弹水痕，继而越过所有人的头顶，款步朝那雅座走去。

"都起来吧。"待坐定，他淡淡道。

所有人都站了起来，垂首恭敬地站在旁侧。

伊人下意识地往前走了一步，似想出去相认，却被贺兰雪拉住了，她也没说什么，只是怔怔地看着楼下的裴若尘。又等了一会儿，在那片足可逼死人的沉寂中，终于响起了一个脚步声。

一个身影出现在客栈门口，缓缓地踱进屋来。他走得极缓慢，却不觉突兀，反而有种说不出的悠闲，只觉得，世界合该为他而慢了节奏一般。

他一直走到裴若尘的面前，略略欠了欠身，见了礼，然后自发地坐了下去。

伊人睁大眼睛，见到那人，更觉吃惊。

这慢悠悠走进来的人，不是别人，正是贺兰雪此刻要寻找的凤九。

凤九慢条斯理地坐在裴若尘的对面，见面前有壶有杯，也不客气，自顾自地斟了一杯，仰头轻啜了一口，品了品，然后欣然道："果然好茶，是君山初雪后收集的新茶吧？"

"凤先生果然雅人。"裴若尘轻笑道，"先生如果喜欢，等会儿我派人送几两到先生的住处。"

只因此茶极其珍贵，几两已抵千金。

凤九也不客气，淡淡地道了一声"多谢"，便算应了。

裴若尘这才回到重点，也不拐弯抹角，很直接地问道："先生来函说，可以治好当今太后的顽疾，却不知先生到底有何妙方？"

"凤庄的秘药，裴大人总应该有所耳闻吧？"凤九神秘兮兮道。

凤庄在江湖上的神秘深远，一直与流园并驾齐驱，说凤庄有秘药能治好太后，裴若尘却也是信的。

"不过在此之前，还请裴大人将太后的病状详细地说一遍，我也好对症下药，到时候进了宫，不至于辜负了裴大人的推荐之意。"凤九又慢条斯理地要求道。

裴若尘沉默片刻，忽而敛眸，目光略显冰寒，他话音一转，悠然问："据说，凤先生一直为风朝叛徒贺兰雪效命，这次先生毛遂自荐，我又怎知先生是不是真心要救治太后？"

凤九依旧一脸从容，淡淡道："你可以选择不信，我也并不是非救不可。"

裴若尘沉默了一会儿，回答道："太后的病是从一月前的风寒开始的，初时只是咳嗽、发烧，到后来，便是滴水不进，昏迷不醒。如今太后已经有三日未喝过一口水了，恐已到油尽灯枯之际。先生还是有把握救太后吗？"

"没有把握。"凤九笑笑，"没有见到病人，我不会有丝毫把握。"

裴若尘怔了怔，脸上有了怒意。

"不过，我会尽力。"凤九又说。

裴若尘忍了忍，面上依旧一派谦和，他拱拱手，道："如此，今晚就请先生与在下一道入宫，救人如救火，耽误不起。"

"今晚不行。"凤九慢条斯理地回绝道，"今晚，我必须去找药引。"

“什么药引？”

“此乃凤庄秘方，不便奉告。”凤九又满条斯理地回绝道。

裴若尘涵养甚好，也不生气：“请问先生如今住在何处？明日，我再亲自延请先生。”

“不敢劳烦大人。”凤九力辞。

裴若尘只是起身，微微一笑，道了一句：“凤先生，明日见。”声音那样谦和，却有种不容人抗拒的跋扈在里面。

“那便有劳了。”凤九懒得再推辞，拱拱手，便算应了。

目视着裴若尘的背影消失在客栈门口，凤九继续品着手中的茶。

易剑正要下楼，却被贺兰雪伸臂拦住，贺兰雪低声道：“外面有人监视。”

裴若尘虽然走了，却留下了两个裴府死士守在门外，随时监视凤九的动向，此刻显然不便相认。

“再等等，晚上再说。”贺兰雪说着，拉着伊人，与易剑一道退回房里。

他们的房子是临街的，窗户正对着大街。

贺兰雪将窗户推开一个缝隙，远远地俯视下方。

裴若尘还没离去，他正站在轿子前，还有一个裴府死士跪在他面前，似乎在急速地禀报什么。

声音压得很低，而且断断续续，贺兰雪凝聚真气，屏息细听，终于听到了一丝。

“大人，公主又在大发脾气了。”来人道。

“这样的小事，至于跑到这里禀告吗？”裴若尘的声音很沉，有点怒意。

来人顿时惶恐，连忙解释道：“可是，公主将皇后娘娘带了回来，而且将皇上派来的人骂了一通，宫里传来的消息说，公主在带皇后娘娘回来的时候，还打了兰妃一巴掌，兰妃当场倒地，好像动了胎气，现在御医正在抢救呢。”

裴若尘的脸色这才变了变：“若兰没事吧？”

“小的不知。”那人为难地回答。

裴若尘冷哼了一声，转身钻回轿子，轿里传来一个沉闷的吩咐：“进宫！”

容秀被贺兰悠带到了丞相府，为什么呢？

贺兰悠又为什么要打裴若兰？

容秀再怎么说也是凤朝的皇后娘娘，难道堂堂一个皇后，需要一位已经嫁出去的公主来保护吗？

贺兰雪想不通，也无法想。然而，即使是像他这样聪明的人，也难以想象容秀此刻的处境有多么艰难。而且，她现在不在宫里。

他沉默着，倚着窗台，望着裴若尘的轿子渐渐消失在人声鼎沸的长街尽头。

易剑同样把那一番话听进耳里，他有点犹疑地看了看自家王爷，又回头看了看一脸懵懂的伊人。心想难道王爷又打算左右摇摆不成？

果不其然，贺兰雪回头望了一眼伊人，然后叮嘱道："易剑，你照顾一下伊人，我去去就回。"

"可是王爷……"易剑下意识地想阻止他，话到唇边，一时又不知说点什么。

伊人则一副什么都不懂的样子，只是站在那里，闻言盈盈地看了他一下。

贺兰雪却极其坦然，他微微一笑，走过去，捋起伊人垂在肩膀上的发丝，轻声道："我要先离开一会儿，去一趟宰相府。"

"哦。"

"我必须见一见容秀。"贺兰雪继续道，"可是，我见她，不是你想的那样，因为放不下或者其他什么，而是有些事情，我必须向她求证，那很重要。"

"我没有想什么。"伊人的视线终于停到了贺兰雪身上，她轻声道，"你决定的事情，不用对我说的。"

贺兰雪听着，却不觉高兴——难道她就一点也不在意吗？

"反正我信你。"伊人又很自然地加了一句。

贺兰雪怔了怔，随即莞尔一笑："那你等我，我晚上就回。"他用指尖弹了弹她的鼻子，莫名地兴高采烈起来。

昔日的驸马府，今日的丞相府，刚刚入春，却已萧条了。

贺兰雪闪过墙角，避过又一群巡逻的死士，熟门熟路地潜到了后花园。这座宅子敕造之时，他也参与了监督，因此熟悉里面的格局。想贺兰悠与裴若尘新婚时，整座园子披红戴绿，灯火璀璨，却不料不过事隔半年，却已落败若此。满地碎叶，散于池面，无人打理，腐烂着，风吹来，掀起一阵腥臭。

贺兰雪暗自感叹了一会儿，然后悄声向贺兰悠最喜欢的阁楼闪去。之所以确定她在那里，只因为，除了贺兰悠外，容秀也喜欢那个地方。那是一个木头搭建的高楼，四面临窗，站在阁楼之上，清风朗月，整个花园的风景尽收眼底。

抚一把瑶琴，看一池春水，那曾是容秀最喜欢做的事儿。

她一向雅静。

忆起心底那已然模糊的靓影，贺兰雪也说不上是什么感觉，或喜或涩，然而那些感觉，都有种久远的意味，像从亘古之远飘来的听不清的呢喃。

贺兰雪几纵几落后，终于停到了阁楼前一株大树上，透过稀疏的树丫，他毫无意外地看到了里面的两个人影。雕花木窗是敞开的，离窗户近一些的女子穿着鹅黄色的衫裙，外面则披着一件淡紫色的披风，云鬓高耸，正是贺兰悠。

而站在她对面的女子，只看到一尾衣袂，衣色极其素淡，头发也未梳髻，只是闲闲地散落在消瘦的肩膀上，贺兰雪看不清她的面容，然而，只是看一个侧影，甚至只是看投射在窗纸上的一个影子，他也能知道她是谁。曾几何时，多少次午夜梦回，她就是他全部的梦境。

贺兰雪匍匐在树上，左手小心地抓着树干，没有恢复气力的右手则疏疏地垂在身侧。

“皇帝哥哥太过分了！”贺兰悠的手猛地朝案几上捶下，几上摆着一尾焦琴，掌心落处，铿然出声。哨的一声，惊飞一只水鹄。

“悠儿。”容秀轻声抚慰道，“其实我没什么的。”她的声音依旧如往昔般温柔，似能掐得出水来。

“怎么没什么！”贺兰悠愤愤道，“裴若兰不就是怀孕了吗？怀孕就了不起吗？你才是皇后！你才是风朝的国母，她的东西丢了，凭什么要怀疑你？那个什么布娃娃，谁的啊，写上一个名字就是诅咒了？简直胡闹嘛！还有，她凭什么说上面的字是你写的！”

容秀默默不语，只是低头。

贺兰悠气愤地来回走了几步，容秀的身影，也从窗口处清晰地映了出来。

容秀此刻的样子极其柔弱，她低着头，脸色平静，平静里带着哀愁。容秀瘦了许多，脸颊凹了下去，却不减她的美貌，只是更增添了份楚楚动人的气质。但凡为男子，见到此情此景，都会不由自主地生出一股柔情来，愿意为她分担所有的愁闷。

可是贺兰雪依旧留在原处，静静地审视着，静静地思忖着。

必须尽快找到合适的机会进去才行，他不能耽搁太久，客栈里还有人等他回去。

“最可恶的是，你这样被裴若兰欺负，皇帝哥哥也不维护你，还帮着她责问你，简直过分！”贺兰悠还是一脸的愤怒，说着说着，不禁也自伤自怜起来，“可见男人没一个好东西。”

“不是的。”容秀终于抬头，神色依旧平静，她平平淡淡地回答道，“王上没有做错什么，我也没有什么资格让他去维护我。”她说这句话的时候，脸上没有丝毫怨恨。

贺兰悠终究忍不住问道：“阿秀，我一直以为你是喜欢三哥的，你嫁给大哥，一定觉得很委屈。是不是……是不是被大哥发现你的心意了，所以……所以，他才会故意宠幸伊琳那个狐狸精，还纵容裴若兰欺负你，他想报复你，对不对？”

贺兰悠对容秀与贺兰雪的事情，一直似懂非懂。然而几乎全京城的人都知道容秀与贺兰雪的一段情，当年金童玉女，是多少人记忆里最美的画面。

容秀听着，忽而失笑：“他要报复我？”容秀反问，“他为什么要报复我？”

应该报复的人，是她吧。他哄骗她、利用她、舍弃她，为什么到头来，所有人都以为是她罪有应得，是他在报复她？

“因为……”贺兰悠哽了哽，然后说出了自己的感觉，“皇帝哥哥，其实最喜欢的就是阿秀你了。”

容秀低头，苦笑，摇头不已：“他谁也不喜欢。”良久，容秀才轻声道，“他根本就不会喜欢任何人。”

贺兰悠并不懂容秀的话，只是方才的事情，如果连容秀都不介意，她也不适合再多说什么了。

方才她进宫看望重病的太后，在回宫的途中，瞧见裴若兰正拿着一个布娃娃，当着所有宫人的面质问她，为什么要用巫蛊去中伤她腹中的孩子。

容秀已经回答说，不是她。

可是裴若兰依旧不肯罢休，命人拿来椅子，就地坐了，然后继续逼问容秀：“到底是不是你做的?”

裴若兰已经身怀六甲，腆着大肚子，站一会儿便觉得累，贺兰淳体贴她，给了她随时入座的特权，所以当时的情况是：妃子正襟危坐，所有的宫女太监都站在裴若兰背后，盛气凌人的样子。

而贵为皇后娘娘的容秀，则形单影只立在这群人的虎视眈眈中，面色苍白，憔悴而无力。

她只辩解了两句，见裴若兰始终不肯善罢甘休，因而保持了沉默。

裴若兰却变本加厉，着人请来了贺兰淳。

贺兰悠到那边不久，贺兰淳便来了。

见到贺兰淳，贺兰悠还指望着自己的皇帝哥哥会为容秀说两句公道话，哪知贺兰淳接过布娃娃看了半晌，然后转过身，双目含威地看着容秀，沉声，一字一句问：“你为什么要这么做?”

容秀的脸色刹那间惨白。

贺兰悠再也看不过眼，走上去，二话不说地拉过容秀，愤然道：“这里待不了了。阿秀，你跟我回去!”

贺兰悠虽然是裴若兰的嫂子，只是对这个小姑子，贺兰悠却一直没有太多好感。

“悠儿!”贺兰淳当时只是叱喝了一声，却并没有阻止。

裴若兰却不依不饶起来，从椅子上腾地站了起来，走到贺兰淳身边，缠住贺兰淳的胳膊，低低地饮泣道：“王上，你就任由皇后谋害我们的孩儿吗? 王上说，要待我们母子好，原来都是骗人的吗?”

贺兰淳面无表情，不推却，也不应话。贺兰悠却看得鸡皮疙瘩起了一身，她本就是骄纵长大的风朝公主，又一向与贺兰淳没大没小，当时，也顾不上什么皇权帝威了，贺兰悠径直走上前，一把拉开裴若兰，“啪”地一下打了过去，警告道：“你适可而止吧! 不是还没当皇后吗!”

贺兰悠其实没有用多大的力气，本来只是想让她闭嘴，哪知裴若兰这么不经打，顺势踉跄了一下，竟倒在了椅子上，又顺着椅子滑了下来，当即捂着肚子，疼得直叫唤。

一时间，场面乱得一发不可收拾，请御医的，抬椅子的，摇扇子的，大呼小叫的。

贺兰淳也皱了皱眉，弯腰握着裴若兰的手，低声抚慰着。

贺兰悠亦知道自己惹祸了，可她不是那种会自己认错的人，在旁边呆了呆，然后拽着容秀，一言不发地回府，自然也没有人敢拦她。

这便是方才的全部经过。

现在，贺兰悠还在为容秀叫不平，容秀却似根本未放在心上，平平静静的，只是有点萧然。

两人沉默下来，容秀向前走了一步，堪堪走到了窗户边。

她朝贺兰雪的方向望了过去。入眼的，是一片参差的枯木，即使开始吐芽了，却依旧枯败，而在贺兰雪眼里，却是容秀的一张特写。她眼波弥漫的眸底，满是深深的哀愁。

贺兰雪有点黯然：贺兰淳不曾珍惜她，她这样为贺兰淳，甚至为了贺兰淳舍弃了他们十多年的情感，到头来，贺兰淳却不曾珍惜她。

贺兰雪为容秀感到难过。只是那难过，再也不能深入他的心底了。

“听说，三哥回京了。”贺兰悠在容秀身后，突然说了一句。

容秀的神色一震，没有回头，只是淡淡地“哦”了一声：“是吗？”

“我不小心听二哥说的，好像二哥的一个亲信是三哥从前的故交，那亲信向二哥报告说三哥回京了，就在今晨。”贺兰悠顿了顿，欲言又止了许久，终于吐出口，“阿秀，你还爱着三哥吗？如果你爱他，就跟他走吧，别在这个宫里待着了，这个宫，这个京城，越发不是人待的地方了。”

容秀的肩膀颤了颤，她始终没有回答，她的声音，也没有丝毫改变。只是，那张面对虚空，被贺兰雪尽收眼底的脸，却突然泪流满面。

“我还能拿什么去爱阿雪呢？”容秀轻声道，“我还能如何去面对他？”

贺兰悠没有听出她声音的异状，接着说：“三哥不会介意的。三哥就不是那么小气的人，从前我做错事，三哥也会责我骂我，可是事后，照样对我很好。三哥和大哥可不同了，你和三哥认识这么久，难道还不知道他的脾气？”

“知道。”容秀幽幽道，“我又怎会不知？”

只因为知道贺兰雪的脾气，知道他的不舍不弃，才可以，才可以如此对待他，才敢这样肆无忌惮！她以为，贺兰雪是永远不会抛却她的，无论她做任何事情。也因此，她不曾花心思去迎合他，久而久之，甚至无法去关注他。

直到贺兰淳出现，直到贺兰淳出现。

她的劫。

她已经做了选择，而如今，她失去了所有。

贺兰淳对她的坏，他对她的冷漠与猜疑，容秀不是不介意的，可是心底，却又希望贺兰淳对自己再差一点，那是惩罚，是她背叛阿雪的惩罚，这样的境遇，才是她应得的。

那一日，贺兰雪悲痛欲绝的眼神，成了容秀永远的梦魇。

“也正因为懂得阿雪，所以此生此世，我们最好不要再见面。”

贺兰雪必然不会恨她，而她宁愿贺兰雪是恨着她的。

贺兰悠站在容秀身后，有点不明所以，怔了一会儿，贺兰悠忽然笑道：“其实，我多多少少了解你的心情。”

容秀回头，诧异地看着她。

贺兰悠的目光幽幽地投向远处的天空，轻声道：“我也爱过一个人，如果可以，此生此世，我都不希望再见到他了。”

“你不是爱若尘吗？”容秀还是第一次听贺兰悠提起这个话题，不免惊异。

“从前，我也以为自己是爱若尘的，没有理由不爱他啊，他那么优秀，又那么温柔，我们又常常在一处，可是，直到我遇到那个人之后，我才知道，原来我不爱若尘，我爱另一个男人，爱得恨不得毁掉他。”贺兰悠苦笑一下道，“为了那份爱，我还做了一件极傻的事情，我故意在自己身上制造伤痕，然后污蔑他轻薄我。我想，他一定已经把我当成一个蛮不讲理、没有节操的女子了。”

“……那个人是谁？”容秀听得无比震惊，顿了顿，问。

“他是炎国的皇帝，是和皇帝哥哥一样尊贵的人。”贺兰悠抬头，骄傲地说，“我爱的这个男人，是一个顶天立地的男子汉，他英俊、魁梧、敢作敢为，他和任何人都不一样。”

容秀静静地看着贺兰悠，忽而一笑：“无论如何，能遇见一个你真心爱慕的，便是幸事。”

贺兰悠同情地看了看容秀，感同身受道：“我们都一样，你爱三哥，我爱炎寒，我们都是爱而不得的。”

“不，我不爱你三哥。”容秀坦然地望着贺兰悠，轻声道。

这也是她第一次亲口承认，自己并不爱贺兰雪。不知道为何，在这句话冲口而出后，容秀突然觉得全身都轻松了，好像它是一个魔咒，在身上压了太久太久，如今，她终于能将它放了下来。

贺兰悠睁大眼睛，难以置信地看着容秀。

容秀的表情依旧平静，她微笑着，幽幽道：“从前，我也同你一样，并不知道。你以为自己爱着若尘，其实不是。同样，我以为自己爱着阿雪，其实不是。我对阿雪，只是一种依赖，一种对兄长般的依赖，他太夺目太聪明，只要有他在的地方，所有人都会成为陪衬，所有人都会围绕着他转。我也不例外，然而那并不是爱，只是被吸引了，被他的光彩、他的感情所吸引了，那种吸引，不足以让我付出所有，也不足以让我忘却自己。”

“……那，到底是谁，能让你付出所有呢？”贺兰悠迟疑问。

容秀的眼泪已经干涸，她仰起头，露出无比梦幻的笑容，淡定而认命：“是王上。”

"大哥?"

"是，原来不知不觉中，我已经深爱着王上了，以至于，他忽视我利用我蹂躏我，我都没办法去恨他，只是心痛，痛进骨里，而现在渐渐的连痛都没有了。"

"阿秀……"贺兰悠怔怔，一时间，竟不知做何反应。

"而现在，我心已死，谁也不爱了。"容秀展颜一笑，淡淡道，"所以这些话，已多说无益。"

"为什么又……"

"你知道什么叫心如死灰吗?"容秀伸出玉葱般的手指，指着自己的心脏，一字一句地重复着那个冰冷的词语，"心、如、死、灰。"

爱至深处，竟成了灰。也许，在贺兰淳遣容秀去葬送贺兰雪的时候，他同时，也葬送了容秀对他的爱。有了这一层又一层的背叛，还有什么感情，可以保持最初的炙热?

贺兰雪与贺兰悠同时将这句话听进耳里，心中皆是一颤——为容秀说这句话时，那种归于平淡的决绝。

贺兰雪不欲再躲下去，他想立即现身，问清楚现在宫闱的情况，也告诉容秀：过去的事情，都是他心甘情愿的，她可以不必放在心上。他已放下，亦希望她能释然。

只是，贺兰雪的念头刚刚一转，他的身形再次顿住了。

阁楼的入口，传出了巨大的响动，有重重的推门声和粗重的脚步声。

贺兰雪不禁困惑：自从自己来到这个大树上后，一直没察觉到身边有什么人经过，来人又是从哪里冒出来的?

略做思索，贺兰雪顿时了然。看来，那人在门外待了许久，应该是在他来之前，便立于门外了，因而自己没有发觉。

那人倒也沉得住气……贺兰雪正在那儿胡乱猜着，透过窗户，已经能看见来人是谁了。

待看清后，贺兰雪差点从树上跌了下去。

贺兰淳。

这大步走进来，沉着脸一语不发的男人，正是他的皇帝大哥贺兰淳!

屋里的两人，见到来人，初时也是一惊，然而更多的是困惑。

"皇帝哥哥，你怎么……怎么……"贺兰悠指了指他，又指了指门口，摸不着头脑。

此时的皇帝哥哥，难道不应该在宫里陪裴若兰吗?又怎么会出现在这里?

贺兰淳没有回答贺兰悠，只是径直走到容秀的面前站定，那双鹰隼般的眼睛，直直地望着她。容秀刚开始的反应与贺兰悠一样，到了现在，反而安静下来，她坦然地望着贺兰淳，依旧一脸平淡。

"不准死心。"贺兰淳板着脸，几乎霸道地说了四个字，金口玉言，说出来便是命令了。

容秀眸光微闪，看着他，没有言语。

“你们容家世代忠良，你能入宫，也是你尽忠的机会。”贺兰淳又说，“所以，你必须尽心尽力，朕身边，不需要行尸走肉。”

容秀眼中刹那间的光亮，再次黯淡下来。她自嘲一笑，敛眉、低首：“妾身知道了。”

贺兰淳仍然看着她，神色凝肃，那张并不太出众的脸，如果板起脸，便像玉雕石塑一般，生冷得让人不敢直视。容秀的目光已经挪开了。

有什么破碎在眼睛里，成灰，成尘埃。

“为什么不看着我？”贺兰淳察觉到她的游离，沉声问。

容秀只得重新抬起头，却并不怎么专注地看他。

“是不是看着我的时候，还在想别的男人？”贺兰淳突然一笑，笑容里，有残忍的意味，“是不是因为我们长得不太像，所以你连影子，都懒得在我身上找了？”

“皇帝哥哥！”贺兰悠听不下去了，她在后面嚷了一句，“阿秀分明是爱皇帝哥哥的，皇帝哥哥何必说这样的话！”

容秀抿紧嘴唇，不发一言。

贺兰淳也沉着脸，面色愠怒。

他与贺兰雪长得确实不像，贺兰雪是俊美的、挺拔的，聪明盖世，绝代风华，而贺兰淳则是平平无奇的，宽脸小眼，不够俊美，也没有贺兰雪那般聪明外露。倘若说贺兰雪是云中月、山中仙，他便是水中草、涧中泥。除了兄长的身份外，在吸引女人方面，他又能拿什么来跟贺兰雪比呢？

一个被贺兰雪钟情的女人，会转而爱上他吗？

贺兰淳不是没有自信。而是，他自信这种事情，绝对不可能发生！

更何况，阿雪爱容秀，爱得那么深，深到放弃皇位，深到自我放逐。那样的决断与潇洒，贺兰淳自做不到，即便是比用心，他也是比不过阿雪的。

“你知道朕在外面吧？”贺兰淳残忍地问，“那些话，是故意说给朕听的吗？”

容秀仰着头，倔强地看着他，然后肯定地回答道：“是！”

“阿秀！”贺兰悠连忙唤了一句，“你干吗说气话！”

“我没有说气话，这是实情。”容秀突然笑了，秀美脱俗的面容，一笑之下，让人心旌摇曳，“只是妾身有点不明白，王上不去陪兰妃娘娘，何以会出现在这里？”

“你身为皇后，不在宫里待着，跑到宫外来，又是成何体统！”贺兰淳冷冷地斥了一句，“念你初犯，朕暂不追究，若有下一次，朕会连带惩罚容太师不教之过！”

容秀愣了愣，仍然带着笑，只是那笑太美太虚，假的一般。

贺兰淳却敛起眸，声音越发森冷了："现在太后病重，满宫的人无不担忧，为太后祈福，你却忙着与兰妃争宠，还搞什么巫蛊娃娃这样幼稚的把戏，朕以为，你这皇后之位，是时候让贤了。"

容秀没有多大反应，只是淡淡地问："你废了我，怎么对得起对王上忠心不二的容太师？他若是知道自己女儿被废掉了皇后之位，还会不会对王上这样忠心耿耿呢？"

"难道朕会怕了一个大臣？"

"王上不是怕，是极尽利用，父亲虽然没有了当初的权势，但是朝中文武，半数为父亲的门生，王上即便再讨厌臣妾，也不能轻举妄动，无论如何，得让臣妾在这个皇后位置上待着，不是吗？"容秀冷冷地看着他，那么柔弱的女子，说起话来，如针一般，针针见血。

"你看朕敢不敢废你！"贺兰淳勃然大怒，一把扯过容秀的手，将她往门外拖去，"现在回宫，朕立刻召集大臣，立裴若兰为后！"

容秀踉踉跄跄地跟在后面，面色惨白，眼底却是一片死寂。

贺兰雪怔怔地看着那一幕，想出去帮容秀，可又有种局外人的感觉：他们之间，无论爱或恨或者彼此伤害，似乎都是别人无法插足的。

贺兰悠却没有这样的觉悟，她冲过去，拦住贺兰淳，愤愤道："皇帝哥哥，你不能这样对阿秀，阿秀哪里对不起你了？你不能废了她！"

"她与叛徒逍遥王独处一夜，焉知她没有做过有失国母身份的事？"贺兰淳冷冷地问。

贺兰悠一怔，贺兰淳已经带着容秀大步走了出去。容秀脚步凌乱，一路磕磕碰碰，很是狼狈。

贺兰淳却只是往前走，根本不顾忌她，行到路上，侍卫们见到贺兰淳，都诚惶诚恐地跪了下来，头都不敢抬，又哪里有人去管容秀此刻的情况。

贺兰雪犹疑了一下，终于决定追上去看个究竟。

如此又行了一段路程，贺兰淳突然听见容秀压抑的一声"啊"。

他回过头，这才发现容秀的脚方才不知道踢到了什么地方，已经出血了，绣花鞋上沾满了渗出来的点点血迹。容秀一直强忍着，所以他并没有太察觉，刚才不知怎么又碰到了伤口，她忍痛不住，这才叫出声来。

贺兰淳皱皱眉，停了下来。其他人则跪得远远的，不敢靠近。皇帝与皇后在丞相府里闹别扭，这样的事情，能躲则躲，下人们心中都明白。

贺兰雪于是可以离得很近，近得就在容秀旁边，旁边那个假山山洞里。

他能看到容秀云雾般的发丝间，白皙秀挺的脖子。

可是离得那么近，看得那么清，心中，却一派宁静。

贺兰雪屏住呼吸，背倚靠着冰冷的山石，小心地看着外面。

贺兰淳沉默地看着容秀，容秀也沉默地看着他。

两人之间，多少年来，大多数只是沉默，倘若不是沉默，便是互相刺伤。上一次心平气和地谈话，是什么时候呢？贺兰淳仔细地想了想，竟想不起来。

他松开她，后退一步，负手，仰面望天。下午晴朗的天空，风起云涌。

蓝白的空旷，让贺兰淳有点松动，一点点，松懈下来。

容秀还是不说话，十指连心，碰伤的脚尖一定极痛，她的容色有点惨白，可是身姿却挺得笔直。

“为什么怀孕的人，是若兰而不是你？”贺兰淳冷不丁地冒了一句，莫名其妙地。

容秀怔了怔，不知如何回答。

“如果你有了我们的孩子，我会全心全意去疼她爱她，我会把风朝最好的东西全部给她。”贺兰淳继续道，“把我不能许诺你的东西，统统补偿给她。”

容秀吃惊地看着贺兰淳，看着看着，突然有点了然。那种了然的感觉极其模糊，可是，又无比确定。

“容秀，为朕生个孩子吧。只要有了孩子……只要有了孩子，我们是不是就可以不必这样了？”贺兰淳的表达极委婉，或者说，连他自己都不知道自己想表达什么。

容秀的眼眶却莫名的酸涩起来。

无论如何，他终究，还是说出口来。他不是不在乎她的，只是，不能许诺，很多东西，无法许诺。骄傲也好，猜疑也好，使坏也好，他终究是有这个心意的。

容秀突然往前走了一步，她轻盈地走到贺兰淳的面前。她伸出手指，揉开贺兰淳依旧紧锁的眉头，指腹在他细微的皱纹上摩挲着，然后，极轻极柔地滑过他的轮廓。

大婚五年，这却是他们最亲密的动作。

从前，倘若不是反唇相讥，那便是他二话不说地蹂躏她，然后留下她一人，在帐内默默落泪。

贺兰淳没有动，任由她的手指在自己的脸上游走。

他第一次发现，原来动作也是有感情的，感情从指尖涓涓流出，让他很不自在，又无法推开。

“来吧，我为你生个孩子。”容秀突然笑了笑，伸展手臂，搂住贺兰淳的脖颈。

贺兰淳初时僵硬，下一刻，也狠狠地抱住了她。他宽厚的手压在了她的肩膀上，将她推到一旁的假山上。

贺兰雪往里面靠了靠，他与容秀之间，只隔着一面并不太厚的石墙。

容秀依旧在笑，笑得意乱情迷，她的手臂收紧，将贺兰淳带进自己的怀里，那张总是严肃，总是冷酷残忍却寂寞的脸，深深地埋进她的胸膛，那是女性温暖的气息，海一般宽广着，海一般空虚着。

贺兰淳也激动起来，他啃着她的脖子，啃着她的锁骨，啃着她雪白的胸脯，手撕扯着她的衣服，一刻不停的裂帛声，一刻不停的喘息声。

多少次，他压着她，如压一个木头人。他一直以为她是无心的，一只空空的花瓶，一双清淡遥远的眼。他没办法去拥有她，她是那么遥不可及，如云如雾，只能毁掉，只能将那只花瓶打破了，磨碎了，踩进尘埃。

可是孩子，孩子是不一样的，孩子会拥有她的美她的淡，他可以全身心去宠爱孩子，而她，也会完完全全地属于自己！

“给朕一个女儿！”贺兰淳说着，褪下了容秀最后一件衣服。

贺兰雪转身，从假山的另一个出口，悄悄走开。

裴若尘静静地站在议政厅外，等着贺兰淳的召见。

前去通报的太监，依旧是百年不变的一句：“王上有点要事，请裴大人再稍等片刻。”

裴若尘也不着急，两个时辰都已经等了，稍等片刻而已，不算什么。

他的脸上，没有丝毫不耐烦。

那负责通报的小太监却有点不好意思了，他凑到裴若尘旁边，讨好地问：“大人，要不要先去兰妃娘娘那里，待王上要召见大人了，奴才再通传大人？”

裴若尘俊秀温雅的脸上露出一抹笑来，他礼貌地回答道：“还是先见了王上，再与王上一同去见娘娘，后宫之地，男子不便擅入。”

太监的马屁拍到了马腿上，悄悄咋咋舌，退到了一边。

裴若尘依旧站在议政厅大殿门口，敛眉静立，疏淡懂礼，给人一种忠心的臣子的感觉。

那太监看了看裴若尘，又抬头望了望天，心想：皇帝微服出宫，到底什么时候才回呢？

贺兰淳回来的时候，已经漫天星斗。裴若尘就这样静立春寒中，不言不动，等候至今。

得知皇帝已回宫的消息，那太监不由得松了口气，连忙颠颠地跑到裴若尘的旁边，向这位年轻的权臣传达最新的消息：“皇帝王上肯召见大人了。”

裴若尘已经等了那么久，足足有四个时辰了吧，连太监们都觉得很无语了，可是裴大人的脸上却没有丝毫怨意，那种闲逸淡雅，倒像是刚刚从花园闲逛回来，恰恰赶到，因而欣然赴约一般。

如此境界，就不是常人能够有的。

太监们心中佩服，也就没有注意到裴若尘在挪步时微皱的眉头。

毕竟，还是站了太久，膝盖有点酸楚了。乍一挪动，便好似针扎火燎。

其实，以裴若尘的身份和地位，他便是越过贺兰淳，直接去探望裴若兰，那也没什么。

他却一定要坚持按照规矩来，小心翼翼，墨守成规，不肯给人留下话柄。

随着太监一路走进大殿，走过甬道，终于停在了议政厅的玄关前。

裴若尘低下头，弯腰低眉，恭声请安："臣裴若尘，恭请王上圣安，祝王上万岁。"

贺兰淳刚刚换了衣服，负责日常的太监正跪身给贺兰淳系腰带，贺兰淳双手张开，瞟了裴若尘一眼，清清嗓子，问："听说丞相在殿外等了四个时辰？不知有何要事？"

"臣听说公主与兰妃娘娘有了一些不愉快的冲突，还连累娘娘动了胎气，臣心中惶恐，特来为公主，向娘娘道歉，也希望能为娘娘祈福。"裴若尘不紧不慢地回禀道。

贺兰淳"哼"了一声，一手推开怎么也系不好带子的太监，向裴若尘招手道："爱卿，你来帮朕系一下。"

裴若尘顿了顿，然后低下头，趋步向前，迅速而轻巧地为贺兰淳整理好衣带。

"朕刚才去过爱卿的府邸了。"等裴若尘系好，敛步推开后，贺兰淳忽而说了一句。

"哦。"裴若尘不觉吃惊，只是淡淡。

"皇后执意不肯回宫，就让她在你府邸与公主住一段时日，这段日子，你要护皇后周全。"贺兰淳又道。他终究没有带容秀回宫，也不愿意他们刚刚破冰的关系，因为宫里的人情世故，重新归于零点。

"臣遵命。"裴若尘丝毫不觉吃惊，那种神情，仿佛在说：你是皇帝你说了算，怎样我都没有异议。

贺兰淳满意地看着他，作为臣子，裴若尘一直没让他操过心。

"我们一道去看看兰妃吧，方才御医说，她已经没什么大碍了。"贺兰淳挥了挥袖子，大步朝门外走去。

第25章 归宿

之前照看裴若兰的御医已经从内室出来了，却不敢走远，一溜儿站在门口，等着皇帝的问话。

宫女们挑高了灯笼，那灯火，冷冷地照在大理石的台阶上。

贺兰淳已经走进了内室，裴若尘举步向前，停在外面的门厅里，等着里面的人发话。

门厅不大，正前方放着一扇屏风，屏风与内室之间，还隔着一段不长不短的甬道。

一个人小心翼翼地从屏风后探出头来，见到他，头又缩了回去。

裴若尘眼尖，早已看见了来人，见她行为古怪，愣了愣，突然莞尔。

不知道为什么，他想起了另一个人。

另一个，一旦想起，那冷若寒潭的心底，便会暖流阵阵的女子。

“琳妃娘娘。”见那人躲回屏风后，好像再不打算露面的架势，裴若尘不得不点破她的存在。

后面的人“呀”了一下，然后很不好意思地转了出来。

出来的人，正是伊人的姐姐，伊琳。也是如今贺兰淳极宠爱的贵妃之一。

她和伊人完全不像，她比伊人美上许多，可毕竟是同胞姐妹，如果仔细打量，那眉宇间，其实也有点相似。只是伊人总是睡眼惺忪，五官舒展，懵懵懂懂。不若伊琳，眉飞色舞里风情无限。

“裴大人怎么不进去呢？姐姐下午一直念叨你呢。”伊琳是专门过来陪伴裴若兰的，只是刚才见贺兰淳与裴若兰有私话要说，她才从内室里退了出来。

刚转过屏风，伊琳见到裴若尘，又急忙躲了回去。只是刚才的一瞥，裴若尘的影子，已经映进了她的眼里。刚才发呆的裴若尘，与平日远远看见的那个少年老成的年轻权臣太不相同。他那么脆弱，俊秀的脸上是凄迷的落寞，只是落寞原来也那样好看，错不开眼，是草原旷野里，低垂的星空，在无人的地方，寂寞的辉煌。

“兰妃没事吧？”裴若兰终究是裴若尘的亲妹妹，他自然是关心她的。

“没什么大碍，就是受了一点惊。”伊琳摇摇头，又自语般说道，“这一次，皇后娘娘做得太过分了，我看，她一定是怕兰姐姐生出皇子来，母凭子贵，威胁她的地位。”

裴若尘几不可见地皱了皱眉。他怎么会认为面前的女子与伊人相像呢？她们是那么那么不同。

伊琳还不自觉，依旧一脸正气地主持公道道："兰姐姐就是太柔弱了，别人都这样欺负到她头顶上了，巫蛊娃娃这样恶毒的东西，皇后可真下得了手。还有公主，公主难道分不出谁亲谁疏吗？兰姐姐可是大人的妹妹，是公主的小姑子，她还帮着皇后欺负兰姐姐，裴大人，公主是不是也中了皇后的蛊了？"

"娘娘们都是公主的嫂子，而对若尘来说，各位都是若尘的主子，没有亲疏之分。"裴若尘谨慎地回答道。

伊琳噘噘嘴："裴大人，难道你一点都不心疼自己的妹妹吗？"等了一会儿，伊琳又不甘心地问道，"大人难道没想过，倘若兰姐姐生了皇子，而兰姐姐又做不成皇后的话，那小皇子的处境岂非很为难？"

"王上不会让自己的骨肉受委屈的。"裴若尘不动声色地回了一句。

伊琳见套不出什么话，不禁意态索然，又站了一会儿，然后甩袖朝门外走去。

哪知走到门口的时候，伊琳突然转过头，冷不丁地问道："听说裴大人在绥远见过我妹妹伊人，最近家父有问起妹妹的情况，不知她现在好不好？"

裴若尘顿了顿，然后静静地回答道："她很好。"

"哦，还执迷不悟地跟着贺兰雪那个叛徒吗？"伊琳很不理解地自语道，"在那冰天雪地里受苦，也能算好？伊人一向被人说成傻子，果真是傻子。"

"伊人不是傻子。"裴若尘本欲沉默，可不知怎么，竟然失控地驳了一句。

他不喜欢有人说伊人是傻子，更不喜欢是由这样一个及不上伊人千分之一的女人说出来！

伊琳挑挑眉，诧异地看着裴若尘——从方才开始，一向冷静自持的裴若尘，何以突然之间，如此激动？

裴若尘也意识到自己的反常，他沉默了一会儿，然后平静地解释道："伊人是娘娘的妹妹，娘娘美貌动人，聪明解意，若尘以为，伊人也不会是傻子。"

伊琳愣了愣，然后笑了笑——如此说来，裴若尘竟是在夸奖她吗？

如此清冷的一个人，肯这样不吝言辞地夸奖自己，伊琳很受宠若惊。

"本宫那里有一些介绍巫蛊的书，也是别人敬献上来的，大人若是对此感兴趣，等会儿去一趟本宫那儿，本宫可以为大人逐一分析利害。"伊琳咳嗽了一下，突然矜持起来，板着脸，一本正经道。

裴若尘正待回绝，伊琳却已经转身，余下一串不明意义的笑声。

裴若尘又等了许久，终于有太监疾步跑来，说兰妃娘娘和皇帝王上请他进去。

裴若尘整整衣服，缓步走过长长的甬道，直至内室。

裴若兰正倚着床头，一脸娇憨地对贺兰淳浅言浅笑，贺兰淳则坐在床头，一手抚着裴若兰的腹部，一面低声应着。

“哥哥。”见到裴若尘，裴若兰顿时笑成一朵花，“哥哥久候了。”

“娘娘言重。”裴若尘恭敬地行了一礼，“见娘娘没事，臣也放心了。”

“公主呢？她没来？”裴若兰朝他身后张望了一下，脸色一沉，问道。

“臣替公主向娘娘请罪，公主年轻，做事没有分寸，望娘娘不要介怀。”裴若尘轻声说道。

裴若兰冷冷地“哼”了声，只是哥哥已经出面了，贺兰悠身份又极尊贵，她实在不便过于追究。可是那一巴掌，却无论如何都忍不下去。

“公主这般跋扈，哥哥平日里受苦了。”等了一会儿，裴若兰不冷不热地说了一句。

裴若尘默默不语，没有接话。

贺兰淳则站了起来，方才的柔情蜜意转瞬变成冷漠，他淡淡地说了一句：“你先好好休息吧，”然后招呼裴若尘道，“若尘，你随朕出来一下。”

裴若尘应了声“是”，然后深深地望了裴若兰一眼，这才走了出去。

他是看着自己妹妹长大的，直到她入宫为妃，在裴若尘的印象中，妹妹一向乖巧听话，美丽活泼。然而今天的事情，让裴若尘蓦然惊醒：她已经不再是记忆中的小孩了，多年的宫廷生活，已经让她变得心机幽暗。说容秀会做巫蛊娃娃，裴若尘是无论如何都不相信的，这件事，横看竖看，都是一场自导自演的闹剧。

他本想进宫劝说裴若兰收敛点，她要当皇后，自有他这个哥哥为之周旋——那本是答应父亲的，帮裴若兰登上后位，让他即将出世的小侄子做上这一国之君。可是，贺兰淳显然不给他们单独相处的机会。

贺兰淳有贺兰淳的手段。他不动声色，冷眼旁观着裴若尘的权势越来越大，甚至还在暗中相助，却偏偏不肯将皇后之位给裴若兰。

裴若尘也深知自己现在的地位与处境。他是贺兰淳的棋子，是贺兰淳集中皇权、转移众人视线的棋子。

裴若尘也不介意，世人皆当他是傻瓜，焉知他不把世人当傻瓜？

在转身的时候，裴若尘的唇角，泛起一抹嘲弄的笑。

待出了内室，贺兰淳的脚步放慢下来，他走在前面，背对着裴若尘，随意地问道：“公主平日是不是真的很跋扈？”

“没有。”裴若尘淡淡回答，“公主知书达理，娴雅文静，并没有做出跋扈之事。”

“既如此，为什么朕听人说，你与公主的关系并不好，从大婚至今，你甚至没有进过公主的房门？”贺兰淳停住脚步，转身望着裴若尘，声音顿时犀利起来。

裴若尘沉默，沉默便是默认。

“太后病危，至今昏迷不醒，也不知能不能挨过这个春天。”贺兰淳声音放缓和了些，继续道，“如果可以，朕希望能尽快听到悠儿的好消息，一个女人，若是做了母亲，定能懂事一些，也会安分许多。”

这句话，便是催促裴若尘早日与贺兰悠同房了。

裴若尘还是不语，片刻，他淡淡回禀：“臣已经请来了凤九先生，明日为太后医治，太后一定会吉人天相，恢复健康的。”

“凤九，就是为阿雪做事的那个凤九？”贺兰淳狐疑问。

“是。”裴若尘坦然答道，“虽如此，即便他别有目的，也不至于会伤害太后，而且凤九声名在外，医术也颇有口碑，臣以为，可以一试。”

“只能这样了，不过，你得防着点，别让他耍什么花招。”顿了顿，贺兰淳自语道，“钦大将军下午进宫说，据可靠消息，阿雪已经进京了，他这一次来，固然与太后的病有关，恐怕也不安什么好心，最近京城里要加强防范。朕已经着钦大将军将京城附近的虎贲军调了过来，你自己也当心点。”

“是，王上。”裴若尘弯了弯腰，应声道。

“时候也不早了，你回去看看悠儿吧，别让她再独守空房了。”贺兰淳挥手道。

“还有一件事。”裴若尘转身欲走，忽然想起什么，又道，“夏小侯爷与冷女王联姻的事情，风朝这边，在礼节上，按怎样的排场算？世子级还是皇子级？”

“这是丞相你的职责，不必请教朕，你看着办吧，事先征求下夏侯的意见就行。”贺兰淳淡淡道，“夏玉也算是歪打正着，朕倒没想到，冷女王竟会看上他——对了，和他一同去的那个人，叫什么名字？”

“柳溪，听说是夏侯的内侄。”

“柳溪……夏玉定居在冰国，只怕夏侯的侯爷爵位，会传给这个内侄柳溪了，找时间命柳溪进宫，朕要考考他，称称他的斤两。”贺兰淳似有了倦意，说完这句话后，不禁打了一个哈欠，捂了捂嘴，又随意地加了一句：“还有，皇后在你府上的事情，不要声张，如果朝中还有第二个人知道，朕一定会追究你的责任。”

“是，臣先告退。”裴若尘再次毕恭毕敬地行了一礼，这才转身，跟着打灯笼的太监，缓缓朝宫外走去。

贺兰雪从丞相府回来的时候，天色将晚。

伊人早已经草草地梳洗了一番，又胡乱地吃了点东西，钻进被窝里做她的春秋大梦了。

易剑朝房中指了指，示意伊人已经睡着，然后小心地禀告道：“王爷，凤先生此时在我房间。”

贺兰雪点点头，谨慎地看了看左右，然后进了易剑的房间。

凤九坐在桌边，面前一壶清茶，几个杯子，他正在往杯子里放上茶叶，斟上清水，洗一洗，摇一摇，倒掉，又重新斟上茶水，玩得不亦乐乎，连贺兰雪进门，凤九都没有察觉。

“这么入神？”贺兰雪索性就自发地坐到他对面，含笑问，“忙什么呢？”

“小裴大人送的新茶。”凤九抬头笑笑，回答说，“果然是极品。”

“难道大内的茶叶，也比不过这些？大内的贡品，可是千金一两的绝品。”贺兰雪很俗气地问了一句。

“有价无市，这样的货色，恐怕大内都没有。”凤九终于泡好一杯，很享受地喝了一口，然后闭目道，“可见君山的官员，孝敬小裴大人，可比孝敬皇帝还尽心。”

贺兰雪沉思起来。

“不如说说明日进宫的事情吧。”凤九终于品完一杯，言归正传。

丞相府邸，大门洞开，一直守候的门人举高灯笼，毕恭毕敬地叫了一声：“大人，回来了？”

裴若尘淡淡地“嗯”了声，问：“公主呢？”

“公主已经休息了。”门人连忙回答。

裴若尘迟疑了一下，然后似终于下定决心，举步向门内走去。

宅院深深，夜色里，一眼望不到头。他没有命人举灯，只是在暗色里一直走到了贺兰悠的门前。

举手，敲门：“公主，你睡了吗？”

贺兰悠无比清醒：“没有，你进来吧。”

裴若尘于是推门走了进去，房间里也没有点灯，灰蒙蒙的。贺兰悠坐在床沿边，正看着窗外的月色发呆。

裴若尘走到她面前，就势坐在她对面的椅子上。

“阿秀要在这里住一段时间。”贺兰悠道。

“我知道。”

“你这次进宫，怎么这么晚才回来？”

“有事耽误了。”

他们像寻常夫妻一样寒暄着，说着一天内的家长里短。

“我打了裴若兰，你会不会怪我？”

“不会，只是你还不曾打醒她。”裴若尘语调平淡，无喜无怒，听不出情绪。

贺兰悠哽了哽，半天，才终于问出最重要的问题：“今晚，你为什么要来？”

裴若尘站了起来。黑暗中，看不清他的脸。

贺兰悠闻到一股新鲜的水汽，很干净的味道，水汽后，是裴若尘特有的墨香味。

他俯下身，手轻轻地放在贺兰悠的肩膀上，将她缓缓地推了下去。

贺兰悠没有反抗，有点麻木地躺了下去，她全身一阵绷紧，心跳得很快，似期待，又似僵硬。

裴若尘的吻，印到了她的脖子上。

“若尘……”她终于抱住他的头，轻声呢喃，“为什么……”

“你是我的妻子，不是吗?”裴若尘的声音很低，不显棱角，却异常清冷。

贺兰悠没有再说话，可她已经察觉到他的清冷。那温柔至极的动作，其实，更像一场例行的公事。只是，他习惯了对人温柔，以至于床笫之间，也是溺死人的温柔。温柔产生了幻觉，幻觉中，他们彼此相爱。

贺兰悠突然气恼：“裴若尘，我不爱你!”

裴若尘的动作顿了顿，紧接着，便是云淡风轻的一句回答：“没关系，我也不爱你。”

这句话，像一根针，捅破了最后那层遮羞的纸窗户。

两人短暂的沉默后，突然不约而同地释然了。

何必再装！他们彼此不相爱，可是，他们已是夫妻。一生一世，注定纠缠。

外面夜色更浓，是黎明前，最黑的时刻。

窗外，有一只土拨鼠好奇地倾听着。最后，它听到一声奇怪的叹息。

满足的，不满足的，怅然的，不明意义的叹息。

于是，一切归于沉寂。

而东方，渐白。

凤九终于进宫了。

一大清早，裴若尘便侍立在客栈门口，安静地等着凤九的出现。

没过一会儿，凤九与贺兰雪同时出现在门口。

见到贺兰雪，裴若尘不觉多惊奇，只是有点不解。明知风朝正在通缉他，他何以还能如此明目张胆地出现?

“他就是我的药引。”凤九微微一笑，解释道，“救治太后，要用一至孝之人的血做药引，而那人，又必须是她的亲生骨肉，想来想去，还是三皇子殿下最适合。”

裴若尘垂眸，浅笑问：“难道王上和贺兰钦大将军，便不是至孝之人了吗?”

“裴大人以为呢?”凤九并不直接回答，只是反问了一句。

裴若尘没有再说什么，只是指了指面前停放的轿子。

凤九钻进轿子里去，而贺兰雪走到轿门口，突然抬起头，望了望楼上。

他离开的时候走得很轻，伊人没有被吵醒，依旧在梦境里。

他已经安排易剑待伊人醒来后，送她回伊府，探望一下她的父母，好不容易回趟京城，贺兰雪可不愿意伊人真像天生地养的孩子一样，她也是有家的，虽然血亲不仁，好歹重见了，他们也会疼爱她的。

贺兰雪现在，只希望有很多很多人一起疼爱伊人，别让她孤孤单单的。

“裴大人，我进宫的时候，你能不能护卫伊人的周全?”再怎么说，这里也不是他贺兰雪的地盘了，想了想，贺兰雪还是交代了一句。

裴若尘也顺势抬起头，看了看临街的那个房间。伊人所在的房间。

只瞟了一眼，他又极快地收回目光，淡淡地道了一声“可以”，然后招手，向旁边的亲卫小声地叮嘱了几句，神色平静至极，仿佛伊人，真的只是一个不相关的人。

贺兰雪这才放下心来，钻进轿子，在大队人马的簇拥下，浩浩汤汤地朝宫殿去。

轿子从偏门被抬了进去，贺兰雪掀开窗帘，看着眼前熟悉的红墙青瓦，心中一动，说不上是怀念还是唏嘘。

这是他长大的地方，他曾在这曲曲折折的回廊里奔跑玩闹，而太监宫女们，则举着灯笼，在后面大呼小叫：“三殿下！别跑了！三殿下！别跑了！”

他在这里学习，在这里聆听父王的教导，也在这里，与两位哥哥一同习剑一同扭打。

回廊的前面，有一株高大的榕树，还是那年父王病重，他们为了祈福，三兄弟一起种植的，而今已亭亭如盖了。

贺兰雪抬头看了看伞一般的树冠，终于放下了帘子，不知为何，心中一片萧索。

到底，是从什么时候开始变了呢？兄弟三人，渐行渐远，终于，成了陌路。

轿子停了下来，贺兰雪屈身走出，他站起身，不无意外地看到前面立着的人。

贺兰淳正站在最高的台阶上，贺兰钦则在第二层台阶。

一身明黄的朝袍和一身鲜亮的铠甲。

阳光下，贺兰雪的眼睛有点刺痛，被晃花了眼。

“阿雪。”贺兰淳静静开口，如小时候一样，直呼着他的名字。

贺兰雪犹疑了一下，然后拂起衣袍，缓缓跪下：“罪臣贺兰雪，恭请王上圣安。”

“阿雪，起来吧。”贺兰钦往前走了一步，伸手扶住他，贺兰雪本不欲起身，哪知贺兰钦手中暗注真气，手往上一托，贺兰雪复又站了起来。

再抬头，台阶上的贺兰淳不为所动，神情依旧冷淡如初。

“这位便是凤九先生？”他似乎并不怎么在意贺兰雪，目光一转，已经看向了贺兰雪身后的凤九。

凤九依旧一副慵懒缓慢的样子，闻言欠了欠身，淡淡地回了一句：“草民凤九。”

“听说凤先生可以治好太后的病。”贺兰淳深深地看着他，沉声问，“却不知先生有何妙方？”

“草民虽有祖传奇方，却要等见过太后方能确诊。王上若是不介意，能否现在就让草民见一见太后？”凤九不咸不淡地回答道。

“那是自然，来人，送凤先生到太后的佛堂。”贺兰淳淡淡地吩咐了一句，立刻有太监走了过去，客客气气地带凤九转过大殿，朝后堂走去。

太后常年礼佛，即便病了，也住在佛堂后的厢房里。

“我们也过去吧。”贺兰钦打着哈哈，随口道。

他已经察觉到贺兰雪与贺兰淳之间的潜流，无论如何，现在太后病重，他不希望他们之间发生什么不可收拾的事情。

贺兰淳也没有说什么。无论他们之前有过什么事情，现在母亲病危，倘若他在此时对贺兰雪做出什么事，便会被世人诟骂。风朝一向是以礼孝治天下的。

“母后的病，到底是怎么回事？”贺兰淳先行，贺兰雪与贺兰钦略滞一步，贺兰雪压低声音，问贺兰钦。

贺兰钦神色凝重，脚步微缓，与贺兰淳又隔开了一段距离。

“到底……”贺兰雪深知有异，不禁又想起昨晚凤九的话：“太后这场病，甚为蹊跷，先皇过世的时候，曾留给太后一张密令，嘱咐道，如果风朝有任何异动，便拆开密令，据说太后生病的那一天，命人将牌匾后的密令取出，之后便病倒了，而那密令的内容，也无人知道。”

“母后与世无争，一向茹素，前段时间太医还说，母后的身体极其康健。突然病倒，确实很奇怪。”贺兰钦沉吟了片刻，继续说道，“其实母后在病倒之前，曾给我写了一封信。”

“信？”贺兰雪惊了惊，太后给人的感觉一向淡泊，几乎与世隔绝了，她会主动给贺兰钦写信，这件事太不寻常。

“很奇怪的一封信，问我最近过得好不好，又提起了一些小时候的事情。”贺兰钦简短地说道，“她反复地提起，当年父皇病重的时候，我们植的那棵树。”

“那棵榕树？”贺兰雪怔了怔，满心困惑。

“对，就是为了给父皇祈福，我们一起种的那棵树。”贺兰钦同样百思不得其解。

贺兰雪低头想了一会儿，又抬头问：“二哥回京的时候，母后已经昏迷不醒了吗？”

贺兰钦神色一黯：“是，一直没有醒过来，太医也束手无策。”

“阿雪，无论母后的病有什么隐情，无论大哥做了什么，你能听我一句话吗？”贺兰钦突然慎重起来，认真地问。

贺兰雪也肃了神色：“二哥请说。”

“以风朝为重，以国家为重。”贺兰钦丢下十个字，然后打住了话题。

走在前面的贺兰淳已经转身，深邃的眸子，深不可测地望着他们。

贺兰雪与贺兰钦只能加快脚步，拉近三人之间的距离。

佛堂已近在眼前。

伊人醒来的时候，太阳已经晒屁股了。

她睁开眼，便看到易剑抱着剑，雕塑一般坐在她的对面，兢兢业业，无比忠诚的样子。

伊人打了个哈欠，伸了个懒腰，坐起身。

“王妃，你醒了？”易剑连忙站起来，尽职尽责地说，“王爷让我带王妃回娘家省亲，王妃这就打算走吗？”

伊人点点头，慢腾腾地从床上爬起来。

易剑找来马车，伊人上了车，两人很快来到伊府大门前。

风朝首富的府邸，自是恢宏得不可方物，里里外外，都透着暴发户的感觉：金光闪闪，俗气无比。伊人站在门口，凝视着，看着门楣上那个大大的“伊”字，看着门前的那两座石狮子，半晌，久到易剑都要打瞌睡了，伊人突然转身，轻声说了一句：“回去吧。”

然后，她竟真的这样回去了。

易剑目瞪口呆。然而，对伊人来说，却已经足够了。

她早就不属于这里了。

从今以后，有他的地方，便是故乡。

第26章　迷局

贺兰雪一行悄声走进佛堂。空气里弥漫着一股浓浓的香烛味，有点呛鼻。

厢房最里侧，是太后的卧榻，凤九已经坐在了外面，手里拿着一根红线——他正在悬丝诊脉。

在离凤九几步远的地方，贺兰淳停下了脚步，转头看向后面的两位弟弟，他刚好背对着灯光，脸上黑乎乎的，什么都看不清。

“母后昏迷已有数日，无论如何，你们要做好心理准备。”他的声音极为沉静，像叙述一件无比寻常的事情。

贺兰钦与贺兰雪同时沉默了，半晌，贺兰钦朗声问道：“凤先生，可有结果?”

“回天乏术。”凤九摇摇头，道，“草民只有办法延长太后的寿命，却无法让其康复。”

“怎么延长?”贺兰淳森冷地问。

“如果两位殿下不介意，能不能各取身上的一碗血?太后病症奇怪，且因连日昏迷，已有失血征兆，草民必须先给太后输一些至亲之人的血液，才能做进一步的诊治。”凤九不慌不忙道，“而王上日理万机，就不需要再伤身了。”

贺兰淳也没有反驳，只是极不悦地重复了方才的问题：“怎么延长太后的寿命?你能唤醒太后吗?”

“不能，只是能让太后这样活得更久一些。也许，以后还会有其他能人异士可以救治太后。”凤九回答。

贺兰淳没有再说话。

贺兰雪离得很近，不知为何，他竟有一种错觉：贺兰淳方才是松了口气吗?

“请两位殿下赐血。”凤九催促道。

贺兰钦伸手吩咐：“拿刀来!”然后二话不说地割开手腕，眉头未皱，整整落了一满碗。

他本是久经沙场之人，这样的小事，自不会放在心上。

空气中，顿时弥漫着一股新鲜的血液味。

贺兰雪右手无力，只能左手执刀，也在右边的胳膊上划了一刀。

不一会儿，也是一碗。

两碗血端到凤九面前，凤九又道：“此法甚为玄妙，没有赐血的人，能否回避片刻?否则生血味冲，会影响太后输血。”

贺兰淳面有怒容，却不便多言。一切皆以医治太后的名义，他若不允，便是不孝。

忍了忍，贺兰淳挥了挥手，不动声色地嘱咐了一句："还请凤先生尽心尽力，若太后有什么好歹，朕，一定不会善罢甘休的。"

凤九笑笑，欠了欠身，没有丝毫惧意。

待众人退出后，佛堂里只剩下贺兰钦、贺兰雪与凤九三人。当然，还有一位躺着的太后。

"两位殿下，可以靠近一点看。"凤九淡淡地招呼了一声，然后拿起那两碗血，尽数洒在床边，又从怀里掏出一包粉末，也淋在血迹之上。

只听到一阵嗞嗞的声音，方才并不太明显的血腥味，突然变得无比浓重。贺兰钦几乎怀疑自己，又重新回到了那血腥沙场。然后，奇怪的事情发生了。从太后的锦榻上，突然爬出七八只圆圆滚滚的大虫来，每一只都呈透明色，形状奇特，竟是生平从未见过的。那虫争先恐后地蠕到那血液上，可是身体一挨到上面的粉末，它们顿时翻滚起来，吱吱声响个不停，不一会儿，那七八条大虫便消融成一摊脓水，与血液混在一起，恶心至极。

贺兰雪与贺兰钦都是见过世面之人，乍见此景，还是瞠目结舌，震惊异常。

"这些……这些到底是……"贺兰雪指了指地上，又指了指太后，不明所以。

"是蛊毒，太后被人下蛊了。中蛊之人，寻常的大夫怎么也检查不出病因，而太后也会一天比一天虚弱，直到精血被吸尽的那一天。"凤九淡淡地解释道，"我现在利用蛊虫噬血的特性将它们引了出来，但出来的只是一小部分，太后身体里还有两个大的母蛊，它们已经深入太后的骨髓，再也引不出来了。"

"你的意思是……"

"太后不久于人世，现在只有半刻钟，两位殿下如果有什么疑问，请尽快问吧。"凤九往旁边避了避，露出床榻上太后的仪容来。

贺兰钦与贺兰雪皆是许久未见过她了，乍见之下，陌生之余，又觉莫名哀恸。

太后的样子看上去不过三十多岁，是一个极美的女子。看看贺兰雪妖孽般的长相，便知太后当年是怎样的绝色了，常年的简单生活让岁月的痕迹没有留在她的脸上，贺兰钦与贺兰雪远远地看着，只觉她与儿时记忆里的模样没有分别，恍惚间，竟有点分不清今夕何夕的感觉。

因为常年没有见阳光，也因为失血，她的脸很白，白得像一片即将消逝的月光。

贺兰钦与贺兰雪同时走近一步，跪在太后的床前，深深地看着自己即将亡故的母亲，一时间，竟不知该说些什么。

从来皇家亲情淡漠，他们母子又常年不在一起，脑中残留的记忆，只是太后凤冠霞帔，在祭祀典礼上仪态端庄的样子。没有太多的温情，更加没有让人潸然泪下的感动，然而，她确实是自己的母亲，是怀胎十月，生下他们的女子。这种感觉很奇怪，心中明明是哀伤的，却少了那最后一个推力，所有的痛都堵在心里，发泄不出。

贺兰雪的眼圈红了红，贺兰钦则只是默然。

等不多久，太后终于慢慢地睁开眼，她有点迷蒙地看了看左右，然后，目光的焦点，缓缓地聚集在他们身上。

“母后。”贺兰雪跪行一步，低声地唤着。

太后的目光从他的脸上一转，又看向了贺兰钦。

“母后。”贺兰钦的声音亦有点哽咽。

太后欣慰地笑笑，目光继续在房间里睃巡。

“母后，你是不是在找大哥？儿子这就去叫大哥进来。”贺兰雪连忙说。

太后却神色一变，慌乱地摇了摇头。

贺兰雪怔怔地看着太后眼底的恐惧，忍不住问出自己心底的疑问：“母后，你这次……这次病倒，是不是……因为大哥？”这句话，问得尤其艰难。

贺兰雪不介意贺兰淳怎么防他害他，毕竟身为皇帝，自然有他的心机和权谋。可是母亲那么与世无争，母子连心，他又怎能下手？

太后没有说话，只是从被子里颤颤地伸出手，贺兰雪连忙握住，手心里那骨肉如柴的触觉，那被堵在心底的悲伤，突然如洪水般倾泻而下。还是会伤心的，再淡漠的母子，在经历生离死别的时候，仍旧会伤心的。

“阿雪。”太后终于开口，她的声音很低，亦很平和，没有激动，也没有怨言，只是淡淡地阐述着，就像平日里礼佛一般，有股出世的味道，“阿雪，你的心太软，从小就软。以后，你会在这上面吃亏的。”

贺兰雪没料到她会说出这样的话，如此慈祥，如此体贴，闻言更是不能自已，他已泣不成声。

“阿钦。”太后重又转向另一个儿子，“阿钦，你以后要照顾弟弟，别让人欺负他。”

贺兰钦点点头，还算镇静地回答道：“母后放心，只要我在一日，不会让人欺负阿雪的。”

“我放心。”太后微微一笑，静静道，“你们都是母后的好儿子，个个聪明能干，母后放心。”

“至于你们大哥……”太后迟疑了一下，然后淡然道，“我本想将这个秘密带进坟墓，只是你们的父亲有密令，让我一定要告诉你们真相，我告诉你们了，但希望你们知道后，也要像以前一样对待大哥，不要有其他想法。”

“母后，到底是什么事情？”贺兰雪与贺兰钦心中同时一凛，急问。

到底是什么天大的事情，能让贺兰淳采用这样恶毒的方法，来害自己的母亲！

“你大哥贺兰淳，是你们大伯，无双帝的儿子。”太后的脸上浮起一阵痴迷的色彩，多少唏嘘感慨，都被流年洗成了淡泊，“当年，你们父皇对不起无双帝，这皇位，也是你们父皇巧取豪夺来的。我常年礼佛，也是想为给你们父皇赎罪。归根到底，是我们对不起你大哥。”

“母后，大伯不是病死的吗？他不是没有子嗣吗？”贺兰雪怔怔，不明所以地问。

“你大伯是死了，却不是病死的。无双帝是被你父皇活活气死的。”太后苦笑道，“而贺兰淳，他是你大伯的私生子，在此之前，他的身份一直没有公开过，他是你大伯钟爱的一个女子所生，你大伯死后，那女子也殉情而死，你父皇心存愧疚，于是将他领了来，当成我们的孩儿，将他养大。”

“那女子，是，是息夫人吗？”贺兰钦冷不丁地问道。

“是一个小丫头，是息夫人身边的一个小丫头。”太后叹息一声，怅然道，“又有谁知道，惊才绝艳的息夫人，到最后，竟是输在了一个小丫头的手里。”

“小丫头？”贺兰雪与贺兰钦同时一怔，面面相觑。

“都过去了。”太后突然释然一笑，静静地吐了一句，“冤冤相报何时了，只要淳儿能好好地做他的皇帝，你们便当从未听过这番话吧。莫记莫恨，莫嗔莫求。”

“母后在给孩儿的信中，提起的那棵榕树，又是什么玄机？”贺兰钦突然想起什么，轻声问。

可是等了很久，也没有等到太后的回答。

一直侍立在旁边的凤九往前趋了一步，他朝太后看了一眼，然后神色肃穆地宣布道：“太后已经过世了，两位殿下，请节哀。”

两人同时一怔，贺兰雪低下头，这才意识到，太后被自己握住的手，已渐渐冰凉。

佛堂里静极了。许久许久，才响起了贺兰雪低低的哭泣声。贺兰钦跪行上前，搂过贺兰雪的肩膀，用力搂紧。

“阿雪，我不会善罢甘休的。真相如何，我一定会查出来！”贺兰钦的声音极冷，生冷。

贺兰雪则始终握紧太后的手，埋着头，哭声压抑而低沉，肩膀微颤。

“王爷，我们尽快离开这里！”凤九安静地站了一会儿，突然脸色一变，急声道。

一个人影从佛堂门口快速闪过。

“谁！”贺兰钦身形暴起，正要朝人影跃过去——贺兰钦的身手在风朝亦算数一数二，他若要追一个人，没有理由追不到。

可是，贺兰钦刚冲到门口，突然用左足点了一下右足，在半空中硬生生地转了一个弯，他从上面落了下来，然后袍袖微拂，两扇木门立刻应声合紧，紧接着，便是无数箭镞钉在木板上的声音。

外面不知何时，已经被箭队包围，贺兰钦的身影刚刚出现，便被乱箭射了回来。

贺兰雪也顾不上悲伤，愕然转身，看着贺兰钦。

“我们被包围了。”贺兰钦沉声道，“王上今天是不打算让我们离开了。”

“……是凤九的疏忽。”凤九叹了一声，“淳帝自是相信我能救醒太后，也知两位殿下定会知道真相，故而先下手为强。”

“母后让我们莫嗔莫恨，又哪里知道，现在是他要赶尽杀绝。”贺兰雪脸上的泪痕还未干涸，神色已经恢复冷静。

“这里可有退路？”贺兰钦不愧是三军统帅，即便在经历了痛丧亲母、兄长背叛后，仍然能及时审时度势，寻找脱身机会。

“应该没有。”贺兰雪摇头回答，“这座佛堂是母后出家之时，特意命人修建的，以母后的性格，又怎么会修暗道呢？”

“这么说来，只能硬冲出去了。”贺兰钦的眉宇间泛出一阵豪气，他洒然而立，慷慨道，“难道我堂堂大将军，千军万马都不放在眼里，还会怕了这群宵小之辈！”

“只怕外面的，并非宵小之辈，而是凤朝最精锐的御林军。”贺兰雪轻声提醒道。

“调动御林军？凭什么？”贺兰钦愤愤道，“难道他也能定我一个叛国罪？”

正说着，外面突然响起一个洪亮的声音：“贺兰钦与贺兰雪挟持太后，意图造反，现在太后已被两个逆子活活气死，大家精忠报国，齐心合力，讨伐叛逆，王上定会论功行赏。现在，好好地围着这间屋子，连一只苍蝇都不要放出来！”语气斩钉截铁，没有丝毫迟疑，正是裴若尘的声音。

“二哥，你也是叛国之人了。”贺兰雪苦笑道。

贺兰钦先是一阵愕然，然后，亦是哭笑不得。想来，贺兰淳也忌惮他许久了，只是之前一直以为是亲兄弟，所以格外信赖一些，现在，贺兰淳也一定知道了真相，他不可能再信赖这个“风朝军魂”，借机一网打尽，是最一劳永逸的办法。

“王上果然是王上。”贺兰钦突然深有感触道，“他并没有急着杀母后，而是造成母后病重的样子，将你我都引了回来，其实，无论今天凤九先生有没有救醒母后，他都没打算放我们走。”若非如此，他何必对太后做出施蛊虫这样麻烦的事情？直接制造一个事故，让太后猝死，不就能安枕无忧了吗？

“可惜我们知道得太迟了。”贺兰雪环视了一下周围，又重新将目光集中到太后身上，“我们死了倒无所谓，只是留着母后的尸身在这里，不知贺兰淳会不会好好安葬她。母后已经过世了，我们还不能让她省心，她九泉之下，也不得安宁。”

“我答应过母后，会照顾你这个弟弟。你放心好了。”贺兰钦挑了挑眉，无比骄傲地说，“这世上能困住我的人，还没有出世呢，即便是御林军，又能奈我何？”

贺兰雪笑笑，一脸从容：“我自然放心，很久没有与二哥并肩作战了，这些年纷纷扰扰，我们之间也冷淡疏离了许多，这一次有此机会，我正求之不得。”

旁边的凤九则是一哂，幽幽道：“在下可不会什么武功，就不出去拼命了，两位殿下如果能活着出去，记得逢年过节，在我坟头烧点纸钱，在下魂灵有知，一定会感激涕零，保佑殿下的。”

贺兰雪一怔，方记起这里还有一位全然不会武功的凤九先生。

“那怎么办？”贺兰钦也挠了挠头，他们不能弃凤九不顾，只是贺兰雪的手已经受伤，左手拿剑，恐刚能自保，贺兰钦只怕还要分身照顾贺兰雪，到时候刀剑无眼，实在无法顾及凤九的安全。

“咳咳，要不，两位殿下陪我这将死之人再坐一会儿，别急着冲出去？”凤九说着，已经不慌不忙地坐到了佛龛边，神色安然，好像屋外的森森冷箭，根本就不存在一般。

贺兰钦朝外看了看，也笑了笑：“凤先生既然要我们陪着坐，那我们坐一坐也无妨。”

说完，贺兰钦扶起衣摆，大马金刀地坐到了凤九对面。

贺兰雪则坐在太后的床侧，轻轻地握住太后的手。

“贺兰雪、贺兰钦、凤九，你们三人若此刻出来束手就擒，王上仁慈，定会留你们一个全尸，否则，到时万箭齐发，若是伤了太后的遗体，恐大大不好吧。”

门外，裴若尘的声音再次响起，洪亮冷淡，没有丝毫情感，像最称职的传声筒。

贺兰雪轻轻摇头，轻声道：“从前听人说，若尘已经变了，我多多少少有点不信，如今看来，却是真的变了。”

“人终归是要变的，身不由己也罢，幡然自悟也罢。阿雪其实也变了不少，比起从前冷静许多了。”贺兰钦英俊的脸上露出一抹回忆的笑来，“从前的你，就是一愣头青，太容易冲动，也太容易为别人出头，如今，大概再也不会了吧。”

“跌了太多次，总是知道疼的。”贺兰雪淡淡地应了一句，神色微微黯了黯，轻声自语，“我现在只希望，伊人是安全的。”

外面的人显然已经没了耐心，裴若尘再次警告了一番，见里面仍然没有动静，他果断地后退一步，命拎着诸葛弩的士兵们上前，然后，裴若尘的手臂重重地挥了下去，箭声呼啸，蝗虫一般，向佛堂射去。

本就建造粗陋的佛堂，哪里抵得住那用在战场上的连发箭弩，墙壁轻微摇了摇，更有一批透过纸窗户射了进来。

贺兰钦头也不回，袍袖微甩，将跟前的箭尽数收进袖子里。

贺兰雪右手无力，只能左手仗剑，也隔开了面前的箭镞。

凤九还是端端正正地坐在原处，神态悠闲，饶有兴致地看着对面贺兰钦的收箭，那神情，好似在街头看卖艺的，就差拍拍手，吆喝一声“好”了。

贺兰钦自然见到凤九的样子，他微微一笑，对这个久有盛名，但是第一次见面的凤先生，顿时生出了几分好感。

三批弩箭已经放完，里面依旧没有丝毫动静，裴若尘忌惮贺兰钦的武功与威信，不敢真的冲进去——贺兰钦在风朝的威信实在太高，那些御林军倘若见到本尊，会不会临时倒戈，他也没有把握。

“换成火箭！”想了想，裴若尘敛了敛眸，断然吩咐道。

众人听命。不一会儿，箭头全部扎上浸了煤油的棉花，点燃了，然后一齐瞄准那间小小的孤立在宫中一角的佛堂。

裴若尘缓缓地抬起手臂，顿了顿，然后，重重挥下。无数火光，如流星一般向佛堂冲去。

贺兰雪抱起太后的尸身，侧身躲过一支径直射向床榻的火箭。

被褥松软，很快被点燃了。不仅如此，大门、屋梁、窗户，甚至凤九刚刚坐的椅子，也在火焰的笼罩下，噼啪作响。

贺兰钦不愧是风朝第一高手，即便在这样的情况下，他还能应付自如，护住佛堂一角，也护住了凤九。贺兰雪也退到了角落边，将太后安放在墙边。

“这里不可能守住了，我们必须冲出去。”贺兰钦沉声道，“到时候，我护住凤先生，阿雪，你将母后带出去后，立刻脱身。他们不敢伤害母后的遗体。”

“二哥也小心点，一定要照顾好凤先生。不然……”贺兰雪看了凤九一眼，竟然还有闲心开玩笑，“不然，到时候陆川追杀我，我可真的会死无葬身之地了。”

凤九擦了擦被热气蒸出的汗，淡淡道：“我不想看那些打打杀杀的东西，所以，我不走了，你们走吧。”

“闭上眼睛不看就行。”贺兰雪瞪了他一眼，急声道，“你真想被烧死啊？”

凤九望天，依旧闲闲散散的样子。贺兰钦忙于应付越来越凶险的攻势，火势顺着风，向他们席卷而来，佛堂已经摇摇欲坠，不时掉下几根焦木，砸在地上，溅出一片火花。

“凤先生，得罪了！”贺兰雪无法，正打算伸手点住他的穴道，将他硬行带离，哪知他的手指还没挨到凤九，便听到一个清脆脆的笑声：“小九，你还活着吧？”

那声音爽朗，让三人精神皆是一爽。只是前面烟雾弥漫，看不清说话的人。

“我说凤七小姐，这里就快塌了，你活够了我还没活够。若是他们都死了，我们就赶紧撤。”浓雾中，响起另一个声音。

贺兰雪听着有点耳熟，仔细一想，忽然意识到，竟是流逐风！

"撤什么撤！难道你想马上还钱？"凤七不客气地威胁了一句，紧接着，便是一阵脚步声。

烟雾依旧很浓，凤七从雾气里缓缓现形，贺兰钦微敛双眸，警惕地看着来人，可当凤七真的出现在他面前时，贺兰钦却是一怔：面前的女子，如旷野爽利的风，那么神采飞扬，那么英姿勃发，眉眼开阔英挺，不算绝美，却有种让人挪不开眼的魅力。

"小九，你没事吧？"见到他们，凤七莞尔一笑，径直朝凤九走来。

"现在没事，你若是再晚来一刻，就要被王爷点了穴，拖出去当箭靶了。"凤九笑笑，看了一眼贺兰雪。

刚好又被风吹来了一股浓烟，贺兰雪就势捂住嘴，咳嗽了几声。

"你们是……"贺兰钦困惑地看着这个凭空出来的女子，不知为何，声音比平日里柔了许多。

"我是他姐。"凤七一把搂过凤九的脖子，极爽气地回答道。

凤九苦笑。

"我说，能不能出去后再叙旧？这里就要塌了！"又一个身影从浓烟里冒出来，气急败坏地催促道，"我不就欠你几万两银子吗？至于要这样九死一生啊？"

贺兰钦见来人对凤七说话如此不客气，心中不快，长剑一挺，拦在中间，沉声问："你又是谁？"

那男子灰头土面，只露出一双晶亮的眼睛，狭长若狐。衣衫褴褛松垮，而且脏兮兮的，看着便不像好人。

"好说，流逐风。"流逐风拱了拱手，随意地报了家门，然后一把拉起凤七，大步朝烟雾里走去，"谁想活命，就跟我来吧。"

贺兰钦怔怔地看着流逐风的背影，心中震惊，不知如何形容。

流逐风是他佩服的人之一，在贺兰钦的意识里，流逐风绝对属于那种深藏不露、温文尔雅的绝世公子，哪知本尊，竟是这样一副德行！

他真的是流逐风吗？真的是谈笑之间退敌十万，以一人之力，守住流园的传奇人物，流逐风？

贺兰雪则抱起太后，似看清了贺兰钦心中所想，在经过贺兰钦身边时，贺兰雪低声叹道："他真的是流逐风。"

这句话，简直打碎了贺兰钦最后一丝幻想。

前面的流逐风却不知道自己已经再一次成功地毁掉了一个崇拜者的欣赏之意，继续咋咋呼呼道："说起来，风朝皇宫没有冰国防守严密，这种程度，很容易被人潜进来的，你们以后要多注意注意。当然，也可以请我来帮忙改造，我收费不高，三万万两白银……"

贺兰钦沉默地跟在后面，无语，很无语。

及至近处，他们这才恍然：凤七他们是通过地道进来的，佛堂正中间有一个仅容一人通过的大洞，也不知是什么时候挖的。

待他们钻进洞后，才发现底下的空间还算大，地道里还有三个家丁模样的人整装待发，见他们进来，立刻有两人扛着四具尸体爬了上去，不一会儿便返了回来，用石板填在洞口，重新将洞口埋上。

而佛堂外面，裴若尘望着越来越烈的大火，看着被火光照得通红的天际，俊秀的脸上没有丝毫表情，除了眼中倒映的红色，余下的，便是一片死寂。

佛堂终于倒塌了，“轰”的一声，激起无数火星与灰尘。

“灭火。”裴若尘淡淡地看着已成为平地的火场，又等了一会儿，终于下达熄火的命令。

话音落后，立刻有一群拿着水桶的太监鱼贯而入，排着队，一个个轮流朝火场浇水，像执行什么仪式一般。等最后一点火星都被冷水泼灭后，裴若尘往前踏了一步，朝场地望过去。他看到了从焦木里露出的部分残骸，看样子，大概是头骨吧，已烧得焦黑无比，看着颇觉凄凉。

“着人将他们的骨骸清理出来吧。”贺兰淳不知何时重新出现在裴若尘身后，神色阴沉，语气却是淡淡，“找出太后的尸身，厚葬。”

“是。”裴若尘低声应着，没有回头。

四具骸骨已经从火海里全部被清了出来，三具成年男尸，一具女尸。

太后暴薨的消息，也发布了出去。

贺兰雪与贺兰钦的名字，正式从皇室除名。对外宣称，佛堂起火，救援不及，三人不幸罹难。

这个说辞无人怀疑，只因为佛堂起火的时候，那滚滚浓烟，从皇宫的红墙青瓦里阵阵漫出，一直弥漫到大街之上。

大街之上，伊人与易剑同时顿住脚步。

“宫里好像起火了。”伊人仰望着半空中的青烟，自语道。

易剑神色微变，但碍于伊人，还是努力地保持着镇静：“也许是宫里在烧什么东西。”

这个说法，恐怕连易剑自己都不信。最近空气虽然干燥，但是前几日也下了几场雨，不可能无缘无故地起火。王爷恰好今日入宫，加上太后之病甚为蹊跷，这场火，太有问题了。

“阿雪还在宫里。”伊人又说了一句。

易剑怔了怔，讷讷地“嗯”了一声。

伊人没有作声，却也没有再走，她牢牢地看着那一缕缕被风吹来的青烟，一脸严肃，大大的眼睛眨也不眨，仿佛要通过那缭绕的青烟，一直看到宫阙深处。

宫里传出了二十七下撞钟。

那是丧音。是太后过世的丧音。

伊人还是没动，呆呆地看着面前高高的宫墙。

然后，旁边的宫门突然大开，一个锦衣太监举着白色的孝带跑马而出，那是朝廷传令的官员，但凡风朝有什么大小事，或战场的胜败，或法令的颁布，或官员的任命，或皇族人的过世，都会有这样的专职官员上街吆喝几声，以示众听。

果然，不一会儿，便响起了那太监尖刺的声音。

“太后薨。大将军贺兰钦与叛贼贺兰雪，丧身火事！”

易剑只觉得脑中一阵空白，连这明晃晃的天地都看不清了。

伊人却是一怔，然后，在易剑还没反应过来的时候，伊人已经朝宫门跑了去。

宫门的守卫很自然地拦住她，伊人不依不饶，也不说什么，只是推着守卫，一个劲地要往里钻。那守卫皱了皱眉头，只以为自己遇到什么疯婆子了。

易剑连忙赶过来，忍着悲伤，拉住伊人道：“王妃，我们先回去，王爷……王爷……”

“阿雪当然不会出事。”伊人回头，无比镇定地看着他，“他就在里面，一定是被皇帝扣住了，我要进去。”

伊人说完，重新试图进宫，小脸绷得很紧，那样的神色，如此坚定，如此自信，让易剑都有点恍惚了。

可是，就在他走到她面前，伸臂拦住她的时候，易剑又不经意地瞥到了伊人脸颊的泪水。

伊人那泪水在眼眶里不停地翻滚，雾蒙蒙的，遮住她眼底的哀伤。哀伤与执着，一起潜进那双剪水双瞳，光芒闪烁，是冬夜的寒星。

易剑一言不发地弯下腰，强行将伊人背了起来。

无论王爷还在不在世，他现在的职责，就是照顾好王妃，带她离开这个是非之地。

易剑快步而行，他听到了她的抽泣声，小小的肩膀上下抖动着……应该说，全身都在抖动着。

伊人就这样一直哭，一直哭，哭得她全身阵阵发麻，哭得有点喘不过气。

可是，还是很痛，有什么东西，在一下一下不停歇地刺着她，她没办法停下来，只因为停下，她会更痛。

痛得就要死了。

她觉得自己就要死了。

耳边突然不可抑制地，不停地回响着贺兰雪说过的话。

我养你一世。

从今以后，只爱你一个。

我爱你，从今以后，只爱你一个。

…………

所有的声音，蜜蜂一样，钻到她的脑海里，嗡嗡地响个不停。

伊人仰起脸，哭得越发厉害。可是哭声，却越来越小了。喉咙沙哑，终于没有了声音。

哭到最后，几乎只剩下喘气了。

她终于哭到窒息，眼睛被泪水蒙住了，什么都看不清，什么都听不到。

“伊人。”有人在喊她。

伊人没听见。

可是背着她的易剑却破涕而笑了。

“伊人。”有人从后面接过她，伊人僵了僵，被堵塞的鼻子，很快便闻到了一阵熟悉的体香，有点像兰花的香味。

搂着自己的手臂，是熟悉的。

拂在耳边的轻声呼唤，也是熟悉的。

伊人有点怔怔然，然后，她猛地转过身，抱住来人的脖子。抱得那么紧，那么紧，仿佛一松手，他就消失了。

“伊人。”贺兰雪被她的情形吓住了，也只能更紧地抱住她，然而抱着她的时候，方察觉到她小小身躯急剧的颤抖。

贺兰雪心中一动，继而心疼起来。他凑到她耳边，低吟道：“伊人，我没事，一点事都没有，不要怕，不要害怕。”

可她依旧那么害怕，抱着他，须臾不敢松开。

“不要再离开了。”许久许久，她终于说出了第一句话。说这句话的时候，伊人的脸埋在他怀里，依旧困难地哽咽着。

贺兰雪手臂一紧，那澎湃激荡的情感，突然找了一个轨道，变得无比清晰，它们一刻不停地冲向一个一生一世的许诺：“不会再离开了。”说完后，贺兰雪顿时有种尘埃落定的心安。

见到此状，不远处的流逐风微微一哂，背过身去，口中叼着的草根一翘一翘，很事不关己的样子。他抬头望了望天，又望了望对面一直盯着自己不放的贺兰钦。

流逐风问：“我脸上长花了吗？”

“不是。”贺兰钦摇头，一本正经道，“因为想着你是流逐风，忍不住多看几眼。”

流逐风无语，他连忙走到凤七身边，低声道：“贺兰家的人都是有毛病的，我不待了，答应你的事情已经做完，我就先走了。”见凤七点了点头，流逐风的唇角邪邪一扬，得寸进尺道：“这次我好歹救了你弟弟，那债务……能不能……”

“嗯，不用还利息了。”凤七不动声色地将流逐风的幻想打得粉碎，继而说，“其实也怪不得人家贺兰钦，只怪你越发没了长进，连装样子都不肯了。”

流逐风挠了挠头，无语望天。

凤七微微一笑，款步走到贺兰钦背后，轻声道："大将军，你以后有什么打算？"

贺兰钦听到她的声音，连忙回过头来，用军中之礼抱拳谢道："说起来，还没谢谢凤七小姐的救命之恩，只是钦有一事不明，凤七小姐又如何知道，我们会在佛堂遇险的？"

凤七也飒然还礼，没有一丝忸怩之态，脸上露出一抹朝阳般美丽的笑容："如果我说，那是因为九弟之前得到一人通知，大将军可信？"

"谁？"贺兰钦被她的笑容震得呆了一呆，又很快调整了情绪，问。

"裴若尘。"凤七淡淡道。

"裴若尘？！"贺兰钦大惊，不由得看向离贺兰雪不远的凤九，显然想进一步知道真相。

"大将军不用看小九了，九弟对这件事也是百思不得其解。裴若尘现在为风朝尽心尽力，他的妹妹又很快临盆，如果是儿子，极有可能成为风朝的太子，下一任的皇帝。照理说，他没有理由背叛贺兰淳。可是这一次，也是因为他的及时示警，我们才可以提前做好准备，将你们救出来。"凤七说着，略略沉吟，"他到底想干吗？"

对于这个问题，贺兰钦亦是一脸茫然。

而对面，伊人的哽咽终于慢慢停了下来，贺兰雪搂着她，几乎是半抱半扶，终于让她站了起来。"城里很快就会戒严，我们先回客栈，好不好？"贺兰雪低下头，轻声问伊人。

他的声音很轻，他的表情很柔。

"嗯。"伊人点点头，将自己的手心放进他的手心里，乖巧地跟着走了几步。

流逐风在旁边犹豫了一会儿，然后猛地蹦跳到伊人身边，冷不丁地大喊了一句："小情人！"

伊人被吓了一跳，本因刚才哭泣而变得苍白的脸顿时涌出了一阵潮红，她呆滞地看着流逐风，看着看着，眼睛里不禁写上了"白痴"两字。

流逐风自然看清了她的无语，也觉得自己的行为相当无趣，不禁讪讪，转头看了看别处，又觉得相当无聊。

"算了，我走了。"他叹了一声，百无聊赖道。

"好了，走什么走，你不是要陪我去见陆川来个一劳永逸吗？"凤七蕙质兰心，瞟了瞟伊人，又瞟了瞟流逐风，对他的小孩心性觉得异常好笑，她轻声快语，玉珠一般，利落道，"等大家先回客栈后，再一道走吧。"

流逐风这才没有执意离开，只是走远了几步，再次摆出一副事不关己的模样。

伊人在旁边看了一会儿，松开贺兰雪，屁颠屁颠地跑到流逐风的身边，拉拉他的袖子，低声道："对不起了，其实你能来我很高兴。"

好歹也是他乡遇故知啊。

流逐风很转地“哼”了声，抬头望天：“我不认识你这个见色忘友的人。”

不过，被伊人拉在手里的袖子，却并没有急着抽开。

“你已经不认识我了啊？”伊人不知道是真傻还是假傻，她怔了片刻，然后松开流逐风，转身道，“那算了。”

说完，她重新回到贺兰雪身边，贺兰雪微微一笑，伸臂揽住伊人的肩膀。

流逐风见自个儿随便说了一句气话，伊人就打退堂鼓了，不由得气结于心，顿住脚步，愠怒道：“凤七，不管你走不走，我要走了！”

“哦，如果你走了，我就立刻派人将借条送到流园，让流园国库出资填上你的大窟窿。”凤七也懒得安抚了，只是不咸不淡地丢下一句话。

流逐风的脸色微微变了变，然后重新拿出一根草，放进嘴里，咬着草根，一言不发地跟在后面。

一笔债务，就让他这样叱咤风云的传奇人物如此服服帖帖，贺兰钦之前对流逐风的满心崇敬，几乎快要全数转移到凤七身上了。

关于凤七的事迹，贺兰钦也是有耳闻的，凤家八位兄弟姐妹都是江湖中的翘楚人杰。然而其中最杰出的，便是面前两姐弟了。

凤九是一个谜，十八年的囚禁生活，一朝声名鹊起，乃至与凤庄的种种纠葛，都是世人津津乐道亦百思不解的。

而凤七的经历则明快很多：最小的妹妹，集万千宠爱于一身，却偏偏钟爱经商，十五岁的时候便显露出了惊人的商业奇才，后涉及许多行业和领域，茶叶、丝绸无所不涉，漕运、海运无所不及，没有人估算出她现在有多少资产，却知道，凤庄每年惊人的开支，对她而言，也不过是九牛一毛而已。

凤七本人，也是出了名的豪爽大气，没有商人丝毫的斤斤计较，一诺千金，比男儿还爽利。

然而这样的女子，过双十年华已久，却依然没有婚配。

江湖传言：那是因为她在与流逐风的婚礼上，被流逐风当场甩了，因而恼羞成怒，立誓终身不嫁。

当然，这个传言没有分布太广，也鲜少人知道，贺兰钦雄踞风朝军区多年，也是少数几个消息灵通的人之一。不过今日看凤七与流逐风的相处，亦知谣言不可信。

一行人尽量不引人注目地回到客栈，在易剑的追问下，贺兰雪尽量将事情轻描淡写地说了一番，其间贺兰钦一直沉默，待贺兰雪说完，果然，易剑的视线很快挪到了贺兰钦的身上。

贺兰雪本来就是钦犯，虽然又被迫害了一次，却已是虱多不怕痒，可是贺兰钦在此之前，还是风朝赫赫有名的大将军，是最尊贵的二殿下，转眼身败名裂，连名字都在一时间被除名，那感觉，一定很艰难。

更何况，还有太后的事情……

哪知贺兰钦并没有丝毫自怨自艾，神色舒爽，自嘲地说道："阿雪，从前是我追捕你，现在我们一齐被追捕了，算起来，这样反倒好一些。"

贺兰雪笑笑："我却从未想过把二哥当敌人的。"

说完，想到这边的事情也交代得差不多了，贺兰雪于是站了起来，牵着伊人，道："京城已非久留之地，大家早点休息吧，我们明早便要离开。"

伊人离开后不久，流逐风也起身说到处看看，眨眼便没了人影。凤九的注意力则再次被裴若尘送给他的新茶所吸引，坐在桌边摇头晃脑地品茗。凤七则饶有兴致地凑到贺兰钦旁边，依着椅背问："大将军，你说炎国荒漠的大良宝驹，如果卖给风朝军队，多少价格合适？"

她果然是一刻不停地想着她的生意。

贺兰钦也没有怠慢，思量了一会儿，提醒道："可是贩卖炎国的马匹，罪同通敌，倘若被发现，轻则杖责，重则砍头，从事这项贸易是非常危险的。"

"取敌人之长补自己之短，哪里称得上通敌？"凤七振振有词道，"再说了，总有办法能够不被发现，对不对？"

"当然……负责关卡的守备是我的亲信……"贺兰钦犹豫了一下，抬头看了看凤七，见凤七正笑眯眯地看着他，贺兰钦突然有种明明上当了却心甘情愿受骗的认命感。

"好吧，我帮你疏通疏通。"贺兰钦慨然回答。

贺兰雪见贺兰钦那会儿，伊人一边感叹凤七与流逐风的"金钱联盟"，一边独自回房。

"伊姑娘。"房间正中间，不知何时站了一个人，见她进来，来人转过身，朝她深深地行了一礼，"姑娘上次不辞而别，王上很难过，王上想问姑娘，还愿不愿意回去？"

伊人没有回答。

那人又道："风朝的裴若尘已经与王上结盟，而姑娘原来的丫鬟十一，她的夫君黄阿牛如今也在为裴若尘做事。姑娘是要为了贺兰雪舍弃所有故人吗？"

"我会留在阿雪身边。"伊人的回答没有迟疑。

来人沉默了片刻，突然压低声音，道："王上此刻便在这里，姑娘想去见一见王上吗？"

伊人微觉吃惊，如今风朝风起云涌，形势已极玄妙，京城更是龙潭虎穴，炎寒敢在这个关头来此处，确实冒了极大的风险。

当然，炎寒也一向是有恃无恐的。

"不见了。"伊人沉吟片刻，然后轻声回答，"这里很危险，让他早点离开吧。”

“姑娘难道连见一面也不肯了?”那人有点愕然。

“不见了。”伊人摇头，突然觉得伤感，鼻子有点酸。

那人不再说什么，又深深地行了一礼，然后悄然退下。

伊人静静地站在屋子中央，没有点灯，屋里很暗。

直到贺兰雪从凤七那里回来，他轻轻地推开门，还以为自己打搅了伊人的睡眠，却在淡淡的夜色里，看到了伊人的轮廓，莫名萧索。

“怎么没睡?”贺兰雪走进来，作势要擦燃桌上的油灯。

“阿雪。”伊人却在那一刻叫住他，“你真的不会再离开了，是不是?”

“当然。”贺兰雪毫不犹豫地回答，“再也不离开了。”

伊人又是笑笑，轻巧地走过去，从后面抱住贺兰雪。

贺兰雪的腰身紧窄修长，抱在手臂间，有种实实在在的感觉。

贺兰雪愣了愣，优美的眼眸垂了下来，薄唇微扬，露出一个温柔的笑来。

那灯，始终没有点燃。

第27章　叛离

那一晚，他们相拥而睡，睡得很安稳，是贺兰雪这么多年来，第一次彻底的昏沉，连梦都没有，一觉醒来，已是晨晖满屋，低头看了看怀中的人，臂弯中的女孩，一脸恬静，淡然无争。

他拉开门走出去时，易剑已经等候多时。

“王爷，大将军和凤先生他们已经准备好了。我们即刻离开京城。”易剑迅疾地禀告。

贺兰雪点头，表示知道了，他朝屋里伸出手去，慢了一步的伊人握住他，被他牵着，从屋里一道走出。

刚打算步入大堂，凤九不知从哪里走了出来，拦住贺兰雪，浅笑道：“王爷，你这样出去，目标太明显了，城防已经严守，还是伪装一下吧。”

“怎么伪装?”贺兰雪问。

凤九露出一个绝对不怀好意的笑来。

贺兰雪重新被凤九拖进屋里，伊人则被随之而来的凤七领进大堂。

今天的凤七做一身男子装扮，长发盘在头顶，一身青色的飘逸长衫，腰间围着一条布带，本只是随意的商贩打扮，可是穿在凤七身上，竟比寻常男子，还英气几分。

坐在大堂里的贺兰钦也换了一身布衣，脸上贴满胡子，本是英俊无比的人，硬是装扮成了一个虬髯大汉。

“认识伊人的人不多，她就不用装了。”凤七与伊人一同坐到贺兰钦对面，淡淡道。

贺兰钦点点头，随后促狭地看着伊人，笑着说：“伊人，我可等着抱侄子等了好几年，你和阿雪都要努力啊。”

伊人傻呵呵地笑了笑。

“你可是哥哥，怎么催起弟媳了?”凤七在一边好笑地插嘴道，“传言说大将军为了风朝，常年奔波在外，一直没有婚娶，如今清闲了，是不是也该考虑考虑终身大事了?”说到这里，凤七神秘兮兮道：“说起来，我认识一个女孩，对大将军十分崇拜，不如……”

正说着，凤七的声音戛然而止，贺兰钦与伊人同时朝她的视线望过去，见到楼上的情景，也俱是吸了一口凉气。

贺兰雪走了出来。确切地说，是女装的贺兰雪走了出来，一身淡紫色纱裙，云鬓高耸。

伊人不自觉地将他与冷艳相比，其实男扮女装，终究没有女性的那种媚，相比之下，自然是冷艳更胜一筹，可是贺兰雪身上，却有一种极矛盾的特质，那样妖媚的眉眼，那么倔强愠怒的表情，那样的高挑挺拔，都构成一种奇怪的蛊惑，让人……让人不由得对衣服下的身体，浮想联翩。

“为什么我必须装成这样？”贺兰雪冷着脸，沉声问凤九。

紧跟在后面的凤九一本正经地回答道：“自然是为了出城。”

易剑却早已忍不住，在见到王爷出来的那一刻，就掩口笑了起来。

贺兰雪瞥见易剑的表情，心中更是恼怒，重重地哼了一声。

“太后刚刚过世，而且大将军的死讯传出去后，风朝必定有异动，想混出城不是易事。不过队伍中间有一个大美人，又刚好被守卫调戏后，才发现是裴大人的新姬妾，那出城，就一定会变得很容易了。”凤九笑眯眯道。

言外之意，就是让贺兰雪故意被调戏，然后搬出裴若尘吓得那些人不敢多搜查，一道蒙混过去。

“我还要被人调戏？”贺兰雪的声音冷得吓人，几乎要冻结成冰了。

凤九还是一本正经地点了点头。

易剑则摆手不干了，抢过去反驳道：“王爷千金之躯，怎么能给那些俗人调戏！”

贺兰雪正要感激易剑与自个儿站在同一个战线上，哪知易剑转口又说了一句：“不如让我去吧！”

贺兰雪与凤九同时无语，他们上下打量了易剑一番，然后不约而同地叹了声气。

“算了，还是我吧。”贺兰雪只当自己舍身为人了。

易剑挠了挠头，不明白他们方才的叹息，到底是何意义。

丞相府，被贺兰悠派去的小丫头回到房间，一五一十地说：“裴大人房间里确实有人，却不是女人。”

“哦，那是谁？”

“奴婢听裴大人，叫他，王上？又说什么炎国……”小丫头也是一知半解。

贺兰悠的手却是一颤，茶水洒在了桌上。

裴若尘的会客厅，外面没有守卫，裴若尘也是一身便装，神色淡然，他对面坐着的男子，同样黑衣长袍，淡然自若。

若不仔细听他们的谈话，偶尔经过的人，是无论如何都不会想到，风朝裴大人对面坐着的男子，正是风朝如今的第一大号敌人，炎寒。

而此刻，炎寒正一脸含笑地问道：“裴大人，你刚才所说，不久后的那个计划，能兑现吗？”

“王上能亲自来，若尘又怎敢不拿出最大的诚意来招待王上呢？”裴若尘淡淡回答。

“可事成之后，你又怎么向天下人宣布？”炎寒饶有兴致地继续问道，“杀了贺兰淳，裴若兰的儿子登基，你摄政，这固然不错，可却免不了世人的悠悠之口啊。”

“自然不用我动手。”裴若尘微微一笑，“贺兰雪与贺兰钦不是逃出去了吗？杀母之仇，他们会善罢甘休吗？”

“原来你准备将罪名推到他们身上。”炎寒了然，“不过，你将贺兰钦放出去，还是不妥。”

“王上可是怕了？风朝还有贺兰钦这个劲敌？”裴若尘浅笑问。

“裴大人以为呢？”炎寒没有直面回答，而是转到了方才敲定的话题，“如果裴大人起事，炎国一定会遵守承诺，在北方战线上吸引风朝大部分兵力，可是事成之后，裴大人也要遵守承诺，割让北方绥远十三座城池，并且年年进贡。”

“自然。”

“如此，预祝我们合作愉快。”炎寒说完，突然猛地转头，朝窗口的方向喝道，“谁？！”

裴若尘也闻声站了起来，拉开厅门。

窗外树影婆娑，阳光明媚，没有人影。

“已经走了。”炎寒淡淡道，“听脚步，是个女子。”

裴若尘眉毛一扬，快步朝贺兰悠的住处走了去。

炎寒没有动，仍然坐在原地，慢条斯理地啜着茶，待裴若尘的身影消失在树影中，一个黑衣人从屋顶翩然而落，毕恭毕敬地跪在炎寒身前。

“是谁？”炎寒淡淡问。

“容皇后。”那人回答。

炎寒沉默了一会儿，握住茶杯的手掌微微合紧，又缓缓地松开，刀凿斧削的脸，坚毅而从容：“她的答案呢？”

“伊姑娘说，她不会离开贺兰雪。”

啪的一声，杯子裂了，水流了下来，流在桌上，竟有血色。

裴若尘的脚步很快，果不其然，走了没多久，他便看到了一个鹅黄色的身影，慌慌张张地消失在贺兰悠的房里。

他心中暗叹一声，脚步微缓，慢慢地停到了贺兰悠的门前。

“皇后呢？”裴若尘进门，越过端坐在案边的贺兰悠，径直朝里间走去。

“裴若尘！”贺兰悠猛地转身，冲着他的背影大叫，“你这是叛国！”

“你现在可以去告密，你可以让贺兰淳抓住我和炎寒，可是，你要记得，你刚刚失去了两位哥哥。无论他们有没有真死，贺兰淳确实是要杀他们。公主，我是你的丈夫，他是你的大哥，你可以选择。”裴若尘不咸不淡地丢下一句话，然后继续前行。

后门洞开，容秀显然已经从后门跑了出去。

他不再迟疑，身影一晃，紧跟而去。

留下贺兰悠独自一人站在大门的风口处，被过堂风吹乱了头发，发梢撩进眼睛里，酸涩到流泪。

裴若尘一路追到大街上，街上人川流不息，艳阳高照，一座熙熙攘攘的集市。他没有再追，而是扬手招来两人，淡淡地吩咐：“守住所有进宫与出城的入口，如果发现容皇后……”停了一会儿，他终于接着说道，“格杀勿论。”

贺兰雪一行出了客栈，一路走到城门口。

凤九租了一辆马车，让贺兰雪与伊人坐到了车厢内，凤七负责驾车，凤九则装成账房先生，与保镖贺兰钦、易剑走在左右。就像寻常大户人家出门省亲的样子。

车轮辘辘，声音单调而有节奏。听着听着，伊人的视线渐渐模糊起来，眼皮也渐渐地耷拉下来。

城门越来越近。凤七突然提醒了一句：“贺兰雪，要到城门了。”

贺兰雪神色一凛，正打算把伊人叫醒来，马车突然停了下来，猝停的动作让厢内的两人都往前一倒，贺兰雪连忙张开双臂，伊人砰地一下，额头撞到了他的胸口，她摸着头，迷惑地瞧了瞧左右，车厢门亦在同时被拉开了，有风灌了进来。卷起的鹅黄色衣衫将来人裹得如一只鬼魅。

贺兰雪正打算防卫，待看清来人后，神色一惊：“是你？”

伊人也揉着眼睛，从贺兰雪的怀里爬出来，一面坐好，一面朝那人望过去。

虽然惊慌失措、面无血色，却依旧无法掩盖她空谷幽兰的美色。这种情况下的容秀，不见狼狈，反而更美了。

“伊人……”容秀慌不择路，一时间没有认出女装的贺兰雪，只认出了伊人，面上一喜，“裴若尘要追杀我，我可以上来躲一躲吗？”

伊人点点头，朝旁边挪了一个位置。容秀立刻爬上车厢，待车门刚一合拢，便有几个穿着灰色寻常百姓装的人匆匆忙忙地走了过去。容秀屏着呼吸，直到他们走远，才微微地松了口气，这才有闲暇去打量车厢里的人。

伊人还是如往常一般睡眼惺忪，而她对面，则坐着另一个女子，那女子高挑美丽，容秀看着眼熟，一时又想不起在哪里见过。

见容秀困惑，伊人正打算戳穿贺兰雪，贺兰雪却咳嗽了一声，转身就要下车。

“发生什么事了？”马车旁，贺兰钦走近问。

贺兰钦经过装扮，此刻是一个虬髯大汉的模样，容秀自然也认不出。

贺兰钦却能认出容秀来，他先是一惊，看了看贺兰雪，然后也不动声色，转头问伊人："小姐，她是什么人?"

伊人有点不明白他们的装疯卖傻，怔怔然，不知如何回答，容秀却极快地回答道："我被仇家追杀，只想在这里躲一躲，过会儿就下车，我不会连累你们的。"

"裴若尘为什么要追杀你?"伊人又听她说起"仇家追杀"四个字，也顾不上其他，困惑地问。

"他要叛国，要将风朝卖给炎国，还……还会对王上不利。"容秀说到最后一句话的时候，脸上的担忧与愤懑，呼之欲出。

贺兰雪端坐另一边，冷冷淡淡地看着，冷冷淡淡地听着，神色不动。

伊人只是沉默。

"对了，伊人，你怎么在这里?他们又是什么人?"容秀终于意识到自己此时的境况，迟疑地问道，"你不是跟阿雪在一起吗?阿雪，是不是真的没死?"

听裴若尘方才的话，贺兰雪与贺兰钦似乎并没有死。昨日的那场大火，也似乎，不是意外……

伊人正琢磨着怎么回答，贺兰钦却很快地接过口去："我们是裴府的家眷，坐在另一边的这位姑娘是裴大人新聘的姬妾，现在有事回家省亲。"

听说是裴若尘的家人，容秀脸色更是白得厉害。贺兰钦又道："不过，我们不会做伤天害理的事情，姑娘可以躲在马车里，我们要出城，姑娘是不是也要跟着出城?"

容秀犹豫了一下，然后狠狠心道："那就麻烦你们了，带我出城吧。"

回宫报信，已经是行不通了。而且，容秀也开始怀疑，昨天宫中的那场大会，贺兰淳，是不是存心的?

在他们谈话期间，贺兰雪始终没有说话。

容秀则坐到了伊人身边，也不怎么仔细看贺兰雪，只是偏过身，面对伊人，重复了方才的问题："伊人，你知不知道阿雪的情况?还有，你为什么会在这里?"

伊人看了看贺兰雪，不知如何作答。

"阿雪果然没死，对不对?"容秀好歹在宫里待了那么久，察言观色的本领，比常人胜了一筹，见自己这样提问时，伊人脸上没有悲伤，便知贺兰雪必是无恙。

"对。"伊人下意识地回答。

容秀轻轻地舒了口气，很自然道："那么，是裴若尘安排你出城与阿雪会合吗?"

伊人又看了看贺兰雪，挠挠头，没有回答。

容秀便当她默认了，沉默了一会儿，然后低声道："等下出了城，我便下车，伊人，不要告诉阿雪你见过我。”

“我不说。”伊人信誓旦旦。

容秀感激地笑笑，目光顿时有点凄迷了：“我和王上，都对不住阿雪。他即便能原谅我，只怕无论如何都不会原谅王上了。”

“做过的事情，为什么一定要乞求别人原谅呢？”伊人淡淡道，“既然做了，那便是做了。”

便如她觉得自个儿对不住炎寒，却从未想过巴巴地见他，解释什么或者乞求原谅。

人做事，总要有担当的。

容秀怔了怔，然后凄迷一笑：“是啊，既然做了，又何必去在意什么原谅与否。”

伊人安静了一会儿，淡淡问：“你可有什么打算？”

“不知道。”容秀无奈地回答道，“我明明知道事情会怎么发展，却无能为力。出了城，我会去找父亲的故交，看有没有办法将消息传进去，给王上示警。”

“小心点。”伊人叮嘱道。

人心叵测，她这样单枪匹马去告诉另一个人风朝宰相勾结外敌，恐怕非但不能取信于人，反而会引来杀身之祸。

容秀有点吃惊地看着伊人，伊人给她的感觉，一直是一个安安静静，甚至有点傻的女孩。

然而此刻，这样淡淡的一声叮嘱，却让容秀觉得异常温暖，也有种很奇怪的感觉——其实面前的女孩是通透的，什么都知道。

“听说，阿雪……这段时间，你一直与阿雪在一起？”容秀迟疑地问。

“是的。”伊人点头，“之前有段时间不在一起，但是以后会一直在一起。”

她的语气毋庸置疑，自然至极。

容秀愣了愣，随即了然：“阿雪是一个极好的人，你以后要珍惜他。”

伊人点头，一脸认同。

贺兰雪在一旁静静地听着，神色柔和，柔和且平静。

“想起来，我认识阿雪，也已经二十多年了。”容秀继续道，那神情，仿佛像在交接什么一样，满满的是回忆的情思与失去的眷念。也许，这一次，才是真正失去贺兰雪。

这样的失去，比死亡更彻底，他已经有了另一个可以为他奋不顾身的女孩，他与她，从此之后，再无瓜葛。

伊人闻言，伸手扳了扳手指，然后不好意思地接了一句：“我们认识不到二十个月。”

容秀笑了笑，有点像前辈看后来人一样看着伊人。无论如何，那二十多年的记忆，阿雪少年时最纯美的记忆，永远有她，无人取代。

“可是我们还可以在一起过很多个二十年。”伊人又说，傻呵呵地笑，说得漫不经心。

贺兰雪眸光微动，目中含笑，轻轻地望向伊人。

容秀也是一笑——那么淡然的伊人，其实，也会争啊。用此生剩余的岁月，争她拥有的回忆。

马车停了下来，例行检查。

凤七在外面粗着声音回答道：“里面都是家眷，不便见人。”

士兵们一阵哄笑，一人掀开帘子朝里面瞧了进来。因为事出紧急，城防已经全部换人，这一批人，都是贺兰淳或者裴若尘的亲信。

贺兰雪探过身，朝往车厢里看的那人微微一笑。那人顿时呆住，连旁侧的容秀与伊人都顾不上细看了。伊人本来就是不起眼的，容秀则罩着丝巾，隐在阴暗处，不显山水。

贺兰雪一面在心中咒骂着，一面继续巧笑嫣然，那双桃色美眸，波光盈盈，宛如花开。

那人不由自主地伸出手去，想摸一摸贺兰雪的脸。

贺兰雪眸色一冷。那是抑制不住的杀气，从体内爆射。

车厢一寒。

那人也莫名地停住手，手指堪堪停在离贺兰雪脸颊的一寸远处。

“谁家的家眷？”外面有人继续盘问。

“这是裴府的官牒，里面的夫人，是裴大人新纳的姬妾。”凤七毫无烟火气地递过一份折子，然后抱臂淡淡地看着对方。

那士兵迟疑地接过来，稍一翻开，果然见到右下角盖着裴府的印戳。

“长官！”士兵冷汗渗了一身，赶紧跑过去，揪住正打算轻薄贺兰雪的小官道，“是丞相的家眷！”

小官脸色变得雪白，再抬头，贺兰雪还是一脸含笑，笑得倾国倾城、优雅无辜。

“刚才差点唐突夫人了，见谅见谅，最近京城乱得很，夫人也要防着坏人，多注意安全。”那人说着，点头哈腰，一步步向后退去。

贺兰雪心中暗叹：看来裴若尘在京城的权势，几乎敌得过贺兰淳了，估计车上坐一位皇后，也没有这样的震慑力。

当然，车上确实有一个皇后……

“还要检查什么吗？”凤七憋着声音，粗声粗气地喝问道。

“不用，不敢，不敢，不用。”那人擦了擦汗，立刻扬手放行。

凤七很不客气地白了他一眼，然后狐假虎威地抽了一鞭，吆喝道：“走嘞！”

贺兰钦与凤九紧紧地跟在左右。

这样快走了一里路，估摸着没有人追上来，凤七吆停了马车，然后掀开车帘，招呼里面的人："可以下来了。"

贺兰雪早已坐立不安，闻言立刻跨下马车，正打算扯掉头上的珠翠，忽而想起容秀，停住了动作，看向那边。

容秀与伊人也走了出来。

容秀看了看四周，正是京城郊外，了无人烟，天宽地阔，天色寂寂。除了青草茵茵，春色渐浓。

"姑娘有什么打算？"凤七善解人意，凑过去问道，"是打算跟我们走，还是……"

"谢谢大家的仗义相助了，我不能连累各位，就此别过吧。"容秀感激道，"不知道这里到石塘城还有多远？"

石塘，是离京城最近的城镇，石塘的守备，也是太师的得意门生。

"顺着这条路走二十里就到了。"凤七指着旁边的一条小道回答。

容秀点点头，就待告辞，刚一转身，又想起什么，重新转过来。她望着伊人，半晌，才重重地说了一句："你们要好好的。"

你们，便是指贺兰雪与伊人了。

伊人还没说话，贺兰雪却已经压低声音，轻轻地吐了一句："你也保重。"

声音很低，低得分不清男女，只觉得醇厚异常，像历史发酵后的味道。

容秀略有点诧异地看过来，细看贺兰雪的眉眼，看着那双长长的眼睛里内敛的风情，忽而恍然，却什么都没说。

容秀笑笑，朝他点了点头，然后转身，独自一人，朝那烟草凄迷处走去。

"王爷……"易剑走到贺兰雪身边，略有点困惑地请示道，"是不是要……"

"跟着她，将她安全地送到石塘。"贺兰雪望着容秀的背影，简短地吩咐了一句，然后转过身，笑看着伊人。

伊人抬头望天。

贺兰雪又是一笑，胡乱地扯下头上的装饰品，又三下五除二地抹掉脸上的胭脂妆容。

凤九有点可惜地看着自己的得意之作转眼成狼藉，有点不甘心地说："其实王爷的这个扮相还是不错的……"至于后面的话，早已被贺兰雪用足以吃人的目光瞪了回去。

贺兰钦也拿掉了伪装，神清气爽地呼了口气。

"怎么样？你们有什么打算吗？"凤七恢复自己爽利的声线，好奇地问。

"凤姑娘呢？"贺兰钦没有急着回答，而是反问凤七道。

凤七爽直地回道："把你们送走后，我就去流园把流逐风抓出来，然后一道找陆川。"

"为什么找陆川？"贺兰钦诧异地问，"听说陆川不见生人的。"

"我不是生人。"凤七挤眼笑笑，"我是他的煞星。"

凤九也笑："正因为你是煞星，所以陆川更加不会见你。"

"他说不见就不见？你以为我凤七是那么听话的人？"凤七撇撇嘴，不以为意道，"这一次，他若是跑了，我就不姓凤！"

"那姓什么？"

"姓陆！"凤七狡黠地回答。

凤九又笑，笑容浅淡，满是宠溺与无奈。

那姐弟俩说得不亦乐乎，贺兰钦却听得满头雾水：听语气，倒像是凤七要去找陆川晦气一般。

可是，陆川是谁啊？传说中的剑神！

凤七虽然能干，却只限于商场，她去找他晦气，铁定吃亏！念及此，贺兰钦突然扬起一阵豪气，即便对方是已入神界的陆川，他也要护着这名女子的周全。

并不是报恩，而是，想保护她，想保护她阳光般的明媚灿烂。

"凤七小姐，无论如何，只要你需要我帮忙，任何事情，我贺兰钦都会义不容辞。虽然对方是陆川，可是一个人再强，也终究抵不过千军万马。"贺兰钦一脸自信道，"我一定不会让陆川伤你的！"

凤七怔怔地看着他，半晌，她笑了起来，越笑越厉害，几乎要笑出眼泪来。

最后，凤七喘着气，手拍着贺兰钦的肩，笑眯眯道："很好，不愧是大将军，讲义气，我记得你的话了。"

凤九则摇头不语。

"没什么事我就先走了。"凤七说完，手从贺兰钦的肩膀上收了回来，大大咧咧道。

贺兰钦只觉肩膀一松，不知道为什么，就像少了什么很重要的东西一样，肩膀轻得厉害。

"这次，多谢凤七姑娘了。"贺兰雪见她要走，暂时松开伊人，真诚地向她道谢。

"不用谢。我就是帮一帮九弟，不是真心要帮你的。不过，王爷，你的女装真的让我等自惭形秽啊，我也算开了眼界了，嘿嘿。"凤七不客气地又将贺兰雪的痛处戳了戳，贺兰雪虽气恼，却无法对凤七发脾气，那女子的一切都显得那么正大光明，直接爽利，让人生气不起来。

"还有啊，九弟，你抽空也要回家看看，父亲年纪大了，以前有什么事情，也该放下了。"凤七啰唆完最后一句话，然后洒然地朝众人拱拱手，重新回到驾驶位上，"再会了，各位。"

话音未落，人已走远。

地上留下两排车轱辘印。

这是她的马车，她得带走。

商人的劣根性啊。

凤九腹诽了一句，想起凤七最后的那句劝说，神色微黯，默然许久。

如何放下？

贺兰钦一直目送着马车消失在自己视线不及的地方，这才回神。贺兰雪已换了衣衫，一身青色的长袍，此刻正闲淡地站在路边，手自然地放在伊人的腰上，一点逃亡的姿态都没有。

贺兰钦笑了笑，一直紧绷的神经也松懈下来："阿雪，你要同我一道回绥远吗？"

绥远，有他的军队，是他的王国。只要贺兰钦回去，无论贺兰淳如何诋毁，如何诡辩，贺兰钦都能重新起来——那里的人，本来就只知道大将军，不知道朝廷。若非如此，贺兰淳也不必那么忌惮他。

"二哥想分庭抗礼？"贺兰雪淡淡问。

"自保而已。"贺兰钦没有直面回答，打了这十几年的仗，贺兰钦是对战争体会最深刻的人。

如有可能，他不想轻挑战火，特别是内战。

对军人而言，曾在同一个战壕里战斗过的人们，一旦倒戈相向，那是最大的悲剧。

贺兰钦是军人，所以不到万不得已，他不会引发悲剧。

"如果可能，我想将流血控制在京城范围。"贺兰雪的神色还是很淡，只是凤目微凛，露出陌生的霸气与一贯的自信，"二哥若是信我，给我半年时间，这半年内，二哥只要稳住北方战线，不要给炎国可乘之机就可以了。"

"你打算怎么做？"贺兰钦诧异问，"这件事后，淳帝一定会不遗余力地清理你的力量，包括天一阁，你留在这边太危险了。跟我走吧。"

只有军队，才是安全的。

"二哥，一旦我们一起回去，就一定不可避免地挑起战火，江南本就受了旱灾，民不聊生，到时候，风朝国力大损，一旦炎寒那边有什么异动，鹬蚌相争，白白让渔翁得了利处。"贺兰雪浅言道，"至于我打算怎么做，二哥也不用担心，裴若尘打算利用我们除掉大哥，难道我不能将计就计，达成我自己的目的吗？"

贺兰钦沉默了一会儿，然后沉声说道："你一向有自己的想法，别人劝阻亦是无用，不管怎样，如果遇到任何困难，去绥远找我。"

"好，二哥也要好好照顾自己。"贺兰雪说着，突然动情，深深地看着贺兰钦，想起这一别，再见也不知是什么时候了。

龙子凤孙，却往往是聚少离多的命格。

"保重。"贺兰钦语速极快地叮嘱了两字，然后猛地倾过身，一个熊抱，像小时候一样，搂着贺兰雪的头，使劲地揉捏了一下。

贺兰雪愣了愣，随即莞尔。

贺兰钦松开贺兰雪，又转过身，将伊人也拉进自己的怀里，用力地抱了抱：

“早点生儿子，我等着抱侄子。”

伊人被搂得差点断气，好不容易松开来，又被贺兰雪带进了怀里。

“不会让二哥失望的。”贺兰雪微微笑道。

伊人再次抬头望天。

贺兰钦于是转身，大步流星，朝绥远的方向走去。

方才还是那般的热闹，转眼各奔东西。贺兰雪牵着伊人，静静地站在大道的岔路口处，望了望容秀与易剑所去的石塘，又看了看绥远方向。

“王爷，我们暂回落凤庄吧，等易剑从石塘回来后，再图打算。”凤九道。

贺兰雪点了点头，握住伊人的手，淡淡道：“走吧。”

伊人跟着他走，手心里传来他暖暖的温度，他的手宽厚而有力。

直至午夜，容秀才走到了二十里外的石塘城。

城门已关。见她没能进城，易剑也不敢提前离开，站在离她不远的地方，小心地查看周围的环境。

容秀紧了紧衣服，望了望近在咫尺的城池，走过去，背对着城墙，缓缓地坐下来，双臂抱膝，有点迷茫地望着来路。易剑也不敢动，正准备也找个地方将就着过一晚，突然听到容秀开口问：“是易剑？”

易剑怔了怔，犹豫了一下，然后轻轻地走到容秀面前，毕恭毕敬地行了一礼：“皇后娘娘。”

“是阿雪让你来保护我的？”容秀轻声问。

易剑点头：“王爷担心娘娘在路上遇到危险。”

“阿雪总是那么温柔。”容秀淡淡地笑道，“你说，为什么当初我没能爱上他，而是爱上了王上呢？”

易剑挠挠头，不知道如何回答。

“易剑，你回去守着阿雪吧，他此刻比我更危险，我在这里等一等，没什么关系。”等了一会儿，容秀又说，“何况，时局如此，阿雪再也不能像以前那样顾着我了，他还有其他的责任。”

“王爷吩咐，让我看着娘娘进城后，方能离开。”易剑不为所动，一本正经地回答道。

容秀正要再劝，神色却是一变。不知何时，一群穿着夜行衣、兵刃雪寒的汉子，从城里钻了出来，围成一个半圆，将他们困在其中。易剑早已挺身护在容秀身前。

“你们是谁？”容秀凛然喝问。

“皇后娘娘息怒，我们是太师的人。”为首的一个蒙面黑衣人排众而出，拱手，恭敬地回答。

容秀神色稍缓，淡淡道：“既然是父亲的人，就不该这样鬼鬼祟祟地出现。

这位是护送我来的义士，大家先放他离开吧。”

黑衣人却没有丝毫退让的样子，他们仍然围着易剑，长剑在手，咄咄逼人。

“你们到底想干什么?”容秀挑了挑眉，沉声问。

“请娘娘进城，也请这位义士进城。”来人不慌不忙道。

“我若是不愿意进城呢?”易剑也不是好惹的，握了握剑柄，寒声问。

“只怕由不得你了。”为首的黑衣人话音甫落，那包围圈迅速缩小，易剑正待突围，蓦然发现这一圈人手中都拿着渔网，钢丝编成的渔网。他们显然训练有素，并不直面易剑的攻击，而是快速移位，用渔网拦住易剑的所有退路。

易剑几番进攻，都被渔网拦了下来，渔网的包围圈时大时小，而易剑的气力，却渐渐弱了。

双方胶着之时，一直被晾在旁边的容秀突然闯了过去，四周的黑衣人略一迟疑，她已经越过包围，跑到了易剑的旁边。

“挟持我!”容秀压低声音，极快速地说道。

易剑不敢有丝毫犹豫，长剑一转，架到了容秀的脖子上，另一只手则抓着容秀的胳膊，他扫视着众人，沉声道:“皇后在我手中，只要你们让开一个缺口，我立刻放了她。”

这个要求不算太过分，而且，他们若是太师的人，自然会顾忌自家小姐的安全。

哪知黑衣人纹丝不动，虽然蒙面，那露在外面的眼睛，亦是说不出的冷酷平静。

容秀忽然意识到：他们根本就不在乎她的生死。就像上一次贺兰淳舍弃她一样，她的父亲，同样没有强调要活着的她。这个发现，让容秀心底生凉。

易剑同样注意到这个事实，不禁对容秀生出几分怜悯，手上的剑，也不由自主地挪开了。

那黑衣人见状，大手一挥，也顾不上容秀的死活，率众朝易剑反扑而去。

易剑唯恐伤了容秀，手一转，剑柄拍到了容秀的背上，借着力，将她推出了混战圈。

而易剑自己，则因为这一瞬的耽误，很快被渔网困住，不一会儿，便有几把剑架到了他的脖子上，顿时动弹不得。

易剑被捕。

容秀本想抗议一下，可是话到了嘴边，又变成了一抹自嘲的笑。她现在也是砧板上的肉、刀口下的鱼，还有什么资格为易剑讨饶?

黑衣人就这样押着易剑，护着容秀，走进了石塘。

城门缓缓地合上了。

午夜时分，城里早已实行了宵禁，寂静的大街上，只有他们整齐而轻巧的脚步声。

他们在鳞次栉比的房屋间穿街过巷，也不知转了多少地方，终于停在了一座大宅子前。

为首的黑衣人上前叩门，三长一短。

里面传出了隐隐的灯光，没一会儿，便有一挑着灯笼的门房睡眼惺忪地过来开门，见到他们，也不吃惊，只是侧了侧身，放他们迅疾地进了屋。

宅院很大，前面的花圃树木也因为这黑暗，有点像黑夜里的野兽，影影绰绰。

他们走过长廊，拐过后院的角门，终于停在一间大厢房前。

一黑衣人上前，跪膝请示道："太师，小姐已经带回来了。"

容秀心中狂跳：这些人，果然是父亲的部下。这个事实，打碎了她最后一丝幻想。此时此刻，她宁愿被裴若尘灭口。

厢房门被轻轻地拉开，出来一个精神矍铄的老者，短衫青袍，面容整洁，头发梳成一个髻，用木钗别在脑后，看着干净儒雅，有几分飘逸气度。

来人正是容秀的父亲，风朝太师容不留。

容秀心中虽然已经寒透，可是乍见到自己的父亲，还是觉得万分委屈，做姑娘时习惯的对父亲的依赖，让她顿时泪眼婆娑："父亲！"

"阿秀。"容不留显然也是疼爱女儿的，紧走了几步，跨下台阶，一脸慈祥地瞧着她道，"你瘦多了。"

容秀再也忍不住，泪水涟涟，只觉得方才的事情只是自己的错觉，这世上，还是有人真正将自己放在心上的。她一面抽泣，一面抱着容不留的手臂，哽咽得说不出话来。

"不怕不怕，父亲这就带你回家，回宫，回京城。"容不留拍拍容秀的背，轻声哄道。

容秀闻言，想起自己此行的目的，暂时也顾不上叙旧，她收起眼泪，正色道："父亲，裴若尘要叛国，他要对王上不利。"

"你这孩子，是不是在宫里憋久了，糊涂了吧？"容不留还是一脸慈祥，却根本没打算信容秀的话。

容秀急了，连忙将自己的所见所闻重述了一遍，最后她强调说："裴若尘与炎国勾结，真的是女儿亲耳听见的，父亲，你快点进宫去提醒王上，让王上防着裴若尘。"

"阿秀，你真的听错了。"容不留神色未动，只是淡淡地回了一句。

容秀越发急了，将刚才的话又快速地说了一遍，催促着容不留向贺兰淳示警。

容不留不仅未动，反而深深地盯着容秀，担忧道："阿秀，你是不是嫉妒裴若兰有了王上的骨肉，担心自己的地位不保，所以才造谣中伤裴大人？"

"不是的，父亲——"容秀有股深深的无力感，正待分辩，声音又戛然而止。

她的眼睛睁得老大，面露惊恐，看了看容不留的后面，又看了看自己的父亲。

"太师，我们的棋还没下完呢。"容不留身后，尚有一人说。

声音疏淡从容，淡淡一语，都有种莫名的威严压迫。

正是炎寒！

“父亲，你……你……原来你也……”容秀难以置信地看着容不留，下意识地往后退去。

她的眼神，仿佛从未认识过面前这个人：“原来你也叛变了！原来你跟裴若尘是一伙的！”这句质疑，歇斯底里。

容不留的神色依旧慈祥安静，他望着无比震惊的容秀，轻声道：“阿秀，你又说疯话了。”

“疯话？”容秀指着容不留的身后，怒问，“他是谁？他是不是炎寒？父亲，你回答我，他是不是炎寒！”

虽然之前一直没见过炎寒，但是白天从裴若尘的窗户外偷窥，早已见到了他的容颜。

“我身后什么人都没有，阿秀，你郁郁成疾，已有疯症了。”容不留头也不回地说道。

炎寒微微一哂，没有作声。

“他明明就在！”容秀转头看了看左右，指着炎寒，问其他人，“你们都看见了，是不是？是不是！”

所有人都呆若木鸡，面无表情，好像根本没听到她的话，更加没看到炎寒这个人。

而易剑，早在踏进大宅的时候，便被人在脖颈后重重捶了一拳，打晕了，此刻被人架着，垂头昏睡。四周一片寂静，只有容秀越来越绝望的质问声。

“阿秀，你已经疯了。”容不留淡淡地下了声定语，然后抬手，招呼了两个彪形大汉，吩咐道，“带小姐下去休息，请大夫来为小姐看看。小姐病得不轻。”

那两个彪形大汉立即夹起容秀，像老鹰抓小鸡一样，将容秀抬到了最后面的小厢房里。

“小姐疯了，常常胡言乱语，给王上报一个消息，这段时间，没有老夫的允许，任何人都不准接近小姐。”待容秀被架走后，容不留神色浅淡地吩咐了左右，然后转身，回到台阶上，招呼炎寒道，“王上，我们继续下棋吧。”

炎寒笑笑，也颇有点叹为观止。

“贵千金其实也没什么错，太师不会真的打算将她弄疯吧？”炎寒问。

既然将消息通知到宫里，贺兰淳不可能不派人过来诊治，御医一来，倘若容秀确实没疯，那岂非露馅了？

为今之计，便是将假疯变成真疯。

“老夫的家务事，不会让王上操心的。”容不留没有正面回答，只是拱了拱手，敷衍了一句。

炎寒也就是随口一问，也没打算深究，如此便算了。

"这位逍遥王的侍卫，又该如何处理？"正打算转身，炎寒瞥见了一旁的易剑，又问。

"自然是要挟贺兰雪的筹码。"容不留笑道，"没想到，这一次倒是有意外的收获。"

"要挟贺兰雪？"炎寒饶有兴致地问道，"用令千金要挟贺兰雪，倒是有可能，一个小小的侍卫，难道也能要挟他？"

"王上不知，贺兰雪，就是一疯子。"容不留淡淡道，"就这样一个小小的侍卫，也许就能颠覆风朝的历史，让裴大人的计划得以顺利实行。"

"怎么说？"炎寒似乎对贺兰雪格外感兴趣，从刚开始对弈之时，他便向容不留问了许多贺兰雪的事情，包括贺兰雪的才名、从前的姬妾以及坊间流传的各色风流韵事，炎寒似乎都有兴致，现在容不留说贺兰雪是疯子，炎寒更要听个究竟了。

"王上想想，堂堂一个王爷，风朝的三殿下，却从小与一些三教九流混在一起，正经的书读了不少，不正经的书读了更多，小小年纪，就经常把师傅气得够呛，后来虽然有了才名，也得到了先皇的器重，他却无意仕途，尽干些吟风弄月的事情。他十七岁出使冰国，得到了冰国女王的垂爱，他竟然想也不想地拒绝了，闹得冰国与风朝的关系冻结了多年，直到现在夏小侯爷有幸成为王父，两国关系才得以破冰。后来，先皇去世，他本可以得到那皇位，却在最后一夜，为了贺兰淳的一句话，将皇位拱手让人。再后来，他放浪形骸，凡是有意于他的女子，他统统娶进门来，其中不乏青楼歌姬，为了她们，他也会一掷千金，为其赎身，可是转眼呢，他也不与她们同房，姬妾中有爱上其他人的，他不仅不生气，还赔上一份嫁妆，将她们风风光光地嫁出去。这样的人，算不算疯子？"

炎寒静静听着，默不作声。

"就拿近的说，上次贺兰雪被流放，是为了给我顶下罪名。阿秀去找他，他明知道粥里有毒，仍然面不改色地将它喝了下去。还有上次冷艳招亲，只要他点头，美女、权势、生命一应俱全，他却宁死也不肯娶了天下第一美人冷女王，如此完全不顾及自己生死的人，这么不懂得变通的人，是不是疯子？"容不留又说。

"确实是一个有趣的人。"炎寒眸光微闪，若有所思道。

"而这个易剑，跟着贺兰雪也有十几年了，虽然能力不算最强，却是贺兰雪最亲近的属下。他肯为一个见面不过两三次的朋友出生入死，对待自己兄弟一般的属下，又怎会吝啬？"容不留胸有成竹道，"归根到底，贺兰钦才是王上真正的敌人，至于贺兰雪，他身上的弱点太多，任何一个与他亲近的人，都是他的弱点。如此疯疯癫癫的人，王上大可不必放在心上。"

"我却很期待与这个贺兰雪好好地见一见。"炎寒的眸光沉了下来，低声道，"派人传出话去，若是贺兰雪想让易剑活命，五日之后，我在临波湖恭候。"

"老夫明白，王上是想来个瓮中捉鳖。"容不留了然地笑笑，手臂一伸，重新将炎寒迎进屋里，继续他们没有结束的棋局。

第28章　救人

落凤山庄。

凤九找到了贺兰雪："易剑被抓了，炎国皇帝请王爷后日到临波湖一会。"

其实易剑几日未回，贺兰雪已经有了心理准备，闻言沉默了片刻，然后转身道："马上启程。"

从这里到临波湖，还有一天的行程，他片刻都不能耽误了。

临波湖，离风朝京城不远，在石塘与京城之间，因其景色秀丽，水波清澈，一直以来是京城与石塘的文人雅士会客交友的地方，到了春日，桃花尽吐，更有无数人携妻带子，同来郊游。贺兰雪来到湖边的时候，只见到满眼的绿草茵茵，游人如织，不过三月，已是一派春色。

风朝第一号敌人炎寒竟敢只身来到人流如此汹涌的地方，贺兰雪不得不佩服他的胆色。

只是，他现在又在何处呢？

贺兰雪自然不是只身前来，他右手还未复原，深知自己的功力受制，故而从天一阁中选了两位水中格斗高手。他固然任性，却也不至于莽撞，自知之明是有的。

现在，那两个神色恭敬的汉子站在他身后，目光警惕地观察着所有经过贺兰雪身边的人，从他们的任何蛛丝马迹猜测着他们的来路。

岸边亦不乏妖娆的女子，见到贺兰雪，不禁猜想是谁家的美貌男子，忍不住驻足窥望。

湖面彩舫小舟无数，却不知炎寒在哪艘船上。

正犹疑着，湖面上突然飘来一阵异常悦耳的歌声，岸上的人不约而同朝歌声传来的方向望过去，只见一艘极大的画舫，在星罗棋布的小舟中，最是华贵显眼。

贺兰雪看了，不由得低声自语道："这样的气派，比起皇家也不遑多让，炎寒总不至于这么嚣张吧？"

他眼睛盯着画舫，却见那画舫竟顺着水朝他直奔而来，一个颀长的身影站在船头，青色绸衣，镶有金边，一手执壶，对着江面洒然自酌，只看侧影，便是说不出的潇洒阔气，让岸边的行人啧啧不已。

等贺兰雪看清来人，不由得微微一哂："他倒真的很嚣张。"

那船头喝酒之人，正是炎寒。

待船靠岸，炎寒放下酒杯，踏上船头，朗声道："不知逍遥王可有雅兴，与在下酌饮一杯？"

贺兰雪微微一笑，撩起下袍，跃上船去。

贺兰雪与炎寒也不急着说话，而是一人一杯，浅斟慢饮。至于两人身后的侍卫，自见面伊始，便一副剑拔弩张的样子，只是未得主子指示，只能巴巴地在那里瞪眼睛。

"有景无歌，实在少了意趣，不如请秀娘为逍遥王高歌一曲？"炎寒终于放下酒杯。

贺兰雪猜不准他葫芦里卖着什么药，只是微微一笑，洒然道："如此，多谢炎公子的招待了。"

他的话音甫落，舱门突然大开，贺兰雪朝那边望过去，本来含笑的面容蓦然一滞。

一个雪衣女子在众舞姬的簇拥下款步走了进来，然后踏上本就安置在船舱中间的鼓台上。

女子挥袖，做舞。回旋中，轻扬的歌声飘出。

然而这歌、这舞，贺兰雪都是熟悉的，如果方才还有点迟疑，现在，他万分确定加肯定，面前的女子，真的是容秀。

是当年一舞倾城、惊艳风朝的容后。

贺兰雪怔了一会儿，举杯将手中的酒一饮而尽，酒气上涌，他思维有点乱，怎么也想不出个所以然来。这曼妙至极的歌舞，于他而言，成了煎熬。

终于，歌停，舞歇。

炎寒转过头，平平淡淡地看着他："贺兰公子觉得秀娘的歌喉如何？"

"天籁。"贺兰雪毫不迟疑地吐出两字。

"贺兰公子若是喜欢，可以将她带走。"炎寒漫不经心道，然后朝容秀招了招手。

容秀神色呆滞，木然地靠了过去，蜷缩在贺兰雪的脚边。

贺兰雪的身体僵了僵，然后自若地答谢道："如此，便多谢炎公子了。"

"不用客气。"炎寒微微一笑，自顾自道，"其实想送贺兰公子另一件礼物的，既然公子选了秀娘，那另一件礼物，不如丢进湖里吧。"

贺兰雪闻言，目光一转，透过雕花窗棂，他已看到了外面一个悬挂在湖中心的木杆，而木杆的尽头，挂着一盏大得惊人的灯笼——大得可以装下一个人。

易剑。

他手掌微合，将酒杯握得生紧。

"怎样？贺兰公子想带走哪份礼物呢？"炎寒饶有兴致地看着他，淡淡问。

容秀或者易剑，倘若只能带走一个，他会选择谁？

"我很贪心。"贺兰雪沉默了一会儿，然后粲然一笑，"两件礼物，我都要带走。”

“那会很重的。”炎寒浅笑道，“只怕到时候，贺兰公子会觉得累赘。”

“我这人啊，就怕闲得慌，偶尔有点累赘的东西，更好。”贺兰雪一脸的笑，漂亮的桃花眼眯起来，满不在乎的模样，“炎公子请我来，只怕不止送礼这么简单吧？”

“闲谈而已。”炎寒淡淡道，“今天本来还有一位贺兰公子的故交，只是临行前，宫里传来消息，说兰妃就要临盆了，他也许会晚点到。”

“没事，我现在就是时间多，何况美景如画，美人如玉，有什么不能等的。”贺兰雪继续斟饮。

炎寒将贺兰雪的细微神情捕捉入眼，洞悉一笑，不由得相信了容不留的话。他果然是一个处处弱点的人，任何与他亲近的人，都是他的弱点。

风朝，皇宫。

裴若尘仰面望着天空中一点点的红色，晕染成夕阳，鲜红若血。

兰宫前，御医们照样川流不息。裴若兰就要临盆，从阵痛开始到现在，已经五个时辰了。

屋里出来的御医们一面擦汗，一面换另一批进去，而婴孩始终也没有出来。

站在殿外，裴若尘与裴若兰之间，隔着两间大厅，隔着一道长长的甬道，可是那么远那么远，他依然能听到她撕心裂肺的喊声。

裴若兰的声音已经带点沙哑了，她已精疲力竭。

裴若尘却只能安静地站在门外，他虽是若兰的亲哥哥，却是外臣，不能擅入内宫，更不能进宫嫔的产房了。唯一有资格进去宽慰她的男人——贺兰淳，却不在此处。他在自己的妃子临盆之际，去了容太师的府中，只因为他从裴若尘口中得知：容秀得了癫痫，正在家养病。

想到这里，裴若尘的唇角露出一抹嘲弄的笑：容秀确实得了癫痫，只怕此刻并不在太师府，而是在贺兰雪的怀中。

从前父亲与容不留斗的时候，裴若尘其实不曾将容不留这个靠裙带关系荣登高位的老头太放在心上，如今才知他是怎样一个劲敌：一个肯牺牲自己的女儿以换取自己荣华富贵的人，比一个能征善战的将军更加可怕。

人只要有情，便有弱点；倘若没情了，他便没有弱点了。

容不留，看似闲散无能，其实，已经没有弱点可寻。而至于他为什么肯与自己结盟，裴若尘到现在也没有太大的把握，据容不留自己说，淳帝越来越刚愎自用，而且对他极为提防，他此刻叛淳帝，也是为了自己以后着想，事后，他也只要求保全原位，并不需要另外加官晋爵。

这个要求，显然很低，低得裴若尘不得不多放个心眼。

这是一只老狐狸，他的胃口，也决计不止这一点。

更何况，现在淳帝突然造访太师府，倘若他交不出容皇后，事情又该如何收场呢？

炎寒还在临波湖等他……

裴若尘悠游的神思很快被裴若兰的嘶喊声拉回现实。他重新看了看天边的夕阳，不知为何，突然有种极心痛的感觉，像有一根针冷不丁地刺了一下他的心脏。

痛意未退，一个御医小跑着过来，气喘吁吁问："大人，不好了，兰妃落红了，大人，万一有个好歹，是保兰妃还是保小皇子！"

"是小皇子吗？"裴若尘神色一惊，急忙问。

"是小皇子，就快出来了。"御医脸色苍白，额头冷汗直沁，"大人，快做决定吧，如果慢了，贵妃娘娘和小皇子都保不住！"

裴若尘怔怔地反问道："王上回来没有？"

"王上还没回宫，大人，你是这里唯一说得上话的人，请大人快点做决定吧！"御医心急，猛地跪了下去，重重地磕了几个头。

遇到这样的事情，万一选错了，御医院只怕在劫难逃。裴若尘是风朝丞相，也是兰贵妃的亲兄长，如果由他来选，到时候追究起来，好歹还有一个挡箭牌。

小皇子还是若兰？

裴若尘大脑一阵空白，几乎站立不住。

他该怎么选择？

小皇子，是所有布局中至关重要的一步，没有小皇子，一切都是枉然。

可是，若兰是自己的妹妹啊，并不仅仅是生育工具。她是自己从小看着长大的妹妹，看着她一天天长大，一天天出落得水灵漂亮；看着她进宫，渐渐成为仪态端方的贵妃。以后，她还会成为太后，母仪天下……又怎么能在这最好的年华，辞世而去呢？

"保……"裴若尘梦游一般吐出一个字，后面的抉择，却是无论如何都说不出来。

选了妹妹又如何？贺兰淳已经不可能再亲近裴若兰了，既然提防着裴若尘，一定不会让他的侄子做以后的皇帝，从此以后，裴若兰便如古往今来所有的白发宫人一样，凄凄冷冷地老死宫中，或者等待着下一个改朝换代，才能见一见宫外的阳光。

裴若尘又想起父亲叮咛他时，那样慎重的表情；想起若兰捧着小腹，那么踌躇温柔的表情；想起贺兰淳看着自己时，那样提防冷漠的眼神。朝中众人恭顺尊敬的背后，是如狼似虎的嫉妒与猜疑，他眼下看似风光无限，可是每一步，都是踩在荆棘上。

如果没有小皇子……

如果没有小皇子，裴家便再也没有崛起的机会，他、裴若兰，依附着裴家的所有官员下人，都会树倒猢狲散。

“保、陛、下、的、血、脉。”他终于说了出来，一字一顿，艰难而刺耳，那文字，仿佛变成实体，变成一根尖锐的针，从他的肺部，一针一针，鲜血淋漓地刺上来，从嘴边出来时，他已痛彻骨髓，满口鲜血，不能言，也不能动了。

御医惊怖地看着裴若尘吐出一口血来，怔了半晌，忽而回神，急忙回身跑了回去。

孩子嘹亮的哭声，划破长空。

裴若尘只是站着，藏青色的蟒袍与夜色渐渐融在一起，他立于暗暗沉沉的天地间，孤寂而单薄。他的影子被拉得老长，映在宫道淡色的水磨石上。

宫人们已经抱着洗好的小皇子走了出来，远远地见到裴若尘，迟疑地站定，不敢靠近。

裴若尘垂下眼帘。许是因为夕阳太红了，他的视线里，所有的事物，竟都成了红色。

“抱过来，给我看看。”他的神色突然缓和，沉静一如既往。

宫人舒了口气，从前儒雅温润的裴大人终于回来了，方才冷若冰山的裴大人，只是一个错觉吧。

小小的生命，被小心翼翼地送到了裴若尘的手中。

裴若尘低头看着他，皮肤皱皱的，一点也不像若兰，那么丑。

“大人。”宫人在旁边轻声道，“娘娘已经……”

“着人告知王上。”裴若尘神色未动，只是低下头，牢牢地看着怀中的婴孩。

“是。”宫人欠了欠身，转身时，不禁腹诽裴若尘的冷血了。亲妹妹死了，他怎么连哭都不曾哭。

裴若尘一直抱着小孩，任他大声哭泣，任自己的双腿，站至麻痹。而双手，从未这般沉重过。

伊琳得到消息赶到的时候，只看到那个男人抱着一个用黄色锦布包着的小孩，傻子一般站在漫天余晖中。一直清俊儒雅的容颜，有点僵硬，竟是没什么人气。

伊琳有点同情他了，她轻轻地走了过去，伸臂将小孩从他的臂弯里接过来。

“好健康的小皇子，若兰姐姐若是天上有知，也定会瞑目了。”说起裴若兰，伊琳的眼圈都红了，有点兔死狐悲的意味。

裴若尘淡淡地看了她一眼，又看了看小孩，然后退后一步，弯下腰，行了一个无比隆重的见面礼：“小皇子生来便没有母亲，若尘希望琳妃娘娘能将他视若己出，好好待他。”

容秀不在宫里，若兰过世，此刻最得宠的妃子便是伊琳，小皇子也自然会被她领养。

裴若尘一向对伊琳不冷不热，突然这样，伊琳倒有点受宠若惊了。

“裴大人放心，王上的骨肉，本宫自然会好好待他。”

裴若尘平静地道了声“谢谢”，然后转身，朝余晖尽处的宫门走去。

贺兰淳在太师府的大门前停下脚步。

他是微服前来，自然不能大大咧咧地让太监前去通报，只是派了一个护卫拿着信物低调告知，那门卫神色一凛，拿着信物很快消失在大门内，不一会儿，大门洞开，容不留率着众人走了出来。大街之上，容不留正要行礼，贺兰淳抬了抬手，止住他的动作，然后袍摆微拂，大步走了进去。

“皇后在哪里？”长廊上，他一面走，一面问容不留。

容不留有点吃惊。他一直以为贺兰淳是不待见容秀的，未料到贺兰淳会亲自来府邸探望她。

“听若尘说她患病了，现在如何？”贺兰淳见容不留没有回答，顿住脚步，转头凝视着他。

容不留没有丝毫慌乱，从容不迫地回答道：“娘娘确实染恙，出了点疹子，发烧疯言疯语，大夫交代说这会儿不能见阳光，会传染他人，老臣便将娘娘暂时安置在后院，以免危及王上的千金之体。”

“带朕去看看。”贺兰淳听说会传染，略微顿了一下，还是坚持原来的决定，“朕要看看皇后。”

容不留本待劝说，抬头见贺兰淳的表情，亦知不可劝说，只得伸臂一引，将贺兰淳引至后院的一个阴暗的小屋前。

“皇后娘娘就在里面，王上还是不要靠近，万一有个好歹，实在不是社稷之福。”容不留在一旁说道。

贺兰淳“嗯”了一声，隔着窗户往里望去，果然见到一个身材窈窕的女子呆呆地坐在床沿边。她的头发披散下来，拦住了面容，屋里的光线很暗，看不太清楚，只是她这样孤零零地坐着，看着异常萧索。

“容秀。”贺兰淳唤了一声她的名字。

在她嫁给他之前，他一直这样称呼她的全称，想一想，已是六年没有这样唤她了。

里面的人似乎也有感触，抬起头，朝这边望了一眼。

面容依旧是模糊的，依稀能看到发丝间她的眼神，那么楚楚可怜、温婉动人。

贺兰淳心中一紧，面上也不露出分毫，只是板着脸道：“朕会接皇后入宫，请御医专门诊治。容太师，你府中能安排一辆不透风的马车吗？”

容不留连忙拱手辞道：“娘娘此刻入宫，对宫里的贵人恐怕不好吧。”

“皇后便是最大的贵人！”贺兰淳冷脸斥道。

容不留愣了愣，贺兰淳此刻的严厉，颇有点关心则乱的意味。怎么他从前没发现，其实王上心中还是有皇后的？底下的臣民们，只看见了帝后关系冻结了这么多年，哪里明白里面那么多弯弯转转的心思？

“如此……老臣过几日，待娘娘略有好转后，立刻将娘娘送回宫去，王上以为如何？”容不留极快地琢磨了一番，如是回答。

贺兰淳没有再说什么，只是负手，在窗棂外静静地看着里面的女子。

良久，他才转过身，刚才略有触动的表情，再次冷漠如冰：“回宫。”

宫里，还有另一个妃子正在分娩。

他不得不娶的另一个女人。

哪知贺兰淳还没来得及走到大门口，便有宫中的信使骑马赶来，那太监慌慌张张，一路狂奔过门厅、走廊、花圃，一直跑到贺兰淳的身前。

“王上，兰妃娘娘生了！生了位小殿下。”那人禀告道。

贺兰淳还未做出反应，那人接着又说：“只是娘娘……娘娘仙逝了。”

贺兰淳的动作微微一滞，然后语气轻松地道了句“知道了”，旁边的容不留也不敢说什么。

裴若尘最终还是来了。

他来的时候，贺兰雪也记不清自己喝了多少酒了，炎寒初是浅酌，最后顶不住贺兰雪的软磨硬施，也跟着喝了不少。

两人的酒量皆是惊人，先是用杯，后来觉得麻烦，直接用碗。虽然未醉，神色间，却已经有了酒意。

又一坛三十年老汾酒下肚后，炎寒突然问道：“伊人还好吧？”

贺兰雪立刻警惕起来，正规正矩地回答道：“贱内不劳王上操心。”

炎寒微笑：“她什么时候成你的贱内了？”

“一直都是。”贺兰雪口风很严，不露破绽。

炎寒还是微笑，云淡风轻的样子，好像不把贺兰雪的话真的听进心里去。

贺兰雪环视着画舫里面，容秀神色呆滞，依旧站在一侧，外面的易剑还像年猪一样被挂在木杆上。天色越来越晚了，炎寒葫芦里卖什么药，他仍然没摸清楚。如果说想取他性命，直接在酒里落毒就行，可是酒是好酒，干净得很。若对他的这条命不感兴趣，这样几番周折将他请来，又如此要挟着，到底意欲为何？

正想着，裴若尘来了，姿态仍然挺拔风流，只是脸很白，没有血色，像在水里泡了许久一样。

贺兰雪拱了拱手，很自然地打招呼道：“若尘。”

裴若尘冷淡地点了点头，坐到了两人之间。

“上次的事情，虽然你也没安什么好心，但还是谢谢你及时通知。”他与贺兰钦被困在佛堂，某些方面来说，是因为裴若尘的及时报信，才能逃过一劫，而且，如今想来，他执意用弓箭，一把大火全部烧掉，也是为了他们能安全脱身。

现在，贺兰淳不知道他与贺兰钦还在人世，一定会放松警惕，无论干什么，都是相当方便了。

包括——

刺杀。

裴若尘又轻轻地点了点头，表示听到了贺兰雪的话，他的神色依旧。

“宫里如何？”炎寒重新拈起酒杯，淡淡问。

“小皇子已经降生了，风朝上下，正普天同庆。”裴若尘淡淡回答。

炎寒笑了笑，道了声“恭喜”。

至于小皇子的母亲如何，似乎没人关心。

裴若尘的视线缓缓地挪到窗外。

是啊，普天同庆，他一出宫，宫里的人早已骑着马，将这个好消息传到了大街小巷。来的路上，他一直听到喜庆的鞭炮声。

没有人关心那个死去的人。

裴若尘又想，倘若死去的是自己，这世上，可有谁为自己伤心难过？然而这个问题，他但凡一想，便有种全身透凉的感觉。也许，此时与他关系最亲近的妻子贺兰悠，也不过是冷淡的三言两语罢了，大抵不会为他流泪的。

再或许，除了一人……

裴若尘自嘲一笑，端起酒杯抿了一口。

贺兰雪静默了一会儿，终于决定不再兜圈子，他单刀直入地问：“你们到底想要我干什么？”

“给你一个报仇的机会，”裴若尘淡淡道，“一个月之后，淳帝会带着新生的小皇子前去祭天，祭天的守卫是御林军，而到了午时，王上祭天的时候，我会安排御林军换班，其中有将近半刻钟的空当，王爷无论做什么，都可以在这段时间完成。”

“完成后再被你们抓，然后，你们拥立小皇子摄政霸权，我则承担这弑兄的罪名？”贺兰雪好笑地问。

裴若尘神色未动，很坦然地回答道：“是。”

“我是傻子吗？”贺兰雪问。

“不是，可是你不得不去做。”裴若尘平淡地点破他。

贺兰雪沉默了一会儿，然后苦笑道：“明知做完后，结局也不会有什么改变，为什么我还要去自取灭亡？不，我不会去做。”

“难道，你想让你最忠心的属下和你心爱的姑娘死在你面前？”裴若尘抬眸，淡淡问。

贺兰雪还是苦笑：“我心爱的姑娘是伊人，她现在很安全，至于阿秀，虽然我很想带她走，但再一想，也许她留下来会更好。容不留再不济，也不至于将自己的亲生女儿怎么样。至于易剑，人孰无死，他能为我死了，也算是尽责。”说到这里，贺兰雪抬高声音，高喝了一句，“对不对——易剑！”

大灯笼里传出呜呜的声音，船侧的湖水也立即随之分开，十数条不知从哪里钻出来的人影从水底暴起，剑鱼一般射向易剑所在的地方，贺兰雪也已出手，他身后的两名侍卫堪堪拦住了舱内人的进攻，贺兰雪身形微动，已晃至舱门处，一把抓住了容秀的手腕，轻喝了一句“我们走”。舱门大破，外面来接的人从舱外硬生生地开了一个口，贺兰雪拉着容秀，迅疾地上了船头，然后跃入画舫旁边的一艘小船上——小船是集了十余人的力气，从水底拖曳过来的。一路用石头压着，水面上看不到丝毫水纹。

船撸轻摇，顷刻间，船身已划开了好几丈。

易剑那边，也已被救，跳入水里，转眼没了踪迹。

贺兰雪松开容秀，走到船头上，冲炎寒洒然地行了一抱拳礼，浅笑道：“就此别过了，改日再回请王上。”话未落尽，人已老远。

“他是一个疯子，却不是一个傻子。”炎寒不以为意地看着湖面上残留的水痕，轻声道。

“王上放心，下面的，我已经布置好了。”裴若尘接了一句，同样是一副好整以暇的模样。

炎寒对裴若尘说：“我明日便回炎国，希望不久便能听到你的好消息。”

“好。”裴若尘点头道，“贺兰钦已经回到绥远，到时候，如果他有什么举动，还望王上牵制他。”

“自然。”炎寒淡淡地应了一句，然后重新转过身，朝远处的碧波看去。

凤九亲自带人接应贺兰雪。一见到容秀，先对她说了一句：“皇后娘娘，你现在走，还能赶在关门前进宫。”

贺兰雪诧异地回过头去，方才还呆滞如木偶的容秀，眼珠一动，突然灵动了起来，她拎起裙摆，朝凤九盈盈望了过来，轻声问：“凤先生怎么知道我是装的?”

“好说，给你施蛊的那个人，恰好是凤庄的一个故旧，你用高官厚禄说服了他同你演这场戏，他回头就飞鸽传书告诉了我。”凤九慢条斯理道，“你想借此脱身，然后回宫向淳帝示警，对不对?”

“那个人答应与我合作，一开始就是得到了你的授意?”容秀眸色一凛，复杂地问。

“皇后娘娘不必多虑，我没其他企图，只是想助娘娘一臂之力。”凤九淡淡道。

“你们会那么好，放我去给王上示警?”容秀心中突然涌出一阵戒备，昨日她费尽唇舌，几乎要做到色诱的水平了，方说服那个被裴若尘请来给自己下蛊的人，替自己掩饰，做了这一出戏。不承想，那人从一开始就不打算下蛊，一开始就诱使她自己说出来。

这样的心机，她又如何能相信？如果连自己的亲生父亲都能做到如此地步，这世上，她还能相信谁？

凤九继续说："从始至终，我们都不曾害过娘娘吧？否则，易剑也不会被炎寒困住。"

容秀想想也对，脸上微赧，可是依旧提出自己的质疑："你们……真的会原谅王上？"

"不会。"贺兰雪冷不丁地插了一句，"杀母之仇，不可能原谅。"

"阿雪……"容秀心中刺痛，呢喃着他的名字，"如果为我呢，你可不可以……"

"不可以。"贺兰雪平静地否决道，"这次回去后，倘若你继续站在贺兰淳那边，也许终免不了为敌的一天，我可以承诺，无论你做什么，在我有生之年，绝对不会伤你害你，但是，对贺兰淳，也许我不会取他性命，却一定要向他讨个说法。"

"阿雪……"容秀脸色微白，还想说什么，又觉得徒劳无力。她看了他一眼，也不再多说什么，末了，朝他拜了一拜，然后转头吩咐撑船的人："走吧，靠岸。"

纤弱的身躯，渐渐化进了那一片灯火迷离处。

她要连夜赶回宫，为贺兰淳示警了。

"王爷，易剑如何？"凤九问。

贺兰雪朝岸边望了一下，担忧道："我去看看。凤先生还是快点离开这里，恐不太平。"

"王爷放心。"凤九淡淡地应了一句。

第29章　逼宫

贺兰雪凌波空点了几次，很快到了岸边。

从水底营救易剑的人已经来到了他们之前就约好的地点，是临波湖旁边的一座废弃的庙宇。

贺兰雪进去的时候，众人正围着易剑，而易剑则坐在佛龛的正前方，调息养气。

庙真的很破了，而且久无人气，到处都是沉淀已久的尘埃与沾满灰尘的蛛网。

贺兰雪进去的时候，便撞到了蛛丝网，蒙了他一脸。

他伸手将蛛网抹掉，手还未放下，便已经发现了不妥。

太安静了，这座庙太安静了。

里面坐着的人，仿佛没有听见他的脚步声，依旧维持着原状。

贺兰雪心中微惊，站在了庙宇门口，仔细地打量着里面，并没有进去。

围着易剑的那八个水中好手，都是背对着他，贺兰雪看不清他们的脸。

而唯一面向着他的易剑，正闭目养神，只是表情很是奇怪，仿佛在强制地压抑什么似的，眉头微皱，额头似要沁出汗来。

贺兰雪往旁边走了一步，信手拈起旁边的一块砖石。

他放在手里掂了掂，然后瞄准一人，倏地一下，将砖石抛了出去。

砖石响处，那八个人同时暴起，机械一般，朝那个方向攻去。

易剑也猛地睁开眼睛，见到贺兰雪，艰难地吐了一声："王爷，快走。"

贺兰雪反应神速，早已看出了端倪。一定是炎寒在易剑身上放了什么东西，接触易剑的人，都会变成傀儡一般的攻击者，易剑方才一直调息养气，原来只是龟息法，他必须屏住自己的呼吸，不造成任何声响，这才躲过了这八个人近乎疯魔的攻击。

现在，易剑出言向贺兰雪示警，那八个人又很快折身，朝易剑冲过去。

易剑站起身，拿起身边的树枝杈当长剑，他的脚步有点踉跄，看来，早已体力不支。

"王爷，快走啊！"见贺兰雪非但没有离开，反而朝里面走了进来，易剑再次气急败坏地喊了一句。

只是他最后一个话音落时，贺兰雪已经欺近，他左手使剑，挑飞了一个正打算砍向易剑的"傀儡"，然后转身防护，将易剑护在身后。

“王爷，你不要管我，你现在的情况，根本打不赢的，他们现在已经失去了神智，既不会痛也不会累，王爷……”易剑还在后面喋喋不休，贺兰雪的目光，却已经在破庙里快速睃巡了好几番。

那八个人又围了上来，封住了通往门口的所有道路。

贺兰雪朝他们后面倚着的墙壁望了望，然后，他又低头看了看自己的右手。

毫无力度的右手，只怕再也不能像从前一样，一掌惊涛了。

易剑还在继续说着：“王爷，你先走吧，我身上早已被裴若尘他们放了软筋散，方才调息了半天，才能搏上一搏，此刻，药力重新上涌，我肯定走不掉了，等一会儿，我会拖住他们，王爷……以后再遇到什么事情，不要这样逞强了，凡事要量力而为。”易剑这句话，说得有点像遗嘱了。

“闭嘴。”贺兰雪不客气地打断他道，“我只知道尽力而为，从来不知道量力！”他不敢低头，脖颈僵直看着前方，“易剑，你再坚持一会儿，我数到十，只要我数到十再倒下，成不成？”

易剑望着贺兰雪的侧脸，俊美的容颜异常严肃，眼中有种让人安心的霸道与自信，他不由得点点头。

“好……”贺兰雪扶稳易剑，深吸了一口气，然后，全力一肘向后撞去。他终究是血肉之躯，每撞一记，自身都在承受极大的反弹力。一、二、三……连肩带肘已经被碎砖刺得血肉模糊。

“王爷……”易剑看得惊怖，低声惊呼。

贺兰雪咬着牙，生怕一开口会泄了浑身气力，

八、九……十！最后一击，他几乎是连头带肩一起撞过去，砖石灰粉簌簌而下，易剑也一诺千金地倒了下来。

贺兰雪一把接住他。

那八人似刚刚回过神来，纷纷猛攻了过来。

贺兰雪抱着易剑，最后一击，本就摇摇欲坠的墙壁轰地倒塌，他就势一滚，从碎石尖瓦上滚过，很快离开了废墟，朝旷野的方向跃去。

地势的掩映下，他们终于逃脱。

待逃至湖边的一个草丛中时，贺兰雪的体力终于不支，倒在了地上。

容秀上了岸，便马不停蹄地朝皇宫的方向赶去。

夜色已晚，她雇不到马车，只能拎着裙摆狂奔，到都城的时候，城门刚刚准备关闭，容秀高喊了一声：“等一等！”那负责关门的士兵停了下来，迟疑地望着她。

待容秀走近后，士兵伸臂拦住她，粗声道：“现在已经不能进城了。”

容秀无法，只能亮明身份，道：“我是当今皇后，你必须让本宫进去！”

说这句话时，容秀的气势十足。

士兵狐疑地看了她一眼，本是将信将疑，后又想起宫中的谣言，说皇后现在患疾，住在宫外，也不是不排除这个可能。

“快点放本宫进去！”容秀沉着脸，摆出皇后架子，厉声呵斥。

那士兵抖了抖，望了望天色，想想，反正也是刚关的城门，这个疯婆娘也怪可怜的，就当做好事吧。

这样想着，士兵已经挪开了一个小缝隙。容秀顾不得其他，从缝隙里钻了进去，朝皇宫狂奔，用最快的速度穿过京城的大街小巷，很快来到宫门前。

守卫宫门的士兵好歹是见过世面的，从前容秀进进出出，也见过许多次，乍见到她，也是奇怪，但是没有过多阻拦，只是火速地跑去通知大内总管和王上了。

容秀也懒得管他们，仍然跑得极快，径直朝贺兰淳每晚都会滞留的议政厅走去。

贺兰淳是一个很勤政的皇帝。在这长长的五年里，每次容秀站在殿前的台阶上，遥望着议政厅，总能看到它前面的灯火，燃烧到很晚，很晚。想到这里，容秀心跳一滞，突然发现原来自己已经关注他许久了，在两人关系最冰冷的时候，她也是等着议政厅的灯光熄灭后，方能安心地入睡。只是当时，她自己并不知晓。

正如他一样，对她的感情，他也始终不曾知晓。

念及在裴府的那件事，容秀满心柔情，她停在了议政厅的大门前。

门内灯火通明，一队皇帝的亲卫正守在门口，容秀仰望着他们，仰望着门缝里透出来的灯火辉煌，方才还焦急的心突然安宁了，她一步一步，跨上台阶。

站在最前面的士兵似乎没看清楚她的脸，例行公事地伸出手拦在她面前，厉声问：“站住！来者何人！”

“她是朕的皇后，让她进来吧。”容秀还没有回答，贺兰淳的声音已经疏疏淡淡地传了来，安详而冷静。

容秀的泪水突然涌了出来。

那士兵诚惶诚恐地让开来，给容秀行了礼。容秀看也不看他，只是目不斜视，平缓而坚定地走向大门。

手放在那扇朱红色的雕花木门上，然后，轻轻地，轻轻地，推开。灯光泻了出来，屋子里的人站在灯火辉煌之中，一手拿着书卷，另一只手负在背后。

他转过身来看她。

容秀的眼睛泪蒙蒙的，视线全部被糊住了。

“鞋子呢？”贺兰淳审视了她许久，突然皱眉，问。

容秀之前在鼓面上跳舞，所穿的鞋子是那种薄底的布鞋，后来一路紧赶慢赶，那鞋子早已破损，丢在了路边。现在，站在贺兰淳面前的容秀，一身纱质舞裙，赤着足，蓬头垢面，满额汗水，实在狼狈至极。

容秀闻言，用左足蹭了蹭右足，低下头，泪水于是落到了她的衣襟上。

贺兰淳看在眼里，突然向前走了一步，信手拿起自己放在议政厅的便鞋，弯下腰，抬起她的脚，将那双已经冻得发红的脚，轻轻地放进鞋里。

容秀呆呆地看着，一时不知道说什么，只是方才默默地哭泣，眨眼变成了抽噎。

她哭了起来。

贺兰淳却已经起身，退后一步，坐到了正位上，冷淡地看着她。

他的冷，总是来得太突然。在他为容秀穿鞋的时候，容秀觉得他那么近那么近，眨眼又远了。

“发生了什么事?”贺兰淳盯着那张梨花带露的苦脸，沉声问。

容秀还是哭，她一路跑来，只想为他示警，可是真正站在这里，容秀却犹豫了。告密，就意味着将自己的父亲推入绝境。他固然在最后关头舍弃了她，可是二十多年的养育之恩，那么多日日夜夜的守护之恩——容秀母亲早丧，她是由父亲带大的，教书习字、陪伴玩耍，容不留却做得极尽责。这种种恩情，怎能就此一笔勾销?

“到底发生了什么事?”贺兰淳有点不耐地重复了一句。

容秀突然跑上前，一言不发地抱住他，她扑在他怀里呜咽：“我们走吧，你带我走吧，走到一个没人的地方，我给你生一大堆孩子，我们在一起快快乐乐地过一辈子，好不好？好不好?”

贺兰淳的身体有点僵硬，他任由容秀抱着自己，神色未动。

容秀抱着他，却像抱着一个没有生命的玩偶，她终于止住了哽咽，抬起头，楚楚可怜地望向他。

贺兰淳一脸平静，根本没有被她的言语所动，只是一副若有所思的样子，似在琢磨着什么。

“王上……”她有点无力地唤着他。

贺兰淳却突然站了起来。容秀一个不防，跌落在地上。

“容不留那边是不是有问题?”贺兰淳没有看她，只是望着前方，冷静地问，“你根本没病，昨日朕去探望的那个人，根本就是假的!”

“王上……”容秀匍匐在地上，想爬起来，又觉得全身无力，她冷如冰窖。

“来人!”贺兰淳高高在上地说道，“扶娘娘回宫休息，通知御林军，马上集合，包围太师府!”

说完，贺兰淳大步走了出去，从灯火之中，迈向门外沉甸甸的黑暗里——那浓得像墨一样的黑暗，眨眼将他淹没。

容秀仍然匍匐在地上，近乎绝望地看着他的远去，在他彻底消失之时，她突然笑出声来。

那是凄厉而嘲弄的笑声。

凤九带伊人回到之前约好的客栈，左等右等，就是等不到贺兰雪。其他派去营救的人倒是陆陆续续抵达了，只剩下最后抬走易剑的八个人、易剑以及贺兰雪未归。

凤九略一思索，便知道出事了。“赶紧组织人去找王爷。”他略有点焦急地吩咐左右，“主要在那庙宇附近，还有河边，沿岸的村庄树林，全部搜一遍！”

众人领命而去，凤九微吐了口气，转身，见伊人正眼巴巴地看着自己。

“阿雪是不是出事了？”伊人问。

凤九迟疑了一下，诚实地回答道：“是遇到了一点状况，而且，这么晚了，王爷还没有给我们报信，只怕遇到的状况还颇麻烦。”

伊人低下头，琢磨了一会儿，然后抬头道：“那我们去找他吧。”

“已经派人去了。”

“我也想去。”伊人的口气一点也不像是请求，而是结论。

凤九本想一口反驳，却又找不到能说服伊人的理由，顿了顿，终于妥协道：“那好，我们也去找一找。”

容不留的府邸一夜被围。

深寂无人的大街上，御林军轻巧整齐的脚步声，踩着夜色，鬼魅一般来到了太师府的四周。

然后，一人上前，叩响了太师府的大门。

睡眼惺忪的门房上前开门，还未出声，只觉喉咙一凉，他睁大眼睛，困惑地看着面前冷硬的军士，一声不吭地倒了下去。

那率先冲上去的军士朝后面打了一个手势，后面的御林军潮水般汹涌而无声无息地涌了进去，太师府一阵静谧，偶有巡夜的人，刚发现一点端倪，便被人割破喉咙，叫喊声卡在喉咙里。

容不留就这样被堵在了卧房门口。

可毕竟是做过太师的人，在经过短暂的惊愕后，容不留坦然道：“我要见王上。”

“王上说了，他不想见你。”为首的军士冷冷地一口拒绝。

“难道他不想知道，风朝真正的内奸是谁吗？”容不留还算镇定，他低声说。

“太师，可以借一步说话吗？”军士突然踏前一步，往房内手臂一伸。

容不留犹豫了一下，转身走回房内。

那军士紧跟其后，进去后，他顺手合上了房门。

“到底什么事？王上是不是私下有话对我说……”容不留听见声音，一面转身，一面这样问道。

可等他看清楚后面的景象时，剩下的话，则全部卡在了喉咙里。

那军士已经亮出了兵刃，长剑森冷，杀气腾腾。

“王上……”容不留满语困惑。

“裴大人让属下问候太师。”军士冰冷地回答道，“裴大人说了，是太师先出卖他的，也由不得他无情了。”

“裴若尘……你是裴若尘的人！”容不留眼中的困惑，转眼变成了惊怖。

“对不住了，太师。”军士眼底一寒，长剑挥来，外面的人只听到一声惨叫，过了一会儿，御林军的统领走了出来，向众人平静地宣布道，“容太师已经畏罪自杀了。”

现场很安静，底下没有一丝一毫的异言。

统领继续道：“太师府的其余人，也被叛军灭口，我们来迟了。”

他的话音刚落，心领神会的御林军立刻行动，太师府，一夜喋血，到黎明前，他们离开之时，空气里，全是稠稠的血腥味。

无一活口。

这件事，第二天变成了京城的第一大血案，也成了风朝末年最大的悬案。

贺兰淳知道后，却只是淡淡地“嗯”了声，然后挥手道：“既然他已经畏罪自杀了，就不要公布罪行，只说是强盗所为。按国丈礼仪厚葬。”末了，他又问：“临死前，他可留下什么话没有？太师后面，是不是还有人？”

统领匍匐在地，恭敬地回答道：“是柳氏余孽，柳家少主柳色。”

“原来是他……”贺兰淳沉思了一会儿，自语道，“听说最后一次见到柳色是在夏侯的属地，难道他们又回到京城了。”

“王上，需要属下捉拿柳色归案吗？”统领请示道。

“不用。”贺兰淳漫不经心地驳了一句，然后随口问道，“柳溪什么时候抵京？”

“就是后天吧。”

贺兰淳沉默了一会儿，吩咐道：“太师的事情，封锁消息，不要让皇后知道，先下去吧。”

下面跪着的人又深深地行了一礼，敛眉退出。

贺兰淳突然焦躁地踱了几步，走到台阶前，他的脚突然被扎痛，他皱眉，低头一看，却看见了一支兰花状的发簪。

容秀的发簪。

贺兰淳弯腰捡了起来，放在手心里慢慢地把玩许久，然后轻叹一声，透过敞开的殿门，极目朝右边的宫殿望去。

容秀已经被软禁在秀宫里，而裴若兰，亦停尸在兰宫。孩子在伊琳那里。

他的妻子与孩子，出生的、死亡的、悲伤的、美丽妖娆的，种种种种，似乎都无法触及他的心底。她们都是不相干的，而他，始终是一个人，一个人站在这个大大的宫殿里，无依无靠。

这种无依无靠的感觉，在十五岁知道自己身世的那一刻，便再也无法消除。

他只是一个小丫头的私生子，他的母亲一辈子都在息夫人的阴影下，而他的父亲，直到最后一刻，才承认了他。这样的身份，竟然也能登上九五之尊，竟然能将贺兰雪、贺兰钦这样真正的真命天子们打入地狱。

贺兰淳的唇角，挂出一个冷冷的笑。

解决掉最大的竞争对手容不留，裴若尘便决定提前计划了。

小皇子已经被命名为贺兰天安，贺兰淳想以此祈福风朝长定久安。

裴若兰难产而死，天安暂时由伊琳带着。上午时分，贺兰淳来到琳宫，与伊琳一道逗了逗小皇子，想起裴若兰，终究有点怅然，待了没多一会儿，便离开了琳宫，在裴若兰的灵前发呆。

因怕冲了喜气，裴若兰没有大肆发丧，而是静悄悄地埋进了皇陵。

下午的时候，裴若尘进宫。

他先去了裴若兰的陵墓。贺兰淳则刚刚离开，去了秀宫。

如果是以前，裴若尘进宫，一定会先禀告贺兰淳，可是这一次，他进宫的事情，贺兰淳并不知道。而且，只要裴若尘不说，也不会有人去通知贺兰淳。这个后宫，不知何时，已经遍布了裴若尘的耳目。

裴若尘在若兰的灵前站了足足一刻钟，然后点了三根香，插在香炉里。香雾缭绕，笼罩着他的脸。

"若兰，我会照顾好天安。你安心吧。"

然后，裴若尘转身，稳稳地向琳宫走去。

伊琳正抱着天安，在内室里走来走去，哄着小孩呢。天安初生的时候挺丑的，没想到养了两日，越发白净可爱了。都说男孩长得像舅舅，贺兰天安的五官，确实与裴若尘出奇相似。长大后，一定也是一个美男子啊，伊琳没什么心思地想着。

"可惜，不知道你能不能长大呢。"伊琳用鼻子拱了拱小孩，叹息道。

在宫里，没有生母的孩子，都是难长大的。伊琳虽然答应了裴若尘，要好好照顾这个孩子，可是，他裴若尘又不是她的谁，万一以后她自个儿有了皇子，贺兰天安是一定活不成的。

正琢磨着，外面的宫女突然匆忙跑进来，快速道："琳妃娘娘，裴大人来了。"

"裴若尘来了吗？"伊琳一阵狂喜，连忙放下孩子，对着镜子梳妆打扮起来。

裴若尘走到琳宫门口的时候，后面传来了急促的脚步声。他停下脚步，神色闲淡地等着来人。

来人很快跑到了他的背后。裴若尘没有回头，只是淡淡问道："是不是府里出事了？"

那是裴府的家人。

“公主以死相逼，摆脱了监视的人，现在已经入宫了。”那人凑在裴若尘耳边，低声回禀。

“知道了。”裴若尘眼皮一跳，却没有多大反应，点点头，然后继续朝琳宫里面走去。

贺兰悠还是打算背叛他这个相公吗？裴若尘不觉难过，只是好奇。好奇贺兰悠此刻的心情，到底如何。

裴若尘走进琳宫内殿时，伊琳已经收拾妥帖、打扮得花枝招展，静候着他了。

“见过琳妃娘娘。”裴若尘说着，便要行礼，伊琳连忙上前一步，扶住他：“裴大人不必多礼。”

伊琳脸上带笑，扶在裴若尘胳膊上的手始终没有松开。

“外臣想见一见大皇子，不知方不方便？”裴若尘察觉到她的异样，本想抽开手，顿了顿，却任之由之，只是淡淡地问。

“你是天安的舅舅，当然方便见。”伊琳笑道，回头招呼了一声，“奶妈，将殿下抱过来。”

奶娘很快便将贺兰天安抱了过来，裴若尘见到他，一贯平静的脸上满是柔情，他伸臂去抱天安，无意识地挣脱了伊琳。伊琳看在眼里，却不觉得多么懊恼——裴若尘此刻的温柔让她怦然心动，她甚至有点嫉妒贺兰天安了。

“天安最近怎么样？哭不哭？乖不乖？”裴若尘转向奶娘，殷殷地问。

奶娘一一作答。伊琳则走过去，伸手逗了逗天安，仰面道：“我们家天安可乖了，不哭不闹，每天就安安静静地睡觉。”

说这句的时候，伊琳与裴若尘挨得很近，伊琳突然有种很奇怪的错觉，天安是她和裴若尘的孩子，现在，他们一家三口在尽享天伦之乐。这个错觉让伊琳心中涌起久违的幸福。

正想着，裴若尘突然将贺兰天安递给站在旁边的奶妈，然后一挥袍摆，朝伊琳翩然跪下。

伊琳吓了一大跳，正不知道说什么，裴若尘已经盯着她，一字一句问：“琳妃娘娘，你想做太后吗？你想做风朝最年轻最有权势的太后吗？”

伊琳怔怔地，不知怎么回答。

“认天安为子，扶他登基，太后垂帘听政。琳妃娘娘，你愿不愿意成为风朝历史上站在最高处的女人？”裴若尘的语调有点蛊惑了。

伊琳在经过最初的震撼后，讷讷地说：“可我对政事一窍不通……”

“我会帮你，我会像对待自己亲生儿子一样对待天安，自然也会像对待家人一样对待你。”裴若尘斩钉截铁地回答。

伊琳有点眩晕了。

她又想起方才的错觉：他们一家三口，站在风朝顶端的地方，尽享天伦。

也许以后，她与裴若尘还会有孩子，到时候……

伊琳浮想联翩，心中被一股近乎野心的东西激荡着，她深呼吸了几次，然后跪坐在裴若尘面前，用颤抖的声音，问："告诉我，应该怎么做？"

裴若尘本来想笑，可不知为何，竟笑不出来。

贺兰悠一直跑进了后宫，她本打算找贺兰淳，可是想起二哥、三哥和太后的无辜丧命，贺兰悠心有余悸，方向一转，又径直向秀宫奔去。

无论如何，先找容秀商量商量吧。贺兰悠从未这么孤单过，她需要找一个盟友。

通往秀宫的路上并没有几个守卫，皇后昔日的住处，从远处看，竟是那么萧索零落。明明已是春天，殿前竟没有一丝绿色。

到了秀宫殿前的大门，方遇到一个宫女，见到贺兰悠，那宫女慌忙地拦住她，匆匆道："王上在里面呢。"

贺兰悠怔了怔，然后突然撒泼，用当初当公主的架势，厉声呵斥道："我是公主，王上是我大哥，我要进去，你这奴才竟然拦我！"

那宫女被吓得七魄丢了六魄，她本来就只是秀宫里一个不知名的小丫头，实在不懂得应付权贵，只在旁边低头不语。

贺兰悠又气势汹汹地瞪了她一眼，这才大踏步地走了进去。可是行至外殿，她不由自主地敛了脚步，轻轻地朝里探去。

王上在里面，那是不是意味着，容秀已经说了？

如果容秀什么都说了，她便没有进去的必要了，而是应该立刻回家，回家陪着裴若尘，陪他走过他野心的最后一段旅程。

贺兰悠已做好决定，心里突然平静，她觉得自己可以应付各种状况了。

又走了几步，快接近内殿的时候，贺兰悠隐约听见了里面的谈话声，她停下脚步，将耳朵贴在墙壁上，细细地听着里面的动静。

果然，响起了容秀的声音。

容秀的声音很冷静，没有一丝一毫的涟漪，仿佛没有生命一般："王上想做什么就去做什么吧，何必顾及我，我本来就是一个无关紧要的人，本来，就只是王上的一颗棋子。"

"阿秀，我没有将你当成棋子。"贺兰淳静静地回答。

容秀沉默下来，良久，才轻声问："你当初，为什么要娶我？"

"因为我以为你喜欢贺兰雪，所以，我一定要娶你！"贺兰淳坦然道，"我不如贺兰雪伟大，凡是我喜欢的东西，从来不肯让给别人的。"

"你喜欢我？"容秀的声音颤抖了。

"是，我喜欢你。"贺兰淳肯定道，"朕现在可以明确地告诉你，娶你，只是因为那时的你，吸引了我。直至今日，只要你放下心中挂碍，你始终是朕的皇后，朕最宠爱的皇后。阿秀，你肯为朕放下一切，只是安心地做朕的皇后吗？”

“我有一件事想不明白，王上，你能给我释疑吗？”容秀并没有急着回答。

“什么事？”

“你忌惮阿雪，我能理解，可是，贺兰钦呢？阿钦一直对你忠心耿耿，为什么你要连他也一起害死？太后佛堂的那把火，不是巧合，对不对？”

听到这句问话，贺兰悠也留了个心眼，仔细地倾听着。

“不是巧合。”贺兰淳终于回答，“可是，倘若我不杀他们，他们迟早会杀了我。”

“为什么！你们是兄弟啊，他们又怎么会加害于你？”容秀不解地问。

“我们不是兄弟。”贺兰淳静静地说，“他们才是天皇贵胄，我只是一个小丫头的私生子。”

“王上……阿淳？”

“我在榕树下，发现了母亲的墓，她只是息夫人身边的一个小丫头，因为暗恋无双帝，在一次阴差阳错中，与无双帝发生了苟且之事，因而有了我。”

“这怎么可能？”容秀不信。

贺兰淳迟疑了一会儿，然后从怀中掏出一块白色的布锦，递给容秀。

容秀接过来，白布已经发黄了，显然已经经过了无数的岁月，皱褶处有点破损，大抵是常被人翻阅的缘故。她轻轻展开，上面的字颜色暗沉，容秀看了许久，才认出是血写成的字句。

很娟秀的字体，应该出于一个女子之手。上面模糊的字迹，依稀辨出：“息夫人，请原谅我，我只想远远地看着无双，只想给他生个孩子再销声匿迹，我没想让他爱上我。我对不起夫人，也知道没办法来为自己赎罪，唯有以死明志。现在无双已经不在了，我也马上会从这世上消失。夫人，原谅我们两个死去的罪人吧。”

容秀合上了布条。

“这就是我的母亲，一个连死都死得如此卑微的女子。”贺兰淳苦笑道，“我不想卑微，可是，从出生开始，就已经注定了比他们卑微！”

容秀诧异地看着贺兰淳，从来不知，那冷冷的容颜下，竟是如此刻骨的自卑与孤寂。

“你会为此而瞧不起我，后悔自己没有跟贺兰雪走吗？”见容秀满脸讶异，贺兰淳脸色一沉，冷声问。

“你是什么身世，有什么关系呢？”容秀终于回神，望着他，静静地说，“你还是贺兰淳，对不对？这根本就什么都没有改变，又何须耿耿于怀？”

贺兰淳的目光闪了闪，还未说话，门突然被推开来。贺兰悠怒气冲冲地出现在门口，她盯着贺兰淳与容秀，大声道：“就因为你的自卑与猜忌，你就害死二哥和三哥！大哥，你以为这个理由，就能为你所做的错事辩解吗！太后一直知道你的身世，她可曾轻你害你？当年你要这皇位，三哥二话不说就让给你，你现在何曾念过他的恩情？大哥，你可耻，你让我觉得羞耻！”

“您……”容秀准备说点什么，贺兰悠也一把喝住了她，“闭嘴！秀姐姐，你忘了这五年来他是如何冷落你的？现在一句简简单单的喜欢，就可以将所有伤害全部抹掉吗？世上哪有这么便宜的事！”

“那也是我心甘情愿的。”容秀哽了哽，平声静气地回答道。

贺兰淳身体一震，转头看向容秀。容秀神色素淡，眼睛深处，有种认命的安静。

贺兰悠看着气愤，然后一甩手，不管不顾道：“我不管你们了！如果想活命，现在就赶紧离宫，裴若尘造反了！这宫里，全是他的人！”

贺兰淳大吃一惊，容秀却是一声喟叹。

“到底怎么回事？”贺兰淳厉声问。

贺兰悠还没有回答，外面突然传来一阵整齐的脚步声，窸窸窣窣，井然有序，将秀宫包围了起来。

他们成了瓮中之鳖。

“挟持我，从后面走。”贺兰悠当机立断，抽出贺兰淳腰间的长剑，递给他。

即使再恼恨贺兰淳的狠绝，可是这么多年来，贺兰淳对她却是极好的。他也一直是她敬仰的大哥。贺兰淳来不及多想，只能将剑架到贺兰悠的脖颈上，往后门退去。

后门一打开，便见到了裴若尘。裴若尘领着众人，负手站在最前方。

贺兰淳与裴若尘对目而视，两人的目光都复杂至极。

他一直当裴若尘是棋子，到头来，谁也弄不清，谁是谁的棋子。

“裴若尘，让开！”贺兰淳毕竟做了这许多年的皇帝，他不会说什么“你为什么要这样做”“朕到底哪里对不起你”如此这般的废话，只是沉声，威严地喝了一句。

裴若尘没有动，依然望着他。

“若尘……”贺兰悠有点不确定地喊着他的名字。

她知道，裴若尘是不爱她的，他会不会因为自己而放掉强敌，贺兰悠一点把握都没有。

贺兰悠的声音提醒了贺兰淳，他的手一紧，贺兰悠惊呼了一声，感觉到了疼意，不知伤得深不深。

“你挟持的人，是你的妹妹。”裴若尘顿了顿，轻声道。

“也是你的妻子。”贺兰淳仰头，倨傲地回答。

贺兰悠已经不做多大希望了，让贺兰淳挟持自己来要挟裴若尘，这本身就是一个可笑的决定。

贺兰悠与裴若尘，早已貌合神离许久，何况，如今站在面前的男人，再也不是从前那个温和侠义的男子了。她确实不该指望什么。

然而，就在贺兰悠即将绝望的时候，裴若尘突然往旁边退了一步，他挥手，潮水般的士兵中间，顿时出现了一道通道。

“让他们走。”他说。

贺兰悠大出意料，连容秀也觉得奇怪。容秀已经被出卖过太多次，以至于，她竟不敢相信，这一招原来还是可行的。

“你比我幸运，悠。”在三人离开的时候，容秀轻声道。

贺兰淳瞟了容秀一眼，冷硬的唇抿了抿，眼中划过愧疚。

第30章　终章

贺兰淳带着容秀和贺兰悠，从宫后的一个小门逃了出去，出了这个宫门，便是一个很大的树林，方便逃脱。

贺兰淳已经放开了贺兰悠，牵着容秀，朝密林深处钻去。

贺兰悠渐渐地被落到了后面，她正打算喊住贺兰淳，可是，话到喉间，又突然停住了。

“大哥。”树林里传出一个疏淡至极的声音。

贺兰淳顿住脚步，回头朝声音的来处望过去。

白衣翩跹，贺兰雪从树后转了出来，远远地看着他。

“阿雪！你是阿雪！你没死？”贺兰淳敛眸，又惊又怒。

“是啊，也许我命不该绝，所以几次三番都没死成。最近的一次生命垂危，也被伊人和凤九救了回来。”贺兰雪笑笑，漫不经心道。

“三哥，三哥，原来你还活着！”贺兰悠已经扑了上去，抱着贺兰雪又哭又跳。

贺兰雪摸了摸贺兰悠的头，低声哄道：“二哥也没事，别担心。”

“可是三哥，你怎么在这里？”贺兰悠想起什么，困惑地问。

“有人在上午送了我一张纸条，说我会在这里等到我想见的人。”贺兰雪说着，转头问身后的易剑，“纸条带了吗？”

易剑一直站在贺兰雪身后，护着歪着头打量众人的伊人。

贺兰悠接过纸条看了看，脸色大变：“是若尘。”

“是啊，裴若尘。”贺兰雪苦笑道，“他倒是把一切都算好了。”

原来裴若尘放他们走，并不是因为她贺兰悠，而是故意将贺兰淳留给贺兰雪，因为他是裴若尘的替罪羔羊。

可即便知道如此，贺兰雪也不能轻易放过贺兰淳。杀母之仇，焉能轻放？

“我本想与你单打独斗，只是我右手受伤，只怕赢不了你，我平生很敬君子，自己却不是什么君子，大哥，得罪了。”贺兰雪负起一只手，朝贺兰淳冷淡地说了一句，然后简单地做了一个手势。

易剑听命，立刻跃身向前，贺兰淳还未做出反应，全身大穴已经被点，膝盖一软，本应跪在地上，可是临跪前，贺兰淳用佩剑点了点地，转成了坐下。

剑落在了地上。

容秀惊呼一声，想过去扶他，又被跑过去的贺兰悠拉住。“阿秀姐，你求求三哥，让三哥放过你们吧。”贺兰悠在看见裴若尘纸条的那一刻，便已经哭得泣不成声了。

贺兰雪已经走上前，森冷的长剑，指着贺兰淳的胸膛。

“向母后的亡灵道歉，贺兰淳，我们贺兰家不曾亏待你，你为什么要做得那么绝？”贺兰雪压着怒气，俊美的脸上波澜不惊。

贺兰淳仰起头，笑道：“阿雪，你现在都还是一个胆小鬼，当年你惧怕容秀怪你，把皇位都让给我了，而今，你还在惧怕什么？若是恨我，刺下便是，何必说那么多废话？你怕自己心会不安吗？”

“为什么你总是把人想得那么坏？”贺兰雪反问，“如果你不相信别人，为什么连自己都不相信了？我把皇位让你，不仅仅是因为阿秀，而是相信你比我更适合做皇帝。二哥尊你敬你，也是敬仰你的才能。而不是因为，你是我们的大哥。你为人多疑、寡义，落到这个地步，也是咎由自取，怪不得谁，我即便杀了你，也不会觉得不安心。”

贺兰淳的脸色变了几变，然后一扭头，傲然道：“杀就杀！多说什么！”

贺兰雪抑着怒气，剑身微颤。

容秀突然冲过去捡起地上的佩剑，打横放在自己脖子上，锋利的剑刃，很快刺透了她柔嫩的皮肤，血渗了出来，几乎染红了整条剑刃。

“阿雪，你曾发过誓，这辈子不会伤我害我，但如果你伤了他，我就立刻死在你面前，我虽然不是你亲手杀死，却也是被你害死。”

贺兰雪怔怔地看着她，眉头轻锁，那指向贺兰淳的剑，却是无论如何都刺不下去了。

“阿雪，求你，你放了他，我会和他一起离开，今生今世，都不会在风朝出现了。”容秀楚楚可怜地望着贺兰雪，看着那白衣胜雪，曾与她一起游乐嬉戏的儿时伙伴，心中被绝望罩得满满的，她不知道自己除了求他，还能做什么。

“我贺兰淳，何时需要一个女人求情！”似听出了容秀心中的绝望，贺兰淳眼神一颤。他漠然地望了容秀一眼，突然弯唇，冷而嘲弄地一笑，然后蓦地伸手握住贺兰雪的剑，一挺身，长剑穿心。

他甚至没能哼一声，当场气绝。

所有人都被这变故惊得发愣，贺兰雪有点呆滞地看着虽然身死，却依旧坐得笔直的贺兰淳，细长的眼睛里有了雾气。他轻叹道：“你何必如此，我已经不打算取你性命了。”

容秀则呆若木鸡地看着面前的一切，看着鲜红的血，从她爱着恨着这许多年的男人身体里涓涓流出。她的眼睛迅速被泪水弥漫，全身发软，一直握在手里的长剑，也“啪”的一声落在了地上。

“是你杀了他！”容秀在长久的沉默后，突然歇斯底里起来，她转过身，疯子一样扑向贺兰雪，长长的指甲很快在贺兰雪俊美的脸上，留下血淋淋的划痕。

贺兰雪没有躲开，只是沉默着，任由她发泄。

一直被易剑护在身后的伊人下意识地往前走了一步，可是见到贺兰雪的眼神，她又停下了脚步。

贺兰雪的眼睛里，盛满哀恸。

容秀不知疲倦地抓着他，推着他，咬着他，口中亦是不停地控诉着：“是你杀了他，他是你大哥，你什么都比他好，你什么都强过他，所有人都喜欢你，不喜欢他！他争，他之所以争，是不想重蹈他母亲的覆辙！你仁义道德，你聪明绝顶，你无所不能，你怎么不想想别人的感受，你以为全天下就你一个人了不起，贺兰雪，你这个刽子手，刽子手！”

容秀的指控显然是毫无道理的，可是，她的情绪又是那么真实激愤，以至于别人无法去反驳她的言辞。

贺兰雪不言不动，直到她累了，倦了，终于支撑不住晕倒在地，他才弯腰抱起容秀，望向易剑：“将容后送到云山寺静养吧。”

易剑听命，从贺兰雪手中接过容秀，转身退下。

伊人上前走了一步，抬头看了贺兰雪半晌，又伸手拭去他脸上留下的血污。

“伊人。”贺兰雪握住她拂在自己脸上的手，轻唤道，“伊人……”

他不知道自己想表达什么，只是叫着这个名字，让他觉得安心，从这纷纷扰扰中，偷来的安心。

伊人一声不吭地抱住了他。

她一个字都没说，但贺兰雪已经都懂了。

带兵追上来的裴若尘在远处冷冷地看着这一幕，他看见了地上已经死去的贺兰淳，看见了相拥着的伊人与贺兰雪，看见了哭得肝肠寸断的贺兰悠。

他没有上前，而是站立了一会儿，然后转身道：“回去吧。”

他还有很多事情要做。

第二日，柳溪带着冰国的礼物，从冰国凯旋。

刚到城门口，他便被人带到了祭天的天坛前。

天坛上，一个穿着白色丧服的美丽绝伦的女子抱着一个小婴儿，站在百官之前，而她身边，则立着身穿蟒服、头戴金冠的裴若尘——他还是如柳色记忆中一样清俊年轻，只是眼神沉静，倒是老了许多的样子，不是人老，而是心老。

士兵们押着柳溪，让他站在百官中间，柳溪环视了一圈众人，发现每个人的表情都很奇怪：困惑有之、愤懑有之、漠不关心有之。

当然，每个人都是隐忍的，现场一片黑压压的沉寂。

天坛之上，裴若尘展开黄绫，面无表情地宣布道：“贺兰雪与贺兰钦因那次佛堂火事对王上记恨于心，侥幸脱险后，纠结同党，行刺王上，王上身受重创，于天淳六年重伤不治，驾崩。现立皇子天安为新帝，改号息。普告天下，风朝千秋万世，国运昌隆。”

底下没有任何惊诧或者质疑声，天坛周围，一圈执刀端枪的人正对着他们。

沉寂，死一般的沉寂。

柳溪迅速地看了看裴若尘的脸色，略一思忖，他率先跪了下去，举手高呼：“新皇万岁万岁万万岁，摄政王千岁千岁千千岁，太后万寿金安！”

裴若尘的目光扫至柳溪的身上，眼眸微敛，露出些许信任与赞赏。

众人这才如梦方醒，纷纷下跪。

风朝，息帝一年，摄政王裴若尘把政，太后垂帘的时局，正式开启了。

而夏侯的接班人柳溪，也在第一天因为其机智明事，开始崭露头角。

小息帝登基后，本来风雨飘摇的风朝，突然诡异的安静下来。

炎国的威胁也因为裴若尘的一系列亲和举动而平息了，原本用作军饷的银粮，被发往江南赈灾，外患内乱同时消弭，一片歌舞升平。

淳帝的驾崩引起一轮新的权力洗牌，凡对旧朝有眷恋的人都在这次洗牌中入狱甚至掉头，朝中上下，空前统一，皆是裴姓。

在贺兰天安登基后的五日后，贺兰钦拥兵自立，割据绥远，南抗风朝，北拒炎国，自成一方势力。

三方真真假假地调节了一番，见协商无果，也没有再大起干戈，炎寒与裴若尘对双方都有忌惮，谁也不肯先动，白白地让对方占了便宜，竟是默许了贺兰钦的行为。

一时，三方势力鼎足，天下平衡。

天安十六岁那年，后宫出了一件丑事，柳溪竟与太后伊琳勾结，被逮了个正着，两人双双流放，下落不明。随后，裴若尘密见贺兰钦，一夕长谈后，裴若尘还政于少年天子，退居幕后。贺兰钦亦派使者面见天子，甘愿臣服，回归风朝，据说落凤山庄的人在这场和解里起了极关键的作用。一直以来，落凤山庄都在暗处默默守护着风朝，山庄背后，传言有贺兰雪的身影。

自淳帝驾崩后，贺兰雪与伊人也失去了消息，无人知其下落，裴若尘曾派人几番寻找，终是无果。直至那年冬至，白雪覆盖了清冷孤寂的云山寺，长伴青灯古佛的容秀终于走到了生命的尽头，朝廷没有声张，停灵三日后，便待发丧。

发丧前夕，云山寺来了两名访客，他们悄然无息地出现在停灵的佛堂里，在容秀的棺椁前点燃往生灯。佛堂大门突然“砰”地合上，里面的人并不吃惊，缓缓转身，看见从佛堂内室缓缓走出来的裴若尘。退位后的裴若尘早已脱下他华贵的朝服，简简单单的一袭青衣，恍惚间还是初见的书生模样，只是鬓角已然有了白发，骨子里的寂静，比这满室的孤灯白幡，并未多一丝生气，甚至更加死气沉沉。

若尘累了啊，伊人想。

棺椁一侧，披着大氅的贺兰雪，挑眉望着面前权倾朝野的男子："等了很久吧。"

容秀停灵，秘而不发，却偏偏将消息传到了落凤山庄，目的是什么，大家都心知肚明，不过，贺兰雪和伊人还是来了，不仅是送容秀最后一程，也是因为，今生今世，大家终要见上这一面。

裴若尘正欲言，却被一阵咳嗽打断，他用拳头轻轻拭过唇角，掩过那一抹血色。贺兰雪蹙眉，身影微闪，四周的暗卫尚未有所行动，贺兰雪已至裴若尘身侧，端起他的手腕，脸色顿时大变："你怎么……"

裴若尘挥手，命暗卫退下，又不着痕迹地将手抽回，神色淡淡："无妨。"

贺兰雪眼神复杂，看了看裴若尘，又忽而转头，看向身后的伊人。伊人正殷切地望着这边，与贺兰雪的目光一触，霎时明白，眼睛顿时氤氲了起来。

裴若尘只当无事，他拿出一本册子，交给贺兰雪："这些年我提拔的人，以后，你可牵制。"

贺兰雪默默伸手接过："你放心，天安是个好皇帝。"

"有你，我放心。"两人三言两语，已是江山相托。贺兰雪沉默片刻，突然道，"起灵吧，我送容皇后去西山，与淳帝合葬。"

裴若尘点头，佛堂大门再次打开，起灵的人拥入，抬起容秀的棺椁，缓行离开。贺兰雪跟在后面，回头看了伊人一眼。伊人微微垂头，鼻子发红，似乎要哭了。贺兰雪心中叹气，终忍不住上前揉了揉她的发丝，低声道："不管发生任何事，好好的，等我回来。"

伊人颔首。

贺兰雪就此离开，经过裴若尘身侧时，听见裴若尘几不可闻的两个字，"谢谢"。贺兰雪顿了顿，也轻声回了三个字，"辛苦了"。他们亦敌亦友多年，终究是相互懂得的。

起灵的队伍已经离开，清冷的佛堂里，只剩下裴若尘与伊人，伊人慢慢地走近，伸出手，毫无芥蒂地握住裴若尘的手，他的手冰冰冷冷的，让她悲从中来。

"不能治吗？"伊人哽咽问。

裴若尘愣愣的，他幻想过很多次与伊人重逢的情景，但是没想到，会是这样自然，她待他的态度，就好像他们昨天才刚刚见过，随意而纯粹。

裴若尘唇角一勾，心底一块冰冻的地方似乎就此融化，他微微一笑："或许能治吧，但是……我有点累了。"

思虑太深，病入膏肓，油尽灯枯，或许找凤九尚能苟活数年，只是，他不愿，这十几年的筹谋算计，也许就在等待最终歇息的一日。他是真累了。

伊人撇嘴，有点想哭。

裴若尘见她这副模样，也慌了神，拖着她在台阶上，与他并排坐下，像两个促膝而谈的老友一样。身后，是慈悲凝视的佛。

“我不舍得你。我要你跟我回去，我们去找凤九。”伊人紧紧抓住裴若尘冰凉的手，有点徒劳地说。裴若尘歪头看着伊人，十六年未见，岁月并不曾在她身上留下任何痕迹，只是比从前多了一丝沉静的味道。从前的伊人仿佛什么都可以失去，可现在，她却不舍得他。

这些年，伊人和贺兰雪一定过得很幸福，幸福到她也开始留恋这个红尘世界了。裴若尘心中稍慰，笑意刚漫上眼角，却又不免惆怅。

这幸福，与他无关。

“很久以前，我和逍遥王喝茶，他讲了一个故事。有一个人在树下做了一个梦，梦见自己成了一只蚂蚁，他在蚂蚁国里呼风唤雨，风风光光地度过了一生，当他醒来的时候，却发现仍然只是蹲在树下的一个人而已。他不知自己是蚂蚁的梦，或者蚂蚁是他的梦。”

伊人眨眨眼，这个故事，似乎是她讲给阿雪的，在讲这个故事的时候，她还有没有爱上这个世界的任何人任何事，想来未免可笑。没想到阿雪居然又讲给了若尘。

“我时常想起这个故事，如果人生真是一场大梦，我所做的一切，是不是很可笑?”裴若尘低头，苦笑，又忍不住地咳嗽，血迹落在衣袖上，触目惊心。

伊人慌忙为他拍背，焦急无措：“怎么会是梦，你是真的，天下太平是真的，这盛世是真的，所有的一切都是真的。你已经做得很好很好了。”

承担自己应该承担的，选择自己必须选择的，无论对错，他尽力了。

这些年，裴若尘和阿雪，一明一暗，殚精竭虑，纵然有意见相左时，可是伊人相信，他们都是一样的用心。裴若尘其实一直没变过。

裴若尘终于止住咳嗽，神色间，是尘埃落定的释然。

“伊人。”他极其郑重地叫出这个名字，待伊人望过来时，裴若尘终于允许自己放肆一回，头一歪，靠在伊人的肩上，全身松松的，甚至有点撒娇的意味，“我困了。”

伊人正襟危坐，努力让腰背笔直，让裴若尘靠着更舒服一些。

“睡一会儿吧。”她说，“等阿雪回来，我们就去落凤山庄。”

裴若尘合上眼睛，微微一笑：“嗯。”

她屏息静气，不再吵他，裴若尘也是真的睡着了，平稳的呼吸在耳畔轻响，那样的宁静，似乎才过了片刻，也似乎长达一生。

佛堂外，洋洋洒洒地落着雪，当最后一片雪花落地时，她听见裴若尘轻轻地说了一句什么，然后，肩膀一沉，世界变得无比安静。

有暗卫过来，轻轻地将裴若尘带走，他依旧是一副熟睡的模样，眉目舒展，是从未有过的轻松。

白鸽落于皇宫：摄政王猝。大殿上，年轻的息帝轻轻地松了口气。

一代人的风流终将落幕，从今以后，又是一代人的事了。

伊人呆呆地看着他们有条不紊地操持着一切，只觉心底出现一个很大很大的空洞，止不住地抽泣。

走出佛堂的时候，冷风袭面，伊人抬起头，看着一片灰蒙蒙的天空，亘古无垠，天的尽头，贺兰雪沐雪静立，不知何时折返，也许从未离开。

他向她走来，伊人的眼泪不停地流，耳畔，是裴若尘最后对她说的话。

他说："婆娑世界，有你无憾。"

可这个世界，再也没有若尘了。

伊人突然觉得很冷，冷得彻骨，直到贺兰雪走到面前，将她揉进自己的臂弯，才渐渐回暖。

"该回去了，孩子们在等。"他轻声宽慰。

怀里的伊人点点头。

红尘万丈，掠过无痕。生命也许真的只是一场大梦，可终究有些东西，让你我无憾。

（全书完）